MARCEL PROUST

IMAGEM DE CAPA
Paul Cézanne, *Nature morte à la bouilloire*, 1869
Óleo sobre tela, 64,5 × 81 cm
Musée d'Orsay, Paris, França
Reprodução: Bridgeman Images/ Easypix Brasil

MARCEL PROUST

À procura do tempo perdido

VOLUME I

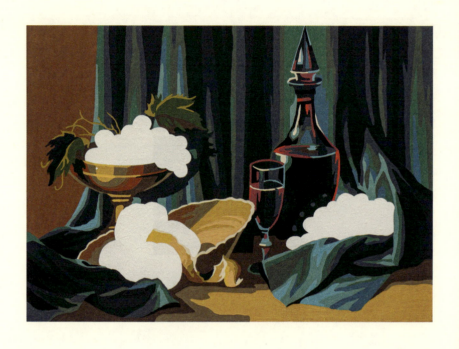

IMAGEM DE QUARTA CAPA
Valeska Soares, *Equivalentes* **(detalhe), 2022**
Tinta a óleo sobre pinturas a óleo, dimensões variadas
Galeria Fortes D'Aloia & Gabriel, São Paulo, Brasil
Reprodução: Eduardo Ortega

MARCEL PROUST

À procura do tempo perdido

VOLUME I

Para o lado de Swann

TRADUÇÃO,
INTRODUÇÃO E NOTAS
Mario Sergio Conti

PREFÁCIO
Etienne Sauthier

COMPANHIA DAS LETRAS

Copyright da tradução e introdução © 2022 by Mario Sergio Conti
Copyright do prefácio © 2022 by Etienne Sauthier

Grafia atualizada segundo o Acordo Ortográfico da Língua Portuguesa de 1990, que entrou em vigor no Brasil em 2009.

Título original
Du Côté de chez Swann

Tradução do prefácio
Fillipe Mauro

Capa e projeto gráfico
Elaine Ramos e Julia Paccola

Preparação
Márcia Copola

Revisão
Fernando Nuno
Erika Nogueira Vieira

Dados Internacionais de Catalogação na Publicação (CIP)
(Câmara Brasileira do Livro, SP, Brasil)

Proust, Marcel, 1871-1922
    Para o lado de Swann / Marcel Proust ; tradução, introdução e notas Mario Sergio Conti ; prefácio Etienne Sauthier. — 1ª ed. — São Paulo : Companhia das Letras, 2022. — (À procura do tempo perdido ; v. 1)

    Título original: Du Côté de chez Swann.
    ISBN 978-65-5921-131-9

    1. Ficção francesa I. Conti, Mario Sergio. II. Sauthier, Etienne. III. Título. IV. Série.

22-129526   CDD-843

Índice para catálogo sistemático:
1. Ficção : Literatura francesa   843

Cibele Maria Dias – Bibliotecária – CRB-8/9427

[2022]
Todos os direitos desta edição reservados à
EDITORA SCHWARCZ S.A.
Rua Bandeira Paulista, 702, cj. 32
04532-002 — São Paulo — SP
Telefone: (11) 3707-3500
www.companhiadasletras.com.br
www.blogdacompanhia.com.br
facebook.com/companhiadasletras
instagram.com/companhiadasletras
twitter.com/cialetras

SUMÁRIO

Introdução
9

PREFÁCIO
Cem anos depois...
Para uma terceira leitura
brasileira de Proust
Etienne Sauthier
15

Para o lado de Swann

PRIMEIRA PARTE
Combray
29

SEGUNDA PARTE
Um amor de Swann
203

TERCEIRA PARTE
Nomes de lugares: o nome
383

Indicações de leitura
427

Sobre o autor
429

INTRODUÇÃO

Para o lado de Swann chegou às livrarias parisienses em 14 de novembro de 1913, quando Marcel Proust tinha 42 anos. Ele próprio pagou a publicação do romance depois de três editoras recusarem o manuscrito. Até o ano anterior, pretendera chamá-lo de *O tempo perdido*, ao qual se seguiria *O tempo reencontrado*; e ambos teriam o título geral de *As intermitências do coração*. À medida que escrevia, mudou o escopo e o andamento da obra. Ela acabou por se estender por sete tomos, três dos quais publicados depois da sua morte, aos 51 anos, em 18 de novembro de 1922.

A primeira parte de *Para o lado de Swann* é a protofonia dos assuntos desenvolvidos ao longo dos livros. O primeiro substantivo da frase inicial, seguido de uma vírgula abrupta, anuncia seu tema: "Por um longo tempo, me deitei cedo". A mesma palavra fecha o sétimo e derradeiro volume, quase 2500 páginas e 1,5 milhão de palavras depois: "tempo". Quem a enuncia é o protagonista, o Narrador, que foi inventado por Proust e não se confunde com ele. É um personagem que assume lugares diferentes no tempo enquanto conta sua vida. Às vezes, ele é um menino imerso no presente, que relata o que está ocorrendo com ele. Noutras, é um homem mais velho que lembra o que se passou na sua infância e adolescência. Em todas, raciocina acerca do que acontece no presente, e também adota a perspectiva de quem está no futuro e analisa o passado. Muito da estranheza inicial do romance decorre dessa novidade, a polivalência temporal do Narrador.

Esse modo de escrever, contudo, constrói a imagem que tornou Proust conhecido até por quem não o leu, pois entrou para o repertório da cultura literária: a da madalena, o bolinho que o Narrador, na meia-idade, come ao tomar chá num dia de inverno em Paris. Ele sente um prazer imenso, uma energia libertadora que advém de sentidos básicos, despertados pelo cheiro e pelo sabor do pequeno doce. Como não consegue entender a fonte da sua alegria, o Narrador recorre a inúmeros pensamentos paralelos, que o ajudam a se aproximar do cerne da força maravilhosa que o toma. Em frases longas, separadas por pontos e vírgulas, ele especula, nuança, indaga, pondera, tenta fixar a sensação fugidia. Até que a descobre. É a memória involuntária das manhãs de domingo de suas férias na cidadezinha de Combray, quando sua tia lhe servia chá com madalenas. Tudo aquilo que tantas vezes buscara lembrar, e não conseguiu, lhe aparece de súbito e com nitidez: "a boa gente da aldeia e suas pequenas casas, e a igreja e toda Combray e seus arredores, tudo aquilo que toma forma e solidez, saiu, cidade e jardins, da minha xícara de chá". O tempo é assim recuperado. A obra magna de Proust é produto desse duplo movimento. O primeiro, vertical, vai e volta entre o passado, o presente e o futuro. O segundo, horizontal, é um "Nilo da linguagem, que transborda e frutifica os vastos espaços da verdade", como escreveu Walter Benjamin, o primeiro tradutor para o alemão de *Para o lado de Swann*. Nesse rio de frases que se expandem, o Narrador compara, reconsidera, contrasta, qualifica e aprofunda a situação vivida, mesclando-a com aportes vindos da pintura, da botânica, da literatura, da música, da moda, da arquitetura, da psicologia, do teatro, da crônica dos costumes e da história francesa.

 A presente tradução pretende dar conta desses dois eixos, que se aproximam no cruzamento da memória involuntária e inconsciente do passado com o esforço consciente e deliberado para compreender como o tempo se consubstancia no presente. Por isso, modificou-se o título geral, que de *Em busca do tempo perdido* passa para *À procura do tempo perdido*. No francês do original, *À la Recherche du temps perdu*, *recherche*, palavra surgida no século xv, está próxima de "procura" no sentido de ensaiar, tentar, estudar. Tanto que se traduz comumente *recherche scientifique* para "pesquisa científica". Já "busca" (*quête*), com origem no século xii, leva a um sentido mais místico, como em *A busca do Santo Graal*, o relato medieval da demanda do cálice milagroso, com o sangue de Cristo, pelos cavaleiros da Távola Redonda do rei Artur.

É modificado também o título do primeiro volume, *Du Côté de chez Swann*, que de *No caminho de Swann* transforma-se em *Para o lado de Swann*. Como o livro deixa evidente, o Narrador e seus pais dispunham de dois trajetos opostos quando saíam de casa para passear. Podiam ir para o lado onde ficava a propriedade de Charles Swann, que vinha às vezes jantar na casa deles. Ou tomavam o caminho contrário, dirigindo-se para o lado do palacete dos Guermantes, a família nobre que desde a Idade Média possuía terras em Combray, cujos moradores lhe pagavam tributos para cultivá-las e nelas morar. Os dois lados têm implicações sociológicas e afetivas. Swann, rico corretor da Bolsa, encarna a burguesia financeira afluente. A duquesa de Guermantes e seus familiares, por sua vez, representam a aristocracia oriunda do passado merovíngio que, tendo sobrevivido à Revolução de 1789, ainda detém riqueza e status, mas está decadente. Menino, o Narrador primeiro se enamora da duquesa ao vê-la numa missa de domingo na igreja de Combray, em cujos vitrais seus ancestrais estão representados. Depois, em Paris, apaixona-se por Gilberte, a filha de Swann com quem brinca nos Champs-Élysées. Os dois lados são percorridos até o fim de *À procura do tempo perdido*.

O texto que serviu de base para a tradução é o dos quatro volumes da edição Pléiade, publicados entre 1987 e 1989 por uma equipe dirigida por Jean-Yves Tadié. Produto de décadas de pesquisas proustianas, de milhares de ensaios, teses, correspondências, biografias e memórias, a edição recorreu aos cadernos escritos à mão com os originais de Proust, depositados na Biblioteca Nacional da França. Ela corrige inúmeros erros de pontuação e grafia, e acrescenta os adendos que ficaram de fora das publicações anteriores. É uma versão indispensável para manter a fidelidade à letra e ao espírito de *À procura do tempo perdido*.

A prosa de Proust — elevada, fluida, com fundo oral — é perfeitamente compreensível, ainda que divirja do francês clássico e do falado no cotidiano. O escritor não floreia nem enfeita. Na procura tenaz por verdades, foge do rebuscamento e de bonitezas. Seu estilo tem características, isso sim, que permanecem novas até hoje, e por isso podem parecer excêntricas. Uma delas é o tamanho das frases, que seriam desmedidamente extensas. A ressalva prescreveu em 1983, na aurora da era da informática, quando Etienne Brunet publicou os três volumes de *Le Vocabulaire de Proust*. Com uma contagem feita por computadores, mostrou que as frases de *À procura do tempo perdido* têm em média cinco linhas; só 20% ultrapassam dez linhas. São maiores que as dos escritores da época, mas não muito. Aqui e acolá, há algumas de fato longas; uma delas, em *Sodoma e Gomorra*, se aproxima de mil palavras. Outra restrição estilística que lhe é feita diz respeito à sintaxe e à pontuação. Com frequência, Proust altera a ordem usual dos termos de uma sentença, e faz com que ela serpenteie em torno de uma ideia ou imagem. O seu significado não é redutível ao que informam os dicionários. As aliterações e ressonâncias também dizem algo, bem como o ritmo silábico, os paralelismos e reiterações, o encadeamento de timbres átonos e graves. As frases não terminam em tal dissílabo ou vogal aberta por capricho: são o corolário de um percurso empenhado em procurar, descobrir, revelar.

Embora Proust use menos vírgulas que o habitual, é pródigo no emprego de travessões que iniciam diálogos, dois-pontos, parêntesis e pontos e vírgulas, por vezes no interior de uma mesma frase. Como as interpolações não são corriqueiras, os organizadores da primeira edição Pléiade, de 1954, escreveram que Proust não sabia pontuar direito. É um equívoco. Os períodos proustianos não são invertebrados, labirínticos nem se perdem em idiossincrasias. A sintaxe está a serviço de um desígnio objetivo, e é tateando e invertendo a ordem do enunciado automático que adentra a realidade. Já a pontuação se apoia mais na cadência do relato, na melodia sincopada da respiração, e menos nos sinais gráficos convencionais.

Traduzir essa riqueza estilística obriga a fazer escolhas. Na medida do possível, para que as inversões sintáticas não soassem forçadas, ou esdrúxulas, buscou-se começar e terminar as frases com as mesmas palavras do original. Da mesma forma, preservaram-se as interpolações e se podaram vírgulas, ainda quando isso não estivesse conforme ao que as gramáticas recomendam.

Proust comparou sua obra a catedrais da Idade Média e a vestidos de festa, construções que não têm começo nem fim definidos. Catedrais são bíblias de pedra levantadas ao longo de séculos; parecem desafiar o tempo. Estão repletas de estátuas e imagens, de arcos, escadas, altares e capelas, de torres e sinos com atributos intransferíveis. Vestidos de festa combinam cores e cortes, destacam determinadas partes do corpo e atenuam outras, entretecem tecidos para realçar um conjunto efêmero, pois que cintila apenas no tempo de uma recepção de gala. Há pessoas dentro de catedrais e vestidos, e elas importam mais. É o que ocorre em *À procura do tempo perdido*, uma obra que não requer preâmbulos. Para usufruir dela é preciso o que Proust tinha de sobra — atenção e sensibilidade — e aquilo que nos falta cada vez mais: tempo.

PREFÁCIO

Cem anos depois...
Para uma terceira leitura
brasileira de Proust

Etienne Sauthier

Diante desta nova tradução brasileira de *À procura do tempo perdido*, é preciso refletir sobre o que representa o simples fato de sua existência, sobre o que ela nos leva a pensar acerca da natureza e da fortuna crítica desta obra ao longo do tempo, e também sobre sua chegada e enraizamento neste país. Sua difusão foi volátil ao longo do século, tanto no Brasil como na França. No momento em que o autor era redescoberto no Brasil, por meio de sua primeira tradução, acabou sendo esquecido na França; e seu retorno ao centro das atenções na França, no começo da década de 1950, é posterior a sua segunda descoberta brasileira. Em 2022, inicia-se no Brasil a publicação de sua terceira tradução: após aquela dos anos 1940, editada pela Livraria do Globo e levada a cabo por uma equipe que reunia tudo o que o meio literário brasileiro possuía de melhor na época (Mario Quintana, Carlos Drummond de Andrade, Manuel Bandeira, Lourdes Sousa de Alencar, Lúcia Miguel Pereira), e após a dos anos 1990, conduzida pelo poeta Fernando Py. Agora Mario Sergio Conti e Rosa Freire d'Aguiar se lançam ao desafio, num particular contexto comemorativo sobre Marcel Proust.

O ano de 2022 corresponde ao centenário da morte do escritor parisiense, mas 2021 celebrou os 150 anos de seu nascimento e 2019 foi o centenário do prêmio Goncourt atribuído ao segundo volume de *À procura do tempo perdido*: *À sombra das moças em flor*. Essas três datas foram amplamente comemoradas tanto na França como no Brasil. Afinal, 2020 correspondeu também ao centenário da primeira menção a Proust num artigo da crítica literária brasileira (assinado por Sérgio Buarque de Holanda)[1] e 2023 marcará um século do primeiro artigo crítico do país dedicado inteiramente a Proust.[2] O momento soa assim ideal para tratar do autor da *Procura*, para traduzi--la, para relê-la, para republicá-la. Uma questão se impõe desde o princípio: por que retraduzir? Talvez porque, se seguimos lendo uma obra literária quando ela é intemporal, sua tradução, por outro lado, envelhece, o estado da língua não é mais o mesmo e ela se distancia pouco a pouco do sentido do texto inicial. Como exemplo, basta atentarmos para o título brasileiro do segundo volume da *Procura* em sua primeira tradução: *À sombra das raparigas em flor*. O termo "rapariga", ainda empregado nos anos 1940, nos surge hoje envelhecido ou até mesmo (como em certas regiões do Nordeste do país) impregnado de conotação negativa, bem distante das jovens moças de Proust. Esse motivo para uma nova tradução, ligado à atualidade da língua, não deve contudo se sobrepor a outra razão: a *Procura* permanece atual no Brasil contemporâneo, ainda dialoga com os leitores do país e ainda lhes permite "ler a si mesmos em Proust".

A relevância atual da obra de Proust, ainda grande, tanto mundo afora como no Brasil, impõe, desde o início, uma pergunta: aquela sobre as razões e a história desse idílio. A resposta pode ser encontrada tanto no estatuto da obra proustiana no momento de sua elaboração, em seu lugar na história da literatura francesa, como na medida em que a *Procura* foi capaz de falar ao Brasil que a acolheu nos anos seguintes ao recebimento do prêmio Goncourt. Impossível não questionarmos se a atualidade de *À procura do tempo perdido*, tanto na França como no Brasil, não é reflexo do estatuto de uma obra que, pouco a pouco, se descola de seu autor, de seu tempo e de todos os espaços,[3] sejam eles de produção ou de recepção: se esta não é uma obra que tende a uma certa universalidade.

Acima de tudo, é também a leitura aquilo que constrói o sentido de um livro, aquilo que converte seu receptor, tanto francês como brasileiro, num coautor de obras afinal possivelmente diferentes a partir de um mesmo texto de origem. Essa diferença no espaço seria então igualmente válida no tempo, o que torna plenamente justificável uma nova tradução da *Procura*, na medida em que se revela equivalente a uma nova leitura da obra para um novo contexto de recepção.

***

Para compreender a dimensão da obra proustiana no momento em que ela foi publicada e lida pela primeira vez na França, em seu espaço de produção, é preciso observar a natureza de tal obra e de seu lugar no mundo literário francês. Trata-se de um afresco romanesco tão simples de resumir quanto difícil de ser definido. Assim, quando foi publicada (entre 1913 e 1927), *À procura do tempo perdido* se resumia à história de uma vocação literária, tornando o romance quase um *metarromance*, que trata dele mesmo mas não aceita ser reduzido a esse mero resumo. Este é, de fato, tanto um livro de formação como um ensaio crítico e literário, uma obra sobre a arte, a vida, a sociedade, a desilusão e a decepção, sobre a atualidade (ou, ao menos, atravessada pela atualidade como se pode ver com o caso Dreyfus), um romance que aborda as temáticas do tempo e do fracasso, da homossexualidade e do gênero, na mesma medida em que *O tempo redescoberto* é um ensaio de micro-história[4] sobre a Paris da Primeira Guerra Mundial. Mas, acima de tudo, a *Procura* representa a transformação de um mundo, a morte de uma sociedade, a do século xix, e a ascensão da modernidade em que ainda vivemos. Nesse sentido, os Verdurin, que são retratados no início da *Procura* como exemplos de absoluta vulgaridade, revelam-se protagonistas da modernidade e da atualidade desse novo mundo: aqueles aos quais se recorre em busca das novidades do front entre 1914 e 1918.

Tal contexto de uma sociedade em mudança guarda relação direta com as condições de produção da obra. Assim como Proust observa e descreve essas evoluções com grande acuidade, ele também se submete a essas vicissitudes e a *Procura* acaba por se alimentar delas. Se Proust nutriu sua obra com elementos oriundos tanto de sua primeira tentativa de romance, *Jean Santeuil*, como de seus contos anteriores a 1906, é mais ou menos aí que se situa igualmente o começo do trabalho do escritor com *Contra Sainte-Beuve* — ensaio crítico e literário ligado a sua tradução em francês de John Ruskin e que se transformará na *Procura*. Esse momento da Belle Époque é particular, tanto na sociedade francesa como em seu mundo literário.

Do ponto de vista do contexto histórico, ela encerra a primeira etapa da Terceira República. Esse regime, nascido da derrota na

Guerra Franco-Prussiana de 1870 e da derrocada da Comuna de Paris de 1871 (por sinal, o ano de nascimento de Marcel Proust), é conquistado por dentro do próprio Estado pelos republicanos em decorrência de sucessivas vitórias eleitorais. São então implementadas importantes reformas sociais, como o ensino republicano, do qual o autor da *Procura* é um produto exemplar. No que diz respeito ao caso Dreyfus, desde 1894 essa primeira fase da nova república vive uma fratura sem precedentes na sociedade francesa, mas conhece também a ascensão, graças a Émile Zola (que publica o manifesto *J'accuse* em 1898), do papel do intelectual engajado tal qual o conhecemos ainda hoje. O próprio Marcel Proust cerrou fileiras em favor do capitão Dreyfus e evoca o caso como elemento contextual de *Sodoma e Gomorra*. Vemos ali os personagens debaterem o caso, alinhando-se com um ou outro lado, mas também se opondo, entre nova burguesia, republicana, moderna e dreyfusista e aristocracia tradicional, antidreyfusista (note-se, aliás, como os Guermantes, em sua originalidade ideal, são aristocratas e dreyfusistas).

O ano de 1906 é o da absolvição de Dreyfus e, no ano anterior, a Igreja e o Estado são separados, pondo fim a duas crises e permitindo o encerramento da primeira fase da Terceira República, a dos conflitos. No campo da literatura, o século xix fora o momento de importantes revoluções estéticas. A ambição de Balzac de substituir o estado civil por sua *Comédia humana*, o olhar crítico de Gustave Flaubert sobre os costumes e modos de seu tempo e a observação jornalística da sociedade por Zola abalam o romance, todos bebendo da fonte de Victor Hugo, que havia constituído a identidade romanesca das revoluções da primeira metade do século xix. Charles Baudelaire e Arthur Rimbaud, por outro lado, exploraram o ideal nos domínios da poesia. É dessa tradição literária que vai de Chateaubriand a Maupassant e que se associa a séculos passados (Saint-Simon, Madame de Sévigné etc.) que Marcel Proust é devedor. Ele não deixa de ser, contudo, um autor inscrito na grande modernidade. Além de ser um dos poucos exemplos de cubismo na literatura (a descrição do grupo de jovens moças em seu conjunto, depois através de seus membros e a focalização num indivíduo específico e numa parte de seu corpo), encontramos também em Proust uma novidade absoluta no subjetivismo do olhar do narrador: ele evolui no curso do tempo e de acordo com a formação desse narrador, mas é sempre apresentado a partir de um ponto fixo, o da narração. A *Procura* é assim herdeira de uma rica história da literatura francesa, mas se situa, ao mesmo tempo, na base das inovações literárias do século xix (o Nouveau Roman se funda, aliás, com tal olhar subjetivo). Enfim, o romance, cujo primeiro tomo é publicado por Grasset em 1913, duplica, triplica seu volume com a Primeira Guerra Mundial e com a interrupção das atividades da primeira editora.[5] Nesse sentido é possível dizer que a obra foi profundamente alimentada por seu contexto de produção.

Em *O tempo redescoberto*, o mundo de ontem é pago pelo preço da abertura do mundo de amanhã, num cenário de novidades do front de guerra, de fracasso, de morte ou de ascensão social fulgurante dos protagonistas. Na época dos *Gueules cassées*,[6] não é, todavia, a guerra que tornou irreconhecíveis os atores do *baile dos rostos*, que lhes "deu um rosto", mas sim a usura do tempo. Em 1927 (na realidade 1922 se levarmos em conta a morte de Proust), o mundo de ontem está encerrado e o de amanhã pode se iniciar do ponto de vista histórico, social e em matéria de literatura: é bastante provável que *À procura do tempo perdido*, ao realizar a crônica desse momento, tenha lançado com maestria uma pá de cal sobre a sepultura dessa sociedade que, como disse Paul Valéry,[7] era bastante mortal. É nesse sentido que Proust representa tão bem no mundo literário francês um dos estados absolutos da modernidade. Eis o horizonte de expectativa[8] dos que recebem a *Procura* na França, e é assim que essa obra, síntese de uma longa história literária mas também, por seus temas e por seu estilo, a ruptura absoluta dela, se transforma num dos cânones da literatura moderna do século xx.

Essa questão da morte das sociedades é, sem dúvida, a mesma que encontramos no Brasil, nas páginas do manifesto da revista modernista *Klaxon*.[9] A partir disso, o que leem e absorvem deles mesmos os leitores brasileiros, que receberam a obra em 1920, tendo em vista que essa leitura de si é essencial para a circulação de um livro rumo a um novo espaço de recepção?

As primeiras menções ao nome de Marcel Proust na imprensa brasileira surgem quando ele ganha o prêmio Goncourt, no final de 1919,[10] o que demonstra a relevância internacional de que então dispunha essa prestigiosa distinção literária. Seus livros chegam ao Brasil logo em seguida e são lidos em francês por um público local que, embora reduzido, nem por isso deixava de existir. Há testemunhos de tais recepções: Jayme Adour da Câmara evoca sua descoberta da obra de Proust enquanto o autor ainda era vivo, no contexto em que acabava de receber o prêmio Goncourt;[11] por sua vez, José Nava descreve uma manhã do início de janeiro de 1920, numa livraria de Minas Gerais, em que um grupo de jovens leitores, entre eles Milton Campos, Gustavo Capanema, Pedro Nava e Carlos Drummond de Andrade, disputa os volumes recém-chegados do prêmio Goncourt de 1919.[12] Isso não significa que Proust seja muito lido ou apreciado no Brasil do princípio dos anos 1920. Nesse sentido, em agosto de 1920, a revista *Fon-Fon* descreve Proust como um autor envelhecido e observa que ele decerto não conta com muitos leitores, nem no Brasil nem na França, em razão de sua complexidade.[13] Na mesma revista, Sérgio Buarque de Holanda classifica Proust de mais um "cafona", um tradicionalista, um passadista da estirpe de Romain Rolland e Henri Barbusse.[14] Foi preciso aguardar o ano de 1923 para que a imprensa carioca publicasse um artigo dedicado especificamente ao autor, o texto de Carlos Bosleli, que integra a *América Brasileira*[15] e que é a reimpressão de um artigo publicado algumas semanas antes em Madri. Na região Nordeste, os primeiros volumes do autor da *Procura* desembarcam de modo rocambolesco. Marcel Proust fez todo o possível para se distanciar de um de seus antigos secretários, Henri Rochat, e conseguiu um cargo para ele na sucursal de um banco em Recife.[16] Rochat gozava de um padrão de vida incompatível com seus rendimentos e foi obrigado a abandonar a cidade, deixando para trás dívidas, além de exemplares da *Procura*, com dedicações, que trazia em suas malas. Por obra do acaso, um deles chegou às mãos de Jorge de Lima, escritor e médico do hangar da Latécoère em Maceió.[17]

Distintas leituras e interpretações de Proust surgem rapidamente em vários espaços do território nacional. No Rio de Janeiro, a partir de 1923, os artigos acerca do escritor se multiplicam na imprensa e, a partir de 1926, ano em que o comparatista francês Paul Hazard apresenta conferências sobre Proust no Rio de Janeiro e em Minas Gerais, as manifestações públicas e os artigos cariocas em torno de Proust se multiplicam: sejam os de Alceu Amoroso Lima, em 1927 e em 1928, sejam os de Ronald de Carvalho, em 1928. Augusto Meyer, poeta do Sul ligado a movimentos literários do Rio de Janeiro, publica no mesmo ano uma *Elegia para Marcel Proust*, na qual são evocadas paisagens da cidade tropical, de Paris ou da Normandia das férias do herói-narrador. Em 1930, José Barreto Filho publica um romance-pastiche de Proust, *Sob o olhar malicioso dos trópicos*, em que reescreve várias passagens da *Procura* e cita explicitamente o autor em diversos momentos. Em tais leituras cariocas de Proust, o espaço da capital brasileira é representado à moda da capital francesa: como uma cidade com a pretensão de centro cultural. O local das férias citadinas é mencionado, seja ao tratar de Balbec seja transpondo-o ao Brasil, sobretudo por meio da evocação de Petrópolis. A grande ausência é, porém, Combray: a província parece fugir a essa leitura carioca.

Essa paisagem provinciana e rural, bem como sua evocação em Proust, parece, por outro lado, super-representada no espaço nordestino. Nesse sentido, no poema *O mundo do menino impossível*,[18] Jorge de Lima representa uma criança que destrói todos os seus brinquedos, provenientes de todos os cantos do mundo, para poder brincar com pedrinhas do rio e objetos encontrados na natureza ao redor, dentro de um contexto em que Rio de Janeiro e São Paulo parecem ausentes. É, contudo, no momento em que a criança aguarda o beijo de boa-noite diante de uma luminária que se apaga sobre a parede que tal destruição encontra suas origens: a cena do drama da hora de dormir de Combray e sua lanterna mágica são assim transpostos ao Nordeste brasileiro. Em seu ensaio sobre Proust, escrito em 1929 como parte de um concurso para o provimento de uma cátedra do Liceu Alagoano, Jorge de Lima incorpora o autor a uma leitura regionalista e provinciana, assinalando "aquilo que há de mais Proust em Proust" no pequeno vilarejo e na igreja.[19] José Lins do Rego, um dos membros da banca do concurso, salpica também *Menino de engenho*, o primeiro romance de seu ciclo sobre os engenhos de cana-de-açúcar, de referências à Combray de *Para o lado de Swann*.

No espaço de São Paulo, a obra de Proust foi claramente menos comentada. Se *Klaxon* trata do autor como parte de um escrutínio dos volumes da *NRF*, bastante presentes na revista modernista, Proust não parece ser evocado fora de tal contexto, a não ser por ocasião de sua morte, quando faz referência a um escritor "genial" mas sem comentá-lo para além desse julgamento. Proust se faz presente desde

1924 na imprensa diária de São Paulo, mas o que se observa é que sua existência parcimoniosa é devida a críticos franceses de literatura, baseados em Paris, como Francis de Miomandre ou Paul Souday. É sob a pena de Graça Aranha, autor carioca próximo do modernismo paulista, que podemos encontrar as razões dessa ausência. Ele trata de um velho espírito francês e associa o autor à decadência.[20] Assim, no momento em que São Paulo se volta para as vanguardas e acolhe Blaise Cendrars por mais de um ano, Proust representa certamente aquela Europa que naufraga com a Primeira Guerra Mundial, aquela sociedade morta de outro tempo: Proust é, assim, sem dúvida julgado incompatível com o projeto modernista desenvolvido em São Paulo.

As múltiplas leituras de Proust que emergem no Brasil dos anos 1920 são, desse modo, diretamente ligadas aos espaços que recebem o autor e aos debates que neles se desenvolvem: desejo de centralidade e relação umbilical entre a Europa e o anatolismo do Rio de Janeiro; regionalismo nordestino ou modernismo vanguardista de São Paulo. Nos três casos, trata-se tanto de buscar Proust em si mesmo como de encontrar no autor respostas aos debates culturais locais do período. No entanto, a circulação e o contato entre intelectuais do país tende, no início dos anos 1930, a induzir uma leitura mais universal, o que coincide, evidentemente, com o momento em que o autor se torna um clássico. No artigo que dedicou a Proust no número de 1930 da *Revista Souza Cruz*, Manuel Bandeira sublinha essa necessidade de qualquer um que se pretenda cultivado de conhecer o autor:

> Duas vezes tentei ler o Proust e fracassei. Foi no tempo em que o genial romancista ainda vivia, o que afinal é um bom ponto para mim: não se tinha formado ainda o mito-Proust; não tinham ainda aparecido os admiradores das dúzias, os urubus da consagração póstuma. Foi ainda no tempo em que o nosso grande Graça Aranha escrevia: "Proust não nos rejuvenesce", consideração importante para quem quer rejuvenescer. Hoje Proust continua a não nos rejuvenescer. Proust continua difícil de ler, mas como morreu e já lhe reconhecem o gênio, todo o mundo precisa "ter lido" Proust, porque toda gente está sentindo que o romancista de *Em busca do tempo perdido* é um desses nomes que ficam e se estendem marcando nas gerações.

Do mesmo modo, em 1933, quando articula seu pensamento sobre o Brasil em *Casa-grande & senzala*, Gilberto Freyre reivindica para si, desde o prefácio, um método proustiano:

> O estudo da história íntima de um povo tem alguma coisa de introspecção proustiana; os Goncourt já o chamavam "ce vrai roman". O arquiteto Lúcio Costa diante das casas velhas de Sabará, São João del-Rei, Ouro Preto, Mariana, das velhas casas-grandes de Minas, foi a impressão que teve: "A gente como que se encontra... E se lembra de cousas que a gente nunca soube, mas que estavam lá, dentro de nós; não sei — Proust devia explicar isso direito".[21]

Proust está assim tão assimilado ao Brasil da virada dos anos 1930, enquanto clássico da língua francesa, que até mesmo um dos primeiros estudos sociológicos sobre a identidade nacional se revela capaz de cobrá-lo.

Os anos 1930 correspondem a um momento de relativa estiagem na difusão da obra de Proust, tanto na França como no Brasil. As razões para isso são várias: em primeiro lugar, o último volume foi publicado em 1927; não há mais, a partir de então, uma reativação periódica da atualidade editorial do autor; logo em seguida, grandes campanhas contra o escritor são movidas por grupos políticos de esquerda; e, por fim, o contexto de afirmação da cultura nacional que atravessa o Brasil dos anos 1930 reduziu a abertura a um autor estrangeiro importado, supostamente sem conexão com as vanguardas. Porém, diversos elementos tendem a mostrar que, apesar dessa queda quantitativa de interesse, Proust se tornou um clássico de língua francesa no Brasil. Tal realidade se constata, antes de mais nada, pela comparação que Lúcia Miguel Pereira estabelece entre Proust e Machado de Assis num de seus ensaios: comparar Proust com o escritor nacional de maior renome é mais uma forma de reivindicar para si um clássico da literatura. Do mesmo modo, no romance *A mulher obscura*, Jorge de Lima transpõe numa só página o episódio da madalena (transformada aqui em perfume de jasmineiro), a cena inicial do despertar e uma visão particularmente violenta do Estado Novo e de sua repressão policial. Em 1938, enfim, verifica-se que Proust consta da lista de leituras obrigatórias de exames vestibulares[22] e dos concursos de admissão à Faculdade de Direito da

Universidade de Vitória,[23] e tudo leva a crer que estes não tenham sido casos isolados.

Foi durante a Segunda Guerra Mundial que se produziu uma redescoberta de Proust no Brasil, a qual antecede a volta de seu prestígio na França. Esses reencontros com Proust estão provavelmente ligados a uma certa nostalgia de um mundo que não existe mais, mas também à interrupção das importações de livros franceses no Brasil.[24] Livros usados passam a ser repentinamente mais demandados e conferências sobre o autor tornam a ser organizadas no Rio de Janeiro, sobretudo por Violeta de Alcântara Carreira.[25]

A tradução da *Procura* em português pela Livraria do Globo, prevista para o imediato pós-guerra e cujo primeiro volume é publicado em 1948, acentua essa redescoberta. A partir de 1947, um Proust Club é fundado no Rio de Janeiro e publica uma *Revista Branca* (nome que alude à revista para a qual Proust escrevia na década de 1880). A tradução é amplamente divulgada tanto na imprensa diária como em veículos literários e *No caminho de Swann*, na tradução de Mario Quintana, passa a ser o segundo livro mais vendido na semana de sua publicação em São Paulo.[26] Nesse momento de redescoberta de Proust graças a sua tradução, os modos de recepção dos anos 1920 são reativados. No Rio de Janeiro, a *Revista Branca* publica um volume de homenagem a Marcel Proust[27] que recupera diversos artigos críticos de autores dos anos 1920 e, no final de 1948, surge nas estantes uma *Proustiana brasileira*, antologia da crítica brasileira sobre Proust e ilustração perfeita da existência de uma leitura carioca em completa sintonia com a atualidade literária parisiense dos anos 1920.[28] Por outro lado, embora o livro seja vendido em São Paulo, Proust é muito pouco evocado na cidade e, uma vez mais, torna-se possível constatar a incompatibilidade entre o escritor e o projeto modernista, ao menos sob a perspectiva da própria imagem que ele representaria. No Nordeste, nota-se, enfim, que a recepção regionalista de Proust é reativada, o que é exemplificado pela publicação, em 1949, de uma edição da revista *Nordeste* dedicada ao tema Proust e a província.

Tal momento de redescoberta brasileira precede em alguns anos uma situação equivalente na França. Proust era então um autor mais ou menos esquecido dos franceses. Seria interessante, para compreender o fervor que há atualmente em torno desse escritor, ver em que medida ele ocupa hoje um espaço particular de nosso horizonte de expectativas e de que maneira logrou, ao longo do tempo, migrar do estatuto de autor francês importado àquele de autor "universal".

Se vimos, por um lado, que a obra proustiana foi alimentada por seu contexto de produção, também é um fato, sobretudo graças à crítica genética e ao estudo, a partir dos anos 1950, dos diferentes estados do texto,[29] que a *Procura* sempre foi concebida como um conjunto, como um todo. Com efeito, Combray e os episódios da sonata de Vinteuil e da adoração perpétua, presentes em *O tempo redescoberto*, já eram previstos desde o início da construção do conjunto. É possível assim enxergar na *Procura* uma obra capaz de ultrapassar seu contexto, bem como sua origem e, sem dúvida, seu próprio autor. A recepção de Proust no exterior e, mais especificamente, no Brasil, ainda que por meio de uma leitura diferente da que é feita na França, o que, como ressalta o crítico Roland Barthes, é perfeitamente legítimo,[30] não revela senão uma obra capaz de dialogar com cada um de nós, segundo modalidades distintas, e que desfruta por isso de uma universalidade na literatura. Nesse sentido, apesar de tão referencialmente parisiense à primeira vista, Proust é tão francês quanto austríaco, alemão, americano, argentino ou brasileiro.[31]

A partir dos anos 1950, os trabalhos de Bernard de Fallois[32] e de Jean-Yves Tadié[33] redescobrem e exploram a obra proustiana, inclusive por meio da publicação de textos inéditos. No mesmo período, todo um grupo de críticos e escritores memorialistas brasileiros produz pastiches e ensaios, seja Álvaro Lins[34] seja Octacílio Alecrim.[35] Nos anos 1970, são autores como Jorge Andrade ou Pedro Nava que exploram a atualidade e a história brasileira através da reminiscência proustiana.[36] O mundo universitário brasileiro se interessa também por Proust desde os anos 1940, com Rui Coelho e Antonio Candido. Vinte anos mais tarde, Philippe Willemart investiga a obra proustiana sob uma perspectiva de crítica psicanalítica. No campo da tradução, vindo após a edição da Livraria do Globo (1948-56) e daquela da Ediouro (anos 1990), esta já é a terceira, uma evidência da notável vitalidade da presença de Proust no país, especialmente na medida em que essas leituras brasileiras de Proust se transformam todas em oportunidades de evocar a atualidade das pesquisas sobre o autor (até mesmo na renovação de uma edição, como foi o caso da reedição da tradução da Livraria do Globo, contemplada no princípio dos anos 2000 com um novo aparato crítico da lavra de Guilherme Ignacio). A atualidade dos estudos proustianos no Brasil se renova, abrindo espaço para uma nova geração, à qual pertencem Alexandre Bebiano, Fillipe Mauro e Yuri Cerqueira dos Anjos, que mantém um vínculo importante com a Equipe Proust do Instituto de Textos e Manuscritos Modernos da Escola Normal Superior de Paris, assim como com pesquisadores alemães, tchecos ou japoneses, entre outros. Se, em 1919, Proust é um autor recebido, comentado e do qual leitores se apropriam mundo afora, hoje é uma "internacional proustiana" que se desenvolve, tornando-o escritor universal, que evoca certamente um contexto ligado às contingências da história mundial mas que também é capaz de falar, ao longo do tempo, a todos esses leitores e a todos esses espaços que o recebem, de uma parte deles mesmos. É compreensível assim que as recentes comemorações em torno do autor da *Procura* se reflitam em artigos, publicações ou conferências na escala internacional. Seria ilusório crer que Proust fala a todos; mas é possível afirmar que ele fala ao mundo todo e nós desejamos aos leitores, onde quer que estejam, a mesma satisfação de que desfrutaram aqueles que puderam descobri-lo há um século ou há vinte anos, independentemente dos elementos que encontrarem na obra. Afinal: "Cada leitor é, quando lê, o próprio leitor de si mesmo".[37]

NOTAS

1. *Fon-Fon*, Rio de Janeiro, 21 ago. 1920, p. 17.
2. *América Brasileira*, Rio de Janeiro, ano II, n. 21, p. 248, set. 1923.
3. Marcel Proust, *À la Recherche du temps perdu*, Paris: Bibliothèque de la Pléiade, Gallimard, I, p. X.
4. Sobre a noção de micro-história, ver Carlo Ginzburg e Carlo Poni, "La micro-histoire", *Le Débat*, Paris, dez. 1981 (1979).
5. Marcel Proust, *À la Recherche du temps perdu*, op. cit., I, p. LXXXII.
6. Expressão utilizada na França para descrever soldados inválidos ou desfigurados irreversivelmente pela Segunda Guerra Mundial.
7. Paul Valéry, "La crise de l'esprit", *Variété I*, Paris: NRF, 1924.
8. Sobre a noção de horizonte de expectativa, ver Hans Robert Jauss, *Pour une Esthétique de la réception*, Paris: Gallimard, 1978.
9. *Klaxon*, São Paulo, ano I, n. I, p. 2, maio 1922.
10. *O Imparcial*, Rio de Janeiro, 13 dez. 1919, p. 4; *O Paiz*, Rio de Janeiro, 13 dez. 1919, p. 5.
11. Jayme Adour da Câmara, "Depoimento sobre Proust", *Revista Branca*, Homenagem a Proust, Rio de Janeiro, n. 4, dez.-jan. 1948-49.
12. José Nava, "Brasileiro no caminho de Proust", *Revista do Livro*, n. 17, pp. 109--25, 1960.
13. *Fon-Fon*, Rio de Janeiro, 21 ago. 1920, p. 17.
14. *Fon-Fon*, Rio de Janeiro, 10 dez. 1921, p. 1.
15. Carlos Bosleli, "Marcel Proust e Gomez de la Serna", *América Brasileira*, Rio de Janeiro, II, n. 21, p. 248, set. 1923.
16. Sobre essa questão, ver a correspondência de Marcel Proust e Horace Finaly, publicada em junho de 2022: Marcel Proust, *Lettres à Horace Finaly*, Paris: Gallimard, 2022.

17. Tadeu Rocha, *Modernismo e regionalismo*, Maceió, 1964, pp. 49-56.
18. Jorge de Lima, *O mundo do menino impossível*, Maceió: Casa Trigueiros, 1925.
19. Jorge de Lima, *Dois ensaios*, Maceió: Casa Ramalho, 1929, pp. 9-10.
20. José Pereira da Graça Aranha, *Espírito moderno*, São Paulo: Editora Monteiro Lobato, 1925, pp. 99-100.
21. Gilberto Freyre, *Casa-grande & senzala: Formação da família brasileira sob o regime de economia patriarcal*, Rio de Janeiro: Maia & Schmidt, 1933, p. 36.
22. *Diário Official*, Espírito Santo, 12 mar. 1937, p. 3.
23. *Diário da Manhã*, Vitória, 21 nov. 1937, p. 7.
24. Laurence Hallewell, *História do livro no Brasil*, rev. e comp., São Paulo: Edusp, 2005, pp. 408-9.
25. *Jornal do Brasil*, Rio de Janeiro, 11 maio 1945, p. 8.
26. *Letras e Artes*, Suplemento de *A Manhã*, Rio de Janeiro, 7 nov. 1948.
27. *Revista Branca*, Rio de Janeiro, n. 4, dez.-jan. 1948-49.
28. Saldanha Coelho (org.), *Proustiana brasileira*, Rio de Janeiro: *Revista Branca*, 1950.
29. Marcel Proust, *À la Recherche du temps perdu*, op. cit., i, p. civ.
30. Ver Roland Barthes, "La Mort de l'auteur", *Le Bruissement de la langue*, Paris: Seuil, 1984, pp. 61-7.
31. Sobre essa questão, ver Proust-Monde: *Quand les Écrivains étrangers lisent Proust*, Paris: Folio classique, Gallimard, 2022.
32. Marcel Proust, *Jean Santeuil*, Paris: Gallimard, 1952 [publicado por Bernard de Fallois]; Marcel Proust, *Contre Sainte-Beuve*, Paris: Gallimard, 1954 [publicado por Bernard de Fallois].
33. Jean-Yves Tadié, *Proust et le Roman*, Paris: Gallimard, 1971.
34. Álvaro Lins, *A técnica do romance em Marcel Proust*, Rio de Janeiro: José Olympio, 1956.
35. Octacílio Alecrim, *Província submersa*, Rio de Janeiro: Edições do Proust Club, 1957.
36. Sobre essa questão, ver o estudo de Fillipe Mauro, *Sur les Rivages de la Vivonne: Le style de Marcel Proust dans les romans de Pedro Nava, Jorge Andrade et Cyro dos Anjos*, tese de doutorado defendida na Universidade de São Paulo e na Universidade Paris iii — Sorbonne Nouvelle, 2022.
37. Marcel Proust, *À la Recherche du temps perdu*, op. cit., iv, p. 490.

PRIMEIRA PARTE
Combray

*Ao senhor Gaston Calmette.
Como um testemunho de profundo
e afetuoso reconhecimento*

I

Por um longo tempo, me deitei cedo. Às vezes, mal apagada a vela, meus olhos se fechavam tão depressa que não tinha tempo de me dizer: "Adormeço". E, uma meia hora depois, o pensamento de que era tempo de tentar dormir me despertava; queria pousar o volume que acreditava ainda ter nas mãos e assoprar a luz; não cessara de fazer reflexões dormindo sobre o que acabara de ler, mas essas reflexões haviam tomado um rumo um tanto particular; parecia-me que era de mim mesmo que o livro falava: uma igreja, um quarteto, a rivalidade de Francisco I e Carlos V. Essa crença sobrevivia durante alguns segundos ao meu despertar; ela não chocava a minha razão, mas pesava como escamas sobre meus olhos e os impedia de se dar conta de que a vela não estava mais acesa. Depois ela começava a me parecer ininteligível, como os pensamentos de uma existência anterior depois da metempsicose; o assunto do livro se destacava de mim, estava livre para me deter nele ou não; logo recobrava a visão e ficava atônito de estar imerso numa obscuridade suave e repousante para os meus olhos, mas talvez ainda mais para o meu espírito, ao qual ela aparecia como uma coisa sem causa, incompreensível, como uma coisa verdadeiramente obscura. Eu me perguntava que horas poderiam ser; escutava o silvo dos trens que, marcando as distâncias como o canto mais ou menos afastado de um pássaro na floresta, me descrevia a extensão do campo deserto onde o viajante se apressa em direção à próxima estação; e o pequeno caminho que percorre ficará gravado na sua lembrança pela excitação que ele deve aos lugares novos, aos atos inabituais, às conversas recentes e às despedidas sob a lâmpada estranha que ainda o seguem no silêncio da noite, e à doçura iminente do seu regresso.

Encostava suavemente minhas faces nas belas faces do travesseiro que, cheias e frescas, são como as faces da nossa infância. Riscava um fósforo para olhar meu relógio. Logo seria meia-noite. É quando o doente que fora obrigado a partir em viagem e a dormir num hotel desconhecido, despertado por uma crise, se alegra ao perceber sob a porta um raio de luz. Que felicidade, já é de manhã! Num instante os criados estarão de pé, poderá tocar a campainha, virão lhe prestar socorro. A esperança de ter alívio lhe dá coragem para sofrer. Agora mesmo achou que ouvia passos; os passos se aproximam e depois se afastam. E o raio de luz que estava sob a porta desapareceu. É meia-noite; acabam de apagar o gás; o último criado partiu e será preciso passar a noite toda sofrendo sem remédio.

Readormecia, e às vezes despertava somente por breves instantes, longos o bastante para escutar os estalos orgânicos das madeiras, para abrir os olhos a fim de fixar o caleidoscópio da obscuridade e, graças a um brilho momentâneo de consciência, sentir o sono em que estavam mergulhados os móveis, o quarto, o todo do qual eu era apenas uma pequena parte e a cuja insensibilidade voltava rapidamente a me agregar. Ou então, dormindo, havia regressado sem esforço a uma época para sempre passada de minha vida primitiva e reencontrado alguns dos meus terrores infantis, como o de que meu tio-avô me puxava pelos cachos do cabelo, e que se dissiparam no dia — marca de uma nova era para mim — em que os tinham cortado. Havia esquecido esse acontecimento durante meu sono, e reencontrava a sua lembrança assim que conseguia acordar para escapar das mãos de meu tio-avô, mas por precaução envolvia completamente a cabeça com o travesseiro antes de retornar ao mundo dos sonhos.

Às vezes, como Eva nasceu de uma costela de Adão, uma mulher nascia durante o meu sonho de uma falsa posição da minha coxa. Formada pelo prazer que estava a ponto de sentir, imaginava que era ela quem o oferecia. Meu corpo, que sentia no dela meu próprio calor, tentava juntar-se a ela, e eu acordava. O resto da humanidade me parecia muito distante se comparado a essa mulher que abandonara fazia apenas alguns momentos; meu rosto tinha ainda o calor do seu beijo, meu corpo doía devido ao peso do dela. Se, como acontecia algumas vezes, ela tinha os traços de uma mulher que conhecera acordado, iria me dedicar inteiramente a este objetivo: reencontrá-la, como aqueles que partem em viagem para ver com os próprios olhos uma cidade desejada e imaginam que se pode experimentar na realidade o encanto do sonho. Pouco a pouco a lembrança dela se esvanecia, eu esquecia a moça, filha de meu sonho.

Um homem que dorme mantém em círculo a seu redor o fio das horas, a ordem dos anos e dos mundos. Ele os consulta por instinto ao acordar e neles lê num instante o ponto da terra que ocupa, o tempo que passou até despertar; mas a sua ordem pode se embaralhar, se romper. Se de madrugada, após uma insônia, o sono o surpreende durante a leitura numa postura demasiado diferente daquela em que dorme habitualmente, basta que o seu braço esteja erguido para deter o sol e fazê-lo recuar, e no primeiro minuto do seu despertar ele não saberá mais as horas, achará que acaba de se deitar. Se adormecer numa posição ainda mais insólita e inabitual, por exemplo numa poltrona depois do jantar, então a reviravolta será total nos mundos fora de órbita, a poltrona mágica o fará viajar a toda a velocidade no tempo e no espaço, e no momento de abrir as pálpebras achará que está deitado alguns meses antes, noutra região. Mas bastava que, em minha própria cama, meu sono fosse profundo e descontraísse inteiramente o meu espírito para que este perdesse o mapa do lugar onde havia dormido e, quando acordava no meio da noite, como ignorasse onde me encontrava, nem sequer soubesse num primeiro instante quem eu era; tinha apenas, na sua simplicidade original, o sentido da existência tal como ele pode pulsar no fundo de um animal; estava mais nu que o homem das cavernas; mas então a lembrança — não ainda do lugar onde estava, mas de alguns onde morara e poderia estar — vinha a mim como um socorro do alto para me retirar do vácuo de onde não poderia sair sozinho; em um segundo passava por séculos de civilização, e a imagem confusamente entrevista de lâmpadas a querosene, e depois a de colarinhos de gola rebatida recompunham pouco a pouco os traços originais do meu eu.

Talvez a imobilidade das coisas ao nosso redor nos seja imposta pela nossa certeza de que são mesmo elas e não outras, pela imobilidade de nosso pensamento diante delas. O fato é que, quando acordava assim, meu espírito se agitando para tentar saber, sem conseguir, onde estava eu, tudo girava em torno de mim no escuro, as coisas, as regiões, os anos. Meu corpo, entorpecido demais para se mexer, procurava, segundo a forma do seu cansaço, discernir a posição dos seus membros para daí deduzir a direção da parede, o lugar dos móveis, para reconstruir e nomear a casa onde se achava. Sua memória, a memória de suas costelas, de seus joelhos, de seus ombros, lhe apresentava sucessivamente vários dos quartos onde havia dormido, enquanto ao seu redor as paredes imóveis, mudando de lugar segundo a forma do cômodo imaginado, rodopiavam nas trevas. E antes mesmo que o meu pensamento, que hesitava na soleira dos tempos e das formas, tivesse aproximado as circunstâncias e identificado o cômodo, ele — meu corpo — recordava para cada quarto o tipo de cama, o lugar das portas, o lado para que davam as janelas, a existência de um corredor, e isso junto com o que pensara ao adormecer e que reencontrava ao acordar. O lado anquilosado de meu corpo, procurando adivinhar sua orientação, se imaginava, por exemplo, estirado ao longo da parede numa grande cama de dossel, e eu logo me dizia: "Ora, acabei dormindo antes que mamãe tivesse vindo me dar boa-noite"; eu estava no campo, na casa do meu avô, morto havia muitos anos, e meu corpo, o lado sobre o qual eu repousava, fiéis guardiães de um passado que meu espírito não deveria jamais esquecer, me recordavam a chama da luminária de cristal da Boêmia, em forma de urna, suspensa no teto por pequenas correntes, a lareira de mármore de Siena, no meu quarto de dormir em Combray, na casa de meus avós, em dias distantes que naquele momento eu imaginava presentes sem deles formar uma imagem exata, e que voltaria a ver melhor dali a pouco, quando de fato tivesse acordado.

Depois renascia a lembrança de uma nova atitude; a parede fugia noutra direção: estava no meu quarto na casa de madame de Saint-Loup, no campo; meu Deus! Já são pelo menos dez horas, devem ter terminado de jantar! Devo ter prolongado demais a sesta que faço todos os fins de tarde ao voltar de meu passeio com madame de Saint-Loup, antes de vestir minha casaca. Pois muitos anos se passaram desde Combray, quando, ao voltarmos muito tarde para casa, eram os reflexos vermelhos do poente que via nos vitrais de minha janela. É outro tipo de vida que se leva em Tansonville, na casa de madame de Saint-Loup, outro tipo de prazer que encontro ao sair apenas à noite, seguindo ao luar esses caminhos onde antigamente brincava ao sol; e o quarto onde adormeci em vez de me vestir para o jantar, de longe o vejo, ao voltarmos, atravessado pelo fogo da lâmpada, único farol na noite.

Essas evocações rodopiantes e confusas nunca duravam mais que alguns segundos; muitas vezes, minha breve incerteza do lugar onde me encontrava não distinguia melhor umas das outras as diversas suposições das quais ela era feita, assim como não isolamos, vendo um cavalo correr, as posições sucessivas que nos mostra o cinescópio. Mas eu tinha revisto, ora um, ora outro, os quartos que havia habitado na minha vida, e acabava por me recordar de todos nos longos devaneios que se seguiam ao meu despertar; quartos de inverno onde, quando se está deitado, aconchega-se a cabeça num ninho que se tece com as coisas mais disparatadas: um canto do travesseiro, a parte de cima do cobertor, uma ponta de xale, a beira da cama e um número dos *Débats Roses*, que acabamos por cimentar com a técnica dos pássaros, calcando-as indefinidamente; onde num tempo glacial o prazer que se saboreia é o de se sentir separado do exterior (como a andorinha-do-mar cujo ninho fica no fundo de um subterrâneo no calor da terra), e onde, com o fogo mantido a noite toda na lareira, se dorme sob um grande manto de ar quente e esfumaçado, atravessado pelos lampejos de brasas que se reavivam, uma espécie de alcova impalpável, de caverna cálida escavada no seio do próprio quarto, zona ardente e móvel nos seus contornos térmicos, arejada por sopros que nos refrescam o rosto e vêm dos cantos, das partes vizinhas à janela ou afastadas do fogo, e que esfriaram — quartos de verão onde se gosta de estar unido à noite morna, onde o luar apoiado nos postigos entreabertos joga até o pé da cama sua escada encantada, onde se dorme quase ao ar livre como o chapim embalado pela brisa na ponta de um raio de luz — às vezes o quarto estilo Luís XVI, tão alegre que nem na primeira noite nele me sentira muito infeliz e onde as pequenas colunas que sustentavam levemente o teto se afastavam com tanta graça para mostrar e reservar o lugar da cama; às vezes, ao contrário, era um quarto pequeno e de pé-direito tão alto, escavado na forma de uma pirâmide da altura de dois andares e parcialmente revestido de mogno, onde desde o primeiro segundo eu ficara moralmente intoxicado pelo cheiro desconhecido do patchuli, convencido da hostilidade das cortinas roxas e da insolente indiferença do pêndulo tagarelando alto como se eu não estivesse ali — onde um estranho e impiedoso espelho de pés quadrangulares, barrando obliquamente um dos cantos do cômodo, escavava à força na suave plenitude de meu costumeiro campo visual um lugar imprevisto; onde meu pensamento, esforçando-se durante horas por se deslocar, por se expandir para o alto a fim de tomar exatamente a forma do quarto e chegar a encher até em cima o seu gigantesco funil, passava noites bem duras enquanto estava estendido na minha cama, os olhos erguidos, o ouvido ansioso, as narinas desobedientes, o coração palpitante: até que o hábito tivesse mudado a cor das cortinas, calado o pêndulo, ensinado a piedade ao espelho oblíquo e cruel, dissimulado ou expulsado totalmente o cheiro de patchuli, e diminuído sensivelmente a altura aparente do teto. O hábito! Esse criado hábil mas bem lento e que começa por deixar nosso espírito sofrer durante semanas numa instalação provisória; mas o qual, apesar de tudo, ficamos felizes em encontrar, pois sem o hábito, e reduzido a seus próprios meios, nosso espírito seria impotente para tornar um aposento habitável.

Sem dúvida agora estava bem acordado, meu corpo virara uma última vez e o bom anjo da certeza detivera tudo a meu redor, me deitara sob minhas cobertas, no meu quarto, e pusera aproximativamente no seu lugar, na obscuridade, minha cômoda, minha escrivaninha, minha lareira, minha janela para a rua e as duas portas. Mas, mesmo sabendo que não estava nas casas onde a ignorância do despertar havia momentaneamente, se não me apresentado a imagem distinta, ao menos me levado a acreditar na sua possível presença, a minha memória foi abalada; geralmente não procurava dormir de novo logo em seguida; passava a maior parte da noite a me lembrar de nossa vida de antigamente, em Combray da casa da minha tia-avó, em Balbec, em Paris, em Doncières, em Veneza e ainda além, e me lembrar dos lugares, das pessoas que neles conheci, do que vi delas, do que delas me contaram.

Em Combray, todos os dias desde o fim da tarde, muito tempo antes do momento em que deveria ir para a cama e ficar, sem dormir, longe de minha mãe e de minha avó, meu quarto de dormir voltava a ser o ponto fixo e doloroso de minhas preocupações. Até inventaram, para me distrair nas noites em que me achavam com o aspecto por demais infeliz, de me dar uma lanterna mágica, com a qual, aguardando a hora do jantar, cobriam a minha lâmpada; e, à maneira dos primeiros arquitetos e mestres vidraceiros da idade gótica, ela substituía a opacidade das paredes por variações impalpáveis, aparições multicores sobrenaturais, onde lendas eram pintadas como num vitral vacilante e momentâneo. Mas a minha tristeza só aumentava, porque a mais mínima mudança na iluminação destruía o hábito que tinha de meu quarto, e graças ao qual, salvo no suplício da hora de deitar, ele se tornava suportável. Agora não o reconhecia mais e ficava inquieto, como num quarto de hotel ou num "chalé" aonde chegasse pela primeira vez, ao descer do trem.

Ao passo sacudido de seu cavalo, Golo, tomado por um desígnio atroz, saía da pequena floresta triangular que aveludava com um verde sombrio a encosta de uma colina e avançava aos solavancos rumo ao castelo da pobre Geneviève de Brabant. Esse castelo era cortado ao longo de uma linha curva, que não era mais que o limite de um dos ovais de vidro colocados no caixilho que deslizava pelas ranhuras da lanterna. Era apenas uma das paredes do castelo e tinha na frente um descampado onde devaneava Geneviève, usando um cinto azul. O castelo e o descampado eram amarelos e não esperara vê-los para saber a sua cor, antes dos vidros do caixilho, já que a sonoridade dourada do nome Brabant me mostrara isso com toda a ênfase. Golo parava por um instante para escutar com tristeza a lenga-lenga lida em voz alta pela minha tia-avó, e a qual parecia entender perfeitamente, adequando sua atitude, com uma docilidade que não excluía certa majestade, às indicações do texto; depois se afastava no mesmo passo sacudido. E nada podia parar sua lenta cavalgada. Se eu mexia a lanterna, distinguia o cavalo de Golo, que continuava a avançar sobre as cortinas da janela, enfunando-se em suas dobras, descendo as suas fendas. O próprio corpo de Golo, de uma essência tão sobrenatural quanto a sua montaria, amoldava-se a todo obstáculo material, a todo objeto incômodo que encontrava, tomando-o como ossatura e tornando-o interior, fosse ele a maçaneta da porta à qual logo se adaptava e que sobrenadava invencivelmente com sua veste vermelha ou sua figura pálida, sempre tão nobre e tão melancólica mas que não deixava transparecer nenhum tumulto dessa transvertebração.

Claro que eu achava encantadoras essas brilhantes projeções que pareciam emanar de um passado merovíngio e que passeavam em torno de mim reflexos de história tão antigos. Mas não posso descrever o mal-estar que me provocava essa intrusão do mistério e da beleza num quarto que acabara por preencher com o meu eu, a ponto de não prestar mais atenção no quarto do que em mim mesmo. A influência anestesiante do hábito tendo cessado, me punha a pensar, a sentir, coisas tão tristes. Essa maçaneta da porta do meu quarto, que diferia para mim de todas as maçanetas do mundo por parecer abrir sozinha, sem que precisasse girá-la, de tanto que o seu manejo se tornara inconsciente para mim, eis que agora servia de corpo astral a Golo. E assim que tocavam a sineta, apressava-me em correr para a sala de jantar onde o grande lustre suspenso, ignorante de Golo e Barba Azul, e que conhecia meus pais e a carne de panela, produzia a sua luz de todas as noites; e caía nos braços de mamãe, que as desgraças de Geneviève de Brabant me tornavam mais querida, enquanto os crimes de Golo me faziam examinar minha própria consciência com maior escrúpulo.

Depois do jantar, hélas!, era logo obrigado a deixar mamãe, que ficava conversando com os outros, no jardim se o tempo estava bom, no salão pequeno onde todo mundo se refugiava se estava ruim. Todo mundo salvo minha avó, que achava "uma pena ficar trancado em casa no campo" e que tinha incessantes discussões com meu pai, nos dias de chuva muito forte, porque ele me mandava ler no meu quarto em vez de ficar fora. "Não é assim que vocês farão com que fique robusto e enérgico, dizia ela tristemente, sobretudo esse pequeno que precisa tanto adquirir força e vontade." Meu pai dava de ombros e examinava o barômetro, porque gostava de meteorologia, enquanto minha mãe, evitando fazer barulho para não perturbá-lo, o olhava com um respeito enternecido, mas não tão fixamente para não tentar penetrar o mistério da sua superioridade. Já minha avó, qualquer que fosse o tempo que fizesse, mesmo quando a chuva se desencadeava e Françoise tinha recolhido precipitadamente as cadeiras de vime por medo de que molhassem, a víamos no jardim vazio e chicoteado pelo aguaceiro, afastando as mechas desgrenhadas e grisalhas para que seu rosto se embebesse melhor da salubridade do vento e da chuva. Ela dizia: "Enfim, respira-se!", e percorria as alamedas encharcadas — para o seu gosto, alinhadas demasiado assimetricamente pelo novo jardineiro, desprovido do sentimento da natureza, e a quem meu pai perguntara desde a manhã se o tempo ficaria firme — com seus passinhos entusiasmados e sacudidos, regulados pelos diversos movimentos que lhe excitavam na alma a embriaguez da tempestade, o poder da higiene, a estupidez de minha educação e a simetria dos jardins, mais do que pelo desejo, desconhecido por ela, de evitar manchas de lama na sua saia cor de ameixa, sob as quais ela sumia até uma altura que era sempre um desespero e um problema para a sua criada.

Quando esses percursos de minha avó pelo jardim aconteciam depois do jantar, uma coisa tinha o poder de fazê-la entrar: era — num dos momentos aonde a órbita do seu passeio a trazia periodicamente, como um inseto, para diante do pequeno salão onde os licores eram servidos na mesa de jogo — se minha tia-avó lhe gritava: "Bathilde, venha impedir seu marido de beber conhaque!". Para importuná-la, na verdade (ela trouxera para a família de meu pai um espírito tão diferente que todo mundo caçoava dela e a atormentava), como os licores estavam proibidos a meu avô, minha tia-avó o fazia beber umas gotas. Minha pobre avó entrava, rogava ardentemente ao marido que não experimentasse o conhaque; ele se irritava, bebia o seu gole mesmo assim, e minha avó partia de novo, desanimada, e ainda assim sorrindo, pois era tão humilde de coração, e tão doce, que sua ternura pelos outros e o pouco-caso que fazia de si mesma e de seus sofrimentos se harmonizavam no seu olhar e num sorriso nos quais, ao contrário do que se vê no rosto de muitos seres humanos, só havia ironia para com ela mesma e, para nós todos, como que um beijo de seus olhos, que não podiam ver aqueles de quem gostava sem os acariciar apaixonadamente com o olhar. Esse suplício que lhe infligia minha tia-avó, o espetáculo das súplicas vãs de minha avó e a sua fraqueza, vencida de antemão, tentando inutilmente tirar de meu avô o copo de licor, era dessas coisas à vista das quais nos habituamos mais tarde a ponto de encará-las com risos, e tomando partido do perseguidor resoluta e alegremente, para persuadir a nós mesmos de que não se trata de perseguição; elas me causavam então tal horror que teria gostado de bater na minha tia-avó. Mas logo que ouvia "Bathilde!", já um homem na minha covardia, fazia o que todos fazemos ao crescer, quando há diante de nós aflições e injustiças: não queria vê-las; subia para soluçar no andar de cima, ao lado da sala de estudo, sob o telhado, numa pequena peça recendendo a íris, e também perfumada por um cassis silvestre que crescera lá fora entre as pedras do muro e estendia um galho de flores pela janela entreaberta. Destinada a um uso mais especializado e vulgar, essa peça, de onde de dia se via até a torre de Roussainville-le-Pin, serviu--me muito tempo de refúgio, sem dúvida porque era a única que me permitiam fechar à chave, para todas as minhas ocupações que reclamavam uma inviolável solidão: a leitura, o devaneio, as lágrimas e a volúpia. Hélas!, não sabia que, bem mais tristemente que os pequenos desvios da dieta de meu avô, minha falta de vontade, minha saúde delicada, a incerteza que elas projetavam sobre meu futuro, preocupavam minha avó no curso de suas deambulações incessantes, à tarde e à noite, durante as quais víamos passar e repassar, levantado obliquamente para o céu, seu belo rosto de faces morenas e sulcadas, com a idade tornadas quase da cor malva das terras aradas no outono, cobertas, se ela saía, por um pequeno véu semierguido, e sobre as quais, trazida pelo frio ou algum triste pensamento, estava sempre a enxugar uma lágrima involuntária.

Meu único consolo, quando subia para me deitar, era que mamãe viria me beijar quando estivesse na cama. Mas aquele boa-noite duraria tão pouco tempo, ela desceria tão depressa, que o momento em que a escutava subir, e depois quando passava pelo corredor de porta dupla, o leve barulho de seu vestido campestre de musselina azul, do qual pendiam pequenos cordões de palha trançada, era para mim um momento doloroso. Ele anunciava aquele que viria em seguida, o momento em que ela teria me abandonado, em que teria descido de volta. Assim, chegava a querer que viesse o mais tarde possível esse boa-noite de que gostava tanto, para que se prolongasse o tempo de espera no qual mamãe ainda não havia chegado. Às vezes, depois de ter me beijado, quando ela abria a porta para partir, queria chamá-la, dizer "me dê mais um beijo", mas sabia que ela logo fecharia a cara, pois a concessão que fazia à minha tristeza e à minha agitação ao subir para me beijar, trazendo-me aquele beijo de paz, irritava meu pai, que achava esses ritos absurdos, e ela queria que perdesse a necessidade, o hábito, que estava muito longe de permitir que adquirisse o costume de pedir, quando ela já estava na porta, mais um beijo. Ora, vê-la aborrecida destruía toda a calma que ela me trouxera um momento antes, quando debruçara sobre minha cama o seu rosto amável e o estendera como uma hóstia para uma comunhão de paz, da qual meus lábios extraíam sua presença real e o poder de adormecer. Mas essas noites em que mamãe, em suma, ficava tão pouco tempo no meu quarto, ainda eram doces em comparação com aquelas em que havia convidados para jantar e, devido a isso, não subia para me dar boa-noite. As visitas se limitavam habitualmente ao senhor Swann, que, afora alguns forasteiros de passagem, era quase a única pessoa que vinha à nossa casa em Combray, às vezes para um jantar de vizinho (mais raramente desde que fizera aquele mau casamento, porque meus pais não queriam receber sua mulher), e às vezes depois do jantar, de surpresa. Nas noites em que, sentados em frente de casa sob o grande castanheiro, em volta da mesa de ferro, ouvíamos no fundo do jardim, não a sineta profusa e estridente que inundava, ensurdecia com seu ruído ferruginoso, inextinguível e gélido quando qualquer pessoa da casa passava e a disparava ao entrar "sem tocar", mas o duplo toque tímido, oval e dourado da campainha dos de fora, todo mundo logo se perguntava: "Uma visita, quem pode ser?", mas bem sabíamos que só podia ser o senhor Swann; minha tia-avó, falando alto para dar o exemplo, num tom que se esforçava para tornar natural, dizia que não cochichássemos assim, que nada é mais desagradável a uma pessoa que chega, e que isso poderia levá-la a pensar que estamos falando coisas que ela não deveria ouvir; e a enviada como batedora era minha avó, que, sempre alegre em ter um pretexto para dar mais uma volta no jardim, aproveitava para arrancar sub-repticiamente, ao passar, algumas estacas das roseiras, a fim de dar às rosas um ar natural, como uma mãe que, para soltá-los, passa as mãos nos cabelos do filho, que o barbeiro alisou demais.

Ficávamos todos na expectativa das notícias que minha avó iria nos trazer do inimigo, como se se pudesse hesitar entre um grande número de possíveis assaltantes, e pouco depois meu avô dizia: "Reconheço a voz de Swann". Só o reconhecíamos, de fato, pela voz, distinguíamos mal seu rosto com o nariz encurvado, olhos verdes sob a testa alta, rodeada por cabelos loiros quase ruivos, penteados à Bressant, porque mantínhamos o menos possível de luz no jardim para não atrair os mosquitos, e eu ia disfarçadamente dizer que servissem refrescos; minha avó dava muita importância a isso, achando mais agradável que não parecesse algo excepcional, e apenas para os visitantes. O senhor Swann, ainda que bem mais novo do que ele, era muito ligado a meu avô, que fora um dos melhores amigos de seu pai, homem excelente mas singular, a quem, parece, às vezes bastava um nada para interromper os ímpetos do coração, mudar o curso do pensamento. Eu ouvia várias vezes por ano meu avô contar à mesa sempre as mesmas anedotas sobre a atitude do senhor Swann pai quando da morte da sua mulher, de quem cuidava dia e noite. Meu avô, que não o vira por um longo tempo, acorrera para junto dele na propriedade que os Swann possuíam nos arredores de Combray e conseguira, para que não assistisse ao fechamento do caixão, que saísse por um momento, todo em lágrimas, da câmara mortuária. Deram alguns passos no parque onde havia um pouco de sol. De repente, pegando o meu avô pelo braço, o senhor Swann exclamou: "Ah, meu velho amigo, que alegria passearmos juntos nesse tempo tão bom! Não acha isso bonito, todas essas árvores, esses espinheiros, esse meu laguinho pelo qual nunca me deu parabéns? Você está com a cara murcha de um gorro velho. Ah, bem se pode dizer que a vida tem coisas boas apesar de tudo, meu caro Amédée!". Bruscamente, a lembrança de sua mulher morta lhe voltou e, com certeza achando bastante complicado apurar como pudera num momento daqueles deixar-se levar por um movimento de alegria, resignou-se, com um gesto que lhe era familiar toda vez que uma questão árdua se apresentava a seu espírito, em passar a mão na testa, esfregar os olhos e as lentes dos óculos. Contudo ele não pôde se consolar da morte da sua mulher, mas, durante os dois anos que lhe sobreviveu, dizia a meu avô: "É engraçado, penso várias vezes na minha pobre mulher, mas não posso pensar muito de cada vez". "Muitas vezes, mas pouco de cada vez, como o pobre Swann pai" tornou-se uma das frases favoritas de meu avô, que a pronunciava a propósito das coisas mais diversas. Poderia ter pensado que o Swann pai era um monstro se meu avô, que eu considerava um melhor juiz, e cujas sentenças eram jurisprudência para mim, tendo me servido delas várias vezes depois para absolver deficiências que estaria inclinado a condenar, não tivesse exclamado: "Mas como? Era um coração de ouro!".

Durante muitos anos, sobretudo antes do seu casamento, apesar de o senhor Swann filho vir com frequência vê-los em Combray, minha tia-avó e meus avós não suspeitaram que ele não vivesse mais na sociedade que sua família havia frequentado, e que, na condição de incógnito com que era considerado na nossa casa esse nome, Swann, eles recebiam — com a perfeita inocência de hoteleiros honestos que acolhem, sem saber, um célebre bandido — um dos sócios mais elegantes do Jockey-Club, amigo predileto do conde de Paris e do príncipe de Gales, um dos nomes mais requisitados da alta sociedade do bairro de Saint-Germain.

A ignorância em que estávamos dessa brilhante vida mundana que Swann levava se devia, evidentemente, em parte à reserva e à discrição do seu caráter, mas também ao fato de que os burgueses de então tinham da sociedade uma ideia um pouco hindu, considerando-a como que composta de castas fechadas onde cada um, desde o nascimento, se encontrava colocado no patamar ocupado por seus pais, e do qual nada, salvo os acasos de uma carreira excepcional ou de um casamento inesperado, podia tirá-lo para fazê-lo entrar numa casta superior. O senhor Swann, o pai, era corretor; o "Swann filho" então devia fazer parte por toda a vida de uma casta em que as fortunas, como numa categoria de contribuintes, variavam entre tal e tal renda. Sabia-se quais foram as relações de seu pai, logo se sabia quais eram as suas, quais pessoas estava "em condições" de frequentar. Se conhecia outras, eram relações de jovem a respeito das quais os amigos antigos de sua família, como meus pais, fechavam os olhos com tanto maior benevolência porque continuava, desde que ficara órfão, a vir fielmente nos ver; mas se poderia apostar que essas pessoas desconhecidas de nós que ele via, eram aquelas que não teria ousado cumprimentar se, estando conosco, as tivesse encontrado. Se a todo custo se quisesse aplicar a Swann um coeficiente social que lhe fosse próprio, entre os outros filhos de corretores de situação igual à de seus pais, esse coeficiente teria sido para ele um pouco inferior porque, muito simples nos modos e tendo tido sempre uma "mania" por objetos antigos e pinturas, ele residia agora num vasto e velho imóvel onde amontoava suas coleções, e que minha avó sonhava em visitar mas que estava situado no Quai d'Orléans, lugar onde minha tia-avó achava uma infâmia morar. "O senhor conhece bem o assunto? Pergunto isso no seu interesse, porque muita tralha lhe deve ser empurrada pelos marchands", lhe dizia minha tia-avó; ela não lhe imaginava com efeito competência alguma, e não tinha mesmo uma ideia elevada, do ponto de vista intelectual, de um homem que nas conversas evitava os temas sérios e mostrava uma precisão bastante prosaica não somente quando nos dava, entrando nos menores detalhes, receitas culinárias, mas mesmo quando as irmãs de minha avó falavam de temas artísticos. Desafiado por elas a dar sua opinião, a exprimir sua admiração por um quadro, guardava um silêncio quase descortês, mas em contrapartida se redimia se podia fornecer, a respeito do museu onde estava, ou da data em que fora pintado, alguma informação material. Mas habitualmente se contentava em tentar nos divertir contando, a cada vez, uma história nova que lhe acabava de acontecer com pessoas escolhidas entre as que conhecíamos, com o farmacêutico de Combray, com nossa cozinheira, com nosso cocheiro. É claro que essas narrativas faziam minha tia-avó rir, mas sem que distinguisse bem se era devido ao papel ridículo que ele sempre atribuía a si mesmo ou à graça com que as contava: "Pode-se dizer que o senhor é um tipo e tanto!". Como ela era a única pessoa um pouco vulgar da nossa família, tinha o cuidado de observar aos estranhos, quando se falava de Swann, que ele poderia, se quisesse, morar no bulevar Haussmann ou na avenida de L' Ópera, pois era filho do senhor Swann, que lhe devia ter deixado uns quatro ou cinco milhões, mas esse era o seu capricho. Fantasia que de resto ela achava ser divertida também para os que, em Paris, quando o senhor Swann vinha no Primeiro de Janeiro trazer o seu saco de marrons-glacês, ela não falhava, se havia muita gente, em dizer: "E então, senhor Swann, continua a morar perto do Entreposto de Vinho, para ter certeza de não perder o trem quando vai a Lyon?". E ela olhava pelo canto do olho, sobre os seus óculos, os outros visitantes.

 Mas se tivessem dito à minha tia-avó que esse Swann, enquanto filho de Swann, o qual estava perfeitamente "qualificado" para ser recebido por toda a "alta burguesia", pelos tabeliães e advogados mais estimados de Paris (privilégio que ele parecia negligenciar um pouco), tinha, como que às escondidas, uma vida completamente diferente; que ao sair de nossa casa, em Paris, depois de ter dito que voltava à sua para se deitar, desviava o caminho logo que virava a esquina e se dirigia a um salão que os olhos de um corretor ou seu sócio jamais haviam contemplado, isso teria parecido tão extraordinário à minha tia quanto a uma senhora mais letrada o fato de ele ter ligações pessoais com Aristeu e que, depois de terem conversado, ele mergulharia no reino de Tétis, num império subtraído dos olhos dos mortais, onde Virgílio o mostra sendo recebido de braços abertos; ou — para ficar com uma imagem com maior chance de lhe vir ao espírito, porque ela a vira pintada nos nossos pratos para docinhos em Combray — que tivera como convidado para o jantar Ali Babá, o qual, assim que se visse só, entraria na extasiante caverna, de insuspeitos tesouros.

Um dia em que ele veio nos ver em Paris depois do jantar e se desculpou por estar de casaca, Françoise disse, depois da sua partida, ter ouvido do cocheiro que ele jantara "na casa de uma princesa"; "Sim, na casa de uma princesa do submundo!", respondeu minha tia levantando os ombros sem erguer os olhos de seu tricô, com uma serena ironia.

Assim sendo, minha tia-avó o tratava um pouco de cima. Como acreditava que ele devia se sentir lisonjeado pelos nossos convites, ela achava muito natural que só viesse nos ver no verão tendo na mão um cesto de pêssegos ou de framboesas do seu jardim, e que a cada uma de suas viagens à Itália me trouxesse fotografias de obras-primas.

Não havia constrangimento em mandá-lo chamar quando se precisava da receita de um molho gribiche ou de uma salada de ananás para grandes jantares aos quais ele não era convidado, não reconhecendo nele prestígio suficiente para que se pudesse servi-lo a desconhecidos, que vinham pela primeira vez. Se a conversa recaía sobre os príncipes da Casa de França: "Gente que não conheceremos nunca, nem o senhor nem eu, e nem fazemos questão, não é?", dizia minha tia-avó a ele, que talvez tivesse no bolso uma carta de Twickenham;* ela o fazia empurrar o piano e virar as páginas nas noites em que a irmã de minha avó cantava, manejando aquela criatura, tão solicitada em outros lugares, com a ingênua rudeza de uma criança que, despreocupada, brinca com um bibelô de coleção como se fosse coisa barata. Sem dúvida, o Swann que tantos sócios de clubes conheceram na mesma época era bem diferente daquele que minha tia-avó criava quando, de noite, no pequeno jardim de Combray, depois que retiniam os dois toques hesitantes da sineta, injetava e vivificava com tudo quanto sabia sobre a família Swann o obscuro

---

* Até 1871, Twickenham era a residência do conde de Paris durante seu exílio na Inglaterra.

e incerto personagem que emergia de um fundo de trevas, seguido por minha avó, e que reconhecíamos pela voz. Mas, mesmo com as coisas mais insignificantes da vida, não somos um todo materialmente constituído, idêntico para todo mundo, o qual basta ver para dele tomar conhecimento, como com um caderno de contas ou um testamento; nossa personalidade social é uma criação do pensamento dos outros. Até o ato tão simples a que chamamos "ver uma pessoa que conhecemos" é em parte um ato intelectual. Nós completamos a aparência física do ser que vemos com todas as noções que temos a seu respeito e, no aspecto integral que formamos dele, essas noções têm certamente a maior parte. Elas terminam por preencher tão perfeitamente os rostos, por seguir numa aderência tão exata a linha do nariz, se misturam tão bem e matizam a sonoridade da voz como se ela fosse apenas um invólucro transparente, que, cada vez que vemos esse rosto e ouvimos essa voz, são essas noções que reencontramos, escutamos. Sem dúvida, no Swann que havia composto para si, minha família omitiu por ignorância uma multidão de particularidades de sua vida mundana que faziam com que outras pessoas, quando na sua presença, vissem traços elegantes dominar o seu rosto e se deterem no nariz aquilino como numa fronteira natural; mas meus familiares também tinham podido acumular naquele rosto desprovido de seu prestígio, vazio e espaçoso, no fundo daqueles olhos depreciados, o vago e doce resíduo — meio memória, meio esquecimento — das horas ociosas passadas em conjunto depois de nossos jantares semanais, em volta da mesa de jogo ou no jardim, durante nossa vida de boa vizinhança campestre. O invólucro corporal de nosso amigo havia sido tão bem apagado, assim como algumas lembranças relativas a seus pais, que esse Swann particular se tornou um ser completo e vivo, e tenho a impressão de deixar uma pessoa para ir a outra muito diferente dele quando, na minha memória, passo do Swann que conheci mais tarde com precisão para aquele primeiro Swann — ao primeiro Swann, em quem reencontro os erros encantadores da minha juventude, e que aliás se parece menos com o outro do que com as pessoas que conheci na mesma época, como se a nossa vida fosse um museu onde todos os retratos de um mesmo tempo têm um ar de família, uma mesma tonalidade — para aquele primeiro Swann cheio de deleite, perfumado pelo aroma do grande castanheiro, dos cestos de framboesas e de um ramo de estragão.

Contudo, num dia que minha avó fora pedir um favor a uma senhora que conhecera no Sacré-Cœur (e com a qual, devido a nossa concepção de castas, não quis continuar em contato apesar da simpatia recíproca), a marquesa de Villeparisis, da célebre família de Bouillon, esta lhe dissera: "Acredito que a senhora conheça bem o senhor Swann, que é um grande amigo de meus sobrinhos Laumes". Minha avó voltou da visita entusiasmada com a mansão que dava para um jardim, e onde madame de Villeparisis a aconselhou a alugar algo, e também com um alfaiate e sua filha que tinham uma loja no pátio, e onde ela entrou para pedir que dessem um ponto na sua saia, que rasgara ao subir a escada. Minha avó achou aquelas pessoas perfeitas, declarou que a pequena era uma pérola e o alfaiate o homem mais distinto, o melhor que jamais vira. Porque para ela a distinção era algo absolutamente independente da posição social. Extasiava-se com uma resposta que o alfaiate lhe dera, contando-a a mamãe: "Sévigné* não teria dito melhor!" e, em contrapartida, a respeito de um sobrinho de madame de Villeparisis que encontrara na casa: "Ah, minha filha, como ele é banal!".

Pois bem, a menção a Swann teve o efeito não de fazê-lo crescer na estima de minha tia-avó, mas de rebaixar madame de Villeparisis. Parecia que a consideração, garantida pela minha avó, que atribuíamos a madame de Villeparisis, criara-lhe o dever de não fazer nada que a tornasse menos digna, e ao qual ela faltara ao tomar conhecimento da existência de Swann, ao permitir que seus parentes o frequentassem. "Como assim, ela conhece Swann? Para uma pessoa que você supunha ser parente do marechal de Mac-Mahon!"** Essa opinião de meus pais sobre as relações de Swann lhes pareceu confirmada em seguida por seu casamento com uma mulher da pior sociedade, quase uma cocote, que por sinal nunca procurou apresentar, continuando a vir sozinho à nossa casa, ainda que cada vez menos, mas através dela acharam poder julgar — supondo que a buscara ali — o meio, deles desconhecido, que frequentava habitualmente.

---

* Marie de Rabutin-Chantal, marquesa de Sévigné (1626-96), cujas cartas à filha se tornaram um marco da literatura francesa.
** Marie Esme Patrice Maurice, conde de Mac-Mahon (1808-93), marechal, senador e presidente entre 1873 e 1879.

Mas uma vez meu avô leu num jornal que o senhor Swann era um dos convivas mais habituais dos almoços de domingo na casa do duque de X..., cujo pai e tio foram os homens de Estado mais em evidência no reinado de Luís Filipe. Ora, meu avô era curioso de todos os pequenos fatos que poderiam ajudá-lo a entrar, em pensamento, na vida privada de homens como Molé, como o duque de Pasquier, como o duque de Broglie. Ficou encantado em saber que Swann frequentava pessoas que os conheceram. Minha tia-avó, ao contrário, interpretou essa novidade num sentido desfavorável a Swann: qualquer um que escolhesse suas relações fora da casta em que nascera, fora de sua "classe" social, sofria a seus olhos uma lamentável desqualificação. Parecia-lhe que se renunciava, de vez, ao fruto de todas as belas relações com pessoas bem postas, que as famílias previdentes haviam honradamente preservado e estocado para seus filhos (minha tia-avó até mesmo parou de ver o filho de um tabelião nosso amigo porque ele se casara com uma alteza e, com isso, segundo ela, descia do nível de respeitável filho de tabelião para o de um desses aventureiros, antigos criados de quarto ou de estrebaria aos quais, pelo que se comenta, às vezes rainhas fizeram agrados). Ela recriminou o projeto de meu avô de interrogar Swann, na próxima noite que viesse jantar, sobre esses amigos que lhe descobríamos. Por outro lado, as duas irmãs de minha avó, solteironas que tinham caráter nobre mas não o espírito, declararam não entender qual prazer seu cunhado poderia achar em falar de tais bobagens. Eram pessoas de aspirações elevadas, e portanto incapazes de se interessar pelo que chamamos de bisbilhotice, mesmo que com algum interesse histórico, e em geral por tudo que não se ligasse diretamente a algo estético ou virtuoso. Tal era o desinteresse do pensamento delas em relação a tudo que, de perto ou de longe, parecia se relacionar à vida mundana, que o seu sentido auditivo — tendo por fim percebido sua inutilidade momentânea quando a conversa no jantar adquiria um tom frívolo ou apenas pedestre, sem que aquelas velhas solteironas pudessem reconduzi-la aos temas que lhes eram caros — punha então em suspenso os órgãos receptores e deixava que padecessem de um verdadeiro começo de atrofia. Se meu avô precisava então atrair a atenção das duas irmãs, era necessário que recorresse a esses avisos físicos usados pelos alienistas com certos maníacos que padecem de distração: batendo várias vezes num copo com a lâmina de uma faca, fazendo coincidir uma brusca interpelação com a voz e o olhar, meios violentos que esses psiquiatras levam com frequência para suas relações corriqueiras com gente saudável, seja por hábito profissional, seja por acharem todo mundo um pouco louco. Elas se interessaram mais na véspera do dia em que Swann devia vir jantar, e lhes havia pessoalmente enviado uma caixa de vinho de Asti, quando minha tia, segurando um número do *Figaro* onde ao lado do nome de um quadro que estava numa exposição de Corot havia estas palavras: "da coleção do senhor Charles Swann", nos disse: "Viram que Swann recebeu 'as homenagens' do *Figaro*? — Mas eu sempre falei que ele tinha bom gosto, disse minha avó. — Claro, desde que se trate de uma opinião diferente da *nossa*", respondeu minha tia-avó, a qual, sabendo que minha avó nunca concordava com ela, e sem ter certeza de que era a ela própria que dávamos sempre razão, queria nos arrancar uma condenação em bloco das opiniões de minha avó, contra as quais tentava nos forçar a nos solidarizarmos. Mas ficamos em silêncio. Como as irmãs da minha avó manifestaram a intenção de falar a Swann da menção no *Figaro*, a minha tia-avó as desaconselhou. Cada vez que detectava nos outros uma vantagem que não tinha, por pequena que fosse, ela se persuadia de que não se tratava de uma vantagem e sim de um mal, e a deplorava para não ter de invejá-la. "Creio que não lhe dariam nenhum prazer; de minha parte tenho certeza de que acharia bastante desagradável ver meu nome impresso com tal realce no jornal, e não ficaria nem um pouco lisonjeada se me falassem disso." Mesmo assim, não teimou em persuadir as irmãs de minha avó; porque, no seu horror à vulgaridade, elas levavam tão longe a arte de dissimular em perífrases engenhosas uma alusão pessoal que muitas vezes ela passava despercebida até da pessoa a quem se endereçava. Quanto à minha mãe, só pensava em conseguir que meu pai consentisse em falar a Swann não da sua mulher, mas da filha, que ele adorava e por causa da qual se dizia que acabara por aceitar aquele casamento. "Você poderia lhe dizer só uma palavra, perguntar como ela vai. Deve ser tão cruel para ele." Mas meu pai se irritava: "Não! que ideia absurda. Seria ridículo".

Mas o único dentre nós para quem a vinda de Swann se tornou objeto de uma preocupação dolorosa fui eu. É que nas noites em que havia gente de fora, ou apenas o senhor Swann, mamãe não subia ao meu quarto. Eu jantava antes de todo mundo e vinha em seguida me sentar à mesa até as oito horas, quando estava combinado que deveria subir; aquele beijo precioso e frágil que mamãe me confiava habitualmente em minha cama na hora de dormir, eu teria que transportar da sala de jantar até meu quarto e o guardar durante todo o tempo em que me despia, sem que se quebrasse a sua doçura, sem que se dispersasse e evaporasse a sua virtude volátil e, justamente nessas noites em que precisava recebê-lo com maior atenção, era preciso que o tomasse, que o furtasse bruscamente, publicamente, sem ter o tempo e a liberdade de espírito necessários para prestar a mesma atenção que os maníacos, os quais se empenham em não pensar em outra coisa enquanto fecham uma porta, para poder, quando sua incerteza mórbida retorna, lhe contrapor triunfalmente a lembrança do momento em que a fecharam. Estávamos todos no jardim quando retiniram os dois toques hesitantes da campainha. Sabia-se que era Swann; mesmo assim todo mundo se entreolhou com um ar interrogativo e minha avó foi enviada para o reconhecimento. "Lembrem-se de lhe agradecer inteligivelmente pelo vinho, vocês sabem que ele é delicioso e a caixa é enorme", recomendou meu avô às duas cunhadas. "Não comecem a cochichar, disse minha tia-avó. Como é confortável chegar a uma casa em que todos falam baixo! — Ah, eis o senhor Swann. Iremos perguntar-lhe se acha que o tempo estará bom amanhã", disse meu pai. Minha mãe pensava que com uma única palavra apagaria todo o pesar que nossa família poderia ter ocasionado a Swann desde o seu casamento. Ela achou um jeito de conduzi-lo um pouco à parte. Mas eu a segui; não conseguia resolver-me a ficar nem sequer um passo afastado dela ao pensar que em breve teria de deixá-la na sala de jantar e subir a meu quarto sem ter como nas outras noites o consolo de que viria me beijar. "Agora, senhor Swann, disse-lhe ela, fale-me um pouco da sua filha; tenho certeza de que ela já tem o gosto pelas coisas bonitas, como o seu papai. — Mas venham sentar-se junto a todos nós na varanda", disse meu avô se aproximando. Minha mãe foi obrigada a se interromper, mas extraiu da própria restrição mais um pensamento delicado, como os bons poetas, a quem a tirania da rima força a achar as belezas maiores. "Voltaremos a falar dela quando estivermos sós, disse ela a meia-voz a Swann. Somente uma mãe pode compreendê-lo. Tenho certeza de que a mãe dela teria a mesma opinião." Sentamos todos ao redor da mesa de ferro. Eu queria não pensar nas horas de angústia que passaria sozinho essa noite no meu quarto sem poder dormir; tentava me convencer de que elas não tinham nenhuma importância, já que as teria esquecido na manhã seguinte, e me fixava em ideias futuras que me levariam como sobre uma ponte para além do abismo iminente que me apavorava. Mas o meu espírito, enrijecido pela preocupação, convexo como o olhar com que eu dardejava minha mãe, não se deixava penetrar por nenhuma impressão estrangeira. Os pensamentos bem que entravam nele, mas sob a condição de deixar fora todo elemento de beleza, ou simplesmente de diversão, que pudesse me tocar ou distrair. Como um doente que graças a um anestésico assiste com plena lucidez à operação a que é submetido, mas sem sentir nada, eu podia recitar para mim mesmo versos que amava ou observar os esforços de meu avô para falar a Swann do duque de Audifrett-Pasquier, sem que os primeiros me causassem nenhuma emoção nem os últimos alguma alegria. Esses esforços foram infrutíferos. Bastou que meu avô fizesse a Swann uma pergunta relativa àquele orador e uma das irmãs de minha avó, em cujos ouvidos a questão ressoou como um silêncio profundo, mas intempestivo, ao qual seria polido interromper, interpelou a outra: "Imagine só, Céline, que conheci uma jovem professora primária sueca que me deu detalhes muito interessantes sobre as cooperativas nos países escandinavos. Temos que convidá-la para jantar um dia desses. — Claro!, respondeu sua irmã Flora, mas eu também não perdi meu tempo. Encontrei na casa do senhor Vinteuil um velho sábio que conhece muito bem Maubant, e a quem Maubant contou todos os pormenores de como faz para compor um papel. Não há nada de mais interessante. Ele é vizinho do senhor Vinteuil, eu não tinha ideia; é muito amável. — Não é só o senhor Vinteuil que tem vizinhos amáveis", exclamou minha tia Céline com uma voz que a timidez tornava alta e a premeditação, falsa, enquanto lançava a Swann aquilo que chamaria de um olhar significativo. Ao mesmo tempo, minha tia Flora, que havia compreendido que a frase era o agradecimento de Céline pelo vinho de Asti, olhava igualmente para Swann com uma mescla de congratulação e ironia, fosse simplesmente para sublinhar o dito espirituoso da irmã, fosse porque invejava Swann por tê-lo inspirado, fosse porque não podia se impedir de zombar dele por julgá-lo na berlinda. "Acredito que possamos conseguir que esse senhor venha jantar, continuou Flora; quando mencionamos Maubant ou madame Materna, ele fala horas sem parar. — Isso deve ser delicioso", suspirou meu avô, de cujo espírito infelizmente a natureza omitira por completo a possibilidade de se interessar apaixonadamente pelas cooperativas suecas ou pela composição dos papéis de Maubant, assim como ela se esquecera de fornecer ao das irmãs da minha avó o grãozinho de sal que nós mesmos devemos acrescentar, para obter algum sabor, a uma narrativa da vida privada de Molé ou do conde de Paris. "Veja, disse Swann a meu avô, isso que vou dizer tem mais relação do que parece com o que me perguntava, porque em certos aspectos as coisas não mudaram tanto. Eu reli de manhã em Saint-Simon algo que o teria divertido. Está no volume sobre sua embaixada na Espanha; não é um dos melhores, não passa de um diário, mas pelo menos de um diário escrito maravilhosamente, o que já é uma primeira diferença para esses diários enfadonhos que nos achamos obrigados a ler de manhã e à noite. — Não sou da mesma opinião, há dias em que a leitura dos jornais me parece muito agradável...", interrompeu minha tia Flora, para mostrar que havia lido a frase sobre o Corot de Swann no *Figaro*. "Quando eles falam de coisas ou pessoas que nos interessam!", reforçou minha tia Céline. "Não digo que não, respondeu Swann, espantado. O que reprovo nos jornais é nos fazer prestar atenção todos os dias em coisas insignificantes, ao passo que lemos três ou quatro vezes na nossa vida livros onde há coisas essenciais. Já que rasgamos febrilmente toda manhã o lacre do jornal, deviam mudar as coisas e pôr no jornal, digamos, os... *Pensamentos* de Pascal! (ele destacou essa palavra num tom de ênfase irônico para não ter um ar pedante). E é no volume de apliques dourados que só abrimos uma vez a cada dez anos", acrescentou, testemunhando pelas coisas mundanas esse desdém que certos homens da sociedade afetam, "que leremos que a rainha da Grécia foi a Cannes ou que a princesa de Léon deu um baile a fantasia. Com isso a justa proporção seria restabelecida." Mas, arrependido de ter se deixado falar ainda que levemente de coisas sérias: "Que bela conversa, disse ironicamente, não sei por que abordamos esses 'pincaros'", e virando-se para meu avô: "Pois então, Saint-Simon conta que Maulévrier teve a audácia de estender a mão a seus filhos. Sabe, aquele Maulévrier de quem diz: 'Jamais vi nessa garrafa ordinária senão mau humor, grosseria e idiotices". — Ordinárias ou não, conheço garrafas onde há coisas bem diferentes", disse vivamente Flora, determinada a agradecer a Swann ela também, pois o presente do vinho de Asti se destinava às duas. Céline se pôs a rir. Desconcertado, Swann prosseguiu: "'Não sei se foi ignorância ou armadilha', escreve Saint-Simon, 'ele queria dar a mão a meus filhos. Percebi a tempo de impedir'". Meu avô já se extasiava com "ignorância ou armadilha", mas a senhorita Céline, a quem o nome Saint-Simon — um literato — impedira a anestesia completa das faculdades auditivas, já se indignava: "Como? O senhor admira isso? Muito bem! Que beleza! Mas o que isso quer dizer; que um homem não vale tanto quanto outro? Que importa que seja duque ou cocheiro, se tem inteligência e coração? Que bela maneira de criar os filhos, a do seu Saint-Simon, se não lhes dizia para apertar a mão de todas as pessoas honestas. Mas é simplesmente abominável. E o senhor ousa citar isso?". E meu consternado avô, sentindo a impossibilidade, diante dessa obstrução, de tentar fazer com que Swann contasse histórias que o teriam divertido, disse em voz baixa a mamãe: "Como é aquele verso que você me ensinou e que tanto me alivia nesses momentos. Ah, sim! 'Senhor, quantas virtudes nos fazes odiar!' Ah, como está certo!".

Eu não tirava os olhos de minha mãe, sabia que quando estivéssemos à mesa não me permitiriam que ficasse durante todo o jantar e, para não contrariar meu pai, mamãe não me deixaria beijá-la diversas vezes diante de todo mundo, como se fosse em meu quarto. Então me prometi na sala de jantar, quando se começava a comer e eu sentia se aproximar a hora, fazer antecipadamente nesse beijo, que seria bem curto e furtivo, tudo que poderia fazer sozinho, escolher com meu olhar o lugar do rosto que beijaria, preparar meu pensamento para poder, graças a esse início mental de beijo, consagrar todo o minuto que me concederia mamãe a sentir seu rosto contra os meus lábios, como um pintor que só podendo obter curtas sessões de pose, prepara sua paleta e faz antecipadamente, de memória, com suas anotações, tudo aquilo que podia fazer que a rigor prescindisse da presença do modelo. Mas eis que antes que soasse a sineta do jantar meu avô teve a ferocidade inconsciente de dizer: "O menino parece cansado, deveria subir e se deitar. Estamos aliás jantando tarde hoje". E meu pai, que não honrava tão escrupulosamente quanto minha avó e minha mãe os acordos, disse: "Isso, vamos, vá deitar". Eu queria beijar mamãe, e nesse momento escutou-se a sineta do jantar. "Não, não, realmente, largue sua mãe, vocês já se deram boa-noite o suficiente, essas manifestações são ridículas. Vamos, suba!" Tive que partir sem viático; tive que subir cada degrau da escada, como diz a expressão popular, "a contragosto", subindo contra o meu coração, que queria voltar para junto de mamãe porque ela não tinha dado a ele, ao me beijar, autorização para me seguir. Aquela escada detestada que eu subia sempre tão tristemente exalava um odor de verniz que de alguma maneira tinha absorvido, fixado esse tipo particular de mágoa que eu ressentia a cada noite, e a tornava talvez mais cruel ainda à minha sensibilidade porque, nessa forma olfativa, a minha inteligência já não podia tomar parte dela. Quando dormimos e uma dor de dente só é percebida como uma moça que tentamos duzentas vezes tirar da água, ou como um verso de Molière que repetimos sem parar, é um grande alívio acordarmos, para que nossa inteligência possa despir a ideia da dor de dente de todo disfarce heroico ou cadenciado. É o inverso desse alívio que sentia quando minha mágoa de subir para o quarto entrava em mim de maneira infinitamente mais rápida, quase instantânea, ao mesmo tempo insidiosa e brusca, pela inalação — bem mais tóxica que a penetração moral — do odor de verniz peculiar a essa escada. Uma vez em meu quarto, era preciso tapar todas as saídas, fechar os postigos, cavar minha própria tumba desfazendo as cobertas, vestir o sudário da minha camisola. Mas antes de me sepultar na cama de ferro que tinham acrescentado ao quarto porque eu tinha muito calor no verão, sob o cortinado de crepes da cama grande, tive um movimento de revolta, quis tentar uma astúcia de condenado. Escrevi a mamãe suplicando que subisse para uma coisa grave que não podia lhe dizer na carta. Meu pavor era que Françoise, a cozinheira de minha tia encarregada de se ocupar de mim quando estava em Combray, se recusasse a levar meu bilhete. Suspeitava que, para ela, passar um recado a minha mãe quando havia visitas pareceria tão impossível quanto para o porteiro de um teatro entregar uma carta a um ator que estivesse em cena. Ela possuía em relação às coisas que se podem ou não fazer um código imperioso, abundante, sutil e intransigente, baseado em distinções inapreensíveis ou supérfluas (que lhe dava a aparência dessas leis antigas que, ao lado de prescrições ferozes como o massacre de recém-nascidos, proíbem com uma delicadeza exagerada ferver o cabrito no leite de sua mãe, ou comer o tendão da coxa de um animal). Esse código, se o julgássemos pela obstinação súbita com que ela se negava a cumprir certas incumbências das quais a encarregávamos, parecia ter previsto tamanhas complexidades sociais e refinamentos mundanos que nada no ambiente de Françoise e na sua vida de doméstica de aldeia lhe poderia ter sugerido: e éramos obrigados a nos dizer que havia nela um passado francês muito antigo, nobre e mal compreendido, como nessas cidades industriais onde velhos castelos testemunham que houve outrora uma vida de corte, e onde os operários de uma fábrica de produtos químicos trabalham em meio a delicadas esculturas que representam o milagre de são Teófilo ou os quatro filhos de Aymon. Nesse caso particular, o artigo do código devido ao qual era pouco provável que, salvo num caso de incêndio, Françoise fosse perturbar mamãe na presença do senhor Swann por um personagem tão minúsculo quanto eu, exprimia simplesmente o respeito que ela professava não só pelos pais — como pelos mortos, padres e reis — mas ainda pelos estrangeiros a quem se dá hospedagem, respeito que talvez tivesse me tocado num livro mas que me irritava sempre na sua boca, por causa do tom grave e enternecido que ela adotava ao dizê-lo, e ainda mais nessa noite, na qual o caráter sagrado que conferia ao jantar tinha como efeito que ela se recusasse a perturbar a cerimônia. Mas, para ter mais chance, não hesitei em mentir e lhe dizer que de maneira alguma era eu que queria escrever a mamãe, mas mamãe que, ao me deixar, recomendou não me esquecer de lhe enviar uma mensagem em relação a um objeto que me pedira que procurasse; e ela ficaria decerto bem irritada se não lhe entregassem aquele bilhete. Acho que não acreditou, porque, como os homens primitivos cujos sentidos eram mais poderosos que os nossos, ela discernia imediatamente, por sinais imperceptíveis para nós, toda verdade que queríamos lhe ocultar; olhou durante cinco minutos o envelope, como se o exame do papel e o aspecto da escrita fossem informá-la da natureza do seu conteúdo, ou indicar-lhe qual artigo de seu código deveria aplicar. Então saiu com um ar resignado, que parecia significar: "Que infelicidade para os pais ter um filho assim!". Retornou num instante para dizer que estavam ainda no sorvete, que era impossível ao mordomo entregar a carta agora, na frente de todo mundo, mas que na hora da lavanda se acharia um jeito de entregá-la a mamãe. De imediato minha ansiedade ruiu; agora não era mais como momentos antes, quando me separara de mamãe até amanhã, porque meu bilhetinho, irritando-a sem dúvida (e em dobro porque essa manobra me tornaria ridículo aos olhos de Swann), me faria ao menos entrar invisível e extasiado na mesma sala que ela, iria falar-lhe de mim ao ouvido; pois essa sala de jantar proibida, hostil, onde apenas um momento antes o próprio sorvete — a "raspadinha" — e as lavandas me pareciam encobrir prazeres maléficos e mortalmente tristes porque mamãe os experimentava longe de mim, se abriria a mim e, como uma fruta que fica madura e rompe sua casca, faria jorrar, projetar até meu coração inebriado, a atenção de mamãe enquanto ela lesse minhas linhas. Agora eu não estava mais separado dela; as barreiras tombaram, um fio delicioso nos unia. E ainda não era tudo: mamãe sem dúvida viria!

Pensei que Swann riria da angústia que eu acabara de sentir se tivesse lido minha carta e percebido seu propósito; ou, pelo contrário, como descobri mais tarde, uma angústia semelhante foi seu tormento por longos anos da vida, e talvez ninguém pudesse ter me compreendido tão bem quanto ele; para ele, essa angústia de sentir a pessoa que amamos num lugar de prazer onde não estamos, onde não podemos nos unir a ela, foi o amor que a fez conhecer, o amor, ao qual se está de algum modo predestinado, pelo qual será atravessado, singularizado; mas quando, como para mim, a angústia entrou antes que o amor tivesse feito sua aparição na nossa vida, ela flutua à espera, vaga e livre, sem predileção determinada, a serviço um dia de um sentimento, amanhã de outro, às vezes da ternura filial ou da amizade por um companheiro. E a alegria com que fiz minha primeira aprendizagem quando Françoise voltou e disse que minha carta seria entregue, Swann também conheceu bastante bem essa alegria enganosa que nos dá algum amigo, algum parente da mulher que amamos, quando chegamos à mansão ou ao teatro onde ela se encontra, para algum baile, festa ou estreia onde irá reencontrá-la, esse amigo nos encontra erráticos lá fora, esperando desesperadamente alguma ocasião para se comunicar com ela. Ele nos reconhece, aborda com familiaridade, pergunta o que fazemos ali. E como inventamos que temos qualquer coisa de urgente a dizer à sua parenta ou amiga, ele nos assegura que nada é mais simples, nos faz entrar no vestíbulo e promete enviá-la em menos de cinco minutos. Como o amamos — como nesse momento eu amava Françoise —, esse intermediário bem-intencionado que com uma palavra vem nos tornar suportável, humana e quase propícia a festa inconcebível, infernal, na qual acreditávamos que turbilhões inimigos, perversos e deliciosos arrastavam para longe de nós, fazendo-a rir de nós, aquela que amamos. A julgar por ele, como o parente que nos abordou e é também um dos iniciados nos mistérios cruéis, então os outros convidados da festa não devem ter nada de muito demoníaco. Aquelas horas inacessíveis e suplicantes nas quais ela experimentaria prazeres desconhecidos, eis que através de uma brecha inesperada nelas penetramos; eis que um dos momentos cuja sucessão as teria composto, um momento tão real quanto os outros, talvez até mesmo mais importante para nós porque nossa amante está mais envolvida nele, nós o imaginamos, o possuímos, intervimos nele, quase o criamos: o momento em que se vai dizer a ela que estamos ali, embaixo. E sem dúvida os outros momentos da festa não deveriam ser de uma essência muito diferente da essência daquele, não deveriam ter nada de mais delicioso que tanto nos fizesse sofrer, já que o amigo bondoso nos disse: "Mas ela ficará maravilhada em descer! Terá muito mais prazer em conversar contigo do que em se aborrecer lá em cima". Hélas! Swann fizera a experiência, as boas intenções de um terceiro não têm poder sobre uma mulher que se irrita ao se sentir perseguida até numa festa por alguém que ela não ama. Muitas vezes o amigo desce de volta sozinho.

 Minha mãe não veio e, sem consideração para com meu amor-próprio (empenhado em que não fosse desmentida a fábula de que ela esperava a resposta de algo que teria me pedido), me fez dizer por intermédio de Françoise estas palavras: "Sem resposta", palavras que desde então tantas vezes ouvi porteiros de "palacetes" ou lacaios de clubes transmitirem a alguma pobre moça que se surpreende: "Como, ele não disse nada? Mas é impossível, já que você lhe entregou a minha carta! Está bem, continuarei a esperar". E — assim como ela assegura invariavelmente não haver necessidade do bico de gás suplementar que o porteiro quer acender para ela, e permaneça lá, não ouvindo nada além dos raros comentários sobre o tempo trocados entre o porteiro e um empregado que ele subitamente manda, ao perceber a hora, pôr no gelo a bebida de um cliente — tendo declinado o oferecimento de Françoise de me preparar uma infusão de ervas ou ficar comigo, deixei-a voltar para a copa, deitei-me e fechei os olhos, tentando não ouvir as vozes de meus familiares que tomavam café no jardim. Mas em alguns segundos senti que ao escrever o bilhete a mamãe, ao chegar, com o risco de irritá-la, tão perto dela que até pensei tocar o momento de revê-la, eu me barrei a possibilidade de dormir sem tê-la revisto, e as batidas de meu coração de minuto a minuto se tornavam mais dolorosas porque eu aumentava a minha agitação ao me recomendar uma calma que era a aceitação de meu infortúnio. De repente minha ansiedade sumiu, uma felicidade me invadiu como quando um medicamento poderoso começa a fazer efeito e nos tira uma dor: acabava de tomar a decisão de não tentar mais dormir sem ter visto mamãe, de beijá-la custasse o que custasse, ainda que com a certeza de ela ficar brigada comigo durante muito tempo, quando subisse para se deitar. A calma que resultava do fim de minhas angústias me punha numa alegria extraordinária, não menor que a expectativa, a sede, e o medo do perigo. Abri a janela sem barulho e me sentei ao pé de minha cama; não fazia quase nenhum movimento para que não me ouvissem embaixo. Lá fora, as coisas pareciam, elas também, congeladas numa muda atenção para não perturbar o luar, que, duplicando e recuando cada coisa ao estender o seu reflexo diante dela, mais denso e concreto que a própria coisa, tinha ao mesmo tempo afinado e aumentado a paisagem, como um mapa até então dobrado e que agora se abre. O que tinha necessidade de se mover, como algumas folhas de castanheiro, se movia. Mas o seu tremor minucioso, total, executado nas menores nuances e nas últimas delicadezas, não se derramava pelo resto, não se fundia com ele, restava circunscrito. Expostos a esse silêncio que não absorvia nada, os ruídos mais distantes, aqueles que deviam vir dos jardins na outra extremidade da cidade, eram percebidos em detalhe e com tal "acabamento" que pareciam dever esse efeito de distância ao seu pianíssimo, como os motivos em surdina tão bem executados pela orquestra do Conservatório que, embora não se perca uma nota, julga-se porém ouvi-los longe da sala de concerto, e que todos os velhos frequentadores — as irmãs de minha avó também, quando Swann lhes cedia seus ingressos — aguçavam os ouvidos como se houvessem escutado os progressos longínquos de um exército em marcha que não tivesse ainda dobrado a esquina da rua de Trévise.

Eu sabia que o caso no qual me metia era de todos o que poderia me provocar, vindas de meus pais, as mais graves consequências, bem mais graves na verdade do que um estrangeiro poderia supor, daquelas que ele teria acreditado só poderem ser produzidas pelas faltas verdadeiramente vergonhosas. Mas, na educação que me era dada, a ordem das faltas não era a mesma presente na educação de outras crianças, e me haviam acostumado a colocar primeiro que todas as outras (porque sem dúvida não existiam outras das quais precisava ser cuidadosamente protegido) aquelas cuja característica comum, vejo agora, é que se incorre nelas ao ceder a um impulso nervoso. Mas não se pronunciava então essa palavra, não se declarava essa origem que poderia me fazer crer que era desculpável que a ela sucumbisse, ou mesmo que fosse impossível a ela resistir. Mas eu bem as reconhecia tanto pela angústia que provocavam como pelo rigor do castigo que a elas se seguia: e sabia que aquela que vinha de cometer era da mesma família de outras pelas quais tinha sido severamente punido, embora infinitamente mais grave. Quando fosse me pôr no caminho de minha mãe no momento em que ela subiria para se deitar, e visse que permanecera acordado para de novo lhe dizer boa-noite no corredor, não me deixariam mais continuar em casa, me mandariam para o colégio no dia seguinte, com certeza. Pois bem! Mesmo que tivesse que me jogar pela janela cinco minutos depois, ainda assim preferiria isso. O que queria agora era mamãe, era lhe dizer boa-noite, tinha ido muito longe na trilha que levava à realização desse desejo para poder voltar atrás.

Ouvi os passos de meus pais, que acompanhavam Swann; e quando a sineta da porta me avisou que ele acabara de partir, fui à janela. Mamãe perguntava a meu pai se achara boa a lagosta e se o senhor Swann repetira o sorvete de café e pistache. "Não achei grande coisa, disse minha mãe; creio que na próxima vez será preciso tentar outro sabor. — Nem sei dizer como Swann parece mudado, disse minha tia-avó, está tão velho!" Minha tia-avó estava tão acostumada a ver Swann como o mesmo adolescente de sempre que se surpreendia de encontrá-lo de repente menos jovem do que a idade que continuava a lhe atribuir. E minha família, de resto, também começava a ver nele essa velhice anormal, excessiva, vergonhosa e bem merecida dos solteiros, de todos aqueles para os quais parece que o grande dia que não tem amanhã há de ser mais longo do que para os outros, porque para eles é vazio, e os seus instantes vão se somando a partir da manhã sem depois se dividirem entre os filhos. "Acredito que ele tem muitos problemas com sua mulher depravada que, como toda Combray sabe, vive com um tal senhor de Charlus. É o assunto da cidade." Minha mãe observou que apesar disso ele estava com uma aparência bem menos triste do que algum tempo antes. "Ele também faz bem menos aquele gesto que puxou ao pai de esfregar os olhos e passar a mão pela testa. De minha parte, acredito que no fundo não gosta mais daquela mulher. — Mas claro que não gosta mais, respondeu meu avô. Recebi dele já faz tempo uma carta a esse respeito, que de modo algum me convenceu, que não deixa nenhuma dúvida quanto a seus sentimentos, ao menos de amor, por sua mulher. Ah, e vejam que vocês não lhe agradeceram o Asti", acrescentou meu avô, voltando-se para suas duas cunhadas. "Como assim, não lhe dissemos obrigada? Eu acho, cá entre nós, que o fiz de maneira bem delicada, respondeu minha tia Flora. — Sim, você se saiu muito bem: foi admirável, disse minha tia Céline. — Mas você se saiu muito bem também. — Sim, fiquei bem orgulhosa de minha frase sobre os vizinhos amáveis. — Como, é isso que vocês chamam de agradecer!, exclamou meu avô. Ouvi isso muito bem, mas o diabo me carregue se achei que se dirigia a Swann. Podem ter certeza que ele não entendeu nada. — Ora, Swann não é bobo, tenho certeza de que soube apreciar. Afinal, não podia lhe dizer o número de garrafas e o preço do vinho!" Meu pai e minha mãe ficaram sozinhos e sentaram-se um instante; depois meu pai disse: "Bem, se quiser, vamos subir e deitar. — Se quiser, querido, ainda que eu não tenha um pingo de sono; não pode ser que esse sorvete de café tão anódino me tenha deixado tão desperta; mas noto que há luz na copa, e como a pobre Françoise me esperou, vou pedir que me solte o espartilho enquanto você tira a roupa". E minha mãe abriu a porta gradeada do vestíbulo que dava para a escada. Em seguida, ouvi que subia para fechar sua janela. Fui sem barulho pelo corredor, meu coração batia tão forte que mal podia avançar, mas ao menos não batia mais de ansiedade, mas de assombro e de alegria. Vi no vão da escada a luz projetada pela vela de mamãe. Depois a vi, ela mesma; arremessei-me. No primeiro segundo, ela me olhou com espanto, sem compreender o que acontecera. Depois seu rosto assumiu uma expressão de cólera, ela não me dizia uma única palavra, e com efeito por bem menos que isso não me dirigiam a palavra durante vários dias. Se mamãe me tivesse dito uma palavra, seria admitir que poderiam me falar de novo e isso aliás me pareceu talvez mais terrível ainda, como um sinal de que, diante da gravidade do castigo que ia se preparar, o silêncio, a zanga, fossem pueris. Uma palavra teria sido a calma com que se responde a um empregado quando se acabou de decidir demiti-lo; o beijo que se dá a um filho ao mandá--lo se alistar e que teria sido negado se fosse suficiente ficar dois dias aborrecido com ele. Mas ela ouviu meu pai que subia do quarto de vestir aonde fora tirar a roupa e, para evitar a cena que ele faria, me disse com uma voz entrecortada pela cólera: "Corre, corre, que ao menos teu pai não te veja aqui esperando como um louco!". Mas eu lhe repetia: "Vem me dar boa-noite", aterrorizado ao ver que o reflexo da vela de meu pai já se elevava pela parede, mas também usando a sua aproximação como um meio de chantagem e esperando que mamãe, para evitar que meu pai me encontrasse ainda ali se ela continuasse a recusar, me dissesse: "Volta para o teu quarto, já vou lá". Tarde demais, meu pai estava diante de nós. Sem querer, murmurei estas palavras que ninguém ouviu: "Estou perdido!".

Não foi assim. Meu pai me recusava constantemente autorizações que me haviam sido consentidas nos pactos mais amplos outorgados por minha mãe e minha avó porque ele não ligava para "princípios" e não havia para ele o "direito das pessoas". Por uma razão totalmente contingente, ou mesmo sem razão, ele me suprimia no último momento um passeio tão habitual, tão consagrado, que não podia me privar dele sem que houvesse perjúrio, ou então como fizera mais uma vez naquela noite, muito tempo antes da hora ritual, ao dizer-me: "Vamos, sobe para deitar, sem conversa!". Mas também, porque não tinha princípios (no sentido de minha avó), ele não tinha, propriamente falando, intransigência. Olhou-me um instante com um ar atônito e irritado, mas quando mamãe lhe explicou com algumas palavras embaraçadas o que acontecera, ele lhe disse: "Mas vá então com ele, já que estava justamente falando que está sem sono, fique um pouco no quarto dele, não preciso de nada. — Mas, querido, respondeu timidamente minha mãe, que eu esteja ou não com sono não muda as coisas em nada, não podemos habituar esta criança... — Mas não se trata de habituar, disse meu pai dando de ombros, você está vendo que o menino está triste, tem um ar desolado, essa criança; vamos, não somos carrascos! Quando ele ficar doente, terá adiantado muito! Já que há duas camas no quarto, diga a Françoise para fazer a grande e durma esta noite perto dele. Então vamos, boa noite, eu, que não sou tão nervoso como vocês, vou me deitar".

Não se podia agradecer a meu pai; seria irritá-lo com o que chamava de pieguices. Fiquei ali sem ousar um movimento; ele ainda estava diante de nós, enorme, com seu roupão de dormir branco e sob a caxemira da Índia violeta e rosa que enrolava na cabeça desde que passara a ter nevralgias, com o gesto de Abraão na gravura tirada de Benozzo Gozzoli que o senhor Swann me dera, dizendo a Sara que devia se separar de Isaac. Faz muitos anos isso. A parede da escada onde vi subir o reflexo da sua vela não existe mais há muito tempo. Em mim também foram destruídas muitas coisas que acreditava que iriam durar para sempre, e novas foram construídas para dar origem a penas e a alegrias que não poderia prever então, da mesma forma que as antigas me ficaram difíceis de compreender. Faz muito tempo também que meu pai parou de poder dizer a mamãe: "Vá com o menino". A possibilidade de tais horas não renascerá jamais para mim. Mas desde há algum tempo recomeço a distinguir muito bem, se lhes dou ouvidos, os soluços que tive força para conter na frente de meu pai e que explodiram apenas quando me encontrei a sós com mamãe. Na realidade eles nunca cessaram; e é somente porque a vida se aquieta agora a meu redor que os escuto de novo, como aqueles sinos de convento tão bem abafados pelos ruídos da cidade durante o dia que se poderia acreditar que estivessem parados mas que se põem outra vez a soar no silêncio da noite.

Mamãe passou aquela noite no meu quarto; no momento em que cometia uma falta tão grande que esperava ser obrigado a sair de casa, meus pais me concediam mais do que alguma vez teria podido obter deles como recompensa por uma boa ação. Mesmo na hora em que se manifestava por meio daquele perdão, o procedimento de meu pai para comigo guardava aquele quê de arbitrário e de imerecido que o caracterizava, e que se devia ao fato de geralmente resultar mais de conveniências fortuitas que de um plano premeditado. Talvez mesmo o que eu chamava de sua severidade, quando me mandava para a cama, merecesse menos esse nome que a de mamãe ou de minha avó, pois a sua natureza, em certos aspectos mais diversa da minha do que a delas, não havia provavelmente percebido até agora o quanto eu era infeliz todas as noites, coisa que minha mãe e minha avó sabiam bem; mas elas me amavam o suficiente para não consentir em me poupar do sofrimento, queriam ensinar-me a dominá-lo para atenuar minha sensibilidade nervosa e fortalecer minha vontade. Quanto a meu pai, cuja afeição por mim era de outra espécie, não sei se teria tido aquela coragem: na única vez em que compreendeu que eu estava mal, logo dissera à minha mãe: "Vá consolá-lo". Minha mãe ficou aquela noite no meu quarto e, como para não estragar com algum remorso aquelas horas tão diferentes das que eu tivera o direito de esperar, quando Françoise, compreendendo que se passava qualquer coisa de extraordinário ao ver mamãe sentada junto a mim, segurando minha mão e me deixando chorar sem me repreender, perguntou-lhe: "Mas, madame, o que ele tem para chorar assim?", mamãe lhe respondeu: "Mas ele mesmo não sabe, Françoise, está nervoso; faça depressa a cama grande para mim e vá dormir". Assim, pela primeira vez, minha tristeza não era mais considerada uma ofensa a ser punida, mas um mal involuntário que acabava de ser reconhecido oficialmente, um estado de nervos pelo qual não era responsável; tive o alívio de não ter mais que mesclar escrúpulos com o amargor de minhas lágrimas, podia chorar sem pecado. Também não era pequeno o meu orgulho em relação a Françoise por essa reviravolta nas coisas humanas, ela que, uma hora depois de mamãe se recusar a subir ao meu quarto, e de ter desdenhosamente respondido que eu deveria dormir, me elevava à dignidade de pessoa crescida e me levava a alcançar de súbito uma espécie de puberdade da tristeza, de emancipação das lágrimas. Deveria estar feliz: não estava. Parecia-me que minha mãe acabara de me fazer uma primeira concessão que lhe deveria ser dolorosa, que era uma primeira abdicação de sua parte ante o ideal que concebera para mim, e pela primeira vez ela, tão corajosa, se confessava vencida. Parecia-me que, se acabara de obter uma vitória, era contra ela, que fora bem-sucedido como poderiam ser a doença, as aflições ou a idade, ao relaxar sua vontade, ao vergar sua razão, e que aquela noite iniciava uma era, ficaria como uma data triste. Se então tivesse ousado, teria dito a mamãe: "Não, não quero, não durma aqui". Mas eu conhecia a sabedoria prática, realista, como se diria hoje, que nela atenuava a natureza ardentemente idealista de minha avó, e sabia que, agora que o mal estava feito, ela preferiria me deixar ao menos saborear o prazer calmante e não incomodar meu pai. Certamente, o lindo rosto de mamãe ainda reluzia de juventude naquela noite em que me segurava tão suavemente as mãos e procurava estancar minhas lágrimas; mas justamente isso me parecia que não poderia ter ocorrido, sua cólera teria sido menos triste para mim que essa suavidade nova que minha infância não conhecera; parecia que com mão ímpia e secreta acabava de traçar na sua alma uma primeira ruga e de lhe fazer surgir um primeiro cabelo branco. Esse pensamento redobrou meus soluços e então vi mamãe, que jamais se deixava levar por nenhuma ternura comigo, ser subitamente dominada pela minha e tentar controlar sua vontade de chorar. Como sentiu que eu percebera, ela disse rindo: "Meu tesouro, meu canarinho, vai fazer mamãe ficar boba como ele se isso continuar. Vejamos, já que você está sem sono e mamãe também, não vamos ficar nos enervando, façamos alguma coisa, vamos pegar um dos teus livros". Mas eu não tinha nenhum ali. "Você ficaria menos contente se eu já pegasse os livros que tua avó deve te dar de aniversário? Pense bem: não ficará decepcionado ao não ganhar nada depois de amanhã?" Ao contrário, fiquei encantado, e mamãe foi buscar um pacote de livros dos quais só pude adivinhar, através do papel que os embrulhava, o formato curto e largo mas que, sob esse primeiro aspecto, embora sumário e velado, já eclipsavam a caixa de tintas de Ano-Novo e os bichos-da-seda do ano passado. Eram *La Mare au Diable*, *François le Champi*, *La Petite Fadette* e *Les Maîtres sonneurs*. Minha avó, eu soube depois, primeiro escolhera as poesias de Musset, um volume de Rousseau e *Indiana*; porque se julgava as leituras inúteis tão malsãs quanto balas e doces, ela não achava que os grandes sopros do gênio tivessem sobre o espírito, mesmo de uma criança, uma influência mais perigosa e menos vivificante que sobre o seu corpo o ar livre e o vento de alto-mar. Mas tendo meu pai quase a tratado de maluca ao saber os livros que queria me dar, tinha voltado pessoalmente a Jouy-le-Vicomte, ao livreiro, para que eu não corresse o risco de ficar sem o meu presente (era um dia escaldante e ela voltara tão mal que o médico advertira minha mãe para não deixá-la se cansar assim) e se resolvera pelos quatro romances campestres de George Sand. "Minha filha, dizia ela a mamãe, eu não podia me decidir a dar a essa criança alguma coisa mal escrita."

Na realidade, ela não se resignava nunca a comprar algo de que não se pudesse tirar um proveito intelectual, sobretudo aquele que nos proporcionam as coisas belas, ensinando-nos a procurar nosso prazer longe das satisfações do bem-estar e da vaidade. Mesmo quando tinha que oferecer a alguém um presente considerado útil, quando tinha que dar uma poltrona, talheres, uma bengala, ela os procurava "antigos", como se tendo o seu longo desuso apagado seu caráter utilitário, eles parecessem mais predispostos a nos contar a vida de homens de antigamente do que a servir às necessidades da nossa. Ela bem gostaria que eu tivesse no meu quarto fotografias dos mais belos monumentos e paisagens. Mas no momento de consumar a compra, e ainda que a coisa representada tivesse um valor estético, achava que a vulgaridade e a utilidade logo ocupariam o seu lugar no modo mecânico de representação, a fotografia. Ela tentava um subterfúgio e, se não eliminasse inteiramente a banalidade comercial, ao menos iria reduzi-la, substituindo-a em boa parte pela arte, introduzindo como que várias "camadas" de arte: em vez de fotografias da catedral de Chartres, das fontes de Saint-Cloud, do Vesúvio, ela se informava junto a Swann se algum grande pintor não as havia representado, e preferia me dar fotografias da catedral de Chartres pintadas por Corot, das fontes de Saint-Cloud por Hubert Robert, do Vesúvio por Turner, o que lhes acrescentava um grau de arte. Mas embora o fotógrafo tivesse sido afastado da representação da obra-prima ou da natureza, substituído por um grande artista, ele recuperava os seus direitos para reproduzir essa mesma interpretação. Tendo atingido o limite da vulgaridade, minha avó tentava recuá-lo ainda mais. Ela perguntava a Swann se a obra não tinha sido gravada, preferindo, quando possível, gravuras antigas e que tivessem também um interesse para além de si mesmas, por exemplo, aquelas que representam uma obra-prima num estado em que não podemos mais vê-la hoje (como a *Santa Ceia* antes da sua degradação, gravada por Morghen).* É preciso dizer que os resultados dessa maneira de compreender a arte de dar um presente não eram sempre muito brilhantes. A ideia que fiz de Veneza a partir de um desenho de Ticiano que supunha ter a laguna como fundo,

---

*   Raphael Morghen (1758-1833) fez uma elogiada gravura da *Santa Ceia*, de Leonardo da Vinci, no final do século xviii.

era certamente muito menos exata do que aquelas que teriam me dado simples fotografias. Já perdêramos a conta, em casa, quando minha tia-avó queria fazer um requisitório contra minha avó, das poltronas oferecidas por ela a jovens noivos ou a velhos casais que, na primeira tentativa que fizeram de delas se servir, tinham imediatamente desabado sob o peso de um dos presenteados. Mas minha avó teria achado mesquinho se ocupar demais com a solidez da madeira onde ainda se distinguiam uma florzinha, um sorriso, às vezes uma bela imagem do passado. Mesmo aquilo que nesses móveis respondia a uma necessidade, como era encarado de uma maneira a que não estamos mais habituados, a encantava como os modos de falar antiquados, nos quais vemos, na nossa linguagem moderna, uma metáfora apagada pelo desgaste do hábito. Ora, justamente, os romances campestres de George Sand que me dava de aniversário estavam repletos, assim como um móvel antigo, de expressões caídas em desuso e retornadas à vida, como agora só se encontra no campo. E minha avó os comprou no lugar de outros, tal e qual teria alugado com maior entusiasmo uma propriedade onde houvesse um pombal gótico ou qualquer uma dessas coisas velhas que exercem sobre o espírito uma influência feliz, dando-lhe a nostalgia de viagens impossíveis através do tempo.

 Mamãe sentou-se junto de minha cama; pegara *François le Champi*, ao qual a capa avermelhada e o título incompreensível davam, aos meus olhos, uma personalidade distinta e uma atração misteriosa. Eu nunca lera ainda romances de verdade. Ouvira dizer que George Sand era uma romancista exemplar. Isso já me dispunha a imaginar qualquer coisa de indefinível e delicioso em *François le Champi*. Os procedimentos de narração destinados a excitar a curiosidade ou o enternecimento, certas maneiras de dizer que despertam a inquietude e a melancolia, e que um leitor um pouco instruído reconhece como comuns a muitos romances, pareciam simplesmente — a mim que considerava um livro novo não como algo com muitos semelhantes, mas como uma pessoa única, que em si mesma tivesse motivo de existir — uma emanação perturbadora da essência particular a *François le Champi*. Sob esses acontecimentos tão corriqueiros, essas coisas tão comuns, essas palavras tão correntes, sentia como que uma entonação, uma acentuação estranha. A ação começou; ela me pareceu tanto mais obscura porque naquele tempo, quando lia, devaneava com frequência, durante páginas inteiras, em coisas muito diferentes. E às lacunas que essa distração deixava no relato se somava o fato, quando era mamãe quem lia para mim em voz alta, de que ela pulava todas as cenas de amor. Assim, todas as mudanças bizarras que se produzem nas atitudes da mulher do moleiro e do menino, e que só encontram explicação nos progressos de um amor nascente, me pareciam impregnadas de um profundo mistério, cuja fonte eu imaginava estar nesse nome desconhecido e tão doce de "Champi", que dava ao menino que o usava, sem que eu soubesse por quê, sua cor viva, púrpura e encantadora. Se minha mãe era uma leitora infiel, era também, nas obras onde achava a inflexão de um sentimento verdadeiro, uma leitora admirável pelo respeito e simplicidade da interpretação, pela beleza e suavidade do som. Mesmo na vida, quando eram seres e não obras de arte que excitavam a sua ternura ou a sua admiração, era tocante ver com que deferência ela afastava da voz, de seu gesto, de suas palavras, a faísca de alegria que pudesse fazer mal àquela mãe que outrora perdera um filho, toda referência a festa e a aniversário que pudesse levar um velho a pensar na sua idade avançada, todo assunto caseiro que pudesse parecer aborrecido a um jovem inteligente. Da mesma maneira, quando ela lia a prosa de George Sand, que respira sempre essa bondade, essa distinção moral que minha mãe havia aprendido de minha avó a ter como superiores a tudo na vida, e que só bem mais tarde eu deveria ensinar-lhe a não ter como superiores a tudo nos livros, atenta em banir da sua voz toda banalidade, toda afetação que tivesse podido impedir a recepção daquela onda poderosa, ela fornecia toda ternura natural, toda ampla doçura que elas pediam, àquelas frases que pareciam escritas para sua voz e que por assim dizer cabiam por inteiro no registro da sua sensibilidade. Para atacá-las no tom necessário, reencontrava o acento cordial que lhes preexiste e as ditou mas que as palavras não indicam; graças a ele, amortecia de passagem toda crueza nos tempos dos verbos, dava ao imperfeito e ao pretérito perfeito a doçura que há na bondade, a melancolia que há na ternura, encaminhava a frase que terminava para aquela que ia começar, ora acelerando, ora retardando a marcha das sílabas para fazê-las entrar, embora suas quantidades fossem diversas, num ritmo uniforme, insuflando nessa prosa tão comum uma espécie de vida sentimental e contínua.

Meus remorsos estavam acalmados, deixava-me levar pela doçura daquela noite em que tinha mamãe perto de mim. Sabia que uma noite dessas não poderia se repetir; que o meu maior desejo no mundo, ter minha mãe no quarto durante as tristes horas noturnas, estava demasiado oposto às necessidades da vida e ao sentimento de todos para que a realização que ocorrera naquela noite pudesse ser mais que algo falacioso e excepcional. Amanhã minhas angústias recomeçariam e mamãe não ficaria ali comigo. Mas quando minhas angústias estavam acalmadas, eu não as compreendia mais; e também a noite de amanhã estava bem longe ainda; eu dizia a mim mesmo que teria tempo de refletir, se bem que esse tempo não pudesse trazer nenhum poder, pois se tratava de coisas que não dependiam da minha vontade e que apenas o intervalo que ainda as separava de mim fazia parecer mais evitáveis.

Durante um longo tempo, quando, acordado à noite, me recordava de Combray, nunca revi mais que essa espécie de fragmento luminoso, recortado em meio a trevas indistintas, semelhante aos que a queima de fogos de artifício ou alguma projeção elétrica iluminam ou secionam num edifício onde as outras partes permanecem mergulhadas na noite: na base bem larga, o pequeno salão, a sala de jantar, o início da alameda obscura por onde chegaria o senhor Swann, o autor inconsciente de minhas tristezas, o vestíbulo de onde me encaminhava para o primeiro degrau da escada, tão cruel de subir, que constituía o tronco bem estreito daquela pirâmide irregular; e, no topo, meu quarto de dormir com o pequeno corredor de porta envidraçada para a entrada de mamãe; numa palavra, sempre visto à mesma hora, isolado de tudo que poderia haver ao seu redor, se destacando sozinho da escuridão, o cenário estritamente necessário (como os que se veem indicados no início de velhas peças para as representações provincianas) ao drama de me despir; como se Combray tivesse consistido apenas em dois andares ligados por uma escada estreita, e como se sempre fossem sete horas da noite. Para falar a verdade, poderia ter respondido a quem me perguntasse que Combray compreendia ainda outra coisa e existia noutras horas. Mas como o que então recordasse me seria fornecido pela memória voluntária, a memória da inteligência, e como as informações que ela dá sobre o passado não conservam nada dele, nunca teria tido interesse naquele resto de Combray. Tudo aquilo estava na realidade morto para mim.

Morto para sempre? Era possível.

Há muito de acaso em tudo isso, e um segundo acaso, o da nossa morte, com frequência não nos permite esperar por muito tempo os favores do primeiro.

Acho bastante razoável a crença céltica de que as almas daqueles que perdemos estão cativas nalgum ser inferior, dentro de um bicho, um vegetal, uma coisa inanimada, perdidas de fato para nós até o dia, que para muitos não chega nunca, no qual acontece de passarmos perto da árvore, entrarmos na posse do objeto que é a sua prisão. Então elas estremecem, nos chamam, e logo que as reconhecemos, o encanto se quebra. Libertadas por nós, venceram a morte e voltam a viver conosco.

É assim com o nosso passado. É pena perdida procurar evocá-lo, todos os esforços de nossa inteligência são inúteis. Ele está escondido fora do domínio e do alcance dela, em algum objeto material (na sensação que nos daria esse objeto material) de que nem suspeitamos.

Fazia já muitos anos que, de Combray, tudo que não era o teatro e o drama de me deitar não existia mais para mim, quando num dia de inverno, ao voltar para casa, como minha mãe visse que eu tinha frio, contra o meu hábito ofereceu-me um pouco de chá. A princípio recusei e, não sei por quê, voltei atrás. Ela mandou buscar um daqueles bolinhos curtos e fofos chamados Pequenas Madalenas, que parecem ter sido moldados na valva estriada de uma concha de Santiago. E logo, maquinalmente, abatido pelo dia sombrio e pela perspectiva de um triste amanhã, levei aos lábios uma colherada de chá onde deixara amolecer um pedaço de madalena. Mas, no mesmo instante em que a colherada misturada com farelos do bolo tocou meu palato, estremeci, atento ao que se passava de extraordinário em mim. Um prazer delicioso me invadira, isolado, sem a noção da sua causa. Ele imediatamente tornou as vicissitudes da vida indiferentes para mim, seus desastres, inofensivos, sua brevidade, ilusória, do mesmo modo que o amor age, enchendo-me de uma essência preciosa: ou melhor, essa essência não estava em mim, era eu. Parei de me sentir medíocre, contingente, mortal. De onde poderia ter vindo essa poderosa alegria? Sentia que ela estava ligada ao gosto do chá e do bolinho, mas o ultrapassava infinitamente, não devia ser da mesma natureza. De onde vinha ela? O que significava? Onde apreendê-la? Bebo um segundo gole no qual nada encontro a mais que no primeiro, um terceiro que me traz um pouco menos que o segundo. É tempo de parar, a virtude da bebida parece diminuir. É evidente que a verdade que procuro não está nela, mas em mim. Ela a despertou, mas não a conhece, e só pode repetir indefinidamente, cada vez com menos força, esse mesmo testemunho que não sei interpretar e o qual quero ao menos lhe pedir de novo e reencontrar intato logo em seguida, à minha disposição, para uma iluminação decisiva. Pouso a xícara e me volto para meu espírito. Cabe a ele encontrar a verdade. Mas como? Grave incerteza, todas as vezes que o espírito se sente ultrapassado por si mesmo, quando ele, o que procura, é ao mesmo tempo a região obscura onde deve procurar e onde toda a sua bagagem não lhe servirá para nada. Procurar? Não apenas: criar. Está diante de algo que ainda não é, e que só ele pode tornar real, e depois trazer para a sua luz.

E recomeço a me perguntar qual poderia ser esse estado desconhecido, que não me apresentava nenhuma prova lógica e sim a evidência da sua felicidade, da sua realidade, ante a qual as outras desapareciam. Quero tentar fazê-lo reaparecer. Retrocedo pelo pensamento ao momento em que tomei a primeira colher de chá. Reencontro o mesmo estado, sem uma clareza nova. Peço a meu espírito um esforço a mais, que me traga outra vez a sensação que escapa. E para que nada quebre o impulso com que vai tentar recuperá-la, afasto todo obstáculo, toda ideia alheia, protejo meus ouvidos e minha atenção contra os ruídos do quarto ao lado. Mas ao sentir que meu espírito se cansa sem resultado, eu o forço no sentido contrário: a aceitar a distração que lhe negava, a pensar noutra coisa, a se refazer antes de uma tentativa suprema. E pela segunda vez abro um vazio diante dele, reponho na sua frente o sabor ainda recente daquela primeira colherada e sinto estremecer em mim algo que se desloca, gostaria de subir, algo que teria desancorado a uma grande profundidade; não sei o que é, mas sobe lentamente; sinto a resistência e ouço o rumor das distâncias atravessadas.

Por certo, o que palpita assim no fundo de mim deve ser a imagem, a lembrança visual que, ligada a esse sabor, tenta segui-lo até chegar a mim. Mas ela se debate demasiado longe, de modo demasiado confuso; mal percebo o reflexo neutro onde se confunde o inalcançável turbilhão de cores misturadas; mas não posso distinguir a forma, pedir-lhe, como ao único intérprete possível, que me traduza o testemunho de seu contemporâneo, do seu inseparável companheiro, o sabor, pedir-lhe que me ensine de qual circunstância particular, de qual época do passado se trata.

Chegará à superfície da minha consciência clara essa lembrança, o instante antigo que a atração de um instante idêntico veio de tão longe solicitar, emocionar, alçar do mais fundo de mim? Não sei. Agora não sinto mais nada, ele parou, recaiu talvez; quem sabe se não reemergirá nunca da sua noite? Dez vezes preciso recomeçar, me debruçar rumo a ele. E a cada vez a covardia que nos desvia de toda tarefa difícil, de toda obra importante, me aconselhou a deixar disso, a beber meu chá pensando simplesmente nos meus aborrecimentos de hoje, nos meus desejos de amanhã, que se deixam ruminar sem custo.

E de repente a lembrança me surgiu. Aquele gosto era o do pedacinho de madalena que nas manhãs de domingo em Combray (pois nesse dia eu não saía antes da hora da missa), quando ia lhe dar bom-dia no quarto, minha tia Léonie me oferecia depois de molhá-lo na sua infusão de chá ou de tília. A visão da pequena madalena não me recordou nada antes de tê-la experimentado, talvez porque, tendo-a percebido com frequência depois, sem comê-la, nas prateleiras de confeiteiros, a imagem dela deixou aqueles dias de Combray para se ligar a outros mais recentes; talvez porque dessas lembranças, durante tanto tempo fora da memória, nada sobrevivia, tudo se degradara; as formas — e também a da pequena concha de confeitaria, tão gordurosamente sensual no seu pregueado severo e devoto — tinham sido abolidas ou, adormecidas, perderam a força de expansão que lhes haveria permitido alcançar a consciência. Mas quando nada subsiste de um passado antigo, depois da morte dos seres, depois da destruição das coisas, solitários, mais frágeis e ainda mais vivos, mais imateriais, mais persistentes, mais fiéis, o odor e o sabor permanecem ainda por muito tempo, como almas, a recordar, a aguardar, a esperar, sobre a ruína de todo o resto, a carregar sem vergar, sobre a sua gotinha quase impalpável, o edifício imenso da lembrança.

E assim que reconheci o gosto do pedaço de madalena molhado no chá que minha tia me dava (embora ainda não soubesse, e devesse deixar para bem mais tarde, descobrir por que essa lembrança me fazia tão feliz), logo a velha casa cinza que dava para a rua, onde estava o quarto dela, veio como um cenário de teatro se juntar ao pequeno pavilhão que dava para o jardim, construído atrás para os meus pais (aquele pedaço truncado que era o único que eu revira até então); e com a casa, a cidade, desde a manhã até a noite e por todos os tempos, a praça aonde me mandavam antes do almoço, as ruas aonde ia fazer compras, os caminhos que pegávamos se o tempo estava bom. E como naquele jogo em que os japoneses se divertem ao pôr numa bacia de porcelana cheia de água pedacinhos de papel até então indistintos que, ao serem mergulhados, logo se estiram, se contorcem, se colorem, se diferenciam, tornam-se flores, casas, personagens consistentes e reconhecíveis, e assim agora todas as flores do nosso jardim e as do parque do senhor Swann, e as ninfeias do Vivonne, e a boa gente da aldeia e suas pequenas casas, e a igreja e toda Combray e seus arredores, tudo aquilo que toma forma e solidez, saiu, cidade e jardins, da minha xícara de chá.

II

Combray, de longe, por dez léguas ao redor, vista da estrada de ferro quando ali chegávamos na última semana antes da Páscoa, não era mais que uma igreja resumindo a cidade, representando-a, falando dela e por meio dela à distância e, quando nos aproximávamos, mantendo apertados à volta de seu alto manto sombrio, em pleno campo, contra o vento, como uma pastora às suas ovelhas, os dorsos lanosos e cinzentos de casas reunidas que um resto de muralhas da Idade Média cercava aqui e ali com um traço tão perfeitamente circular quanto o de um vilarejo num quadro primitivo. Para morar, Combray era um pouco triste, como suas ruas cujas casas construídas com pedras escuras da região, precedidas de degraus exteriores, encimadas por beirais que faziam sombra, eram tão escuras que mal o dia começava a cair era preciso abrir as cortinas nas "salas"; ruas com graves nomes de santos (dos quais vários se ligavam à história dos primeiros senhores de Combray): rua Saint-Hilaire, a rua Saint-Jacques onde ficava a casa da minha tia, rua Sainte-Hildegarde, para onde dava a grade, e a rua do Saint-Esprit na qual se abria a pequena porta lateral do jardim; e essas ruas de Combray existem numa parte da minha memória tão recuada, pintada de cores tão diferentes das que agora revestem para mim o mundo, que na verdade me parecem todas, e a igreja que as dominava na praça, mais irreais ainda que as projeções da lanterna mágica; e que em certos momentos me parece ainda que poder atravessar a rua Saint-Hilaire, poder alugar um quarto na rua de l'Oiseau — na velha hospedaria do Oiseau

Flesché, de cujos respiradouros subia um cheiro de cozinha que se eleva ainda por momentos em mim com a mesma intermitência e o mesmo calor —, seria entrar em contato com o Além de modo mais maravilhoso e sobrenatural que conhecer Golo e conversar com Geneviève de Brabant.

A prima do meu avô — minha tia-avó — em cuja casa morávamos, era a mãe daquela tia Léonie que, desde a morte do seu marido, meu tio Octave, não quisera mais deixar, primeiro Combray, depois em Combray sua casa, depois seu quarto, depois sua cama, e não "descia" mais, sempre deitada num estado incerto de sofrimento, de debilidade física, de doença, de ideia fixa e de devoção. Seu aposento privado dava para a rua Saint-Jacques, que terminava muito mais longe no Grand-Pré (em oposição ao Petit-Pré, verdejante no meio da cidade, entre três ruas), e que, lisa e cinza, com os três altos degraus de pedra diante de quase todas as portas, parecia um desfiladeiro feito por um entalhador de imagens góticas na mesma pedra onde esculpira um presépio ou um calvário. Minha tia só morava de fato em dois quartos contíguos, ficando à tarde em um enquanto se arejava o outro. Era nesses quartos provincianos que — da mesma forma que em certas regiões partes inteiras do ar ou do mar são iluminadas ou perfumadas por miríades de protozoários que não vemos — nos encantavam milhares de aromas que neles exalam as virtudes, a sabedoria, os hábitos, toda uma vida secreta, invisível, superabundante e moral que a atmosfera ali mantém em suspenso; exalam ainda odores naturais, claro, e da cor do tempo como as do campo vizinho, mas já caseiros, humanos e fechados, geleia bela, engenhosa e límpida de todos os frutos do ano que foram do pomar para o armário; aromas sazonais, mas mobiliários e domésticos, corrigindo o ardido da geleia pela suavidade do pão quente, ociosos e pontuais como um relógio de aldeia, vagabundos e ordeiros, despreocupados e previdentes, roupeiros, matinais, devotos, felizes aromas, de uma paz que só nos traz mais ansiedade e de um prosaísmo que serve de grande reservatório de poesia aos que os atravessam sem ali ter vivido. O ar ali estava saturado da fina flor de um silêncio tão nutritivo, tão suculento, que eu avançava apenas com uma espécie de gula, sobretudo nessas primeiras manhãs ainda frias da semana de Páscoa, melhor saboreadas porque mal acabara de chegar a Combray: antes que entrasse para dar bom-dia à minha tia me faziam esperar um instante na primeira peça, aonde o sol, de inverno ainda, viera se esquentar na frente do fogo, já aceso entre os dois tijolos, que salpicava todo o quarto de um odor de fuligem, fazia dele uma dessas grandes "bocas de forno" do campo, ou aquelas mantas de chaminé dos palácios, sob as quais desejamos que se declarem lá fora a chuva, a neve, mesmo alguma catástrofe antediluviana para acrescentar ao conforto da reclusão a poesia do hibernar; eu dava alguns passos do genuflexório às poltronas de veludo estampado, sempre revestidas de um encosto de cabeça de crochê; e o fogo cozinhando como que uma massa de apetitosos aromas dos quais o ar do quarto estava todo coalhado, e que já fizera trabalhar e "crescer" o frescor úmido e ensolarado da manhã, ele os folhava, dourava, enchia, enrijecia, fazendo um invisível e palpável bolo provinciano, uma enorme torta onde, mal tendo saboreado os aromas mais crocantes, mais finos, mais reputados, mas também mais secos do armário, da cômoda, do papel de parede floral, eu voltava sempre, com inconfessada cobiça, a enredar-me no odor central, pegajoso, insípido, indigesto e frutado da colcha de flores.

No quarto vizinho, escutava minha tia conversar sozinha a meia-voz. Ela sempre falava bem baixo porque acreditava ter dentro da cabeça algo de quebrado e flutuante que se deslocaria caso falasse alto demais, mas nunca ficava muito tempo, mesmo sozinha, sem dizer alguma coisa, porque acreditava ser benéfico para sua garganta e que, impedindo o sangue de parar ali, diminuiria a frequência das asfixias e angústias das quais padecia; também porque, na inércia absoluta em que vivia, atribuía às suas menores sensações uma importância extraordinária; dotava-as de tal motilidade que lhe ficava difícil guardá-las para si e, na falta de um confidente a quem pudesse comunicá-las, anunciava-as a si mesma num perpétuo monólogo, que era sua única forma de atividade. Infelizmente, tendo adquirido o hábito de pensar alto, nem sempre reparava se havia alguém no quarto vizinho, e eu a escutava com frequência dizer a si mesma: "Preciso me lembrar de que não dormi" (porque não dormir nunca era sua grande ambição, da qual a linguagem de todos nós guardava o respeito e o controle: de manhã Françoise não vinha "acordá-la", mas "entrava" no seu quarto; quando minha tia queria dormir de dia, dizia-se que queria "refletir" ou "repousar"; e quando lhe acontecia de esquecer-se de si mesma numa conversa a ponto de dizer "o que me acordou" ou "sonhei que", enrubescia e se corrigia bem depressa).

Passado um momento, eu entrava para dar-lhe um beijo; Françoise fazia a infusão do seu chá: ou, se minha tia se sentia agitada, pedia no lugar sua tisana, e eu era o encarregado de verter do saco de farmácia num prato a quantidade de tília que era preciso pôr depois na água fervente. O ressecamento das hastes as tinha encurvado numa trama caprichosa em cujo entrelaçamento se abriam umas flores pálidas, como se um pintor as houvesse arranjado, feito posar da maneira mais ornamental. As folhas, tendo perdido ou mudado seu aspecto, tinham a aparência das coisas mais disparatadas, de uma asa transparente de mosca, do avesso branco de um rótulo, de uma pétala de rosa, mas que tivessem sido amontoadas, amassadas ou tecidas como na confecção de um ninho. Mil pequenos pormenores inúteis — encantadora prodigalidade do farmacêutico — que teriam sido eliminados numa preparação mecânica, me davam, como um livro no qual a gente se maravilha de encontrar o nome de uma pessoa que conhecemos, o prazer de compreender que se tratava mesmo de hastes de verdadeiras tílias, como as que via na avenida de la Gare, modificadas, precisamente porque não eram cópias, mas elas mesmas, e porque tinham envelhecido. E como cada característica nova não era mais que a metamorfose de uma característica antiga, nas bolinhas cinzentas eu reconhecia os botões verdes que não haviam florescido; mas sobretudo o brilho rosado, lunar e suave que fazia as flores se destacarem na floresta frágil de hastes onde estavam suspensas como pequenas rosas de ouro — sinal, como o raio de lua que ainda revela numa parede a localização de um afresco esmaecido, da diferença entre as partes da árvore que estavam "coloridas" e as que não — me mostrava que essas pétalas eram de fato aquelas que, antes de florescerem no saco da farmácia, haviam embalsamado as noites de primavera. Essa chama rosa de círio era ainda a sua cor, mas meio apagada e adormecida na vida diminuída que era a dela agora e que é como o crepúsculo das flores. Logo minha tia poderia mergulhar na infusão fervente, em que saboreava o gosto de folha morta ou de flor murcha, uma pequena madalena, da qual me estendia um pedaço quando estivesse satisfatoriamente amolecido.

De um lado da sua cama havia uma grande cômoda amarela de madeira de limoeiro e uma mesa que era ao mesmo tempo oficina e altar-mor, na qual, debaixo de uma estatueta da Virgem e de uma garrafa de Vichy-Célestins, achavam-se missais e receitas de remédios, tudo que precisava para seguir de sua cama os ofícios e seu regime, para não perder a hora nem da pepsina nem das Vésperas. Do outro lado, sua cama ladeava a janela; tinha a rua sob os olhos e ali, da manhã à noite, ela lia por desfastio, à maneira de príncipes persas, a crônica cotidiana mas imemorial de Combray, que comentava depois com Françoise.

Estava com minha tia não fazia nem cinco minutos e ela me mandava embora com medo de que eu a fatigasse. Estendia a meus lábios sua triste fronte pálida sobre a qual, nessa hora matutina, ainda não havia arrumado sua cabeleira postiça, e onde as vértebras transpareciam como as pontas de uma coroa de espinhos ou as contas de um rosário, e me dizia: "Anda, meu pobre filho, vai embora, vai te preparar para a missa; e se encontrar Françoise lá embaixo, diga a ela que não se entretenha muito tempo contigo, que suba logo para ver se não preciso de algo".

Françoise, com efeito, que havia anos estava a seu serviço e não desconfiava então que passaria inteiramente para o nosso, negligenciava um pouco minha tia durante os meses em que estávamos lá. Houvera na minha infância, antes que fôssemos a Combray, quando minha tia Léonie ainda passava o inverno em Paris na casa da mãe dela, um tempo no qual conhecia tão pouco Françoise que, no Primeiro de Janeiro, antes de entrar na casa da minha tia-avó, minha mãe me punha na mão uma moeda de cinco francos e dizia: "Sobretudo não se engane de pessoa. Espere para dá-la até me ouvir falar: 'Bom dia, Françoise'; ao mesmo tempo, te tocarei de leve no braço". Mal chegávamos à obscura antecâmara de minha tia, percebíamos na sombra, sob as abas de uma touca impressionante, rígida e frágil como se feita de fios de caramelo, os rodamoinhos concêntricos de um sorriso de agradecimento antecipado. Era Françoise, imóvel e de pé no enquadramento da pequena porta do corredor como uma estátua de santa no seu nicho. Quando nos habituávamos àquelas trevas de capela, distinguíamos no seu rosto o amor desinteressado pela humanidade, o respeito enternecido às classes altas que era exaltado nos melhores recantos de seu coração pela esperança de presentes de Ano-Novo. Minha mãe me beliscava o braço com violência e dizia com voz forte: "Bom dia, Françoise". A esse sinal meus dedos se abriam e eu largava a moeda, que encontrava para recebê-la uma mão confusa, mas estendida. Desde que ia a Combray não conhecia pessoa melhor que Françoise; éramos seus preferidos, tinha por nós, ao menos nos primeiros anos, com tanta consideração quanto por minha tia, um gosto mais vivo, porque acrescentávamos ao prestígio de fazer parte da família (ela guardava, para com os laços invisíveis formados entre os membros de uma família pela circulação de um mesmo sangue, tanto respeito quanto um trágico grego) o encanto de não sermos seus patrões habituais. Assim, com que alegria nos recebia, lamentando não fazer ainda tempo bom no dia da nossa chegada, na véspera da Páscoa, quando muitas vezes soprava um vento glacial, enquanto mamãe lhe perguntava notícias de sua filha e de seus sobrinhos, se o seu neto era comportado, o que contavam fazer dele, se parecia com a avó.

E quando não havia mais ninguém presente, mamãe, que sabia que Françoise chorava ainda seus pais falecidos anos antes, lhe falava deles com doçura, pedia mil detalhes de como fora a sua vida.

Adivinhara que Françoise não gostava do genro e que ele estragava o seu prazer em estar com a filha, com quem não conversava tão livremente quando ele estava por perto. Assim, quando Françoise ia vê-los, a algumas léguas de Combray, mamãe lhe dizia sorrindo: "Não é verdade, Françoise, que se Julien for obrigado a se ausentar e você tiver Marguerite só para você durante o dia todo, ficará desolada, mas fará o melhor possível?". E Françoise dizia rindo: "Madame sabe tudo; madame é pior que os raios X (ela dizia *x* com uma dificuldade afetada e um sorriso para zombar de si mesma, uma ignorante, por empregar um termo erudito), que trouxeram para madame Octave e que enxergam o que há no coração", e desaparecia, confusa por se ocuparem dela, talvez para que não a vissem chorando; mamãe era a primeira pessoa que lhe dava aquela suave emoção de sentir que sua vida, suas alegrias, suas aflições de camponesa, pudessem ter interesse, ser motivo de prazer ou de tristeza para mais alguém senão ela mesma. Minha tia se resignava em se privar dela um pouco durante nossa estadia, sabendo como minha mãe apreciava o serviço daquela empregada tão inteligente e ativa, tão bem-posta desde as cinco horas da manhã na sua cozinha, sob sua touca cujas abas resplandecentes e fixas pareciam de porcelana, quanto para ir a uma missa solene; que fazia tudo bem, trabalhando como um cavalo, estivesse em condições ou não, mas sem ruído, parecendo que não fazia nada, a única das criadas de minha tia que, quando minha mãe pedia água quente ou café preto, os trazia realmente fervendo; era uma dessas empregadas que, numa casa, são simultaneamente as que desagradam à primeira vista um estranho, talvez por não se esforçarem em conquistá-lo e não se mostrarem muito solícitas, bem sabendo que não têm nenhuma necessidade dela, que é mais provável que a deixem de perceber do que a demitam; e que, em contrapartida, são aquelas a quem mais se afeiçoam os patrões que testaram suas capacidades reais, e não se preocupam com seu agrado superficial, a tagarelice servil que impressiona favoravelmente um visitante mas que encobre com frequência uma irremediável nulidade.

Quando Françoise, depois de ter zelado para que meus pais tivessem tudo que precisassem, subia uma primeira vez ao quarto de minha tia para lhe dar sua pepsina e perguntar o que ela queria no almoço, era bem raro que não precisasse dar a sua opinião ou fornecer explicações sobre algum acontecimento de importância:

"Françoise, imagine que madame Goupil passou com um quarto de hora de atraso para ir buscar a irmã; por pouco que ela se atrase no caminho não me surpreenderá que chegue depois da Elevação.

— Ah, não haveria nada de espantoso, respondia Françoise.

— Françoise, se tivesse vindo cinco minutos mais cedo, teria visto passar madame Imbert com aspargos que eram o dobro dos da tia Callot; trate de saber por sua empregada onde ela os arrumou. Você, que este ano põe aspargo em todos os molhos, poderia achar uns parecidos para os nossos viajantes.

— Não haveria nada de espantoso se eles viessem da casa do senhor vigário, dizia Françoise.

— Ora essa, minha pobre Françoise, respondia minha tia elevando os ombros, da casa do senhor vigário! Você bem sabe que ele só consegue uns pequenos aspargos de nada. E digo que aqueles eram grossos como braços. Não como o seu, é claro, mas como meu pobre braço que tanto emagreceu este ano...

"Françoise, não ouviu essa sineta que me explodiu a cabeça?

— Não, madame Octave.

— Ah, minha pobre filha, você deve ter a cabeça sólida, pode dar graças a Deus. Era a Maguelone que veio buscar o doutor Piperaud. Ele saiu logo a seguir com ela e viraram na rua de l'Oiseau. Deve haver alguma criança doente.

— Ai, meu Deus, suspirava Françoise, que não podia ouvir falar de uma desgraça acontecida com um desconhecido, mesmo numa parte distante do mundo, sem começar a gemer.

— Mas por que então tocaram o sino de finados? Ah, meu Deus, deve ter sido por madame Rousseau. Já me esquecia de que ela se foi na outra noite. Ah, é tempo que o bom Deus me chame, não sei mais o que faço com minha cabeça desde a morte de meu pobre Octave. Mas faço você perder seu tempo, minha filha.

— Mas não, madame Octave, meu tempo não é assim tão caro; aquele que o fez não o vendeu à gente. Só vou ver se meu fogo não apagou."

Assim Françoise e minha tia apreciavam juntas, no decurso daquela sessão matinal, os primeiros acontecimentos do dia. Mas algumas vezes esses acontecimentos se revestiam de um caráter tão misterioso e tão grave que minha tia sentia que não poderia esperar o momento em que Françoise subiria, e quatro toques de campainha formidáveis retiniam pela casa.

"Mas, madame Octave, ainda não é hora da pepsina. Sentiu alguma fraqueza?

— Bem, não, Françoise, dizia minha tia, quer dizer, sim, bem sabe que agora os momentos em que não sinto fraqueza são muito raros; um dia morrerei como madame Rousseau, sem ter tido tempo de me confessar; mas não foi por isso que toquei. Imagine que acabo de ver, como a vejo agora, madame Goupil com uma menina que desconheço totalmente. Vá então buscar dois tostões de sal no Camus. Será espantoso se Théodore não souber lhe dizer quem é ela.

— Mas deve ser a filha do senhor Pupin", dizia Françoise, que preferia se ater a uma explicação imediata, tendo ido já duas vezes naquela manhã ao Camus.

"A filha do senhor Pupin! Ora essa, minha pobre Françoise! Então eu não a teria reconhecido?

— Mas não quero dizer a grande, madame Octave, quero dizer a menina, aquela que é interna em Jouy. Acho que já a vi esta manhã.

— Ah, só se for isso, dizia minha tia. Deve ter vindo para as festas.

É isso! Não é preciso procurar, ela veio para as festas. Mas então nós logo poderemos ver madame Sazerat vir bater à porta de sua irmã para o almoço. Deve ser isso! Vi o menino dos Galopin que passava com uma torta! Você verá como era para a casa de madame Goupil.

— Já que madame Goupil tem visita, madame Octave, a senhora não demorará a ver todo mundo voltar para o almoço, pois está ficando tarde", dizia Françoise que, com pressa em descer para se ocupar do almoço, não lamentava deixar à minha tia aquela distração em perspectiva.

"Oh, não antes do meio-dia", respondia minha tia num tom resignado, lançando ao pêndulo um olhar inquieto, mas furtivo, para não deixar perceber que ela, que renunciara a tudo, contudo sentia um grande prazer em descobrir quem madame Goupil receberia para o almoço, prazer pelo qual infelizmente ainda teria de esperar pouco mais de uma hora. "E isso ainda acontecerá justo no meu almoço!", acrescentou ela a meia-voz para si mesma. Seu almoço era uma distração suficiente para que não desejasse outra ao mesmo tempo. "Não se esquecerá de ao menos me dar meus ovos com creme num prato raso?" Eram os únicos pratos decorados com pinturas, e minha tia se divertia a cada refeição em ler a legenda daquele que lhe serviam naquele dia. Punha seus óculos, decifrava: *Ali Babá e os quarenta ladrões*, *Aladim e a lâmpada maravilhosa*, e dizia sorrindo: "Muito bem, muito bem".

"Eu bem que iria ao Camus...", dizia Françoise ao ver que minha tia não a mandaria mais lá.

"Não, não, já não vale a pena, é com certeza a senhorita Pupin. Minha pobre Françoise, lamento tê-la feito subir por nada."

Mas minha tia sabia bem que não era por nada que chamara Françoise, porque, em Combray, uma pessoa "que ninguém conhece" era um ser tão pouco crível quanto um deus da mitologia, e de fato ninguém se lembrava de que, toda vez que se produzira, na rua do Saint-Esprit ou na praça, uma dessas aparições espantosas, pesquisas bem conduzidas terminassem por reduzir o personagem fabuloso às proporções de uma "pessoa que se conhecia", ou pessoal ou abstratamente, no seu estado civil, pois que tinha algum grau de parentesco com gente de Combray. Era o filho de madame Sauton que voltava do serviço militar, a sobrinha do abade Perdreau que saía do convento, o irmão do cura, preceptor em Châteaudun, que acabara de se aposentar ou viera passar os feriados. Houve quem, ao vê-los, sentisse a emoção de acreditar que havia em Combray pessoas que não conhecíamos, simplesmente porque não as tínhamos reconhecido ou identificado de imediato. Entretanto, com muita antecedência, madame Sauton e o cura preveniram que esperavam seus "viajantes". Quando à tarde eu subia de volta, para contar nosso passeio à minha tia, se cometia a imprudência de lhe dizer que havíamos encontrado perto da Pont-Vieux um homem que meu avô não conhecia: "Um homem que o avô não conhece, ela gritava. Ah! Acredito muito!". Ainda que pouco emocionada pela notícia, ela queria esclarecer o assunto e meu avô era convocado. "Quem então você encontrou perto da Pont-Vieux, meu tio? Um homem a quem desconhecia totalmente? — Mas sim, respondia meu avô, era Prosper, o irmão do jardineiro de madame Bouilleboeuf. — Ah, bom!", dizia minha tia, tranquilizada; e um pouco enrubescida, levantando os ombros com um sorriso irônico, acrescentava: "E ele me dizia que você encontrou um homem que não conhecia!". E me recomendavam ser mais circunspecto numa outra vez, e assim não agitar minha tia com palavras irrefletidas. Conhecíamos tão bem todo mundo em Combray, animais e gente, que se minha tia visse por acaso um cachorro "que não conhecia", não parava de pensar nele e de consagrar a esse fato incompreensível seus talentos de indução e suas horas de liberdade.

"Deve ser o cachorro de madame Sazerat", dizia Françoise sem grande convicção, mas com objetivo de apaziguamento e para que minha tia não "quebrasse a cabeça".

"Como se eu não conhecesse o cachorro de madame Sazerat!", respondia minha tia, cujo espírito crítico não admitia com tanta facilidade um fato.

"Ah, deve ser então o novo cachorro que o senhor Galopin trouxe de Lisieux.

— Ah, pode ser isso.

— Parece que é um bicho bem afável", acrescentava Françoise, que obtivera a informação de Théodore, "esperto como uma pessoa, sempre de bom humor, sempre amável, sempre um pouco gracioso. É raro que um bicho dessa idade já seja tão comportado. Madame Octave, é preciso que eu a deixe, não tenho tempo para me distrair, já são quase dez horas, meu forno ainda não está aceso, e ainda tenho que ralar meus aspargos.

— Como, Françoise, mais aspargos! Mas é uma verdadeira febre de aspargos que você tem este ano, vai acabar cansando nossos parisienses!

— Mas não, madame Octave, eles gostam muito. Voltarão da igreja com apetite e a senhora verá que não vão ficar remexendo o prato com o talher.

— Mas eles já devem estar na igreja; você fará bem em não perder tempo. Vá cuidar do seu almoço."

Enquanto minha tia conversava assim com Françoise, eu acompanhava meus pais à missa. Como gostava dela, como a revejo bem, nossa igreja! O seu velho pórtico pelo qual entrávamos, negro, vazado como uma escumadeira, estava desviado e profundamente cavado nos cantos (tal qual a pia de água benta aonde nos conduzia) como se o suave toque dos mantos das camponesas entrando na igreja e seus dedos tímidos pegando água benta pudessem, repetidos durante séculos, adquirir uma força destrutiva, dobrar a pedra e entalhá-la de sulcos como os delineados pela roda de uma carruagem no caminho em que passa todos os dias. Suas pedras tumulares, sob as quais o nobre pó dos abades de Combray, enterrados ali, davam ao coro como que um emparedamento espiritual, não eram mais de matéria inerte e dura porque o tempo as tornara macias e fizera escorrerem como mel para fora dos limites da própria esquadria, que aqui elas haviam ultrapassado como uma onda loura, arrastando à deriva uma florida letra maiúscula gótica, afogando as violetas brancas do mármore; e aquém das quais, alhures, tinham reabsorvido a si mesmas, contraindo ainda mais a elíptica inscrição latina, introduzindo um capricho a mais na disposição de seus caracteres abreviados, aproximando duas letras de uma palavra onde as outras se haviam desmesuradamente distendido. Seus vitrais nunca cintilavam tanto como nos dias em que o sol se mostrava pouco, de maneira que, se fora estivesse cinza, tínhamos certeza de que faria bom tempo dentro da igreja; um deles era preenchido em toda a sua inteireza por um único personagem, parecido com o rei de um baralho de cartas que vivia lá em cima, sob um dossel arquitetônico, entre céu e terra (e em cujo reflexo oblíquo e azul, às vezes nos dias de semana, ao meio-dia, quando não há ofício — num desses raros momentos em que a igreja arejada, vazia, mais humana, esplêndida, com o sol sobre seu rico mobiliário, tinha o ar quase habitável do saguão, de pedra esculpida e de vidro pintado, de uma mansão de estilo medieval —, víamos madame Sazerat se ajoelhar por um instante, pondo no genuflexório vizinho um pacote bem amarrado de salgadinhos que acabara de pegar na doceira em frente e que levaria para o almoço); noutro, uma montanha de neve rosa, ao pé da qual se travava um combate, parecia ter enregelado o próprio vidro, que ela inchava com seu turvo granizo como um vitral onde tivessem restado flocos, mas flocos iluminados por uma aurora qualquer (pela mesma que sem dúvida avermelhava o retábulo do altar com tons tão leves que pareciam ter sido pousados momentaneamente ali mais pelo raio de um clarão vindo de fora, prestes a se esvanecer, do que pelas cores impressas para sempre na pedra); e todos eram tão antigos que se via aqui e ali sua velhice prateada faiscar com a poeira dos séculos e expor, brilhante e até o cordame, a trama da sua suave tapeçaria de vidro. Havia um que estava num compartimento alto, dividido numa centena de pequenos vitrais retangulares onde predominava o azul, como um grande baralho igual ao que deveria distrair o rei Carlos VI; mas, ou porque um raio tivesse brilhado, ou porque meu olhar ao se mover acompanhasse pelos vitrais ora apagados ora acesos um movediço e precioso incêndio, no instante seguinte adquiriam o esplendor mutável de uma cauda de pavão, depois tremulavam e ondulavam numa chuva flamejante e fantástica que gotejava do alto da abóbada escura e rochosa, ao longo das paredes úmidas, como se fosse na nave de alguma gruta matizada por sinuosas estalactites para a qual eu seguia meus pais, que levavam seu missal; depois de um instante os pequenos vitrais em losango haviam obtido uma transparência profunda, a inquebrantável dureza de safiras que tivessem sido justapostas em algum imenso peitoral, mas atrás das quais se sentia, mais amado que todas essas riquezas, um sorriso momentâneo do sol; ele era reconhecível tanto no fluxo doce e suave em que banhava a pedraria como no pavimento da praça ou na palha do mercado; e mesmo nos primeiros domingos, quando chegávamos antes da Páscoa, ele me consolava de a terra estar ainda nua e negra, fazendo desabrochar, como numa primavera histórica que datava dos sucessores de são Luís, aquele tapete deslumbrante e dourado de miosótis de vidro.

 Duas tapeçarias da mesma trama larga representavam a coroação de Ester (a tradição exigia que se desse a Assuero os traços de um rei de França e a Ester os de uma dama de Guermantes por quem estava apaixonado) às quais suas cores, se mesclando, haviam acrescentado uma expressão, um relevo, uma luz; um pouco de rosa flutuava nos lábios de Ester para além do desenho do seu contorno, o amarelo do seu vestido se espalhava tão untuosamente, tão gordurosamente, que adquiria uma espécie de substância e se erguia vivamente sobre a atmosfera recuada; e o verdor das árvores permanecia vivo nas partes baixas do painel de seda e de lã, mas tendo "passado" pelo alto, fazia se destacarem de modo pálido, por cima dos troncos escuros, os altos galhos amarelados, dourados, e como que meio apagados pela brusca e oblíqua iluminação de um sol invisível. Tudo isso e mais ainda os objetos preciosos trazidos à igreja de personagens que eram para mim quase que personagens lendários (a cruz de ouro trabalhada, dizia-se, por santo Elói e doada por Dagoberto, o túmulo dos filhos de Luís, o Germânico, em pórfiro e cobre esmaltado) e devido a isso eu avançava na igreja, quando ganhávamos nossos lugares, como num vale visitado por fadas, onde o camponês se maravilha de ver num rochedo, numa árvore, num charco o rastro palpável de sua passagem sobrenatural, tudo isso fazia dela algo de inteiramente diferente para mim do resto da cidade: um edifício ocupando, pode-se dizer, um espaço de quatro dimensões — a quarta sendo a do Tempo —, estendendo através dos séculos a sua nave que, de vão em vão, de capela em capela, parecia vencer e transpor não apenas alguns metros, mas épocas sucessivas das quais emergia vitorioso; escondendo na espessura de suas paredes o rude e selvagem século xi, o qual só se mostrava com seus pesados arcos tapados e escurecidos por ásperos blocos de pedra na profunda cavidade que a escada do pórtico abria perto do campanário e, mesmo ali, dissimulado pelas graciosas arcadas góticas que se apertavam faceiramente diante dele como irmãs mais velhas que, para escondê-lo de estranhos, se colocam sorrindo na frente do tosco irmão mais novo, reclamão e malvestido; elevando no céu acima da praça a sua torre, que havia contemplado são Luís e parecia vê-lo ainda; e se afundando com sua cripta numa noite merovíngia onde, nos guiando com o tato sob a abóbada obscura e poderosamente cheia de nervos como a membrana de um imenso morcego de pedra, Théodore e sua irmã nos iluminavam com uma vela o túmulo da neta de Sigeberto, sobre o qual uma profunda valva — como o rastro de um fóssil — fora cavada, dizia-se, "por uma lâmpada de cristal que, na noite do assassinato da princesa franca, se desprendera sozinha das correntes de ouro em que fora suspensa no lugar da atual abside e, sem que o cristal se quebrasse, sem que a chama se apagasse, se afundara na pedra e a fizera ceder molemente sob ela".*

A abside da igreja de Combray, o que se pode falar dela? Era tão grosseira, tão desprovida de beleza artística e mesmo de espírito religioso. Por fora, como o cruzamento de ruas para o qual ela dava era em declive, o seu muro grosseiro se erguia de um embasamento de pedras não polidas, eriçado de pedregulhos, que não tinha nada de particularmente eclesiástico, os vitrais pareciam abertos a uma altura excessiva, e o todo tinha um ar mais de uma parede de prisão do que de igreja. E com certeza, mais tarde, quando me lembrava de todas as gloriosas absides que vi, nunca me viria ao pensamento compará-las à abside de Combray. Mas, um dia, ao dobrar uma pequena rua de província, percebi, diante do cruzamento de três ruelas, um muro rústico e elevado demais, com vitrais abertos no alto e oferecendo o mesmo aspecto assimétrico que a abside de Combray. Então não me perguntei como em Chartres e em Reims com que força ali se exprimia o sentimento religioso, mas involuntariamente exclamei: "A Igreja!".

A igreja! Familiar, na rua Saint-Hilaire, onde ficava sua porta norte, emparedada por dois vizinhos, a farmácia do senhor Rapin e a casa de madame Loiseau, nas quais ela encostava sem isolamento algum; simples cidadã de Combray que poderia ter seu número na rua se as ruas de Combray tivessem números, e onde parecia que o carteiro devia dar uma parada de manhã ao fazer suas entregas, antes de entrar na casa de madame Loiseau e saindo da do senhor Rapin, contudo havia entre ela e tudo que não era ela uma demarcação que meu espírito nunca conseguiu atravessar. Madame Loiseau gostava de ter fúcsias à janela, que tinham o mau hábito de deixar seus galhos correrem para todos os lados com a cabeça abaixada, e cujas flores não tinham nada de mais urgente a fazer, quando estavam bem grandes, do que ir refrescar suas faces roxas e congestionadas contra a fachada sombria da igreja, e nem por isso as fúcsias se tornavam mais sagradas para mim; entre as flores e a pedra

---

* Citação de *Récits des temps mérovingiens*, de Augustin Thierry.

enegrecida, na qual se apoiavam, se meus olhos não percebiam um intervalo, meu espírito mantinha um abismo.

Reconhecia-se o campanário de Saint-Hilaire de bem longe, inscrevendo sua figura inesquecível no horizonte onde Combray não aparecia ainda; quando do trem que, na semana de Páscoa, nos trazia de Paris, meu pai o percebia deslizando em todos os sulcos do céu, fazendo correr em todos os sentidos o seu pequeno galo de ferro, ele nos dizia: "Recolham as mantas, chegamos". E, num dos mais longos passeios que fazíamos em Combray, havia um lugar onde a estrada estreita dava de surpresa num imenso platô delimitado no horizonte por uns bosques desconjuntados, suplantados apenas pela fina ponta do campanário de Saint-Hilaire, mas tão delgada, tão rosa, que parecia riscada no céu por uma unha que quisera dar a essa paisagem, a esse quadro feito só de natureza, essa pequena marca de arte, essa única indicação humana. Quando nos aproximávamos e podíamos perceber o resto da torre quadrada e semidestruída que, menos alta, subsistia a seu lado, ficávamos impressionados sobretudo pelo tom rubro e escuro das pedras; e, numa manhã brumosa de outono, se poderia dizer que, elevando-se acima do violeta tempestuoso dos vinhedos, era uma ruína púrpura quase da cor da vinha silvestre.

Com frequência na praça, quando voltávamos para casa, minha avó fazia-me parar e olhá-lo. Das janelas de sua torre, dispostas duas a duas, umas acima das outras, com essa proporção justa e original nas distâncias que dá beleza e dignidade não só aos rostos humanos, ele soltava, deixava tombar a intervalos regulares revoadas de corvos que, durante um momento, esvoaçavam aos gritos, como se as velhas pedras que os deixavam à vontade, sem parecer vê-los, tornando-se de súbito inabitáveis e liberando um princípio de agitação infinita, os tivessem tocado e expulsado. Depois de ter riscado em todos os sentidos o veludo violeta do ar da noite, acalmados bruscamente, eles eram reabsorvidos na torre, que de nefasta voltava a ser benigna, com alguns deles pousados aqui e ali, parecendo não se mover mas que talvez bicassem algum inseto na ponta do campanário, como uma gaivota parada com a imobilidade de um pescador na crista de uma onda. Sem saber bem por quê, minha avó via no campanário de Saint-Hilaire essa ausência de vulgaridade, de pretensão, de mesquinharia, que a fazia amar e achar a natureza rica de uma influência benéfica, quando a mão do homem, como o jardineiro de minha tia-avó, não a tinha reduzido, e via também uma obra de gênio. E, sem dúvida, cada parte da igreja se distinguia de todos os outros edifícios por uma espécie de pensamento que lhe era infundido, mas era no campanário que ela parecia tomar consciência de si mesma, afirmar uma existência individual e responsável. Era ele que falava no lugar dela. Creio sobretudo que, confusamente, minha avó achava no campanário de Combray aquilo que para ela era mais caro no mundo, a aparência natural e distinta. Ignorante em arquitetura, ela dizia: "Meus filhos, façam pouco de mim se quiserem, ele talvez não seja belo segundo as regras, mas sua velha figura bizarra me agrada. Tenho certeza de que, se tocasse piano, não seria *maquinalmente*". E o contemplando, seguindo com os olhos a suave tensão, a inclinação fervorosa de seus declives de pedra que se juntavam e se elevavam como mãos postas que rezam, ela se unia tão bem à efusão da flecha que seu olhar parecia alçar-se junto; e ao mesmo tempo ela sorria amigavelmente para as velhas pedras gastas das quais o poente iluminava apenas a ponta e que, a partir do momento em que entravam nessa zona ensolarada, suavizadas pela luz, pareciam de repente erguidas muito mais no alto, distantes, como um canto retomado em falsete e uma oitava acima.

Era o campanário de Saint-Hilaire que dava a todas as ocupações, a todas as horas, a todos os pontos de vista da cidade, a sua imagem, seu coroamento, sua consagração. Do meu quarto, eu só podia distinguir sua base, recoberta de ardósias; mas quando, no domingo, numa quente manhã de verão, as via flamejar como um sol negro, eu dizia a mim mesmo: "Meu Deus, nove horas! Tenho que me arrumar para ir à missa solene se quiser ter tempo de beijar tia Léonie antes", e eu conhecia com exatidão a cor do sol sobre a praça, o calor e a poeira do mercado, a sombra que fazia o toldo da loja, com seu odor de pano cru, onde mamãe talvez entrasse antes da missa para comprar um lenço qualquer que, dobrando-se em mesuras, o dono lhe mostraria; preparando-se para fechar, ele acabava de ir ao fundo da loja pôr seu paletó de domingo e lavar as mãos, o que tinha o hábito de fazer a cada cinco minutos, mesmo nas circunstâncias mais melancólicas, esfregando-as uma contra a outra com um ar de dinamismo, de celebração e de triunfo.

Quando, depois da missa, entrávamos para dizer a Théodore que levasse um brioche maior que o habitual porque nossos primos aproveitaram o tempo bom para vir de Thiberzy almoçar conosco, tínhamos diante de nós o campanário que, ele mesmo dourado e cozido como um brioche grande e abençoado, com escamas e gotas gordas de sol, espetava sua ponta aguda no céu azul. E à tarde, quando voltava do passeio e pensava no momento já próximo em que precisaria dizer boa-noite à minha mãe e não vê-la mais, ele era ao contrário tão suave, ao findar do dia, que parecia ter sido posto e afofado como uma almofada de veludo marrom no céu pálido que cedera à sua pressão, contraíra-se ligeiramente para achar um lugar e refluíra nas bordas; e os gritos dos pássaros que davam voltas ao seu redor pareciam intensificar seu silêncio, alçar ainda mais sua flecha e lhe conferir algo de inefável.

Mesmo nas caminhadas que tínhamos que fazer atrás da igreja, lá onde não a víamos, tudo parecia ser organizado pelo campanário surgido aqui e ali entre as casas, talvez mais comovente ainda quando aparecia assim, sem a igreja. E com certeza há muitos outros que são mais belos vistos dessa maneira, e tenho na lembrança vinhetas de campanários ultrapassando os telhados que estão numa categoria artística diferente daquela das que compunham as tristes ruas de Combray. Não esquecerei nunca, numa curiosa cidade perto de Balbec, duas encantadoras mansões do século XVIII que me são de vários modos queridas e veneráveis, e entre as quais, quando a olhamos do belo jardim que desce dos degraus da frente para o rio, a flecha gótica de uma igreja que elas escondem se arremessa, parecendo completar, ultrapassar suas fachadas, mas de uma matéria tão diferente, tão preciosa, tão anelada, tão rósea, tão polida, que bem se vê que não faz parte delas nem dos dois belos pedregulhos enlaçados, entre os quais é presa na praia a flecha púrpura e denteada de alguma concha em forma de agulha e envernizada de esmalte. Mesmo em Paris, numa das vizinhanças mais feias da cidade, sei de uma janela de onde se vê, depois de um primeiro, um segundo e mesmo de um terceiro plano feito de telhados amontoados de várias ruas, um campanário violeta, às vezes avermelhado, às vezes também, nas mais nobres "provas" que se tiram da paisagem, de um negro decantado de cinzas, o qual não é outro a não ser a cúpula de Saint-Augustin, e que dá a essa rua de Paris a feição de certas paisagens de Roma feitas por Piranesi. Mas como em nenhuma dessas pequenas gravuras, fosse qual fosse a maneira como minha memória as pudesse reproduzir, podia colocar aquilo que perdera havia muito tempo, o sentimento que não nos faz considerar uma coisa como um espetáculo, mas acreditar nela como num ser sem equivalente, nenhuma delas tem sob seu domínio toda uma parte profunda de minha vida, como o faz a lembrança desses aspectos do campanário de Combray nas ruas que ficam atrás da igreja. Quer o víssemos às cinco horas, quando íamos buscar as cartas no correio, a algumas casas de nós à esquerda, erguendo bruscamente num cimo isolado a linha das cumeeiras; quer se, ao contrário, queríamos entrar para pedir notícias de madame Sazerat, nossos olhos seguiam essa linha que voltava a se abaixar depois da descida de sua outra vertente, sabendo que teríamos de virar na segunda rua depois do campanário; ou ainda, indo mais longe, se fôssemos à estação, o víamos obliquamente, mostrando de perfil arestas e superfícies novas como um objeto sólido, surpreendido num momento desconhecido da sua revolução; ou que, das margens do Vivonne, a abside, musculosamente aglomerada e elevada pela perspectiva, parecia brotar do esforço que o campanário fazia para lançar sua flecha no coração do céu; era sempre a ele que se precisava voltar, sempre ele que dominava tudo, coroando as casas com um pináculo inesperado, erguido diante de mim como o dedo de Deus cujo corpo estivesse escondido na multidão de humanos, sem que por isso eu o confundisse com ela. E hoje ainda se, numa grande cidade do interior ou num bairro de Paris que conheço mal, um passante que me "pôs no caminho certo" me mostra ao longe, como um ponto de referência, a torre de um hospital, o campanário de um convento erguendo a ponta de seu barrete eclesiástico na esquina de uma rua que devo pegar, por menos que minha memória possa obscuramente lhe achar algum traço de semelhança com a figura querida e desaparecida, o transeunte, se ele se volta para se assegurar de que não me perco, pode para seu espanto perceber que, esquecido da caminhada empreendida ou da obrigação a cumprir, fico ali, diante do campanário, durante horas, imóvel, tentando me lembrar, sentindo no fundo de mim as terras reconquistadas ao esquecimento que secam e se reconstroem; e então sem dúvida, e mais ansiosamente do que pouco antes quando lhe pedia informações, procuro ainda meu caminho, viro numa rua... mas... é no meu coração...

Ao voltar da missa, encontrávamos com frequência o senhor Legrandin, que, retido em Paris por sua profissão de engenheiro, não podia, fora das férias grandes, vir à sua propriedade de Combray senão da tarde de sábado à manhã de segunda-feira. Era um desses homens que, fora da carreira científica em que aliás triunfaram brilhantemente, possuem uma cultura bem diferente, literária, artística, que sua especialização profissional não utiliza e à qual recorrem na conversação. Mais letrados do que muitos literatos (não sabíamos na época que o senhor Legrandin teve certa reputação como escritor e ficamos bastante espantados ao ver que um músico célebre compusera uma melodia para alguns de seus versos), dotados de mais "facilidade" que muitos pintores, imaginam que a vida que levam não é a que mais lhes conviria, e dão às suas ocupações positivas seja uma despreocupação mesclada de fantasia seja uma aplicação constante e altiva, depreciativa, amarga e conscienciosa. Alto, com um belo porte, um rosto pensativo e fino com um longo bigode loiro, de olhar azul e desencantado, de polidez requintada, um conversador como nunca ouvíramos antes, ele era aos olhos de minha família, que o citava sempre como exemplo, o típico homem de elite, levando a vida da maneira mais nobre e delicada. Minha avó lhe reprovava somente falar um pouco bem demais, um pouco como um livro, de não ter na sua linguagem a naturalidade que havia nas suas gravatas Lavallière sempre esvoaçantes, no seu casaco reto, quase de colegial. Espantava-se também com as tiradas inflamadas que ele lançava com frequência contra a aristocracia, a vida mundana, o esnobismo, "certamente o pecado em que são Paulo pensa quando fala do pecado para o qual não há remissão".

A ambição mundana era um sentimento que minha avó era tão incapaz de experimentar e quase de compreender que lhe parecia bem inútil aplicar tanto ardor em combatê-la. Além do mais, não achava de muito bom gosto que o senhor Legrandin, cuja irmã era casada perto de Balbec com um fidalgo da Baixa Normandia, se entregasse a ataques tão violentos contra os nobres, chegando a repreender a Revolução por não ter guilhotinado a todos.

"Salve, amigos!, dizia ele vindo a nosso encontro. Como são felizes de morar bastante aqui; amanhã será preciso que eu volte a Paris, a meu nicho.

"Oh, acrescentava, com aquele sorriso irônico e desapontado, um pouco distraído, que lhe era peculiar, é certo que há em casa todas as coisas inúteis. Não lhe falta senão o necessário, um grande pedaço de céu como aqui. Trate de conservar um pedaço de céu sobre a sua vida, menino, acrescentava se virando para mim. Você tem uma bela alma, de uma qualidade rara, uma natureza de artista, não deixe lhe faltar aquilo de que precisa."

Quando, no nosso regresso, minha tia mandava que nos perguntassem se madame Goupil chegara atrasada à missa, éramos incapazes de informá-la. Em contrapartida aumentávamos suas dificuldades ao lhe dizer que um pintor trabalhava na igreja, copiando o vitral de Gilbert, o Mau. Françoise, logo enviada à mercearia, voltou de mãos vazias devido à ausência de Théodore, a quem sua dupla profissão de mestre do coro, com parte da manutenção da igreja, e de empregado da mercearia conferia, com suas relações com todos os mundos, um saber universal.

"Ah, suspirava minha tia, queria que fosse já a hora de Eulalie. Só ela realmente poderia me dizer isso."

Eulalie era uma moça manca, ativa e surda que se "aposentara" depois da morte de madame de la Bretonnerie, onde havia se empregado desde a infância, e que alugara um quarto ao lado da igreja, descendo dele o tempo todo, seja para os ofícios, seja para, fora deles, dizer uma pequena oração ou dar uma mão a Théodore; no resto do tempo ela visitava pessoas doentes como minha tia Léonie, a quem contava o que se passara na missa e nas Vésperas. Ela não desdenhava acrescentar algum ganho casual à pequena renda que lhe era dada pela família dos antigos patrões, indo de tempos em tempos cuidar da roupa do cura ou de alguma outra personalidade marcante do mundo clerical de Combray. Usava acima de um xale de pano negro uma pequena touca branca, quase de religiosa, e uma doença de pele dava a partes de suas faces e de seu nariz adunco os tons róseos brilhantes da balsamina. Suas visitas eram a grande distração de minha tia Léonie, que já não recebia ninguém, exceto o senhor cura. Minha tia havia pouco a pouco afastado todos os outros visitantes, porque tinham a seus olhos o defeito de entrar todos em uma ou outra das duas categorias de gente que ela detestava. Uns, os piores e dos quais se desembaraçara primeiro, eram aqueles que a aconselhavam a não "escutar a si mesma" e professavam, ainda que negativamente, por meio apenas de certos silêncios de desaprovação ou de certos sorrisos de dúvida, a doutrina subversiva de que uma pequena caminhada ao sol e um bom filé sangrando (quando ela guardava catorze horas no estômago dois miseráveis goles de água de Vichy!) lhe fariam um bem superior ao que lhe faziam sua cama e seus remédios. A outra categoria se compunha de pessoas que pareciam acreditar que ela estava mais gravemente doente do que pensava, que estava tão gravemente doente quanto dizia. Assim, aqueles a quem ela deixara subir depois de algumas hesitações e das instâncias oficiosas de Françoise e que, durante sua visita, haviam mostrado como eram indignos do favor que lhes fazia, arriscando timidamente um: "Não acha que, se você se mexesse um pouco quando o tempo está bom...'; ou que, ao contrário, quando ela lhes havia dito: "Estou bem mal, bem mal, é o fim, meus pobres amigos", responderam: "Ah, quando não se tem saúde! Mas a senhora poderá durar bastante ainda", tanto uns como outros podiam estar certos de nunca mais serem recebidos. E se Françoise se divertia com o ar espantado de minha tia quando, da sua cama, percebia na rua do Saint-Esprit uma dessas pessoas que pareciam vir à sua casa, ou quando ouvia um toque da campainha, ria mais ainda, e ria como de uma boa artimanha, das astúcias sempre vitoriosas de minha tia para conseguir se livrar delas, e da sua cara desconcertada ao voltarem atrás sem tê-la visto, e no fundo admirava sua patroa, que julgava superior a todas essas pessoas pois que não queria recebê-las. Em suma, minha tia exigia que, simultaneamente, aprovassem o seu regime, lamentassem seus sofrimentos e a tranquilizassem quanto ao seu futuro.

Era nisso que Eulalie sobressaía. Minha tia podia lhe dizer vinte vezes em um minuto: "É o fim, minha pobre Eulalie", e vinte vezes Eulalie respondia: "Conhecendo sua doença como a conhece, madame Octave, a senhora irá a cem anos, como me dizia ontem ainda madame Sazerin". (Uma das mais firmes crenças de Eulalie, e que o imponente número de desmentidos trazido pela experiência não fora suficiente para abalar, era que madame Sazerat se chamava madame Sazerin.)

"Não peço para chegar a cem anos", respondia minha tia, que preferia que não assinalassem a seus dias um término preciso.

E como Eulalie sabia como ninguém distrair minha tia sem a cansar, suas visitas, que tinham lugar regularmente todos os domingos, salvo impedimento inopinado, eram para minha tia um prazer cuja perspectiva a mantinha naqueles dias num estado a princípio agradável, mas logo doloroso como uma fome excessiva, por pouco que Eulalie estivesse atrasada. Prolongada demais, essa volúpia em aguardar Eulalie virava suplício, minha tia não parava de olhar a hora, bocejava, sentia tonturas. O toque de campainha de Eulalie, se chegava no fim do dia, quando ela não o esperava mais, quase a fazia sentir-se mal. Na realidade, no domingo, só pensava nessa visita, e assim que o almoço acabava, Françoise tinha pressa de que deixássemos a sala de jantar para que pudesse subir e "ocupar" minha tia. Mas (sobretudo a partir do momento em que os dias de tempo bom se instalavam em Combray) um longo tempo se passava depois que a hora altaneira do meio-dia, declinada da torre de Saint-Hilaire que vibrava com os doze florões momentâneos de sua coroa sonora, ressoava à volta de nossa mesa, junto ao pão bento, também ele trazido familiarmente da saída da igreja, enquanto continuávamos sentados diante dos pratos das *Mil e uma noites*, entorpecidos pelo calor e principalmente pela refeição. Pois, ao fundo permanente de ovos, costeletas, batatas, geleias, biscoitos, que nem nos anunciava mais, Françoise acrescentava — de acordo com o trabalho nos campos e nos pomares, o fruto da maré, os acasos do comércio, a cortesia dos vizinhos e do seu próprio gênio, e tão bem que o nosso cardápio, como aqueles trevos-de-quatro-folhas que se esculpiam no século XIII na porta das catedrais, refletia um pouco o ritmo das estações e os episódios da vida: um linguado porque a vendedora lhe garantira que era fresco, um peru porque vira um bonito no mercado de Roussainville-le-Pin, alcachofras ao tutano porque ainda não as preparara para nós dessa maneira, uma perna de cordeiro assada porque o ar livre abre o apetite e haveria tempo suficiente para ele "baixar" nas sete horas seguintes, espinafre para variar, damascos porque eram ainda uma raridade, groselhas porque em quinze dias não haveria mais, framboesas que o senhor Swann trouxera especialmente, cerejas, as primeiras a virem da cerejeira do jardim depois de dois anos sem dar nenhuma, o queijo cremoso de que eu gostava tanto antigamente, um doce de amêndoas porque ela o encomendara na véspera, um brioche porque era nossa vez de oferecê-lo. Quando tudo isso tinha terminado, composto expressamente para nós mas dedicado mais especialmente a meu pai, que tanto o apreciava, nos era oferecido um creme de chocolate, inspiração e atenção pessoal de

Françoise, fugidio e leve como uma obra de circunstância na qual ela pusera todo o seu talento. Aquele que se recusasse a prová-lo dizendo: "Terminei, não tenho mais fome", seria imediatamente rebaixado ao nível daqueles grosseiros que, mesmo ante o presente que um artista lhes oferta de uma de suas obras, olham o peso e a matéria enquanto o que vale é apenas a intenção e a assinatura. Mesmo deixar um só grão no prato mostraria a mesma descortesia que se levantar antes do fim da audição na cara do compositor.

Por fim minha mãe me dizia: "Vamos, não fique aqui indefinidamente, suba para o seu quarto se acha que faz calor demais lá fora, mas vá antes tomar um pouco de ar para não ler ao sair da mesa". Eu ia me sentar perto da bomba e de seu tanque, muitas vezes enfeitado, como uma fonte gótica, por uma salamandra, que esculpia sobre a pedra rústica o relevo móvel de seu corpo alegórico e afuselado, no banco sem encosto à sombra de um lilás, naquele pequeno canto do jardim que dava através de uma porta de serviço para a rua do Saint-Esprit e de cujo solo pouco cuidado se erguia sobre dois degraus, formando uma saliência na casa, como se fosse uma construção independente, a despensa. Percebia-se seu piso vermelho e reluzente como pórfiro. Sua aparência era menos a de um antro de Françoise que a de um templo a Vênus. Ela regurgitava de oferendas do leiteiro, do fruteiro, do vendedor de legumes, vindos às vezes de aldeias bem distantes para lhe dedicarem as primícias de seus campos. E o seu telhado era sempre coroado pelo arrulhar de uma pomba.

Antigamente, não me demorava no bosque sagrado que o cercava porque, antes de subir para ler, eu entrava no pequeno gabinete de descanso que meu tio Adolphe, um irmão de meu avô, militar veterano que fora para a reserva como major, ocupava no térreo, e que, mesmo quando as janelas abertas deixavam entrar o calor, ou os raios de sol que chegavam raramente até lá, exalava inesgotavelmente aquele odor obscuro e fresco, ao mesmo tempo silvestre e Antigo Regime, que faz as narinas devanear longamente quando se penetra em certos pavilhões de caça abandonados. Mas fazia muitos anos que não entrava mais no gabinete de meu tio Adolphe, pois este não vinha mais a Combray por causa de uma rusga que ocorrera entre ele e minha família, por minha culpa, nas seguintes circunstâncias:

Uma ou duas vezes por mês, em Paris, me mandavam fazer uma visita quando ele, vestindo uma simples túnica, terminava o almoço, servido por seu criado com uma jaqueta de trabalho de algodão listrada de roxo e branco. Ele se queixava, resmungando que eu não vinha fazia muito tempo, que o abandonavam; oferecia-me um marzipã ou uma tangerina, atravessávamos um salão em que não parávamos nunca, onde jamais se acendia a lareira, cujas paredes estavam ornadas de relevos dourados, o teto pintado de um azul que pretendia imitar o céu e os móveis forrados de cetim como na casa de meus avós, mas amarelo; depois passávamos para o que chamava de seu gabinete de "trabalho", em cujas paredes estavam penduradas essas gravuras representando sobre fundo negro uma deusa carnuda e rósea dirigindo uma carruagem, montada num globo, ou com uma estrela na testa, das quais gostavam no Segundo Império porque lhes achavam um ar pompeano, e que depois foram detestadas, e das quais se volta a gostar por uma única e mesma razão, apesar das outras que se alegam, que é terem uma aparência Segundo Império. E ficava com meu tio até que seu criado de quarto vinha lhe perguntar, da parte do cocheiro, a que horas devia atrelar. Meu tio mergulhava então numa meditação, seu criado maravilhado, temendo perturbá-lo com o mais leve movimento, aguardava com curiosidade o resultado, sempre idêntico. Enfim, após uma hesitação suprema meu tio pronunciava infalivelmente estas palavras: "Duas horas e um quarto", que o criado repetia com espanto, mas sem discutir: "Duas horas e um quarto? Bem... vou dizer a ele...".

Naquela época, eu tinha amor pelo teatro, amor platônico, pois meus pais nunca me haviam deixado ir, e como imaginava de modo tão pouco exato os prazeres que ali se desfrutavam, não estava longe de acreditar que cada espectador olhava, através de um estereoscópio, um cenário que era apenas para ele, embora semelhante aos outros mil que o resto dos espectadores, cada um por si, via.

Todas as manhãs eu corria até a coluna Morris para ver os espetáculos que ela anunciava. Nada era mais desinteressado e feliz do que os sonhos oferecidos à minha imaginação pelas peças anunciadas, que eram condicionadas tanto pelas imagens inseparáveis das palavras que compunham o título como pela cor dos cartazes ainda úmidos e empapados de cola contra a qual o título se destacava. Exceto por uma dessas obras estranhas como *O testamento de*

César Girodot e *Édipo Rei*, as quais eram inscritas, não no cartaz verde do Opéra Comique, mas sobre o cartaz cor de vinho da Comédie-Française, nada me parecia mais diferente do enfeite de plumas resplandecente e branco dos *Diamantes da Coroa* que o cetim liso e misterioso do *Dominó Negro*, e, meus pais me tendo dito que quando fosse pela primeira vez ao teatro teria que escolher entre essas duas peças, procurando aprofundar sucessivamente o título de uma e o da outra, pois que era tudo que conhecia delas, para tentar discernir em cada uma o prazer que me prometia e compará-lo com o que a outra ocultava, chegava a me representar com tanta força, de um lado uma peça deslumbrante e altiva, e de outro uma peça suave e aveludada, que era tão incapaz de decidir qual teria a minha preferência como se, para a sobremesa, houvessem me deixado optar entre o arroz à imperatriz e o creme de chocolate.

Todas as conversas com meus colegas tratavam desses atores cuja arte, ainda que me fosse desconhecida, era a primeira forma, dentre todas que ela assume, sob a qual ela me permitia pressenti-la, a Arte. Entre a maneira como um ou outro tinha de declamar, de matizar uma tirada, as diferenças mais mínimas me pareciam ter uma importância incalculável. E, segundo o que me haviam dito deles, eu os classificava por ordem de talento, em listas que me recitava o dia todo, e que acabaram por empedrar no meu cérebro e obstruí-lo com sua imobilidade.

Mais tarde, quando fui para a escola, cada vez que durante as aulas eu me correspondia, assim que o professor virava a cabeça, com um novo amigo, minha primeira questão era sempre para lhe perguntar se já fora ao teatro e se achava que o maior ator era realmente Got, o segundo Delaunay etc. E se, em sua opinião, Febvre só vinha depois de Thiron, ou Delaunay só depois de Coquelin, a súbita motilidade de Coquelin, perdendo a rigidez pétrea, contraía-se no meu espírito para passar ao segundo posto, e a agilidade milagrosa, a fecunda animação da qual Delaunay se via dotado para recuar ao quarto lugar, dava uma sensação de florescimento e de vida a meu cérebro amaciado e fertilizado.

Mas se os atores me preocupavam assim, se a visão de Maubant saindo uma tarde do Théâtre Français me provocara a comoção e os sofrimentos do amor, muito mais provocou o nome de uma estrela flamejando na porta de um teatro, e também a visão, no vidro de um cupê que passava na rua com seus cavalos enfeitados com rosas na testa, do rosto de uma mulher que eu pensava ser talvez uma atriz, deixava em mim uma perturbação ainda mais longa, um esforço impotente e doloroso para me representar sua vida. Eu classificava por ordem de talento as mais ilustres, Sarah Bernhardt, a Berma, Bartet, Madeleine Brohan, Jeanne Samary, mas todas me interessavam. Ora, meu tio conhecia muitas delas, e também cocotes que eu não distinguia com nitidez de atrizes. Ele as recebia em casa. E se nós só íamos vê-lo em certos dias é porque, nos outros, vinham atrizes com as quais sua família não poderia se encontrar, ao menos do ponto de vista dela, porque para o meu tio era o contrário; sua excessiva facilidade em ter a cortesia de apresentar lindas viúvas que talvez nunca tivessem sido casadas, condessas de nomes sonoros que sem dúvida não passavam de nomes de guerra, à minha avó ou mesmo a lhes dar joias de família, já o tinha atritado mais de uma vez com meu avô. Com frequência, ao nome de uma atriz que surgia na conversa, ouvia meu pai dizer à minha mãe, sorrindo: "É uma amiga do teu tio"; e pensava que a pena que talvez durante anos homens importantes cumpriam inutilmente na porta de tal mulher que não respondia às suas cartas e os dispensava por meio do porteiro de sua mansão, meu tio poderia poupar a um menino como eu apresentando-me na sua casa à atriz, inacessível a tantos outros, que era para ele uma amiga íntima.

Assim — a pretexto de que uma aula transferida para uma hora tão ruim que me impedira diversas vezes e me impedia ainda de ver meu tio — um dia, diverso daquele reservado às visitas que lhe fazíamos, aproveitando que meus pais haviam almoçado cedo, saí e em vez de ir olhar a coluna de cartazes, aonde me deixavam ir sozinho, corri até ele. Reparei que diante de sua porta havia um veículo atrelado a dois cavalos que tinham nos antolhos um cravo vermelho como o que tinha o cocheiro na lapela. Da escada, escutei uma risada e uma voz de mulher e, assim que toquei, um silêncio, e depois o barulho de portas que se fechavam. O criado veio abrir, e ao ver-me, pareceu embaraçado, me disse que meu tio estava muito ocupado, sem dúvida não poderia me receber e enquanto ia ainda assim avisá-lo, a mesma voz que eu ouvira dizia: "Ora, sim! Deixe-o entrar; só um minuto, isso me agradaria tanto! Na fotografia que está na sua mesa, ele se parece tanto com a mãe dele, sua sobrinha, cuja fotografia está ao lado, não é? Gostaria de vê-lo só um instante, esse menino".

Escutei meu tio resmungar, zangar-se, e enfim o criado me fez entrar.

Sobre a mesa havia o mesmo prato de marzipãs de costume; meu tio usava seu casaco de todos os dias, mas na sua frente, num vestido de seda rosa e com um grande colar de pérolas no pescoço, estava sentada uma mulher jovem que acabava de comer uma tangerina. A incerteza sobre se deveria chamá-la de senhora ou de senhorita me fez enrubescer e, sem ousar virar muito o olhar para o seu lado por medo de ter que lhe falar, fui beijar meu tio. Ela me olhava sorrindo, e meu tio disse a ela: "Um sobrinho", sem lhe dizer meu nome, nem me dizer o dela, sem dúvida porque, desde as dificuldades que tivera com meu avô, ele tentava o quanto fosse possível evitar qualquer espécie de união entre sua família e esse tipo de relações.

"Como ele se parece com a mãe, disse ela.

— Mas você nunca viu minha sobrinha, a não ser em fotografia, disse com vivacidade meu tio, num tom brusco.

— Peço desculpas, meu querido amigo, mas cruzei com ela na escada no ano passado, quando você estava tão doente. É verdade que só a vi de relance e que sua escada é bem escura, mas foi o suficiente para admirá-la. Esse rapazinho tem seus lindos olhos e também *isto*", disse ela, traçando com o dedo uma linha na parte de baixo de sua testa. "A sua sobrinha usa o mesmo sobrenome que você, meu amigo?, perguntou ela a meu tio.

— Ele se parece sobretudo com o pai", resmungou meu tio, que não se preocupava mais em fazer apresentações à distância, dizendo o nome de minha mãe, nem de perto. "Ele de fato se parece com seu pai e também com minha pobre mãe.

— Não conheço seu pai, disse a dama de rosa com uma leve inclinação da cabeça, e nunca conheci sua pobre mãe, meu amigo. Você se lembra, foi pouco depois da sua grande tristeza que nos conhecemos."

Tive uma pequena decepção, pois essa jovem dama não diferia de outras mulheres bonitas que vira algumas vezes na minha família, notadamente da filha de um de nossos primos, a cuja casa eu ia todos os anos no Primeiro de Janeiro. Somente mais bem-vestida, a amiga de meu tio tinha o mesmo olhar vivo e bom, a mesma aparência franca e afetuosa. Eu não achava nela nada do aspecto teatral que admirava nas fotografias de atrizes, nem da expressão diabólica condizente com a vida que ela deveria levar. Tinha dificuldade em acreditar que fosse uma cocote, e sobretudo não teria acreditado que fosse uma cocote chique se não tivesse visto o veículo com dois cavalos, o vestido rosa, o colar de pérolas, se não soubesse que meu tio só se dava com a alta-roda. Mas me perguntava como o milionário que lhe dava sua carruagem, sua mansão e suas joias poderia ter prazer em dissipar sua fortuna com uma pessoa que tinha um ar tão simples e correto. Entretanto, ao pensar como deveria ser a vida dela, sua imoralidade me perturbava talvez mais do que se ela tivesse se concretizado diante de meus olhos numa aparência especial — por ser invisível como o segredo de algum romance, de algum escândalo que a tivesse levado a sair da casa dos pais burgueses e a tivesse destinado a todo mundo, que tivesse feito sua beleza desabrochar e tivesse alçado à sociedade mundana e à notoriedade aquela cujas expressões de fisionomia, entonações de voz, iguais a tantas outras que eu já conhecia, me faziam considerar, a despeito de mim mesmo, uma moça de boa família, embora não houvesse mais família nenhuma.

Passáramos para o "gabinete de trabalho", e meu tio, parecendo um pouco constrangido pela minha presença, ofereceu-lhe cigarros.

"Não, querido, disse ela, você sabe que estou habituada aos que o grã-duque me manda. Eu disse a ele que você ficou com ciúme." E tirou da cigarreira um deles, coberto de inscrições estrangeiras e douradas. "Mas sim, acrescentou de repente, devo ter encontrado na sua casa o pai desse rapaz. Não é o seu sobrinho? Como pude esquecer? Ele foi tão bom, tão agradável comigo", disse ela com um ar modesto e sensível. Mas ao pensar no que poderia ter sido a acolhida rude de meu pai, que ela dizia ter achado agradável, eu, que lhe conhecia a reserva e a frieza, fiquei constrangido pela indelicadeza que ele tivesse cometido, pela desigualdade entre a autoridade excessiva e a cordialidade insuficiente. Mais tarde me pareceu que uma das coisas tocantes no papel que essas mulheres ociosas e aplicadas desempenham era que devotassem sua generosidade, seu talento, um sonho à disposição de beleza sentimental — pois, como os artistas, elas não o realizam, não o fazem entrar nos padrões da existência comum — e um ouro que lhes custa pouco, a enriquecer com um engaste precioso e fino a vida grosseira e mal-ajambrada dos homens. Como aquela ali, na sala de fumar onde meu tio vestia um casaco simples para recebê-la, que expunha seu corpo tão suave, seu vestido de seda rosa, suas pérolas, a elegância que emana da amizade com um grão-duque, e que assim colhera alguma insignificância de meu pai, a trabalhara com delicadeza, dera-lhe uma feição, uma designação preciosa e nela incrustara um dos seus olhares de tão bela água, nuançado de humildade e de gratidão, e a entregava de volta, transformada numa joia de artista, nalguma coisa "de fato agradável".

"Agora vamos, é hora de você ir", disse-me meu tio.

Levantei-me, tinha uma vontade irresistível de beijar a mão da dama de rosa, mas me parecia que seria algo audacioso como um rapto. Meu coração batia enquanto dizia a mim mesmo: "Devo fazê-lo, não devo fazê-lo", depois parei de me perguntar o que devia fazer, para poder fazer alguma coisa. E com um gesto cego e insensato, desprovido de todas as razões que descobrira um momento antes a seu favor, levei a meus lábios a mão que ela me estendia.

"Como ele é gentil! Já é galante, tem um olhinho para as mulheres: puxou o seu tio. Será um gentleman perfeito", acrescentou, cerrando os dentes para dar à expressão um sotaque levemente britânico. "Ele não poderia vir uma vez tomar *a cup of tea*, como dizem nossos vizinhos ingleses; só precisaria me mandar um 'azul'* pela manhã?"

Eu não sabia o que era um "azul". Não compreendia metade das palavras que dizia a dama, mas o receio de que houvesse alguma pergunta escondida nelas me impedia de parar de escutá-las com atenção, e eu sentia um enorme cansaço.

"Não, não, é impossível, disse meu tio erguendo os ombros, ele é aplicado, estuda muito. Ganha todos os prêmios no seu curso", acrescentou, baixando a voz para que eu não escutasse a mentira e o contradissesse. "Quem sabe não será talvez um pequeno Victor Hugo, uma espécie de Vaulabelle.

— Adoro os artistas, só eles entendem as mulheres... Só eles e homens de elite como você. Perdoe-me a ignorância, amigo. Quem é Vaulabelle? São esses volumes dourados na pequena biblioteca

---

* Mensagem expressa, num papel de cor azul, enviada por meio de um sistema pneumático.

envidraçada no seu quarto de vestir? Você sabe que prometeu emprestá-los para mim, tratarei deles com muito cuidado."

Meu tio, que detestava emprestar seus livros, não respondeu nada e me conduziu até a antecâmara. Perdido de amor pela dama de rosa, cobri de beijos loucos as faces cheias de tabaco do meu velho tio, que muito embaraçado me deixava entender, sem ousar dizê-lo abertamente, que gostaria muito que não falasse dessa visita a meus pais, enquanto eu lhe dizia, com lágrimas nos olhos, que a lembrança da sua bondade era tão forte que eu encontraria um dia a maneira de lhe testemunhar meu reconhecimento. Ela era de fato tão forte que duas horas mais tarde, após algumas frases misteriosas e que não pareceram dar a meus pais uma ideia suficientemente nítida da nova importância da qual me achava dotado, achei mais explícito contar-lhes nos mínimos detalhes a visita que acabava de fazer. Não acreditava que com isso fosse causar aborrecimentos ao meu tio. Como poderia acreditar, já que não os desejava? E não poderia supor que meus pais vissem algum mal numa visita em que eu não via nenhum. Não acontece todos os dias que um amigo nos peça para não deixar de o desculpar junto a uma mulher a quem ele não pôde escrever, e que negligenciamos fazê-lo, julgando que tal pessoa não pode dar importância a um silêncio que para nós não tem nenhuma? Imaginava, como todo mundo, que o cérebro dos outros era um receptáculo inerte e dócil, sem poder de reação específico ao que nele introduzimos; e não duvidava que depositando no dos meus pais a novidade da revelação que meu tio me fizera, não lhes transmitisse ao mesmo tempo, como desejava, o juízo benevolente que fazia dessa apresentação. Infelizmente, meus pais se orientaram por princípios inteiramente diversos daqueles que eu lhes sugeria adotar, quando quiseram apreciar a ação de meu tio. Meu pai e meu avô tiveram com ele discussões violentas, das quais fui indiretamente informado. Dias depois, cruzando com meu tio quando ele passava num carro descoberto, senti a dor, a gratidão, o remorso que gostaria de lhe expressar. Diante de tal imensidão, achei que tirar o chapéu seria mesquinho e poderia levar meu tio a supor que eu não acreditava que devesse lhe prestar mais que uma cortesia banal. Resolvi me abster desse gesto insuficiente e virei o rosto. Meu tio pensou que eu cumpria ordens de meus pais, não os perdoou, e morreu muitos anos depois sem que nenhum de nós jamais tivesse voltado a vê-lo.

Eu também não entrava mais no gabinete de descanso, agora fechado, de meu tio Adolphe, e depois de me demorar na despensa, quando Françoise aparecia na entrada e me dizia: "Vou deixar minha auxiliar de cozinha servir o café e subir com a água quente, preciso correr até madame Octave", decidia-me a entrar e subia diretamente para ler no meu quarto. A auxiliar de cozinha era uma pessoa moral, uma instituição permanente a quem atribuições invariáveis asseguravam uma espécie de continuidade e identidade, através da sucessão de formas passageiras nas quais ela se encarnava: jamais tivemos a mesma dois anos seguidos. No ano em que comemos tantos aspargos, a auxiliar de cozinha habitualmente encarregada de os "ralar" era uma pobre criatura enfermiça, num estágio já bastante avançado de gravidez quando chegamos, na Páscoa, e até espantava que Françoise a deixasse andar e trabalhar tanto, pois ela começava a carregar com dificuldade na sua frente a misteriosa cesta, cada dia mais cheia, em que se adivinhava sob as amplas roupas a forma magnífica. Estas lembravam os mantos que revestem certas figuras simbólicas de Giotto das quais o senhor Swann me dera fotografias. Foi ele mesmo que nos fez notar isso, e quando pedia notícias da auxiliar de cozinha, nos dizia: "Como vai a Caridade de Giotto?". Aliás ela mesma, a pobre moça, engordada pela gravidez até no rosto, até nas faces que caíam retas e quadradas, com efeito se parecia bastante com essas virgens, fortes e varonis, de fato matronas, nas quais as virtudes são personificadas na Arena. E me dou conta agora de que essas Virtudes e esses Vícios de Pádua se parecem com ela de outra maneira. Assim como a imagem dessa moça crescera com o símbolo adicionado que ela levava diante do seu ventre, sem aparentar compreender-lhe o sentido, sem que nada no seu rosto lhe traduzisse a beleza e o espírito, como um mero e pesado fardo, da mesma maneira é sem parecer suspeitar que a poderosa dona de casa representada na Arena abaixo do nome "Caritas", e cuja reprodução estava pendurada na parede da minha sala de estudo em Combray, encarna essa virtude, sem que nenhum pensamento de caridade pareça alguma vez capaz de ter sido expresso por seu rosto enérgico e vulgar. Por uma bela invenção do pintor, ela calca com os pés os tesouros da terra, mas exatamente como se pisasse em uvas para extrair-lhes o suco, ou antes, como se tivesse subido em sacos para se elevar; e ela estende a Deus seu coração inflamado, ou, dizendo melhor, ela o "passa", como uma cozinheira passa um saca-rolhas pelo respiradouro do seu subsolo a alguém que o pede na janela do térreo. Já a Inveja tinha mais certa expressão de inveja. Mas nesse afresco também o símbolo ocupa tanto espaço e é representado com tanta realidade, a serpente soprando nos lábios da Inveja é tão grossa, preenche tão completamente sua boca escancarada, que os músculos da sua figura estão distendidos para poder contê-la, como os de uma criança que enche um balão com seu sopro, e que a atenção da Inveja — e a nossa junto com ela —, totalmente concentrada na ação de seus lábios, não tem tempo para se entregar a pensamentos invejosos.

Malgrado toda a admiração que o senhor Swann professava por essas figuras de Giotto, não tive durante um longo tempo nenhum prazer em contemplar, em nossa sala de estudo, onde se penduraram as cópias que ele me havia trazido, essa Caridade sem caridade, essa Inveja que tinha o aspecto de uma figura que só ilustrasse num livro de medicina a compressão da glote ou da campainha por um tumor da língua ou pela introdução do instrumento do cirurgião, uma Justiça cujo rosto cinzento e mesquinhamente regular era aquele mesmo que, em Combray, caracterizava certas burguesas piedosas e secas que eu via na missa, e das quais várias estavam antecipadamente alistadas nas milícias de reserva da Injustiça. Porém, mais tarde compreendi que a estranheza impressionante, a beleza especial desses afrescos, se devia ao lugar enorme que neles ocupava o símbolo, e o fato de que fosse representado não como símbolo, já que o pensamento simbólico não era expresso, mas como realidade, como efetivamente sofrido ou materialmente manejado, dava ao significado da obra algo mais literal e mais preciso, ao seu ensinamento algo mais concreto e mais espantoso. No caso da auxiliar de cozinha, também, a atenção não é levada incessantemente ao seu ventre pelo peso que o distendia; da mesma maneira, muitas vezes o pensamento dos agonizantes se volta para o lado efetivo, doloroso, obscuro, visceral, para esse avesso da morte que é precisamente o lado que ela lhes apresenta, que os faz rudemente sentir, e que se assemelha muito mais a um fardo que os esmaga, a uma dificuldade em respirar, a uma necessidade de beber, do que àquilo que chamamos de ideia da morte.

Era preciso que essas Virtudes e esses Vícios de Pádua tivessem em si muita realidade, pois me pareciam tão vivos quanto a criada grávida, já que ela própria não me parecia menos alegórica. E talvez essa não participação (ao menos aparente) da alma de um ser na virtude que age por meio dele tenha também, afora seu valor estético, uma realidade, se não psicológica, pelo menos, como se diz, fisionômica. Quando, mais tarde, no decurso da minha vida, tive ocasião de reencontrar em conventos, por exemplo, encarnações verdadeiramente santas da caridade ativa, elas tinham em geral um ar alegre, positivo, indiferente e brusco de um cirurgião com pressa, esse rosto onde não se lê nenhuma comiseração, nenhum enternecimento diante do sofrimento alheio, nenhum receio de feri-lo, e que é o rosto sem doçura, o rosto antipático e sublime da verdadeira bondade.

Enquanto a auxiliar de cozinha — fazendo brilhar involuntariamente a superioridade de Françoise, como o Erro, pelo contraste, torna mais retumbante o triunfo da Verdade — servia café, que segundo mamãe não passava de água quente, e depois subia a nossos quartos com a água quente apenas morna, eu me estendera na cama, um livro na mão, no meu quarto, que, vibrando, protegia seu frescor transparente e frágil contra o sol da tarde atrás dos postigos quase fechados, onde um reflexo do dia tinha contudo achado um meio de fazer passar suas asas amarelas, e restava imóvel entre a madeira e o vitral, num canto, como uma borboleta pousada. Havia apenas claridade suficiente para ler, e a sensação de esplendor da luz só me era dada pelas pancadas desferidas na rua de la Cure por Camus (advertido por Françoise de que minha tia "não repousava" e se podia fazer barulho) em caixotes empoeirados, mas que, retinindo na atmosfera sonora, própria do tempo quente, pareciam fazer voar ao longe astros escarlates; e também pelas moscas que executavam diante de mim, no seu pequeno concerto, como que a música de câmara do verão; ela não o evoca à maneira de uma ária humana que, escutada por acaso na bela estação do ano, depois nos faz lembrá-la; ela está ligada ao verão por um vínculo mais necessário; nascida dos belos dias, só renascendo através deles, contendo um pouco da sua essência, ela não revela somente a imagem na nossa memória, ela certifica o seu retorno, sua presença efetiva, ambiente, imediatamente acessível.

Esse obscuro frescor do meu quarto estava para o sol pleno da rua como a sombra para o raio, quer dizer, era tão luminoso quanto ele e oferecia a minha imaginação o espetáculo total do verão, que meus sentidos, se eu estivesse num passeio, só poderiam desfrutar aos pedaços; e assim ele se adequava bem a meu repouso, que (graças às aventuras contadas pelos meus livros e que vinham comovê-lo) suportava, como o repouso de uma mão imóvel, o choque e a animação de uma torrente de atividade.

Mas minha avó, mesmo se o tempo demasiado quente tivesse se alterado, se uma tempestade ou somente um chuvisco ocorressem, vinha me suplicar que saísse. E não querendo renunciar à minha leitura, eu ia ao menos continuá-la no jardim, sob o castanheiro, numa pequena guarita de capim-bambu e lona, no fundo da qual me sentava e me julgava escondido dos olhos das pessoas que poderiam vir visitar meus pais.

E meu pensamento não era também como outro abrigo no fundo do qual me sentia resguardado, mesmo para olhar o que se passava lá fora? Quando via um objeto exterior, a consciência de que o olhava permanecia entre mim e ele, bordava-o com uma tênue orla espiritual que me impedia sempre de tocar diretamente sua matéria; volatilizava-se de alguma maneira antes que tomasse contato com ela, como um corpo incandescente que se aproxima de um objeto molhado e não toca a sua umidade porque sempre se faz preceder por uma zona de evaporação. Na espécie de tela cintilante de estados diferentes que, enquanto eu lia, minha consciência desenrolava simultaneamente, e que iam das aspirações mais profundamente escondidas dentro de mim mesmo até a visão completamente exterior do horizonte que eu tinha, ao fundo do jardim, diante dos olhos, o que havia em mim em primeiro lugar, de mais íntimo, o leme sem cessar em movimento que governava todo o resto, era minha crença na riqueza filosófica, na beleza do livro que lia, e meu desejo de me apropriar dela, qualquer que fosse o livro. Porque, mesmo se o tivesse comprado em Combray, percebendo-o à frente da mercearia Borange, muito distante de casa para que Françoise ali pudesse se abastecer como no Camus mas com melhor estoque como papelaria e livraria, preso por barbantes no mosaico de brochuras e fascículos que revestiam as duas folhas de sua porta mais misteriosa, mais semeada de pensamentos que uma porta de catedral, é porque o havia reconhecido por ter sido citado para mim como uma obra admirável pelo professor ou colega que me parecia na época deter o segredo da verdade e da beleza meio pressentidas, meio incompreensíveis, cujo conhecimento era o objetivo vago mas permanente de meus pensamentos.

Depois dessa crença central que, durante minha leitura, executava incessantes movimentos de dentro para fora, rumo à descoberta da verdade, vinham as emoções causadas pela ação da qual eu tomava parte, pois essas tardes eram mais cheias de acontecimentos dramáticos do que muitas vezes toda uma vida. Eram os acontecimentos que sucediam no livro que lia; é verdade que os personagens afetados por eles não eram "reais", como dizia Françoise. Mas todos os sentimentos que nos fazem experimentar a alegria ou o infortúnio de um personagem real só se produzem em nós por intermédio de uma imagem dessa alegria ou desse infortúnio; a engenhosidade do primeiro romancista consistiu em compreender que, no aparato de nossas emoções, a imagem sendo o único elemento essencial, a simplificação que consistiria em suprimir pura e simplesmente os personagens reais seria um aperfeiçoamento decisivo. Um ser real, por mais profundamente que simpatizemos com ele, em grande parte é percebido por nossos sentidos, ou seja, permanece opaco para nós, oferece um peso morto que nossa sensibilidade não pode erguer. Se uma desgraça o atinge, é só numa pequena parte da noção total que temos dele que ela nos poderá emocionar, mais ainda, só numa parte da noção total que ele tem de si mesmo ela poderá emocioná-lo. O achado do romancista foi ter a ideia de substituir essas partes impenetráveis à alma por uma quantidade igual de partes imateriais, ou seja, que nossa alma possa assimilar. Que importa então que as ações, as emoções desses seres de um novo tipo nos apareçam como verdadeiras, pois que as fizemos nossas, pois é em nós que elas se produzem, que elas têm sob o seu controle, enquanto viramos febrilmente as páginas do livro, a rapidez de nossa respiração e a intensidade de nosso olhar. E uma vez que o romancista nos pôs nesse estado, em que como em todos os estados puramente interiores toda emoção é decuplicada, em que seu livro irá nos perturbar como um sonho, mas um sonho mais claro que os que temos ao dormir e cuja lembrança durará mais, então, eis que ele desencadeia em nós durante uma hora todas as felicidades e todas as infelicidades possíveis, das quais levaríamos anos na vida para perceber algumas, e as mais intensas não nos seriam reveladas nunca porque a lentidão com que se produzem nos impede de percebê-las (assim nosso coração muda, na vida, e essa é a pior dor; mas só a conhecemos na leitura, na imaginação: na realidade ele muda, como ocorre com certos fenômenos naturais, tão devagar que, se somos capazes de observar sucessivamente cada um de seus diferentes estados, em contrapartida a própria sensação da mudança nos é sonegada).

Ainda menos interior a meu corpo que essa vida dos personagens, vinha em seguida, meio projetada dentro de mim, a paisagem em que se desenvolvia essa ação e que exercia no meu pensamento uma influência bem maior que a outra, aquela que tinha sob meus olhos quando os erguia do livro. Foi assim que durante dois verões, no calor do jardim de Combray, tive, devido ao livro que lia então, a nostalgia de uma região montanhosa e fluvial onde veria muitas serrarias e onde, no fundo da água clara, pedaços de madeira apodreciam sob tufos de agrião; não muito longe, subiam ao longo de muros baixos cachos de flores roxas e avermelhadas. E como o sonho de uma mulher que me amaria estava sempre presente no meu pensamento, naqueles verões esse sonho foi impregnado pelo frescor de águas correntes; e qualquer que fosse a mulher que eu evocava, cachos de flores roxas e avermelhadas subiam de cada lado dela como cores complementares.

Não era somente porque uma imagem com a qual sonhamos resta sempre marcada, se embeleza e se beneficia do reflexo de cores diferentes que por acaso a cercam no nosso devaneio; pois essas paisagens de livros que lia eram para mim apenas paisagens mais vivamente representadas na minha imaginação do que aquelas que Combray punha sob meus olhos, mas por serem análogas. Pela escolha que o autor fizera, pela fé com que meu pensamento ia a seu encontro como de uma revelação, elas me pareciam ser — impressão que não me dava de modo nenhum a região onde me achava, e sobretudo nosso jardim, produto sem prestígio da fantasia correta do jardineiro que minha avó desprezava — uma parte verdadeira da própria Natureza, digna de ser estudada e aprofundada.

Se meus pais me tivessem permitido, quando lia um livro, ir visitar a região que ele descrevia, teria acreditado haver dado um passo inestimável na conquista da verdade. Pois se temos a sensação de estar sempre rodeados pela nossa alma, não é como numa prisão imóvel; antes, nos sentimos como que levados por ela num perpétuo afã de ultrapassá-la, de atingir o exterior, com uma espécie de desânimo, escutando sempre em torno de nós essa sonoridade idêntica que não é o eco do exterior, mas o ressoar de uma vibração interna. Procuramos encontrar nas coisas, tornadas por isso preciosas, o reflexo que nossa alma projetou nelas; ficamos desapontados ao constatar que parecem desprovidas na natureza do encanto que elas deviam, em nosso pensamento, à proximidade de certas ideias; por vezes convertemos todas as forças dessa alma em habilidade, em esplendor, para influir em seres que, como bem sentimos, estão fora de nós e nunca atingiremos. Assim, se eu imaginava ao redor da mulher que amava os lugares que mais desejava na ocasião, se eu queria que fosse ela a me levar a visitá-los, a me abrir o acesso a um mundo desconhecido, não era pelo acaso de uma simples associação de pensamentos; não, é porque meus sonhos de viagem e de amor eram apenas momentos — que separo artificialmente hoje como se fizesse cortes em diversas alturas de um jato d'água irisado e aparentemente imóvel — de um mesmo e inflexível jorro de todas as forças de minha vida.

Enfim, continuando a seguir de dentro para fora os estados simultaneamente justapostos na minha consciência, e antes de chegar ao horizonte real que os envolvia, encontro prazeres de outro gênero, o de estar bem sentado, de sentir o cheiro bom do ar, de não ser incomodado por uma visita; e quando uma hora soava no sino de Saint-Hilaire, o de ver cair pedaço por pedaço aquilo que já havia sido consumido pela tarde, até ouvir a última badalada, que me permitia chegar ao total da soma e depois da qual o longo silêncio que se seguia fazia começar no céu azul toda a parte que me era ainda concedida para ler até o bom jantar que Françoise preparava e me reconfortaria do cansaço, durante a leitura do livro, para acompanhar seu herói. E a cada hora me parecia que apenas momentos antes a precedente havia soado; a mais recente vinha se inscrever bem perto da outra no céu e eu não podia acreditar que sessenta minutos tivessem cabido naquele pequeno arco azul compreendido entre suas duas marcas de ouro. Às vezes, essa hora prematura dava até duas badaladas a mais que a última; houvera então uma que não escutara, algo que ocorrera não ocorrera para mim; o interesse da leitura, mágica como um sono profundo, havia enganado meus ouvidos alucinados e apagado o sino de ouro na superfície anil do silêncio. Belas tardes de domingo sob o castanheiro do jardim de

Combray, cuidadosamente esvaziadas por mim de incidentes medíocres da minha existência pessoal, que eu tinha substituído por uma vida de aventuras e de aspirações estranhas no coração de um lugar regado por águas móveis, ainda evocam aquela vida quando penso em vocês, e de fato a contêm por a terem gradualmente cercado e fechado — enquanto eu progredia na minha leitura no calor cadente do dia — no cristal sucessivo, mudando lentamente e atravessada pelas folhagens, de suas horas silenciosas, sonoras, perfumadas e límpidas.

Às vezes era tirado da minha leitura, no meio da tarde, pela filha do jardineiro, que corria como uma lunática, circundando à sua passagem uma laranjeira, cortando um dedo, trincando um dente e gritando: "Lá vêm eles, lá vêm eles!" para que Françoise e eu acorrêssemos e não perdêssemos nada do espetáculo. Era nos dias em que, rumo a manobras da guarnição, a tropa atravessava Combray, pegando geralmente a rua de Sainte-Hildegarde. Enquanto nossos criados, sentados numa fileira de cadeiras do lado de fora da grade, olhavam os que passeavam aos domingos em Combray e se faziam ver por eles, a filha do jardineiro, através da fenda que se abria entre duas casas distantes na avenida de la Gare, avistara o brilho dos capacetes. Os criados tinham recolhido precipitadamente suas cadeiras porque, quando os couraceiros desfilavam pela rua de Sainte-Hildegarde, ocupavam-na em toda a sua largura, e o galope dos cavalos passava rente às casas, cobrindo as calçadas como margens que oferecem um leito demasiado estreito a uma torrente desencadeada.

"Pobres meninos", dizia Françoise mal chegando à grade e já em lágrimas; "pobre juventude que será ceifada como um prado; só de pensar nisso fico chocada", acrescentava ela pondo a mão no coração, ali onde recebera o *baque*.

"Como é bonito, não é, madame Françoise, ver jovens que não têm apego à vida?", dizia o jardineiro para tirá-la do "prumo".

Ele não falara em vão:

"Não ter apego à vida? Mas ao que então é preciso ter apego fora à vida, o único presente que o bom Deus jamais dá duas vezes. Hélas! Meu Deus! E entretanto é verdade que eles não têm apego a ela! Eu os vi em 70;* eles não têm o menor medo da morte nessas

---

* Ano de 1870, início da Guerra Franco-Prussiana.

guerras miseráveis; são uns loucos, nem mais nem menos; e além disso não valem nem a corda para enforcá-los, não são homens, são leões." (Para Françoise, a comparação de um homem com um leão, que pronunciava "le-ão", não tinha nada de elogioso.)

A rua Sainte-Hildegarde virava de modo demasiado brusco para que se pudesse ver quem chegava de longe, e era por essa fenda entre as duas casas da avenida de la Gare que se percebiam mais e mais novos capacetes correndo e brilhando ao sol. O jardineiro gostaria de saber se havia ainda muitos para passar, e tinha sede porque o sol ardia. Então, sua filha, lançando-se como de uma praça sitiada, dava uma escapada, alcançava a esquina da rua e, depois de ter desafiado cem vezes a morte, vinha relatar, com uma garrafa de refresco de alcaçuz, a notícia de que pelo menos mil deles vinham sem parar dos lados de Thiberzy e de Méséglise. Françoise e o jardineiro, reconciliados, conversavam sobre a conduta em caso de guerra:

"Veja bem, Françoise, dizia o jardineiro, a revolução seria melhor, já que quando a declaram só os que querem ir é que vão.

— Ah, sim, pelo menos isso eu compreendo, é mais honesto."

O jardineiro achava que quando a guerra era declarada paravam-se todas as ferrovias.

"Claro, para que a gente não fuja", dizia Françoise.

E o jardineiro: "Ah, eles são espertos", porque não admitia que a guerra não passasse de um truque que o Estado tentava aplicar no povo e que, se houvesse um meio de fazê-lo, não haveria uma única pessoa que dela não fugisse.

Mas Françoise se apressava em voltar a minha tia, eu retornava ao meu livro, os criados se reinstalavam diante da porta para ver baixar a poeira e a emoção levantada pelos soldados. Muito tempo depois da instalação da calmaria, um fluxo inabitual de transeuntes enegrecia ainda as ruas de Combray. E diante de cada casa, até naquelas em que não era costume, os criados e mesmo os patrões, sentados e olhando, ornavam a soleira com uma auréola caprichosa e escura como a das algas e conchas que uma maré poderosa deixa na praia depois de ter baixado.

Salvo nesses dias contudo eu podia habitualmente ler com tranquilidade. Mas a interrupção e o comentário produzidos certa vez por uma visita de Swann à leitura que eu fazia do livro de um autor inteiramente novo para mim, Bergotte, tiveram por muito tempo a consequência de não apresentar mais como fundo um muro decorado por cachos de flores roxas, mas um fundo bem diverso, o do pórtico de uma catedral gótica, aquele do qual se destacava a imagem de uma das mulheres com quem eu sonhava.

Ouvira falar de Bergotte pela primeira vez por um de meus colegas, mais velho e por quem tinha grande admiração, Bloch. Ao me ouvir confessar minha admiração por *Nuit d'octobre*, deu uma gargalhada estridente como uma corneta e me disse: "Desconfie da sua admiração bastante baixa pelo senhor de Musset. É um indivíduo dos mais perniciosos e um bruto bastante sinistro. Devo confessar contudo que ele e mesmo nosso Racine fizeram cada um, em toda a sua vida, um verso bem ritmado que tem a seu favor o que acredito ser o supremo mérito de não significar absolutamente nada. São eles: 'A branca Oloossone e a branca Camyre' e 'A filha de Minos e Pasífae'. Eles me foram assinalados em defesa desses dois salteadores por um artigo de meu muito querido mestre, o Tio Leconte, agradável aos Deuses imortais. A propósito, eis um livro que não tenho tempo de ler neste momento e que é recomendado, parece, por esse imenso sujeito. Disseram-me que ele considera o autor, o Honorável Bergotte, um tipo dos mais sutis; e, embora às vezes ele dê provas de clemências bastante mal explicadas, sua palavra para mim é um oráculo délfico. Leia então essas prosas líricas e, se o gigantesco ajuntador de ritmos que escreveu *Bhagavat* e *O galgo de Magnus* disse a verdade, por Apolo, irá experimentar, caro mestre, o néctar das alegrias do Olimpo". Foi com esse tom sarcástico que me pedira que o chamasse de "caro mestre" e ele mesmo me chamava assim. Mas na realidade tínhamos certo prazer nesse jogo, estando ainda próximos da idade na qual se acredita engendrar aquilo que se nomeia.

Infelizmente, ao conversar com Bloch e lhe pedir explicações, não pude atenuar a inquietação em que ele me lançara quando me disse que os belos versos (para mim, que esperava deles nada menos que a revelação da verdade) eram ainda mais belos porque não significavam absolutamente nada. Bloch com efeito não voltou a ser convidado à nossa casa. No começo ele fora bem recebido. Meu avô, é verdade, alegava que cada vez que me ligava a um de meus colegas mais do que a outros e o levava à nossa casa, era sempre um judeu, o que não o desagradaria em princípio — até seu amigo Swann era de origem judaica — se não tivesse achado que geralmente não estava entre os melhores aquele que eu escolhia. Assim, quando trazia um novo amigo era bem raro que não cantarolasse "Ó Deus dos nossos Pais" de *A judia* ou então "Israel, rompe teus grilhões", entoando apenas a melodia, naturalmente, mas eu tinha medo de que meu colega as conhecesse e recapitulasse as letras.

Antes que os visse, só de lhes ouvir o nome, que com frequência não tinha nada de particularmente israelita, ele adivinhava não apenas a origem judaica dos meus amigos, que a tinham de fato, mas até o que às vezes havia de desagradável nas suas famílias.

"E como se chama o teu amigo que vem esta noite?
— Dumont, vovô.
— Dumont! Ah, fico desconfiado."
E cantava:

Arqueiros, fiquem de guarda
Vigiem sem trégua e sem barulho;

E depois de ter feito habilmente algumas perguntas mais precisas, exclamava: "Em guarda! Em guarda!" ou, se fosse ao próprio paciente, já chegado, que ele forçara, sem que este soubesse, por meio de um interrogatório sutil, a confessar suas origens, para nos mostrar então que não tinha mais dúvidas, ele se contentava em nos contemplar cantarolando imperceptivelmente:

Desse tímido israelita —
Como! — guiai aqui os passos!

ou:

Campos de nossos pais, suave vale de Hebrom.

ou ainda:

Sim, sou da raça eleita.

Essas pequenas manias de meu avô não implicavam nenhum sentimento malevolente em relação a meus colegas. Mas Bloch desagradara meus pais por outras razões. Ele começou por irritar o meu pai que, ao vê-lo molhado, disse-lhe com interesse:

"Mas, senhor Bloch, que tempo está fazendo, choveu? Não estou entendendo nada, o barômetro dizia que estava excelente."

E obteve apenas esta resposta:

"Senhor, não posso absolutamente dizer-lhe se choveu. Vivo tão resolutamente fora das contingências físicas que meus sentidos não se dão ao trabalho de notificá-las a mim.

— Mas, meu pobre filho, teu amigo é um idiota, disse-me meu pai quando ele partiu. Ora essa! Nem sequer me pode dizer como está o tempo. E não há nada de mais interessante! É um imbecil."

Depois Bloch desagradara à minha avó porque, depois do almoço, como ela dissesse que estava um pouco indisposta, ele abafou um soluço e enxugou lágrimas.

"Como pode dizer que isso é sincero, disse-me ela, já que ele não me conhece; ou então é louco."

E por fim descontentara todo mundo porque, vindo almoçar com uma hora e meia de atraso e coberto de lama, em vez de se desculpar disse:

"Não me deixo jamais influenciar pelas perturbações da atmosfera nem pelas divisões convencionais do tempo. Eu reabilitaria de bom grado o uso do cachimbo de ópio e da adaga malaia, mas ignoro esses instrumentos infinitamente mais perniciosos, e além do mais prosaicamente burgueses, o relógio e o guarda-chuva."

Ele voltaria a Combray apesar disso. Mas ele não era o amigo que meus pais houvessem desejado para mim; acabaram por acreditar que as lágrimas que vertera devido à indisposição de minha avó não eram fingidas; mas sabiam por instinto ou experiência que os impulsos de nossa sensibilidade têm pouco poder sobre a sequência de nossos atos e a conduta de nossa vida, e que o respeito a obrigações morais, a fidelidade aos amigos, a execução de uma obra, a observância de um regime, têm um fundamento mais seguro nos hábitos cegos do que nessas emoções momentâneas, ardentes e estéreis. Teriam preferido para mim, a Bloch, companheiros que não me dariam mais do que é convencionado dar aos amigos, segundo as regras da moral burguesa; que não me enviariam inopinadamente uma cesta de frutas porque pensaram em mim naquele dia com ternura, mas que, não sendo capazes de fazer pender em meu favor a justa balança dos deveres e das exigências da amizade por um simples impulso de sua imaginação e sensibilidade, tampouco a falseariam em meu detrimento. Mesmo nossas faltas não desviarão facilmente do seu dever para conosco essas naturezas das quais minha tia-avó era o modelo, ela que, brigada com uma sobrinha havia muitos anos e com a qual não falava nunca, nem por isso modificou o testamento em que lhe legou toda a sua fortuna, porque era sua mais próxima parenta e isso era "o correto".

Mas eu gostava de Bloch, meus pais queriam me agradar, os problemas insolúveis que me colocava a propósito da beleza despida de significado da filha de Minos e de Pasífae me fatigavam mais e me faziam sofrer mais do que teriam feito novas conversas com ele, que minha mãe julgava perniciosas. E ele ainda seria recebido em Combray se, depois desse jantar, tendo me ensinado — novidade que mais tarde teve muita influência na minha vida, e a tornou mais feliz, e depois mais infeliz — que todas as mulheres pensavam apenas no amor e que não havia nenhuma cuja resistência não pudesse ser vencida, não houvesse me assegurado ter ouvido dizer da maneira mais taxativa que minha tia-avó tivera uma juventude tempestuosa e havia sido notoriamente sustentada. Não pude deixar de repetir essas observações a meus pais, que lhe bateram a porta quando voltou, e, ao abordá-lo em seguida na rua, ele foi extremamente frio comigo.

Mas quanto a Bergotte dissera a verdade.

Nos primeiros dias, como uma ária de música que adoramos mas não distinguimos ainda, aquilo que deveria amar no seu estilo não me apareceu. Não podia abandonar o romance dele que lia, mas acreditava somente estar interessado no assunto, como naqueles primeiros momentos do amor nos quais se vai todos os dias encontrar uma mulher em alguma reunião, em algum divertimento, mas achando que se é atraído por seus prazeres. Depois notei as expressões raras, quase arcaicas, que ele gostava de empregar em alguns momentos, nos quais um fluxo escondido de harmonia, um prelúdio interior, excitava o seu estilo; e era naqueles momentos que ele se punha a falar do "sonho vão da vida", da "inesgotável torrente de belas aparências", da "torrente estéril e deliciosa de compreender e de amar", das "emocionantes efígies que enobrecem para sempre a fachada venerável e encantadora das catedrais", que ele exprimia toda uma filosofia nova para mim por meio de imagens maravilhosas, que se diria terem sido as que haviam despertado o canto de harpas, que então se elevava e a cujo acompanhamento elas conferiam algo de sublime. Uma dessas passagens de Bergotte, a terceira ou a quarta que isolei do resto, deu-me uma alegria incomparável à que encontrara na primeira, uma alegria que julguei experimentar numa região mais profunda de mim mesmo, mais compacta, mais vasta, de onde os obstáculos e as separações pareciam ter sido removidos. É que, reconhecendo então esse mesmo gosto pelas expressões raras, essa mesma efusão musical, essa mesma filosofia idealista que já nas outras vezes, sem que tivesse me dado conta, fora a causa de meu prazer, não tive mais a impressão de estar em presença de um trecho particular de certo livro de Bergotte, que traçasse na superfície de meu pensamento uma figura puramente linear, mas sim do "extrato ideal" de Bergotte, comum a todos os seus livros e ao qual todas as passagens análogas que com ele vinham se confundir teriam dado uma espécie de espessura, de volume, com que meu espírito parecia se adensar.

Eu não era de maneira nenhuma o único admirador de Bergotte; ele era também o escritor preferido de uma amiga muito letrada de minha mãe; por fim, para ler seu livro mais recente, o doutor Du Boulbon fazia seus pacientes esperarem; e foi no seu consultório, e num parque vizinho de Combray, que alçaram voo algumas sementes dessa predileção por Bergotte, espécie tão rara então, hoje universalmente disseminada, e que se encontra por toda a Europa, na América, e até na menor aldeia, a flor ideal e comum. O que a amiga de minha mãe e, parece, o doutor Du Boulbon mais amavam nos livros de Bergotte era, como eu, esse mesmo fluxo melódico, essas expressões antigas, algumas muito simples e conhecidas, mas pelas quais o lugar onde as punha em evidência parecia revelar um gosto único de sua parte; por fim, nas passagens tristes, uma certa brusquidão, um acento quase rouco. E sem dúvida ele próprio devia sentir que aí estavam seus maiores encantos. Porque nos livros que se seguiram, se ele encontrasse alguma grande verdade, ou o nome de uma célebre catedral, interrompia seu relato e com uma invocação, uma apóstrofe, uma longa oração, dava livre curso a esses eflúvios que nas primeiras obras permaneciam interiores à sua prosa, revelados apenas pelas ondulações da superfície, talvez mais suaves ainda, mais harmoniosos quando assim dissimulados, não sendo possível indicar de maneira precisa onde nascia, onde expirava o seu murmúrio. Esses trechos em que ele se comprazia eram nossos trechos preferidos. Quanto a mim, eu os sabia de cor. Ficava decepcionado quando retomava o fio de sua narrativa. Cada vez que falava de algo cuja beleza até ali me restara oculta, de florestas de pinheiros, de granizo, de Notre-Dame de Paris, de *Atália* ou de *Fedra*, com uma imagem fazia explodir essa beleza em mim. Infelizmente, a respeito de quase todas as coisas eu ignorava sua opinião. Não duvidava que ela fosse inteiramente diferente das minhas, pois que descia de um mundo desconhecido ao qual procurava me elevar; persuadido de que meus pensamentos teriam parecido pura inépcia a esse espírito perfeito, fizera de tal modo tábua rasa de todas que, quando por acaso me acontecia encontrar num de seus livros uma ideia que eu mesmo já tivera, meu coração se dilatava como se um deus na sua bondade a tivesse devolvido a mim, declarando-a legítima e bela. Acontecia às vezes de uma página sua dizer as mesmas coisas que escrevia com frequência à noite à minha avó e à minha mãe quando não podia dormir, se bem que essa página de Bergotte parecesse uma coletânea de epígrafes a serem postas no cabeçalho de minhas cartas. Mesmo mais tarde, quando comecei a compor um livro, certas frases cuja qualidade não era suficiente para que me decidisse a continuá-lo, eu encontrava equivalentes a elas em Bergotte. Mas só então, quando as lia na sua obra, podia saboreá-las; quando era eu que as compunha, preocupado em que refletissem exatamente o que percebia no meu pensamento, temendo "fazê-las parecidas", tinha bastante tempo para me perguntar se o que escrevia era agradável! Mas na realidade era apenas esse gênero de frases, esse gênero de ideias que eu amava de verdade. Meus esforços inquietos e descontentes eram eles próprios uma marca de amor, de amor sem prazer mas profundo. Assim, quando de súbito encontrava tais frases na obra de outro, isto é, sem ter mais escrúpulos, severidade, sem ter que me atormentar, entregava-me enfim ao gosto que tinha por elas, como um cozinheiro que, não tendo que cozinhar, acha por fim tempo para ser gourmand. Um dia, tendo encontrado num livro de Bergotte, a propósito de uma velha empregada, um gracejo que a magnífica e solene linguagem do escritor tornava ainda mais irônico mas que era o mesmo que eu fizera muitas vezes à minha avó ao falar de Françoise, e outra vez em que vi que ele não julgara indigno de figurar num daqueles espelhos da verdade que eram as suas obras uma observação análoga à que tive oportunidade de fazer sobre nosso amigo o senhor Legrandin (observações sobre Françoise e o senhor Legrandin que estavam decerto entre as que eu teria deliberadamente poupado a Bergotte, persuadido de que as acharia sem interesse), me pareceu de súbito que minha humilde vida e os reinos da verdade não estavam assim tão separados como acreditava, que coincidiam até em certos pontos, e de confiança e alegria chorei sobre as páginas do escritor como nos braços de um pai reencontrado.

Por seus livros, imaginava Bergotte como um velho frágil e desiludido que perdera os filhos e nunca se consolara. E assim eu lia, cantava interiormente sua prosa, de maneira mais *doce*, mais *lenta* do que talvez tivesse sido escrita, e a frase mais simples dirigia-se a mim com uma entonação enternecida. Mais que tudo, amava sua filosofia, entregara-me a ela para sempre. Ela me deixava impaciente por chegar à idade em que entraria no colégio, na disciplina chamada Filosofia. Mas não queria que ali se fizesse outra coisa senão viver unicamente para o pensamento de Bergotte, e se me houvessem dito que os metafísicos aos quais me afeiçoaria não se assemelhavam a ele em nada, teria sentido o mesmo desespero de um apaixonado que quer amar por toda a vida e a quem se fala das outras amantes que terá mais tarde.

Um domingo, durante minha leitura no jardim, fui perturbado por Swann, que vinha ver meus pais.

"O que você está lendo, se pode ver? Ora, ora, Bergotte? Mas quem foi que lhe indicou suas obras?" Eu lhe disse que fora Bloch.

"Ah, sim! Aquele menino que vi uma vez aqui, que se parece tanto com o retrato de Maomé II de Bellini. Sim! É chocante, ele tem as mesmas sobrancelhas circunflexas, o mesmo nariz adunco, as mesmas maçãs do rosto salientes. Quando tiver uma barbicha será a mesma pessoa. Em todo caso, ele tem gosto porque Bergotte é um espírito encantador." E vendo o quanto eu parecia admirar Bergotte, Swann, que não falava nunca das pessoas que conhecia, fez, por bondade, uma exceção e me disse:

"Conheço-o bastante, e se tiver prazer em que ele escreva umas palavras na abertura do teu livro, poderia lhe pedir." Não ousei aceitar, mas fiz perguntas a Swann sobre Bergotte. "Poderia me dizer qual é o ator que ele prefere?"

"O ator, não sei. Mas sei que não compara nenhum ator à Berma, que põe acima de todos. Já a ouviu?
— Não, senhor, meus pais não me deixam ir ao teatro.
— É pena. Deveria pedir-lhes. A Berma em *Fedra*, em *O Cid*, é apenas uma atriz, se você quiser, mas, sabe, não acredito muito na '*hierarquia!*' das artes" (e notei, como tantas vezes notara nas suas conversas com as irmãs de minha avó, que quando falava de coisas sérias, quando empregava uma expressão que parecia implicar uma opinião sobre um assunto importante, tinha cuidado em isolá-la numa entonação especial, mecânica e irônica, como se a houvesse posto entre aspas, parecendo não se responsabilizar por ela, e dizer: "a hierarquia, você sabe, como dizem as pessoas ridículas"? Mas então, se isso era ridículo, por que dizia "a hierarquia"?). Um instante depois acrescentou: "Isso lhe dará uma visão nobre como a de não importa qual obra-prima, não sei qual... como — e se pôs a rir — as Rainhas de Chartres!". Até então esse horror de exprimir seriamente sua opinião me parecera algo que devia ser elegante e parisiense e que se opunha ao dogmatismo provinciano das irmãs de minha avó; e suspeitava também que era uma das formas de sagacidade no ambiente onde Swann vivia e no qual, reagindo ao lirismo de gerações anteriores, se reabilitavam até o excesso os pequenos fatos exatos, tidos por vulgares outrora, e se proscreviam as "grandes frases". Mas agora via algo de chocante nessa atitude de Swann diante das coisas. Parecia que não ousava ter uma opinião e que só estava tranquilo quando podia dar meticulosamente informações precisas. Mas então não percebia que postular que a exatidão desses detalhes tinha importância era professar uma opinião? Tornei a pensar naquele jantar em que estava tão triste porque mamãe não devia subir ao meu quarto e no qual ele havia dito que os bailes da princesa de Léon não tinham nenhuma importância. Contudo era a esse tipo de prazeres que devotava sua vida. Achei tudo isso contraditório. Para qual outra vida ele se reservava para dizer enfim com seriedade o que pensava das coisas, para formular julgamentos que não pudesse pôr entre aspas, e para não mais se entregar com uma polidez miúda a ocupações sobre as quais professava ao mesmo tempo serem ridículas? Notei também na maneira como me falava de Bergotte algo que em contrapartida não lhe era particular, mas, ao contrário, naquele tempo era comum a todos os admiradores do escritor, à amiga de minha

mãe, ao doutor Du Boulbon. Como Swann, diziam de Bergotte: "É um espírito encantador, tão peculiar, tem uma maneira toda sua de dizer as coisas, um pouco rebuscada, mas tão agradável. Não se precisa ver a assinatura, logo se reconhece que é dele". Mas nenhum iria a ponto de dizer: "É um grande escritor, tem um grande talento". Não diziam sequer que tinha talento. Não diziam porque não sabiam. Somos muito lentos em reconhecer na fisionomia particular de um novo escritor o modelo que leva o nome de "grande talento" no nosso museu de ideias gerais. Justamente porque essa fisionomia é nova não a achamos nem um pouco parecida com o que chamamos de talento. Dizemos antes originalidade, encanto, delicadeza, força; e depois um dia nos damos conta de que tudo isso é justamente talento.

"Há obras de Bergotte em que tenha falado da Berma?, perguntei ao senhor Swann.

— Creio que no seu pequeno opúsculo sobre Racine, mas deve estar esgotado. Talvez tenha havido uma reimpressão, contudo. Irei me informar. Aliás posso perguntar a Bergotte tudo que queira, não há semana no ano em que não jante em casa. É um grande amigo de minha filha. Vão juntos visitar velhas cidades, catedrais, castelos."

Como não tinha nenhuma noção sobre a hierarquia social, desde muito tempo antes a impossibilidade que meu pai encontrava em que frequentássemos a madame e a senhorita Swann teve o efeito maior, ao me fazer imaginar grandes distâncias entre elas e nós, de lhes conferir prestígio a meus olhos. Lamentava que minha mãe não tingisse os cabelos e não passasse um pouco de batom, como ouvira nossa vizinha, madame Sazerat, dizer que madame Swann fazia para agradar não o marido, mas o senhor de Charlus, e pensava que deveríamos ser para ela motivo de desprezo, o que me afligia sobretudo por causa da senhorita Swann, que me haviam dito ser uma bonita mocinha e com quem eu sonhava sempre, emprestando-lhe a cada vez um mesmo rosto arbitrário e encantador. Mas quando soube naquele dia que a senhorita Swann era um ser de condição tão rara, banhando-se como no seu elemento natural entre tantos privilégios, que quando ela perguntava a seus pais se havia alguém para o jantar, respondiam-lhe com estas sílabas cheias de luz, com o nome desse conviva de ouro que era para ela apenas um velho amigo da sua família: Bergotte; que, para ela, a conversa íntima à mesa, que correspondia ao que era para mim a conversa de minha tia-avó, eram palavras de Bergotte sobre todos os assuntos que ele não pudera abordar nos seus livros, e a respeito dos quais queria ouvi-lo proferir seus oráculos; e enfim, quando ela ia visitar cidades, ele caminhava ao seu lado, desconhecido e glorioso, como os deuses que desciam entre os mortais; então senti ao mesmo tempo o valor de um ser como a senhorita Swann e o quanto eu lhe pareceria grosseiro e ignorante, e provei tão vivamente a doçura e a impossibilidade de ser seu amigo que me enchi ao mesmo tempo de desejo e de desespero. Agora, quando com frequência pensava nela, eu a via diante do pórtico de uma catedral, explicando-me o significado das estátuas e, com um sorriso que falava bem de mim, me apresentando como seu amigo a Bergotte. E sempre o encanto de todas as ideias despertadas em mim pelas catedrais, o encanto das colinas de Île-de-France e das planícies da Normandia, faziam refluir seus reflexos sobre a imagem que eu formava da senhorita Swann: a de estar pronto para amá-la. Que acreditemos que um ser participa de uma vida desconhecida na qual o seu amor nos faria penetrar é, de tudo que exige o amor para nascer, aquilo que ele mais preza, e que o faz desdenhar o resto. Mesmo as mulheres que pretendem só julgar um homem por seu físico, veem nesse físico a emanação de uma vida especial. É por isso que amam os militares, os bombeiros; o uniforme as torna menos exigentes quanto ao rosto; elas creem beijar sob a couraça um coração diferente, aventuroso e suave; e um jovem soberano, um príncipe herdeiro, para fazer as mais lisonjeiras conquistas nos países que visita, não tem necessidade do perfil regular que seria talvez indispensável a um corretor da Bolsa.

    Enquanto lia no jardim, coisa que minha tia-avó não entenderia que fizesse fora do domingo, dia em que é proibido se ocupar de qualquer coisa séria e no qual ela não costurava (num dia de semana, ela me diria: "Mas como você ainda se *diverte* lendo, se não é domingo?", dando à palavra "divertimento" o sentido de criancice e perda de tempo), minha tia Léonie conversava com Françoise, esperando a hora de Eulalie. Ela lhe anunciava que acabara de ver passar madame Goupil "sem guarda-chuva, com seu vestido de seda que mandara fazer em Châteaudun. Se tem de ir muito longe antes das Vésperas, é capaz de encharcá-lo".

"Talvez, talvez" (o que significava "talvez não"), dizia Françoise para não descartar definitivamente a possibilidade de uma alternativa mais favorável.

"Veja, dizia minha tia batendo na testa, isso me faz pensar que fiquei sem saber se ela chegou à igreja depois da Elevação. Será preciso que me lembre de perguntar a Eulalie... Françoise, olhe essa nuvem negra atrás do campanário e esse sol medíocre sobre as ardósias, com certeza o dia não passará sem chuva. Não era possível que continuasse assim, fazia calor demais. E quanto mais cedo melhor, porque até a tempestade cair, minha água de Vichy não irá descer", acrescentava minha tia, em cujo espírito o desejo de apressar a descida da água de Vichy era infinitamente mais importante que o receio de ver madame Goupil estragar seu vestido.

"Talvez, talvez.

— É que, quando chove sobre a praça, não há muito abrigo. Como, três horas?, exclamava de súbito minha tia empalidecendo, mas então as Vésperas começaram, esqueci minha pepsina! Agora compreendo por que minha água de Vichy continuava no estômago."

E precipitando-se sobre um missal com encadernação de veludo roxo e fechos dourados, do qual, na pressa, deixava cair algumas dessas imagens com margens rendilhadas de papel amarelado que marcam as páginas das festas, minha tia, enquanto engolia suas gotas, começava a ler apressadamente os textos sacros cuja compreensão lhe era ligeiramente obscurecida pela incerteza em saber se, tomada tanto tempo depois da água de Vichy, a pepsina seria ainda capaz de alcançá-la e fazê-la descer. "Três horas, é inacreditável como o tempo passa!"

Uma pancadinha na vidraça, como se algo a tivesse atingido, seguida de uma queda ampla e leve como grãos de areia que se deixassem cair de uma janela acima, depois a queda se estendendo, ficando regular, adotando um ritmo, tornando-se fluida, sonora, musical, inumerável, universal: era a chuva.

"E então! Françoise, o que é que eu dizia? Como chove! Mas acho que ouvi a sineta do portão do jardim, vá ver quem pode estar lá fora com um tempo desses."

Françoise voltava:

"É madame Amédée (minha avó), que disse que ia dar uma volta. Mas está chovendo forte.

— Isso não me surpreende nem um pouco, dizia minha tia elevando os olhos para o céu. Eu sempre disse que ela não tinha o mesmo juízo de todo mundo. Prefiro que seja ela e não eu que esteja fora neste momento.

— Madame Amédée é sempre o contrário dos outros", dizia Françoise com doçura, reservando para o momento em que estaria sozinha com os outros empregados a observação de que achava minha avó um pouco "pancada".

"Pronto, passou a Bênção! Eulalie não virá mais, suspirava minha tia; deve ter sido o tempo que lhe deu medo.

— Mas não são cinco horas, madame Octave, são só quatro e meia.

— Só quatro e meia? E tive que levantar as pequenas cortinas para ter uma miséria de claridade. Às quatro e meia! Oito dias antes das Ladainhas! Ah, minha pobre Françoise, o bom Deus deve estar muito zangado com a gente. Também, o mundo está exagerando! Como dizia meu pobre Octave, esquecemos do bom Deus com frequência e ele se vinga."

Um vivo rubor animava as faces de minha tia: era Eulalie. Infelizmente, mal acabava de entrar para que Françoise voltasse e, com um sorriso cujo objetivo era se pôr em harmonia com a alegria que com certeza suas palavras iriam provocar na minha tia, articulando as sílabas para mostrar que, apesar do emprego do estilo indireto, ela transmitia, como boa doméstica, as próprias palavras que o visitante ousara empregar:

"O senhor cura ficaria encantado, deslumbrado, se madame Octave não estivesse descansando e pudesse recebê-lo. O senhor cura não quer incomodar. O senhor cura está embaixo, disse-lhe para aguardar na sala."

Na realidade, as visitas do cura não davam à minha tia o enorme prazer que Françoise supunha, e o ar de satisfação que ela achava que deveria iluminar o seu rosto toda vez que o anunciava não correspondia exatamente ao sentimento da enferma. O cura (um homem excelente com quem lamento não ter conversado mais porque, se ele não entendia nada das artes, conhecia muitas etimologias), habituado a dar aos ilustres visitantes informações sobre a igreja (tinha até a intenção de escrever um livro sobre a paróquia de Combray), fatigava-a com explicações intermináveis e além do mais sempre as mesmas. Mas quando acontecia ao mesmo tempo que a de Eulalie, sua visita tornava-se francamente desagradável à minha tia. Ela teria preferido desfrutar direito de Eulalie a ter todo mundo de uma vez. Mas não ousava não recebê-lo e fazia somente um sinal para Eulalie não sair junto com o cura, pois ainda a reteria um pouco quando ele partisse.

"Senhor cura, que é isso que me dizem, que um artista instalou seu cavalete na sua igreja para copiar um vitral? Posso dizer que cheguei à minha idade sem nunca ter ouvido falar de algo parecido! E logo o que há de mais feio na igreja!

— Não vou ao ponto de dizer que é o que há de mais feio, pois se há em Saint-Hilaire partes que merecem ser visitadas, há outras que estão bem velhas na minha pobre basílica, a única de toda a diocese que nem sequer foi restaurada! Meu Deus, é suja e antiga, mas tem afinal um caráter majestoso; dá-se o mesmo com as tapeçarias de Ester, pelas quais pessoalmente não daria dois tostões mas que são colocadas pelos especialistas logo abaixo daquelas de Sens. Reconheço aliás que, ao lado de certos detalhes um tanto realistas, elas apresentam outros que testemunham um genuíno poder de observação. Mas que não venham me falar dos vitrais. Há sentido em manter janelas que não deixam a luz entrar e até enganam a vista com reflexos de uma cor que eu não saberia definir, numa igreja onde não há duas placas do piso que estejam no mesmo nível e que se recusam a trocar sob o pretexto de que são os túmulos dos abades de Combray e dos senhores de Guermantes, os antigos condes de Brabant? Os antepassados diretos do duque de Guermantes de hoje e também da duquesa porque ela é uma donzela Guermantes que se casou com seu primo." (Minha avó, que à força de se desinteressar pelas pessoas terminava por confundir todos os nomes, toda vez que se pronunciava o da duquesa de Guermantes pretendia que ela devia ser uma parenta de madame de Villeparisis. Todo mundo caía na risada; ela tratava de se defender alegando uma certa carta de cortesia: "Se bem me lembro havia algo sobre Guermantes nela". E por uma vez eu ficava com os outros contra ela, não podendo admitir que houvesse um elo entre sua amiga de colégio e a descendente de Geneviève de Brabant.) "Veja Roussainville, hoje não passa de uma paróquia de sitiantes, ainda que na Antiguidade essa localidade tenha tido um grande florescimento graças ao comércio de chapéus de feltro e relógios de pêndulo. (Não estou certo da etimologia de

Roussainville. De bom grado acreditaria que o nome primitivo era Rouville (*Radulfi villa*), como Châteauroux (*Castrum Radulfi*), mas falarei disso noutra ocasião.) Pois bem! A igreja tem vitrais soberbos, quase todos modernos, e essa imponente *Entrada de Luís Filipe em Combray* que ficaria melhor na própria Combray, e que vale tanto, segundo dizem, quanto os famosos vitrais de Chartres. Ontem mesmo vi o irmão do doutor Percepied, que é um apreciador e a considera uma obra muito bonita. Mas, como dizia a esse artista, que de resto parece muito bem-educado e dá a impressão de ser um virtuose do pincel, o que vê de extraordinário nesse vitral, que é ainda um pouco mais sombrio que os outros?

— Tenho certeza de que se pedisse a monsenhor", dizia molemente minha tia, que começava a pensar que ficaria fatigada, ele não lhe recusaria um vitral novo.

— Conte com isso, madame Octave, respondia o cura. Mas foi justamente monsenhor que começou o barulho em torno desse infeliz vitral ao provar que representa Gilbert, o Mau, senhor de Guermantes, descendente direto de Geneviève de Brabant, que era uma donzela de Guermantes, recebendo a absolvição de santo Hilário.

— Mas não vejo onde está santo Hilário.

— Mas está, no canto do vitral a senhora nunca reparou numa dama de vestido amarelo? Pois bem, é santo Hilário, que como sabe também é chamado em certas províncias de santo Illiers, santo Hélier e até, no Jura, de santo Ylie. Essas diversas corruptelas de *sanctus Hilarius* não são de resto as mais curiosas ocorridas com os nomes dos bem-aventurados. Assim, a sua padroeira, minha boa Eulalie, *sancta Eulalia*, sabe o que virou na Borgonha? *Santo Eloi*, simplesmente: virou um santo. Veja lá, Eulalie, e se depois de morrer a transformassem em homem?

— O senhor cura sempre acha um jeito de fazer graça.

— O irmão de Gilbert, Charles, o Gago, príncipe piedoso mas que, tendo perdido cedo seu pai, Pépin, o Insensato, morto em consequência de sua doença mental, exercia o poder com toda a presunção de uma juventude à qual faltou disciplina, quando certo rosto não o agradava numa cidade, massacrava até o derradeiro morador. Gilbert, querendo se vingar de Charles, mandou queimar a igreja de Combray, a primitiva igreja de então, a de Théodebert, deixando com sua corte a casa de campo que tinha perto daqui, em Thiberzy (*Theodeberciacus*), para ir combater os burgúndios, prometera construir sobre o túmulo de santo Hilário se o bem-aventurado lhe propiciasse a vitória. Dela só resta a cripta aonde Théodore deve ter feito as senhoras descerem, porque Gilbert incendiou o resto. Em seguida ele desafiou o desafortunado Charles com a ajuda de Guilherme, o Conquistador (o cura pronunciava Guiléme), fazendo que muitos ingleses venham em visita. Mas não parece que tenha conquistado a afeição dos habitantes de Combray, pois estes se lançaram sobre ele à saída da missa e lhe cortaram a cabeça. De resto, Théodore empresta um livrinho com as explicações.

"Mas aquilo que é incontestavelmente mais curioso na nossa igreja é a vista que se tem do campanário, de fato grandiosa. Certamente à senhora, que não é muito forte, eu não aconselharia subir nossos noventa e sete degraus, exatamente a metade do célebre domo de Milão. É fatigante para uma pessoa de boa saúde, especialmente porque a gente sobe dobrado em dois se não quiser bater a cabeça, e recolhe na roupa todas as teias de aranha da escada. Em todo caso, teria que se cobrir bem, acrescentava (sem perceber a indignação que provocava na minha tia a ideia de que ela fosse capaz de subir o campanário), pois há uma corrente de ar daquelas quando se chega lá em cima! Certas pessoas afirmam ter sentido ali o frio da morte. Não importa, no domingo há sempre grupos que vêm até de muito longe para admirar a beleza da vista e vão embora encantados. Olhe, no próximo domingo, se o tempo continuar firme, a senhora encontrará com certeza muita gente, já que é dia das Ladainhas. De resto, é preciso admitir que se desfrute lá de um panorama fantástico, com vistas da planície que têm um encanto muito particular. Quando o tempo está claro é possível ver até Verneuil. Sobretudo, se pode abarcar num mesmo relance coisas que habitualmente só podem ser vistas uma de cada vez, como o curso do Vivonne e os fossos de Saint-Assise-lès-Combray, dos quais ele é separado por uma cortina de árvores grandes, ou ainda como os diferentes canais de Jouy--le-Vicomte (*Gaudiacus vice comitis*, como sabe). Toda vez que fui a Jouy-le-Vicomte, é claro que vi um trecho do canal, e depois ao virar uma rua vi outro, mas então não via mais o precedente. Podia juntá--los por meio do pensamento, o que não me provocava um grande efeito. Mas do campanário de Saint-Hilaire é outra coisa, toda uma rede que engloba a localidade é captada. Contudo não se distingue a água, se poderia dizer que grandes fendas recortam tão bem a cidade que ela é como um brioche cujos pedaços a mantêm junta apesar de já cortados. Para ver bem seria necessário estar ao mesmo tempo no campanário de Saint-Hilaire e em Jouy-le-Vicomte."

O cura cansara de tal maneira minha tia que, assim que ele partiu, foi obrigada a dispensar Eulalie.

"Tome, minha pobre Eulalie", dizia ela com uma voz fraca, tirando uma moeda de uma pequena bolsa que tinha ao alcance da mão, "para que não se esqueça de mim nas suas orações.

— Ah, mas, madame Octave, não sei se devo, a senhora bem sabe que não é por isso que venho!", Eulalie dizia com a mesma hesitação e o mesmo embaraço a cada vez, como se fosse a primeira, e com um jeito de insatisfação que divertia minha tia mas não a desagradava, porque se um dia, ao pegar a moeda, parecesse menos contrariada que de costume, minha tia dizia:

"Não sei o que Eulalie tinha; dei-lhe o mesmo de sempre, e ela não parecia contente.

— Acho que ela não tem do que se queixar", suspirava Françoise, que tinha a tendência de considerar como um trocado tudo que minha tia dava para ela e seus filhos, e como tesouros loucamente desperdiçados com uma ingrata as moedinhas postas todo domingo na mão de Eulalie, mas tão discretamente que Françoise não chegava nunca a vê-las. Não que Françoise quisesse o dinheiro que minha tia dava a Eulalie. Desfrutava o suficiente daquilo que minha tia possuía, sabendo que as riquezas da patroa também elevam e embelezam sua empregada aos olhos de todos, e que ela, Françoise, era distinguida e prezada em Combray, Jouy-le-Vicomte e outros lugares devido às numerosas fazendas de minha tia, às visitas frequentes e prolongadas do cura, ao número singular de garrafas de água de Vichy consumidas. Só era avarenta em relação à minha tia; se gerisse a sua fortuna, o que era o seu sonho, ela a teria preservado contra os avanços dos outros com uma ferocidade maternal. Contudo não acharia nada de muito reprovável que minha tia, que sabia ser incuravelmente generosa, se dispusesse a dissipar, desde que fosse com pessoas ricas. Talvez pensasse que elas, não precisando dos presentes de minha tia, não poderiam ser suspeitas de a amarem devido a eles. Além do quê, oferecidos a pessoas de eminência e fortuna, à madame Sazerat, ao senhor Swann, ao senhor Legrandin, à madame

Goupil, a pessoas "do mesmo nível" que minha tia e que "combinavam bem" com ela, eles lhe pareciam inerentes aos costumes dessa vida estranha e brilhante dos ricos que caçam, dão bailes, se fazem visitas e que ela admirava sorrindo. Mas não acontecia o mesmo se os beneficiários da generosidade de minha tia fossem aqueles que Françoise chamava de "pessoas como eu, pessoas que não são maiores que eu" e que eram os que ela mais desprezava, a menos que a chamassem de "madame Françoise" e se considerassem "menores que ela". E quando viu que, apesar de seus conselhos, minha tia fazia o que lhe passava pela cabeça e distribuía dinheiro — ao menos era o que Françoise pensava — a criaturas indignas, começou a achar bem pequenas as dádivas que minha tia lhe concedia, quando comparadas às somas imaginárias prodigalizadas a Eulalie. Não havia nas vizinhanças de Combray nenhuma propriedade substancial que Françoise não supusesse que Eulalie poderia facilmente comprar com o que ganhava nas suas visitas. É verdade que Eulalie fazia a mesma estimativa das riquezas imensas e escondidas por Françoise. Habitualmente, quando Eulalie partia, Françoise fazia profecias nada benevolentes a seu respeito. Detestava-a, mas a temia e se sentia obrigada, quando estava lá, a se apresentar com "cara boa". Ela se desforrava após sua saída, sem nunca de fato nomeá-la, mas proferindo vaticínios sibilinos, sentenças de caráter geral como as do Eclesiastes, mas cuja aplicação não podia escapar à minha tia. Depois de ter olhado pelo canto da cortina se Eulalie havia fechado a porta: "As pessoas aduladoras sabem chegar na hora certa e arrebanhar uns trocados; mas, paciência, o bom Deus um belo dia há de castigá-las", dizia ela com o olhar de soslaio e a insinuação de Joás ao pensar exclusivamente em Atália quando diz:

A felicidade dos maus como uma torrente se escoa.

Mas quando o cura também viera e a visita interminável havia esgotado as forças de minha tia, Françoise saía do quarto depois de Eulalie e dizia:
"Madame Octave, vou deixá-la descansar, a senhora parece muito cansada."
E minha tia nem respondia, exalando um suspiro que parecia ser o último, os olhos fechados, como morta. Mas, mal Françoise havia

descido, e quatro pancadas dadas com a maior violência ressoavam pela casa e minha tia, sentada na sua cama, exclamava:

"Eulalie já foi embora? Acredita que me esqueci de lhe perguntar se madame Goupil chegou à missa antes da Elevação? Corra depressa atrás dela!"

Mas Françoise retornava sem ter conseguido alcançar Eulalie.

"Que transtorno, dizia minha tia sacudindo a cabeça. A única coisa importante que tinha para lhe perguntar!"

Assim se passava a vida para minha tia Léonie, sempre a mesma, na suave uniformidade daquilo que chamava, com um desdém afetado e uma ternura profunda, de seu "pequeno ramerrão". Preservada por todo mundo, não apenas em casa, onde cada um, tendo experimentado a inutilidade de lhe aconselhar uma vida mais saudável, pouco a pouco se resignava a respeitá-la, mas mesmo no vilarejo onde, a três ruas de nós, o empacotador, antes de fechar seus caixotes, mandava perguntar a Françoise se minha tia "não estava descansando" — esse ramerrão foi contudo perturbado uma vez naquele ano. Como um fruto oculto que ficasse maduro sem que se percebesse, e se desprendesse espontaneamente, houve numa noite o parto da auxiliar de cozinha. Mas como suas dores eram intoleráveis, e não havia parteira em Combray, Françoise teve que partir antes do amanhecer para buscar uma em Thiberzy. Minha tia não pôde repousar por causa dos gritos da auxiliar de cozinha, e como Françoise, malgrado a curta distância, só voltasse bem tarde, lhe fez muita falta. Então, minha mãe me disse de manhã: "Sobe para ver se tua tia não precisa de nada". Entrei na primeira peça e, pela porta aberta, vi minha tia deitada de lado, dormindo; ouvi-a roncar levemente. Eu ia sair suavemente, mas com certeza o barulho que fizera interviera no seu sonho e lhe "mudou a marcha", como se diz para os automóveis, pois a música do ronco se interrompeu um segundo e recomeçou num tom mais baixo, e depois ela acordou e meio que virou de lado o rosto, que então pude ver; ele exprimia uma espécie de terror; evidentemente, ela acabava de ter um sonho horroroso; como não podia me ver na posição em que estava, fiquei ali sem saber se devia avançar ou me retirar; mas ela já parecia ter retomado o senso da realidade e reconhecera a falsidade das visões que a assustaram; um sorriso de alegria, de piedosa gratidão a Deus por permitir que a vida seja menos cruel que os sonhos, iluminou debilmente o seu rosto e, com o hábito que adquirira de falar a meia-voz consigo mesma quando se julgava sozinha, murmurou: "Deus seja louvado! Nosso único transtorno é a auxiliar de cozinha que dá à luz. E eu que sonhei que meu pobre Octave tinha ressuscitado e queria me fazer dar uma caminhada todos os dias!". Sua mão se estendeu em direção ao rosário que estava sobre a mesinha, mas o sono que recomeçava não lhe deu forças para alcançá-lo; voltou a dormir, tranquilizada, e saí a passo de lobo do quarto sem que ela nem ninguém nunca soubessem o que eu ouvira.

Quando digo que exceto pelos acontecimentos muito raros, como aquele parto, o ramerrão de minha tia não sofria nunca alguma variação, não falo daqueles que, repetindo-se sempre de maneira idêntica a intervalos regulares, limitavam-se a introduzir no coração da uniformidade uma espécie de uniformidade secundária. Era assim que todos os sábados, como Françoise ia à tarde ao mercado de Roussainville-le-Pin, o almoço era, para todo mundo, uma hora mais cedo. E minha tia tinha se acostumado tão bem a essa infração semanal a seus hábitos que se apegara a esse hábito tanto quanto aos outros. Estava tão bem "rotinada", como dizia Françoise, que se precisasse num sábado aguardar pelo almoço na hora habitual, isso a teria "perturbado" tanto quanto se tivesse que, noutro dia, adiantar o almoço para o horário do sábado. Essa antecipação do almoço além do mais conferia aos sábados, para todos nós, uma feição particular, indulgente e assaz simpática. No momento em que habitualmente ainda se tem uma hora para viver antes da pausa para a refeição, sabia-se que, em alguns segundos, chegariam endívias precoces, um omelete de brinde, um bife imerecido. O retorno desse sábado assimétrico era um daqueles pequenos acontecimentos íntimos, locais, quase cívicos que, nas vidas tranquilas e nas sociedades fechadas, criam uma espécie de vínculo nacional e se tornam o assunto favorito das conversas, das brincadeiras, dos relatos exagerados de propósito; seria o núcleo pronto para um ciclo de lendas se um de nós tivesse cabeça para o épico. Logo pela manhã, antes de nos vestirmos, sem motivo, pelo prazer de sentir a força da solidariedade, dizíamos uns aos outros com bom humor, com cordialidade, com patriotismo: "Não há tempo a perder, não esqueçamos que é sábado!", enquanto minha tia, confabulando com Françoise e lembrando que o dia seria mais longo que de costume, dizia: "Você poderia lhes preparar um belo pedaço de vitela, já que é sábado". Se às dez e meia um distraído tirasse o relógio e dissesse: "Pois então, há ainda uma hora e meia até o almoço", cada um ficava encantado em poder lhe dizer: "Mas, ora, no que está pensando, esqueceu que é sábado!"; ainda ríamos daquilo um quarto de hora depois e nos prometíamos contar esse lapso à minha tia para diverti-la. Até o jeito do céu parecia mudado. Depois do almoço, o sol, consciente de que era sábado, flanava uma hora mais no alto do céu, e quando alguém, pensando que estávamos atrasados para o passeio, dizia: "Como, ainda duas horas?" vendo passar as duas badaladas do sino de Saint-Hilaire (que têm o hábito de ainda não encontrar ninguém nos caminhos desertos por causa da refeição do meio-dia ou da sesta, ao longo do rio vivo e branco que até o pescador abandonou, e passam solitárias no céu vazio onde só restam algumas nuvens preguiçosas), todo mundo em coro respondia: "Mas você está enganado, é que almoçamos uma hora mais cedo, você bem sabe que hoje é sábado!". A surpresa de um bárbaro (chamávamos assim todas as pessoas que não sabiam o que havia de particular no sábado) que, tendo vindo às onze horas para falar com o meu pai, nos encontrara à mesa, era uma das coisas que, na sua vida, mais tinham divertido Françoise. Mas se ela achava engraçado que o desconcertado visitante não soubesse que almoçávamos mais cedo no sábado, achava mais cômico ainda (ao mesmo tempo que simpatizava do fundo do coração com esse chauvinismo estreito) que meu pai, por sua vez, não tivesse imaginado que esse bárbaro podia não saber disso e houvesse respondido sem outra explicação ao seu espanto por nos ver na sala de jantar: "Ora, mas hoje é sábado!". Chegando a esse ponto de seu relato, ela enxugava as lágrimas de hilaridade e, para aumentar o prazer que experimentava, prolongava o diálogo, inventava o que respondera o visitante a quem esse "sábado" não explicava nada. E bem longe de nos queixarmos dos seus acréscimos, eles ainda não nos eram suficientes e dizíamos: "Mas me parece que ele tinha dito outra coisa. Era mais longo na primeira vez que você contou". Até minha tia-avó largava seu trabalho, erguia a cabeça e olhava por cima de seu pincenê.

    O sábado tinha ainda outra coisa de particular porque nesse dia, durante o mês de maio, saíamos depois do jantar para ir ao "Mês de Maria".

Como às vezes encontrávamos com o senhor Vinteuil, muito severo com "o gênero deplorável dos jovens desleixados, de acordo com as ideias em voga na nossa época", minha mãe cuidava para que nada se desalinhasse na minha roupa, e depois partíamos para a igreja. Foi no Mês de Maria que me lembro de ter começado a gostar de espinheiros. Não estavam apenas na igreja, tão santa mas onde tínhamos direito de entrar, dispostos no próprio altar, inseparáveis dos mistérios de cuja celebração participavam, fazendo correr no meio das velas e vasos sagrados seus ramos atados horizontalmente uns aos outros numa preparação festiva, tornados ainda mais belos pelos festões da sua folhagem, na qual eram semeados em profusão, como numa cauda de vestido de noiva, pequenos buquês de botões de uma brancura deslumbrante. Mas, sem ousar olhá-los senão de soslaio, sentia que esses aparatos pomposos estavam vivos e era a própria natureza que, abrindo esses recortes nas folhas, adicionando o ornamento supremo desses botões brancos, tornara essa decoração digna do que era ao mesmo tempo um divertimento popular e uma solenidade mística. Mais acima suas corolas se abriam aqui e ali com uma graça descuidada, retendo com tanta negligência como um último e vaporoso adorno o buquê de estames, finos como uma teia, que as enevoava inteiramente, de modo que eu, prosseguindo, tentando imitar no fundo de mim o gesto de sua eflorescência, o imaginava como o movimento de cabeça irrefletido e rápido, com um olhar coquete e as pupilas diminuídas, de uma menina de branco, distraída e viva. O senhor Vinteuil viera com sua filha postar-se ao nosso lado. De uma boa família, ele fora o professor de piano das irmãs de minha avó e quando, depois da morte de sua mulher e de uma herança que recebera, se retirou para perto de Combray, era recebido com frequência em casa. Mas, excessivamente escrupuloso, deixara de vir para não encontrar Swann porque ele fizera o que chamava de "um casamento desigual, hoje na moda". Minha mãe, ao descobrir que ele compunha, lhe disse por amabilidade que, quando fosse vê-lo, precisava que a fizesse ouvir alguma coisa sua. O senhor Vinteuil teria ficado muito alegre, mas levava a cortesia e a bondade a tais escrúpulos que, pondo-se sempre no lugar dos outros, receava aborrecê-los e lhes parecer egoísta se seguisse, ou apenas os deixasse adivinhar, o seu desejo. O dia em que meus pais foram à sua casa para uma visita, eu os acompanhara, mas eles me permitiram ficar fora, e como a casa do senhor Vinteuil, Montjouvain, ficava no sopé de uma pequena colina com moitas, onde me escondi, encontrei-me no mesmo plano no salão do segundo andar, a cinquenta centímetros da janela. Quando vieram anunciar-lhe meus pais, vi o senhor Vinteuil se apressar em pôr em evidência sobre o piano uma peça musical. Mas logo que meus pais entraram, retirou-a e colocou-a num canto. Sem dúvida receara que supusessem que estava feliz em vê-los só para tocar suas composições. E toda vez que minha mãe voltou à carga durante a visita, ele repetira diversas vezes: "Mas não sei quem pôs isso no piano, não é o seu lugar", e desviara a conversa para outros assuntos, justamente porque o interessavam menos. Sua única paixão era a filha, e esta, que tinha um jeito de rapaz, parecia tão robusta que não podíamos deixar de sorrir ao ver as precauções que seu pai tomava com ela, tendo sempre xales sobressalentes para lhe jogar sobre os ombros. Minha avó chamava a atenção para a expressão doce, delicada, quase tímida que com frequência perpassava o olhar dessa criança tão rude, cujo rosto era coberto de sardas. Logo que pronunciava uma palavra, ela a ouvia com o espírito daqueles a quem as havia dito, alarmando-se com possíveis mal-entendidos, e víamos se iluminarem, se recortarem como por transparência, sob a figura varonil do "diabo", os traços mais delicados de uma jovem melancólica.

Quando, no momento de deixar a igreja, me ajoelhei diante do altar, senti de súbito, ao me levantar, escapar dos espinheiros um odor agridoce de amêndoas, e reparei então sobre as flores uns pequenos lugares amarelados, debaixo dos quais imaginei que devia estar escondido aquele odor, como sob as partes gratinadas o gosto de uma frangipana, ou sob as suas sardas, o do rosto da senhorita Vinteuil. Apesar da silenciosa imobilidade dos espinheiros, esse odor intermitente era como o murmúrio de sua vida intensa com que o altar vibrava como uma sebe agreste visitada por antenas vivas, nas quais se pensava ao ver certos estames quase rubros que pareciam ter guardado a virulência primaveril, o poder irritante de insetos metamorfoseados em flores.

Conversamos por um momento com o senhor Vinteuil diante do pórtico ao sairmos da igreja. Ele se metia entre os meninos que brigavam na praça, tomava a defesa dos pequenos, passava sermões nos grandes. Se sua filha dizia com sua voz grossa como estava contente de nos ver, logo parecia que dentro dela uma irmã mais sensível ruborizava por causa dessa frase de bom menino travesso que nos poderia levar a crer que ela solicitava ser convidada a nossa casa. Seu pai lhe jogava um casaco sobre os ombros, subiam numa pequena charrete que ela mesma conduzia e os dois retornavam a Montjouvain. Quanto a nós, como o dia seguinte era domingo e só nos levantaríamos para a missa cantada, se havia luar e o ar estivesse quente, em vez de nos fazer voltar para casa diretamente, meu pai, para se gabar, nos fazia percorrer o calvário de um longo passeio, que a reduzida aptidão de minha mãe em se orientar e em reconhecer o caminho a fazia considerar como a proeza de um gênio da estratégia. Às vezes íamos até o viaduto, cujos arcos de pedra começavam na estação e representavam para mim o exílio e a aflição fora do mundo civilizado, porque todos os anos, ao vir de Paris, recomendava-se prestar bem atenção quando fosse Combray para não deixar passar a estação, para estar pronto com antecedência porque o trem partiria de novo em dois minutos, e ia pelo viaduto para além dos países cristãos dos quais Combray marcava para mim o extremo limite. Voltávamos pelo bulevar da estação, onde ficavam as mais agradáveis mansões da paróquia. Em cada jardim o luar, como Hubert Robert, semeava seus degraus quebrados de mármore branco, seus jatos d'água, suas grades entreabertas. Sua luz havia destruído o escritório do Telégrafo. Só subsistia uma coluna meio quebrada mas que guardava a beleza de uma ruína imortal. Eu arrastava as pernas, caía de sono, o cheiro das tílias que perfumava o ar aparecia-me como uma recompensa que se pudesse obter ao preço das maiores fadigas e que não valia a pena. Portões muito distantes uns dos outros, cachorros acordados pelos nossos passos solitários lançavam latidos alternados como me acontece ainda algumas vezes escutá-los à noite, e entre os quais veio (quando no seu lugar construíram o jardim público de Combray) se refugiar o bulevar da estação, porque, onde quer que me encontre, assim que começam a ressoar e a se responder, eu o percebo, com suas tílias e sua calçada clareada pela lua.

De repente meu pai nos parava e perguntava a minha mãe: "Onde estamos?". Esgotada pela marcha, mas orgulhosa, ela confessava carinhosamente que não tinha a menor ideia. Ele erguia os ombros e ria. Então, como se o tivesse tirado do bolso de seu casaco com a chave, ele nos mostrava o pequeno portão dos fundos do nosso jardim, que viera junto com a esquina da rua do Saint-Esprit nos esperar no fim desses caminhos desconhecidos. Minha mãe lhe dizia com admiração: "Você é extraordinário!". E a partir desse instante eu não precisava dar um só passo, o solo andava para mim nesse jardim onde havia muito meus atos deixaram de ser acompanhados pela atenção voluntária: o Hábito vinha me pegar entre seus braços e me levava à minha cama como a uma criancinha.

Se sábado, que começava uma hora mais cedo e no qual ela se via privada de Françoise, passasse mais lentamente que outro dia para minha tia, ela no entanto aguardava o seu retorno com impaciência desde o começo da semana, porque ele tinha toda a novidade e a distração que seu corpo enfraquecido e maníaco era ainda capaz de suportar. E não é dizer que ela não aspirasse às vezes a alguma mudança maior, que não tivesse essas horas de exceção em que se tem sede de alguma coisa diferente daquilo que se tem, e quando pessoas a quem a falta de energia ou de imaginação impede de tirar delas mesmas um princípio de renovação pedem ao minuto que se aproxima, ao carteiro que toca a campainha, que lhes traga o novo, mesmo que pior, uma emoção, uma dor; quando a sensibilidade, em que a felicidade foi silenciada como uma harpa ociosa, quer ressoar numa mão, mesmo brutal, mesmo que a quebre; quando a vontade, que com tantas dificuldades conquistou o direito de se entregar sem obstáculo a seus desejos, a suas penas, quisesse deixar as rédeas nas mãos de acontecimentos imperiosos, ainda que cruéis. Sem dúvida, como as forças de minha tia, exauridas à menor fadiga, só voltavam gota a gota ao seio de seu repouso, o reservatório se enchia bem devagar, e se passavam meses antes que ela tivesse esse ligeiro excedente que os outros desviam para a atividade, o qual ela era incapaz de conhecer e decidir como usar. Não duvido que então — como o desejo de substituí-lo por batatas com bechamel terminava após um tempo por nascer do próprio prazer que lhe causava o retorno cotidiano do purê de que ela não se "cansava" — ela não tirasse da acumulação desses dias monótonos aos quais tanto se apegara a expectativa de uma catástrofe doméstica, limitada à duração de um momento mas que a forçaria a efetuar de uma vez por todas uma dessas mudanças que reconhecia lhe serem saudáveis e pelas quais ela não podia se decidir por si mesma. Ela nos amava de verdade, teria tido prazer em nos chorar; se chegasse num momento em que se sentisse bem e não tivesse suores, a notícia de que a casa estava sendo consumida por um incêndio no qual já houvéssemos todos perecido, e que em breve não deixaria subsistir uma única pedra das paredes, mas do qual ela teria todo o tempo de escapar sem se apressar, à condição de se levantar imediatamente, devia com frequência assombrar suas esperanças, pois como que juntava as vantagens secundárias de a fazer saborear num longo desgosto toda a sua ternura por nós, e de ser o espanto da cidade ao conduzir nosso luto, corajosa e acabrunhada, uma moribunda de pé, com a vantagem bem mais preciosa de forçá-la no momento certo, sem tempo a perder, sem possibilidade de hesitação enervante, a ir passar o verão no seu bonito sítio de Mirougrain, onde havia uma queda-d'água. Como jamais se desse nenhum acontecimento desse gênero, em cujo êxito ela certamente meditava quando estava sozinha e absorta em seus inumeráveis jogos de paciência (e que a teria desesperado ao primeiro indício de realização, ao primeiro desses pequenos fatos imprevistos, dessa palavra anunciando a má notícia e cujo tom não se pode nunca esquecer, de tudo que traz a marca da morte real, bem diferente de sua possibilidade lógica e abstrata), ela se restringia, para tornar de tempos em tempos sua vida mais interessante, a nela introduzir peripécias imaginárias que seguia com paixão. Ela se comprazia em supor de repente que Françoise a roubava, que ela recorria à esperteza para ter certeza, a pegava em flagrante; habituada, quando jogava cartas sozinha, a fazer simultaneamente o seu jogo e o do adversário, ela falava a si própria as desculpas embaraçadas de Françoise e respondia-lhe com tanto fogo e indignação que um de nós, entrando nesses momentos, a encontrava nadando em suor, os olhos faiscantes, seu cabelo postiço fora do lugar deixando ver sua fronte calva. Françoise talvez ouvisse sarcasmos mordazes que se dirigiam a ela e cuja invenção não teria aliviado suficientemente minha tia se tivessem permanecido no estado puramente imaterial, e se os murmurando a meia-voz ela não lhes desse maior realidade. Algumas vezes, esse "espetáculo numa cama" não bastava a minha tia, ela queria representar suas peças. Então, num domingo, com todas as portas misteriosamente fechadas, confiava a Eulalie suas dúvidas sobre a probidade de Françoise, sua intenção de desfazer-se dela e, noutra ocasião, dizia a Françoise suas suspeitas quanto à infidelidade de Eulalie, a quem a porta seria em breve fechada; alguns dias depois ela estava desgostosa de sua confidente da véspera e reconciliada com a traidora, as quais aliás na representação seguinte trocariam seus papéis. Mas as suspeitas que pudesse às vezes lhe inspirar Eulalie, eram só fogo de palha e se esvaneciam por falta de alimento, já que Eulalie não morava na casa. Não se dava o mesmo com as que concerniam a Françoise, que minha tia sentia perpetuamente sob o mesmo teto que ela, sem que, por receio de pegar uma gripe se saísse de sua cama, ousasse descer à cozinha para verificar se tinham fundamento. Pouco a pouco seu espírito não teve outra ocupação a não ser a de tentar adivinhar aquilo que a cada momento poderia estar fazendo, e tentando esconder-lhe, Françoise. Observava os seus mais sutis movimentos de fisionomia, uma contradição nas suas palavras, um desejo que ela parecia dissimular. E lhe mostrava que a tinha desmascarado com uma única palavra que fazia Françoise empalidecer e que minha tia parecia considerar, ao enterrá-la no coração da infeliz, um divertimento cruel. E no domingo seguinte, uma revelação de Eulalie — como essas descobertas que abrem de repente um campo insuspeitado a uma ciência nascente que se arrastava na rotina — provava a minha tia que ela estava nas suas suposições bem aquém da verdade. "Mas Françoise deve saber, agora que a senhora lhe deu um carro. — Que lhe dei um carro!, exclamava minha tia. — Ah, não sei, bem, realmente, eu vi que passava agora numa caleche, orgulhosa como Artaban, para ir ao mercado de Roussainville. Achei que fora madame Octave que lhe tinha dado." Pouco a pouco Françoise e minha tia, como a caça e o caçador, não paravam mais de tentar antecipar as astúcias uma da outra. Minha mãe temia que se desenvolvesse em Françoise um verdadeiro ódio por minha tia, que a ofendia o mais duramente que pudesse. Em todo caso Françoise concedia mais e mais às menores palavras, aos menores gestos da minha tia, uma atenção extraordinária. Quando tinha algo a lhe pedir, hesitava muito tempo quanto à maneira como devia fazê-lo. E tendo feito seu pedido, observava minha tia de soslaio, tentando adivinhar na expressão do seu rosto o que havia pensado e decidiria. E assim — enquanto um artista ao ler as Memórias do século XVII, e desejando se aproximar do grande rei, acredita estar no bom caminho ao forjar uma genealogia que o faria descender de uma família histórica, ou ao manter correspondência com um dos soberanos atuais da Europa, ele na verdade volta as costas ao que erradamente procurou sob formas idênticas e consequentemente mortas — uma velha dama provinciana, que não fazia mais que obedecer sinceramente às irresistíveis manias e a uma maldade nascida da ociosidade, via, sem jamais ter pensado em Luís xiv, as ocupações mais insignificantes do seu dia, relacionadas ao seu despertar, seu almoço, seu repouso, tomarem devido a sua singularidade despótica um pouco do interesse daquilo que Saint-Simon chamava de a "mecânica" da vida em Versalhes, e podia acreditar também que os seus silêncios, uma nuance de bom humor ou de altivez na sua fisionomia, eram da parte de Françoise o objeto de um comentário tão apaixonado, tão temeroso quanto o silêncio, o bom humor, a altivez do rei quando um cortesão ou mesmo os maiores fidalgos lhe punham nas mãos uma súplica, ao dobrar uma alameda, em Versalhes.

Num domingo em que minha tia teve a visita simultânea do cura e de Eulalie e em seguida descansou, todos nós subimos para lhe dar boa-noite e mamãe lhe apresentou suas condolências pela má sorte que trazia sempre seus visitantes na mesma hora:

"Sei que as coisas não andaram bem outra vez, Léonie, disse-lhe com doçura, todo mundo veio ao mesmo tempo."

Ao que minha tia-avó interrompeu com: "Abundância de bens...", porque desde que sua filha estava doente ela acreditava dever animá-la, encarando tudo sempre por seu lado bom. Mas meu pai tomou a palavra:

"Quero aproveitar, disse ele, que toda a família está reunida para contar algo sem ter que repetir a cada um. Temo que estejamos agastados com Legrandin; ele mal me disse bom-dia de manhã."

Não fiquei para ouvir o relato de meu pai, pois justamente estava com ele depois da missa quando encontramos o senhor Legrandin, e desci à cozinha para ver o cardápio do jantar, que todos os dias me distraía como as notícias que se leem num jornal e me excitava como o programa de uma festividade. Como o senhor Legrandin passou perto de nós saindo da igreja, andando ao lado de uma senhora de um castelo da vizinhança que conhecíamos apenas de vista, meu pai lhe fez uma saudação ao mesmo tempo amigável e reservada, sem que parássemos; o senhor Legrandin mal respondeu, com um ar espantado, como se não nos conhecesse, e com essa perspectiva do olhar própria das pessoas que não querem ser amáveis e que, do fundo subitamente prolongado dos seus olhos, parecem nos perceber como no fim de uma estrada interminável e a uma distância tamanha que se contentam em nos dirigir um sinal de cabeça minúsculo para adequá-lo às nossas dimensões de marionete.

Ora, a dama que acompanhava Legrandin era uma pessoa virtuosa e considerada; estava fora de questão que fosse uma aventura e ele se aborrecesse por ser surpreendido, e meu pai se perguntava como pudera descontentar Legrandin. "Lamento ainda mais saber que está chateado, disse meu pai, porque no meio de toda essa gente endomingada ele tem, com seu casaquinho reto, sua gravata frouxa, algo de pouco estudado, de verdadeiramente simples, um ar quase ingênuo que é bem simpático." Mas o conselho de família foi unânime na opinião de que meu pai imaginava coisas, ou que Legrandin, naquele momento, estava absorto em algum pensamento. Além do mais, o receio de meu pai foi dissipado na noite seguinte. Quando voltávamos de um longo passeio, percebemos perto de Pont-Vieux Legrandin, que devido aos feriados permanecera vários dias em Combray. Ele veio a nós com a mão estendida: "Conhece, senhor leitor, perguntou-me, este verso de Paul Desjardins:

Os bosques já estão negros, o céu está ainda azul.

Não é uma fina observação para esta hora? Você talvez nunca leu Paul Desjardins. Leia, meu filho, hoje ele se transformou num frade pregador, dizem, mas foi durante muito tempo um aquarelista límpido...

Os bosques já estão negros, o céu está ainda azul...

Que o céu fique sempre azul para você, meu jovem amigo; e mesmo na hora que chega para mim, em que os bosques já estão negros, em que a noite cai depressa, você se consolará como eu faço ao olhar para o lado do céu." Tirou do bolso um cigarro, ficou um longo tempo com os olhos no horizonte. "Adeus, companheiros", disse-nos de repente, e nos deixou.

Na hora em que descia para saber o cardápio, o jantar já começara, e Françoise, comandando as forças da natureza tornadas suas auxiliares, como nos contos de fadas em que os gigantes se fazem empregar como cozinheiros, remexia o carvão, dava ao vapor algumas batatas para estufá-las e fazia o fogo terminar ao ponto as obras-primas culinárias preparadas anteriormente em recipientes de cerâmica que iam de grandes tachos, marmitas, caldeirões e travessas de peixe até terrinas para caça, fôrmas para pâtisserie e potinhos de creme, passando por uma coleção completa de panelas de todas as dimensões. Eu parava para ver em cima da mesa, onde a auxiliar de cozinha acabava de descascá-las, as ervilhas alinhadas e contadas como bolinhas verdes num jogo; mas o que me deslumbrava eram os aspargos, molhados de azul ultramarino e de rosa e cujo talo, finamente salpicado de anil e malva, se degrada insensivelmente até o pé — ainda sujo do solo de onde fora colhido — por matizes que não são da terra. Parecia-me que essas nuances celestes traíam as deliciosas criaturas que se divertiam em se metamorfosear em legumes e que, através do disfarce de sua carne comestível e firme, deixavam perceber nessas cores nascentes da aurora, nesses esboços de arco-íris, nessa extinção de noites azuis, essa essência preciosa que eu reconhecia ainda quando, toda noite que se seguia a um jantar em que as tinha comido, elas brincavam, em suas farsas poéticas e rudes como uma fantasia de Shakespeare, transformando meu urinol do quarto num vaso de perfume.

A pobre Caridade de Giotto, como a chamava Swann, encarregada por Françoise de os "depenar", tinha-os junto dela num cesto, seu aspecto era sofrido como se sentisse todos os padecimentos da terra; e as leves coroas de anil que cingiam os aspargos sobre as suas túnicas rosa estavam finamente desenhadas, estrela por estrela, como figuram no afresco as flores entrelaçadas em torno da testa ou enfeixadas na cesta da Virtude de Pádua. E enquanto isso Françoise girava no espeto um desses frangos, como só ela sabia assá-los, que tinham levado bem longe por Combray a fragrância de seus méritos e que, quando ela os servia para nós à mesa, faziam predominar a doçura na minha concepção particular do seu caráter, pois o aroma dessa carne que ela sabia tornar tão untuosa e tão tenra era para mim o próprio perfume de uma de suas virtudes.

Mas o dia em que, enquanto meu pai consultava o conselho de

família sobre o encontro com Legrandin, desci à cozinha, era um daqueles em que a Caridade de Giotto, muito mal pelo parto recente, não podia se levantar; Françoise, privada de ajuda, estava atrasada. Quando cheguei embaixo, ela estava no fundo da cozinha que dava para o galinheiro tentando matar um frango que, por sua resistência desesperada e bem natural, mas acompanhada por Françoise fora de si, enquanto procurava cortar o pescoço atrás da orelha, aos gritos de "bicho imundo! bicho imundo!", punha a santa doçura e a unção de nossa empregada um pouco menos em evidência do que faria, no jantar do dia seguinte, por sua pele bordada em ouro como um casulo e o seu molho precioso a gotejar de um cibório. Quando ele morreu, Françoise recolheu o sangue que corria sem lhe afogar seu rancor, teve ainda um sobressalto de cólera e, olhando o cadáver de seu inimigo, disse uma última vez: "Bicho imundo!". Eu subi todo tremendo; queria que Françoise fosse demitida de imediato. Mas quem me faria bolsas d'água tão quentes, café tão cheiroso, e até... aqueles frangos?... E na realidade todo mundo fizera esse cálculo covarde como eu. Pois minha tia Léonie sabia — o que eu ignorava ainda — que Françoise, por sua filha, por seus sobrinhos, teria dado a vida sem uma queixa, era com os outros de uma dureza singular. Apesar disso minha tia a conservara, pois se conhecia sua crueldade, apreciava o seu serviço. Percebi pouco a pouco que a doçura, a compunção, as virtudes de Françoise escondiam tragédias de fundo de cozinha, como a história descobre que os reinados de reis e de rainhas representados de mãos juntas nos vitrais de igrejas foram marcados por incidentes sangrentos. Dei-me conta de que, fora os seus familiares, os humanos lhe excitavam tanto mais a piedade para com suas desgraças quanto mais viviam longe dela. As torrentes de lágrimas que vertia lendo o jornal sobre os infortúnios de desconhecidos logo estancavam se ela podia imaginar a pessoa que era objeto deles de um modo mais preciso. Uma das noites que se seguiram ao parto da auxiliar de cozinha, esta se viu acometida por cólicas atrozes: mamãe a ouviu queixar-se, levantou-se e acordou Françoise que, insensível, declarou que todos aqueles gritos eram uma comédia, que ela queria "bancar a patroa". O médico, que temia essas crises, pusera um marcador num livro de medicina que tínhamos, na página em que elas são descritas, e nos disse para consultá-lo a fim de achar a indicação dos primeiros socorros a dar-lhe. Minha mãe enviou Françoise para buscar o livro recomendando que não deixasse cair o marcador. Após uma hora Françoise não voltara; minha mãe indignada achou que ela voltara para a cama e me disse que fosse eu mesmo ver na biblioteca. Encontrei lá Françoise que, querendo olhar o que o marcador assinalava, lia a descrição clínica da crise e soluçava, já que se tratava de uma doente-padrão que ela não conhecia. A cada sintoma doloroso mencionado pelo autor do tratado, exclamava: "Ai, minha santa Virgem, será possível que o bom Deus queira fazer sofrer assim uma infeliz criatura humana? Ai, coitada!".

Mas assim que a chamei e ela voltou ao pé da cama da Caridade de Giotto, suas lágrimas de imediato pararam de correr; não pôde reconhecer nem aquela agradável sensação de piedade e enternecimento que conhecia bem, e que a leitura dos jornais com frequência lhe dera, nem algum prazer da mesma família; no aborrecimento e na irritação de ter se levantado no meio da noite pela auxiliar de cozinha, e à vista dos mesmos sofrimentos cuja descrição a fizera chorar, não teve mais que uns resmungos de mau humor, até uns sarcasmos horríveis ao dizer, quando achou que partimos e não podíamos ouvi-la: "Era só ela não ter feito o que fez para isso acontecer! E ela bem que gostou! Que não venha com fricotes agora! Só mesmo um rapaz totalmente abandonado por Deus poderia se meter com *isso*. Ah, é como diziam na terra da minha pobre mãe:

Quem se apaixona pelo rabo de um cão
Acha que ele cheira como rosa em botão."

Se, quando seu neto estava um pouco gripado, ela partia à noite, mesmo doente, em vez de se deitar, para ver se ele não precisava de nada, fazendo quatro léguas a pé antes de amanhecer a fim de estar de volta para o trabalho, em compensação esse mesmo amor pelos seus e o desejo de assegurar a grandeza futura de sua casa se traduziam numa política em relação a outros empregados por uma máxima constante que era a de nunca deixar nem sequer um deles se ligar a minha tia, se empenhando com uma espécie de orgulho em não deixar ninguém se aproximar dela; preferia, mesmo quando estava doente, se levantar para lhe dar sua água de Vichy a permitir o acesso da auxiliar de cozinha ao quarto da patroa. E como o himenóptero observado por Fabre, a vespa cavadora, que, para que seus filhos tenham carne fresca para comer após sua morte, chama a anatomia em socorro à sua crueldade e, tendo capturado gorgulhos e aranhas, lhes trespassa com uma sabedoria e uma habilidade magníficas o centro nervoso de que depende o movimento das patas, mas não as outras funções vitais, de modo que o inseto paralisado junto do qual põe os ovos, fornece às larvas ao eclodirem uma caça dócil, inofensiva, incapaz de fugir ou resistir, mas nada deteriorada, Françoise encontrava, para servir à sua vontade permanente de tornar a casa inabitável a qualquer empregado, artimanhas tão sábias e tão impiedosas que, muitos anos mais tarde, viemos a saber que, se comemos quase todos os dias aspargos naquele verão, foi porque o seu cheiro provocava na pobre auxiliar de cozinha encarregada de descascá-los crises de asma de uma violência tal que ela foi obrigada a ir embora.

Hélas! Deveríamos mudar definitivamente de opinião sobre Legrandin. Num dos domingos que se seguiu ao encontro na Pont-Vieux depois do qual meu pai teve que confessar seu erro, como a missa terminasse e com o sol e o barulho lá fora algo tão pouco sagrado entrasse na igreja que madame Goupil, madame Percepied (todas as pessoas que pouco antes, à minha chegada um tanto tarde, haviam continuado com os olhos absortos nas suas orações e que eu teria mesmo suposto não terem me visto entrar se, ao mesmo tempo, seus pés não houvessem afastado de leve o banquinho que me impedia de alcançar minha cadeira) começavam a conversar conosco em voz alta sobre assuntos bem temporais como se já estivéssemos na praça, vimos no limiar ofuscante do pórtico, dominando o tumulto multicolorido do mercado, Legrandin, que o marido daquela dama com a qual o tínhamos recentemente encontrado, apresentava à mulher de outro grande proprietário de terras da vizinhança. O rosto de Legrandin exprimia uma animação, um zelo extraordinários; ele fez uma profunda saudação, com uma inclinação secundária para trás que levou bruscamente suas costas para além da posição de partida e que lhe deveria ter sido ensinada pelo marido de sua irmã, madame de Cambremer. Esse alinhamento rápido fez refluir numa espécie de onda fogosa e musculada o traseiro de Legrandin, que eu não supunha tão carnudo; e não sei por que essa ondulação de pura matéria, essa vaga toda carnal, sem expressão de espiritualidade e que uma solicitude cheia de baixeza açoitava tempestuosamente, despertou no meu espírito a possibilidade de um Legrandin muito diferente daquele que conhecíamos. Essa dama lhe pediu que dissesse algo a seu cocheiro, e enquanto ele ia até o carro, a expressão de alegria tímida e devotada que a apresentação estampara no seu rosto persistia ainda. Enlevado numa espécie de sonho, ele sorria, depois voltou apressadamente e, como andava mais rápido que de costume, seus dois ombros oscilavam ridiculamente para a esquerda e a direita, e ele se abandonava inteiramente àquilo, sem se importar com mais nada, que parecia um joguete inerte e mecânico da felicidade. Entretanto saíamos do pórtico, íamos passar ao seu lado, ele era demasiado educado para virar o rosto, mas fixou seu olhar de súbito tomado por uma divagação profunda num ponto tão distante no horizonte que não pôde nos ver e não teve que nos cumprimentar. Seu rosto continuava ingênuo acima do casaco folgado e reto que parecia sentir ter sido levado contra a sua vontade para o meio de um luxo detestável. E uma gravata Lavallière com pequenas pintas que o vento da praça agitava, continuava a flutuar sobre Legrandin como o estandarte de seu altivo isolamento e de sua nobre independência. No momento em que chegamos em casa, mamãe percebeu que esquecera a torta saint-honoré e pediu a meu pai que voltasse comigo para dizer que a mandassem logo. Cruzamos perto da igreja com Legrandin, que vinha no sentido contrário conduzindo a mesma dama ao carro. Passou por nós, não interrompeu o que falava à vizinha, e nos fez do canto de seu olho azul um sinalzinho de alguma maneira interior às pálpebras e que, não envolvendo os músculos de seu rosto, pôde passar perfeitamente despercebido da sua interlocutora; mas, querendo compensar pela intensidade do sentimento o campo um pouco estreito em que circunscrevia a expressão, nesse canto anil que nos era destinado fez fulgurar toda a vivacidade da boa vontade que ultrapassava a jovialidade, roçava a malícia; refinou as finezas da amabilidade até as piscadelas da conivência, as meias-palavras, os subentendidos, os mistérios da cumplicidade; e finalmente exaltou os protestos de ternura até a declaração de amor, iluminando então só para nós, com um langor secreto e invisível à dona de castelo, uma pupila enamorada num rosto de gelo.

Pedira exatamente na véspera a meus pais que me mandassem naquela noite jantar com ele: "Venha fazer companhia a seu velho amigo, disse-me ele. Como o buquê que um viajante nos envia de uma terra à qual não retornaremos, faça-me respirar da distância de sua adolescência essas flores de primavera que também atravessei há muitos anos. Venha com a primavera, a barba-de-monge, o botão--de-ouro, venha com o sedum do qual é feito o buquê predileto da flora balzaquiana, com a flor do dia da Ressurreição, a margarida e a bola-de-neve dos jardins que começa a perfumar as alamedas de sua tia-avó quando ainda não derreteram as derradeiras bolas de neve dos granizos da Páscoa. Venha com a gloriosa veste de seda do lírio digno de Salomão, e o esmalte policrômico dos amores-perfeitos, mas venha sobretudo com a brisa ainda fresca das últimas geadas e que vai entreabrir, para as duas borboletas que desde a manhã aguardam à porta, a primeira rosa de Jerusalém".

Em casa, perguntavam se ainda assim deveriam mandar-me jantar com o senhor Verdurin. Mas minha avó recusou-se a crer que ele fora descortês. "Vocês mesmos reconhecem que ele anda com sua roupa bem simples e sem nada da alta sociedade." Declarava que em todo caso, e na pior das hipóteses, se ele o tivesse sido, era melhor não dar a entender que percebemos. Na verdade até meu pai, que entretanto era o mais irritado com a atitude, guardava talvez uma derradeira dúvida sobre o significado que ela comportava. Ela era como toda atitude ou ação que revela o caráter profundo e oculto de alguém: não tem relação com suas palavras anteriores, não podemos confirmá-la com o testemunho do culpado que não confessará; somos reduzidos aos nossos sentidos, aos quais perguntamos, diante dessa lembrança isolada e incoerente, se não foram o joguete de uma ilusão; de modo que tais atitudes, as únicas que têm importância, nos deixam em geral algumas dúvidas.

Jantei com Legrandin no seu terraço; havia luar: "Há uma bela espécie de silêncio, não, disse-me ele; aos corações feridos como o meu, um romancista que você lerá mais tarde pretende que convêm somente a sombra e o silêncio. E veja bem, meu menino, chega na vida uma hora, da qual você está ainda bem longe, em que os olhos fatigados não toleram mais que uma luz, aquela que uma bela noite como esta prepara e destila com a escuridão, em que os ouvidos só podem escutar a música que o luar toca na flauta do silêncio". Eu ouvia as palavras do senhor Legrandin que me pareciam sempre tão agradáveis; mas perturbado pela lembrança de uma mulher que percebera recentemente pela primeira vez, e pensando, agora que sabia que Legrandin estava ligado a muitas personalidades aristocráticas dos arredores, que talvez ele a conhecesse, tomando coragem lhe disse: "Será que o senhor conhece a... as castelãs de Guermantes?", feliz também, ao pronunciar esse nome, de adquirir sobre ele uma espécie de poder, pelo simples fato de tirá-lo de meu sonho e lhe dar uma existência objetiva e sonora.

Mas a esse nome, Guermantes, vi no meio dos olhos azuis de nosso amigo uma pequenina mancha marrom, como se acabassem de ser furados por uma ponta invisível, enquanto o resto da pupila reagia segregando ondas de anil. Suas olheiras escureceram, afundaram. E sua boca marcada por um sulco amargo, mas se recompondo mais depressa, enquanto o olhar continuava doloroso, como o de um bonito mártir cujo corpo é crivado por flechas: "Não, não conheço", disse ele, mas em vez de dar a uma informação tão simples, a uma resposta igualmente tão pouco surpreendente, o tom natural e corriqueiro que convinha, disse-a acentuando as palavras, inclinando-se, assentindo com a cabeça simultaneamente, com a insistência que se dá, para ter crédito, a uma afirmação improvável — como se o fato de não conhecer os Guermantes só pudesse ser o efeito de um acaso curioso — e também com a ênfase de quem, não podendo suportar uma situação que lhe é penosa, prefere proclamá-la para dar aos outros a ideia de que a confissão que faz não lhe causa nenhum embaraço, é fácil, agradável, espontânea, que a própria situação — a ausência de relações com os Guermantes — bem poderia não ter sido sofrida, mas desejada por ele, resultante de alguma tradição de família, princípio moral ou voto místico que o proibisse especificamente de frequentar os Guermantes. "Não, retomou ele, explicando com suas palavras a própria entonação, não, não os conheço, jamais quis, sempre procurei salvaguardar minha completa independência; no fundo sou uma cabeça jacobina, você sabe. Muita gente interveio, diziam que errava em não ir aos Guermantes, que ficava parecendo um grosseirão, um velho urso. Mas eis aí uma reputação que não me assusta, pois é tão verdadeira! No fundo, só amo no mundo algumas igrejas, dois ou três livros, apenas mais uns quadros, e o luar quando a brisa da sua juventude traz até mim o aroma de canteiros que minhas velhas pupilas não distinguem mais." Eu não entendia muito bem por que, para ir à casa de pessoas às quais não se conhecia, fosse necessário salvaguardar a independência, e por que isso poderia lhe dar um ar de selvagem ou de urso. Mas o que eu compreendia era que Legrandin não era de fato verdadeiro quando dizia gostar só de igrejas, do luar e da juventude; gostava bastante das pessoas com castelos e na presença delas era tomado por um medo tão grande de desagradá-las que não ousava deixá-las ver que tinha burgueses como amigos, filhos de tabeliães ou corretores, preferindo, se a verdade devesse ser descoberta, que fosse na sua ausência, longe dele e "por omissão"; ele era esnobe. É evidente que não dizia nada disso na linguagem que meus pais e eu admirávamos tanto. E se eu perguntasse: "Conhece os Guermantes?", o conversador Legrandin respondia: "Não, jamais quis conhecê-los". Infelizmente, ele respondia em segundo lugar, pois o outro Legrandin que escondia cuidadosamente no fundo de si mesmo, que não mostrava, porque esse Legrandin sabia do nosso, do seu esnobismo, de suas histórias comprometedoras, outro Legrandin já respondera por meio da ferida no olhar, do ricto da boca, da gravidade excessiva do tom de sua resposta, das mil flechas pelas quais nosso Legrandin viu-se num instante trespassado e agonizante, como um são Sebastião do esnobismo: "Ai de mim, como você me faz mal! Não, não conheço os Guermantes, não desperte a grande dor da minha vida". E como esse Legrandin malcriado, esse Legrandin chantagista, embora não tivesse a bonita linguagem do outro tinha o verbo infinitamente mais rápido, composto pelo que se chama de "reflexos", quando o conversador Legrandin queria impor-lhe o silêncio, o outro já falara e por mais que nosso amigo se desolasse com a má impressão que as revelações de seu alter ego deviam ter produzido, não podia fazer mais que atenuá-las.

    E com certeza isso não quer dizer que o senhor Legrandin não fosse sincero quando trovejava contra os esnobes. Não podia saber, pelo menos por si mesmo, que o era, pois que conhecemos somente as paixões dos outros, e o que chegamos a saber das nossas é só por meio delas próprias que podemos conhecê-las. Em nós, elas só agem de forma secundária, através da imaginação que substitui os primeiros motivos por motivos alternativos que são mais decentes. Jamais o esnobismo de Legrandin o aconselhava a visitar com frequência uma duquesa. Ele encarregava a imaginação de Legrandin de fazer-lhe aparecer essa duquesa como que ornada de todas as graças. Legrandin se aproximava dessa duquesa, julgando ceder a esse atrativo do espírito e da virtude desconhecidos pelos infames esnobes. Só os outros sabiam que ele também o era; porque, graças à incapacidade de compreenderem o trabalho intermediário da sua imaginação, viam, de frente uma para a outra, a atividade mundana de Legrandin e sua causa primeira.

Agora, em casa, não se tinha mais nenhuma ilusão quanto ao senhor Legrandin, e nossas relações com ele tornaram-se bem espaçadas. Mamãe se divertia infinitamente toda vez que pegava Legrandin em flagrante delito do pecado que ele não confessava, que continuava a chamar de pecado sem remissão, o esnobismo. Quanto a meu pai, ele penava para aceitar os desdéns de Legrandin com tanta distância e bom humor; e quando num ano se pensou em me mandar passar as férias grandes em Balbec com minha avó, disse: "É absolutamente necessário que avise a Legrandin que vocês irão a Balbec, para ver se ele se oferece para colocá-los em contato com sua irmã. Não deve se lembrar de nos ter dito que ela morava a dois quilômetros de lá". Minha avó, que achava que nos balneários era preciso estar da manhã ao fim da tarde na praia para aspirar o sal, porque as visitas e os passeios ocupam o espaço dedicado ao ar marinho, pediu ao contrário que não se falasse de nossos projetos a Legrandin, já antevendo a sua irmã, madame de Cambremer, desembarcando no hotel no momento em que estaríamos a ponto de ir à pesca e nos forçando a ficar confinados para a receber. Mas mamãe ria dos seus temores, pensando que o perigo não era tão ameaçador, que Legrandin não teria tanta pressa em nos pôr em contato com sua irmã. Ora, sem que houvesse necessidade de lhe falar de Balbec, foi ele mesmo, Legrandin, que, duvidando que um dia tivéssemos a intenção de ir para aqueles lados, veio a meter-se numa armadilha uma tarde em que o encontramos à beira do Vivonne.

"Há nas nuvens desta tarde roxos e azuis bem bonitos, não é, meu companheiro, disse ele a meu pai, um azul sobretudo mais floral que aéreo, um azul de cinerária, que surpreende no céu. E essa pequena nuvem rosa não tem também um tom de flor, de cravo ou hidrângea? Somente na Mancha, entre a Normandia e a Bretanha, é que pude fazer as mais ricas observações sobre essa espécie de reino vegetal da atmosfera. Lá, perto de Balbec, perto desses lugares selvagens, há uma pequena baía de suavidade encantadora onde o pôr do sol da região de Auge, o pôr do sol rubro e ouro que estou longe de desdenhar aliás, ele não tem caráter, é insignificante; mas nessa atmosfera úmida e suave desabrocham à tarde, em poucos instantes, buquês celestes, azuis e róseos, que são incomparáveis e que muitas vezes levam horas para murchar. Outros se desfolham de imediato, e então é mais belo ainda ver o céu inteiro juncado pela dispersão de inúmeras pétalas sulfúreas ou róseas. Nessa baía, chamada de opala, as praias de ouro parecem mais suaves ainda por estarem presas como loiras Andrômedas a esses terríveis rochedos das costas vizinhas, a esse litoral fúnebre, famoso por tantos naufrágios, onde todos os invernos muitos barcos sucumbem ao perigo do mar. Balbec! A mais antiga ossatura geológica de nosso solo, verdadeiramente Ar-mor, o Mar, o fim da terra, a região maldita que Anatole France — um mago que nosso pequeno amigo devia ler — tão bem pintou, sob suas brumas eternas, como o verdadeiro país dos Cimérios da *Odisseia*. De Balbec sobretudo, onde já se constroem hotéis, sobrepostos ao solo antigo e encantador que eles não alteram, que delícia é excursionar a dois passos nessas regiões primitivas e tão belas.

— Ah! Conhece alguém em Balbec?, disse meu pai. Pois esse menino deve ir lá passar dois meses com sua avó e talvez com minha mulher."

Legrandin, pego de surpresa por essa pergunta num momento em que seus olhos estavam fixados em meu pai, não pôde desviá-los, mas cravando-os segundo por segundo com mais intensidade — e ao mesmo tempo sorrindo tristemente — nos olhos de seu interlocutor, com um ar de amizade e franqueza e sem medo de encará-lo, pareceu atravessar-lhe o rosto como se tivesse se tornado etéreo, e sendo assim percebido naquele momento bem para além dele, uma nuvem vivamente colorida que lhe criava um álibi mental e lhe permitia estabelecer que, no momento em que lhe tinha sido perguntado se conhecia alguém em Balbec, ele pensava noutra coisa e não escutara a questão. Habitualmente, tal olhar faz o interlocutor dizer: "Em que está pensando?". Mas meu pai curioso, irritado e cruel, recomeçou:

"Você tem amigos naquela área, já que conhece tão bem Balbec?"

Num último esforço desesperado, o olhar sorridente de Legrandin atingiu seu máximo de ternura, de vagueza, de sinceridade e de distração, mas, pensando sem dúvida que só lhe restava responder, nos disse:

"Tenho amigos por toda parte onde há grupos de árvores feridas, mas não vencidas, que se reuniram para implorar juntas com obstinação patética a um céu inclemente que não tem piedade delas.
— Não foi isso que quis dizer", interrompeu meu pai, tão obstinado quanto as árvores e tão impiedoso quanto o céu. "Perguntei para o caso de acontecer algo a minha sogra e ela não precisar se sentir perdida, se você conhece alguém por lá.
— Lá, como em toda parte, conheço todo mundo e não conheço ninguém, respondeu Legrandin, que não se rendia tão rápido; bastante bem as coisas e pouco as pessoas. Mas as próprias coisas parecem pessoas, pessoas raras, de uma essência delicada e que a vida desapontou. Às vezes é um castelo que você encontra numa falésia, à beira do caminho onde parou para confrontar seu desgosto com a noite ainda rosa onde sobe a lua de ouro e onde os barcos que retornam estriando a água salpicada içam nos mastros sua flama e portam suas cores; às vezes é uma simples casa solitária, até feia, de aspecto tímido mas romanesco, que oculta de todos os olhos algum segredo imperecível de felicidade e de desencanto. Essa terra sem verdade, acrescentou ele com uma delicadeza maquiavélica, essa terra de pura ficção é uma má leitura para uma criança, e com certeza não a escolheria nem recomendaria a meu pequeno amigo, já tão inclinado à tristeza por seu coração predisposto. Os climas de confidência amorosa e de lamento inútil podem convir ao velho desabusado que sou, mas são sempre malignos para um temperamento que não está formado. Creiam-me, retomou com insistência, as águas daquela baía, já metade bretã, podem exercer uma ação sedativa, aliás discutível, num coração que não é mais intato como o meu, num coração cuja ferida não pode mais ser compensada. Elas são contraindicadas na sua idade, meu menino. Boa noite, vizinhos", acrescentou, nos deixando com essa brusquidão evasiva que lhe era habitual e, se voltando para nós com um dedo erguido de doutor, resumiu sua consulta: "Nada de Balbec antes dos cinquenta anos, e mesmo assim dependendo do estado do coração", gritou-nos.

Meu pai voltou a lhe falar em nossos encontros posteriores, torturou-o com perguntas, e foi um esforço inútil: como o escroque erudito que empregava na feitura de falsos palimpsestos um labor e uma ciência cuja centésima parte lhe teria sido suficiente para garantir uma situação mais lucrativa, mais honrosa, o senhor Legrandin, se tivéssemos insistido mais, acabaria por edificar toda uma ética da paisagem e uma geografia celeste da Baixa Normandia, em vez de nos confessar que a dois quilômetros de Balbec morava sua própria irmã, e de ser obrigado a nos oferecer uma carta de apresentação que não seria para ele objeto de tanto terror se tivesse absoluta certeza — que com efeito deveria ter, devido à experiência que tinha acerca do caráter de minha avó — de que não tiraríamos vantagem dela.

Voltávamos sempre cedo de nossos passeios para poder fazer uma visita à minha tia Léonie antes do jantar. No começo da estação, quando o dia acaba cedo, ao chegarmos à rua do Saint-Esprit havia ainda um reflexo do poente nas vidraças da casa e uma faixa de púrpura ao fundo dos bosques do Calvário que se refletia mais longe no lago, um rubor que, acompanhado muitas vezes de um frio bem vivo, se associava, no meu espírito, ao rubor do fogo acima do qual se assava o frango que faria suceder ao prazer poético provocado em mim pelo passeio, o prazer da gula, do calor e do repouso. No verão era o contrário, quando voltávamos o sol ainda não se pusera; e durante a visita que fazíamos à minha tia Léonie sua luz que declinava e tocava a janela parava entre as grandes cortinas e os umbrais, dividida, ramificada, filtrada, e incrustava de pequenos pedaços de ouro a madeira de limoeiro da cômoda, iluminava obliquamente o quarto com a delicadeza que adquiria dos arbustos dos bosques. Mas, em certos dias muito raros, quando voltávamos, fazia bastante tempo que a cômoda perdera suas incrustações momentâneas, não havia mais quando chegávamos à rua do Saint-Esprit nenhum reflexo do poente estendido nas vidraças, e o lago ao pé do calvário perdera seu rubor, algumas vezes já estava cor de opala e um longo raio de lua que ia se alargando e se fendia em todas as rugas da água o atravessava por inteiro. Então, ao chegar perto da casa, percebíamos uma forma à soleira da porta e mamãe me dizia:

"Meu Deus! Eis Françoise à nossa espera, sua tia está inquieta; também, voltamos muito tarde."

E, sem perder tempo em tirar nossas coisas, subíamos depressa ao quarto de minha tia Léonie para tranquilizá-la e mostrar-lhe que, ao contrário do que ela já imaginava, nada nos acontecera, mas que tínhamos ido para "o lado de Guermantes" e, ora essa, quando fazíamos aquele passeio, minha tia bem sabia que nunca se podia ter certeza da hora em que se estaria de volta.

"Viu, Françoise, dizia minha tia, não falei que eles deviam ter ido para o lado de Guermantes? Meu Deus, devem estar com uma fome! E a perna de cordeiro deve estar esturricada de tanto esperar. Também, isso são horas de voltar? Como, foram para o lado de Guermantes!

— Mas achei que você sabia, Léonie, dizia mamãe. Pensei que Françoise nos tivesse visto sair pelo portãozinho da horta."

Porque havia ao redor de Combray dois "lados" para os passeios, e tão opostos que até não se saía pela mesma porta quando se queria ir para um lado ou para o outro: o lado de Méséglise-la-Vineuse, que era chamado também de o lado de Swann porque se passava na frente da propriedade do senhor Swann para ir por ali, e o lado de Guermantes. De Méséglise-la-Vineuse, para dizer a verdade, só conheci o "lado" e pessoas estranhas que vinham no domingo passear em Combray, pessoas que, dessa vez, nem minha tia nem todos nós "conhecíamos em absoluto" e que, por esse indício, eram tidas por "pessoas que devem ter vindo de Méséglise". Quanto a Guermantes, eu devia um dia o conhecer melhor, mas apenas bem mais tarde; e durante toda a minha adolescência, se Méséglise era para mim algo de inacessível como o horizonte, oculto à vista por mais longe que se fosse, pelas dobras de um solo que já não parecia mais com o de Combray, Guermantes, por sua vez, só me aparecia como o termo mais ideal que real de seu próprio "lado", uma espécie de expressão geográfica abstrata como a linha do equador, como o polo, como o oriente. Então, "ir por Guermantes" para chegar a Méséglise, ou o contrário, teria me parecido uma expressão tão desprovida de sentido quanto ir pelo leste para chegar ao oeste. Como meu pai falava sempre do lado de Méséglise como o do mais belo panorama da planície que conhecia e do lado de Guermantes como uma típica paisagem de rio, eu dava a eles, ao concebê-los como entidades, a coesão, a unidade que só pertence às criações do nosso espírito; a menor parte de cada um deles me parecia preciosa e manifestava sua excelência particular, enquanto, comparados a eles, antes de chegar ao solo sagrado de um ou do outro, os caminhos puramente materiais no meio dos quais estavam pousados como o ideal da vista da planície e o ideal da paisagem de rio já não mereciam ser olhados como, para o espectador apaixonado pela arte dramática, as ruazinhas próximas a um teatro. Mas eu sobretudo punha entre eles bem mais que suas distâncias quilométricas, a distância que havia entre as duas partes de meu cérebro que pensava neles, uma dessas distâncias no espírito que não apenas afastam, mas separam e colocam em outro plano. E essa demarcação tornava-se mais absoluta ainda porque esse hábito que tínhamos de irmos para os dois lados num mesmo dia, num único passeio, mas uma vez para o lado de Méséglise e outra para o lado de Guermantes, os encerrava por assim dizer bem longe um do outro, irreconhecíveis um ao outro, nos vasos fechados e sem comunicação entre eles, de tardes diferentes.

Quando queríamos ir para o lado de Méséglise, saíamos (não muito cedo, mesmo se o céu estava coberto, porque o passeio não era muito longo e não levava longe demais) como para ir a não importa onde, pela grande porta da casa de minha tia na rua do Saint--Esprit. Éramos cumprimentados pelo armeiro, púnhamos cartas na caixa do correio, dizíamos ao passar por Théodore, da parte de Françoise, que ela não tinha mais óleo ou café, e saíamos da cidade pelo caminho que passava ao longo da cerca branca do parque do senhor Swann. Antes de ali chegar, encontrávamos, vindo ao encontro dos estrangeiros, o aroma dos seus lilases. Estes, dentre os pequenos corações verdes e frescos de suas folhas, levantavam curiosamente acima da cerca do parque os seus penachos de plumas malva ou brancas que reluziam, mesmo à sombra, o sol em que se haviam banhado. Alguns, meio escondidos pela casinha de telhas chamada Casa dos Arqueiros, onde morava o guarda, ultrapassavam o frontão gótico de seu róseo minarete. As Ninfas da primavera pareceriam vulgares ao lado dessas jovens huris que preservam nesse jardim francês os tons vivos e puros das miniaturas da Pérsia. Apesar de meu desejo de enlaçar-lhes a cintura flexível e atrair para mim os caracóis estrelados de suas cabeças perfumadas, passávamos sem parar, pois meus pais não iam mais a Tansonville desde o casamento de Swann e, para não parecer que olhávamos o parque, em vez de pegar o caminho ao longo da cerca e que sobe diretamente até os campos, pegávamos outro que também dava lá, mas obliquamente, e nos fazia desembocar bem mais longe. Um dia, meu avô disse a meu pai:

"Lembra que Swann disse ontem que, como sua mulher e sua filha partiam para Reims, aproveitaria para passar vinte e quatro horas em Paris? Poderíamos seguir ao longo do parque, já que as senhoras não estão ali, o que seria mais curto."

Paramos um momento diante da cerca. O tempo dos lilases se aproximava do fim; alguns erguiam ainda em altos lustres cor de malva as bolhas delicadas das suas flores, mas em muitas partes da folhagem em que explodia, havia apenas uma semana, o seu musgo embalsamado, agora murchava, diminuída e escura, uma espuma vazia, seca e sem perfume. Meu avô mostrava a meu pai em que aspecto os lugares permaneceram os mesmos, e no que haviam mudado desde o passeio que fizera com o senhor Swann no dia da morte da sua mulher, e aproveitou a ocasião para contar aquele passeio uma vez mais.

Diante de nós, uma alameda bordada de capuchinhas subia em pleno sol para o castelo. À direita, pelo contrário, o parque se estendia num terreno plano. Obscurecido pela sombra das grandes árvores que o rodeavam, um tanque fora cavado pelos pais de Swann; mas, nas suas criações mais artificiais, é sobre a natureza que o homem trabalha; certos lugares fazem sempre reinar ao redor deles seu império particular, arvoram suas insígnias imemoriais no meio de um parque como o teriam feito longe de toda intervenção humana, numa solidão que por toda parte volta a cercá-los, surgida das necessidades de sua exposição e sobreposta à obra humana. Foi assim que, ao pé da alameda que dominava o tanque artificial, se compôs em duas fileiras, entrelaçadas de miosótis e de pervincas, a coroa natural, delicada e azul que cinge a fronte clara-escura das águas, e que o gladíolo, deixando pender seus gládios com um abandono régio, estendia sobre o eupatório e o ranúnculo de pé molhado as flores-de-lis em farrapos, violáceas e amarelas, do seu cetro lacustre.

A partida da senhorita Swann que — ao me tirar a oportunidade terrível de vê-la aparecer numa alameda, de ser conhecido e desprezado pela menina privilegiada que tinha Bergotte como amigo e ia com ele visitar catedrais — me tornava a contemplação de Tansonville indiferente pela primeira vez em que me era permitida, parecia, ao contrário, juntar a essa propriedade, aos olhos do meu avô e de meu pai, certa comodidade, um encanto passageiro, e, como a ausência total de nuvens numa excursão a uma região de montanhas, torna esse dia excepcionalmente propício a um passeio para aquele lado; preferiria que os cálculos falhassem, que um milagre fizesse aparecer a senhorita Swann com seu pai, tão perto de nós que não teríamos tempo de evitá-lo e seríamos obrigados a conhecê-la. Assim, quando de súbito percebi sobre a grama, como um sinal de sua presença possível, um cesto esquecido ao lado de uma linha cuja boia flutuava sobre a água, apressei-me em desviar para outro lado os olhares de meu pai e de meu avô. Além do mais, Swann nos havia dito que era ruim para ele estar ausente, pois tinha no momento parentes em casa, a linha podia pertencer a algum convidado. Não se ouvia nenhum barulho de passos nas alamedas. À meia altura de uma árvore incerta, um pássaro invisível se empenhava em tornar o dia mais curto, explorava com uma nota prolongada a solidão circundante, mas recebia dela uma réplica tão unânime, um choque de volta tão redobrado de silêncio e de imobilidade que se poderia dizer que ele acabava de parar para sempre o instante que tentara fazer passar mais rápido. A luz caía tão implacavelmente do céu tornado fixo que gostaríamos de nos subtrair à sua atenção, e a própria água dormente, cujo sono os insetos irritavam perpetuamente, sonhando sem dúvida com algum maelstrom imaginário, aumentava o problema em que me havia metido ao ver a boia de cortiça, para poder arrastá-la a toda a velocidade sobre as superfícies silenciosas do céu refletido; quase na vertical, ela parecia prestes a mergulhar e eu já me perguntava se, sem levar em conta o desejo e o medo que tinha de conhecê-la, não teria o dever de prevenir a senhorita Swann de que o peixe mordia — quando precisei juntar-me correndo a meu pai e meu avô, que me chamavam, espantados de que não os tivesse seguido no pequeno caminho que sobe para os campos onde estavam. Encontrei-o todo sussurrante com a fragrância dos espinheiros. A sebe formava como uma sequência de capelas que desapareciam sob a camada das flores amontoadas; abaixo delas, o sol pousava na terra um quadrilátero de claridade, como se viesse de atravessar um vitral; seu perfume se estendia tão untuoso, tão delimitado em sua forma como se eu estivesse diante do altar da Virgem, e cada uma das flores, também elas enfeitadas, sustentava com ar distraído seu resplandecente buquê de estames, finas e radiosas nervuras de estilo flamboyant como as que na igreja perfuram a rampa da galeria ou as travessas do vitral e que desabrocham na branca carne de uma flor de morangueiro. Que ingênuas e provincianas, em comparação, pareceriam as rosas-bravas que, em algumas semanas, também subiriam ao sol o mesmo caminho rústico, na seda lisa de seus corpetes rubros que um simples sopro desfaz.

Mas por mais que ficasse diante dos espinheiros a respirar, a mostrar a meu pensamento que não sabia o que fazer com ele, a perder, a reencontrar seu aroma fixo e invisível, a unir-me ao ritmo que jogava suas flores aqui e ali, com uma alegria juvenil e a intervalos variados como certas pausas musicais, eles me ofereciam indefinidamente o mesmo charme com uma profusão inesgotável, mas sem me deixarem aprofundar mais, como as melodias que se tocam cem vezes seguidas sem penetrar mais fundo no seu segredo. Desviava-me deles por um momento, para abordá-los em seguida com forças renovadas. Eu perseguia, até chegar ao talude que por detrás da sebe ascendia num aclive íngreme aos campos, algumas papoulas perdidas, algumas centáureas que ficaram preguiçosamente para trás, que o decoravam aqui e ali com suas flores como a borda de uma tapeçaria onde aparece esparsamente o motivo agreste que triunfará no painel; raros ainda, espaçados como as casas isoladas que anunciam a proximidade de um vilarejo, anunciavam-me a imensa extensão onde afluem os trigais, onde as nuvens ondulam, e a vista de uma única papoula içando na extremidade de seu cordame e fazendo tremular ao vento a sua chama vermelha, por cima de sua boia oleosa e negra, me fazia bater o coração, como ao viajante que percebe numa terra baixa uma primeira barca encalhada que um calafate conserta, e grita, antes mesmo de tê-lo visto: "O Mar!".

Então voltava para diante dos espinheiros como para diante dessas obras-primas que se acredita perceber melhor depois de deixar um instante de olhá-las, mas por mais que fizesse uma tela com as mãos para não ter senão a eles diante dos olhos, o sentimento que despertavam em mim permanecia obscuro e vago, procurando em vão desprender-se, aderir a suas flores. Elas não me ajudavam a esclarecê-lo, e não podia pedir às outras flores que o satisfizessem. Dando-me então essa alegria que sentimos quando vemos de nosso pintor preferido uma obra que difere daquelas que conhecemos, ou se nos levam diante de um quadro do qual víramos até então apenas um esboço em crayon, se uma peça ouvida somente no piano nos surge em seguida revestida com as cores de uma orquestra, meu avô, me chamando e apontando a sebe de Tansonville, me disse: "Você que gosta de espinheiros, olhe um pouco este espinheiro rosa; é lindo!". Era com efeito um espinheiro, mas rosa, mais belo ainda que os brancos. Também ele tinha uma roupa de festa — das únicas festas de verdade, as festas religiosas, pois um capricho fortuito não as destina, como às festas mundanas, a um dia qualquer que não lhes é especialmente destinado, que não tem nada de essencialmente festivo — mas uma roupa mais rica ainda, pois as flores presas ao galho, umas sobre as outras, de maneira a não deixar nenhum lugar sem decoração, como pompons que engrinaldam um cajado rococó, eram "em cores", e em consequência de uma qualidade superior segundo a estética de Combray, se julgada pela escala de preços no "magazine" da praça ou no Camus, onde eram mais caros os biscoitos cor-de-rosa. Eu mesmo apreciava mais o creme de queijo rosado, no qual me permitiam esmagar morangos. E essas flores tinham escolhido justamente um desses tons de coisa comestível, ou do delicado adorno de um vestido para uma festa de gala, que, por lhes apresentarem o motivo da sua superioridade, são os que parecem mais obviamente belos aos olhos das crianças, e por causa disso conservam sempre para elas algo de mais vivo e de mais natural que os outros tons, mesmo depois de elas compreenderem que nada prometiam à sua gula e não foram escolhidos pela costureira. E com a certeza de logo sentir, como diante dos espinheiros brancos mas com maior deslumbre, que não era artificialmente, por meio do engenho da fabricação humana, que a intenção da festa se traduzia nas flores, mas era a natureza que, espontaneamente, a expressara com a ingenuidade de uma comerciante de vilarejo trabalhando num altar, sobrecarregando o arbusto com essas rosetas de um tom demasiado delicado e de um estilo pompadour provinciano. No alto dos galhos, como tantas pequenas roseiras nos vasos escondidos em papel rendilhado, que nos dias de festa irradiavam no altar suas finas hastes, pululavam mil botõezinhos de um tom mais pálido que, ao se entreabrirem, deixavam ver, como no fundo de uma taça de mármore rosa, uns vermelhos sanguíneos, e traíam, ainda mais que as flores, a essência particular, irresistível, do espinheiro que, onde quer que brotasse, ou onde fosse florir, só podia ser rosa. Entremeado na sebe, mas tão diferente dela quanto uma moça de vestido de festa no meio de pessoas com trajes domésticos que ficarão em casa, pronto para o Mês de Maria, do qual já parecia fazer parte, assim brilhava e sorria na sua roupa rosa o arbusto católico e delicioso.

A sebe deixava ver no interior do parque uma alameda margeada por jasmins, amores-perfeitos e verbenas, entre os quais goivos abriam suas bolsas frescas do rosa perfumado e esmaecido de um couro antigo de Córdoba, enquanto no cascalho uma longa mangueira de regar pintada de verde, desenrolando seus círculos, levantava nos pontos em que estava furada, sobre as flores cuja fragrância embebia, o leque vertical e prismático de suas gotinhas multicoloridas. De repente parei, não pude mais me mexer, como acontece quando uma visão não se dirige somente a nossos olhos, mas requer percepções mais profundas e dispõe de nosso ser por inteiro. Uma menina de um loiro arruivado, que parecia voltar de um passeio e tinha na mão uma pá de jardinagem, nos olhava, erguendo o rosto coberto de pintas cor-de-rosa. Seus olhos negros brilhavam e, como não sabia na época, nem aprendi desde então, reduzir a seus elementos objetivos uma impressão forte, como não tinha, como se diz, "poder de observação" suficiente para isolar a noção da cor deles, durante muito tempo, cada vez que repensava nela, a lembrança do seu esplendor se apresentava de imediato a mim como a de um anil vivo, pois ela era loira: de modo que, talvez se não tivesse olhos tão negros — o que impressionava tanto na primeira vez que a gente a via —, eu não tivesse ficado, como fiquei, tão particularmente apaixonado, nela, por seus olhos azuis.

Eu a olhei, primeiro com esse olhar que é apenas o porta-voz dos olhos, mas a cuja janela se debruçam todos os sentidos, ansiosos e petrificados, o olhar que gostaria de tocar, capturar, levar consigo o corpo que ele olha e também a alma; depois, de tanto que tinha medo de que de um segundo para outro meu avô e meu pai, percebendo aquela menina, me fizessem ir embora me dizendo para correr um pouco na frente deles, com um segundo olhar, inconscientemente suplicante, que tentava forçá-la a prestar atenção em mim, a me conhecer! Ela dirigiu suas pupilas para a frente e para o lado a fim de tomar conhecimento de meu avô e de meu pai, e sem dúvida a impressão que formou foi a de que éramos ridículos, pois ela se desviou e, com um ar indiferente e desdenhoso, se pôs de lado para evitar que seu rosto ficasse no campo visual deles; e enquanto continuavam a andar, e sem a terem percebido, eles me ultrapassaram, ela deixou seu olhar correr em todo o comprimento na minha direção, sem expressão particular, sem parecer ver-me, mas com uma fixação e um sorriso dissimulado que só poderia interpretar, segundo as noções que me foram transmitidas sobre a boa educação, como uma prova de desprezo ultrajante; e sua mão esboçava ao mesmo tempo um gesto indecente, ao qual, quando endereçado em público a uma pessoa que não se conhecia, o pequeno dicionário de civilidade que trazia dentro de mim atribuía um único sentido, o de uma intenção insolente.

"Anda, Gilberte, vem; o que está fazendo?", gritou com uma voz aguda e autoritária uma senhora de branco que eu não vira, e a pouca distância da qual um senhor vestido de brim que eu não conhecia fixava em mim olhos que lhe saltavam da cabeça; e, cessando bruscamente de sorrir, a menina pegou sua pá e sem virar para o meu lado se afastou com um ar dócil, impenetrável e dissimulado.

Assim passou perto de mim esse nome, Gilberte, dado como um talismã que me permitiria reencontrar um dia aquela que eu acabava de tornar uma pessoa e que, um momento antes, era só uma imagem incerta. Assim passou, proferido por cima dos jasmins e dos goivos, acre e fresco como as gotas da mangueira verde; impregnando, irisando a zona de ar puro que atravessara — e que isolava — com o mistério da vida daquela que ele designava para os seres felizes que viviam, que viajavam com ela; desdobrando sob o espinheiro rosa, à altura do meu ombro, a quintessência da familiaridade deles, para mim tão dolorosa, com ela, com sua vida desconhecida onde eu não entraria.

Por um instante (enquanto nos afastávamos e meu avô murmurava: "Esse pobre Swann, que papel o fazem representar: fazer com que parta para que ela fique sozinha com seu Charlus, porque é ele, o reconheci! E essa pequena, no meio de toda essa infâmia!") a impressão deixada em mim pelo tom despótico com que a mãe de Gilberte lhe falara sem que ela replicasse, mostrando-me como era obrigada a obedecer a alguém, como não era superior a tudo, acalmou um pouco meu sofrimento, restaurou um pouco da esperança e diminuiu meu amor. Mas bem depressa esse amor se elevou de novo em mim como uma reação por meio da qual meu coração humilhado tentava se pôr no nível de Gilberte ou baixá-la até o meu. Eu a amava, lamentava não ter tido o tempo e a inspiração de ofendê-la, de lhe fazer mal, e de forçá-la a se lembrar de mim. Eu a achava tão bela que queria poder voltar atrás nos meus passos para lhe gritar dando de ombros: "Como te acho feia, grotesca, como me dá nojo!". No entanto eu me afastava, levando para sempre, como primeiro exemplo de uma felicidade inacessível a crianças da minha espécie devido a leis naturais impossíveis de transgredir, a imagem de uma menina ruiva, com a pele coberta de pintas cor-de-rosa, que segurava uma pequena pá e que ria ao deixar correr sobre mim longos olhares dissimulados e inexpressivos. E já o encanto com que seu nome incensara aquele lugar sob os espinheiros rosa onde fora escutado por ela e por mim juntos, iria alcançar, impregnar, perfumar tudo que dele se aproximava, seus avós que os meus tiveram a inefável felicidade de conhecer, a sublime profissão de corretor de câmbio, o doloroso bairro dos Champs-Élysées onde ela morava em Paris.

"Léonie, disse meu avô ao retornar, queria que estivesse conosco mais cedo. Você não reconheceria Tansonville. Se fosse ousado, teria te cortado um ramo daqueles espinheiros rosa de que gostava tanto." Meu avô contava assim nosso passeio à minha tia Léonie, seja para distraí-la, seja por não ter perdido toda a esperança de conseguir fazê-la sair. Pois ela antigamente gostava muito daquela propriedade, e além disso as visitas de Swann foram as últimas que recebera, quando já fechava a porta a todo mundo. E assim como quando ele vinha pedir notícias dela (era a única pessoa de nossa casa que ainda pedia para ver), ela lhe mandava responder que estava cansada, mas que o deixaria entrar na próxima vez, assim também ela disse naquela tarde: "Sim, num dia que fizer tempo bom, irei de carro até o portão do parque". Dizia isso sinceramente. Gostaria de rever Swann e Tansonville; mas o desejo que tinha era suficiente para o que lhe restava de forças; sua realização as teria excedido. Algumas vezes o tempo bom lhe devolvia um pouco de vigor, ela se levantava, se vestia; o cansaço começava antes que passasse para o outro quarto e ela pedia para voltar à sua cama. O que havia começado para ela — apenas mais cedo do que ocorre habitualmente — era essa grande renúncia da velhice que se prepara para a morte, se fecha na sua crisálida, e que se pode observar, no fim das vidas que se prolongam até tarde, mesmo entre os antigos amantes que mais se amaram, entre os amigos unidos pelos laços mais espirituais, e que a partir de determinado ano cessam de fazer a viagem ou a saída necessária para se verem, param de se escrever e sabem que não se comunicarão mais neste mundo. Minha tia devia saber perfeitamente que não reveria Swann, que não deixaria nunca mais a casa, mas essa reclusão definitiva tornou-se confortável para ela pela mesma razão que, para nós, lhe deveria ser mais dolorosa: é que tal reclusão lhe fora imposta pela diminuição das forças que ela podia constatar a cada dia, e que, fazendo de cada ação, de cada movimento, uma fadiga, se não um sofrimento, dava-lhe à inação, ao isolamento, ao silêncio, a doçura reparadora e abençoada do repouso.

Minha tia não foi ver a sebe de espinheiros rosa, mas a todo momento eu perguntava a meus pais se não iria, se antigamente ela ia com frequência a Tansonville, tentando fazê-los falar dos pais e avós da senhorita Swann, que me pareciam grandes como deuses. Esse nome, Swann, que se tornara para mim quase mitológico ao conversar com meus pais, eu agonizava de desejo de os escutar dizer, não ousava pronunciá-lo eu mesmo, mas arrastava-os para assuntos que avizinhavam Gilberte e sua família, que concerniam a ela, nos quais não me sentia exilado para muito longe dela; e de repente obrigava meu pai, ao fingir acreditar, por exemplo, que o cargo de meu avô já estava na nossa família antes dele, ou que a sebe de espinheiros rosa que minha tia Léonie queria ver se encontrava num terreno municipal, a retificar minha afirmação, a me dizer, como para me corrigir, como se por conta própria: "Mas, não, esse cargo era do pai de *Swann*, essa sebe fazia parte do parque de *Swann*". Então eu era obrigado a recobrar o fôlego, de tanto que, ao pousar no lugar onde estivera sempre gravado em mim, esse nome pesava a ponto de oprimir, pois que no momento em que o escutava, ele me parecia mais denso que qualquer outro, estava repleto de todas as vezes que antes eu o proferira mentalmente. Ele me provocava um prazer que me deixava embaraçado por ter ousado reivindicá-lo a meus pais, pois era um prazer tão grande que obtê-lo para mim deve ter demandado da parte deles um esforço considerável, e sem compensação, já que não era um prazer para eles. Assim, eu desviava a conversa por discrição. Por escrúpulo também. Todas as seduções que eu punha nesse nome, Swann, reencontrava-as nele assim que o pronunciavam. Então de súbito me parecia que meus pais não podiam deixar de senti-las, que se colocavam no meu ponto de vista, que, por sua vez, absolviam, esposavam meus sonhos, e ficava infeliz como se os tivesse vencido e corrompido.

Naquele ano, quando, um pouco mais cedo que de costume, tendo meus pais marcado o dia de voltar a Paris, como me fizessem cachos para ser fotografado, pusessem com cuidado um chapéu que nunca tinha usado e me vestissem com uma capa de veludo, depois de ter me procurado por toda parte minha mãe me encontrou em lágrimas na pequena ladeira, contígua a Tansonville, dizendo adeus aos espinheiros, abraçando seus ramos pontudos e, como uma princesa de tragédia a quem esses ornamentos fúteis importassem, ingrato com a mão inoportuna que se empenhara em me arrumar os cabelos e prendera todos aqueles nós na testa, esmagando os papelotes que arrancara e meu chapéu novo. Minha mãe não foi tocada por minhas lágrimas, mas não pôde conter um grito à vista do penteado desfeito e da capa perdida. Não a ouvi: "Ó meus pobres e pequenos espinheiros, disse eu chorando, não são vocês que me provocam tristeza, forçando-me a partir. Vocês, vocês nunca me fizeram sofrer! Eu também irei amá-los para sempre". E, enxugando minhas lágrimas, prometi-lhes que quando fosse grande não imitaria a vida insensata dos outros homens e, mesmo em Paris, na primavera, em vez de fazer visitas e ouvir tolices, partiria para o campo para ver os primeiros espinheiros.

Uma vez nos campos, não os deixávamos mais durante todo o resto do passeio que fazíamos para o lado de Méséglise. Eram perpetuamente percorridos, como por um vagabundo invisível, pelo vento que era para mim o gênio particular de Combray. Todo ano, no dia de nossa chegada, para sentir que estava mesmo em Combray, eu subia para encontrá-lo a correr nas valas e me obrigava a correr-lhe atrás. Sempre tínhamos o vento ao lado quando íamos no caminho de Méséglise, nessa planície abaulada onde por muitas léguas não se encontra nenhum acidente de terreno. Eu sabia que a senhorita Swann ia sempre a Laon passar alguns dias e, se bem que Laon ficasse a muitas léguas, a distância era compensada pela ausência de qualquer obstáculo, quando, no calor da tarde, via uma mesma aragem, vinda do extremo horizonte, curvar os trigais mais distantes, se propagar como uma onda por toda a imensa extensão e vir se deitar, murmurante e morna, entre os sanfenos e os trevos, a meus pés, essa planície comum a nós dois parecia nos aproximar, nos unir, eu pensava que a aragem havia passado perto dela, que era alguma mensagem que me sussurrava sem que eu pudesse compreendê-la, e que eu a beijava na passagem. À esquerda ficava uma vila que se chamava Champieu (*Campus Pagani*, segundo o cura). Na direita, percebiam-se para além dos trigais as duas torres cinzeladas e rústicas de Saint-André-des-Champs, cônicas, escamosas, imbricadas de alvéolos, buriladas, amareladas e granulosas como duas espigas.

A intervalos simétricos, em meio à inimitável ornamentação das suas folhas, que não podem ser confundidas com a folha de nenhuma outra árvore frutífera, as macieiras abriam suas largas pétalas de cetim branco ou suspendiam os tímidos buquês de seus botões avermelhados. Foi para o lado de Méséglise que notei pela primeira vez a sombra redonda que as macieiras fazem na terra ensolarada, e também as sedas de ouro impalpável que o poente tece obliquamente sob as folhas, e que eu via meu pai interromper com sua bengala sem nunca as fazer desviar.

Às vezes passava no céu da tarde uma lua branca como uma nuvem, furtiva, sem brilho, como uma atriz cuja hora de representar não chegou e que, da audiência, em roupas comuns, olha por um momento seus companheiros, apagando-se, não querendo que se preste atenção nela. Gostava de encontrar sua imagem em quadros e em livros, mas essas obras de arte eram bem diferentes — ao menos nos primeiros anos, antes que Bloch tivesse acostumado meus olhos e meu pensamento a harmonias mais sutis — daquelas em que a lua me aparecia bela hoje e onde eu não a teria reconhecido então. Era, por exemplo, algum romance de Saintine, uma paisagem de Gleyre onde ela recorta nitidamente no céu uma foice de prata, uma dessas obras ingenuamente incompletas como as minhas próprias impressões e que as irmãs de minha avó se indignavam por me verem apreciar. Elas achavam que devem ser mostradas às crianças, e que elas dão prova de bom gosto ao amar desde cedo, as obras que, na maturidade, são amadas definitivamente. Isso porque elas consideravam os méritos estéticos como objetos materiais que um olho aberto não pode deixar de ver, sem precisar amadurecer lentamente os seus equivalentes no próprio coração.

Era para o lado de Méséglise, em Montjouvain, a casa situada à beira de um grande pântano e encostada num talude com arbustos onde morava o senhor Vinteuil. Assim, cruzávamos frequentemente na estrada com sua filha, conduzindo uma charrete a toda a velocidade. A partir de certo ano não a reencontramos mais sozinha, mas com uma amiga mais velha que tinha má reputação na região e que um dia se instalou definitivamente em Montjouvain. A gente dizia: "O pobre senhor Vinteuil deve estar cego de ternura para não perceber o que se comenta, permitindo à sua filha, ele que se escandaliza com uma palavra *deslocada*, trazer para morar debaixo do mesmo teto uma mulher desse tipo. Ele diz que é uma mulher superior, com um coração grande, e que teria inclinações extraordinárias para a música se as tivesse cultivado. Com certeza não é de música que ela se ocupa com sua filha". O senhor Vinteuil dizia isso; e é de fato notável como uma pessoa suscita sempre admiração por suas qualidades morais na família de qualquer outra pessoa com a qual ela tem relações carnais. O amor carnal, tão injustamente denegrido, força de tal maneira toda criatura a manifestar mesmo nas menores partículas que ela tem boa índole e desprendimento, que estes resplandecem aos olhos do seu círculo imediato. O doutor Percepied, cuja voz grossa e grossas sobrancelhas permitiam interpretar o quanto quisesse o papel de pérfido, para o qual não tinha o físico, sem comprometer em nada sua reputação inabalável e imerecida de ranzinza bondoso, sabia fazer rir às lágrimas o cura e todo mundo ao dizer num tom rude: "Pois bem! Parece que ela faz música com sua amiga, a senhorita Vinteuil. Isso parece que os surpreende. Quanto a mim, não sei. Foi o papai Vinteuil que me disse isso ontem. Apesar de tudo, ela com certeza tem o direito de gostar de música, essa moça. Não posso contrariar as vocações artísticas das crianças. Vinteuil também não, ao que parece. E ele também faz música com a amiga da sua filha. Caramba, toca-se uma música daquelas ali! Mas por que vocês dão risada? Faz música demais, essa gente. Outro dia encontrei o papai Vinteuil perto do cemitério. Mal se aguentava nas pernas".

Para aqueles que como nós viram nessa época o senhor Vinteuil evitar as pessoas que conhecia, desviar-se quando as notava, envelhecer em alguns meses, absorver-se na tristeza, tornar-se incapaz de todo esforço que não tivesse diretamente como objetivo a felicidade da filha, passar dias inteiros diante do túmulo da sua mulher — teria sido difícil não compreender que estava em vias de morrer de tristeza, e supor que não se desse conta dos rumores que correm. Ele os conhecia, talvez até lhes desse crédito. Talvez não exista uma pessoa, por maior que seja a sua virtude, que a complexidade das circunstâncias não possa levar a viver um dia na familiaridade do vício que ela condena do modo mais cabal — sem que aliás de fato o reconheça sob os disfarces de fatos particulares que veste para entrar em contato com ela e a fazer sofrer: palavras bizarras, atitude inexplicável, uma certa noite, da criatura a quem aliás tem tantas razões para amar. Mas para um homem como o senhor Vinteuil devia haver muito mais sofrimento do que para outro na resignação a uma dessas situações que se acredita erradamente serem apanágio exclusivo do mundo da boemia: elas se produzem toda vez que um vício precisa buscar o lugar e a segurança que lhe são necessários e a própria natureza faz com que desabroche numa criança, às vezes apenas misturando as virtudes de seu pai e de sua mãe, como a cor de seus olhos. Mas o fato de que o senhor Vinteuil talvez conhecesse o comportamento da filha não implica que seu culto por ela tivesse diminuído. Os fatos não penetram no mundo onde vivem nossas crenças, não as fizeram nascer, não as destroem; eles podem infligir a elas os desmentidos mais constantes sem enfraquecê-las, e uma avalanche de dores e doenças se sucedendo sem interrupção numa família não a fará duvidar da bondade do seu Deus ou do talento do seu médico. Mas quando o senhor Vinteuil pensava na filha e em si mesmo, do ponto de vista da sua reputação, quando buscava se situar com ela no nível que ocupavam na estima geral, ele fazia esse juízo de ordem social exatamente como o teria feito o morador de Combray que lhe fosse mais hostil, via-se com a filha no último degrau da baixeza, e seus modos adquiriram ultimamente algo dessa humildade, esse respeito por aqueles que estavam acima dele e que ele via de baixo (mesmo que estivessem muito abaixo dele até pouco antes), essa tendência a tentar subir de novo até eles, que é uma consequência quase automática de todas as decadências. Um dia em que andávamos com Swann numa rua de Combray, o senhor Vinteuil, que vinha de outra, se viu tão bruscamente em face de nós que não teve tempo de evitar-nos, e Swann, com aquela orgulhosa caridade do homem do mundo que, no meio da dissolução de todos os seus preconceitos morais, não vê na desgraça de outrem senão uma razão para lhe demonstrar uma benevolência cujas manifestações tanto afagam o amor-próprio de quem as dispensa porque sente que são preciosas para quem as recebe, conversou longamente com o senhor Vinteuil, a quem até então não dirigia a palavra, e lhe perguntou antes de nos separarmos se não enviaria um dia sua filha para tocar em Tansonville. Era um convite que, dois anos antes, teria indignado o senhor Vinteuil mas que, agora, o enchia de tantos sentimentos de gratidão que se achava obrigado por eles a não cometer a indiscrição de aceitá-lo. A amabilidade de Swann para com sua filha lhe parecia ser em si um apoio tão honroso e tão agradável, que pensava que talvez fosse melhor não aproveitá-lo, para ter a graça toda platônica de conservá-lo.

"Que homem encantador", disse-nos ele, quando Swann nos deixara, com a mesma veneração entusiástica que leva burguesas espirituosas e lindas a se deslumbrarem quando sob o encanto de uma duquesa, ainda que feia e tola. "Que homem excelente! Que pena ter feito um casamento tão inapropriado."

E então, como as pessoas mais sinceras têm um tanto de hipocrisia e ao conversarem com alguém se despojam da opinião que têm dele e a exprimem assim que ele se afasta, meus pais deploraram com o senhor Vinteuil o casamento de Swann em nome dos princípios e conveniências os quais (e por isso mesmo os invocavam junto com ele, boa pessoa do mesmo nível) pareciam subentender que não eram transgredidos em Montjouvain. O senhor Vinteuil não enviou sua filha à casa de Swann. E este foi o primeiro a lamentá-lo. Porque toda vez que acabava de deixar o senhor Vinteuil, lembrava-se de que havia algum tempo tinha uma informação a pedir-lhe sobre alguém cujo nome era o mesmo que o dele, um de seus parentes, acreditava. E naquela vez prometera a si mesmo não se esquecer do que tinha a lhe dizer quando o senhor Swann mandasse a filha a Tansonville.

Como o passeio para o lado de Méséglise era o menos longo dos dois que fazíamos ao redor de Combray, e como por isso o reservávamos para o tempo incerto, o clima do lado de Méséglise era bastante chuvoso e jamais perdíamos de vista a orla dos bosques de Roussainville, em cuja densidade poderíamos nos abrigar.

Muitas vezes o sol se escondia atrás de uma nuvem que distorcia sua forma oval e cujas bordas ele amarelecia. O brilho, mas não a claridade, era roubado do campo onde toda vida parecia suspensa, enquanto o pequeno vilarejo de Roussainville esculpia no céu o relevo de suas arestas brancas com uma precisão e um acabamento aflitivos. Um pouco de vento fazia voar um corvo que tornava a descer na distância, e, contra um céu esbranquiçado, a distância dos bosques parecia mais azul, como se pintada nesses camafeus que decoram os aparadores de casas antigas.

Mas outras vezes caía a chuva da qual nos ameaçara o capuchinho que a loja de ótica tinha na vitrine; as gotas de água, como aves migratórias que levantam voo todas ao mesmo tempo, desciam em filas apertadas do céu. Não se separam nunca, não vão à aventura durante a rápida travessia, mas cada qual ao manter o seu lugar atrai aquela que a segue e o céu é mais escuro que no revoar das andorinhas. Nós nos refugiávamos nos bosques. Quando sua viagem parecia terminada, algumas delas, mais fracas, mais lentas, vinham chegando ainda. Mas nós saíamos do nosso abrigo, pois as gotas se deleitavam nas folhagens, e a terra estava quase seca quando mais de uma se demorava em brincar nas nervuras de uma folha e, suspensa na ponta, repousada, brilhando ao sol, de súbito se deixava escorregar de toda a altura do ramo e nos caía sobre o nariz.

Muitas vezes também íamos nos abrigar, amontoados com os santos e patriarcas, sob o pórtico de Saint-André-des-Champs. Como essa igreja era francesa! Sobre a porta, os santos, os reis-cavaleiros com uma flor-de-lis na mão, cenas de núpcias e funerais estavam representados como poderiam estar na alma de Françoise. O escultor havia também narrado certas anedotas relativas a Aristóteles e a Virgílio da mesma maneira que Françoise na cozinha falava descontraidamente de são Luís, como se o tivesse conhecido em pessoa, e geralmente para envergonhar com a comparação meus avós menos "justos". Sentia-se que as noções que o artista medieval e a camponesa medieval (sobrevivendo no século xix) tinham da história antiga ou cristã, e que se distinguiam tanto pela inexatidão como pela bonomia, eles as tiraram não de livros, mas de uma tradição simultaneamente antiga e direta, ininterrupta, oral, deformada, irreconhecível e viva. Outra personalidade de Combray que eu também reconhecia, virtual e profetizada, na escultura gótica de Saint-André-des-Champs, era o jovem Théodore, o garoto da loja de Camus. Françoise aliás percebia nele de tal modo uma região e um contemporâneo que, quando minha tia Léonie estava muito doente para que Françoise pudesse virá-la sozinha na cama, ou levá-la à sua poltrona, em vez de deixar a auxiliar de cozinha subir e "se exibir" para minha tia, chamava Théodore. Ora, esse rapaz que tinha a imagem justificada de ser um tipo mau, estava de tal modo imbuído do espírito que decorara Saint-André-des-Champs, e notadamente dos sentimentos de respeito que Françoise considerava devidos aos "pobres doentes", à "sua pobre patroa", que para erguer a cabeça de minha tia no travesseiro tinha a expressão ingênua e zelosa dos anjinhos dos baixos-relevos, apressando-se, com um círio na mão, em torno da Virgem desfalecente, como se os rostos de pedra esculpida, acinzentados e nus como os bosques no inverno, fossem apenas um sono, um recato, prestes a desabrochar de novo e a viver em inumeráveis rostos populares, reverentes e espertos como o de Théodore, iluminados pelo vermelho de uma maçã madura. Já não aplicada à pedra como esses anjinhos, mas destacada do pórtico, de uma estatura mais humana, de pé sobre um pedestal como sobre um tamborete que lhe evitava pousar os pés sobre o solo úmido, uma santa tinha as faces cheias, o seio firme inflava as vestes como um cacho maduro num saco de crina, a fronte estreita, o nariz curto e empinado, as pupilas fundas, o aspecto elevado, impassível e corajoso das camponesas da região. Essa semelhança, que insinuava na estátua uma doçura que eu não procurara nela, era muitas vezes comprovada por alguma moça do campo, vinda como nós se abrigar e cuja presença, parecida com a dessas folhas de lianas que cresceram ao lado de folhas esculpidas, parecia destinada a permitir, pela confrontação com a natureza, o julgamento da verdade da obra de arte. Diante de nós, ao longe, terra prometida ou maldita, Roussainville, em cujos muros nunca penetrei, Roussainville que, quando a chuva já tinha parado para nós, continuava a ser castigada como uma cidade da Bíblia por todas as lanças da tempestade que flagelavam obliquamente as casas dos seus moradores, ou então já fora perdoada por Deus Pai que fazia descer em sua direção, desigualmente longas, como os raios de um ostensório de altar, as hastes em franjas de ouro do seu sol reaparecido.

    Algumas vezes o tempo piorava de todo, e era preciso voltar e ficar fechado em casa. Aqui e ali ao longe no campo, casas isoladas que a obscuridade e a umidade faziam parecer o mar, agarradas ao flanco de uma colina mergulhada na noite e na água, brilhavam como pequenos barcos que recolheram suas velas e ficam imóveis por toda a noite. Mas que importava a chuva, que importava a tempestade! No verão, o mau tempo é só um humor passageiro, superficial, do bom tempo subjacente e fixo, bem diferente do bom tempo instável e fluido do inverno e que, ao contrário, instalado na terra onde se solidificou nas densas folhagens sobre as quais a chuva pode escorrer sem comprometer a resistência da sua permanente alegria, içou por toda a estação, nas ruas da vila, nos muros das casas e dos jardins, seus pavilhões de seda violeta ou branca. Sentado na saleta, onde esperava lendo a hora do jantar, ouvia a água pingar dos nossos castanheiros, mas sabia que o aguaceiro apenas polia suas folhas, e que elas prometiam prosseguir ali, como garantias do verão, toda a noite chuvosa, assegurando a continuidade do bom tempo; que por mais que chovesse, amanhã, acima da barreira branca de Tansonville, ondulariam, igualmente numerosas, pequenas folhas em forma de coração; e era sem tristeza que via o choupo da rua de Perchamps dirigir à tempestade súplicas e saudações desesperadas; era sem tristeza que escutava no fundo do jardim os últimos ruídos da tempestade ressoando nos lilases.

Se o tempo estava ruim desde a manhã, meus pais renunciavam ao passeio e eu não saía. Mas depois criei o hábito de nesses dias andar sozinho para o lado de Méséglise-la-Vineuse, no outono em que tivemos de vir a Combray por causa do testamento de minha tia Léonie, porque ela por fim morrera, fazendo triunfar tanto os que pretendiam que o seu regime debilitante acabaria por matá-la como os que sempre sustentaram que ela sofria de uma doença não imaginária mas orgânica, a cuja evidência os céticos seriam obrigados a se render quando sucumbisse a ela; e não provocando com sua morte uma grande dor exceto numa única criatura, mas a essa, uma dor selvagem. Durante os quinze dias que durou a última doença de minha tia, Françoise não a abandonou um instante, não se trocou, não permitiu que ninguém cuidasse dela, e só deixou seu corpo quando foi enterrado. Então compreendemos que essa espécie de medo em que Françoise vivera, das palavras más, das suspeitas, das cóleras de minha tia, desenvolveu nela um sentimento que tínhamos tomado por ódio e que era de veneração e amor. Sua verdadeira patroa, de decisões impossíveis de prever, de astúcias difíceis de imaginar, de bom coração e fácil de enternecer, sua soberana, seu misterioso e todo-poderoso monarca não existia mais. Perto dela, contávamos bem pouco. Ia longe o tempo em que, quando começamos a vir passar nossas férias em Combray, possuíamos tanto prestígio quanto minha tia aos olhos de Françoise. Naquele outono, totalmente ocupados com as formalidades a cumprir, com as entrevistas com notários e rendeiros, meus pais, não dispondo de tempo para o lazer de passear, que o clima além do mais contestava, se habituaram a me deixar ir passear sem eles para o lado de Méséglise, embrulhado numa capa escocesa que me protegia da chuva e que eu jogava com mais vontade sobre os ombros porque sentia que o seu estampado xadrez escandalizava Françoise, em cujo espírito não se poderia fazer entrar a ideia de que a cor das roupas não tem nada a ver com o luto e a quem, além disso, o pesar que sentíamos pela morte da minha tia agradava pouco, pois que não havíamos dado um banquete fúnebre, não adotávamos um tom de voz especial para falar dela, e eu às vezes até cantarolava. Tenho certeza de que num livro — e nisso eu era como Françoise — essa concepção do luto segundo a *Canção de Roland* e o pórtico de Saint-André-des-Champs teria sido simpática a mim. Mas assim que Françoise ficava perto de mim, um demônio me incitava a desejar que se encolerizasse, aproveitava o mínimo pretexto para lhe dizer que chorava minha tia porque era uma boa mulher, apesar do seu jeito ridículo, mas de modo algum porque fosse minha tia, que poderia ser minha tia e me parecer odiosa, e a sua morte não me daria nenhum pesar, comentários que teriam me parecido ineptos num livro.

Se então Françoise, tomada como um poeta por uma torrente de pensamentos confusos sobre o pesar, sobre as lembranças de família, se desculpava por não saber responder às minhas teorias e dizia: "Não sei me expressar", eu triunfava sobre essa confissão com um bom senso irônico e brutal digno do doutor Percepied; e se ela acrescentava: "De todo modo ela era parêntese, e há sempre o respeito que se deve aos parênteses", eu erguia os ombros e me dizia: "Sou um tolo por discutir com uma analfabeta que comete esses erros", adotando assim, para julgar Françoise, a atitude mesquinha de homens que, quanto mais desprezam alguém, são bem capazes de imitá-lo quando meditam sobriamente, ao protagonizarem uma cena vulgar da vida.

Meus passeios naquele outono foram ainda mais agradáveis porque os fazia depois de longas horas passadas com um livro. Quando estava cansado de ter lido a manhã inteira, jogava minha capa sobre os ombros e saía: meu corpo, obrigado durante muito tempo a ficar imóvel, mas que tinha se carregado de animação e de velocidade acumuladas, precisava em seguida, como um pião que se solta, despendê-las em todas as direções. As paredes das casas, a sebe de Tansonville, as árvores do bosque de Roussainville, as moitas em que se apoia Montjouvain recebiam golpes de guarda-chuva ou de cajado, ouviam gritos alegres que não eram, uns e outros, senão ideias confusas que me exaltavam e que não atingiram o repouso da luz, por terem preferido, a um lento e difícil esclarecimento, o prazer de uma derivação mais fácil para um escape imediato. Muitas das pretensas traduções de nossos sentimentos apenas nos aliviam deles, fazendo-os sair de nós numa forma indistinta que não nos ensina a conhecê-los. Quando tento fazer as contas do que devo ao caminho de Méséglise, das humildes descobertas das quais ele foi o quadro fortuito ou o inspirador necessário, lembro-me de que foi naquele outono, num dos passeios, perto do talude de moitas que protege Montjouvain, que me espantei pela primeira vez com esse desacordo entre nossas impressões e sua expressão habitual. Depois de uma hora de chuva e de vento contra os quais lutara alegremente, ao chegar à beira do pântano de Montjouvain, diante de uma pequena cabana coberta por telhas onde o jardineiro do senhor Vinteuil guardava suas ferramentas de jardinagem, o sol acabava de reaparecer, e seus dourados, lavados pelo aguaceiro, reluziam frescos no céu, sobre as árvores, sobre a parede da cabana, sobre sua cobertura de telha ainda molhada, no alto da qual passeava uma galinha. O vento que soprava esticava horizontalmente as ervas selvagens que tinham crescido nos vãos da parede e as penugens da galinha que, tanto umas como outras, se deixavam esticar até a extremidade do seu comprimento, com o abandono das coisas inertes e leves. O telhado conferia ao pântano, que o sol fizera com que se tornasse espelhado novamente, uma marmorização rósea em que nunca antes prestara atenção. E vendo sobre a água e a superfície da parede um pálido sorriso responder ao sorriso do céu, gritei meu entusiasmo e brandi meu guarda-chuva fechado: "Uau! uau! uau! uau!". Mas ao mesmo tempo senti que meu dever era o de não me limitar a essas palavras opacas e tentar ver mais claro no meu arrebatamento.

E foi naquele momento também — graças a um camponês que passava e parecia estar de péssimo humor, ainda mais porque por pouco não levou um golpe do meu guarda-chuva na cara, e respondeu friamente ao meu "bom tempo, não é, perfeito para caminhar" — que aprendi que as mesmas emoções não se produzem simultaneamente, numa ordem preestabelecida, em todos os homens. Mais tarde, toda vez que uma leitura um pouco longa me dava vontade de conversar, o companheiro com quem ansiava por falar acabava justamente de se entregar ao prazer da conversação e desejava que agora o deixassem ler em paz. Se acabava de pensar nos meus pais com ternura e de tomar as decisões mais sábias e apropriadas para lhes agradar, eles haviam gastado o mesmo tempo descobrindo um pecadilho que eu esquecera e pelo qual me censuravam severamente no instante em que corria para abraçá-los.

Às vezes, à exaltação que me provocava a solidão, acrescentava-se outra que eu não sabia separar dela com nitidez, causada pelo desejo de ver surgir na minha frente uma camponesa a quem pudesse cerrar em meus braços. Nascido bruscamente, e sem que tivesse tempo de relacioná-lo com exatidão à sua causa, em meio a pensamentos muito diferentes, o prazer que o acompanhava me parecia apenas um grau acima do que estes últimos me provocavam. Atribuía um mérito maior a tudo que naquele momento estava no meu espírito, ao reflexo rosa do telhado, às ervas selvagens, ao vilarejo de Roussainville aonde havia muito desejava ir, às árvores do seu bosque, ao campanário da sua igreja, devido a essa emoção nova que somente os fazia parecer mais desejáveis porque eu acreditava que eram eles que a provocavam, e que aparentava querer me levar a eles mais depressa quando inflava minha vela com uma brisa poderosa, desconhecida e propícia. Mas se esse desejo de que uma mulher aparecesse acrescia aos charmes da natureza algo de mais exaltante para mim, os charmes da natureza, em contrapartida, alargavam o que a mulher poderia ter de demasiado restrito. Parecia-me que a beleza das árvores era também a sua, e que a alma desses horizontes, do vilarejo de Roussainville, dos livros que lia naquele ano, me seria dada por seu beijo; e com minha imaginação recobrando forças ao contato com minha sensualidade, e minha sensualidade se estendendo a todos os domínios de minha imaginação, meu desejo não tinha mais limites. É que também — como ocorre nesses momentos de divagação no meio da natureza nos quais a ação do hábito é suspensa, nossas noções abstratas das coisas são postas de lado, acreditamos com fé profunda na originalidade, na vida individual do lugar onde nos encontramos — a passante que meu desejo chamava me parecia ser não um exemplar qualquer desse tipo geral: a mulher, mas um produto necessário e natural daquele solo. Porque, nesses momentos, tudo aquilo que não era eu, a terra e os seres, me parecia mais precioso, mais importante, dotado de uma existência mais real do que parece nos homens-feitos. E a terra e os seres, eu não os separava. Desejava uma camponesa de Méséglise ou de Roussainville, uma pescadora de Balbec, como desejava Méséglise ou Balbec. O prazer que elas poderiam me dar teria me parecido menos verdadeiro, não teria acreditado nele, se tivesse modificado à vontade as suas condições. Conhecer em Paris uma pescadora de Balbec ou uma camponesa de Méséglise seria como receber conchas que não vira na praia, uma samambaia que não tivesse achado nos bosques, teria sido subtrair ao prazer que a mulher me daria todos aqueles no meio dos quais minha imaginação a envolvera. Mas também vagar pelos bosques de Roussainville sem uma camponesa para abraçar era não conhecer o tesouro escondido desses bosques, a beleza profunda. Essa moça, que somente imaginava envolta por folhagens, era para mim como uma planta local, só que de uma espécie superior e cuja estrutura permitiria sentir de mais perto que outras o sabor profundo da região. Podia acreditar nisso mais facilmente (e que as carícias pelas quais me faria chegar a esse sabor seriam também de um tipo especial e cujo prazer eu não poderia sentir com nenhuma outra, exceto ela) porque ainda permaneceria por muito tempo na idade em que não abstraímos ainda esse prazer da posse de diferentes mulheres com as quais o experimentamos, e não o reduzimos a uma noção geral que a partir daí passa a considerá-las como os instrumentos intercambiáveis de um prazer sempre idêntico. Ele nem mesmo existe, isolado, separado e formulado no espírito, como o objetivo que perseguimos ao nos aproximarmos de uma mulher, como a causa da perturbação antecipada que sentimos. Mal pensamos nele como um prazer que teremos; antes o chamamos do encanto dela; pois não pensamos em nós, pensamos apenas em sair de nós. Obscuramente esperado, imanente e oculto, ele somente leva ao paroxismo no momento em que se realiza, pois os outros prazeres que nos causam os doces olhares, os beijos daquela que está junto de nós, se nos apresentam sobretudo como uma espécie de transporte da nossa gratidão pela bondade do coração de nossa companheira e por sua tocante predileção por nós, que medimos pelos benefícios e pela felicidade que ela nos proporciona.

Ai de mim! Era em vão que implorava ao calabouço de Roussainville, que lhe pedia que fizesse vir a mim alguma filha do vilarejo, como se ao único confidente que tivesse de meus primeiros desejos quando, no alto de nossa casa em Combray, no pequeno gabinete que cheirava a íris, não podia ver nada, só a torre no meio da moldura da janela entreaberta, enquanto com as hesitações heroicas do viajante que empreende uma exploração ou do desesperado que se suicida, como que desfalecendo eu abria em mim mesmo uma vereda desconhecida e que considerava fatal, até o momento em que um rastro natural como o de uma lesma se vinha juntar às folhagens da groselheira selvagem que se inclinavam até mim. Em vão eu lhe suplicava agora. Em vão, abrangendo a totalidade de meu campo de visão, eu a drenava com meus olhares que quereriam trazer dali uma mulher. Eu podia ir até o pórtico de Saint-André-des-Champs; nunca encontrava ali a camponesa que não deixaria de encontrar se estivesse com meu avô, impossibilitado de ter uma conversa com ela. Eu fixava indefinidamente o tronco de uma árvore distante, de trás da qual ela surgiria e viria a mim; o horizonte perscrutado restava deserto, a noite caía, era sem esperança que minha atenção se prendia, como para aspirar as criaturas que pudessem esconder, a esse solo estéril, a essa terra esgotada; e não era mais de alegria, era de raiva que eu batia nas árvores do bosque de Roussainville, dentre as quais não saíam mais seres vivos, mas como que árvores pintadas na tela de um panorama, quando, não podendo me resignar a voltar para casa antes de ter apertado nos meus braços a mulher que tanto desejara, era no entanto obrigado a retomar o caminho de Combray confessando a mim mesmo que era cada vez menos provável que o acaso a pusesse no meu caminho. E se ela ali se encontrasse aliás, teria ousado falar-lhe? Parecia-me que ela teria me considerado um louco; deixava de crer que fossem compartilhados por outros seres, de crer que fossem reais fora de mim, os desejos que eu formava durante esses passeios, e que não se realizavam. Eles não me pareciam mais que criações puramente subjetivas, impotentes, ilusórias, do meu temperamento. Eles não tinham mais ligação com a natureza, com a realidade que a partir daí perdia todo encanto e todo significado, e já não era mais que um cenário convencional para a minha vida, como o é para a ficção de um romance o vagão em cujo banco o viajante o lê para matar o tempo.

Foi talvez de uma impressão sentida também perto de Montjouvain, alguns anos mais tarde, impressão que então permaneceu obscura, que emergiu, bem depois, a ideia que formei do sadismo. Como será visto mais tarde, por razões bem diferentes a lembrança dessa impressão devia desempenhar um papel importante na minha vida. Fazia muito calor; meus pais, que tinham precisado se ausentar por todo o dia, me haviam dito para voltar quando quisesse; e tendo ido até o pântano de Montjouvain, onde gostava de rever os reflexos do teto de telha, me deitei à sombra e adormeci nas moitas do talude que domina a casa, lá onde esperara meu pai outrora, um dia em que ele fora ver o senhor Vinteuil. Era quase noite quando acordei, quis me levantar, mas vi a senhorita Vinteuil (o quanto a pude reconhecer, já que não a vira com frequência em Combray, e somente quando ela ainda era uma criança, ao passo que começava a ser uma moça) que provavelmente acabava de retornar, na minha frente, a poucos centímetros de mim, naquele cômodo em que seu pai recebera o meu e do qual ela fizera uma saleta. A janela estava entreaberta, a lâmpada estava acesa, via todos os seus movimentos sem que ela me visse, mas se fosse embora faria estalar os arbustos, ela me ouviria e poderia pensar que me escondera ali para espiá-la.

Ela estava de luto fechado porque seu pai morrera havia pouco. Não tínhamos ido vê-la, minha mãe não quis devido à única de suas virtudes que limitava os efeitos da bondade: o pudor; mas o lastimava profundamente. Minha mãe se lembrava do triste fim de vida do senhor Vinteuil, completamente absorvido primeiro pelos cuidados de mãe e de babá que dedicava à filha, e depois pelos sofrimentos que esta lhe causara; revia o rosto atormentado do velho nos últimos tempos; sabia que ele renunciara para sempre a acabar de passar a limpo toda a sua obra dos últimos anos, pobres peças de um velho professor de piano, de um velho organista de aldeia, as quais imaginávamos não ter nenhum valor em si mesmas mas que não desprezávamos porque tinham valor para ele, haviam sido sua razão de viver antes que as sacrificasse em benefício da filha, e cuja maior parte ele nem mesmo anotara, conservando-as somente na memória, e alguns escritos em folhas esparsas, ilegíveis, continuavam desconhecidos; minha mãe pensava nessa outra renúncia ainda mais cruel a que o senhor Vinteuil fora obrigado, a renúncia a um futuro de felicidade honesta e respeitada para sua filha; quando ela evocava todo esse desespero extremo do antigo professor de piano de minhas tias, sentia um verdadeiro desgosto e imaginava horrorizada outro, muito mais amargo, que a senhorita Vinteuil deveria sentir, misturado com o remorso de praticamente ter matado seu pai. "Pobre senhor Vinteuil, dizia minha mãe, viveu e morreu para sua filha, sem ter recebido seu pagamento. Irá recebê-lo depois da morte, e de que forma? Só poderia vir dela."

No fundo da sala da senhorita Vinteuil, sobre a lareira, ficava um pequeno retrato do seu pai que ela foi buscar às pressas no instante em que ressoou o ruído de uma carruagem que vinha da estrada, depois se jogou num sofá e puxou para perto uma mesinha sobre a qual colocou o retrato, como o senhor Vinteuil outrora pusera a seu lado a peça que desejava tocar para meus pais. Logo sua amiga entrou. A senhorita Vinteuil a recebeu sem se levantar, com as duas mãos atrás da cabeça, e recuou para o lado oposto do sofá como que para lhe abrir um lugar. Mas sentiu de imediato que assim parecia impor uma atitude que talvez lhe fosse inoportuna. Pensou que sua amiga preferia talvez ficar numa cadeira longe dela, achou-se indiscreta, seu coração delicado se alarmou; retomando todo o sofá, fechou os olhos e se pôs a bocejar para indicar que a vontade de dormir era a única razão pela qual se estendera assim. Apesar da familiaridade rude e dominadora que tinha com a amiga, reconheci os gestos obsequiosos e reticentes, os bruscos escrúpulos do seu pai. Logo ela se levantou, fingiu querer fechar a janela e não conseguir.

"Deixe então tudo aberto, estou com calor, disse sua amiga.

— Mas é incômodo, seremos vistas", respondeu a senhorita Vinteuil.

Mas sem dúvida adivinhou que sua amiga pensaria que dissera essas palavras só para provocá-la a responder com certas outras, as que de fato desejaria ouvir mas por discrição queria lhe deixar a iniciativa de dizer. E então seu olhar, que eu não podia distinguir, deve ter adquirido a expressão que tanto agradava à minha avó quando acrescentou com vivacidade:

"Quando digo 'seremos vistas', quero dizer 'seremos vistas enquanto lemos'; é incômodo, por mais insignificante que seja o que se faça, pensar que outros possam estar olhando."

Por uma generosidade instintiva e uma cortesia involuntária ela calava as palavras que julgara indispensáveis à plena realização de seu desejo. E em todos os momentos, no fundo de si mesma, uma virgem tímida e suplicante implorava e fazia recuar um mercenário rude e vitorioso.

"Sim, é provável que nos olhem a esta hora, nesse campo tão frequentado, disse ironicamente sua amiga. E o que importa?", acrescentou ela (achando que devia acompanhar com uma piscada maliciosa e terna essas palavras que recitou por bondade, como um texto que sabia ser agradável à senhorita Vinteuil, num tom que se esforçava para tornar cínico). "Se nos virem, tanto melhor."

A senhorita Vinteuil estremeceu e se levantou. Seu coração escrupuloso e sensível ignorava quais palavras deveriam vir e se adaptar espontaneamente à cena que os seus sentidos reclamavam. Procurava encontrar o mais longe possível da sua verdadeira natureza moral a linguagem característica à jovem viciosa que desejava ser, mas as palavras que pensava que esta teria pronunciado com sinceridade lhe pareciam falsas na sua própria boca. E o pouco que ela se permitia era dito num tom afetado com que sua timidez habitual paralisava suas veleidades de audácia, e era entremeado com: "Não está com frio, não tem muito calor, não prefere ficar sozinha e ler?".

"A senhorita me parece estar com pensamentos bastante libidinosos esta noite", acabou por dizer, repetindo sem dúvida uma frase que ouvira antes da boca de sua amiga.

Na abertura de seu corpete de crepe, a senhorita Vinteuil sentia que sua amiga a beijava, deu um gritinho, escapou, e perseguiram uma à outra aos saltos, fazendo esvoaçar suas largas mangas como asas e gorjeando e chilreando como pássaros amorosos. Por fim a senhorita Vinteuil acabou por cair no sofá, coberta pelo corpo da amiga. Mas este estava de costas para a mesinha sobre a qual se achava o retrato do antigo professor de piano. A senhorita Vinteuil compreendeu que sua amiga não o veria se não atraísse sua atenção para ele, e disse, como se só então o tivesse notado:

"Oh! Esse retrato de meu pai que nos olha, não sei quem o pôs aí, e entretanto já disse vinte vezes que não é o seu lugar."

Lembrei-me de que foram as palavras que o senhor Vinteuil dissera a meu pai a propósito da peça musical. Esse retrato sem dúvida lhes servia habitualmente para profanações rituais, pois sua amiga lhe respondeu com estas palavras, que deviam fazer parte das suas respostas litúrgicas:

"Deixe-o aí, ele não está mais aqui para nos irritar. Imagine como ele não começaria a choramingar e tentaria te pôr o casaco se te visse aí, com a janela aberta, o macaco velho."

A senhorita Vinteuil respondeu com palavras de suave censura: "Ora, ora", que comprovavam a bondade da sua índole, não porque elas fossem ditadas pela indignação que esse modo de falar de seu pai poderia lhe causar (evidentemente, era um sentimento que estava habituada a calar nesses momentos, com a ajuda sabe-se lá de quais sofismas), mas porque eram como um freio que ela própria punha, para não parecer egoísta, no prazer que sua amiga procurava lhe proporcionar. E depois porque essa moderação sorridente ao responder a tais blasfêmias, essa censura hipócrita e terna, parecia talvez à sua índole franca e boa uma forma particularmente infame, uma forma adocicada da perfídia que tentava assimilar. Mas ela não pôde resistir à atração do prazer que experimentaria ao ser tratada com suavidade por uma pessoa tão implacável com um morto indefeso; pulou nos joelhos de sua amiga e lhe estendeu castamente a fronte para ser beijada como poderia ter feito se fosse sua filha, sentindo deliciada que as duas assim atingiriam o ápice da crueldade roubando do senhor Vinteuil, até dentro do túmulo, a sua paternidade. A amiga lhe pegou a cabeça entre suas mãos e lhe depositou um beijo na fronte com aquela docilidade que lhe era facilitada pela grande afeição que tinha pela senhorita Vinteuil e pelo desejo de oferecer alguma distração à vida agora tão triste da órfã.

"Sabe o que gostaria de fazer com esse velho horroroso?", disse ela, pegando o retrato.

E murmurou no ouvido da senhorita Vinteuil alguma coisa que não pude escutar.

"Oh, você não ousaria.

— Não ousaria cuspir *nisso*?", disse a amiga com uma brutalidade deliberada.

Não escutei mais nada, porque a senhorita Vinteuil, com um ar cansado, sem jeito, assoberbado, honesto e triste, veio fechar as janelas, mas soube então, por todos os sofrimentos que o senhor Vinteuil suportou na vida por causa da filha, qual o pagamento que depois de morto ele recebia.

E entretanto vim a pensar que se o senhor Vinteuil tivesse podido assistir a essa cena, talvez ainda não perdesse a fé no coração bom de sua filha, e talvez até não estivesse de todo errado. É certo que nos hábitos da senhorita Vinteuil a aparência do mal era tão completa que seria difícil vê-la realizada com tal grau de perfeição exceto numa sádica; é à luz da ribalta dos teatros de bulevar, bem mais que sob o candeeiro de uma verdadeira casa de campo, que se pode ver uma jovem fazer uma amiga cuspir no retrato de um pai que viveu só para ela; e somente o sadismo dá um fundamento na vida à estética do melodrama. Na realidade, exceto nos casos de sadismo, uma jovem cometeria talvez faltas tão cruéis quanto as da senhorita Vinteuil para com a memória e os desejos de seu pai morto, mas não as resumiria expressamente num ato de um simbolismo tão rudimentar e tão ingênuo; o que o seu comportamento teria de criminoso seria mais velado aos olhos dos outros, e mesmo aos seus, a ela que faria o mal sem confessá-lo. Mas, para além da aparência, no coração da senhorita Vinteuil, o mal, ao menos no começo, com certeza não se deu sem mescla. Uma sádica como ela é uma artista do mal, o que uma criatura totalmente má não poderia ser, pois o mal não lhe seria exterior, lhe pareceria muito natural, nem sequer se distinguiria dela; e a virtude, a memória dos mortos, a ternura filial, como que não teriam o seu culto, ela não sentiria um prazer sacrílego em profaná-las. Os sádicos do tipo da senhorita Vinteuil são seres tão puramente sentimentais, tão naturalmente virtuosos, que mesmo o prazer sensual lhes parece algo de mau, o privilégio dos malvados. E quando eles se permitem, a si mesmos, entregar-se a ele, é na pele dos maus que tentam entrar e fazer seu cúmplice entrar, de modo a ter por um instante a ilusão de haverem escapado da sua alma escrupulosa e terna para o mundo inumano do prazer. E eu compreendia o quanto ela o desejou ao ver como lhe era impossível consegui-lo. No momento em que ela se queria tão diferente de seu pai, o que ela me recordava eram as maneiras de pensar, de dizer, do velho professor de piano. Bem mais que a sua fotografia, o que ela profanava, o que fazia servir a seus prazeres mas que permanecia entre eles e ela e a impedia de desfrutá-los diretamente, era a semelhança de seu rosto, os olhos azuis da mãe dele que ele lhe havia transmitido como uma joia de família, os gestos de amabilidade que interpunham entre o vício da senhorita Vinteuil e ela mesma um fraseado, uma mentalidade para a qual não fora feita e que a impedia de reconhecer como algo de muito diferente dos numerosos deveres de cortesia aos quais ela se consagrava habitualmente. Não era o mal que lhe dava a ideia de prazer, que lhe parecia agradável; era o prazer que lhe parecia maligno. E como toda vez que a ele se entregava este vinha acompanhado para ela por esses maus pensamentos que o resto do tempo estavam ausentes da sua alma virtuosa, ela acabava por achar no prazer algo de diabólico, por identificá-lo ao Mal. Talvez a senhorita Vinteuil sentisse que sua amiga não era fundamentalmente má, e que não era sincera quando lhe fazia propostas blasfemas. Pelo menos sentia o prazer de beijar no seu rosto os sorrisos, os olhares, fingidos talvez, mas análogos na sua expressão viciosa e baixa aos que teria tido não uma pessoa bondosa e sofrida, mas uma pessoa de crueldade e de prazer. Ela podia imaginar por um instante que jogava de fato, com uma cúmplice desnaturada, os jogos de uma filha que realmente tivesse sentimentos bárbaros em relação à memória de seu pai. Talvez ela não tivesse pensado que o mal fosse um estado tão raro, tão extraordinário, tão exótico, para onde era tão repousante emigrar, se tivesse sabido discernir nela, como em todo mundo, essa indiferença aos sofrimentos que causamos e que, quaisquer que sejam os nomes que lhe dermos, é a forma terrível e permanente da crueldade.

Se era bastante simples ir para o lado de Méséglise, outra coisa era ir para o lado de Guermantes, já que o passeio era longo e queríamos ter certeza do tempo que faria. Quando parecia que se entrava numa série de dias bonitos; quando Françoise se desesperava de que não caísse uma só gota d'água para as "pobres colheitas", e vendo apenas umas raras nuvens brancas nadando na superfície calma e azul do céu, exclamava gemendo: "Não parece que vemos nada mais nada menos do que cações que brincam lá em cima, mostrando suas fuças? Ah, eles nem pensam em mandar chuva para os pobres lavradores! E quando o trigo estiver bem crescido, então a chuva irá cair, num chuá-chuá sem parar, sem saber onde cai, como se estivesse no mar"; quando meu pai recebia as mesmas respostas sem variações e favoráveis do jardineiro e do barômetro, então dizíamos no jantar: "Amanhã, se fizer o mesmo tempo, iremos para o lado de

Guermantes". Partíamos logo depois do almoço pelo portãozinho do jardim e dávamos na rua de Perchamps, estreita e formando um ângulo agudo, cheia de gramíneas, no meio das quais duas ou três vespas passavam o dia a herborizar, uma rua tão bizarra quanto seu nome, do qual pareciam derivar suas particularidades curiosas e sua personalidade rugosa, e que se procuraria em vão na Combray de hoje, sobre cujo traçado antigo se ergue a escola. Mas minha fantasia (semelhante à desses arquitetos alunos de Viollet-le-Duc, que, acreditando encontrar sob um púlpito da Renascença e um altar do século XVII os traços de um coro românico, restituem todo o edifício ao estado em que devia se encontrar no século XII) não deixa uma única pedra da nova construção, reabre e "restitui" a rua de Perchamps. E aliás, para essas reconstituições, ela tem dados mais precisos do que dispõem geralmente os restauradores: algumas imagens conservadas pela minha memória, as últimas talvez que existem ainda hoje, e destinadas a ser em breve destruídas, do que era Combray no tempo de minha infância; e como foi ela própria que as traçou em mim antes de desaparecer, emocionantes — se se pode comparar um obscuro retrato às efígies gloriosas das quais minha avó gostava de me dar reproduções — como essas gravuras antigas da Santa Ceia ou essa pintura de Gentile Bellini, nas quais se veem num estado que não existe mais hoje a obra-prima de Da Vinci e o pórtico de São Marcos.

Passava-se na rua de l'Oiseau diante da velha hospedaria do Oiseau Flesché, em cujo grande pátio entravam às vezes no século XVII as carruagens das duquesas de Montpensier, de Guermantes e de Montmorency, quando precisavam vir a Combray para alguma disputa com seus rendeiros ou para receber sua homenagem. Chegava-se à alameda entre as árvores da qual aparecia o campanário de Saint-Hilaire. E eu queria poder sentar-me e ali ficar o dia todo lendo enquanto ouvia os sinos; porque fazia um tempo tão bonito e tranquilo que, quando tocava a hora, se poderia dizer que ela não rompia a calma do dia mas o esvaziava do que continha, e que o sino, com a exatidão indolente e cuidadosa de quem não tem mais nada a fazer, vinha apenas — para espremer e deixar cair algumas gotas de ouro que o calor havia lenta e naturalmente coletado — expressar, no momento desejado, a plenitude do silêncio.

O maior encanto do lado de Guermantes era que se tinha ao lado, quase o tempo inteiro, o curso do Vivonne. Ele era atravessado uma primeira vez, dez minutos depois de sair de casa, sobre uma passarela chamada Pont-Vieux. Logo no dia seguinte ao da nossa chegada, na Páscoa, se fazia tempo bom depois do sermão eu corria até lá para ver, naquela desordem de uma manhã de grande festa em que alguns preparativos suntuosos fazem parecer mais sórdidos os utensílios ainda por ali, o rio que passeava já de azul-celeste entre as terras ainda negras e nuas, acompanhado somente de um bando de cucos chegados cedo demais e de primaveras precoces, enquanto aqui e ali uma violeta deixava pender sua haste sob o peso da gota de perfume que tinha dentro de seu cálice. A Pont-Vieux dava numa vereda de sirga que naquele lugar se atapetava no verão de uma folhagem azul de uma aveleira, sob a qual um pescador de chapéu de palha criara raízes. Na Combray em que eu sabia qual ferreiro ou rapaz de mercearia em particular se dissimulava sob o uniforme de sacristão ou a sobrepeliz do menino do coral, aquele pescador era a única pessoa cuja identidade jamais descobri. Ele devia conhecer meus pais, pois levantava o chapéu quando passávamos; eu queria então saber seu nome, mas me faziam sinal para que me calasse a fim de não espantar o peixe. Metíamo-nos na vereda de sirga que dominava a corrente de um talude de vários pés de altura; do outro lado a margem era baixa, estendendo-se em vastos prados até o vilarejo e a estação, que ficava distante. Eles estavam semeados de restos, meio enterrados na relva, do castelo dos antigos condes de Combray, que na Idade Média tinha o curso do Vivonne como defesa daquele lado contra os ataques dos senhores de Guermantes e dos abades de Martinville. Não eram mais que alguns fragmentos de torres em corcovas pela pradaria, mal aparecendo, algumas ameias de onde outrora o besteiro lançava pedras ou o vigia supervisionava Novepont, Clairefontaine, Martinville-le-Sec, Bailleau-l'Exempt, todas elas terras vassalas de Guermantes entre as quais Combray estava encravada, e hoje ao nível da relva, dominadas pelas crianças da escola dos frades que ali estudavam suas lições ou brincavam no recreio — um passado quase de volta à terra, deitado à beira da água como um andarilho que faz uma pausa, mas me dando muito a imaginar, me fazendo acrescentar ao nome Combray, ao vilarejo de hoje, uma cidade muito diferente, retendo meus pensamentos com seu rosto incompreensível e antigo que mal ocultava em seus botões-de-ouro. Eram muito numerosos naquele lugar que haviam escolhido para os seus jogos na relva, isolados, em duplas, em grupos, amarelos como gema de ovo, brilhando ainda mais, me parecia, não podendo derivar para nenhuma veleidade de degustação o prazer que a sua visão me causava, eu o acumulava na sua superfície dourada, até que se tornasse poderoso o suficiente para produzir uma beleza inútil; e isso desde a minha primeira infância, quando da vereda de sirga eu estendia os braços para eles sem poder soletrar completamente seu lindo nome de algum dos príncipes dos contos de fadas franceses, vindos talvez há muitos séculos da Ásia mas radicados para sempre no vilarejo, contentes com seu modesto horizonte, amando o sol e a beira da água, fiéis ao pequeno panorama da estação, mas conservando ainda, como algumas das nossas velhas telas pintadas, na sua simplicidade popular, um poético brilho do Oriente.

Eu me divertia em olhar as garrafas que os meninos punham no Vivonne para apanhar peixinhos, e que, preenchidas pelo rio, onde são por sua vez enclausuradas, tornando-se ao mesmo tempo "continente" com lados transparentes como água endurecida, e "conteúdo" mergulhado num continente maior de cristal líquido e corrente, evocavam a imagem do frescor de uma maneira mais deliciosa e mais irritante do que teriam feito numa mesa posta, mostrando-a apenas em fuga nessa aliteração perpétua entre a água sem consistência, que as mãos não podiam captar, e o vidro sem fluidez que o palato não poderia fruir. Prometia a mim mesmo vir mais tarde com linhas de pesca; conseguia que tirassem um pouco de pão dos suprimentos do lanche; atirava no Vivonne bolinhas que pareciam suficientes para provocar um fenômeno de supersaturação, pois a água logo se solidificava ao redor delas em cachos ovoides de girinos esfomeados que ela mantivera até então dissolvidos, invisíveis, já quase prestes à cristalização.

Logo o curso do Vivonne é obstruído por plantas aquáticas. Primeiro elas aparecem isoladas como aquele nenúfar ao qual a corrente que atravessava de maneira infeliz dava tão pouco descanso que, como uma balsa acionada mecanicamente, ele abordava uma margem apenas para retornar à outra de onde viera, refazendo eternamente a dupla travessia. Empurrado para a margem, seu pedúnculo se desenrolava, se alongava, corria, atingindo o extremo limite de sua tensão até a margem onde a corrente o retomava, o cordame verde se enrolava em si mesmo e tornava a trazer a pobre planta àquilo que se pode chamar de o seu ponto de partida, tanto mais que ela não ficava ali nem um segundo antes de partir de novo numa repetição da mesma manobra. Reencontrava-a de passeio em passeio, sempre na mesma situação, fazendo pensar em certos neurastênicos, em cujo número meu avô contava minha tia Léonie, os quais nos oferecem no decorrer dos anos o imutável espetáculo de hábitos bizarros que todas as vezes se creem prestes a abandonar mas que mantêm sempre; presos na engrenagem de seus males e de suas manias, os esforços em que se debatem inutilmente para se livrar, apenas garantem o funcionamento e acionam o gatilho de sua dieta estranha, inelutável e funesta. Assim era aquele nenúfar, semelhante também a algum desses infelizes cujo tormento singular, que se repete indefinidamente pela eternidade, excitava a curiosidade de Dante, e cujas particularidades e causa gostaria de ouvir do próprio supliciado se Virgílio, distanciando-se a passos largos, não o tivesse forçado a alcançá-lo o mais rápido possível, como eu a meus pais.

Mas mais adiante a corrente se abranda, atravessa uma propriedade que estava aberta ao público por aquele a quem pertencia, e que se comprazia em trabalhos de horticultura, fazendo florescer, nos pequenos poços que o Vivonne forma, verdadeiros jardins de ninfeias. Como as margens eram naquele lugar bem densas, as enormes sombras das árvores davam à água um fundo que era habitualmente de um verde sombrio mas que às vezes, quando retornávamos em certos crepúsculos novamente calmos depois de tardes tempestuosas, vi de um claro e cru azul tendendo para o violeta, de aparência fechada e estilo japonês. Aqui e ali, na superfície, avermelhava como um morango uma flor de ninfeia de coração escarlate, branca nos bordos. Mais longe, as flores mais numerosas eram pálidas, menos lisas, mais granuladas, mais preguedas, e dispostas pelo acaso em tranças tão graciosas que se julgava vê-las flutuar à deriva como, depois do fenecer melancólico de uma festa galante, as rosas de espuma em guirlandas desprendidas. Mais além, um canto parecia reservado às espécies comuns que exibiam o branco e o rosa próprios do goivo, lavados com capricho doméstico como porcelana, enquanto um pouco mais longe, apertados uns contra os outros numa verdadeira platibanda flutuante, sugeriam amores-perfeitos que tivessem vindo pousar como borboletas as suas asas azuladas e frias sobre a obliquidade transparente desse canteiro de água; era aquele canteiro também celeste; pois que dava às flores um solo de uma cor mais preciosa, mais emocionante que a cor das próprias flores; e, quer durante a tarde fizesse cintilar sob os nenúfares o caleidoscópio de uma felicidade atenta, silenciosa e móvel, quer se enchesse à noite, como um porto longínquo, com o rosa e a fantasia do poente, mudando sem cessar para permanecer sempre em acordo, à volta de corolas de tons mais fixos, com o que há de mais profundo, de mais fugitivo, de mais misterioso — com o que há de infinito — na hora, parecia tê-las feito florir em pleno céu.

Ao sair desse parque, o Vivonne volta a correr. Quantas vezes vi, desejei imitar quando fosse livre para viver a meu bel-prazer, um remador que, tendo largado o remo, se estendera e deitara de costas, com a cabeça ao fundo da barca, e a deixou flutuar à deriva, não podendo ver senão o céu que deslizava lentamente acima dele, trazia no rosto o antegozo da felicidade e da paz.

Sentávamos entre as íris e a beira da água. No céu de feriado flanava longamente uma nuvem preguiçosa. Por momentos, oprimida pelo tédio, uma carpa erguia-se fora da água numa aspiração ansiosa. Era hora do lanche. Antes de partir, permanecíamos muito tempo a comer frutas, pão e chocolate, na relva aonde vinham até nós, horizontais, enfraquecidos, mas densos e metálicos ainda, os sons do sino de Saint-Hilaire que não tinham se misturado ao ar que havia tanto tempo atravessavam e, pregueados pela palpitação sucessiva de todas as suas linhas sonoras, vibravam ao roçar as flores a nossos pés.

Às vezes, à beira da água rodeada pelas árvores, encontrávamos uma casa dita de prazer, isolada, perdida, que não via nada do mundo exceto o riacho que banhava seus pés. Uma jovem cujo rosto pensativo e véus elegantes não eram da região, e que sem dúvida viera, segundo a expressão popular, "se enterrar" ali, para saborear o prazer amargo de sentir que seu nome, e sobretudo o nome daquele cujo coração não pudera reter, era desconhecido ali, enquadrava-se na janela que não a deixava olhar além do barco atracado perto da porta. Ela erguia distraidamente os olhos ao ouvir atrás das árvores da margem a voz de passantes que, mesmo antes de lhes ter visto o rosto, podia estar certa de que jamais conheceram nem conhecerão o infiel, que nada no passado deles guardaria sua marca, que ninguém no futuro teria oportunidade de recebê-la. Sentia-se que, na sua renúncia, ela voluntariamente deixara os lugares onde poderia ao menos avistar aquele a quem amava, em favor daqueles que jamais o viram. E eu a olhava, regressando de algum passeio por um caminho onde ela sabia que ele não passaria, tirando de suas mãos resignadas longas luvas de uma graça inútil.

Jamais no passeio do lado de Guermantes pudemos remontar até as nascentes do Vivonne, nas quais muitas vezes pensei, e que tinham para mim uma existência tão abstrata, tão ideal, que me surpreendi quando me disseram que elas ficavam no departamento, a uma certa distância em quilômetros de Combray, como no dia em que aprendi que havia outro ponto preciso na terra onde se abria, na Antiguidade, a entrada do Inferno. Jamais, também, pudemos ir até o fim que tanto quis atingir, até Guermantes. Sabia que lá residiam os castelões, o duque e a duquesa de Guermantes, sabia que eram personagens reais e de fato existentes, mas, cada vez que pensava neles, representava-os, ora em tapeçaria como a condessa de Guermantes na *Coroação de Ester* da nossa igreja, ora em nuances cambiantes como Gilbert, o Mau, no vitral onde ele passava do verde-couve ao azul-ameixa, dependendo se eu estava ainda a pegar água benta ou se chegava a nosso banco, ora totalmente impalpáveis como a imagem de Geneviève de Brabant, antepassada da família Guermantes, que a lanterna mágica fazia passear sobre as cortinas do meu quarto ou elevava ao teto — mas sempre envolta no mistério dos tempos merovíngios e banhada, como num pôr do sol, pela luz alaranjada que emana dessa sílaba: "antes". Mas, a despeito disso, eles eram para mim, enquanto duque e duquesa, seres reais, ainda que estranhos, em contrapartida a sua pessoa ducal se distendia desmesuradamente, se imaterializava, para poder abrigar dentro de si esse Guermantes do qual eram duque e duquesa, todo esse "lado de Guermantes" ensolarado, o curso do Vivonne, suas ninfeias e suas grandes árvores, e tantas tardes lindas. E eu sabia que eles não tinham somente o título de duque e duquesa de Guermantes, mas que desde o século xiv, depois de terem tentado inutilmente vencer seus antigos senhores, haviam se aliado a eles por meio de casamentos, eram condes de Combray, por conseguinte os primeiros cidadãos de Combray e contudo os únicos que não moravam ali. Condes de Combray, tendo Combray no meio de seu nome, de sua pessoa, e sem dúvida tendo neles efetivamente essa estranha e piedosa tristeza especial de Combray; proprietários na cidade, mas não de uma casa em particular, morando por certo fora dela, na rua, entre céu e terra, como aquele Gilbert de Guermantes, de quem só via o avesso de laca negra, nos vitrais da abside de Saint-Hilaire, se levantasse a cabeça quando ia buscar sal na loja de Camus.

Depois, no caminho de Guermantes, às vezes acontecia de eu passar diante de pequenos cercados úmidos onde se erguiam cachos de flores escuras. Parava, julgando adquirir uma ideia preciosa, pois me parecia ter ante os olhos um fragmento dessa região fluvial que queria tanto conhecer desde que a vi descrita por um de meus escritores preferidos. E foi com ela, com seu solo imaginário atravessado por cursos de água espumosa, que Guermantes, mudando de aspecto no meu pensamento, se identificou, quando ouvi o doutor Percepied falar-nos das flores e das belas águas-vivas que havia no parque do castelo. Sonhava que madame de Guermantes, tomada por uma súbita fantasia, me fazia vir ali; o dia inteiro pescaria trutas comigo. E à tardinha, me dando a mão, ao passar diante dos pequenos jardins de seus vassalos, ela me mostrava, ao longo dos muros baixos, as flores que neles apoiam suas hastes roxas e rubras e me ensinava seus nomes. Ela me fazia dizer o tema dos poemas que eu tinha intenção de compor. E esses sonhos me advertiam de que, como queria um dia ser escritor, era tempo de saber o que pensava escrever. Mas assim que me indagava, tentando achar um tema em que pudesse colocar um significado filosófico infinito, meu espírito parava de funcionar, não via mais que o vácuo diante da minha atenção, sentia que não tinha gênio ou que uma moléstia cerebral o impedisse de nascer. Contava às vezes que meu pai resolvesse o caso. Ele era tão poderoso, tão respeitado pelas pessoas bem posicionadas que chegava a nos fazer transgredir as leis que Françoise me ensinara a considerar como mais inelutáveis que as da vida e da morte, o adiamento por um ano da reforma no "reboco" de nossa casa, a única em todo o bairro; a obter do ministro, para o filho de madame Sazerat que queria ir a uma estação de águas, a autorização para fazer o exame de licenciatura dois meses antes, na série dos candidatos cujo nome começava por A em vez de esperar o turno dos S. Se eu ficasse gravemente doente, se fosse capturado por bandidos, convencido de que meu pai estava em contato próximo com as potências supremas, que possuía cartas de recomendação irresistíveis para o bom

Deus, para que minha doença ou meu cativeiro não passassem de simulações vãs e sem perigo, eu teria esperado com calma a hora da inevitável volta à boa realidade, a hora da soltura ou da cura; talvez essa ausência de gênio, esse buraco negro que se cavava no meu espírito quando buscava o tema de meus futuros escritos, não passasse também de uma ilusão sem consistência, e cessasse com a intervenção de meu pai quando acertasse com o Governo e a Providência que eu seria o primeiro escritor da época. Mas outras vezes, enquanto meus pais se impacientavam de me ver ficar para trás e não os seguir, minha vida atual, em vez de me parecer uma criação artificial de meu pai e que ele podia modificar à vontade, me surgia, ao contrário, como incluída numa realidade que não fora feita para mim, contra a qual não havia recurso, em cujo coração eu não tinha aliado, que não escondia nada além dela mesma. Parecia-me então que eu existia da mesma maneira que os outros homens, que envelheceria, que morreria como eles, e que entre eles pertencia apenas ao número dos que não têm aptidão para escrever. Assim, desencorajado, renunciava para sempre a escrever, apesar dos encorajamentos de Bloch. Esse sentimento íntimo, imediato, que tinha da nulidade do meu pensamento, prevalecia contra todas as palavras lisonjeiras que pudessem me dirigir, como numa pessoa má cujas boas ações, os remorsos da consciência, todos louvam.

Um dia minha mãe me disse: "Já que você fala sempre de madame de Guermantes, como o doutor Percepied a tratou muito bem há quatro anos, ela deve vir a Combray para o casamento de sua filha. Você poderá vê-la na cerimônia". Aliás era pelo doutor Percepied que eu mais ouvira falar de madame de Guermantes, e ele nos mostrara até o número de uma revista ilustrada em que ela aparecia com o vestido que usara num baile a fantasia na casa da princesa de Léon.

De repente, durante a missa de casamento, um movimento feito pelo sacristão ao se deslocar me permitiu ver sentada numa capela uma senhora loira com um nariz grande, os olhos azuis e penetrantes, uma gravata fofa de seda malva, lisa, nova e brilhante, e uma pequena espinha no canto do nariz. E porque na superfície de seu rosto vermelho, como se tivesse muito calor, eu distinguia, diluídas e mal perceptíveis, parcelas de analogia com o retrato que me haviam mostrado, porque sobretudo os traços particulares que notava nela, se tentava enunciá-los, eram formulados exatamente com os mesmos termos — nariz grande, olhos azuis — que o doutor Percepied usara quando descrevera diante de mim a duquesa de Guermantes, eu disse a mim mesmo: "Essa senhora parece com madame de Guermantes"; ora, a capela onde acompanhava a missa era a de Gilbert, o Mau, sob cujas lápides lisas, douradas e distendidas como alvéolos de mel, repousavam os antigos condes de Brabant, e porque me lembrasse de que ela era, como me disseram, reservada à família Guermantes quando algum de seus membros vinha para uma cerimônia em Combray; provavelmente só poderia haver uma única mulher parecida com o retrato de madame de Guermantes que estivesse naquele dia, bem no dia em que ela deveria vir, naquela capela: era ela! Minha decepção foi grande. Provinha do fato de nunca ter percebido, quando pensava em madame de Guermantes, que a representava com as cores de uma tapeçaria ou de um vitral, em outro século, com uma matéria diversa da de outras pessoas vivas. Jamais me dera conta de que ela podia ter um rosto vermelho, uma gravata malva como madame Sazerat, e o oval de suas faces me fez recordar tanto certas pessoas que vira em casa que me aflorou a suspeita, para se dissipar logo em seguida, de que aquela senhora, no seu princípio gerador, em todas as suas moléculas, não fosse talvez essencialmente a duquesa de Guermantes, mas que o seu corpo, ignorante do nome que lhe era aplicado, pertencia a um certo tipo feminino que compreendia também mulheres de médicos e de comerciantes. "É isto, é só isto, madame de Guermantes!", dizia a cara atenta e espantada com a qual eu contemplava aquela imagem que, naturalmente, não tinha nenhuma relação com as que, sob o mesmo nome, madame de Guermantes, apareceram tantas vezes nos meus sonhos, porque em particular não fora como as outras arbitrariamente formada por mim, mas me saltara aos olhos pela primeira vez, apenas um momento antes, na igreja; que não era da mesma natureza, não se podia colorir à vontade, como as que se deixavam embeber pelo tom alaranjado de uma sílaba, mas era tão real que tudo, até a pequena espinha que inflamava no canto do nariz, certificava sua sujeição às leis da vida, como numa apoteose do teatro uma ruga no vestido da fada e um tremor no seu dedinho denunciam a presença material de uma atriz viva, a ponto de ficarmos inseguros se não estamos olhando apenas uma simples projeção luminosa.

Mas ao mesmo tempo, sobre essa imagem que o nariz proeminente, os olhos penetrantes cravavam na minha visão (talvez porque foram eles que a atingiram primeiro, que lhe fizeram o primeiro entalhe, no momento em que ainda não tivera tempo de pensar que aquela mulher que aparecia na minha frente pudesse ser madame de Guermantes), sobre essa imagem bem recente, imutável, eu tentava aplicar uma ideia: "É a madame de Guermantes", sem conseguir mais que movê-la em face da imagem, como dois discos separados por um intervalo. Mas essa madame de Guermantes com a qual tanto sonhei, agora que via que ela existia efetivamente fora de mim, obteve mais poder ainda sobre minha imaginação que, paralisada por um instante ao contato com uma realidade tão diferente daquilo que esperava, pôs-se a reagir e a me dizer: "Gloriosos desde antes de Carlos Magno, os Guermantes tinham direito de vida e morte sobre seus vassalos; a duquesa de Guermantes descende de Geneviève de Brabant. Ela não conhece, nem consentiria conhecer, nenhuma das pessoas que estão aqui".

E — ó maravilhosa independência dos olhares humanos, presos ao rosto por um fio tão frouxo, tão longo, tão elástico que podem passear sozinhos longe dele — enquanto madame de Guermantes estava sentada na capela sobre os túmulos de seus mortos, seus olhares flanavam aqui e ali, subiam ao longo dos pilares, detinham-se até mesmo em mim como um raio de sol errando na nave, mas um raio de sol que, no momento em que recebi sua carícia, me pareceu consciente. Quanto à própria madame de Guermantes, como permanecia imóvel, sentada como uma mãe que parece não ver as afoitas travessuras e as atitudes indiscretas de seus filhos que brincam e interpelam pessoas que ela não conhece, foi-me impossível saber se aprovava ou censurava, no ócio de sua alma, o vagabundear de seus olhares.

Achava importante que ela não partisse antes que eu pudesse olhá-la o suficiente, pois me lembrava de que havia anos considerava isso eminentemente desejável, e não desgrudava os olhos dela, como se cada um dos meus olhares pudesse materialmente transportar e guardar dentro de mim a lembrança do nariz proeminente, as faces vermelhas, todas essas particularidades que me pareciam tantas outras informações preciosas, autênticas e singulares sobre o seu rosto. Agora que era impelido a achar belos todos os pensamentos relativos a ela — sobretudo, talvez, uma forma do instinto de conservação das melhores partes de nós mesmos, o desejo que temos sempre de não sermos desiludidos —, recolocando-a (pois que ela e aquela duquesa de Guermantes que evocara até então eram uma mesma pessoa) fora do resto da humanidade na qual a vista pura e simples do seu corpo me levara a confundi-la por um instante, eu me irritava ao ouvir ao meu redor: "Ela está melhor que madame Sazerat, que a senhorita Vinteuil", como se lhes fosse comparável. E meus olhares, detendo-se em seus cabelos loiros, nos seus olhos azuis, na base de seu pescoço e omitindo os traços que pudessem lembrar-me outros rostos, eu exclamava comigo mesmo diante desse esboço voluntariamente incompleto: "Como é bela! Que nobreza! Como é mesmo uma altiva Guermantes, a descendente de Geneviève de Brabant, que tenho diante de mim!". E a atenção com que eu iluminava seu rosto a isolava de tal forma que hoje, se penso de novo naquela cerimônia, me é impossível rever uma única das pessoas que a testemunhavam, exceto ela e o sacristão que respondeu afirmativamente quando perguntei-lhe se aquela senhora era mesmo madame de Guermantes. Mas ela, a revejo ainda, sobretudo no momento da procissão na sacristia que o sol intermitente e quente de um dia de vento e tempestade iluminava, e onde madame de Guermantes se achava no meio de todas aquelas pessoas de Combray de quem nem sequer sabia os nomes, mas cuja inferioridade proclamava tanto sua supremacia para que ela não sentisse por elas uma sincera benevolência, e às quais, de resto, esperava impor-se ainda mais à força de suas boas graças e simplicidade. Assim, não podendo emitir esses olhares voluntários, carregados de uma significação precisa, dirigidos a alguém que se conhece, mas apenas deixar seus pensamentos distraídos escaparem incessantemente diante dela numa onda de luz azul que não podia conter, ela não queria que essa onda pudesse incomodar, parecesse desdenhar as pessoas simples que encontrava ao passar, que atingia a todo momento. Revejo ainda, acima da sua gravata malva, sedosa e inflada, a doce surpresa de seus olhos, aos quais acrescentara, sem ousar destiná-lo a alguém para que todos pudessem tomar parte dele, um sorriso um pouco tímido da suserana que parece pedir desculpas a seus vassalos, e amá-los. Esse sorriso caiu sobre mim, que não lhe tirava os olhos. Então, lembrando esse olhar que ela deixara se deter em mim, durante a missa, azul como um raio de sol que tivesse atravessado o vitral de Gilbert, o Mau, disse a mim mesmo: "Mas sem dúvida ela presta atenção em mim". Acreditei que lhe agradava, que ela pensaria ainda em mim quando tivesse deixado a igreja, que por minha causa ficaria talvez um pouco triste à noite em Guermantes. E de imediato a amei, pois se às vezes pode ser suficiente para que amemos uma mulher que ela nos olhe com desprezo, como achei que fizera a senhorita Swann, e que pensemos que ela não poderá nunca nos pertencer, às vezes também pode ser suficiente que ela nos olhe com bondade como fazia madame de Guermantes, e que pensemos que ela poderá vir a nos pertencer. Seus olhos azulavam como uma pervinca impossível de colher e que entretanto ela me dedicara; e o sol, ameaçado por uma nuvem mas ainda dardejando com toda a sua força sobre a praça e a sacristia, dava uma carnação de gerânio aos tapetes vermelhos que haviam sido estendidos no chão para a solenidade, e sobre os quais madame de Guermantes avançava sorrindo, e acrescentava a sua lã um aveludado rosa, uma epiderme de luz, essa espécie de ternura, de grave doçura na pompa e na alegria que caracterizam certas páginas de *Lohengrin*, certas pinturas de Carpaccio, e que explicam que Baudelaire tenha podido aplicar ao som do trompete o epíteto de delicioso.

Como, a partir desse dia, nos meus passeios no lado de Guermantes, me pareceu ainda mais aflitivo que antes não ter inclinação para as letras, e ter que renunciar para sempre a ser um escritor célebre! A pena que eu sentia, enquanto ficava sozinho sonhando um pouco afastado, me fazia sofrer tanto que para não senti-la, devido a uma espécie de inibição diante da dor, por conta própria meu espírito parava totalmente de pensar nos versos, nos romances, num futuro poético com que minha falta de talento me proibia de contar. Então, muito alheios a todas essas preocupações literárias e sem nenhuma relação com elas, de súbito um telhado, um reflexo de sol sobre uma pedra, o odor de um caminho faziam-me parar devido a um prazer especial que me davam, e também porque pareciam esconder, para além do que via, alguma coisa que me convidavam a pegar e que, apesar de meus esforços, eu não conseguia descobrir. Como sentisse que aquilo se encontrava neles, restava lá, imóvel, a olhar, a respirar, a tentar ir com meu pensamento além da imagem ou do odor. E se precisasse alcançar meu avô, prosseguir meu caminho, procurava reencontrá-los fechando os olhos; concentrava-me em lembrar exatamente a linha do telhado, a nuance da pedra que, sem que pudesse compreender por quê, me haviam parecido plenas, prestes a se entreabrir, a me entregar aquilo de que eram apenas um invólucro. Claro que não eram impressões desse gênero que poderiam me devolver a esperança que havia perdido de poder ser um dia escritor e poeta, pois estavam sempre ligadas a um objeto particular desprovido de valor intelectual e não se relacionavam a nenhuma verdade abstrata. Mas ao menos me davam um prazer irrefletido, a ilusão de uma espécie de fecundidade e por isso me distraíam do tédio, do sentimento da minha impotência que experimentara toda vez que procurara um assunto filosófico para uma grande obra literária. Mas tão árduo era o dever de consciência — imposto pelas impressões de forma, de perfume ou de cor — de tentar perceber o que se escondia detrás delas, que não tardava em buscar desculpas que me permitissem me esquivar desses esforços e me poupar dessa fadiga. Felizmente meus pais me chamavam, sentia que não dispunha no momento da tranquilidade necessária para prosseguir com proveito minha pesquisa, e que valia a pena não pensar mais nela até ter voltado, e não me fatigar por antecipação sem resultado. Então não me ocupava mais dessa coisa desconhecida que se envelopava numa forma ou num perfume, bem tranquilo porque a trazia para casa, protegida pelo revestimento de imagens sob as quais eu a encontraria bem viva, como os peixes que, nos dias em que me deixaram ir pescar, levava no meu cesto, cobertos por uma camada de ervas que preservava seu frescor. Uma vez em casa, pensava em outra coisa e assim se acumulavam em meu espírito (como no meu quarto as flores que colhera nos meus passeios ou os objetos que me haviam dado) uma pedra onde brincava um reflexo, um telhado, um som de sino, um aroma de folhas, tantas imagens diferentes sob as quais há muito tempo morreu a realidade pressentida que não tive vontade o bastante para chegar a descobrir. Uma vez contudo — na qual nosso passeio se prolongara muito além da duração habitual, ficamos bem contentes de encontrar a meio caminho da volta, no fim da tarde, o doutor Percepied que passava de carro a toda a velocidade, nos reconheceu e nos fez subir para junto dele — tive uma impressão desse gênero e não a abandonei sem aprofundá-la um pouco. Haviam me feito subir ao lado do cocheiro, íamos tal qual o vento porque o dou-

tor antes de voltar a Combray tinha ainda que parar em Martinville-
-le-Sec na casa de um paciente em cuja porta ficou combinado que o
aguardaríamos. Numa curva do caminho senti subitamente aquele
prazer especial que não se assemelhava a nenhum outro ao avistar
os dois campanários de Martinville, sobre os quais batia o sol poente
e que o movimento de nosso carro e as voltas do caminho pareciam
fazer com que mudassem de lugar, pois o de Vieuxvicq, separado deles por uma colina e um vale, e situado sobre um platô mais elevado
e distante, parecia no entanto bem próximo deles.

Ao constatar, ao notar a forma de sua flecha, o deslocamento de
suas linhas, o sol na sua superfície, senti que não fui até o fim de minha impressão, que havia algo por trás desse movimento, por trás
dessa claridade, algo que eles pareciam conter e ocultar ao mesmo
tempo.

Os campanários pareciam tão distantes, e parecíamos nos aproximar deles tão pouco, que me espantei quando, alguns momentos
depois, paramos diante da igreja de Martinville. Não sabia a razão
do prazer que tivera ao vê-los, e a obrigação de procurar descobrir
essa razão me parecia bem penosa; tinha vontade de guardar de
reserva, na cabeça, aquelas linhas turbulentas sob o sol e não pensar
mais nelas no momento. E é provável que se o tivesse feito os dois
campanários teriam ido para sempre juntar-se a tantas árvores, telhados, sons que distinguira de outros devido a esse prazer obscuro
que me haviam proporcionado e que nunca aprofundei. Desci para
conversar com meus pais à espera do doutor. Depois partimos de
novo, retomei meu lugar no assento, virei a cabeça para ver ainda
os campanários que pouco mais tarde avistei pela última vez numa
curva do caminho. Como o cocheiro não parecia disposto a conversar, mal tendo respondido às minhas palavras, vi-me forçado, na falta
de outra companhia, a recorrer à minha mesmo e a tentar recordar
os meus campanários. Em breve suas linhas e suas superfícies enso-
laradas, como se fossem uma espécie de casca, se romperam, e um
pouco do que nelas me estava oculto apareceu, tive um pensamento
que não existia para mim no instante anterior, que se formulou em
palavras na minha cabeça, e o prazer que me causara pouco antes
a sua visão se viu de tal maneira aumentado que, tomado por uma
espécie de embriaguez, não pude pensar em outra coisa. Nesse momento, e como estávamos já longe de Martinville, ao virar a cabeça

percebi-os de novo, totalmente negros dessa vez, pois o sol já tinha se posto. Por instantes, as voltas do caminho os esconderam de mim, então se mostraram uma última vez e por fim não os vi mais.

Sem dizer a mim mesmo que o que se escondia atrás dos campanários de Martinville deveria ser algo análogo a uma bonita frase, pois me aparecera na forma de palavras que me davam prazer, pedi papel e lápis ao doutor e compus, apesar dos solavancos do carro, para aliviar minha consciência e obedecer ao meu entusiasmo, o pequeno trecho a seguir, que encontrei mais tarde e no qual fiz apenas umas poucas mudanças:

"Sozinhos, elevando-se do nível da planície e como que perdidos em campo raso, subiam para o céu os dois campanários de Martinville. Em breve vimos três: vindo se pôr frente a eles, graças a uma curva ousada, um campanário retardatário, o de Vieuxvicq, que a eles se juntara. Os minutos passavam, íamos depressa e no entanto os três campanários estavam sempre diante de nós ao longe, como três pássaros pousados na planície, imóveis e se distinguindo ao sol. Depois o campanário de Vieuxvicq se afastou, tomou distância, e os campanários de Martinville ficaram sós, iluminados pela luz do poente que mesmo àquela distância eu via brincar e sorrir em seus declives. Tínhamos levado tanto tempo para nos aproximar deles que eu estava pensando no tempo que seria necessário para alcançá-los quando, de repente, o carro tendo dado uma volta, nos depôs a seus pés; e eles se jogaram tão rudemente diante dele que mal tivemos tempo de parar a fim de não bater no pórtico. Prosseguimos nosso caminho; já havíamos deixado Martinville pouco antes e, depois de nos ter acompanhado por alguns segundos, o vilarejo desaparecera, e os seus campanários e o de Vieuxvicq, deixados sozinhos no horizonte, agitavam ainda em sinal de despedida os seus cumes ensolarados. Às vezes um se apagava para que os outros pudessem nos avistar ainda um momento; mas a estrada mudou de direção, eles viraram na luz como três pivôs de ouro e desapareceram aos meus olhos. Mas, um pouco mais tarde, como estivéssemos perto de Combray, tendo o sol já se posto, avistei-os uma última vez de muito longe, não eram mais que três flores pintadas no céu acima da linha baixa dos campos. Faziam-me pensar também nas três moças de uma lenda, abandonadas numa solidão em que já caía a escuridão; e enquanto nos distanciávamos a galope, vi-os procurar timidamente seu caminho e, após alguns desajeitados tropeções de suas nobres silhuetas, se cerrarem uns contra os outros, deslizarem um por detrás do outro, formarem no céu ainda rosa uma única forma negra, encantadora e resignada, e se apagarem na noite." Nunca mais pensei nessa página, mas naquele momento, quando, no canto do banco onde o cocheiro do doutor punha habitualmente num cesto as aves que comprara no mercado de Martinville, terminei de escrevê-la, fiquei tão feliz, senti que ela me desembaraçara tão perfeitamente daqueles campanários e do que escondiam atrás deles que, como se eu mesmo fosse uma galinha e acabasse de pôr um ovo, me pus a cantar a plenos pulmões.

Durante todo o dia, nesses passeios, pude sonhar no prazer que seria ser amigo da duquesa de Guermantes, pescar trutas, passear de barco no Vivonne e, ávido de felicidade, pedir nesses momentos à vida que se compusesse apenas de uma série de tardes alegres. Mas quando no caminho de volta percebi à esquerda uma fazenda muito distante de duas outras que, ao contrário, estavam bem próximas, e a partir da qual, para entrar em Combray, era preciso apenas pegar uma alameda de carvalhos margeada de um lado por prados, cada um pertencente a um pequeno cercado e plantados a intervalos regulares de macieiras que projetavam, quando iluminadas pelo sol poente, o desenho japonês das suas sombras, bruscamente meu coração se punha a bater, sabia que em menos de meia hora teríamos regressado e que, como era regra nos dias em que havíamos ido para o lado de Guermantes e quando o jantar era servido mais tarde, me mandariam deitar assim que tomasse minha sopa, de modo que minha mãe, retida à mesa como se houvesse convidados para jantar, não subiria para me dar boa-noite na cama. A zona de tristeza onde acabava de entrar era tão distinta da zona onde me lançara com alegria apenas um momento antes, quanto em certos céus uma faixa cor-de-rosa é separada como que por uma linha de uma faixa verde ou de uma faixa negra. Vê-se um pássaro voar na rosa, vai chegar ao seu fim, quase toca a negra, e então penetra nela. Os desejos que havia pouco me envolviam, de ir a Guermantes, de viajar, de ser feliz, agora eu estava de tal maneira longe deles que a sua realização não teria me dado nenhum prazer. Como teria desistido de tudo isso em troca de poder chorar a noite toda nos braços de mamãe! Estremecia, não tirava meus olhos angustiados do rosto de minha mãe, que não apareceria naquela noite no quarto onde já me via em pensamento, queria morrer. E esse estado duraria até o dia seguinte, quando os raios da manhã, como o jardineiro apoiando sua escada no muro revestido de capuchinhas que subiam até minha janela, e eu saltasse da cama para descer depressa ao jardim, sem me lembrar mais de que a noite traria a hora de deixar minha mãe. Assim, foi no lado de Guermantes que aprendi a distinguir esses estados que se sucedem em mim, durante certos períodos, e que chegam a partilhar entre si os dias, vindo um para expulsar o outro com a pontualidade da febre; contíguos, mas tão exteriores um ao outro, tão destituídos de meios de comunicação entre si, que não posso mais compreender, nem mesmo imaginar em um o que desejei, ou temi, ou realizei no outro.

E assim o lado de Méséglise e o lado de Guermantes permanecem para mim ligados a muitos dos pequenos eventos daquela vida que, de todas as diversas vidas que levamos paralelamente, é a mais cheia de peripécias, a mais rica em episódios, ou seja, a vida intelectual. Sem dúvida ela progride em nós insensivelmente, e as verdades que mudaram para nós o seu sentido e o aspecto, que nos abriram novos caminhos, desde muito tempo preparávamos a sua descoberta; mas era sem o saber; e não datam para nós senão o dia, o minuto em que se tornaram visíveis. As flores que brincavam então na relva, a água que corria ao sol, toda a paisagem que cercava sua aparição continua a acompanhar a sua lembrança com seu rosto inconsciente ou distraído; e por certo quando eram longamente contemplados por aquele humilde passante, por aquela criança que sonhava — como o é um rei por um memorialista perdido na multidão —, aquele canto da natureza, aquele pedaço de jardim, não podiam pensar que seria graças a ele que seriam chamados a sobreviver nas suas particularidades mais efêmeras; e entretanto o perfume de espinheiro que esvoaça ao longo da sebe onde as rosas-bravas o substituirão em breve, um som de passos sem eco no cascalho de uma alameda, uma bolha formada contra uma planta aquática pela água do rio e que logo estoura, minha exaltação os transportou e conseguiu fazê-los atravessar tantos anos sucessivos, enquanto em torno os caminhos se apagaram e morreram aqueles que os trilharam e a lembrança daqueles que os trilharam. Às vezes esse pedaço de paisagem trazido assim até hoje se destaca, tão isolado de tudo, que flutua incerto no meu pensamento como uma Delos florida, sem que possa dizer de qual país, de qual tempo — talvez simplesmente de qual sonho — ele vem. Mas é sobretudo em jazidas profundas de meu solo mental, como em terrenos firmes sobre os quais me apoio ainda, que devo pensar no lado de Méséglise e no lado de Guermantes. É porque acreditava nas coisas, nos seres, enquanto as percorria, que as coisas, os seres que elas me fizeram conhecer são os únicos que ainda levo a sério e que ainda me dão alegria. Seja porque a fé que cria tenha secado em mim, seja porque a realidade só se forma na memória, as flores que me mostram hoje pela primeira vez não me parecem verdadeiras flores. O lado de Méséglise com seus lilases, seus espinheiros, suas centáureas, suas papoulas, suas macieiras, o lado de Guermantes com seu rio de girinos, suas ninfeias e seus botões-de-ouro, constituíram para mim para todo o sempre os contornos das terras onde gostaria de viver, onde demando antes de tudo que se possa ir pescar, passear de canoa, ver ruínas de fortificações góticas e encontrar no meio de trigais, tal como em Saint-André-des-Champs, uma igreja monumental, rústica e dourada como um monte de feno; e as centáureas, os espinheiros, as macieiras que quando viajo me acontece encontrar ainda nos campos, por se situarem na mesma profundidade, no nível do meu passado, entram imediatamente em comunicação com o meu coração. E entretanto, porque há qualquer coisa de individual nos lugares, quando me assalta o desejo de rever o lado de Guermantes, não me satisfaria se me levassem à beira de um rio onde houvesse ninfeias tão belas quanto as do Vivonne, ou ainda mais belas, assim como à noite ao voltar — na hora em que despertava em mim aquela angústia que mais tarde emigra para o amor, e pode ficar para sempre inseparável dele — não teria desejado que viesse me dar boa-noite uma mãe mais bela e inteligente que a minha. Não; assim como o que me faltava para que pudesse dormir feliz, com aquela paz imperturbável que nenhuma amante pode dar depois, já que ainda duvidamos delas mesmo no instante em que nelas acreditamos, e não se tem nunca o coração delas como eu ganhava num beijo o de minha mãe, inteiro, sem a restrição de um cálculo, sem o resquício de uma intenção que não fosse para mim — precisava que fosse ela, que ela inclinasse para mim aquele rosto onde havia abaixo do olho algo que, parece, era um defeito, e que eu amava como todo o resto; assim também o que quero rever é o lado de Guermantes que conheci, com a fazenda que fica um pouco distante das duas seguintes, apertadas uma contra a outra, na entrada da alameda de carvalhos; são essas pradarias onde, quando o sol as torna espelhadas como um charco, se desenham as folhas de macieiras, é essa paisagem cuja individualidade às vezes, à noite nos meus sonhos, me cinge com um poder quase fantástico e não posso mais reencontrar ao despertar. Sem dúvida por terem unido em mim, indissoluvelmente e para sempre, impressões diferentes, apenas porque as experimentei ao mesmo tempo, o lado de Méséglise e o lado de Guermantes me expuseram, no futuro, a muitas decepções e mesmo a muitos erros. Pois várias vezes quis rever uma pessoa sem discernir que era simplesmente porque ela me lembrava uma sebe de espinheiros, e fui induzido a crer, a fazer alguém crer no renascimento da afeição, por um simples desejo de viajar. Mas também por isso mesmo, por permanecerem presentes nas minhas impressões de hoje com as quais podem se conectar, elas lhes conferem fundamento, profundidade, uma dimensão a mais que às outras. Elas lhes acrescentam um encanto, um significado que só existe para mim. Quando nas noites de verão o céu harmonioso ruge como uma besta selvagem e todos se aborrecem com a tempestade, é do lado de Méséglise que devo ficar só, a respirar em êxtase através do rumor da chuva que cai, o aroma de invisíveis e persistentes lilases.

Era assim que ficava muitas vezes até de manhã sonhando com o tempo de Combray, nas minhas tristes noites sem sono, em tantos dias também cuja imagem me fora mais recentemente devolvida pelo sabor — que teria sido chamado em Combray de "perfume" — de uma xícara de chá e, pela associação de lembranças, naquilo que, muitos anos depois de ter deixado essa cidadezinha, aprendi a respeito de um amor que Swann tivera antes do meu nascimento, com essa precisão nos detalhes mais fácil de obter às vezes sobre a vida de pessoas mortas há séculos que da vida de nossos melhores amigos, e que parece impossível como parecia impossível conversar de uma cidade a outra — enquanto se ignora o expediente por meio do qual essa impossibilidade foi contornada. Todas essas lembranças somadas umas às outras não formavam mais que uma massa, mas não sem que se pudessem distinguir entre elas — entre as mais antigas e as mais recentes, nascidas de um perfume, e depois aquelas que eram apenas as lembranças de outra pessoa, de quem as ouvira — se não fissuras, falhas verdadeiras ou fendas, pelo menos esses veios, essas mesclas de coloração que, em certas rochas, em certos mármores, revelam as diferenças de origem, de idade, de "formação".

Claro que, quando a manhã se aproximava, fazia muito tempo que se dissipara a breve incerteza do meu despertar. Sabia em qual quarto efetivamente me encontrava, eu o reconstruíra a meu redor na penumbra e — seja me orientando só pela memória, seja recorrendo, como indicação, à percepção de um tênue raio de luz, ao pé do qual localizara as cortinas da janela — o reconstruíra por inteiro e o mobiliara como um arquiteto e um decorador que conservam a abertura primitiva das janelas e portas, recolocara os espelhos, pusera a cômoda no seu lugar habitual. Mas mal o dia — e não mais o reflexo de uma última brasa sobre um varão de cobre que eu confundira com ele — traçara na penumbra, como que a giz, seu primeiro risco branco e retificador, a janela com suas cortinas abandonava o vão da porta onde eu a situara por engano, enquanto, para lhe dar lugar, a escrivaninha que minha memória desajeitadamente instalara ali, fugia a toda a velocidade, empurrando a lareira à sua frente e afastando a parede do corredor; um pequeno pátio reinava onde apenas um momento antes estava o quarto de vestir, e a habitação que reconstruíra nas trevas fora se juntar às habitações entrevistas no turbilhão do despertar, posta para correr pelo pálido signo traçado acima das cortinas pelo dedo erguido do dia.

SEGUNDA PARTE

Um amor de Swann

Para fazer parte do "pequeno núcleo", do "pequeno grupo", do "pequeno clã" dos Verdurin, uma condição era suficiente mas necessária: era preciso aderir tacitamente a um Credo do qual um dos artigos era que o jovem pianista, protegido por madame Verdurin naquele ano e de quem ela dizia: "Não devia ser permitido saber tocar Wagner assim!", "arrasava" ao mesmo tempo Planté e Rubinstein e que o doutor Cottard diagnosticava melhor que Potain. Todo "novo recruta" a quem os Verdurin não podiam persuadir de que os saraus das pessoas que não iam à casa deles eram aborrecidos como a chuva, via-se imediatamente excluído. Sendo as mulheres nesse aspecto mais rebeldes que os homens em abandonar toda curiosidade mundana e a vontade de se informarem por si próprias sobre os atrativos de outros salões, e os Verdurin sentindo, por outro lado, que esse espírito crítico e o demônio da frivolidade poderiam contagiar a ortodoxia da igrejinha e se tornar fatais a ela, foram levados a rejeitar sucessivamente todos os "fiéis" do sexo feminino.

Afora a jovem esposa do doutor, estavam reduzidos naquele ano quase que unicamente (embora a própria madame Verdurin fosse virtuosa e de uma respeitável família burguesa excessivamente rica e inteiramente obscura, com a qual pouco a pouco cortara voluntariamente toda relação) a uma pessoa quase do submundo, madame de Crécy, que madame Verdurin chamava pelo primeiro nome, Odette, e declarava ser "um amor", e à tia do pianista, que devia ter sido camareira; pessoas ignorantes da alta sociedade e de tal ingenuidade que fora fácil fazê-las crer que a princesa de Sagan e a duquesa de Guermantes eram obrigadas a pagar a uns infelizes para ter gente em seus jantares, que se lhes tivessem oferecido convites à casa das duas grandes damas, a antiga empregada e a cocote teriam desdenhosamente recusado.

Os Verdurin não convidavam para jantar: tinha-se na casa deles "o seu lugar à mesa". Para o sarau não havia programa. O jovem pianista tocava, mas só se "estivesse a fim", porque não se forçava ninguém e como dizia o senhor Verdurin: "Tudo pelos amigos, viva os camaradas!". Se o pianista queria tocar a cavalgada das *Valquírias* ou o prelúdio de *Tristão*, madame Verdurin protestava, não porque essa música lhe desagradasse, mas, ao contrário, porque ela lhe causava uma forte impressão. "Querem então que tenha minha enxaqueca? Vocês bem sabem que é a mesma coisa toda vez que ele toca isso. Sei o que me aguarda! Quando quiser me levantar amanhã, adeus, não sou ninguém!" Se ele não tocava, conversava-se, e um dos amigos, geralmente o pintor favorito na ocasião, "soltava", como dizia o senhor Verdurin, "uma piada que fazia todo mundo se arrebentar de rir", sobretudo madame Verdurin, cujo maxilar — tal era o costume que tinha de levar ao pé da letra as expressões figuradas das emoções que sentia — o doutor Cottard (um jovem iniciante na época) teve um dia que reajustar, pois ela o desarticulara de tanto rir.

A casaca era proibida porque estavam entre "companheiros" e para não parecerem com os "chatos" dos quais fugiam como da peste e que só eram convidados para os grandes saraus, dados o mais raramente possível e apenas se isso pudesse divertir o pintor ou tornar conhecido o músico. No resto do tempo contentavam-se em fazer charadas, em jantar com fantasias, mas entre si, não misturando nenhum estranho ao pequeno "núcleo".

Mas à medida que os "companheiros" tinham ocupado maior lugar na vida de madame Verdurin, os chatos, os reprovados, passaram a ser tudo que retinha os amigos longe dela, que os impedia às vezes de estarem livres, fosse a mãe de um, a profissão de outro, a casa de campo ou a saúde ruim de um terceiro. Se o doutor Cottard achava que devia partir levantando-se da mesa para retornar à cabeceira de um paciente em perigo: "Quem sabe, lhe dizia madame Verdurin, talvez fosse muito melhor para ele que o senhor não o incomodasse esta noite; passará uma boa noite sem o senhor; amanhã de manhã iria bem cedo e o encontraria curado". Desde o começo de dezembro ficava doente só em pensar que os fiéis "desertariam" para o dia de Natal e o Primeiro de Janeiro. A tia do pianista exigia que ele fosse naquele dia cear em família na casa da mãe dela:

"Acha que ela morreria, a sua mãe, gritou duramente madame Verdurin, se não cear com ela no dia de Ano-Novo, como na *província*!"

Suas inquietudes renasciam na Semana Santa:

"O senhor, doutor, um sábio, um espírito forte, naturalmente virá na Sexta-Feira Santa como se noutro dia qualquer?", disse ela a Cottard no primeiro ano, num tom seguro como se não pudesse duvidar da sua resposta. Mas tremia ao aguardar que a pronunciasse, pois se ele não viesse, se arriscava a ficar sozinha.

"Virei na Sexta-Feira Santa... para me despedir porque passaremos os feriados de Páscoa em Auvergne.

— Em Auvergne? Para serem devorados por pulgas e outros bichos, bom proveito!"

E depois de um silêncio:

"Se ao menos nos tivesse dito, teríamos tentado organizar a coisa e fazer a viagem juntos em condições confortáveis."

Da mesma forma, se um "fiel" tinha um amigo, ou uma "constante" um flerte capaz de fazê-la às vezes "desertar", os Verdurin, que não temiam que uma mulher tivesse um amante desde que o tivesse na casa deles, o amasse entre eles, e não o preferisse a eles, diziam: "Muito bem, traga o seu amigo!". E punham-no à prova, para ver se era capaz de não ter segredos para madame Verdurin, se era possível agregá-lo ao "pequeno clã". Se não era, chamavam à parte o fiel que o apresentara e o ajudavam a romper com o amigo ou amante. Caso contrário, o "novato" tornava-se por sua vez um fiel. Assim, quando naquele ano a semimundana contou ao senhor Verdurin que conhecera um homem encantador, o senhor Swann, e insinuou que ele ficaria muito satisfeito em ser recebido na casa deles, o senhor Verdurin encaminhou imediatamente a petição à mulher. (Ele sempre manifestava sua opinião depois da mulher, e seu principal papel consistia em pôr em prática os desejos dela, bem como os dos fiéis, com grandes reservas de engenhosidade.)

"Eis aqui madame de Crécy, que tem algo a te pedir. Gostaria de apresentar um dos seus amigos, o senhor Swann. Que te parece?

— Ora, seria possível recusar algo a uma perfeição como esta? Cale-se, não pedi sua opinião, afirmo que você é uma perfeição.

— Já que querem assim, respondeu Odette num tom afetado, e acrescentou: Bem sabem que não estou *fishing for compliments*.

— Muito bem! Traga o seu amigo, se ele for agradável."

Claro que o "pequeno núcleo" não tinha nenhuma relação com a sociedade que Swann frequentava, e os mundanos puros achariam que não valia a pena ocupar uma posição excepcional como a dele para se fazer apresentar na casa dos Verdurin. Mas Swann gostava tanto de mulheres que desde o dia em que conhecera quase todas as da aristocracia, e que não tinham nada mais a lhe ensinar, passou a considerar esses documentos de naturalização, quase títulos de nobreza, que lhe haviam sido outorgados pelo bairro de Saint--Germain, como uma espécie de valor de troca, uma letra de crédito desprovida em si de preço mas que lhe permitia improvisar uma situação num buraco de província ou num meio obscuro de Paris, onde a filha do fidalgote ou do tabelião lhe parecera bonita. Porque o desejo ou o amor lhe rendia então um sentimento de vaidade do qual agora estava isento na vida cotidiana (embora sem dúvida tivesse sido esse sentimento que outrora o dirigira a essa carreira mundana em que desperdiçara em prazeres frívolos os dons de seu espírito e se servira de sua erudição em matéria de arte para aconselhar as damas da sociedade nas suas compras de quadros e na decoração de seus palacetes), e que o fazia querer brilhar, aos olhos de uma desconhecida por quem se enamorara, com uma elegância que o nome Swann por si só não implicava. Desejava-o sobretudo se a desconhecida era de condição humilde. Assim como não é a um homem inteligente que outro homem inteligente terá medo de parecer tolo, não é por um grão-senhor, e sim por um grosseirão, que um homem elegante temerá ver sua elegância não reconhecida. Três quartos da vivacidade do espírito e das mentiras ditas por vaidade desde que o mundo existe foram dilapidados por pessoas que com eles apenas se diminuíam, e o foram para seres inferiores. E Swann, que era simples e negligente com uma duquesa, tremia diante do risco de ser desprezado por uma camareira e fazia poses diante dela.

Ele não era como tantas pessoas que, por preguiça ou por um conformismo com a obrigação criado pela estatura social de ficarem presas a certa margem, se abstêm dos prazeres que a realidade lhes apresenta no exterior da posição mundana em que vivem aquarteladas até a morte, se contentando em acabar por chamar de prazeres, à falta de coisa melhor, pois se habituaram a eles, os divertimentos medíocres ou os insuportáveis aborrecimentos que ela contém. Já Swann não tentava achar bonitas as mulheres com as quais passava o tempo, mas passava o tempo com mulheres que primeiro achara bonitas. E eram com frequência mulheres de uma beleza bastante vulgar, pois as qualidades físicas que procurava sem se dar conta eram totalmente opostas às das mulheres esculpidas ou pintadas pelos mestres que preferia. A profundeza e a melancolia da expressão lhe gelavam os sentidos que contudo eram despertados de imediato por carne saudável, opulenta e rosada.

Se numa viagem encontrava uma família que teria sido mais elegante não procurar conhecer, mas na qual uma mulher se apresentava a seus olhos com um encanto que ainda não conhecera, "manter a seriedade" e enganar o desejo que ela despertara, substituir o prazer que poderia conhecer com ela por um prazer diverso, escrevendo a uma antiga amante para que viesse vê-lo, lhe teria parecido uma abdicação covarde perante a vida, uma renúncia tão estúpida a uma nova alegria quanto se, em vez de visitar um lugar no campo, tivesse se confinado no quarto para contemplar retratos de Paris. Não se fechava no edifício das suas relações, mas dele fizera, para poder reconstruí-lo com rapidez em qualquer lugar onde uma mulher lhe agradasse, uma dessas tendas desmontáveis como as que os exploradores levam consigo. Quanto ao que não era transportável ou permutável por um prazer novo, o teria dado a troco de nada, por mais invejável que parecesse aos outros. Quantas vezes seu crédito junto a uma duquesa, construído pelo desejo acumulado durante anos por ela em lhe agradar mas sem encontrar uma ocasião, desapareceu de vez só com um indiscreto pedido de uma recomendação telegráfica que o pusesse imediatamente em contato com um dos seus intendentes, cuja filha lhe chamara a atenção no campo, como faria um esfomeado que trocasse um diamante por um pedaço de pão. Mesmo depois ele se divertia com os fatos, pois havia nele, resgatada por raras delicadezas, certa grosseria. Além disso, pertencia a essa categoria de homens inteligentes que vivem na ociosidade e buscam uma consolação e talvez uma desculpa na ideia de que essa ociosidade oferece à sua inteligência objetos tão dignos de interesse quanto a arte ou o estudo poderiam oferecer, que a "Vida" contém situações mais interessantes, mais romanescas que todos os romances. Era isso ao menos o que dizia e com que convencia facilmente os mais refinados de seus amigos da sociedade, notadamente o barão de Charlus, a quem divertia com o relato das aventuras picantes que lhe ocorriam, como quando, tendo encontrado numa viagem de trem uma mulher que em seguida levou a sua casa, descobriu que era a irmã de um soberano em cujas mãos se entrelaçavam naquele momento todos os fios da política europeia, da qual ele se mantinha inteirado de uma maneira bem agradável, ou quando, por um jogo complexo de circunstâncias, dependia da escolha que faria o conclave papal se poderia ou não se tornar amante de uma cozinheira.

Não era apenas a brilhante falange de virtuosas matronas, de generais, de acadêmicos, aos quais estava particularmente ligado, que Swann forçava com tanto cinismo a lhe servir de atravessadores. Todos os seus amigos tinham o hábito de receber de tempos em tempos cartas dele em que uma palavra de recomendação ou introdução lhes era solicitada com uma habilidade diplomática que, persistindo através de amores sucessivos e pretextos diferentes, revelava, mais do que o teriam feito os momentos de inépcia, um caráter constante e objetivos idênticos. Com frequência pedi para contarem, anos mais tarde, quando comecei a me interessar por seu caráter devido a semelhanças que tinha com o meu em tópicos bem diferentes, que quando ele escrevia a meu avô (que ainda não o era, pois foi na época do meu nascimento que começou o grande amor de Swann e ele interrompeu durante muito tempo suas práticas), este, reconhecendo no envelope a letra do amigo, exclamava: "Lá vem Swann pedir alguma coisa: em guarda!". Seja por desconfiança, seja pelo sentimento inconscientemente diabólico que só nos impele a oferecer uma coisa às pessoas que não a querem, meus avós opunham uma negativa absoluta aos pedidos mais fáceis de satisfazer que ele lhes dirigia, como de apresentá-lo à jovem que jantava todos os domingos em casa, e eram obrigados, todas as vezes que Swann falava dela, a fingir que não a viam mais, enquanto durante toda a semana se perguntavam quem poderiam convidar para jantar com ela, acabando com frequência por não encontrar ninguém, só para não fazer um aceno àquele que ficaria tão feliz com isso.

Às vezes, um casal amigo de meus avós, e que até então se queixava de nunca ver Swann, lhes anunciava com satisfação, e talvez com um pouco de vontade de provocar inveja, que ele se tornara o que pode haver de mais encantador para eles, e não os largava mais. Meu avô não queria lhes perturbar o prazer, mas olhava minha avó, cantarolando:

> Que mistério então será esse
> Que não consigo compreender?*

ou:

> Visão fugitiva...**

ou:

> Nesses casos
> O melhor é não ver nada.***

Alguns meses depois, se meu avô perguntava ao novo amigo de Swann: "E Swann, continua a vê-lo bastante?", a cara do interlocutor se fechava: "Nunca mais pronuncie seu nome na minha frente! — Mas achava que vocês eram tão ligados...". Em sendo assim, durante alguns meses fora íntimo de primos de minha avó, jantando quase todas as noites na sua casa. De repente deixou de aparecer, sem avisar. Achou-se que estava doente, e a prima da minha avó ia mandar pedir notícias quando encontrou na despensa uma carta dele deixada por descuido no livro de contas da cozinheira. Ele anunciava a essa mulher que deixaria Paris e não poderia mais vir. Ela era sua amante e, no momento de romper, foi a única a quem achou útil avisar.

Quando sua amante do momento era ao contrário uma pessoa da sociedade ou ao menos uma pessoa cuja origem muito humilde ou cuja situação demasiado irregular não impedia que ele fizesse

---

* Citação de *La Dame blanche*, ópera de François-Adrien Boieldieu (1775-1834).
** Citação de *Hérodiade*, ópera de Jules Massenet (1842-1912).
*** Citação de *Amphitryon*, ópera-cômica de André Grétry (1741-1813), que por sua vez alude à peça de mesmo nome de Molière.

com que fosse recebida na sociedade, então por ela voltava àquele meio, mas somente na órbita particular onde ela se movia ou aonde ele a levara. "Inútil contar com Swann esta noite, dizia-se, bem sabem que é dia da Ópera da sua americana." Fazia com que ela fosse convidada a salões particularmente fechados onde era um conviva constante, a seus jantares semanais, a seu pôquer; todas as noites, depois que uma leve ondulação aplicada com escova no cabelo ruivo tivesse temperado com alguma doçura a vivacidade de seus olhos verdes, escolhia uma flor para a lapela e partia para encontrar sua amante num jantar na casa de uma ou outra das mulheres do seu círculo; e então, pensando na admiração e na amizade que as pessoas na moda que lá encontraria, para as quais ele era a palavra final, lhe dispensariam diante da mulher que amava, redescobria o encanto daquela vida mundana da qual se enfadara, mas cuja matéria, penetrada e calorosamente colorida por uma chama insinuante que nela brincava, lhe parecia preciosa e bela desde que incorporara a ela um novo amor.

Mas enquanto cada uma dessas relações, ou cada um desses flertes, fosse a realização mais ou menos completa de um sonho nascido da visão de um rosto ou de um corpo que Swann havia, espontaneamente, sem se esforçar para isso, achado encantadores, em contrapartida, quando um dia foi apresentado no teatro a Odette de Crécy por um dos seus velhos amigos, que lhe falara dela como de uma mulher deslumbrante com quem poderia chegar a alguma coisa, mas dando-a por mais difícil do que era em realidade a fim de parecer que ele próprio fizera algo mais amável ao apresentá-lo, ela parecera a Swann não sem beleza, por certo, mas de um gênero de beleza que lhe era indiferente, que não lhe inspirava nenhum desejo, até lhe provocava uma espécie de repulsa física, uma dessas mulheres que todos têm, diferentes para cada um, e que são o oposto do tipo que nossos sentidos reclamam. Tinha um perfil acentuado demais para agradá-lo, a pele frágil demais, as maçãs do rosto salientes demais, os traços marcados demais. Seus olhos eram belos, mas tão grandes que vergavam sobre a própria massa, fatigavam o resto do rosto e lhe davam sempre o ar de estar indisposta ou de mau humor. Algum tempo depois dessa apresentação no teatro, ela lhe escreveu pedindo para ver suas coleções, que tanto interessavam a "ela, uma ignorante com gosto para coisas bonitas", dizendo que lhe parecia que o conheceria melhor quando o tivesse visto na "sua home", onde ela o imaginava "tão confortável com seu chá e seus livros", embora não lhe escondesse sua surpresa por ele morar naquele bairro que deveria ser tão triste e "que era tão pouco *smart* para ele, que o era tanto". E depois de deixá-la vir, ela lhe dissera ao sair como lamentava ter ficado tão pouco naquela casa em que se sentira tão feliz em entrar, falando como se ele fosse para ela algo mais que as outras criaturas que conhecia, e parecendo estabelecer entre os dois uma espécie de ligação romanesca que o fez sorrir. Mas na idade já um pouco sem ilusões de que Swann se aproximava, e na qual a gente sabe se contentar em estar enamorado só pelo prazer de estar, e sem exigir muita reciprocidade, essa aproximação dos corações, se não é mais como na primeira mocidade o objetivo para o qual tende necessariamente o amor, em contrapartida permanece ligada a ele por uma associação de ideias tão forte que pode se tornar a sua causa, ao se apresentar antes dele. Outrora, sonhava-se possuir o coração de uma mulher por quem se estava apaixonado; mais tarde, sentir que se possui o coração de uma mulher pode ser suficiente para se apaixonar. Assim, na idade em que pareceria, como se procura no amor sobretudo um prazer subjetivo, que a parte do gosto pela beleza de uma mulher deveria ser nele a maior, o amor pode nascer — o amor mais físico — sem que nele exista, na sua base, um desejo prévio. Nessa época da vida, já fomos atingidos várias vezes pelo amor; ele não evolui sozinho, seguindo suas próprias leis desconhecidas e fatais, diante de nosso coração espantado e passivo. Vimos em sua ajuda, o distorcemos com a memória, com a sugestão. Ao reconhecer um de seus sintomas, relembramos, fazemos renascer outros. Como possuímos sua canção, gravada por inteiro em nós, não precisamos que uma mulher nos diga o seu começo — cheio da admiração que a beleza inspira — para achar a continuação. E se ela começa pelo meio — ali onde os corações se aproximam, onde se fala de viver somente um para o outro —, já estamos suficientemente habituados à música para logo alcançar nossa parceira na passagem em que ela nos aguarda.

Odette de Crécy tornou a ver Swann, depois tornou mais frequentes suas visitas; e sem dúvida cada uma delas lhe renovou a decepção que sentia ao se achar diante daquele rosto de cujas particularidades esquecera-se um pouco no intervalo, e o qual não recordara nem tão expressivo nem, apesar de sua juventude, tão gasto; lamentava, enquanto conversavam, que sua grande beleza não fosse do gênero que tivesse espontaneamente preferido. É preciso dizer também que o rosto de Odette parecia mais magro e mais proeminente porque a fronte e o alto das maçãs do rosto, essa superfície unida e mais plana estava recoberta pela massa dos cabelos então em moda, prolongados em "pontas", erguidos em "rolos", espalhados em mechas selvagens ao longo das orelhas; e quanto a seu corpo admiravelmente bem-feito, era difícil captar a sua continuidade (devido às modas da época, embora ela fosse uma das mulheres de Paris que melhor se vestiam), porque de tanto que o corpete, avançando saliente como sobre um ventre imaginário e terminando bruscamente em ponta, enquanto por baixo começava a se inflar o balão das saias duplas, dava à mulher a aparência de ser composta de peças diversas, mal encaixadas umas nas outras; porque as pregas, os babados e o colete seguiam numa independência total, segundo a fantasia do seu desenho ou a consistência de seu tecido, a linha que os conduzia aos laços, aos bordados de renda, às franjas de azeviche perpendiculares, ou que os dirigia ao longo de barbatanas, mas de maneira alguma se ligavam ao ser vivo que, segundo a arquitetura desses adornos, se aproximava ou afastava demais dela, que se achava neles engolfado ou perdido.

Mas, quando Odette partiu, Swann sorriu ao pensar que ela lhe dissera como o tempo custaria a passar até que ele lhe permitisse retornar; lembrava-se do ar inquieto, tímido, com que uma vez pedira que não fosse dali a muito tempo, e dos olhares que lhe dirigiu naquele instante, fixos nele numa súplica receosa, e que a faziam tocante sob o buquê de amores-perfeitos artificiais fixado na frente do seu chapéu de palha branca com fitas de veludo negro. "E você, dissera ela, não virá um dia à minha casa tomar chá?" Ele alegara trabalhos em andamento, um estudo — na realidade abandonado havia anos — sobre Vermeer de Delft. "Entendo que eu não possa fazer nada, pobre de mim, comparada a grandes sábios como você, ela lhe dissera. Serei como a rã diante do areópago. Contudo gostaria tanto de me instruir, de saber, de ser iniciada. Como deve ser interessante andar em sebos, fuçar papéis velhos!", acrescentou com o ar de satisfação que uma mulher elegante adota para afirmar sua alegria de se entregar sem medo de se sujar a uma tarefa repugnante, como cozinhar "pondo ela mesma as mãos na massa". "Você vai rir de mim, esse pintor que o impede de me ver (queria falar de Vermeer), nunca ouvi falar dele; está vivo ainda? É possível ver suas obras em Paris, para que eu possa imaginar do que você gosta, adivinhar um pouco o que se passa nessa cabeça que trabalha tanto, essa cabeça que se percebe que está sempre a refletir, e dizer para comigo: pronto, eis no que ele está pensando. Que sonho seria estar ligada a seus estudos!" Ele se desculpara com seu medo de novas amizades, aquilo que chamou, por gentileza, de seu medo de ser infeliz. "Você tem medo de uma afeição? Que engraçado, e eu que não busco senão isso, que daria a vida para encontrar uma", disse ela com uma voz tão natural, tão segura, que ele ficou comovido. "Você deve ter sofrido por uma mulher. E acredita que as outras são como ela. Ela não soube compreendê-lo; você é um ser tão à parte. Foi disso que gostei de início em você, senti que não era como todo mundo. — Você também, dissera-lhe ele, sei bem como são as mulheres, deve ter tantas atividades, pouco tempo livre. — Eu! Nunca tenho nada para fazer. Estou sempre livre, estarei sempre livre para você. A não importa qual hora do dia ou da noite em que seja mais cômodo me ver, mande me buscar, ficarei muito feliz em vir. Fará isso? Sabe o que seria bom, que fosse apresentado a madame Verdurin, a cuja casa vou todas as noites. Imagine se nos encontrássemos! Eu poderia pensar que era um pouco por minha causa que você estava lá!"

E sem dúvida, recordando assim suas conversas, e assim pensando nela quando estava só, ele apenas movimentava nos seus devaneios românticos a imagem dela entre muitas outras imagens de mulheres; mas se graças a uma circunstância qualquer (ou mesmo talvez sem que fosse graças a ela, pois a circunstância que se apresenta no momento em que um estado, até ali latente, se declara, pode não ter tido nenhuma influência nele) a imagem de Odette de Crécy acabava por absorver todos esses devaneios, e se esses devaneios não eram mais separáveis da memória que tinha dela, então a imperfeição de seu corpo não tinha importância alguma, assim como o fato de ser mais ou menos como outro corpo, segundo o gosto de Swann, pois que se tornou o corpo daquela a quem amava, e seria a partir de então o único a poder lhe causar alegrias e tormentos.

Ocorre que meu avô conhecera, o que não se podia dizer de nenhum de seus amigos atuais, a família desses Verdurin. Mas perdera todo contato com aquele a quem chamava de o "jovem Verdurin" e que considerava, generalizando um pouco, decaído — ainda que conservando muitos milhões — na boemia e na ralé. Um dia recebeu uma carta de Swann lhe perguntando se o poderia pôr em contato com os Verdurin: "Em guarda! Em guarda!, exclamou meu avô, isso não me espanta nem um pouco, era mesmo aí que Swann devia acabar. Belo ambiente! Primeiro, não posso fazer o que me pede porque não conheço mais esse senhor. E depois isso deve ser alguma história com mulher, e não me meto nessas coisas. Muito bem! Iremos nos divertir se Swann se engraçar com os jovens Verdurin".

E, diante da resposta negativa de meu avô, foi a própria Odette que levou Swann à casa dos Verdurin.

Os Verdurin haviam tido para jantar, no dia em que Swann fez ali sua estreia, o doutor e madame Cottard, o jovem pianista e sua tia, e o pintor que contava então com suas boas graças, aos quais se juntaram durante a noite alguns outros fiéis.

O doutor Cottard nunca sabia ao certo em que tom deveria responder a alguém, se o seu interlocutor queria rir ou falava a sério. Em todo caso, acrescentava a todas as suas expressões fisionômicas a dádiva de um sorriso condicional e provisório, cuja finura expectante o desculparia da acusação de ingenuidade se as palavras que lhe tivessem sido dirigidas fossem de fato espirituosas. Mas, como que para fazer face à hipótese contrária, não ousava deixar esse sorriso se afirmar com nitidez no rosto, e nele se via flutuar perpetuamente uma incerteza na qual se lia a questão que ele não ousava fazer: "Você diz isso a sério?". Assim como num salão, não estava também seguro do modo como deveria se comportar na rua, e mesmo na vida em geral, e opunha aos passantes, aos veículos, aos acontecimentos, um sorriso malicioso que retirava de antemão da sua atitude toda impropriedade, pois provava, caso ela não fosse adequada, que sabia disso e que a adotara de brincadeira.

Em todos os pontos, no entanto, em que uma pergunta franca lhe parecia permitida, o doutor não deixava de se esforçar para restringir o campo de suas dúvidas e completar sua instrução.

Era assim que, seguindo os conselhos que uma mãe previdente lhe dera quando ele deixou a província, não deixava passar nunca uma locução ou um nome próprio que lhe eram desconhecidos sem tentar se documentar sobre eles.

Quanto às locuções, era insaciável de informações, pois, ao lhes supor às vezes um sentido mais preciso do que tinham, queria saber o que exatamente queriam dizer as que ouvia com maior frequência: a flor da juventude, o sangue azul, a vida de cão, o pão que o diabo amassou, ser o príncipe da elegância, dar carta branca, estar entre a espada e a parede etc., e em quais casos determinados poderia por sua vez fazê-las figurar na sua conversa. Na falta delas, empregava jogos de palavras que aprendera. Quanto aos nomes de novas pessoas que eram ditos na sua frente, contentava-se somente em repeti-los num tom interrogativo que imaginava suficiente para lhe valer explicações sem aparentar pedi-las.

Como o senso crítico que acreditava exercer a respeito de tudo lhe faltava completamente, a polidez refinada que consiste em afirmar a alguém a quem fazemos um favor, sem esperar que acredite, que somos nós os favorecidos, era trabalho perdido com ele, que tomava tudo ao pé da letra. Qualquer que fosse a cegueira de madame Verdurin a seu respeito, ela acabara, embora continuando a considerá-lo muito arguto, por se agastar ao ver que, quando o convidava a uma frisa na beira do palco para ouvir Sarah Bernhardt, lhe dizendo, para ser ainda mais gentil: "Foi muito amável por ter vindo, doutor, ainda mais porque tenho certeza de que ouviu Sarah Bernhardt com frequência, e além disso talvez estejamos próximos demais do palco", o doutor Cottard, que entrara no camarote com um sorriso que esperava, para se confirmar ou se esvanecer, que alguém com autoridade o informasse sobre o valor do espetáculo, lhe respondia: "Com efeito, estamos muito próximos e começamos a cansar de Sarah Bernhardt. Mas a senhora expressou o desejo de que eu viesse. Seus desejos para mim são ordens. Fico muito feliz em lhe fazer esse pequeno serviço. O que a gente não faria para lhe ser agradável, a senhora é tão boa!". E acrescentava: "Sarah Bernhardt é a Voz de Ouro, não é? Escreve-se sempre que ela põe fogo no palco. É uma expressão bizarra, não é?", na expectativa de comentários que não vinham.

"Sabe, disse madame Verdurin a seu marido, acho que nos enganamos quando, por modéstia, depreciamos aquilo que oferecemos ao doutor. É um sábio que vive fora da vida prática, não conhece por si mesmo o valor das coisas e as julga pelo que lhe dizemos.
— Não me atrevi a te dizer, mas tinha reparado", respondeu o se-

nhor Verdurin. E no dia de Ano-Novo seguinte, em vez de enviar ao doutor Cottard um rubi de três mil francos e lhe dizer que não era nada, o senhor Verdurin comprou por trezentos francos uma pedra de imitação e deu a entender que dificilmente se poderia encontrar uma tão bela.

Quando madame Verdurin anunciou que teriam naquela noite o senhor Swann: "Swann?", exclamou o doutor num tom tornado brutal pela surpresa, pois a menor novidade sempre pegava mais desprevenido que qualquer um esse homem que se acreditava perpetuamente preparado para tudo. E vendo que não lhe respondiam: "Swann? Mas quem é Swann?", bradou num auge de ansiedade que se deteve de súbito quando madame Verdurin disse: "Ora, o amigo de quem Odette nos falou. — Ah, bom, bom, está bem", respondeu o médico, acalmado. Quanto ao pintor, ele se regozijou com a introdução de Swann na casa de madame Verdurin, porque o supunha enamorado de Odette e gostava de promover ligações. "Nada me agrada tanto como fazer casamentos, segredou no ouvido do doutor Cottard, já promovi muitos, mesmo entre mulheres!"

Dizendo aos Verdurin que Swann era muito *smart*, Odette os fizera recear um "chato". Causou-lhes ao contrário uma excelente impressão, uma de cujas causas indiretas, sem que soubessem, era a sua convivência com a alta sociedade. Ele tinha com efeito sobre os homens que nunca frequentaram um pouco a alta sociedade, mesmo os inteligentes, uma das qualidades maiores daqueles que nela vivem, que é a de não transfigurá-la pelo desejo ou pelo horror que inspira à imaginação, considerando-a sem importância alguma. Sua amabilidade, apartada de todo esnobismo e do medo de parecer demasiado amável, e logo se tornando independente, tem esse à vontade, essa graça de movimentos daqueles cujos membros flexíveis executam precisamente aquilo que querem, sem a participação indiscreta e desajeitada do resto do corpo. A simples ginástica elementar do homem da sociedade, estendendo a mão com amabilidade ao jovem desconhecido que lhe apresentam e se inclinando com reserva diante do embaixador a quem é apresentado, acabara por perpassar sem que ele tivesse consciência disso toda atitude social de Swann, que, diante de pessoas de um meio inferior ao seu como os Verdurin e seus amigos, deu instintivamente mostras de entusiasmo, permitiu-se solicitudes das quais, segundo eles, um chato se teria poupado. Houve apenas um momento de frieza, e com o doutor Cottard: ao vê-lo piscar o olho e lhe sorrir com um ar ambíguo ainda antes que tivessem se falado (uma mímica que Cottard chamava de "vem que tem"), Swann achou que o doutor sem dúvida o conhecia por terem se encontrado em alguma casa de prazer, embora fosse bem pouco a elas, não tendo nunca vivido no mundo da dissipação. Achando a alusão de mau gosto, sobretudo na presença de Odette, que poderia fazer mau juízo dele, assumiu um ar glacial. Mas quando soube que uma dama que se encontrava perto dele era madame Cottard, pensou que um marido tão jovem não teria procurado fazer alusões diante da esposa a divertimentos daquele gênero; e cessou de atribuir ao ar entendido do doutor o significado que receava. O pintor imediatamente convidou Swann a ir com Odette a seu ateliê; Swann achou-o gentil. "Talvez o favoreçam mais do que a mim, disse madame Verdurin, num tom em que fingia estar ofendida, e lhe mostrem o retrato de Cottard (ela o encomendara ao pintor). Não esqueça, 'senhor' Biche", lembrou ela ao pintor, ao qual chamar de senhor era um gracejo consagrado, "de capturar o bonito olhar, o jeito arguto e divertido dos olhos. Você sabe que aquilo que mais quero é o sorriso dele, o que pedi foi o retrato do sorriso." E como essa expressão lhe pareceu extraordinária, ela a repetiu bem alto para ter certeza de que vários convidados a ouvissem e até, com um pretexto vago, fez com que primeiro alguns deles se aproximassem. Swann pediu que o apresentassem a todo mundo, mesmo a um velho amigo dos Verdurin, Saniette, cuja timidez, simplicidade e bom coração o haviam feito perder em toda parte a consideração que lhe tinham valido seus conhecimentos de arquivista, sua enorme fortuna e a família eminente da qual provinha. Ao falar, o fazia como se tivesse algo na boca, o que era adorável porque se sentia que traía menos um defeito da fala do que uma qualidade da alma, como um resto de inocência da primeira infância que jamais perdera. Todas as consoantes que não podia pronunciar pareciam figurar outras tantas durezas das quais era incapaz. Ao pedir para ser apresentado ao senhor Saniette, Swann deu a madame Verdurin a impressão de inverter os papéis (a ponto de na resposta ela dizer, insistindo na diferença: "Senhor Swann, quer ter a bondade de me permitir que lhe apresente nosso amigo Saniette?"), mas provocou em Saniette uma simpatia ardente, que aliás os Verdurin nunca revelaram a Swann porque Saniette os aborrecia um pouco e eles não se interessavam em lhe arranjar amigos. Mas em contrapartida os tocou profundamente ao julgar que devia pedir em seguida que o apresentassem à tia do pianista. De vestido preto como sempre, pois acreditava que sempre se está bem de preto e é o que há de mais distinto, tinha o rosto excessivamente vermelho como quem acabara de comer. Ela se inclinou diante de Swann com respeito, mas se endireitou com majestade. Como não tinha nenhuma instrução e temia cometer erros de francês, falava propositalmente de maneira confusa, pensando que se cometesse um erro ele seria atenuado pela incerteza, pois não se poderia distingui-lo com segurança, de modo que sua conversação não passava de uma expectoração indistinta da qual emergiam de vez em quando os raros vocábulos com os quais se sentia segura. Swann achou que poderia zombar dela ligeiramente ao falar com o senhor Verdurin, que, pelo contrário, ficou ofendido.

"É uma excelente mulher, respondeu ele. Concordo que não é brilhante; mas lhe asseguro que é agradável quando se conversa a sós com ela. — Não duvido, se apressou a conceder Swann. Queria dizer que ela não me parecia 'eminente', acrescentou ele sublinhando o adjetivo, e em suma é um cumprimento! — Olhe, disse o senhor Verdurin, vou surpreendê-lo, ela escreve de uma maneira encantadora. Nunca escutou o seu sobrinho? É admirável, não é, doutor? Quer que lhe peça para tocar alguma coisa, senhor Swann? — Mas seria uma felicidade...", começava a responder Swann, quando o doutor o interrompeu com um ar de deboche. Com efeito, tendo sabido que numa conversa a ênfase, o emprego de formas solenes, era antiquado, assim que escutava uma palavra grave dita com seriedade, como acabava de ocorrer com a palavra "felicidade", achava que quem a empregara acabava de se mostrar pomposo. E se, além do mais, essa palavra figurava por acaso naquilo que se denominava um velho clichê, por mais corrente que a palavra fosse, o doutor supunha que a frase iniciada era ridícula, e a terminava ironicamente com o lugar-comum que ele parecia acusar seu interlocutor de ter desejado empregar, embora este jamais houvesse pensado nisso.

"Uma felicidade para a França!", exclamou ele maliciosamente erguendo os braços com ênfase.

O senhor Verdurin não pôde deixar de rir.

"Do que está rindo toda essa gente boa, parece que não há espaço para a melancolia nesse cantinho aí, exclamou madame Verdurin. Talvez achem que me divirto sozinha, de penitência", acrescentou num tom despeitado, fazendo-se de criança.

Madame Verdurin estava sentada numa alta cadeira sueca de pinho encerado, que um pianista desse país lhe dera e ela conservava, apesar de a cadeira lembrar a forma de um tamborete e destoar dos seus belos móveis antigos, mas ela insistia em pôr em evidência os presentes que os fiéis costumavam lhe oferecer de tempos em tempos, a fim de que os doadores tivessem o prazer de reconhecê-los quando vinham. Assim, tentava persuadi-los a se restringirem às flores e aos bombons, que ao menos são perecíveis; mas não conseguia e sua casa era uma coleção de aquecedores, de almofadas, de pêndulos, de biombos, de barômetros, de potiches, num acúmulo de oferendas repetidas e incongruentes.

Desse posto elevado ela participava com animação da conversa dos fiéis e se divertia com suas "anedotas", mas desde o acidente que ocorrera com seu maxilar, havia renunciado ao esforço de gargalhar efetivamente e em vez disso entregava-se a uma mímica convencional que significava, sem fadiga nem riscos para ela, que ria às lágrimas. Ao menor comentário disparado por um assíduo contra um chato, ou contra um velho assíduo banido para o campo dos chatos — e para maior desespero do senhor Verdurin, que durante muito tempo teve a pretensão de ser amável como sua mulher mas que ria à solta e logo perdia o fôlego, sendo assim banido e vencido por aquela astúcia de uma incessante e fictícia hilaridade —, ela dava um gritinho, fechava inteiramente seus olhos de pássaro que uma catarata começava a cobrir e, bruscamente, como se mal tivesse tempo de esconder um espetáculo indecente ou evitar um ataque mortal, mergulhando seu rosto nas mãos que o cobriam e não deixavam ver mais nada, parecia se esforçar por reprimir, aniquilar um riso que, se a ele se entregasse, a teria levado a desmaiar. Assim, atordoada pela alegria dos assíduos, ébria de fraternidade, de maledicência e de aprovação, madame Verdurin, do alto de seu poleiro, semelhante a um pássaro cuja ração tivesse sido embebida em vinho quente, soluçava de amabilidade.

Entretanto o senhor Verdurin, depois de ter pedido a Swann licença para acender o cachimbo ("aqui ninguém se incomoda, estamos entre companheiros"), rogava ao jovem artista que se sentasse ao piano.

"Vamos, não o incomode, ele não veio aqui para ser atormentado, exclamou madame Verdurin, não permito que seja atormentado!

— Mas por que acha que isso vai aborrecê-lo, disse o senhor Verdurin, o senhor Swann talvez não conheça a sonata em fá sustenido que descobrimos; ele vai nos tocar o arranjo para piano.

— Ah, não, minha sonata não!, exclamou madame Verdurin, não tenho vontade de que me façam chorar até ter uma congestão cerebral e nevralgia no rosto, como da última vez; obrigada pelo presente, mas não quero uma repetição; são muito amáveis, mas logo se vê que não serão vocês que ficarão de cama por oito dias!"

Essa pequena cena, que se renovava toda vez que o pianista ia tocar, encantava os amigos como se fosse nova, como uma prova da sedutora originalidade da "patroa" e de sua sensibilidade musical. Os que estavam perto dela faziam sinal aos que estavam mais longe, fumavam ou jogavam cartas, para que se aproximassem porque se passava algo, dizendo-lhes como se faz no Reichstag nos momentos importantes: "Escutem, escutem". E no dia seguinte davam pêsames aos que não puderam vir, dizendo-lhes que a cena tinha sido ainda mais divertida que de costume.

"Está bem! Fica combinado, disse o senhor Verdurin, que ele tocará só o andante.

— Só o andante, ora essa!, exclamou madame Verdurin. É justamente o andante que me destroça. Tem cada uma, o patrão! É como se ele dissesse da *Nona*: ouviremos só o final; ou só a abertura dos *Mestres cantores*."

O doutor entretanto pressionava madame Verdurin a deixar o pianista tocar, não porque julgasse fingidos os problemas que a música lhe causava — reconhecia neles certos estados neurastênicos — mas por esse hábito que muitos médicos têm de afrouxar imediatamente a severidade de suas prescrições desde que esteja em jogo, coisa que lhes parece bem mais importante, alguma reunião mundana da qual tomam parte e da qual a pessoa a quem aconselham esquecer por uma vez sua dispepsia ou sua gripe é um dos fatores essenciais.

"Não ficará doente desta vez, você vai ver, disse ele, procurando sugestioná-la com o olhar. E se ficar doente nós vamos tratá-la.

— De verdade?", respondeu madame Verdurin, como se diante da esperança de um tal favor só lhe restasse capitular. Talvez também, à força de dizer que ficaria doente, houvesse momentos em que não se lembrava mais de que era uma mentira e ficava com uma alma de doente. Porque estes, cansados de serem sempre obrigados a fazer depender da sua sabedoria a raridade de seus acessos, preferem crer que poderão fazer impunemente tudo que lhes agrada e costuma lhes fazer mal, contanto que se entreguem às mãos de um ser poderoso que, sem que nada tenham a perder, os ponha com uma palavra ou uma pílula novamente de pé.

Odette fora sentar num canapé forrado de tapeçaria que estava perto do piano.

"Já sabe que tenho meu cantinho", disse ela à madame Verdurin. Esta, vendo Swann numa cadeira, fez com que levantasse:

"O senhor não está bem aí, vá sentar ao lado de Odette. Não é, Odette, você não vai arrumar um lugar para o senhor Swann?

— Que belo Beauvais, disse Swann antes de sentar, buscando ser amável.

— Ah, fico contente de que aprecie meu canapé, respondeu madame Verdurin. E previno-o: se quiser ver outro tão bonito, deve desistir já. Nunca se fez nada igual. As cadeirinhas são também uma maravilha. Daqui a pouco irá vê-las. Cada bronze é um emblema que corresponde ao pequeno tema da cadeira; sabe, terá com o que se divertir se quiser vê-las, prometo-lhe um bom momento. Só os pequenos frisos das bordas, olhe, a pequena vinha com o fundo vermelho de *O urso e as uvas*. Não está bem desenhado? Que me diz, acho que isso é saber desenhar! Não é apetitosa essa vinha? Meu marido acha que não gosto de frutas porque como-as menos do que ele. Não, não, sou mais gulosa que vocês todos, mas não preciso colocá-las na boca porque as como com os olhos. Por que estão todos rindo? Perguntem ao doutor, ele lhes dirá se essas uvas não me servem de purgativo. Outras pessoas se curam em Fontainebleau, e eu faço minha cura com Beauvais. Mas, senhor Swann, não irá embora sem ter tocado os pequenos bronzes do espaldar. Não são suaves como pátina? Mas não assim, com as mãos inteiras, toque neles direito.

— Ah! Se madame Verdurin começa a apalpar os bronzes, não ouviremos música esta noite, disse o pintor.

— Cale-se, o senhor é mau. No fundo, disse ela voltando-se para Swann, proíbem a nós, mulheres, coisas menos voluptuosas que estas. Mas não há corpo comparável a isso! Quando o senhor Verdurin me concedia a honra de ter ciúmes de mim — vamos, seja ao menos polido, não diga que nunca teve...

— Mas não digo absolutamente nada. Então, doutor, o senhor é testemunha: eu disse alguma coisa?"

Swann apalpava os bronzes por cortesia e não ousava parar de imediato.

"Vamos, poderá acariciá-los mais tarde; agora é o senhor que será acariciado, acariciado no ouvido; gosta disso, suponho; eis um rapazinho que vai se encarregar disso."

Ora, depois que o pianista tocou, Swann foi ainda mais amável com ele do que com as outras pessoas que se encontravam ali. Eis por quê:

No ano precedente, numa recepção, escutara uma obra musical executada ao piano e violino. De início, experimentou a qualidade material dos sons secretados pelos instrumentos. E já fora um grande prazer quando, sob a pequena linha do violino tênue, resistente, denso e dominador, viu de repente procurar se elevar num marulho líquido a massa da parte do piano, multiforme, indivisa, plana e atropelada como a agitação púrpura das vagas que encantam e suavizam o luar. Mas num dado momento, sem poder distinguir nitidamente um contorno, dar um nome àquilo que lhe agradava, encantado de súbito, tentara recolher a frase ou a harmonia — ele mesmo não sabia — que passava e lhe abrira mais amplamente a alma, como certos aromas de rosas circulando no ar úmido da noite têm a propriedade de dilatar nossas narinas. Talvez porque não soubesse a música pudera sentir uma impressão tão confusa, uma dessas impressões que entretanto são talvez as únicas puramente musicais, inelásticas, inteiramente originais, irredutíveis a toda outra ordem de impressões. Uma impressão desse gênero, durante um instante, é por assim dizer *sine materia*. Sem dúvida as notas que ouvimos então já tendem, segundo a sua altura e a sua quantidade, a cobrir diante de nossos olhos as superfícies de dimensões variadas, a traçar arabescos, a nos dar sensações de largueza, de impalpabilidade, de estabilidade, de capricho. Mas as notas se esvanecem antes que as sensações estejam suficientemente formadas em nós de maneira a não serem submersas pelas que são despertadas nas notas seguintes ou mesmo simultâneas. E essa impressão continuaria a envolver com sua liquidez e sua "fusão" os motivos que emergem por instantes, mal discerníveis, para mergulhar em seguida e desaparecer, conhecidos apenas pelo prazer particular que proporcionam, impossíveis de descrever, de nomear, inefáveis — se a memória, como um operário que trabalha para assentar fundações duradouras no meio das ondas, fabricando para nós fac-símiles dessas frases fugidias, não nos permitisse compará-las às que lhes sucedem e diferenciá-las. Assim, mal expirara a sensação deliciosa que Swann experimentara, a sua memória lhe forneceu uma transcrição sumária e provisória, mas sobre a qual lançara os olhos enquanto a peça musical continuava, de modo que, quando a mesma impressão retornou de repente, ela já não era inapreensível. Ele lhe concebia a extensão, os agrupamentos simétricos, a grafia, o valor expressivo; tinha diante de si essa coisa que não é mais música pura, que é desenho, arquitetura, pensamento, e que permite recordar a música. Dessa vez ele distinguiu nitidamente uma frase se elevando por alguns instantes acima das ondas sonoras. Ela logo lhe propôs volúpias particulares, das quais nunca tivera ideia antes de ouvi-la, e pressentia que só ela o poderia fazer conhecer, e sentira por ela como que um amor desconhecido.

 Ela primeiro o dirigia para cá, depois para lá, depois mais além, para uma felicidade nobre, ininteligível e precisa. E de repente, no ponto a que chegara e de onde se preparava para segui-la, depois de uma pausa de um instante, bruscamente ela mudava de direção, e com um movimento novo, mais rápido, miúdo, melancólico, incessante e suave, arrastava-o com ela para perspectivas desconhecidas. Depois desapareceu. Ele desejou apaixonadamente revê-la uma terceira vez. E com efeito ela reapareceu, mas sem lhe falar mais claramente, causando-lhe mesmo uma volúpia menos profunda. Mas ao chegar em casa ele teve necessidade dela, era como um homem em cuja vida uma passante vista de relance acabasse de fazer entrar a imagem de uma nova beleza, que confere à sua sensibilidade um valor maior, sem que sequer saiba se poderá rever aquela a quem já ama e de quem ignora até o nome.

 Até pareceu por um momento que esse amor por uma frase musical abriria para Swann a possibilidade de uma espécie de renovação. Como havia muito tempo renunciara a orientar sua vida para um objetivo ideal e a limitava à perseguição de satisfações cotidianas, acreditava, sem nunca o dizer formalmente, que isso não mudaria mais até sua morte; ainda mais, não sentindo mais ideias elevadas no espírito, deixara de crer na sua realidade, embora sem poder negá-la de todo. Assim, se habituara a se refugiar em pensamentos sem importância que lhe permitiam deixar de lado a essência das coisas. Assim como não se perguntava se não seria melhor não frequentar a sociedade, mas em compensação sabia com certeza que se aceitasse um convite tinha que comparecer, e que se não fizesse uma visita precisaria depois deixar um cartão, também na sua conversa se esforçava em jamais exprimir com emoção uma opinião íntima sobre as coisas, mas fornecia detalhes materiais que de alguma maneira valiam por si mesmos e lhe permitiam que não dissesse o que delas pensava. Era extremamente preciso para uma receita de culinária, para a data de nascimento ou de morte de um pintor, para a nomenclatura de suas obras. Às vezes, apesar de tudo, se permitia emitir uma opinião sobre uma obra, sobre uma maneira de compreender a vida, mas dava a suas palavras um tom irônico, como se não aderisse por inteiro ao que dizia. Ora, como certos inválidos em cujo mal, de repente, um lugar aonde chegaram, um regime diferente, por vezes uma evolução orgânica, espontânea e misteriosa parecem provocar uma tal regressão que eles começam a considerar a possibilidade inesperada de começar tardiamente uma vida bem diferente, Swann encontrava em si, na lembrança da frase que escutara, em certas sonatas que pedira para tocar a fim de ver se não a descobria, a presença de uma dessas realidades invisíveis nas quais deixara de crer e às quais, como se a música tivesse tido sobre a secura moral de que sofria uma espécie de influência eletiva, sentia em si novamente o desejo e quase a força de consagrar sua vida. Mas sem chegar a saber de quem era a obra que escutara, não pudera obtê-la e acabara por esquecê-la. Bem que encontrou naquela semana algumas pessoas que estavam como ele naquela recepção e as interrogou; mas muitas tinham chegado depois da música ou saído antes; algumas contudo estavam lá quando fora executada, mas haviam ido conversar num outro salão, e outras que ficaram para escutar não tinham ouvido senão o início. Quanto aos donos da casa, sabiam que era uma obra nova que os artistas contratados haviam pedido para tocar; tendo estes saído em turnê, Swann não pôde saber mais nada. Tinha muitos amigos músicos, mas embora recordasse o prazer especial e intraduzível que a frase lhe dera, vendo diante dos olhos as formas que ela desenhava, era entretanto incapaz de cantá-la para eles. Depois parou de pensar nela.

Ora, apenas poucos minutos depois que o pequeno pianista começou a tocar na casa de madame Verdurin, depois de uma nota longamente sustentada durante dois compassos, ele viu de repente se aproximar, escapando por baixo daquela sonoridade prolongada e esticada como uma cortina sonora para esconder o mistério da sua incubação, ele reconheceu, secreta, sussurrante e dividida, a frase aérea e aromática que amava. E ela era tão particular, tinha um charme tão singular e que nenhuma outra poderia substituir, que foi para Swann como se tivesse encontrado num salão amigo uma pessoa a quem houvesse admirado na rua e desesperava de voltar a ver. Por fim, ela se afastou, indicadora, diligente, entre as ramificações de seu perfume, deixando no rosto de Swann o reflexo do seu sorriso. Mas agora podia perguntar o nome da sua desconhecida (disseram-lhe que era o andante da *Sonata para piano e violino* de Vinteuil), a possuía, podia tê-la em casa o quanto quisesse, tentar aprender sua linguagem e seu segredo.

Assim, quando o pianista terminou, Swann se aproximou para lhe exprimir um reconhecimento cuja vivacidade agradou bastante a madame Verdurin.

"Que mágico, não é, disse ela a Swann; ele entende algo da sua sonata, não, o diabinho? O senhor não sabia que o piano podia chegar a tanto. É tudo, menos piano, juro! Toda vez me engano, acho que ouço uma orquestra. É mais bonito que uma orquestra, mais completo."

O jovem pianista se inclinou e, sorrindo, sublinhando as palavras como se dissesse algo espirituoso:

"A senhora é muito condescendente comigo", disse.

E enquanto madame Verdurin dizia a seu marido: "Vamos, dê-lhe suco de laranja, ele fez por merecer", Swann contava a Odette como se apaixonara por aquela pequena frase. Quando madame Verdurin, tendo dito de um pouco longe: "Ora, vejam! Parece que estão lhe falando coisas bonitas, Odette", ela respondeu: "Sim, muito bonitas", e Swann achou deliciosa a sua simplicidade. Entretanto pedia informações sobre Vinteuil, sobre sua obra, sobre a época de sua vida em que compusera aquela sonata, sobre o que poderia significar para ele a pequena frase, era sobretudo isso que queria saber.

Mas toda aquela gente que professava admirar o músico (quando Swann disse que sua sonata era verdadeiramente bela, madame Verdurin exclamou: "Ora, se é bela! Mas não se confessa desconhecer a sonata de Vinteuil, não se tem o direito de desconhecê-la", e o pintor acrescentou: "Ah, é de fato uma grande obra, certo? Não é, se quiser, 'óbvia' e 'popular', certo? mas causa uma enorme impressão nos artistas"), aquela gente parecia nunca ter se colocado essas questões, pois ninguém foi capaz de respondê-las.

Mesmo a uma ou duas observações particulares que Swann fez sobre sua frase preferida:

"Puxa, é engraçado, nunca prestei atenção; admito que não dou tratos à bola nem procuro agulha em palheiro; aqui não se perde tempo cortando um fio de cabelo em dois, não é costume da casa", respondeu madame Verdurin, que o doutor Cottard olhava com admiração beata e um zelo estudioso se deleitar no meio dessa onda de frases feitas. Aliás ele e madame Cottard, com uma espécie de bom senso comum a certa gente do povo, evitavam dar uma opinião ou fingir admiração por uma música que confessavam um ao outro, logo que voltavam para casa, não entender melhor do que a pintura do "senhor Biche". Como o público conhece, do encanto, da graça, das formas da natureza apenas o que absorveu dos clichês de uma arte lentamente assimilada, e como um artista original principia por rejeitar esses clichês, o senhor Cottard e a esposa, que nisso eram a imagem do público, não achavam nem na sonata de Vinteuil nem nos retratos do pintor aquilo que para eles configurava a harmonia da música e a beleza da pintura. Parecia-lhes que quando o pianista tocava a sonata ele arrancava ao acaso do piano notas que de fato não se ligavam às formas às quais estavam habituados, e que o pintor lançava ao acaso as cores nas suas telas. Quando nelas podiam reconhecer uma forma, achavam-na pesada e vulgarizada (ou seja, desprovida da elegância da escola de pintura por meio da qual viam, mesmo na rua, os seres vivos), e sem verdade, como se o senhor Biche não soubesse como se fazia um ombro e que as mulheres não têm cabelo cor de malva.

Contudo, como os fiéis se tivessem dispersado, o doutor sentiu que havia uma ocasião propícia e, enquanto madame Verdurin dizia uma última palavra sobre a sonata de Vinteuil, como um nadador que pula na água para aprender mas escolhe um momento em que não há muita gente para vê-lo:

"Então é o que se chama um músico *di primo cartello*!",* exclamou ele com brusca resolução.

Swann soube somente que a recente aparição da sonata de Vinteuil produzira uma grande impressão numa escola de tendências muito avançadas, mas era inteiramente desconhecida do grande público.

"Conheço bem alguém que se chama Vinteuil, disse Swann, pensando no professor de piano das irmãs de minha avó.

— Talvez seja ele, exclamou madame Verdurin.

— Ah, não!, respondeu Swann rindo. Se o tivesse visto por dois minutos nem colocaria a pergunta.

— Então, colocar a pergunta é resolvê-la?, disse o doutor.

— Mas poderia ser um parente, continuou Swann, o que seria bem triste, mas enfim um homem de gênio pode ser primo de um velho tonto. Se assim fosse, confesso que não haveria suplício a que não me sujeitasse para que o velho tonto me apresentasse ao autor da sonata; a começar pelo suplício de frequentar o velho tonto, o que deve ser horrível."

O pintor sabia que Vinteuil nesse momento estava muito doente e que o doutor Potain temia não poder salvá-lo.

"Como, exclamou madame Verdurin, ainda há gente que se trata com Potain!

— Ah, madame Verdurin!, disse Cottard, num tom afetado, a senhora esquece que fala de um dos meus confrades, deveria dizer de um de meus mestres."

O pintor ouvira dizer que Vinteuil estava ameaçado de alienação mental. E assegurava que se podia perceber isso em certas passagens da sua sonata. Swann não achou a observação absurda, mas ela o perturbou; pois uma obra de música pura não contém nenhuma das relações lógicas cuja alteração na linguagem denuncia a loucu-

---

* Expressão italiana que indica cantores líricos de primeira linha, cujos nomes ficam no alto de cartazes que anunciam óperas.

ra, a loucura reconhecida numa sonata lhe parecia alguma coisa tão misteriosa como a loucura de uma cadela, a loucura de um cavalo, que contudo podem ser efetivamente observadas.

"Não me perturbe com seus mestres, o senhor sabe dez vezes mais do que ele", respondeu madame Verdurin ao doutor Cottard, com o tom de quem tem a coragem das suas convicções e as defende com bravura na presença dos que não têm a mesma opinião. "O senhor pelo menos não mata seus pacientes!

— Mas, madame, ele é da Academia, replicou o doutor num tom irônico. Se um doente prefere morrer nas mãos de um dos príncipes da ciência... É bem mais chique poder dizer: 'É Potain quem me trata'.

— Ah, é mais chique?, disse madame Verdurin. Então as doenças agora são chiques? Não sabia disso... Como o senhor me diverte, exclamou ela de surpresa, mergulhando o rosto nas mãos. E eu, que idiota, conversava seriamente sem perceber que o senhor me fazia de boba."

Quanto ao senhor Verdurin, achando um pouco cansativo rir por tão pouco, contentou-se em tirar uma baforada de seu cachimbo, pensando com tristeza que não podia mais rivalizar com sua mulher em matéria de gentileza.

"Sabe, o seu amigo nos agrada bastante, disse madame Verdurin a Odette no momento em que esta lhe dava boa-noite. Ele é simples, encantador; sempre que tiver amigos como este para nos apresentar, pode trazê-los."

O senhor Verdurin observou que contudo Swann não havia apreciado a tia do pianista.

"O homem se sentiu um pouco desambientado, respondeu madame Verdurin, você não queria que, logo na primeira vez, ele já tivesse o tom da casa como Cottard, que faz parte do nosso pequeno clã há vários anos. A primeira vez não conta, foi útil como início de conversa. Odette, fica combinado que ele virá nos encontrar amanhã no Châtelet. E se fosse buscá-lo?

— Não, ele não quer.

— Ah, enfim, como queiram. Desde que ele não deserte na última hora!"

Para grande surpresa de madame Verdurin, ele não desertou nunca. Ia encontrá-los não importa onde, às vezes em restaurantes de subúrbio aonde pouco se ia porque ainda não era época, com maior frequência no teatro, de que madame Verdurin gostava muito; e como um dia, na sua casa, ela disse diante dele que, para as noites de estreia, de gala, um passe livre teria sido bem útil, e que havia sido desagradável não ter um no dia do funeral de Gambetta,* Swann, que nunca falava de suas brilhantes relações, mas somente das mal avaliadas, que julgava pouco delicado esconder, e entre as quais se habituara, no Faubourg Saint-Germain, a incluir as relações com o mundo oficial, respondeu:

"Prometo-lhe me ocupar disso, a senhora o terá para a reprise de *Danicheff*,** almoço justamente amanhã com o chefe de polícia no Élysée.

— Como assim, no Élysée?, exclamou o doutor Cottard com uma voz tonitruante.

— Sim, no senhor Grévy",*** respondeu Swann, um pouco embaraçado pelo efeito que sua frase produzira.

E o pintor disse ao doutor em tom de piada: "Esses ataques lhe são frequentes?".

Geralmente, uma vez dada a explicação, Cottard dizia: "Ah, bom, então está bom" e não mostrava mais nenhuma emoção. Mas dessa vez as últimas palavras de Swann, em vez de lhe trazerem o apaziguamento habitual, levaram ao auge seu espanto de que um homem com quem jantava, o qual não tinha nem funções oficiais nem distinção de espécie alguma, frequentasse o chefe de Estado.

"Como assim, o senhor Grévy? Conhece o senhor Grévy?", disse ele a Swann com o ar estúpido e incrédulo de um guarda municipal a quem um desconhecido pede para ver o presidente da República, e que, compreendendo por essas palavras "com quem está falando", como dizem os jornais, assegura ao pobre lunático que ele será recebido num instante e o encaminha à enfermaria especial do centro de detenção.

"Conheço-o um pouco, temos amigos comuns (não ousou dizer que era o príncipe de Gales), de resto ele convida com grande faci-

---

* O enterro de Léon Gambetta, primeiro-ministro, ocorreu em janeiro de 1883.
** *Les Danicheff*, peça de Pierre Corvin-Kroukowski, em colaboração com Dumas Filho, cuja reestreia se deu em 1884.
*** Jules Grévy, presidente da República de 1879 a 1887.

lidade e garanto que esses almoços não têm nada de divertido, são aliás bem simples, não somos nunca mais que oito à mesa", respondeu Swann, que buscava esconder o que parecia haver de demasiado estrondoso, aos olhos de seu interlocutor, nas relações com o presidente da República.

E logo Cottard, baseando-se nas palavras de Swann, adotou essa opinião sobre o valor de um convite do senhor Grévy, de que era algo muito pouco procurado e que se encontrava com facilidade na rua. Desde então não se espantou mais de que Swann, tanto quanto qualquer outro, frequentasse o Élysée, e até lamentava um pouco que ele tivesse que ir a almoços que o próprio convidado confessava serem chatos.

"Ah, bem, bem, está tudo bem", disse ele com o tom de um guarda de alfândega, pouco antes desconfiado mas que, depois das explicações, dá o seu visto e nos deixa passar sem abrir as malas.

"Ah! Acredito que não devam ser divertidos, esses almoços, o senhor tem o mérito de ir a eles", disse madame Verdurin, a quem o presidente da República parecia um chato particularmente temível porque dispunha de meios de sedução e de coerção que, empregados aos fiéis, teriam sido capazes de fazê-los desertar. "Parece que é surdo como uma porta e come com os dedos.

— Com efeito, então não deve diverti-lo muito ir a eles", disse o doutor com uma nuance de comiseração; e, lembrando-se do número de oito convivas: "São almoços íntimos?", perguntou com vivacidade, mais por zelo de linguista que por curiosidade de tolo.

Mas o prestígio do presidente da República a seus olhos acabou por triunfar sobre a humildade de Swann e a malevolência de madame Verdurin, e a cada jantar Cottard perguntava com interesse: "Veremos esta noite o senhor Swann? Ele tem relações pessoais com o senhor Grévy. Será ele o que se chama de um gentleman?". Chegou até a lhe oferecer um convite para a Exposição Odontológica.

"O senhor será admitido com quem estiver, mas não deixam entrar cachorros. Entenda, digo isso porque tive amigos que não sabiam e ficaram chupando o dedo."

Quanto ao senhor Verdurin, ele notou o mau efeito causado na sua mulher pela descoberta de que Swann tinha amizades poderosas das quais jamais falara.

Se não houvessem arrumado alguma diversão fora, era na casa dos

Verdurin que Swann encontrava o pequeno núcleo, mas só aparecia à noite, e quase nunca aceitava jantar apesar da insistência de Odette.

"Eu poderia até jantar sozinha contigo, se preferisse, lhe dizia ela.

— E madame Verdurin?

— Ora, é muito simples. Bastaria dizer que meu vestido não ficou pronto, que meu carro chegou atrasado. Sempre se dá um jeito.

— Você é gentil."

Mas Swann se dizia que, se mostrasse a Odette (consentindo apenas em encontrá-la depois do jantar) que havia prazeres que preferia ao de estar com ela, um longo tempo se passaria antes que a queda que tinha por ele se saciasse. E, por outro lado, preferindo infinitamente à de Odette a beleza de uma pequena operária jovial e densa como uma rosa por quem estava fascinado, preferia passar o começo da noite com ela, tendo certeza de se encontrar com Odette em seguida. Era pelas mesmas razões que nunca aceitava que Odette o viesse buscar para ir à casa dos Verdurin. A pequena operária o esperava perto da casa dele numa esquina que seu cocheiro Rémi conhecia, ela subia ao lado de Swann e ficava nos seus braços até o momento em que a viatura parava diante da casa dos Verdurin. À sua entrada, enquanto madame Verdurin, mostrando as rosas que ele enviara de manhã, lhe dizia: "Vou te dar uma bronca" e indicava um lugar ao lado de Odette, o pianista tocava para os dois a pequena frase de Vinteuil que era como o hino nacional do seu amor. Ele começava pelos tremolos sustentados de violino que durante alguns compassos são ouvidos sozinhos, ocupando todo o primeiro plano, depois subitamente parecem se afastar e, como nos quadros de Pieter de Hooch, que aprofunda o vão estreito de uma porta entreaberta, ao longe, de outra cor, no aveludado de uma luz interposta, a pequena frase aparecia, dançante, pastoral, interpolada, episódica, pertencente a outro mundo. Passava em plissados simples e imortais, distribuindo aqui e ali os dons de sua graça, com o mesmo sorriso inefável; mas Swann acreditava agora discernir nela um desencanto. Ela parecia conhecer a futilidade daquela alegria cujo caminho mostrava. Na sua graça leve, tinha qualquer coisa de consumado, como a indiferença que se segue ao arrependimento. Mas pouco lhe importava, ele a considerava menos em si mesma — naquilo que podia exprimir para um músico que ignorava a existência dele e de Odette quando a compusera, e para todos aqueles que a ouviriam ao longo dos séculos — do que como uma caução, uma recordação de seu amor que, mesmo para os Verdurin e o pequeno pianista, fazia pensar ao mesmo tempo em Odette e nele, no que os unia; a tal ponto que, como Odette lhe pedira por capricho, renunciara a seu projeto de mandar que um artista tocasse a sonata inteira, da qual continuava a conhecer apenas aquela passagem. "Quem precisa do resto?, disse-lhe ela. É *nosso* trecho." E até, sofrendo ao imaginar, no momento em que ela passava tão perto e ao mesmo tempo no infinito, que enquanto se dirigia a eles, não os conhecia, ele quase lamentava que a frase tivesse um significado, uma beleza intrínseca e fixa, estranha a eles, como ocorre com as joias presenteadas, ou mesmo nas cartas escritas por uma mulher amada, quando reclamamos da água da gema e das palavras da linguagem por não serem feitas unicamente da essência de uma ligação efêmera e de uma pessoa particular.

Muitas vezes ocorria de ele demorar tanto com a operária antes de ir à casa dos Verdurin que, uma vez executada a pequena frase pelo pianista, Swann percebia que seria logo a hora de Odette ir embora. Ele a conduzia até a porta de sua pequena residência, na rua La Pérouse, atrás do Arco do Triunfo. E era talvez por causa disso, para não lhe pedir todos os favores, que sacrificava o prazer, menos necessário para ele, de a ver mais cedo, de chegar à casa dos Verdurin com ela, ao exercício desse direito, que ela lhe concedia, de partirem juntos e ao qual ele dava maior importância porque, graças a isso, tinha a impressão de que ninguém a via, nem se metia entre os dois ou a impedia de continuar com ele, depois que a tivesse deixado.

Assim, ela voltava na viatura de Swann; uma noite, quando ela acabava de descer e ele lhe dizia até amanhã, ela colheu precipitadamente no pequeno jardim diante da casa um derradeiro crisântemo e o deu a ele antes que partisse. Ele o manteve contra os lábios durante o retorno, e quando após alguns dias a flor murchou, guardou-a preciosamente na sua escrivaninha.

Mas nunca entrava na casa dela. Duas vezes somente, à tarde, foi participar da operação, capital para ela, de "tomar chá". O isolamento e o vazio daquelas ruas curtas (quase todas compostas de pequenos imóveis contíguos, cuja monotonia era subitamente rompida por alguma sinistra biboca, testemunho histórico e resto sórdido do tempo em que aqueles bairros ainda eram mal-afamados), a neve que jazia no jardim e nas árvores, o abandono da estação, a proximidade da natureza, conferiam algo de mais misterioso ao calor, às flores que encontrava ao entrar.

Deixando à esquerda, no térreo elevado, o quarto de dormir de Odette, cujos fundos davam para uma pequena rua paralela, uma escada reta entre paredes pintadas de cor escura e das quais pendiam tecidos orientais, fios de cordões turcos e uma grande lanterna japonesa suspensa por um cordão de seda (mas que, para não privar os visitantes dos últimos confortos da civilização ocidental, era iluminada a gás) subia à sala e à saleta. Elas eram precedidas por um vestíbulo estreito cuja parede quadriculada com uma treliça de jardim, embora dourada, era margeada em todo o seu comprimento por uma caixa retangular onde florescia como numa estufa uma fileira de grandes crisântemos, ainda raros naquela época, mas ainda bem distantes daqueles que os horticultores conseguiriam mais tarde obter. Swann estava irritado com a moda que desde o ano anterior os pusera em evidência, mas sentira prazer daquela vez, ao ver a penumbra do aposento zebrada de rosa, de alaranjado e de branco pelos raios perfumados desses astros efêmeros que se acendiam nos dias cinzentos. Odette o recebera num robe de chambre de seda rosa, o colo e os braços nus. Fizera-o sentar-se perto dela num dos numerosos retiros misteriosos arrumados nos desvãos da sala, protegidos por imensas palmas em vasos chineses, ou por biombos nos quais estavam afixadas fotografias, laços de fita e leques. Ela lhe dissera: "Você não está confortável assim, espere que vou acomodá-lo", e com um risinho vaidoso que teria para alguma invenção de sua autoria, instalou atrás da cabeça de Swann, e debaixo dos seus pés, almofadas de seda japonesas que afofava como se fosse pródiga daquelas riquezas e descuidada com o seu valor. Mas quando o criado vinha trazer sucessivamente as numerosas lâmpadas que, quase todas dentro de potiches chineses, ardiam isoladamente ou aos pares, todas como altares sobre móveis diferentes e que no crepúsculo já quase noturno daquele fim de tarde de inverno tinham feito reaparecer um poente mais durável, mais róseo e mais humano — fazendo talvez sonhar na rua algum apaixonado diante do mistério da presença que, ao mesmo tempo, ocultavam e mostravam vidraças iluminadas —, Odette vigiara severamente com o canto do olho o criado para ver se as colocava no lugar que lhes era consagrado.

Achava que, se apenas uma delas fosse colocada onde não deveria, o efeito de conjunto de sua sala seria destruído, e seu retrato, posto num cavalete oblíquo forrado de pelúcia, ficaria mal iluminado. Assim, seguia febrilmente os movimentos daquele homem grosseiro e o repreendeu vivamente porque passara demasiado perto de duas jardineiras que ela própria se encarregava de limpar, com receio de que se quebrassem, e foi olhar de perto para ver se não as lascara. Achava que todos os seus bibelôs chineses tinham formas "divertidas", sobretudo as catleias que, como os crisântemos, eram suas flores preferidas, pois tinham o grande mérito de não parecerem flores, mas de serem de seda, de cetim. "Aquela parece ter sido recortada do forro do meu casaco", disse ela a Swann ao lhe mostrar uma orquídea, com uma nuance de estima por essa flor tão "chique", por essa irmã elegante e imprevista que a natureza lhe dava, tão distante dela na escala dos seres e contudo refinada, mais digna do que muitas mulheres às quais ela abrisse um espaço na sua sala. Mostrando-lhe aqui e ali quimeras com línguas de fogo decorando um potiche ou bordadas numa tela, as corolas de um buquê de orquídeas, um dromedário de prata esmaltado com os olhos incrustados de rubis que era vizinho de um sapo de jade sobre a lareira, ela ora afetava ter medo da maldição ora rir do grotesco dos monstros, ou corava diante da indecência das flores e experimentava um irresistível desejo de beijar o dromedário ou o sapo, que chamava de "queridos". E essas afetações contrastavam com a sinceridade de algumas das suas devoções, notadamente à Nossa Senhora de Laghet, que outrora, quando morava em Nice, a curara de uma doença mortal, e da qual tinha sempre uma medalha de ouro a que atribuía um poder sem limites. Odette fez para Swann "seu" chá, e lhe perguntou: "Limão ou creme?", e como ele respondesse "creme", disse-lhe rindo: "Uma nuvem!". E como ele o achasse bom: "Veja que sei do que você gosta". Aquele chá de fato parecera a Swann, como a ela, algo de precioso, e o amor tem tal necessidade de achar uma justificativa, uma garantia de perdurar em prazeres que, ao contrário, sem ele não o seriam e terminariam junto com ele, que quando a deixou às sete horas para voltar à sua casa e se vestir, durante todo o trajeto que fez no seu cupê, não podendo conter a alegria que aquela tarde lhe tinha provocado, se repetia: "Seria bem agradável ter assim uma pessoa em cuja casa poderia encontrar essa coisa rara, um bom chá". Uma hora depois recebeu um bilhete de Odette e reconheceu imediatamente a caligrafia graúda na qual uma afetação de rigidez britânica impunha uma aparência de disciplina a caracteres informes que teriam significado talvez a olhos menos avisados a desordem do pensamento, a insuficiência da educação, a falta de franqueza e de vontade. Swann esquecera a cigarreira na casa de Odette. "Se tivesse esquecido também seu coração, não deixaria que o pegasse de volta."

Uma segunda visita que fez a ela teve talvez maior importância. Indo à sua casa naquele dia, como toda vez que devia vê-la, imaginava-a antes; e a necessidade que tinha de achar bonito o seu rosto, de limitar apenas às maçãs do rosto róseas e frescas as suas faces com frequência amarelas, lânguidas, às vezes crivadas de pequenos pontos vermelhos, afligia-o como uma prova de que o ideal é inacessível e a felicidade, medíocre. Levava-lhe uma gravura que ela queria ver. Ela estava um pouco indisposta; recebeu-o com um penhoar de crepe da china de cor malva, tendo sobre o colo, como um xale, um estofo ricamente bordado. De pé a seu lado, deixando cair ao longo do rosto os cabelos que deixara soltos, dobrando uma perna numa atitude ligeiramente dançante para poder se debruçar sem cansar sobre a gravura que olhava, inclinando a cabeça, com seus olhos grandes, tão cansados e tristonhos quando não se animava, impressionou Swann por sua semelhança com a figura de Séfora, a filha de Jetro, que se vê num afresco da capela Sistina. Swann sempre teve o gosto particular de descobrir na pintura dos mestres não somente os caracteres gerais da realidade que nos rodeia, mas aquilo que, ao contrário, parece menos suscetível de generalização, os traços individuais dos rostos que conhecemos: assim, na matéria de um busto do doge Loredano por Antonio Rizzo, a saliência das maçãs do rosto, a obliquidade das sobrancelhas, enfim, a semelhança gritante com seu cocheiro Rémi; sob as cores de Ghirlandaio, o nariz do senhor de Palancy; num retrato de Tintoretto, a invasão das bochechas pela implantação dos primeiros pelos das suíças, o desvio do nariz, a agudez do olhar, a congestão das pálpebras do doutor de Boulbon. Talvez, tendo guardado sempre algum remorso por ter se limitado às relações mundanas, à conversação, julgasse achar uma espécie de perdão indulgente que os grandes artistas lhe concediam, pelo fato de que também eles tinham considerado com prazer, feito entrar na sua obra, rostos que deram a ela um certificado singular da realidade e da vida; talvez também se deixara tomar de tal modo pela frivolidade das pessoas mundanas que sentia necessidade de encontrar numa obra antiga essas alusões antecipadas e rejuvenescedoras de nomes correntes hoje. Talvez, ao contrário, tivesse conservado uma natureza de artista para que essas características individuais lhe causassem prazer ao adquirir um significado mais geral, desde que as percebesse desenraizadas, livres, à semelhança de um retrato mais antigo com um original que não o representava. Seja como for, e talvez porque a abundância de impressões que tinha havia algum tempo, e mesmo que a abundância tivesse vindo a ele mais com o amor da música, ela enriqueceu até o seu deleite pela pintura, o prazer foi mais profundo e devia exercer sobre Swann uma influência durável, como o prazer que encontrou naquele momento na semelhança de Odette com a Séfora desse Sandro di Mariano ao qual se dá mais facilmente o nome popular de Botticelli, pois que este evoca, em vez da obra verdadeira do pintor, a ideia banal e falsa que dela se vulgarizou. Não avaliava mais o rosto de Odette segundo a melhor ou pior qualidade de suas faces ou pela doçura puramente carnal que supunha dever encontrar ao tocá-las com seus lábios se ousasse beijá-la, mas como um novelo de linhas sutis e belas que o seu olhar desembaraçaria, seguindo a curva de seus cachos, ligando a cadência da nuca à efusão dos cabelos e à flexão das pálpebras, como num retrato dela em que seu tipo tornava-se inteligível e claro.

 Olhava-a; um fragmento do afresco aparecia no seu rosto e no seu corpo, que desde então procurava encontrar, ou quando estivesse com Odette, ou quando pensava nela, e embora só desse importância à obra-prima florentina porque a reencontrava nela, ainda assim essa semelhança lhe conferia também uma beleza, a tornava mais preciosa. Swann se recriminou por ter desconhecido o valor de um ser que teria parecido adorável ao grande Sandro, e se felicitou porque o prazer que tinha em ver Odette encontrava uma justificativa na sua própria cultura estética. Ele se disse que, ao associar o pensamento em Odette a seus sonhos de felicidade, não se resignara a um arremedo tão imperfeito como acreditara até então, pois que ela lhe satisfazia as preferências artísticas mais refinadas. Esquecia que Odette não era devido a isso uma mulher de acordo com o seu gosto, já que seu desejo sempre se orientara num sentido precisamente oposto ao seu gosto estético. A expressão "obra florentina" prestou um grande serviço a Swann. Ela lhe permitiu, como um título, fazer penetrar a imagem de Odette num mundo de sonhos ao qual não tivera acesso até então e onde ela se impregnou de beleza. E enquanto a visão puramente carnal que tivera dessa mulher, renovando perpetuamente suas dúvidas sobre a qualidade de seu rosto, de seu corpo, de toda a sua beleza, enfraquecia seu amor, essas dúvidas foram destruídas, o amor assegurado quando, em vez delas, teve os dados de uma estética precisa; sem contar que o beijo e a posse que pareciam naturais e medíocres se lhe fossem concedidos por uma carne deteriorada, vindo coroar a adoração de uma peça de museu, lhe pareciam dever ser sobrenaturais e preciosos.

E quando era tentado a lastimar que havia meses não fazia outra coisa senão ver Odette, se dizia que era razoável empregar tanto de seu tempo a uma obra-prima inestimável, moldada dessa vez com uma matéria diferente e particularmente saborosa, num exemplar raríssimo que contemplava, ora com a humildade, a espiritualidade e o desinteresse de um artista, ora com o orgulho, o egoísmo e a sensualidade de um colecionador.

Pôs na sua mesa de trabalho, como uma fotografia de Odette, uma reprodução da filha de Jetro. Admirava seus olhos grandes, o rosto delicado que deixava adivinhar a pele imperfeita, os cachos maravilhosos ao longo das faces fatigadas e, adaptando o que até então achava belo esteticamente à ideia de uma mulher viva, ele o transformava em méritos físicos que se felicitava por encontrar reunidos numa pessoa a quem poderia possuir. Essa vaga simpatia que nos atrai a uma obra-prima que contemplamos, agora que conhecia o original carnal da filha de Jetro, tornava-se um desejo que desde então supriu o que o corpo de Odette a princípio não lhe havia inspirado. Depois de contemplar longamente esse Botticelli, pensava no seu Botticelli, que achava ainda mais belo, e, aproximando de si a fotografia de Séfora, acreditava apertar Odette contra o seu coração.

E contudo não era somente a lassitude de Odette que ele se esforçava em prevenir, às vezes era também a sua; sentindo que desde que Odette tinha todas as facilidades para vê-lo, ela parecia não ter grande coisa a lhe dizer, temia que seus modos um pouco insignificantes, monótonos e como que definitivamente fixados, que eram agora os dela quando estavam juntos, acabassem por matar nele essa esperança romanesca de que um dia ela quisesse declarar sua paixão, a única coisa que o fizera e conservara apaixonado. E para renovar um pouco o aspecto moral, demasiado imóvel, de Odette, e do qual temia se cansar, lhe escrevia de súbito uma carta cheia de decepções fingidas e de cóleras simuladas que mandava entregar-lhe antes do jantar. Sabia que ela ficaria apavorada, lhe responderia, e esperava que da crispação que o medo de perdê-lo tomaria a sua alma brotariam palavras que ela nunca lhe dissera; e com efeito — fora dessa maneira que obtivera as cartas mais ternas que ela lhe escreveu, uma das quais, enviada ao meio-dia da "Maison Dorée" (era o dia da festa de Paris-Múrcia, em benefício das vítimas das inundações de Múrcia), começava com estas palavras: "Meu amigo, minha mão treme tão forte que mal posso escrever", e que ele guardara na mesma gaveta que a flor seca do crisântemo. Ou então, se não tivesse tempo de lhe escrever, quando ele chegasse à casa dos Verdurin iria vivamente a seu encontro e lhe diria: "Preciso falar contigo", e ele contemplaria com curiosidade, no seu rosto e nas suas palavras, o que ela escondera até ali no seu coração.

Mal se aproximava da casa dos Verdurin, quando avistava, iluminadas pelas lâmpadas, as grandes janelas cujos postigos nunca eram fechados, ele se enternecia ao pensar na encantadora criatura que veria desabrochada na sua luz de ouro. Às vezes as sombras dos convidados se destacavam, esguias e negras na contraluz diante das lâmpadas, como aquelas pequenas gravuras que se intercalam de quando em quando num abajur translúcido e cujas demais abas são apenas claridade. Ele tentava distinguir a silhueta de Odette. Depois, ao chegar, sem que se desse conta, seus olhos brilhavam com tal alegria que o senhor Verdurin dizia ao pintor: "Acho que a coisa está esquentando". E para Swann a presença de Odette de fato dava àquela casa algo que faltava em todas nas quais era recebido: uma espécie de aparelho sensitivo, de rede nervosa que se ramificava em todos os aposentos e lhe trazia excitações constantes ao coração.

Assim, o simples funcionamento daquele organismo social que era o pequeno "clã" proporcionava automaticamente a Swann encontros diários com Odette e lhe permitia fingir a indiferença ao vê-la, ou mesmo um desejo de não vê-la mais, que não o fazia correr grandes riscos, embora lhe tivesse escrito durante o dia, a veria forçosamente à noite e a levaria para casa.

Mas uma vez, tendo pensado com desagrado naquele inevitável regresso juntos, levara até o Bois sua jovem operária para atrasar o momento de ir à casa dos Verdurin, e chegou tão tarde que Odette, achando que ele não viria mais, havia partido. Vendo que ela não estava mais no salão, Swann sentiu um aperto no coração; tremia por ser privado de um prazer que avaliava pela primeira vez, tendo até ali a certeza de encontrá-lo quando queria, o que diminui o prazer ou mesmo nos impede de ver sua grandeza.

"Viu a cara que ele fez quando percebeu que ela não estava?, disse o senhor Verdurin à sua mulher, acho que se pode dizer que ficou mordido!

— A cara que ele fez?", perguntou com violência o doutor Cottard que, tendo saído por um momento para ver um paciente, voltava para buscar sua mulher e não sabia de quem se falava.

"Como, não encontrou à porta o mais belo dos Swann...

— Não, o senhor Swann veio?

— Oh! Apenas um instante. Tivemos um Swann muito agitado, muito nervoso. Você entende, Odette já se fora.

— Você quer dizer que eles estão se dando maravilhosamente, que ela lhe entregou a chave de sua cidadela", disse o doutor, experimentando com prudência os sentidos dessas expressões.

"Não, não há absolutamente nada e, cá entre nós, acho que ela erra e se porta como uma boba, que aliás é mesmo.

— Ora, ora, disse o senhor Verdurin, como você sabe que não há nada? Não fomos lá olhar, não é?

— A mim ela teria dito, replicou orgulhosamente madame Verdurin. Digo a você que ela me conta todos os seus casinhos! Como ela não tem mais ninguém nesse momento, eu lhe disse que deveria dormir com ele. Ela afirma que não pode, que teve por ele uma forte queda, mas ele é tímido com ela e isso por sua vez a intimida, e depois ela não o ama dessa maneira, que é um ser ideal, que tem medo de degradar o sentimento que tem por ele, que sei eu? No entanto seria disso mesmo que ela precisaria.

— Permita-me discordar da sua opinião, disse o senhor Verdurin, não vou muito com esse cavalheiro; parece-me posudo."

Madame Verdurin se imobilizou, assumiu uma expressão inerte, como se tivesse se transformado numa estátua, uma ficção que lhe permitiu pretender que não ouviu a insuportável palavra "posudo", a qual parecia implicar que alguém poderia "fazer pose" com eles, e portanto era "mais do que eles".

"Afinal, se não há nada, não penso que seja porque esse cavalheiro a ache *virtuosa*, disse ironicamente o senhor Verdurin. E depois, não se pode dizer nada, pois que ele parece julgá-la inteligente. Não sei se escutou o que dissertava para ela outra noite sobre a sonata de Vinteuil; gosto de Odette com todo o coração, mas para lhe construir teorias estéticas é preciso ser mesmo muito tolo!

— Veja lá, não fale mal de Odette, disse madame Verdurin com um ar infantil. Ela é encantadora.

— Mas isso não a impede de ser encantadora; não falamos mal dela, dizemos que não é uma imagem da virtude nem da inteligência. No fundo, disse ele ao pintor, quer muito que ela seja virtuosa? Talvez fosse muito menos encantadora, quem sabe?"

Na entrada, Swann foi abordado pelo mordomo que não estava lá no momento em que chegara e fora encarregado por Odette de lhe dizer — porém mais de uma hora antes —, caso ele viesse, que ela provavelmente iria tomar um chocolate no Prévost antes de voltar para casa. Swann partiu para o Prévost, mas a cada passo sua carruagem era detida por outras ou por pessoas que atravessavam, obstáculos odiosos que derrubaria de bom grado se a intervenção de um policial não o retardasse ainda mais que a passagem de um pedestre. Contava o tempo que levava, acrescentava alguns segundos a todos os minutos para se certificar de não os ter feito muito curtos, o que poderia levá-lo a considerar maiores do que a possibilidade de chegar a tempo e ainda encontrar Odette. E em certo momento, como alguém com febre que acaba de dormir e toma consciência do absurdo dos sonhos que ruminava sem se distinguir nitidamente deles, Swann de súbito percebeu nele a estranheza dos pensamentos que alimentava desde o momento em que lhe disseram, na casa dos Verdurin, que Odette já partira, a novidade da dor que sentia no coração mas que constatou apenas como se acabasse de acordar. Quê? Toda aquela agitação porque só veria Odette no dia seguinte, o que precisamente desejara uma hora antes, ao ir para a casa dos Verdurin! Foi obrigado a constatar que, naquela mesma viatura que o levava ao Prévost, não era mais o mesmo, e que não estava mais sozinho, que um novo ser estava com ele, colado a ele, amalgamado com ele, do qual não poderia talvez desembaraçar-se, e o qual seria obrigado a tratar com circunspecção, como a um mestre ou uma doença. E contudo, a partir do momento em que sentia que uma nova pessoa assim se juntara a ele, sua vida parecia mais interessante. Mal e mal ele se dizia que aquele possível encontro no Prévost (cuja espera confundia, desnudava a tal ponto os momentos que a precediam que ele não achava mais uma ideia, uma recordação em que pudesse repousar seu espírito), no entanto, caso acontecesse, era provável que fosse como os outros, pouquíssima coisa. Como todas as noites, assim que estivesse com Odette, lançando furtivamente sobre seu rosto mutante um olhar que logo desviaria por medo de que ela visse nele seu desejo crescente e não acreditasse mais no seu desinteresse, deixaria de poder pensar nela, demasiado ocupado em achar pretextos que lhe permitissem não ter de deixá-la logo em seguida e se assegurar, sem dar a impressão disso, de que a reencontraria no dia seguinte na casa dos Verdurin: ou seja, prolongar aquele instante e renovar por mais um dia a decepção e a tortura que lhe provocava a vã presença daquela mulher de quem se aproximava sem ousar apertá-la nos braços.

Ela não estava no Prévost; quis procurar em todos os restaurantes dos bulevares. Para ganhar tempo, enquanto visitava uns enviou aos outros seu cocheiro Rémi (o doge Loredano de Rizzo) que encontraria em seguida — não tendo encontrado ninguém — no lugar que indicara. O carro não voltava e Swann imaginava o momento que se aproximava como aquele em que Rémi lhe diria: "A senhora está ali" e também como aquele em que Rémi lhe diria: "A senhora não está em nenhum dos cafés". E assim ele via o fim da noite à sua frente, um fim e contudo com sua alternativa, precedido pelo encontro de Odette que aboliria sua angústia, ou pela renúncia forçada a encontrá-la naquela noite, pela aceitação de voltar para casa sem a ter visto.

O cocheiro retornou, mas, no momento em que parou diante de Swann, este não lhe disse: "Encontrou a senhora?", e sim: "Lembre-me amanhã de encomendar lenha, creio que a reserva está quase acabando". Talvez ele dissesse a si mesmo que se Rémi tivesse encontrado Odette num café onde ela o esperava, o fim da noite nefasta já estava cancelado pelo encontro e acabava de começar o fim de noite feliz, e não havia necessidade de se apressar para atingir a felicidade capturada e num lugar seguro, que não lhe escaparia mais. Mas era também por força da inércia; tinha na alma a falta de agilidade que certas pessoas têm no corpo, aqueles que no momento de evitar um choque, de afastar uma chama de sua roupa, de fazer um movimento urgente, levam tempo, começam por permanecer um segundo na situação em que estavam antes como para nela encontrar um ponto de apoio, o seu impulso. E sem dúvida, se o cocheiro o tivesse interrompido dizendo-lhe: "A senhora está ali", teria respondido: "Ah, sim, é verdade, foi o que lhe disse para fazer, quem diria", e continuaria a lhe falar da provisão de lenha para esconder a emoção que teve e dar a si mesmo o tempo de acabar com a inquietação e entregar-se à felicidade.

Mas o cocheiro voltou e disse que não a tinha encontrado em nenhum lugar, e acrescentou sua opinião de velho criado:

"Acredito que nada lhe resta senão voltar para casa."

Mas a indiferença que Swann mostrara com facilidade quando Rémi não podia mudar nada da resposta que trazia desapareceu, quando o viu tentar fazê-lo renunciar à sua esperança e à sua busca:

"Nada disso, exclamou. É preciso que encontremos a senhora; é da mais alta importância. Ela ficará extremamente aborrecida, é um assunto de negócios, e ofendida, se não me vir.

— Não vejo como a senhora possa ficar ofendida, respondeu Rémi, pois foi ela que partiu sem esperar o senhor, foi ela que disse que iria ao Prévost, e não estava ali."

Além do quê, as luzes começavam a se apagar em toda parte. Sob as árvores dos bulevares, numa obscuridade misteriosa, poucos transeuntes passavam, quase irreconhecíveis. Às vezes a sombra de uma mulher que se aproximava dele, murmurando-lhe uma palavra ao ouvido, pedindo que a levasse, fazia Swann estremecer. Roçava ansiosamente todos aqueles corpos obscuros como se, entre os fantasmas de mortos no reino das sombras, procurasse Eurídice.

De todos os modos de produção do amor, de todos os agentes de disseminação do mal sagrado, um dos mais eficazes é esse grande sopro de agitação que às vezes passa por nós. Então a pessoa com quem nos entretemos nesse momento, a sorte está lançada, é aquela que amaremos. Nem mesmo é necessário que até ali tenha nos agradado tanto ou mais que as outras. O que era preciso é que nossa predileção por ela se tornasse exclusiva. E essa condição se realiza quando — no momento em que ela nos fez falta — a procura dos prazeres que o seu encanto nos dava é bruscamente substituída em nós por uma necessidade ansiosa que tem por objeto essa mesma pessoa, uma necessidade absurda que as leis desse mundo tornam impossível satisfazer e difícil curar — a necessidade insensata e dolorosa de possuí-la.

Swann se fez conduzir aos últimos restaurantes; era a única hipótese da felicidade que encarara com calma; agora não escondia mais sua agitação, o valor que atribuía àquele encontro, e prometeu, em caso de sucesso, uma recompensa a seu cocheiro, como se, ao inspirar-lhe o desejo de ser bem-sucedido, que viria se juntar ao que ele próprio sentia, pudesse fazer com que Odette, caso já tivesse ido se deitar, ainda assim se encontrasse num restaurante do bulevar. Foi até a Maison Dorée, entrou duas vezes no Tortoni e, sem a ter visto, acabava de sair do Café Anglais, a passos largos e com ar carrancudo, para ir à carruagem que o esperava na esquina do bulevar des Italiens, quando deu com uma pessoa que vinha no sentido oposto: era Odette; ela lhe explicou mais tarde que, ao não achar lugar no Prévost, fora cear na Maison Dorée, num canto em que ele não a vira, e que agora voltava à sua carruagem.

Como não esperava vê-lo teve um sobressalto. Quanto a ele, percorrera Paris não porque achasse possível encontrá-la, mas porque era demasiado cruel desistir. Mas essa alegria, a qual sua razão não havia cessado de acreditar que fosse irrealizável naquela noite, lhe parecia agora mais real; pois, não tendo colaborado para a previsão dessa possibilidade, ela lhe permanecia exterior; ele não tinha necessidade de extrair do espírito para lhe fornecer — era dela mesma que emanava, ela que projetava para ele — aquela verdade que irradiava a ponto de dissipar como num sonho o isolamento que temera, e sobre o qual apoiava, repousava, sem pensar, o seu devaneio feliz. Da mesma forma um viajante chegando com bom tempo à beira do Mediterrâneo, incerto da existência dos lugares que acabou de deixar, deixa que sua vista se deslumbre, em vez de olhá-los, pelos raios que emite em sua direção o azul luminoso e resistente das águas.

Subiu com ela no carro que a esperava e disse ao seu que o seguisse.

Ela segurava um buquê de catleias e Swann viu, sob o seu lenço de renda, que tinha nos cabelos flores dessa mesma orquídea atadas a um enfeite de penas de cisne. Ela estava vestida sob a mantilha com uma onda de veludo negro que, num trançado oblíquo, descobria num largo triângulo da orla de uma saia de seda branca e permitia ver o forro, também de seda branca, na abertura do corpete decotado, onde estavam enfiadas outras flores de catleias. Mal se recobrou do susto que Swann lhe causara quando um obstáculo fez o cavalo se desviar. Foram violentamente sacudidos, ela soltou um grito e ficou toda palpitante, sem fôlego.

"Não é nada, lhe disse ele, não tenha medo."

E a segurou pelo ombro, apoiando-a contra ele para ampará-la; depois lhe disse:

"Sobretudo, não me fale, só me responda por sinais para não ficar mais ofegante. Não se incomoda que arrume as flores do seu corpete que se deslocaram com o choque? Receio que as perca, queria enfiá-las um pouco mais."

Ela, que não estava habituada a ver homens lhe fazerem tantos rodeios, disse sorrindo:

"Não, de jeito nenhum, não me incomodo."

Mas ele, intimidado por sua resposta, talvez também por parecer ter sido sincero quando usou aquele pretexto, ou mesmo começando a acreditar que o fora, exclamou:

"Ah, não, sobretudo não fale, se sufocará de novo, pode me responder por sinais, entenderei bem. Sinceramente, não a incomodo? Veja, há um pouco de... acho que é pólen que se espalhou; permite que o limpe com minha mão? Não o farei com muita força, estou sendo muito brutal? Estou fazendo um pouco de cócegas? Mas é que não quero tocar o veludo do vestido para não amarrotá-lo. Mas, veja, é preciso mesmo fixá-las, senão irão cair; e, assim, enterrando-as um pouco eu mesmo... A sério, não estou sendo desagradável? E se as aspirasse para ver se não têm fragrância? Nunca as cheirei, posso? diga a verdade."

Sorrindo, ela ergueu levemente os ombros, como para dizer "você é bobo, claro que vê que isso me agrada".

Ele passava sua outra mão ao longo do rosto de Odette; ela o olhou fixamente, com o ar lânguido e grave das mulheres do mestre florentino com as quais ele a achara parecida; à flor das pálpebras, seus olhos brilhantes, largos e finos como os delas, pareciam prestes a se soltar como duas lágrimas. Ela inclinava o pescoço como fazem todas, tanto nas cenas pagãs como nos quadros religiosos. E, numa atitude que sem dúvida lhe era habitual, que sabia conveniente naqueles momentos e que tinha o cuidado em não se esquecer de adotar, ela parecia precisar de toda a sua força para reter seu rosto, como se uma força invisível a atraísse para Swann. E foi Swann que, antes que ela deixasse seu rosto cair, como se apesar dela, sobre os seus lábios, a reteve um instante, a certa distância, entre suas mãos. Quisera deixar à sua mente o tempo de se aproximar, de reconhecer o sonho que por tanto tempo acalentara e assistir à sua realização, como uma pessoa que é chamada para compartilhar o êxito de uma criança a quem muito amara. Talvez Swann também fixasse no rosto da Odette ainda não possuída, ainda nem mesmo beijada por ele, que via pela última vez, aquele olhar com que, no dia da partida, gostaríamos de levar conosco uma paisagem que deixamos para sempre.

Mas era tão tímido com ela que, tendo acabado por possuí-la naquela noite depois de começar por arrumar suas catleias, seja por receio de parecer retrospectivamente ter mentido, seja por falta de audácia para formular uma exigência maior que aquela (que podia renovar porque não incomodara Odette na primeira vez), nos dias seguintes usou o mesmo pretexto. Se havia catleias no seu corpete ele dizia: "É pena que esta noite as catleias não precisem ser arranjadas, não foram deslocadas como na outra noite; no entanto parece que essa não está bem colocada. Posso ver se são mais perfumadas que as outras?". Ou então, se não as havia: "Ah, sem catleias esta noite, impossível me dedicar a meus pequenos arranjos". De modo que, durante certo tempo, não foi mudada a ordem que seguira no primeiro dia, começando pelos toques dos dedos e dos lábios no colo de Odette, e era por eles que iniciavam toda vez suas carícias; e, bem mais tarde, quando o arranjo (ou simulacro de arranjo) de catleias havia muito caíra em desuso, a metáfora "fazer catleia", que se tornara um simples vocábulo que empregavam sem pensar quando queriam se referir ao ato da posse física — no qual aliás não se possui nada —, sobreviveu na linguagem deles, que comemorava esse uso esquecido. E talvez essa maneira particular de dizer "fazer amor" não significasse exatamente a mesma coisa que seus sinônimos. Por mais que se esteja cansado das mulheres, considerar a posse das mais diferentes como sempre a mesma, e sabida de antemão, se torna ao contrário um prazer novo caso se trate de mulheres muito difíceis — ou tidas como tais por nós — para que sejamos obrigados a fazê-la nascer de algum episódio imprevisto de nossas relações com elas, como foi a primeira vez por Swann com o arranjo das catleias. Esperava trêmulo naquela noite (mas se Odette, ele se dizia, caíra na sua astúcia, não poderia adivinhá-la) que era a posse daquela mulher que sairia das grandes pétalas cor de malva; e o prazer que sentia e que Odette talvez apenas tolerasse, lhe parecia, por causa disso — como pôde parecer ao primeiro homem que dele desfrutou entre as flores do paraíso terrestre —, um prazer que não existira até então, que ele procurava criar, um prazer — assim como o nome especial que lhe deu retinha-lhe o indício — inteiramente particular e novo.

Agora, todas as noites, quando a levava até sua casa, era preciso que ele entrasse, e com frequência ela saía de novo com seu robe e o conduzia até a viatura, beijava-o diante do cocheiro, dizendo: "Que é que tem, que me importam os outros?". Nas noites em que não ia à casa dos Verdurin (o que ocorria às vezes desde que podia vê-la de outro modo), nas noites mais e mais raras em que ia à alta sociedade, ela lhe pedia para ir à sua casa antes de voltar à sua, a qualquer hora que fosse. Era primavera, uma primavera pura e gelada. Ao sair do evento, subia na sua vitória, estendia uma manta sobre as pernas, respondia aos amigos que partiam ao mesmo tempo, e o chamavam para regressarem juntos, que não poderia, que não ia para o mesmo lado, e o cocheiro partia a trote acelerado, sabendo aonde iam. Eles se espantavam e, de fato, Swann não era mais o mesmo. Nunca mais recebiam uma carta sua pedindo para conhecer uma mulher. Não prestava mais atenção em nenhuma, se abstinha de ir aos lugares onde poderiam ser encontradas. Num restaurante, no campo, tinha uma atitude oposta à qual, ainda ontem, o fazia ser reconhecido e era tida como a sua desde sempre. Como uma paixão mostra em nós um caráter momentâneo e diferente, que substitui nosso outro caráter e abole os signos até então invariáveis com os quais ele se expressava! Em contrapartida, o invariável agora era que, onde quer que Swann se encontrasse, não deixava de ir encontrar Odette. O trajeto que a separava dela era aquele que percorria inevitavelmente, como o próprio declive, irresistível e rápido, da sua vida. Na verdade, ficando com frequência até tarde num evento mundano, teria preferido ir direto para casa sem fazer aquele longo percurso e só vê-la no dia seguinte; mas o próprio fato de incomodar-se numa hora anormal para ir à casa dela, de supor que os amigos que o deixavam se diriam: "Está muito ocupado, há com certeza uma mulher que o força a ir à sua casa não importa a hora", o fazia sentir que levava a vida de homens que têm um caso amoroso na sua existência, e que o sacrifício que fazem de seu descanso e seus interesses em favor de uma fantasia voluptuosa faz nascer um encanto interior. Depois, sem que se desse conta, a certeza de que ela o esperava, que não estava alhures com outros, que não retornaria sem tê-la visto, neutralizava essa angústia esquecida, mas sempre prestes a renascer, que experimentara na noite em que Odette não estava nos Verdurin, e cujo apaziguamento era tão suave no presente que poderia se chamar felicidade. Talvez fosse a essa angústia que se devesse a importância que Odette adquirira para ele. As pessoas nos são habitualmente tão indiferentes que, quando colocamos numa delas tantas possibilidades de sofrimento e de alegria, ela parece pertencer a outro universo, cerca-se de poesia, faz da nossa vida como que uma expansão comovente na qual estará mais ou menos próxima de nós. Swann não podia se indagar sem se perturbar o que Odette se tornaria para ele nos anos que viriam. Às vezes, ao ver, da sua vitória, naquelas belas noites frias, a lua brilhante que espalhava sua claridade entre seus olhos e as ruas desertas, pensava naquele outro rosto claro e ligeiramente rosado como o da lua que, um dia, surgira no seu pensamento, e desde então projetava sobre o mundo a luz misteriosa na qual a via. Se chegava depois da hora em que Odette mandava seus empregados se deitarem, antes de tocar à porta do jardinzinho ele ia primeiro à rua para onde dava, no térreo, entre as janelas todas iguais, mas às escuras, das casas contíguas, à janela, a única iluminada, do seu quarto. Batia na vidraça e ela, já advertida, respondia e ia esperá-lo do outro lado, na porta de entrada. Encontrava, abertas sobre seu piano, algumas das peças que ela preferia: a *Valse des roses* ou *Pauvre fou*, de Tagliafico (que, segundo sua vontade escrita, deveria ser tocada no seu enterro), ele lhe pedia que tocasse em vez delas a pequena frase da sonata de Vinteuil, embora Odette a tocasse muito mal, mas a visão mais bela que nos resta de uma obra é com frequência aquela que se eleva, sobre os sons falsos arrancados por dedos inábeis, de um piano desafinado. A pequena frase continuava a se associar para Swann ao amor que tinha por Odette. Bem sentia que esse amor era algo que não correspondia a nada de exterior, a nada verificável por outros exceto ele; dava-se conta de que as qualidades de Odette não justificavam tanto valor conferido aos momentos passados junto dela. E com frequência, quando era a inteligência positiva que reinava sozinha em Swann, queria parar de sacrificar tantos interesses intelectuais e sociais a esse prazer imaginário. Mas a pequena frase, assim que a ouvia, sabia tornar livre dentro dele o espaço necessário para ela, as proporções da alma de Swann se modificavam; uma margem era reservada a um prazer que, também ele, não correspondia a nenhum objeto exterior e que contudo, em vez de ser puramente individual como o do amor, se impunha a Swann como uma realidade superior às coisas concretas. A pequena frase incitava nele essa sede de um encanto desconhecido, mas não lhe dava nada de preciso para saciá-la. De modo que essas partes da alma de Swann em que a pequena frase apagara a preocupação com interesses materiais, as considerações humanas e válidas para todos, ela as deixara vazias e em branco, e ele era livre para nelas inscrever o nome Odette. Depois, ao que a afeição de Odette pudesse ter de limitado e decepcionante, a pequena frase vinha acrescentar, amalgamar a sua essência misteriosa. Ao se ver o rosto de Swann quando ele escutava a frase, dir-se-ia que absorvia um anestésico que dava maior amplitude à sua respiração. E o prazer que a música lhe dava e que iria em breve criar nele uma verdadeira necessidade, de fato se parecia, nesses momentos, com o prazer que sentiria em experimentar perfumes, em entrar em contato com um mundo para o qual não somos feitos, que nos parece sem forma porque nossos olhos não o percebem, sem significado porque escapa à nossa inteligência, que só atingimos com um único sentido. Que grande descanso, que misteriosa renovação para Swann — para ele cujos olhos, ainda que refinados amantes da pintura, cujo espírito, ainda que fino observador dos costumes, traziam para sempre a marca indelével da aridez da sua vida —, se sentir transformado numa criatura estranha à humanidade, cega, desprovida de faculdades lógicas, quase um unicórnio fantástico, uma criatura quimérica que apenas percebesse o mundo por meio do ouvido. E como ainda procurasse na pequena frase um sentido o qual sua inteligência não podia alcançar, que estranha embriaguez tinha ao despojar sua alma mais íntima de toda ajuda da razão e ao fazê-la passar sozinha pelo corredor, pelo filtro obscuro do som! Começava a se dar conta de tudo que havia de doloroso, talvez de secretamente intranquilo, no fundo da doçura daquela frase, mas não podia sofrer com isso. Que importava se ela lhe dissesse que o amor é frágil, o seu era tão forte! Brincava com a tristeza que ela espalhava, a sentia passar sobre ele, mas como uma carícia que tornava mais profundo e mais doce o sentimento que tinha da sua felicidade. Fazia com que Odette a tocasse dez, vinte vezes, exigindo ao mesmo tempo que não parasse de beijá-lo. Todo beijo chama outro beijo. Ah, nos primeiros tempos em que amamos, os beijos nascem tão naturalmente! Multiplicam-se, apertados uns contra os outros; seria tão difícil contar os beijos dados durante uma hora quanto as flores de um campo no mês de maio. Então ela fazia menção de parar, dizendo: "Como quer que eu toque se me segura? Não posso fazer tudo ao mesmo tempo; decida ao menos o que quer; devo tocar a frase ou fazer carícias?"; ele se zangava e ela explodia numa risada que se transformava e tornava a cair sobre ele numa chuva de beijos. Ou então quando ela o olhava com uma expressão circunspecta, ele revia um rosto digno de figurar na *Vida de Moisés* de Botticelli, onde o situava, dava ao pescoço de Odette a inclinação necessária; apesar de pintada a têmpera, no século xv, na parede da Sistina, a ideia de que contudo ela continuava ali, junto ao piano, no momento atual, prestes a ser beijada e possuída, a ideia da sua materialidade e de sua vida vinha inebriá-lo com tal força, que com o olhar desvairado, os maxilares estendidos como para devorar, ele se precipitava sobre essa virgem de Botticelli e se punha a lhe beliscar a face. Então, logo que a deixava, não sem ter retornado para beijá-la novamente porque se esquecera de levar na lembrança alguma particularidade do seu odor e de seus traços, retornava em sua carruagem abençoando Odette por lhe permitir aquelas visitas cotidianas que, sentia, não provocavam nela uma grande alegria mas que, ao evitar que ficasse com ciúme — tirando-lhe a oportunidade de sofrer novamente do mal que o tomara na noite em que não a encontrou na casa dos Verdurin —, o ajudavam a chegar, sem ter outra crise como aquela que fora tão dolorosa e continuaria a única, ao fim dessas horas singulares de sua vida, horas quase encantadas, como aquelas em que atravessava Paris sob o luar. E notando, durante o regresso, que o astro agora se deslocara em relação a ele e estava quase no limite do horizonte, sentindo que seu amor obedecia, ele também, a leis imutáveis e naturais, se perguntava se essa fase em que entrara duraria ainda muito tempo, se em breve seu pensamento não iria ver o rosto querido ocupando uma posição distante e diminuída, e prestes a parar de difundir o seu encanto. Pois Swann o encontrava nas coisas, desde que se apaixonara, como nos tempos em que, adolescente, se achava artista; mas esse encanto não era mais o mesmo; o de agora era só o que Odette lhe conferia. Ele sentia renascerem dentro de si as inspirações da sua juventude, que uma vida frívola havia dissipado, mas todas traziam o reflexo, a marca de uma criatura particular; e nas longas horas que agora sentia um prazer delicado em passar em casa, sozinho com sua alma convalescente, voltava pouco a pouco a ser ele mesmo, mas com outra alma.

Só ia à casa dela à noite, e não sabia nada do emprego de seu tempo durante o dia, assim como do seu passado, a ponto de lhe faltar até esse pequeno dado inicial que, ao nos permitir imaginar aquilo que não sabemos, nos dá vontade de conhecê-lo. Também não se perguntava como ela empregaria seu tempo, nem qual vida levara. Sorria às vezes ao pensar que alguns anos antes, quando não a conhecia, falaram-lhe de uma mulher que, se bem lembrava, devia com certeza ser ela, como de uma moça, uma mulher sustentada, uma dessas às quais ainda atribuía, como pouco convivera com elas, o caráter inteiriço, basicamente perverso, com que as dotara durante muito tempo a imaginação de certos romancistas. Dizia a si mesmo que com frequência basta considerar o contrário das reputações feitas pela sociedade para julgar com exatidão uma pessoa quando contrastava o caráter de tal mulher com o de Odette, boa, ingênua, idealista, quase tão incapaz de não dizer a verdade que, tendo lhe pedido um dia, para poder jantar a sós com ela, que escrevesse aos Verdurin que estava doente, viu-a no dia seguinte, diante de madame Verdurin, que lhe perguntava se estava melhor, enrubescer, balbuciar sem querer, refletir no rosto o pesar, o suplício que lhe era mentir e, enquanto multiplicava na sua resposta detalhes inventados da sua pretensa indisposição da véspera, ter o ar de pedir perdão, com olhares suplicantes e a voz desolada pela falsidade de suas palavras.

Certos dias, embora raros, ela vinha à sua casa à tarde, interromper seus devaneios ou o estudo sobre Vermeer ao qual voltara a dedicar-se ultimamente. Vinham lhe avisar que madame de Crécy estava no seu pequeno salão. Ele ia ao seu encontro e, quando abria a porta, ao rosto rosado de Odette, assim que via Swann — mudando a forma da sua boca, a expressão de seus olhos, a forma das faces —, vinha juntar-se um sorriso. Quando ficava sozinho, revia esse sorriso, o que ela lhe dirigira na véspera, outro com que o acolhera em tal ou qual ocasião, aquele que fora a sua resposta, no carro, quando ele lhe perguntara se estava sendo desagradável ao arrumar as catleias; e a vida de Odette durante o resto do tempo, como não conhecesse nada dela, lhe aparecia com um fundo neutro e incolor, semelhante a essas folhas de estudos de Watteau onde se veem aqui e ali, em todos os lugares, em todos os sentidos, desenhados com três cores sobre o papel pardo, inúmeros sorrisos. Mas às vezes, num canto dessa vida que Swann enxergava como totalmente vazia, mesmo se seu espírito lhe dissesse que não o era, pois não podia imaginá-la, algum amigo que, desconfiando que se amavam, só se arriscava a dizer coisas insignificantes sobre ela, lhe descrevia a silhueta de Odette, que tinha visto naquela manhã mesmo, subindo a pé a rua Abbatucci num "casaco de visita" forrado com pelo de doninha, sob um chapéu "à Rembrandt" e um buquê de violetas no corpete. Esse simples croqui abalava Swann porque o fazia perceber de repente que Odette tinha uma vida que não lhe pertencia inteiramente; queria saber quem ela procurara agradar com aquela roupa que ele não conhecia; prometia a si mesmo que iria lhe perguntar aonde ia, naquele momento, como se em toda a vida incolor — quase inexistente, porque lhe era invisível — de sua amante só houvesse uma coisa para além de todos aqueles sorrisos dirigidos a ele: seu andar sob um chapéu à Rembrandt, com um buquê de violetas no corpete.

Exceto quando pedia que tocasse a pequena frase de Vinteuil em vez da *Valse des roses*, Swann não procurava fazê-la tocar coisas das quais gostava e, nem na música nem na literatura, corrigir seu mau gosto. Percebia bem que ela não era inteligente. Ao lhe dizer que gostaria que lhe falasse de grandes poetas, ela imaginara que logo conheceria estrofes heroicas e romanescas do gênero das do visconde de Borelli, e ainda mais emocionantes. Quanto a Vermeer de Delft, ela lhe perguntou se ele sofrera por uma mulher, se fora uma mulher que o inspirara, e como Swann lhe confessou que não se sabia nada disso, ela se desinteressou do pintor. Ela dizia com frequência: "Acredito na poesia, naturalmente, não haveria nada mais belo se fosse de verdade, se os poetas acreditassem em tudo aquilo que dizem. Mas muitas vezes não há gente mais interesseira do que eles. Sei um pouco sobre isso porque tive uma amiga que amou uma espécie de poeta. Nos seus versos, ele falava só do amor, do céu, das estrelas. Ah, como foi engabelada! Ele lhe tirou mais de trezentos mil francos". Se Swann tentava então lhe ensinar em que consistia a beleza artística, como se deviam admirar os versos ou os quadros, ao cabo de um instante ela parava de escutar, dizendo: "Sim... não imaginava que fosse assim". E sentia que ela experimentava tamanha decepção que ele preferia mentir, dizendo-lhe que o que falara não era nada, não passava de bagatelas, que não tinha tempo de se aprofundar, que havia algo mais. Mas ela lhe dizia vivamente: "Algo mais? O quê...? Então diga", mas ele não dizia, sabendo como isso lhe pareceria insignificante e diferente do que esperava, menos sensacional e menos tocante, e receando que, desiludida da arte, ela se desiludisse ao mesmo tempo do amor.

E de fato ela achava Swann intelectualmente inferior ao que imaginara. "Você sempre mantém o sangue-frio, não consigo defini-lo." Ela se deslumbrava mais com sua indiferença ao dinheiro, sua gentileza com todos, sua delicadeza. E de fato acontece frequentemente, com homens de maior valor que Swann, com um cientista ou um artista, quando não é desconhecido pelos que o rodeiam, de o sentimento que comprova a superioridade da sua inteligência ter se imposto a eles não devido à admiração por suas ideias, pois elas lhes escapam, mas pelo respeito por sua bondade. Havia também o respeito que a situação de Swann na sociedade inspirava a Odette, mas ela não desejava que ele tentasse fazer com que fosse recebida. Talvez sentisse que ele não conseguiria, e mesmo receasse que só de falar dela provocasse revelações que ela temia. O fato é que o fizera prometer que nunca citaria o seu nome. A razão por que não queria frequentar a alta sociedade, disse-lhe ela, era uma briga que tivera outrora com uma amiga que, para se vingar, depois falara mal dela. Swann objetara: "Mas nem todo mundo conhece sua amiga. — Sim, mas é como uma mancha de óleo, o mundo é tão mau". Por um lado Swann não compreendeu essa história, mas por outro sabia que essas proposições: "O mundo é tão mau" e "Uma afirmação caluniosa é como uma mancha de óleo" são geralmente tidas por verdadeiras; deveria haver casos aos quais se aplicassem. O de Odette seria um deles? Ele se perguntava, mas não por muito tempo porque era sujeito, também ele, ao torpor de espírito que se abatia sobre o seu pai quando se deparava com um problema difícil. Além disso, esse mundo que dava tanto medo a Odette não lhe inspirava talvez grandes desejos, pois ela não o imaginava com nitidez, estava demasiado distante daquele que conhecia. No entanto, mesmo permanecendo verdadeiramente simples em certos aspectos (conservara como amiga, por exemplo, uma costureira aposentada cuja escada íngreme, escura e malcheirosa ela subia quase todos os dias), tinha sede do chique, mas não fazia dele a mesma ideia que as pessoas da sociedade. Para estas, o chique é a emanação de algumas poucas pessoas, que o projetam com um alcance bastante considerável — mais ou menos enfraquecida, conforme a distância do centro da sua intimidade — no seu círculo de amigos, ou dos amigos de seus amigos, cujos nomes formam uma espécie de repertório. As pessoas da sociedade o guardam na memória, têm sobre essa matéria uma erudição da qual extraem uma espécie de gosto, de tato, tanto que Swann, por exemplo, sem precisar apelar para o seu saber mundano, quando lia num jornal o nome das pessoas presentes num jantar, podia imediatamente dizer as nuances da elegância de tal jantar, como um letrado, à simples leitura de uma frase, aprecia com exatidão a qualidade literária de um autor. Mas Odette era uma dessas pessoas (extremamente numerosas, apesar do que pensam as pessoas da alta sociedade, e seus semelhantes em todas as classes da sociedade) que não têm tais noções, imaginam um chique bem diferente, que se reveste de aspectos diversos segundo o meio a que elas pertencem mas que tem como característica particular — seja o chique com que sonhava Odette, seja aquele diante do qual madame Cottard se inclinava — ser diretamente acessível a todos. O outro chique, o das pessoas da sociedade, na verdade também o é, mas somente depois de certo tempo. Odette dizia de alguém:

"Ele só vai a lugares chiques."

E se Swann perguntasse o que entendia por isso, ela lhe respondia com um pouco de desprezo:

"Ora, lugares chiques! Se, na tua idade, é preciso ensinar o que são lugares chiques, o que quer que eu diga? Por exemplo, a avenida da Imperatriz no domingo de manhã, o percurso do Lago às cinco horas, o Teatro Éden na quinta-feira, os bailes..."

— Mas quais bailes?

— Os bailes que se dão em Paris, os bailes chiques, quero dizer.

Pois bem, Herbinger, sabe, o que trabalha com um corretor? Mas claro que deve conhecer, é um dos homens mais em evidência em Paris, aquele jovem alto e loiro que é tão esnobe, está sempre com uma flor na lapela, uma dobra decorativa nas costas do paletó claro; anda com aquela velha que leva a todas as estreias. Pois bem. Ele deu um baile outra noite, e lá estava tudo que há de chique em Paris. Como gostaria de ter ido! Mas era preciso mostrar o convite na porta e não consegui um. No fundo, prefiro não ter ido, estava tão cheio que não teria visto nada. Seria mais para poder dizer que estive na casa de Herbinger. E você sabe como gosto de me vangloriar! De resto, posso te dizer que de cem pessoas que dizem que estiveram lá, pelo menos a metade mente... Mas me espanta que você, tão 'classudo', não estivesse lá."

Mas Swann não procurava de maneira alguma modificar essa sua concepção do chique; pensando que a sua não era mais verdadeira, e igualmente tola, destituída de importância, não achava nenhum interesse em instruir sua amante, se bem que depois de uns meses ela só se interessasse pelas pessoas que ele frequentava por causa das entradas para concursos hípicos e convites para estreias que podia obter por meio delas. Desejava que ele cultivasse relações úteis, mas por outro lado as considerava pouco chiques desde que vira passar na rua a marquesa de Villeparisis de vestido de lã preta, com uma touca com fitas.

"Mas ela parece uma operária, uma velha porteira, *darling*! Aquilo, uma marquesa! Não sou uma marquesa, mas teriam de me pagar muito bem para sair vestida daquele jeito."

Ela não compreendia que Swann morasse numa casa no Quai d'Orléans que, sem ousar lhe confessar, achava indigna dele.

Com certeza, tinha a pretensão de gostar de "antiguidades" e assumia um ar deslumbrado e fino para dizer que adorava passar um dia todo "bibelotando", procurando "bricabraques", coisas "de antigamente". Ainda que se obstinasse numa espécie de questão de honra (e parecesse praticar algum preceito familiar) em não responder nunca às perguntas, em não "prestar contas" sobre o emprego de seus dias, falou uma vez a Swann de uma amiga que a convidara e em cuja casa tudo era "de época". Mas Swann não conseguiu fazê-la dizer qual era a época. Contudo, depois de refletir, ela respondeu que era "medieval". Queria dizer com isso que havia revestimento de madeira. Algum tempo depois voltou a falar de sua amiga e acrescentou, com o tom hesitante e o ar entendido com que se cita alguém com quem se jantou na véspera e cujo nome jamais se ouviu mas que os anfitriões pareciam considerar tão célebre que se espera que o interlocutor com quem se fala saberá de quem se trata: "Ela tem uma sala de jantar... do... século xviii!". De resto, ela a considerou horrível, pelada, como se a casa não estivesse pronta, as mulheres ali lhe pareceram horrendas e a moda não pegaria jamais. Por fim, uma terceira vez, voltou a falar do assunto e mostrou a Swann o endereço do homem que fizera a sala de jantar e que tinha vontade de chamar, quando tivesse dinheiro, para lhe fazer uma, com certeza não igual, mas aquela com que sonhava e, infelizmente, as dimensões da sua pequena casa não comportavam, com suas cristaleiras altas, seus móveis Renascença e lareiras como do castelo de Blois. Naquele dia, ela deixou escapar diante de Swann o que pensava da sua casa no Quai d'Orléans; como ele criticara o estilo que a amiga de Odette preferia, e não o Luís xvi, pois, dizia ele, ainda que não fosse garantido, poderia ser charmoso, embora de um falso antigo: "Você não iria querer que ela vivesse do seu jeito, no meio de móveis quebrados e tapetes gastos", disse-lhe ela, com o respeito que tinha pela burguesia prevalecendo outra vez sobre seu diletantismo de cocote.

Das pessoas que gostavam de bibelôs, gostavam de versos, desprezavam os cálculos mesquinhos e sonhavam com a honra e o amor, ela as fazia uma elite superior ao resto da humanidade. Não havia necessidade de que tivessem realmente esses gostos, desde que os proclamassem; de um homem que lhe confessara num jantar que gostava de flanar, de sujar os dedos nas velhas lojas, que não seria apreciado nunca por esse século comercial, pois não ligava para suas preocupações, e por isso era de outro tempo, ela voltava para casa dizendo: "Mas é uma alma adorável, sensível, jamais imaginaria!". E sentia por ele uma imensa e súbita amizade. Mas, em contrapartida, os que, como Swann, tinham esses gostos mas não falavam deles, deixavam-na gélida. Sem dúvida tinha que admitir que Swann não se apegava ao dinheiro, mas acrescentava com um ar amuado: "Mas com ele não é a mesma coisa"; e com efeito o que falava à sua imaginação não era a prática do desinteresse, era o seu vocabulário.

Sentindo que muitas vezes não podia satisfazer seus sonhos, tentava ao menos fazer com que se sentisse bem com ele, não contrariando suas ideias vulgares, o mau gosto que tinha em todas as coisas, do qual aliás gostava, como de tudo que vinha dela, que mesmo o encantavam, pois eram traços particulares graças aos quais a essência daquela mulher se revelava, tornava-se visível. Assim, quando ela mostrava o ar feliz porque iria à *Reine Topaze*, ou seu olhar se tornava sério, inquieto e voluntarioso porque receava perder a festa das flores ou simplesmente a hora do chá com *muffins* e *toasts* no "Thé de la Rue Royale", onde achava que a assiduidade era indispensável para consagrar a reputação de elegância de uma mulher, Swann, arrebatado como nós pela naturalidade de uma criança ou pela verossimilhança de um retrato que parece prestes a falar, sentia de tal modo a alma da sua amante aflorar-lhe ao rosto que não podia resistir a tocá-lo com os lábios. "Ah, ela quer que a levem à festa das flores, a pequena Odette, ela quer ser admirada, pois bem, a levaremos, temos que obedecer." Como a vista de Swann era um pouco ruim, ele teve que se resignar a usar óculos para trabalhar em casa, e a adotar, para sair, o monóculo, que o desfigurava menos. A primeira vez que o viu com ele, ela não pôde conter sua alegria: "Acho que, para um homem, não há o que dizer, é muito chique. Como cai bem! Parece um verdadeiro gentleman. Só te falta um título!", acrescentava com uma ponta de pesar. Gostava que Odette fosse assim, tal como, se estivesse apaixonado por uma bretã, ficaria feliz em vê-la de touca e ouvi-la dizer que acreditava em fantasmas. Até ali, como vários outros homens cujo gosto pelas artes se desenvolve independentemente da sensualidade, houvera uma disparidade bizarra entre as satisfações que concedera a uma e a outra, desfrutando, na companhia de mulheres cada vez mais grosseiras, das seduções de obras cada vez mais refinadas, levando uma empregadinha a um camarote reservado para a representação de uma peça decadentista ou a uma exposição de pintura impressionista, de resto persuadido de que uma mulher do mundo culto não a teria compreendido melhor, mas não saberia se calar com tanta gentileza. Pelo contrário, desde que amava Odette, simpatizar com ela, tentar não ter mais que uma alma para os dois, lhe era tão doce que tentava se comprazer com as coisas das quais ela gostava, e encontrava um prazer bem mais profundo não apenas em imitar seus hábitos, mas em adotar suas opiniões, que, como não tinham raízes na sua própria inteligência, lembravam-lhe tão somente o seu amor, pelo qual as preferia.

Se voltava a *Serge Panine*, se procurava todas as oportunidades para ir ver Olivier Métra reger, era pela doçura de ser iniciado em todas as ideias de Odette, de compartilhar todos os seus gostos. O encanto de se aproximar dela, por meio das obras ou lugares que ela amava, lhe parecia mais misterioso do que o intrínseco às coisas belas mas que não a evocavam. Além disso, tendo deixado suas crenças intelectuais da juventude enfraquecerem, e tendo o seu ceticismo de homem da sociedade penetrado nelas sem que soubesse, pensava (ou ao menos pensara durante tanto tempo que ainda o dizia) que os objetos de nossos gostos não têm em si um valor absoluto, que tudo é questão de época, de classe, consiste em modas, das quais as mais vulgares valem tanto quanto as que passam por serem mais distintas. E como julgava que a importância dada por Odette a convites para um vernissage não era mais ridícula que o prazer que ele antigamente tinha em almoçar com o príncipe de Gales, também não pensava que a admiração que ela professava por Monte Carlo ou pelo Righi fosse mais desproposidada que o gosto dele pela Holanda, que ela imaginava feia, e por Versalhes, que achava triste. Assim, privava-se de ir a esses lugares, tendo prazer em dizer a si mesmo que era por ela, que só queria sentir, e amar, com ela.

Como tudo que cercava Odette, e que de certo modo era a maneira como podia vê-la e conversar com ela, ele apreciava a companhia dos Verdurin. Ali, como no fundo de todos os divertimentos, refeições, jogos, jantares a fantasia, passeios no campo, idas ao teatro, mesmo as "noites de gala" dadas para os "chatos", havia neles a presença de Odette, a visão de Odette, a conversa com Odette, o presente inestimável que os Verdurin, ao convidá-lo, davam a Swann; e ele se sentia melhor que em qualquer outro lugar no "pequeno núcleo", e tentava atribuir-lhe méritos reais, pois imaginava que assim, por gosto, o frequentaria por toda a sua vida. Ora, não ousando admitir, por receio de não acreditar, que amaria Odette para sempre, pelo menos tentando supor que sempre frequentaria os Verdurin (proposição que, a priori, suscitava menos objeções de princípio por parte da sua inteligência) ele se via no futuro se reencontrando todas as noites com Odette; isso talvez não fosse absolutamente o mesmo que amá-la para sempre, mas, no momento, enquanto a amava, acreditar que não deixaria um dia de vê-la era tudo que pedia. "Que ambiente encantador, ele se dizia. Como é verdadeira, no fundo, a vida que se leva ali! Como é mais inteligente e mais artística que na sociedade! Como madame Verdurin, apesar dos pequenos exageros um pouco ridículos, tem um amor sincero pela pintura, pela música, que paixão pelas obras, que desejo de agradar os artistas! Ela tem uma ideia inexata das pessoas da sociedade; mas afinal a sociedade tem uma ideia ainda mais falsa dos meios artísticos! Talvez não tenha grandes necessidades intelectuais satisfeitas com a conversação, mas sinto-me perfeitamente bem com Cottard, ainda que ele faça trocadilhos ineptos. E quanto ao pintor, se a sua pretensão é desagradável quando procura surpreender, em contrapartida é uma das mais belas inteligências que conheci. E também, mais que tudo, ali a gente se sente livre, faz o que quer sem constrangimento, sem cerimônia. Que tanto de bom humor se desfruta todo dia naquele salão. Decididamente, salvo algumas raras exceções, irei somente lá. É lá que cada vez mais formarei meus hábitos e minha vida."

E como as qualidades que achava intrínsecas aos Verdurin eram apenas o reflexo dos prazeres que experimentara na casa deles devido a seu amor por Odette, essas qualidades se tornavam mais sérias, mais profundas, mais vitais, quando esses prazeres também o eram. Como madame Verdurin às vezes dava a Swann a única coisa que podia constituir sua felicidade; como numa noite em que se sentia ansioso porque Odette conversara mais com um convidado do que com outro e, irritado com ela, não queria tomar a iniciativa de perguntar-lhe se voltaria para casa com ele, madame Verdurin lhe trazia paz e alegria ao dizer espontaneamente: "Odette, você levará o senhor Swann, não é?"; porque, quando vinha o verão e ele primeiro se perguntara com inquietude se Odette não se ausentaria sem ele, se poderia continuar a vê-la todos os dias, madame Verdurin convidou ambos a passá-lo na sua casa de campo — Swann, deixando sem querer que a gratidão e o interesse se infiltrassem na sua inteligência e influenciassem suas ideias, chegou a proclamar que madame Verdurin era uma grande alma. De pessoas boas ou eminentes que algum de seus antigos colegas da Escola do Louvre lhe falasse, respondia: "Prefiro cem vezes os Verdurin". E, com uma solenidade que lhe era nova: "São magnânimos, e a magnanimidade é, no fundo, a única coisa que importa e distingue aqui na Terra. Veja, há apenas duas classes de pessoas: os magnânimos e os outros; e cheguei a uma idade em que é preciso tomar partido, decidir de uma vez por todas quem se quer amar e quem se quer desdenhar, agarrar-se aos que a gente ama e, para compensar o tempo que se desperdiçou com os outros, não os deixar mais até a morte. Pois bem!", acrescentou com aquela leve emoção que se experimenta quando, mesmo sem se dar conta, se diz uma coisa não porque seja verdadeira, mas porque se tem prazer em dizê-la e porque se ouve a própria voz como se ela viesse de fora de nós mesmos, "a sorte está lançada, escolhi amar apenas os corações magnânimos e só viver na magnanimidade. Você me pergunta se madame Verdurin é realmente inteligente. Asseguro que ela me deu provas de uma nobreza de coração, de uma altivez da alma que, como bem sabe, não se alcança sem uma altivez idêntica do pensamento. Tem com certeza uma profunda inteligência das artes. Mas isso não é talvez o que tem de mais admirável; e tal ou qual ação engenhosa, delicadamente boa que ela fez para mim, uma atenção genial, um gesto familiarmente sublime, revelam uma compreensão mais profunda da existência que todos os tratados de filosofia".

Entretanto ele poderia dizer que havia velhos amigos de seus pais tão simples quanto os Verdurin, companheiros da sua juventude que também eram apreciadores da arte, que conhecia outras pessoas de coração grande e que, no entanto, desde que optara pela simplicidade, pelas artes e pela magnanimidade, não as vira nunca. Mas estas não conheciam Odette e, se a houvessem conhecido, não teriam se preocupado em aproximá-la dele.

Assim, com certeza não havia, em todo o círculo dos Verdurin, um único fiel que gostasse, ou achasse gostar, tanto deles quanto Swann. E entretanto, quando o senhor Verdurin havia dito que Swann não o agradava, não só exprimira o seu pensamento, mas adivinhara o da sua mulher. Sem dúvida Swann tinha por Odette uma afeição demasiado especial e negligenciara fazer de madame Verdurin sua confidente cotidiana; sem dúvida a própria discrição com que utilizava a hospitalidade dos Verdurin, abstendo-se muitas vezes de vir jantar por um motivo que eles não suspeitavam e no lugar do qual viam o desejo de não recusar um convite à casa de um dos "chatos"; sem dúvida também, e apesar de todas as precauções que ele tomava para esconder, a descoberta progressiva que eles faziam da sua brilhante situação mundana, tudo isso contribuía para sua irritação contra ele. Mas a razão profunda era outra. É que rapidamente sentiram nele um espaço reservado, impenetrável, onde continuava a professar silenciosamente, para si mesmo, que a princesa de Sagan não era grotesca e que as piadas de Cottard não eram engraçadas, e enfim, se bem que jamais perdesse a amabilidade nem se revoltasse contra os dogmas, havia uma impossibilidade de impô-los a ele, de convertê-lo inteiramente, que nunca tinham encontrado igual em nenhuma outra pessoa. Eles o teriam perdoado frequentar os chatos (aos quais aliás, do fundo de seu coração, ele preferia mil vezes os Verdurin e todo o pequeno núcleo) se tivesse consentido, para dar exemplo, em renegá-los na presença dos fiéis. Mas isso era uma abjuração que eles compreenderam que não poderiam lhe arrancar.

Que diferença com um "novo" que Odette lhes havia pedido que convidassem, e no qual depositavam muita esperança, o conde de Forcheville! (Ocorre que, incrivelmente, ele era cunhado de Saniette, o que encheu de espanto os fiéis: o velho arquivista tinha modos tão humildes que sempre acreditaram que estivesse num nível social inferior ao deles e não esperavam que pertencesse a um meio rico e relativamente aristocrático.) Sem dúvida Forcheville era grosseiramente esnobe, enquanto Swann não o era; sem dúvida ele estava muito longe de pôr, como ele, o ambiente dos Verdurin acima de todos os outros. Mas não tinha essa delicadeza natural que impedia Swann de se associar às críticas manifestamente falsas que madame Verdurin dirigia contra as pessoas que ele conhecia. Quanto às tiradas pretensiosas e vulgares que o pintor lançava em certos dias, às anedotas de caixeiro-viajante que Cottard arriscava, e para as quais Swann, que gostava de um e de outro, encontrava facilmente desculpas, mas as quais não tinha a coragem e a hipocrisia de aplaudir, Forcheville ao contrário era de um nível intelectual que lhe permitia encantar-se e maravilhar-se com umas, sem que de resto as entendesse, e deleitar-se com as outras. E justamente o primeiro jantar na casa dos Verdurin a que Forcheville esteve presente iluminou todas essas diferenças, salientou suas qualidades e precipitou a desgraça de Swann.

Estava nesse jantar, além dos de costume, um professor da Sorbonne, Brichot, que encontrara o senhor e a senhora Verdurin na estação de águas e, se suas funções universitárias e seus trabalhos eruditos não tornassem tão raros seus momentos de liberdade, viria de bom grado e com frequência à casa deles. Pois tinha essa curiosidade, esse excessivo interesse na vida que, ligado a certo ceticismo quanto ao objeto de seus estudos, confere em qualquer profissão a certos homens inteligentes, médicos que não acreditam na medicina, professores do secundário que não acreditam nas redações em latim, a reputação de espíritos abertos, brilhantes e mesmo superiores. Ele afetava, na casa de madame Verdurin, buscar comparações com o que havia de mais atual quando falava de filosofia e de história, primeiro porque acreditava que elas são apenas uma preparação para a vida e imaginava encontrar naquele pequeno clã o que conhecera até então nos livros, e depois também porque, como anteriormente lhe inculcaram, e ele conservara sem o saber, o respeito por certos temas, julgava despir-se da sua condição de universitário ao tomar com eles liberdades que, ao contrário, não lhe pareciam liberdades senão porque continuava a ser um universitário.

Desde o início, como o senhor de Forcheville, colocado à direita de madame Verdurin, que em atenção ao "novato" tinha caprichado nas roupas, lhe disse: "Bem original, essa sua roupa branca", o doutor, que não parara de observá-lo de tanto que estava curioso em saber como se usava o que chamava de um "de", e buscava uma oportunidade para atrair sua atenção e ficar mais em contato com ele, pegou no ar a palavra "branca" e, sem levantar o nariz do prato, disse: "Branca? Branca de Castela?";* e depois, sem mover a cabeça, lançou furtivamente à direita e à esquerda olhares incertos e sorridentes. Enquanto Swann, pelo esforço doloroso e vão que fez para sorrir, testemunhou que achava o trocadilho idiota, Forcheville mostrou ao mesmo tempo que apreciara a finura e tinha traquejo, contendo nos seus devidos limites uma alegria cuja franqueza encantara madame Verdurin.

"Que me diz de um sábio como esse?, perguntou ela a Forcheville. Não há meio de conversar a sério dois minutos com ele. Você diz coisas assim no hospital?, acrescentou ela, virando-se para o doutor, então ali não deve ser chato todos os dias. Vejo que será preciso que eu me interne.

— Acho que escutei que o doutor falava daquela velha megera, Branca de Castela, se ouso me exprimir assim. Não é verdade, mada-

---

* Branca de Castela (1188-1252), filha de Afonso VIII de Castela, casou-se em 1200 com Luís VIII, futuro rei da França.

me?, perguntou Brichot a madame Verdurin que, sem fôlego, com os olhos fechados, mergulhou o rosto nas mãos, de onde escaparam gritos abafados. Meu Deus, madame, eu não queria alarmar as almas respeitosas que porventura existam em torno desta mesa, *sub rosa*... Aliás reconheço que nossa inefável república ateniense — e quanto! — deveria homenagear a Capeto obscurantista como o primeiro dos chefes de polícia de pulso. De fato, meu caro anfitrião, prosseguiu com sua voz bem modulada que destacava cada sílaba, em resposta a uma objeção do senhor Verdurin. A *Crônica de Saint-Denis*, cuja garantia de informação não podemos contestar, não deixa nenhuma dúvida quanto a isso. Ninguém poderia ter sido melhor escolhida como padroeira por um proletariado laicizante do que essa mãe de um santo, que aliás ela fez passar por poucas e boas, como dizem Suger e outros são Bernardos; pois com ela cada um recebia sua reprimenda.

— Quem é esse senhor?, perguntou Forcheville a madame Verdurin, ele parece ser de primeira.

— Como, não conhece Brichot? Ele é célebre em toda a Europa.

— Ah, é Bréchot!, exclamou Forcheville, que não havia escutado bem, precisa me contar tudo a seu respeito, acrescentou, encarando o homem célebre com os olhos esbugalhados. É sempre interessante jantar com um homem em evidência. Mas, reconheça-se, a senhora só convida seus convivas a dedo. Ninguém se chateia na sua casa.

— Oh! Sabe, o que há de mais importante, disse com modéstia madame Verdurin, é que eles sentem confiança em nós. Falam o que querem, e a conversa flui com brilho. Veja Brichot, hoje à noite. Isso não é nada: já o vi aqui em casa, sabe, deslumbrante a ponto de se ficar de joelhos diante dele; pois bem, na casa de outros, não é o mesmo homem, deixa de ser espirituoso, é preciso arrancar-lhe as palavras, chega a ser chato.

— Que curioso!", disse Forcheville, espantado.

Uma tirada como a de Brichot seria tida por pura estupidez no meio em que Swann passara a juventude, embora compatível com uma inteligência real. E a do professor, vigorosa e bem nutrida, provavelmente poderia ser invejada por muitas pessoas da sociedade que Swann considerava espirituosas. Mas essas pessoas tinham a tal ponto lhe inculcado seus gostos e repugnâncias, ao menos no que diz respeito à vida mundana, e mesmo nas suas partes anexas que pertencem mais ao domínio da inteligência, como a conversação, que Swann só pôde achar os gracejos de Brichot pedantes, vulgares e grosseiros de dar asco. Depois, estando acostumado a boas maneiras, chocara-se com o tom rude e militar, ao se dirigir a qualquer um, afetado pelo universitário chauvinista. Por fim, talvez tenha perdido principalmente a sua indulgência, naquela noite, ao ver a amabilidade que madame Verdurin dispensava a Forcheville, que Odette tivera a ideia singular de trazer. Um pouco incomodada com Swann, ela lhe perguntara ao chegar:

"O que acha do meu convidado?"

E ele, percebendo pela primeira vez que Forcheville, a quem conhecia havia tanto tempo, podia agradar uma mulher e era um homem bastante bonito, respondeu: "Imundo!". Por certo que não lhe ocorria ter ciúme de Odette, mas não se sentia tão alegre como de costume, e quando Brichot, tendo começado a contar a história da mãe de Branca de Castela, que "estivera com Henrique Plantageneta por anos antes de se casar com ele", quis fazer com que Swann perguntasse o que acontecera em seguida, dizendo-lhe: "Não é, senhor Swann?" com o tom marcial que se adota para se fazer entender por um camponês ou dar ânimo a um soldado, Swann cortou o efeito de Brichot, para grande fúria da dona da casa, respondendo que o desculpassem por se interessar tão pouco por Branca de Castela, mas tinha algo a perguntar ao pintor. Este último, com efeito, fora à tarde visitar a exposição de um artista, amigo do senhor Verdurin, que morrera recentemente, e Swann queria saber dele (pois apreciava o seu gosto) se havia nas suas últimas obras mais que o virtuosismo que já espantava nas precedentes.

"Nesse aspecto era extraordinário, mas não me parecia uma arte, como se diz, muito 'elevada', disse Swann sorrindo.

— Elevada... ao cume de uma instituição", interrompeu Cottard levantando os braços com uma gravidade simulada.

Toda a mesa caiu na risada.

"Não disse que não se pode ficar sério com ele?, disse madame Verdurin a Forcheville. Quando menos se espera lá vem ele com um trocadilho."

Mas ela percebeu que Swann fora o único que não riu. De resto, não estava muito contente que Cottard fizesse graça com ele na frente de Forcheville. Mas o pintor, em vez de responder a Swann de modo interessante, o que provavelmente faria se estivesse a sós com ele, preferiu fazer-se admirar pelos convivas com uma tirada sobre a habilidade do mestre desaparecido.

"Aproximei-me, disse ele, para ver como aquilo era feito, e meti o nariz dentro. Ah, claro! Não se pode dizer se era feito com cola, com rubi, com sabão, com bronze, com sol, com cocô!

— E com mais um são doze", exclamou demasiado tarde o doutor e ninguém entendeu sua interrupção.

"Parece não ter sido feito com nada, prosseguiu o pintor, não há meio de descobrir seu truque, tal como em *A ronda* ou *Os regentes*, e tem uma pincelada ainda mais forte que Rembrandt e Hals. Há de tudo lá, juro a vocês."

E como os cantores que, ao chegarem à nota mais alta que alcançam, continuam em voz de falsete, suave, comentou com humor, rindo, como se de fato aquela pintura fosse absurdamente bela:

"Ela cheira bem, sobe à cabeça, corta a respiração, faz cócegas, e não há meio de saber do que é feita, é bruxaria, um truque, um milagre (caindo na risada): é desonesta!" E parando, levantando gravemente a cabeça, adotando um tom de baixo profundo que tentou tornar harmonioso, acrescentou: "E é tão leal!".

Salvo no momento em que disse: "mais forte que *A ronda*", blasfêmia que provocou um protesto de madame Verdurin, que tinha *A ronda* pela maior obra-prima do universo, junto com a *Nona* e a *Samotrácia*, e ao: "feito com cocô" que levou Forcheville a lançar um olhar circular para ver se a palavra passava e em seguida lhe trouxera aos lábios um sorriso pudico e conciliador, todos os convivas, à exceção de Swann, fixaram no pintor olhares fascinados de admiração.

"Como me diverte quando se embala assim", exclamou madame Verdurin quando ele terminou, encantada que a mesa estivesse tão interessante justamente no dia em que o senhor Forcheville vinha pela primeira vez. "E você, o que tem para ficar assim com o queixo caído como um tonto?, disse ela ao marido. Está cansado de saber que ele fala bem, e parece que é a primeira vez que o escuta. Se o senhor o visse enquanto falava: ele lhe bebia tudo que dizia. E amanhã nos recitará tudo que disse sem perder uma palavra.

— Mas não é piada, disse o pintor, encantado com o seu sucesso, parecem achar que é conversa de vendedor, que conto vantagem; vou levá-la para que veja por si mesma, dirá se estou exagerando, aposto minha entrada que voltará mais embalada que eu!

— Mas não achamos que exagera, queremos apenas que coma e que meu marido também; sirva de novo linguado normando ao senhor, está vendo que o dele está frio. Não estamos com tanta pressa, você serve como se a casa estivesse pegando fogo, espere um pouco para trazer a salada."

Madame Cottard, que era modesta e falava pouco, logo ficava segura quando uma inspiração feliz a levava a encontrar a palavra acertada. Sentiu que faria sucesso, o que a punha confiante, e o que fazia era menos para brilhar do que para ser útil à carreira de seu marido. Assim, não deixou escapar a palavra "salada" logo que ela foi dita por madame Verdurin.

"Não será a salada japonesa?", disse a meia-voz, virando-se para Odette.

E, encantada e confusa com o a propósito e a audácia de fazer uma alusão discreta, mas clara, à nova e retumbante peça de Dumas,* caiu numa risada encantadora e ingênua, pouco ruidosa, mas tão irresistível que ficou alguns momentos sem poder controlá-la. "Quem é essa senhora? Ela tem espírito", disse Forcheville.

"Não, mas nós a faremos se todos vierem jantar na sexta-feira."

— Vou parecer muito provinciana ao senhor, disse madame Cottard a Swann, mas ainda não vi essa famosa *Francillon* da qual todo mundo fala. O doutor a foi ver; até me lembro de que me disse que teve grande prazer em passar a noite com o senhor, mas confesso que não achei razoável que comprasse ingressos para ir de novo comigo. Evidentemente, no Théâtre-Français, nunca se perde a noite, a representação é sempre boa, mas como temos amigos muito amáveis (madame Cottard raramente dizia um nome próprio e se contentava em dizer "amigos nossos", "uma das minhas amigas", por ser mais "distinto", num tom artificial, e com o ar de importância de quem só nomeia quem quer) que costumam ter camarotes e têm a boa ideia de nos levar a todas as novidades que valem a pena, estou certa de assistir a *Francillon* mais cedo ou mais tarde, e de poder formar uma opinião. Devo contudo confessar que me acho bem tola porque, em todos os salões que visito, naturalmente só se fala dessa infeliz salada japonesa. A gente começa mesmo a ficar um pouco

---

* A receita de salada japonesa aparece em *Francillon*, de Dumas Filho, que estreou no começo de 1887.

cansada", acrescentou ela, vendo que Swann não parecia tão interessado quanto esperava num assunto de candente atualidade. "No entanto é preciso confessar que isso leva a ideias muito divertidas. É o caso de uma de minhas amigas que é muito original, embora muito bonita, muito requisitada, muito na moda, e que diz ter mandado fazer em casa essa salada japonesa, mas pondo tudo que Alexandre Dumas Filho diz na peça. Ela convidou algumas amigas para comê-la. Infelizmente eu não estava entre as eleitas. Mas ela nos contou na sua recepção seguinte; parece que era detestável, e ela nos fez chorar de rir. Mas o senhor sabe, tudo está na maneira de contar", disse ela, vendo que Swann mantinha um ar grave.

E supondo que era porque não gostava de *Francillon*: "De resto, acho que terei uma decepção. Acho que não se compara a *Serge Panine*, o ídolo de madame de Crécy. Esta ao menos traz temas profundos, que fazem refletir; mas dar uma receita de salada no palco do Théâtre-Français! Enquanto *Serge Panine*! De resto, como tudo que vem da pena de Georges Ohnet, é sempre bem escrito. Não sei se conhece *Le Maître des forges*, que ainda prefiro a *Francillon*.*

— Perdoe-me, disse-lhe Swann com um ar irônico, mas confesso que é quase igual a minha falta de admiração por essas duas obras-primas.

— É mesmo, o que tem contra elas? Seria uma antipatia? Talvez ache que são um pouco tristes? Aliás, como sempre digo, nunca se deve discutir sobre romances nem peças de teatro. Cada um tem sua maneira de ver e o senhor pode achar detestável aquilo de que mais gosto."

Foi interrompida por Forcheville, que interpelava Swann. De fato, enquanto madame Cottard falava de *Francillon*, Forcheville exprimiu a madame Verdurin sua admiração pelo que chamou de pequeno *speech* do pintor.

"O cavalheiro tem uma facilidade com as palavras, uma memória!", disse ele a madame Verdurin quando o pintor terminou, "como raramente vi. Caramba! Quem me dera ser assim. Ele daria um excelente pregador. Pode-se dizer que, com o senhor Bréchot, a senhora tem dois personagens que se equivalem, não sei se, no palavreado,

---

* Georges Ohnet (1848-1918), escritor medíocre e mundano, autor de *Serge Panine* e *Le Maître des Forges*.

este último não superaria o professor. É mais natural, menos rebuscado. Embora de passagem tenha dito algumas palavras um pouco vulgares, mas está hoje na moda, poucas vezes vi alguém manter a atenção com tanta destreza, como dizemos no regimento, onde contudo tive um camarada que, justamente, esse cavalheiro me lembrava um pouco. A propósito de não importa o quê, sei lá, esse copo por exemplo, ele podia discorrer durante horas; não, não a propósito desse copo, estou falando uma idiotice; mas a propósito da Batalha de Waterloo, do que queira, e de passagem atirava coisas nas quais jamais teríamos pensado. Aliás Swann estava no mesmo regimento; deve tê-lo conhecido.

— Vê o senhor Swann com frequência?, perguntou madame Verdurin.

— Oh, não", respondeu o senhor de Forcheville, e como para se aproximar de Odette com mais facilidade queria agradar Swann, aproveitou a deixa para lisonjeá-lo, falar de suas relações distintas, mas à maneira de um homem do mundo, num tom de crítica cordial, sem parecer felicitá-lo por um sucesso surpreendente: "Não é, Swann? Não o vejo nunca. Além do mais, como fazer para vê-lo? Esse homem está o tempo todo metido na casa dos La Trémoïlle, dos Laumes, de gente assim!...". Imputação tanto mais falsa porque havia um ano Swann só ia à casa dos Verdurin. Mas a mera menção a pessoas que não conheciam era acolhida na casa deles com um silêncio de reprovação. O senhor Verdurin, receando a penosa impressão que os nomes daqueles "chatos", sobretudo lançados assim, sem tato, na cara de todos os fiéis, deveriam produzir na sua mulher, dirigiu a ela de soslaio um olhar cheio de inquieta solicitude. Ele viu então que, na sua resolução de não tomar conhecimento, de não ser afetada pela notícia que acabara de lhe ser anunciada, de não apenas continuar muda, mas também surda, como fingimos quando um amigo em falta tenta insinuar na conversa uma desculpa que pareceríamos admitir ao escutá-la sem protestar, ou quando se diz na nossa frente o nome proibido de um ingrato, madame Verdurin, para que seu silêncio não parecesse um consentimento, mas o silêncio ignorante das coisas inanimadas, de repente despojara seu rosto de toda vida, de toda mobilidade; sua fronte arqueada era apenas um belo estudo em alto relevo no qual o nome daqueles La Trémoïlle, em cuja casa Swann estava sempre enfurnado, não pudera penetrar; seu nariz levemente franzido deixava ver um entalhe que parecia calcado no natural. Sua boca entreaberta parecia que ia falar. Não era mais que um molde de cera, que uma máscara de gesso, que uma maquete para um monumento, que um busto para o Palácio da Indústria, diante do qual o público certamente se deteria para admirar como o escultor, ao exprimir a imprescritível dignidade dos Verdurin em contraste com a dos La Trémoïlle e dos Laumes, que certamente valem o mesmo que todos os chatos da terra, conseguira dar uma majestade quase papal à brancura e à rigidez da pedra. Mas o mármore acabou por se animar e insinuou que era preciso ter estômago forte para ir à casa daquela gente, pois a mulher estava sempre bêbada e o marido era tão ignorante que dizia "corretor" em vez de "corredor".

"Teriam que me pagar muito bem para que deixasse entrar essa gente na minha casa", concluiu madame Verdurin, olhando Swann com um ar imperioso.

Ela sem dúvida não esperava que ele se submetesse a ponto de imitar a santa simplicidade da tia do pianista, que acabava de exclamar:

"Estão vendo? O que me espanta é que ainda encontrem pessoas que consintam em falar com eles! Acho que teria medo: quando menos se espera, lá vem a fera. Como é que ainda há gente tão rude capaz de lhes correr atrás?"

Mas que respondesse ao menos como Forcheville:

"Cruzes, é uma duquesa; há gente que ainda se impressiona com isso", o que permitiria ao menos que madame Verdurin replicasse: "Bom para ela!". No lugar disso, Swann se contentou em rir de um jeito que significava que não podia nem mesmo levar a sério tal extravagância. O senhor Verdurin, continuando a lançar à sua mulher olhares furtivos, via com tristeza e compreendia muito bem que ela experimentava a cólera de um grande inquisidor que não consegue extirpar a heresia, e para tentar levar Swann a uma retratação, já que a coragem das próprias opiniões sempre parece um cálculo e uma covardia aos olhos daqueles que não concordam com elas, o senhor Verdurin o interpelou:

"Diga com franqueza o seu pensamento, não iremos repetir a eles."

Ao que Swann respondeu:

"Mas não é de modo algum por medo da duquesa; se é dos La Trémoïlle que falam. Asseguro que todo mundo gosta de ir à casa dela. Não digo que ela seja 'profunda' (pronunciou 'profunda' como se fosse uma palavra ridícula, pois sua linguagem conservava os vestígios de hábitos mentais que certa renovação, marcada pelo amor à música, o fizera perder momentaneamente: às vezes exprimia suas opiniões com calor), mas, muito sinceramente, ela é inteligente e seu marido é um verdadeiro letrado. São pessoas encantadoras."

Assim, madame Verdurin, sentindo que devido a esse único infiel seria impedida de efetivar a unidade moral do pequeno núcleo, não pôde se impedir, na sua raiva contra aquele obstinado que não via o quanto suas palavras a faziam sofrer, de lhe gritar do fundo do coração:

"Ache o que quiser, mas ao menos não nos diga.

— Tudo depende daquilo que chama de inteligência, disse Forcheville, que queria brilhar também. Vejamos, Swann, o que entende por inteligência?

— Eis aí!, exclamou Odette, eis aí as grandes coisas a respeito das quais lhe peço para me falar, mas ele não quer nunca.

— Mas sim..., protestou Swann.

— Como pode!, disse Odette.

— Quem não pode se sacode?, perguntou o médico.

— Para você, retomou Forcheville, a inteligência é a tagarelice mundana, as pessoas que sabem se insinuar?

— Acabe logo para que se possa levar seu prato", disse madame Verdurin num tom amargo, dirigindo-se a Saniette, que, absorto nas suas reflexões, parara de comer. E talvez um pouco envergonhada do tom que adotara: "Não tem importância, não tenha pressa, se falo desse modo é pelos outros, porque assim não se pode servir o próximo prato.

— Existe, disse Brichot martelando as sílabas, uma definição bem curiosa de inteligência nesse amável anarquista, Fénelon...

— Escutem!, disse madame Verdurin a Forcheville e ao médico, ele vai nos dizer a definição de inteligência de Fénelon, é interessante, não é sempre que se tem a chance de aprender isso."

Mas Brichot esperava que Swann desse a sua definição. Este não respondeu, e ao se esquivar, frustrou a brilhante disputa que madame Verdurin se regozijava em oferecer a Forcheville.

"Naturalmente, é como faz comigo, disse Odette num tom amuado, não me chateio em ver que não sou a única que ele acha que não está à sua altura.

— Esses de La Trémouaille, que madame Verdurin nos apresentou como tão pouco recomendáveis, perguntou Brichot, articulando com força, descendem daqueles que a boa esnobe madame de Sévigné se confessava feliz de conhecer porque isso agradava seus camponeses? É verdade que a marquesa tinha outro motivo, e que para ela devia ser mais importante porque, literata até a medula, preferia a forma escrita a todas as outras. Ora, no diário que enviava regularmente à sua filha, era madame de La Trémouaille, bem documentada devido a suas grandes conexões, que fazia a política exterior.

— Não, não creio que seja a mesma família", disse ao acaso madame Verdurin.

Saniette, que depois de entregar precipitadamente ao mordomo seu prato ainda cheio voltara a mergulhar num silêncio meditativo, enfim saiu dele para contar, rindo, a história de um jantar que tivera com o duque de La Trémoïlle e do qual resultara que este não sabia que George Sand era o pseudônimo de uma mulher. Swann, que tinha simpatia por Saniette, achou que lhe devia fornecer detalhes da cultura do duque mostrando que tal ignorância da parte deste era materialmente impossível; mas de repente parou, acabava de compreender que Saniette não precisava dessas provas e sabia que a história era falsa pela simples razão de que acabava de inventá-la. Aquele homem excelente sofria por ser considerado tão tedioso pelos Verdurin; e tendo consciência de ter sido ainda mais insípido que de costume naquele jantar, não quis que terminasse sem que conseguisse diverti-los. Capitulou tão depressa, teve um ar tão infeliz por haver fracassado o efeito que buscara, e respondeu num tom tão covarde a Swann para que este não se obstinasse numa refutação agora inútil: "Está bem, está bem; em todo caso, mesmo que me engane não é um crime, acho", que Swann desejaria dizer que a história era verdadeira e deliciosa. O médico, que os ouvira, pensou que era o caso de dizer: *Se non è vero*, mas não tinha certeza das palavras e teve medo de se atrapalhar.

Depois do jantar, Forcheville foi ter com o médico.

"Ela não deve ter sido feia, madame Verdurin, e além disso é uma mulher com quem se pode conversar, o que para mim é tudo. Evidentemente, começa a ficar um pouco passada. Mas madame de Crécy, eis aí uma mulherzinha de ar inteligente, ah, caramba! vê-se logo que tem um olho de lince! Estamos falando de madame de Crécy", disse ele ao senhor Verdurin, que se aproximava de cachimbo na boca. "Acho que, como corpo de mulher...

— Antes encontrá-la na minha cama que o diabo", disse precipitadamente Cottard, que momentos antes esperava em vão que Forcheville tomasse fôlego para encaixar esse velho gracejo, o qual temia não ser apropriado se a conversa mudasse de direção, e dizendo-o com o excesso de espontaneidade e segurança que procura mascarar a frieza e a emoção inseparáveis de uma declamação. Forcheville o conhecia, compreendeu-o e se divertiu. Quanto ao senhor Verdurin, ele não economizou sua hilaridade, pois descobrira havia pouco uma forma de expressá-la muito diferente da empregada por sua mulher, mas igualmente simples e clara. Mal começava a fazer o movimento de cabeça e de ombros de quem desata a rir, e logo se punha a tossir como se, rindo com muita força, tivesse engolido a fumaça do cachimbo. E, mantendo sempre o cachimbo no canto da boca, prolongava indefinidamente o simulacro de sufocação e hilaridade. Assim, ele e madame Verdurin, que defronte dele ouvia o pintor lhe contar uma história, e fechava os olhos antes de precipitar o rosto nas mãos, tinham o ar de duas máscaras de teatro que representavam diversamente a alegria.

O senhor Verdurin aliás fizera bem em não tirar o cachimbo da boca, porque Cottard, que precisava se afastar um instante, disse a meia-voz um gracejo que aprendera havia pouco e que repetia toda vez que precisava ir ao mesmo lugar: "Preciso ir entreter um instante o duque de Aumale",* de modo que o acesso do senhor Verdurin recomeçou.

"Vai, tire o cachimbo da boca, não vê que vai se sufocar se evitar a risada", disse-lhe madame Verdurin, que vinha servir licores.

"Como seu marido é encantador, tem o espírito de quatro pessoas, declarou Forcheville a madame Cottard. Obrigado, madame: um velho soldado como eu nunca recusa um trago.

— O senhor de Forcheville acha Odette encantadora, disse o senhor Verdurin à sua mulher.

— Mas, justamente, ela gostaria de jantar um dia com o senhor. Vamos combinar isso, mas não é preciso que Swann saiba. Ele pro-

---

* Trocadilho com o nome do quarto filho do rei Luís Filipe, que terminava em *mâle*, "macho".

voca certa frieza. Isso não o impedirá de vir jantar, naturalmente, esperamos que venha com frequência. Com o verão que vem aí, vamos jantar frequentemente ao ar livre. Não o incomodam, jantarzinhos no Bois? Bom, bom, gentileza sua. E você, não vai trabalhar?", exclamou ela ao pequeno pianista, a fim de mostrar, diante de um novato da importância de Forcheville, tanto seu espírito como seu poder tirânico sobre os fiéis.

"O senhor de Forcheville estava justamente falando mal de você", disse madame Cottard ao marido quando ele voltou ao salão.

E ele, perseguindo a ideia da nobreza de Forcheville, que o preocupava desde o início do jantar, lhe disse:

"Estou tratando nesse momento de uma baronesa, a baronesa Putbus; os Putbus estiveram nas Cruzadas, não é? Eles têm na Pomerânia um lago dez vezes maior que a praça de La Concorde. Cuido da sua artrite seca, é uma mulher encantadora. Ela aliás conhece madame Verdurin, acho."

O que permitiu a Forcheville, quando se encontrou momentos depois a sós com madame Cottard, completar o juízo favorável que fizera do seu marido:

"E ainda é interessante, vê-se que conhece gente da sociedade. Puxa, como sabem coisas, esses médicos!

— Vou tocar a frase da Sonata para o senhor Swann, disse o pianista.

— Cruzes! Pelo menos não será a 'Serpente das Sonatas'?", perguntou o senhor de Forcheville para criar um efeito.*

Mas o doutor Cottard, que nunca ouvira o trocadilho, não o compreendeu e achou que era um erro do senhor de Forcheville. Aproximou-se com vivacidade para corrigi-lo:

"Não, não é serpente das sonatas que se diz, é serpente das sinetas, cascavel", disse num tom zeloso, impaciente e triunfal.

Forcheville explicou-lhe o trocadilho. O médico enrubesceu.

"Confesse que é engraçado, doutor.

— Ora, o conheço há muito tempo", respondeu Cottard.

Mas eles se calaram; sob a agitação dos tremolos do violino que a protegiam com seu frêmito em suspensão a duas oitavas de dis-

---

* A marquesa Diane de Saint-Paul, do círculo de Proust, era conhecida como Serpente das Sonatas por ser uma pianista brilhante e maledicente.

tância — e como numa paisagem montanhosa, detrás da imobilidade aparente e vertiginosa de uma cascata, se percebe duzentos pés abaixo a forma minúscula de alguém que passa — a pequena frase acabava de surgir, longínqua, graciosa, protegida pelo longo desfraldar da cortina transparente, incessante e sonora. E Swann, do fundo do coração, dirigiu-se a ela como a uma confidente do seu amor, como a uma amiga de Odette que deveria lhe dizer que não desse atenção àquele Forcheville.

"Ah! Você chegou tarde", disse madame Verdurin a um fiel que ela convidara apenas "para o café", "tivemos um Brichot incomparável, de uma eloquência! Mas foi embora. Não é, senhor Swann? Creio que foi a primeira vez que se encontrou com ele", disse para fazê-lo notar que fora graças a ela que o conhecera. "Não é verdade que esteve delicioso, o nosso Brichot?"

Swann se inclinou cortesmente.

"Não? Não o interessou?, perguntou-lhe secamente madame Verdurin.

— Mas claro, madame, e muito, fiquei encantado. Ele é talvez um pouco peremptório e um pouco jovial para o meu gosto. Preferia às vezes ver um pouco de hesitação e de suavidade, mas se percebe que sabe tantas coisas e parece um excelente homem."

Todo mundo se retirou bem tarde. As primeiras palavras de Cottard à sua mulher foram:

"Raramente vi madame Verdurin com tanta verve quanto hoje.

— Quem é exatamente essa madame Verdurin? Uma santa do pau oco?", disse Forcheville ao pintor, a quem ofereceu carona.

Odette o viu afastar-se com pena; não ousou regressar sem Swann, mas foi de mau humor na viatura, e quando ele perguntou se deveria entrar em sua casa, disse-lhe: "É claro", alçando os ombros com impaciência. Quando todos os convidados partiram, madame Verdurin disse ao marido:

"Notou como Swann riu como um tolo quando falamos de madame La Trémoïlle?"

Ela notara que, ao dizer aquele nome, Swann e Forcheville tinham diversas vezes suprimido a partícula. Não duvidando que o faziam para mostrar que não se intimidavam com os títulos, quis imitar-lhes a altivez, mas não entendeu direito a forma verbal que a traduzia. E como sua maneira incorreta de falar vencia sua intransigência republicana, ainda por cima dizia "os de La Trémoïlle", ou melhor, com a abreviação usada nas letras das canções de café-concerto e nas legendas dos caricaturistas, que dissimulavam o "de", "os d'La Trémoïlle", mas se corrigia e dizia: "Madame La Trémoïlle". "A *duquesa*, como diz Swann", acrescentou ela ironicamente, com um sorriso que provava que apenas citava e não referendava uma denominação tão ingênua e ridícula.

"Devo dizer que o achei extremamente tolo."

E o senhor Verdurin respondeu-lhe:

"Ele não é sincero, é um cavalheiro cauteloso, sempre entre o sim e o não. Quer agradar gregos e troianos. Que diferença de Forcheville! Eis aí um homem que ao menos diz na cara o que pensa. Concorde-se com ele ou não. Não é como o outro, nem carne nem peixe. Além do quê, Odette parece preferir Forcheville, e lhe dou razão. E além disso, por fim, já que Swann quer bancar um homem da alta-roda conosco, um campeão das duquesas, pelo menos o outro tem o próprio título; é sempre o conde de Forcheville", acrescentou com um ar delicado, como se, versado na história desse condado, ponderasse minuciosamente o seu valor particular.

"Devo dizer, disse madame Verdurin, que ele se achou no dever de lançar contra Brichot algumas insinuações venenosas e bem ridículas. Naturalmente, como viu que Brichot era benquisto nesta casa, foi uma maneira de nos atingir, de desprezar nosso jantar. Percebe-se o bom amigo que dirá o diabo da gente ao sair.

— Mas já te disse, respondeu o senhor Verdurin, é um fracassado, um sujeitinho que tem inveja de tudo que é um pouco grande."

Na realidade não havia um fiel que fosse mais maledicente que Swann; mas todos tinham a precaução de temperar as maledicências com os gracejos de praxe, com uma pitada de emoção e cortesia; ao passo que a menor reserva que Swann se permitia, despojada de fórmulas convencionais como: "Não quero falar mal", às quais não se dignava se submeter, parecia uma perfídia. Para autores originais, cuja mais mínima audácia provoca revolta porque não lisonjearam previamente o gosto do público, nem lhe serviram os lugares-comuns a que está habituado; era da mesma maneira que Swann indignava o senhor Verdurin. Tanto em Swann como nesses autores, era a novidade da sua linguagem que levava a acreditar em sombrias intenções.

Swann ignorava ainda a desgraça que o ameaçava na casa dos Verdurin e continuava a ver o seu ridículo com bons olhos, através do seu amor.

Na maioria das vezes, ao menos, só se encontrava com Odette à noite; mas de dia, embora receando que ela se cansasse dele por ir à sua casa, gostaria ao menos de não parar de ocupar-lhe o pensamento, e a todo momento buscava encontrar uma ocasião para nele intervir, mas de um jeito que fosse agradável a ela. Se, na vitrine de um florista ou de um joalheiro, a visão de um arbusto ou uma joia o encantava, logo pensava em enviá-los a Odette, imaginando que o prazer que lhe provocavam também seria sentido por ela, fazendo crescer o carinho que tinha por ele, e os mandava entregar imediatamente na rua La Pérouse, para não retardar o momento em que, quando ela recebesse uma coisa sua, ele se sentiria de alguma forma perto dela. Queria sobretudo que os recebesse antes de sair, para que a gratidão que experimentasse valesse a ele uma acolhida mais carinhosa quando o visse na casa dos Verdurin, ou mesmo — quem sabe? — se o entregador fosse célere o suficiente, talvez uma carta que lhe enviaria antes do jantar, ou sua vinda à casa dele, numa visita suplementar, para lhe agradecer. Como quando antes testara reações de ressentimento, procurava agora por meio das reações de gratidão extrair dela parcelas íntimas de sentimento que ela não lhe revelara ainda.

Com frequência ela enfrentava problemas com dinheiro e, pressionada por uma dívida, pedia sua ajuda. Ele ficava feliz, como com tudo que pudesse dar a Odette uma boa ideia do amor que tinha por ela, ou simplesmente uma boa ideia da sua influência, do quão útil lhe poderia ser. Certamente se lhe tivessem dito no começo: "é a sua situação que a agrada", e agora: "é por sua fortuna que ela o ama", não teria acreditado, também não teria se importado muito se a imaginassem interessada nele — que os vissem ligados um ao outro — por algo tão forte como o esnobismo ou o dinheiro. Mas, mesmo que tivesse pensado que era verdade, talvez não sofresse por descobrir no amor de Odette por ele esse estado mais duradouro que o encanto ou as qualidades que podia ver nele: o interesse, o interesse que nunca deixaria chegar o dia em que ela pudesse ser tentada a deixar de vê-lo. Por enquanto, ao cobri-la de presentes, ao lhe prestar favores, podia repousar em vantagens exteriores à sua pessoa, à sua inteligência, da exaustiva responsabilidade de agradá-la por si mesmo. E essa volúpia de estar apaixonado, de viver apenas para o amor, de cuja realidade duvidava às vezes, o preço que, em suma, lhe custava, enquanto diletante de sensações imateriais, aumentava-lhe o valor — como se veem pessoas que não têm certeza se o espetáculo do mar e o rumor das ondas são encantadores se convencerem disso e também da rara qualidade de seus gostos desinteressados, ao alugarem por cem francos ao dia o quarto de hotel que lhes permite apreciá-los.

Um dia em que reflexões desse gênero ainda o conduziam à memória do tempo em que lhe falaram de Odette como uma mulher mantida, e mais uma vez ele se divertia em contrastar essa estranha personificação: a mulher sustentada — brilhante amálgama de elementos desconhecidos e diabólicos, inserido, como numa imagem de Gustave Moreau, entre flores venenosas entrelaçadas a joias preciosas — e aquela Odette em cujo rosto vira passar os mesmos sentimentos de piedade por um infeliz, de revolta contra uma injustiça, de gratidão por um benefício, que vira outrora sua própria mãe sentir, e também seus amigos, aquela Odette cuja conversa tantas vezes se referia a coisas que ele próprio conhecia melhor, as suas coleções, o seu quarto, o seu velho criado, o banqueiro a quem confiara seus títulos, aconteceu de essa última imagem do banqueiro lembrá-lo de que precisava ir a ele pegar dinheiro. Com efeito, se naquele mês não viesse tão prodigamente em socorro das dificuldades materiais de Odette, como no mês anterior, quando lhe tinha dado cinco mil francos, e se não lhe oferecesse o colar de diamantes que ela desejava, não renovaria nela aquela admiração que tinha por sua generosidade, aquela gratidão que o deixava tão feliz, e até se arriscaria a fazê-la crer que o seu amor por ela, já que suas manifestações se tornaram menores, tinha diminuído. Então, de repente, ele se perguntou se aquilo não era precisamente "sustentá-la" (como se, de fato, essa noção de sustentar pudesse ser derivada não de elementos misteriosos ou perversos, mas pertencentes à substância cotidiana e íntima de sua vida, como a nota de mil francos, doméstica e familiar, rasgada e colada, que seu criado de quarto, depois de pagar as contas do mês e de tirar sua parte, fechara na gaveta de sua velha escrivaninha, de onde Swann a tirara para mandá-la com outras quatro a Odette) e se não se poderia aplicar a Odette desde que a conhecera (pois não suspeitou nem por um momento que ela alguma vez pudesse ter recebido dinheiro de outra pessoa antes dele) essa expressão, que julgara tão inconciliável com ela, "mulher sustentada". Não pôde aprofundar essa ideia porque um acesso de preguiça do espírito, que nele era congênita, intermitente e providencial, veio naquele momento apagar toda a luz da sua inteligência, tão bruscamente quanto, mais tarde, quando se instalou em todos os lugares a luz elétrica, se podia cortar a eletricidade de uma casa. Seu pensamento tateou por um instante nas trevas, ele tirou os óculos, limpou as lentes, passou a mão nos olhos, e só reviu a luz quando se achou em presença de uma ideia totalmente diferente, a saber, que precisava tentar enviar no mês seguinte seis ou sete mil francos a Odette em vez de cinco, devido à surpresa e à alegria que aquilo lhe provocaria.

À noite, quando não ficava em casa esperando a hora de encontrar Odette nos Verdurin, ou de preferência num dos restaurantes ao ar livre de que gostavam no Bois, e sobretudo em Saint-Cloud, ia jantar em alguma das mansões elegantes onde antes era conviva habitual. Não queria perder contato com pessoas que — quem sabe? — um dia poderiam ser úteis a Odette, e graças às quais, por ora, com frequência conseguia lhe ser agradável. E depois o hábito que por um longo tempo tivera da alta sociedade, do luxo, lhe tinha dado, ao mesmo tempo que o desdém, a necessidade delas, de modo que a partir do momento em que as residências mais modestas lhe pareceram exatamente no mesmo pé que as moradias mais principescas, os seus sentidos estavam tão acostumados às segundas que experimentava certo mal-estar nas primeiras. Tinha a mesma consideração — num grau de identidade que não poderiam acreditar — pelos pequeno-burgueses que davam um baile no quinto andar de uma escada D, corredor à esquerda, que pela princesa de Parma, que dava as festas mais belas de Paris; mas não tinha a mesma sensação de estar num baile ao ficar com os pais no quarto da dona da casa, e a visão dos lavabos cobertos de toalhas, das camas transformadas em depósitos, com as colchas sobre as quais se amontoavam sobretudos e chapéus, lhe dava a mesma sensação de abafamento que poderia ser provocada hoje nas pessoas habituadas a vinte anos de eletricidade o cheiro de um lampião que fumega ou de um abajur soltando fumaça. No dia em que jantava na cidade, mandava atrelar os cavalos para as sete e meia; vestia-se pensando em Odette e assim não se sentia só, pois o pensamento constante em Odette dava aos momentos em que estava longe dela o mesmo encanto peculiar daqueles em que ela estava presente. Subia na viatura, mas sentia que aquele pensamento pulara para dentro dela no mesmo instante e se instalara sobre os seus joelhos como um bicho de estimação que se leva a toda parte e que é mantido à mesa, à revelia dos convivas. Ele o acariciava, aquecia-se nele e, sentindo uma espécie de languidez, deixava-se levar por um leve frêmito que lhe arrepiava o pescoço e o nariz, e que era novo nele, enquanto fixava na lapela o ramo de ancólias. Sentindo-se indisposto e triste havia algum tempo, sobretudo depois que Odette apresentara Forcheville aos Verdurin, Swann gostaria de descansar um pouco no campo. Mas não teria coragem de sair de Paris um único dia enquanto Odette estivesse ali. O ar estava quente; eram os dias mais bonitos da primavera. E embora atravessasse uma cidade de pedra para meter-se numa residência fechada, o que tinha sem cessar diante dos olhos era um parque de sua propriedade perto de Combray onde, desde as quatro horas, antes de chegar à plantação de aspargos, graças ao vento que vem dos campos de Méséglise, se podia saborear debaixo de um caramanchão tanto frescor quanto à beira do lago cercado de miosótis e gladíolos onde, quando jantava, enlaçadas por seu jardineiro, se estendiam em torno da mesa groselhas e rosas.

Depois do jantar, se o encontro no Bois ou em Saint-Cloud era cedo, ele partia tão depressa ao sair da mesa — sobretudo se a chuva ameaçava cair e fazia os "fiéis" voltarem mais cedo para casa — que uma vez a princesa des Laumes (em cuja casa se jantara tarde e que Swann deixara antes de o café ser servido para se encontrar com os Verdurin na ilha do Bois) disse:

"Francamente, se Swann fosse trinta anos mais velho e sofresse da bexiga, se poderia desculpá-lo por correr dessa maneira. Mas assim ele faz pouco das pessoas."

Ele se dizia que o encanto da primavera, que não podia ir desfrutar em Combray, ao menos o encontraria na ilha dos Cisnes ou em Saint-Cloud. Mas como só podia pensar em Odette, nem mesmo sabia se sentira o odor das folhas, se houvera luar. Era acolhido pela pequena frase da sonata, tocada no jardim no piano do restaurante. Se não havia nenhum piano, os Verdurin tinham um enorme trabalho para fazer vir um de um quarto ou de uma sala de jantar: não é que Swann tivesse caído de novo nas suas graças, pelo contrário.

Mas a ideia de organizar um prazer engenhoso para alguém, mesmo alguém de quem não gostassem, despertava neles, nos momentos necessários aos preparativos, sentimentos efêmeros e ocasionais de simpatia e cordialidade. Às vezes ele se dizia que outra noite de primavera passava, e se obrigava a prestar atenção nas árvores, no céu. Mas a agitação que a presença de Odette lhe provocava, e também o ligeiro mal-estar que não o deixava fazia algum tempo, o privava da calma e do bem-estar que constituem o fundo indispensável às impressões que podem ser oferecidas pela natureza.

Uma noite em que aceitara jantar com os Verdurin, e como durante o jantar mencionara que no dia seguinte teria um banquete com antigos companheiros, Odette lhe respondera na própria mesa, diante de Forcheville, que era agora um dos fiéis, diante do pintor, diante de Cottard:

"Sim, sei que tem o seu banquete; então o verei em casa, mas não venha muito tarde."

Embora Swann nunca tenha sentido de fato ciúme da amizade de Odette por tal ou qual fiel, experimentou uma profunda doçura ao ouvi-la confessar assim diante de todos, com tranquilo despudor, seus encontros cotidianos à noite, a situação privilegiada que tinha na sua casa, e a preferência por ele que isso implicava. Claro que Swann pensara com frequência que Odette não era de modo algum uma mulher notável, e a supremacia que ele exercia sobre uma criatura que lhe era tão inferior não tinha nada que lhe devesse parecer lisonjeira a ponto de vê-la proclamada na frente dos "fiéis", mas desde que percebera que a muitos homens Odette parecia uma mulher deslumbrante e desejável, o encanto que seu corpo tinha para eles acordara nele uma necessidade dolorosa de dominá-la inteiramente, até as partes ínfimas de seu coração. E começara a atribuir um valor inestimável àqueles momentos passados à noite na casa dela, quando a sentava no colo, fazia-a dizer o que pensava de uma ou outra coisa, quando recenseava os únicos bens a cuja posse se apegava agora sobre a terra. Assim, depois desse jantar, chamando-a à parte, não deixou de agradecer-lhe com efusão, buscando ensiná-la por meio dos níveis de agradecimento que lhe exibiu, a escala de prazeres que ela poderia lhe provocar, dos quais o maior era protegê-lo, pelo tempo que o seu amor durasse e o tornasse vulnerável, dos ataques do ciúme.

Chovia a cântaros quando saiu do banquete no dia seguinte, e ele só tinha sua vitória à disposição; um amigo se propôs a levá-lo de volta para casa no seu cupê, e como Odette, já que havia pedido que fosse à casa dela, lhe dera certeza de que não aguardava ninguém, era de espírito tranquilo e coração contente que, em vez de partir na chuva, voltaria para casa e se deitaria. Mas podia ser que, se visse que não parecia empenhado em passar com ela todo fim de noite, sem nenhuma exceção, ela negligenciaria reservá-lo, precisamente quando ele mais o desejasse.

Chegou à casa dela depois das onze horas, e, como se desculpasse por não ter podido vir mais cedo, ela se queixou de que com efeito era bem tarde, a tempestade a deixara indisposta, estava com dor de cabeça e lhe avisou que não ficaria com ele mais de meia hora, que à meia-noite o mandaria embora; e, pouco depois, sentiu-se cansada e quis ir dormir.

"Então, nada de catleias esta noite?, disse-lhe ele, e eu que esperava uma boa catleiazinha."

E ela, com um ar um tanto chateado e irritadiço, respondeu-lhe:

"Não, não, queridinho, nada de catleias hoje, você bem vê que estou indisposta!

— Talvez te fizesse bem, mas, enfim, não insisto."

Pediu que apagasse a luz antes de sair, ele mesmo fechou as cortinas da cama e partiu. Mas, quando voltou para casa, veio-lhe bruscamente a ideia de que talvez Odette esperasse alguém naquela noite, que apenas simulara cansaço e que só lhe pedira que apagasse a luz para que acreditasse que iria dormir, que assim que partira ela a reacendera e fizera entrar aquele que deveria passar a noite com ela. Olhou as horas. Fazia cerca de uma hora e meia que a deixara, saiu novamente, tomou um fiacre e o fez parar bem perto da casa dela, numa ruazinha perpendicular à que ficava ao fundo da sua residência e onde ia bater à janela de seu quarto de dormir para que viesse lhe abrir a porta; desceu da viatura, tudo estava negro e deserto no bairro, bastaram-lhe alguns passos para chegar à casa dela. Em meio à obscuridade de todas as janelas havia muito apagadas na rua, viu uma única de onde extravasava — entre os postigos que lhe comprimiam a polpa misteriosa e dourada — a luz que enchia o quarto e que, em tantas outras noites, por mais de longe que a avistasse ao chegar à rua, o alegrava e lhe anunciava: "ela está ali, à sua espera", e que agora o torturava, lhe dizendo: "ela está ali, com aquele por quem esperava". Ele queria saber quem era; deslizou ao longo da parede até a janela, mas não conseguia ver nada entre as ripas oblíquas dos postigos; somente ouvia no silêncio da noite o murmúrio de uma conversa. Certamente sofria ao ver aquela luz na atmosfera de ouro em que se movia por trás dos postigos o casal invisível e detestado, ao ouvir o murmúrio que revelava a presença daquele que viera depois da sua partida, a falsidade de Odette, a felicidade que agora saboreava com ele.

E contudo estava contente de ter vindo: o tormento que o forçara a sair de casa perdeu sua veemência ao perder sua imprecisão quando a outra vida de Odette, da qual tivera então a brusca e impotente suspeita, estava agora ali, iluminada em cheio pela lâmpada, prisioneira sem saber naquele quarto onde, quando quisesse, entraria para surpreendê-la e capturá-la; ou melhor, iria bater nos postigos do quarto como fazia com frequência quando vinha muito tarde; assim pelo menos Odette perceberia que ele soubera, que vira e ouvira a conversa, e ele, que ainda pouco antes a imaginara rindo com o outro das suas ilusões, agora era ele quem os via, confiantes no seu erro, enganados em suma por ele, que supunham muito longe dali; ele, que já sabia que ia bater nos postigos. E talvez o que sentisse naquele instante de quase agradável era também algo diferente do apaziguamento de uma dúvida e de uma dor: era um prazer da inteligência. Se, desde que estava apaixonado, as coisas tinham readquirido para ele um pouco do delicioso interesse que nelas tivera outrora, mas apenas quando eram iluminadas pela lembrança de Odette, agora era outra faculdade da sua juventude estudiosa que o seu ciúme reanimava, a paixão pela verdade, mas uma verdade, também ela, interposta entre ele e sua amante, recebendo exclusivamente a luz dela, uma verdade totalmente individual que tinha por único objeto, de um valor infinito e quase desinteressado da sua beleza, os atos de Odette, suas relações, seus projetos, seu passado. Em todas as outras épocas de sua vida, os pequenos fatos e gestos cotidianos de uma pessoa sempre pareceram sem valor a Swann se lhe traziam fofocas, achava-os insignificantes e, enquanto os escutava, era apenas sua atenção mais vulgar que demonstrava interesse; era para ele um dos momentos em que se sentia mais medíocre. Mas nesse estranho período do amor o individual assume algo de tão profundo que a curiosidade que sentia despertar nele acerca das mínimas ocupações de uma mulher era a mesma que sentira outrora pela História. E tudo aquilo de que tivera vergonha até ali, espionar através de uma janela e talvez amanhã — quem sabe? — usar da habilidade para fazer os indiferentes falarem, subornar empregados domésticos, escutar atrás de portas, lhe pareceria, assim como decifrar textos, comparar testemunhos e interpretar monumentos, apenas métodos de investigação científica de um valor intelectual genuíno e apropriados à pesquisa da verdade.

A ponto de bater nos postigos, teve um momento de vergonha ao pensar que Odette saberia que tivera suspeitas, que voltara, que se postara na rua. Ela lhe dissera várias vezes do horror que tinha dos ciumentos, dos amantes que espionam. O que iria fazer era bem grosseiro, e ela iria detestá-lo dali em diante, enquanto naquele momento, sem que ele tivesse batido à janela, talvez mesmo ao enganá-lo, ainda o amasse. Quantas alegrias possíveis não se sacrificam assim devido à impaciência por um prazer imediato! Mas o desejo de conhecer a verdade era mais forte e lhe pareceu mais nobre. Sabia que a realidade das circunstâncias, que ele daria a vida para restituir com exatidão, era legível por detrás daquela janela estriada de luz, como sob a capa iluminada de ouro de um desses manuscritos preciosos a cuja riqueza artística o sábio que os consulta não pode ficar indiferente. Sentia uma volúpia em saber a verdade que o apaixonava naquele exemplar único, efêmero e precioso, de uma matéria translúcida, tão quente e tão bela. Além disso, a vantagem que sentia — que tinha tanta necessidade de sentir — sobre eles talvez fosse menos de saber, mas de poder mostrar que sabia. Ergueu-se na ponta dos pés. Bateu. Não foi escutado, voltou a bater mais forte, a conversa parou. Uma voz de homem, que ele tentou descobrir a qual dos amigos de Odette que conhecia poderia pertencer, perguntou:

"Quem está aí?"

Não estava seguro de reconhecê-la. Bateu outra vez. A janela se abriu, depois os postigos. Agora não havia mais meio de recuar e, como ela iria saber tudo, para não parecer miserável demais, ciumento e curioso demais, contentou-se em gritar com um ar negligente e alegre:

"Não se incomode, passava por aqui, vi a luz e quis saber se se sentia melhor."

Olhou. Diante dele, dois velhos senhores estavam à janela, um empunhando uma lâmpada, e então viu o quarto, um quarto desconhecido. Tendo o hábito, quando vinha à casa de Odette muito tarde, de reconhecer sua janela por ser a única iluminada entre as janelas todas iguais, enganara-se e batera na janela seguinte, que pertencia à casa vizinha. Afastou-se pedindo desculpas e voltou para casa, feliz de que a satisfação de sua curiosidade tivesse deixado o seu amor intato, e que depois de ter simulado tanto tempo diante de Odette uma espécie de indiferença, não lhe tivesse dado, com o seu ciúme, aquela prova de que a amava demais, a qual, entre dois amantes, dispensa, para todo o sempre, aquele que a recebe, de amar com a mesma intensidade. Não lhe falou dessa desventura, e ele mesmo não pensou mais nisso. Mas, em determinados momentos, um movimento de seu pensamento vinha reencontrar a lembrança que ele não percebera, colidia com ela, aprofundava-a, e Swann sentia uma dor brusca e profunda. Como fosse uma dor física, os pensamentos de Swann não podiam diminuí-la; mas pelo menos a dor física, porque é independente do pensamento, o pensamento pode se deter nela, constatar que diminuiu, que momentaneamente cessou. Mas aquela dor, só de relembrá-la, o pensamento a recriava. Querer não pensar nela era ainda pensá-la, sofrê-la ainda. E quando, conversando com amigos, esquecia seu mal, de súbito uma palavra que lhe diziam o fazia mudar de fisionomia, como um ferido cujo membro dolorido um desajeitado acaba de tocar sem cuidado. Quando deixava Odette, estava feliz, sentia-se calmo, recordava os seus sorrisos, maledicentes ao falar de fulano ou sicrano, afetuosos para com ele, o peso da sua cabeça, que destacava do eixo para incl009-la, deixá-la tombar quase à sua revelia sobre os seus lábios, como fizera a primeira vez na carruagem, os olhares agonizantes que ela lhe lançara quando estava nos seus braços, contraindo no ombro com um frêmito a cabeça inclinada.

Mas logo o ciúme, como se fosse a sombra do seu amor, se recheava com uma duplicação daquele novo sorriso que ela lhe dirigira naquela mesma noite — e que, agora ao inverso, zombava de Swann e se enchia de amor por outro —, com aquela inclinação da cabeça, mas dirigida a outros lábios, e, oferecidas a outro, todas as marcas do afeto que tivera por ele. E todas essas lembranças voluptuosas que trazia da casa dela eram como tantos outros esboços, "projetos" semelhantes àqueles aos quais um decorador nos submete, e que permitiam a Swann fazer uma ideia das atitudes ardentes ou lânguidas que ela podia ter com outros. De modo que chegava a lamentar cada prazer que desfrutava com ela, cada carícia inventada e cuja doçura tivera a imprudência de lhe assinalar, cada graça que descobria nela, pois sabia que dali a um instante eles iriam enriquecer com novos instrumentos o seu suplício.

Este se tornou mais cruel ainda quando veio a Swann a lembrança de um breve olhar que surpreendera, dias antes, e pela primeira vez, nos olhos de Odette. Foi depois do jantar, nos Verdurin. Seja porque Forcheville, sentindo que Saniette, seu cunhado, não estava nas boas graças deles, seja porque quis fazê-lo de bode expiatório e brilhar diante deles à sua custa, seja por ter se irritado com uma expressão desajeitada que este acabara de lhe dizer, a qual aliás passou despercebida dos assistentes, que não sabiam qual alusão desagradável poderia encerrar, bem contra a vontade daquele que a dissera sem malícia nenhuma, seja enfim porque procurasse havia algum tempo uma chance para banir da casa alguém que o conhecia bastante bem e que ele sabia ser refinado demais para que não se sentisse em certos momentos constrangido por sua mera presença, Forcheville respondeu à afirmação desajeitada de Saniette com tamanha grosseria, pondo-se a insultá-lo, animando-se, à medida que vociferava, com o pasmo, com a dor, as súplicas do outro, que o infeliz, depois de ter perguntado à madame Verdurin se devia permanecer e não tendo recebido resposta, se retirou balbuciando, com lágrimas nos olhos. Odette assistiu impassível a essa cena, mas quando a porta se fechou atrás de Saniette, como que fazendo baixar vários graus a expressão habitual de seu rosto, para poder se encontrar no mesmo pé da baixeza de Forcheville, acendeu nas pupilas um sorriso pérfido de congratulações pela audácia que ele tivera, de ironia para com sua vítima; lançou-lhe um olhar de cumplicidade no mal que queria claramente dizer: "Eis aí uma execução, ou muito me engano. Viu seu ar patético? Até chorava", que Forcheville, quando seus olhos lhe encontraram o olhar, subitamente sóbrio da cólera ou da simulação da cólera que ainda o inflamava, sorriu e respondeu:

"Ele só precisava ser amável, e ainda estaria aqui; um bom corretivo pode ser útil em qualquer idade."

Um dia em que tinha saído no meio da tarde para fazer uma visita, não tendo encontrado a pessoa que queria ver, teve a ideia de ir à casa de Odette naquela hora em que jamais ia mas sabia que ela estava sempre ali, fazendo a sesta ou escrevendo cartas antes da hora do chá, e teria prazer de vê-la um pouco sem incomodá-la. O porteiro lhe disse que achava que ela estava lá; ele tocou a campainha, julgou ouvir um barulho, ouvir passos, mas ninguém abriu. Ansioso, irritado, foi à ruazinha para onde dava o lado oposto do prédio, se pôs diante da janela de Odette, as cortinas não o deixavam ver nada, bateu com força na vidraça, chamou; ninguém abriu. Viu que vizinhos o olhavam. Foi embora pensando que, apesar de tudo, talvez tivesse se enganado ao achar que ouvira passos; mas continuou tão preocupado que não podia pensar em outra coisa. Uma hora depois, voltou. Encontrou-a; ela lhe disse que estava em casa pouco antes quando tocara a campainha, mas dormia; a campainha a acordara, adivinhou que era Swann, correu para encontrá-lo, mas ele já partira. Escutara perfeitamente as batidas na vidraça. Swann reconheceu de imediato nessa afirmação um desses fragmentos de um fato exato com que os mentirosos, pegos em flagrante, se consolam ao integrá-lo na composição da falsidade que inventam, crendo assim acomodá-lo e roubar sua semelhança à Verdade. Claro que quando Odette acabava de fazer algo que não queria revelar, escondia-o bem no fundo de si mesma. Mas logo que se encontrava na presença daquele a quem queria mentir, uma perturbação se apossava dela, todas as suas ideias desabavam, suas faculdades de invenção e raciocínio ficavam paralisadas, encontrava dentro da cabeça apenas o vácuo, contudo era preciso dizer algo, e encontrava à mão justamente a coisa que quisera dissimular e que, sendo verdadeira, era a única que restara. Destacava dela um pequeno pedaço, sem importância em si mesmo, dizendo-se que afinal era melhor assim porque era um detalhe autêntico, não oferecia os mesmos perigos que um detalhe falso. "Isso pelo menos é verdade, se dizia ela, é sempre uma vantagem, ele pode se informar, verá que é verdade, não será isso que me trairá." Ela se enganava, era isso que a traía, não se dava conta de que esse detalhe verdadeiro tinha arestas que só podiam se encaixar nos detalhes contíguos ao fato verdadeiro, do qual ela o destacara arbitrariamente, e que quaisquer que fossem os detalhes inventados entre os quais o colocaria, sempre revelaria, pela matéria excedente e pelos vazios não preenchidos, que não era deles que viera. "Ela confessa que me ouviu tocar a campainha, depois bater, e achou que era eu, que tinha vontade de me ver, se dizia Swann. Mas isso não combina com o fato de não ter aberto a porta."

Mas não a fez notar essa contradição, porque pensava que, entregue a si mesma, Odette produziria talvez alguma mentira que fosse um tênue indício da verdade; ela falava; ele não a interrompia, recolhia com uma piedade ávida e dolorosa aquelas palavras que ela lhe dizia e que ele sentia (justamente porque ela, ao lhe falar, a escondia por detrás delas) reterem, como um véu sagrado, a vaga impressão, esboçarem os traços incertos, daquela realidade infinitamente preciosa e, hélas!, inalcançável — o que ela fazia às três horas, quando ele viera — da qual nunca possuiria mais do que essas mentiras ilegíveis e vestígios divinos, que só existiam agora na lembrança desonesta daquela criatura que a contemplava sem saber apreciá-la, mas que nunca a revelaria. É claro que em alguns momentos duvidava que os atos cotidianos de Odette fossem por si mesmos arrebatadoramente interessantes, e que as relações que pudesse ter com outros homens exalassem natural e absolutamente, para todos os seres pensantes, uma tristeza mórbida, capaz de conduzir à febre do suicídio. Então se dava conta de que esse interesse, essa tristeza, só existiam nele como uma doença, e que quando esta fosse curada, os atos de Odette, os beijos que pudesse ter dado voltariam a ser inofensivos como os de tantas outras mulheres. Mas que a curiosidade dolorosa que Swann sentia agora fosse provocada somente por ele mesmo não era para ele motivo para que achasse descabido considerar essa curiosidade como importante e se empenhasse em satisfazê-la. É que Swann chegava a uma idade em que a filosofia — favorecida pela da época, e também pela do meio em que Swann viveu tanto, o círculo da princesa des Laumes, onde estava acertado que se é inteligente na medida em que se duvida de tudo e onde somente se encontrava a realidade e o incontestável nos gostos de cada um — não é mais a da juventude, mas uma filosofia positiva, quase medicinal, de homens que, em vez de exteriorizar os objetos de suas aspirações, tentam derivar dos anos transcorridos um resíduo fixo de hábitos, de paixões que possam considerar como característicos e permanentes, e os quais, deliberadamente, cuidarão de satisfazer por meio do tipo de vida que adotam. Swann achava sensato aceitar na sua vida o quinhão de sofrimento que sentia quando ignorava o que Odette andara fazendo, assim como aceitava que o aumento da umidade do ar provocava seu eczema; prever no seu orçamento uma quantia considerável para obter informações acerca de como Odette passava seus dias sem as quais se sentiria infeliz, assim como previa despesas para outros gostos, os quais sabia que lhe proporcionariam prazer, como o das coleções e o da boa culinária.

Quando quis dizer adeus a Odette e voltar para casa, ela lhe pediu para ficar um pouco e até o reteve vivamente, pegando seu braço no momento em que ia abrir a porta para sair. Mas ele não prestou atenção nisso, pois na multidão de gestos, de frases, de pequenos incidentes que preenchem uma conversa, é inevitável que passemos por alto, sem notar nela algo que desperte a atenção, aqueles que ocultam uma verdade que nossas suspeitas procuram cegamente e que, pelo contrário, nos detenhamos naqueles nos quais não há nada. Ela lhe repetia o tempo todo: "Que pena que você, que nunca vem à tarde, justo quando isso acontece eu não o tenha visto". Bem sabia que ela não estava assim tão apaixonada por ele para que lamentasse tanto ter perdido sua visita, mas como era boa, ansiosa por lhe agradar, e com frequência ficava triste quando o contrariava, achou natural que dessa vez se entristecesse por privá-lo do prazer de passarem uma hora juntos, prazer que era bem grande não para ela, mas para ele. Era contudo uma coisa tão desimportante que o ar doloroso que ela continuava a exibir acabou por espantá-lo. Lembrava-lhe assim, mais ainda que de hábito, as figuras femininas do pintor da *Primavera*.* Tinha naquele momento o rosto abatido e desolado delas que parece sucumbir ao peso de uma dor demasiado forte, quando simplesmente deixavam o menino Jesus brincar com uma romã ou observavam Moisés pôr água numa tina.** Já a vira com aquela tristeza, mas não sabia mais quando. E de repente lembrou: foi quando Odette mentiu ao falar com madame Verdurin no dia seguinte ao jantar ao qual não comparecera a pretexto de estar doente, e na realidade para ficar com Swann. Certamente, mesmo

---

*   A *Primavera*, de Botticelli, está exposta na Galeria dos Uffizi, em Florença.
**   Botticelli pintou o menino Jesus brincando com uma romã na *Madonna do Magnificat*, hoje na Galeria dos Uffizi; Moisés verte água para as filhas de Jetro num dos seus afrescos na capela Sistina.

que fosse a mais escrupulosa das mulheres, não poderia ter remorsos devido a uma mentira tão inocente. Mas as mentiras que Odette contava habitualmente eram menos inocentes e serviam para impedir descobertas que lhe poderiam ter criado, junto a uns ou outros, terríveis dificuldades. Assim, quando mentia, cheia de medo, se sentindo pouco armada para se defender, incerta do sucesso, tinha vontade de chorar de cansaço, como certas crianças que não dormiram. Também sabia que sua mentira ordinária magoava gravemente o homem a quem a dizia, e a cuja mercê talvez caísse se mentisse mal. Então se sentia ao mesmo tempo humilde e culpada diante dele. E quando tinha que contar uma mentira insignificante e mundana, por uma associação de sensações e lembranças experimentava o mal-estar de uma exaustão e o remorso de uma maldade.

Que mentira deprimente estaria contando a Swann para que tivesse aquele olhar doloroso, aquela voz lamurienta, que pareciam vergar sob o esforço que ela se impunha e pedir perdão? Imaginou que não era apenas a verdade acerca do incidente da tarde que ela se esforçava em esconder-lhe, mas alguma mais atual, talvez ainda não ocorrida e bem próxima, e que o poderia esclarecer sobre essa verdade. Nesse momento, escutou um toque de campainha. Odette não parou de falar, mas sua fala não era mais que um gemido: seu pesar por não ter visto Swann à tarde, por não lhe ter aberto a porta, tornou-se um verdadeiro desespero.

Ouviu-se a porta de entrada fechar de novo e o barulho de uma carruagem, como se uma pessoa partisse — aquela provavelmente que Swann não devia encontrar — a quem haviam dito que Odette saíra. Então, ao refletir que bastara vir fora da hora habitual para atrapalhar tantas coisas que ela não queria que soubesse, experimentou um sentimento de desânimo, quase de sofrimento. Mas como amava Odette, como tinha o hábito de lhe dirigir todos os seus pensamentos, a piedade que poderia inspirar a si mesmo, foi por ela que a sentiu, e murmurou: "Minha pobre querida!". Quando a deixou, ela pegou várias cartas que tinha sobre a mesa e lhe perguntou se não poderia deixá-las no correio. Ele as levou e, assim que entrou em casa, percebeu que ficara com as cartas. Voltou ao correio, tirou-as do bolso e antes de depositá-las na caixa olhou os endereços. Eram todas para fornecedores, salvo uma para Forcheville. Ele a tinha na mão. Dizia a si mesmo: "Se visse o que há dentro saberia como ela o chama, como lhe fala, se há algo entre eles. Pode ser que até não a espiando cometa uma indelicadeza com Odette, pois é a única maneira de me livrar de uma suspeita que lhe seja talvez caluniosa, destinada de todo modo a fazê-la sofrer, e que nada poderá destruir, assim que a carta tenha partido".

Voltou para casa ao deixar o correio, mas ficara com aquela última carta. Acendeu uma vela e a aproximou do envelope que não ousara abrir. A princípio não pôde ler nada, mas o envelope era fino e, fazendo-o aderir à carta rígida que estava dentro dele, pôde, através da transparência, ler as últimas palavras. Era uma fórmula de despedida bastante fria. Se, em vez de olhar uma carta endereçada a Forcheville, fosse Forcheville que tivesse lido uma carta endereçada a Swann, poderia ter visto expressões bem mais ternas! Manteve imóvel a carta que dançava dentro do envelope maior que ela, depois, deslizando-a com o polegar, trouxe sucessivamente as diferentes linhas até a parte do envelope que não era dupla, a única através da qual se podia ler.

Apesar disso, não distinguia bem. Mas não tinha importância, porque vira o suficiente para perceber que se tratava de um pequeno fato sem relevância e não tinha nada a ver com relações amorosas; era algo que se referia a um tio de Odette. Swann lera muito bem no começo da linha: "Tive razão", mas não entendia no que Odette tivera razão quando, de súbito, uma palavra que a princípio não pudera decifrar surgiu e esclareceu o sentido da frase por inteiro: "Tive razão em abrir, era meu tio". Em abrir! Então Forcheville estava lá quando Swann tocou e ela o fez ir embora, daí o barulho que escutou.

Então leu a carta toda; no fim ela se desculpava por ter agido tão sem cerimônia com ele e lhe dizia que esquecera os cigarros em sua casa, a mesma frase que escreveu a Swann numa das primeiras vezes em que ele fora lá. Mas para Swann ela acrescentou: "Se tivesse deixado seu coração, não deixaria que o pegasse de volta". Para Forcheville nada de semelhante: nenhuma alusão que pudesse sugerir um enredo entre eles. A bem dizer, aliás, em tudo aquilo Forcheville era mais ludibriado que ele, pois Odette lhe escrevia para levá-lo a acreditar que o visitante era seu tio. Em suma, era ele, Swann, o homem a quem dava importância e por quem mandara o outro embora. Contudo, se não havia nada entre Odette e Forcheville, por que não ter aberto logo, por que ter dito: "Fiz bem em abrir, era meu tio"?, se não fazia nada de mau naquele momento, como Forcheville poderia explicar a si mesmo por que ela não pudera abrir? Swann ficou ali, desolado, confuso e no entanto feliz diante daquele envelope que Odette lhe entregara sem receio, tão absoluta era a confiança que tinha na sua elegância, mas por meio da transparência se revelava a ele, junto com o segredo de um incidente que jamais julgara ser possível conhecer, um pouco da vida de Odette, como uma fenda estreita e luminosa aberta no desconhecido. Além disso, o seu ciúme se regozijava, como se esse ciúme tivesse uma vida independente, egoísta, voraz de tudo que o alimentava, ainda que a expensas dele mesmo. Agora ele tinha um alimento e Swann poderia começar a se inquietar todos os dias com as visitas que Odette tivesse recebido por volta das cinco horas, e tentar descobrir onde Forcheville se encontrava naquela hora. Pois a ternura de Swann continuava a conservar o mesmo caráter que lhe imprimira desde o começo a ignorância em que se achava de como Odette passava seus dias e, ao mesmo tempo, a preguiça mental que o impedia de suprir a ignorância com a imaginação. A princípio não era ciumento de toda a vida de Odette, mas apenas dos momentos em que uma situação, talvez mal interpretada, o levara a supor que Odette poderia tê-lo enganado. Seu ciúme, como um polvo que lança um primeiro, depois um segundo, depois um terceiro tentáculo, agarrou-se solidamente a esse instante das cinco horas da tarde, depois a outro, depois a outro ainda. Mas Swann não sabia inventar seus sofrimentos. Eles eram apenas a lembrança, a perpetuação de um sofrimento que lhe vinha de fora.

Mas dali tudo lhe trazia sofrimento. Quis distancear Odette de Forcheville, levá-la por alguns dias ao Midi. Mas achava que ela era desejada por todos os homens que se encontravam no hotel e que ela mesma os desejava. E assim ele, que outrora procurava gente nova nas viagens, os grupos numerosos, era agora visto como um selvagem, fugindo do convívio dos homens como se o tivessem ferido cruelmente. E como não seria misantropo, quando em todo homem via um amante possível para Odette? E assim o seu ciúme, ainda mais que o anseio sensual e leve que de início tivera por Odette, alterava o caráter de Swann e mudava totalmente, aos olhos dos outros, até o aspecto dos sinais exteriores pelos quais esse caráter se manifestava.

Um mês depois do dia em que leu a carta endereçada por Odette a Forcheville, Swann foi a um jantar que os Verdurin davam no Bois. No momento em que se preparavam para partir, notou confabulações entre madame Verdurin e vários dos convidados e julgou compreender que recomendavam ao pianista vir no dia seguinte a um serão em Chatou; ora, ele, Swann, não fora convidado.

Os Verdurin falaram apenas a meia-voz e em termos vagos, mas o pintor, sem dúvida distraído, exclamou:

"Não deve haver luz nenhuma e que ele toque a *Sonata ao luar* no escuro para melhor iluminar as coisas."

Madame Verdurin, vendo que Swann estava a dois passos, assumiu essa expressão em que o desejo de fazer calar o que está falando e manter um ar inocente aos olhos daquele que está ouvindo se neutraliza numa nulidade intensa do olhar, no qual o signo imóvel da inteligência e da cumplicidade se dissimula sob um sorriso ingênuo e que enfim, comum a todos que percebem uma gafe, a revela instantaneamente, se não àqueles que a cometem, pelo menos a quem é sua vítima. Odette teve de súbito o aspecto de uma desesperada que desiste de lutar contra as dificuldades esmagadoras da vida, e Swann contava ansiosamente os minutos que o separavam do momento em que, depois de ter deixado o restaurante, durante o regresso com ela, poderia lhe pedir explicações, conseguir que não fosse no dia seguinte a Chatou ou que fizesse com que o convidassem, e apaziguar em seus braços a angústia que sentia. Finalmente chamaram as carruagens. Madame Verdurin disse a Swann: "Adeus, então, até breve, certo?", tentando com a amabilidade do olhar e a coerção do sorriso impedi-lo de pensar que ela não dizia, como sempre até então: "Até amanhã em Chatou, e depois de amanhã lá em casa".

O senhor e madame Verdurin fizeram com que Forcheville embarcasse com eles, a carruagem de Swann ia atrás, e este esperava a partida deles para que Odette embarcasse na sua.

"Odette, nós a levamos de volta, disse madame Verdurin, temos um lugarzinho para você ao lado do senhor de Forcheville.

— Sim, madame, respondeu Odette.

— Mas como, achava que a levaria de volta", exclamou Swann, dizendo sem dissimulação as palavras necessárias, pois a portinhola estava aberta, os segundos eram contados, e ele não poderia voltar sem ela no estado em que estava.

"Mas madame Verdurin me pediu...

— Ora, o senhor pode muito bem voltar sozinho, já a deixamos para o senhor vezes demais, disse madame Verdurin.

— Mas é que tinha uma coisa importante para dizer à madame.

— Pois bem! o senhor lhe escreverá...

— Adeus", disse-lhe Odette estendendo a mão.

Ele tentou sorrir, mas parecia destruído.

"Viu os modos que Swann agora se permite ter conosco?, disse madame Verdurin a seu marido ao chegarem em casa. Achei que ia me morder porque trazíamos Odette. É de uma inconveniência, francamente. Então diga de uma vez que mantemos uma casa de tolerância! Não entendo como Odette suporta tais maneiras. Tem o ar de dizer imperativamente: você me pertence. Direi o que penso a Odette, espero que ela compreenda."

E acrescentou no momento seguinte, com ódio: "Não se vê, esse animal!" empregando sem se dar conta, e obedecendo talvez à mesma necessidade obscura de se justificar — como Françoise em Combray quando o frango não queria morrer —, palavras que os derradeiros sobressaltos de um animal inofensivo que agoniza arrancam do camponês que está prestes a abatê-lo.

E quando a carruagem de madame Verdurin partiu e a de Swann avançou, ao vê-lo o seu cocheiro perguntou se estava doente ou se tinha ocorrido alguma calamidade.

Swann mandou-o embora, queria andar, e foi a pé, pelo Bois, que retornou. Falava sozinho, em voz alta, e no mesmo tom um pouco artificial que empregava até então quando detalhava os encantos do pequeno núcleo e exaltava a magnanimidade dos Verdurin. Mas assim como a fala, os sorrisos, os beijos de Odette se tornavam tão odiosos quanto os achara doces, se dirigidos a outros, também o salão dos Verdurin, que ainda pouco antes considerava divertido, respirando um gosto autêntico pela arte e até uma espécie de nobreza moral, agora era a outro alguém que Odette iria encontrar ali, e amar livremente ali, exibir a ele seus absurdos, sua tolice, sua ignomínia.

Imaginava com aversão a reunião do dia seguinte em Chatou. "Para começar, essa ideia de ir a Chatou! Como comerciantes que acabam de fechar seu bazar. Realmente, é gente de um burguesismo sublime, nem devem existir de verdade, devem sair de uma peça de Labiche!"

Lá estariam os Cottard, talvez Brichot. "É bem grotesca a vida dessa gentinha que vive embolada, que se julgariam perdidos, juro, se não se vissem todos amanhã em *Chatou*!" Ai! estaria lá também o pintor, o pintor que gostava "de arrumar casamentos", que convidaria Forcheville a ir com Odette a seu ateliê. Via Odette com uma roupa excessiva para um passeio no campo, "pois ela é tão vulgar e, acima de tudo, a pobre coitada, tão tola!!!".

Ouvia as gracinhas que madame Verdurin faria depois do jantar, as gracinhas que, fosse qual fosse o chato que tivessem por alvo, sempre o tinham divertido porque via Odette rir, rir com ele, quase dentro dele. Agora sentia que era talvez dele que fariam Odette rir. "Que alegria fétida!", dizia, dando à sua boca uma expressão de nojo tão forte que sentiu o efeito muscular do esgar até no pescoço, contorcido dentro do colarinho da camisa. "E como uma criatura cujo rosto é feito à imagem de Deus pode achar motivo para rir nessas gracinhas nauseabundas? Toda narina um pouco delicada se desviaria com horror para não se deixar ferir por essas emanações. É realmente incrível pensar que um ser humano possa não entender que, ao se permitir rir de um semelhante que lhe estendeu lealmente a mão, ele afunda numa lama da qual nunca será possível, nem com toda a boa vontade do mundo, tirá-lo. Vivo a muitos milhares de metros acima do pântano onde medram e se mexericam essas maledicências imundas para que possa ser manchado pelas gracinhas de uma Verdurin", exclamou erguendo a cabeça e empertigando orgulhosamente o corpo para trás. "Deus é testemunha de que sinceramente quis tirar Odette de lá, alçá-la a uma atmosfera mais nobre e mais pura. Mas a paciência humana tem limites, e a minha está no fim", se disse ele, como se a missão de tirar Odette de uma atmosfera de sarcasmos datasse de muito mais tempo que alguns minutos, e como se não a houvesse assumido somente quando pensou que esses sarcasmos o tivessem como objeto e buscassem separar Odette dele.

Via o pianista prestes a tocar a *Sonata ao luar* e as caretas de madame Verdurin se assustando com o mal que a música de Beethoven faria a seus nervos: "Idiota, mentirosa!, se exclamava ele, e acha que ama a *Arte*!". Ela diria a Odette, depois de lhe insinuar habilmente algumas palavras lisonjeiras sobre Forcheville, como tantas vezes fizera com ele: "Abra um lugarzinho a seu lado para o senhor de Forcheville". "No escuro! proxeneta, alcoviteira!" "Alcoviteira" era o nome que ele dava também à música que os convidaria a se calarem, a sonharem juntos, a se olharem, a se darem as mãos. Achava algo de bom na severidade para com as artes de Platão, de Bossuet, e da velha educação francesa.

Em suma, a vida que se levava nos Verdurin e que tantas vezes chamara de "a verdadeira vida" parecia-lhe a pior de todas, e o pequeno núcleo o último dos ambientes. "É verdadeiramente, dizia ele, o que há de mais baixo na escala social, o último círculo de Dante. Não há dúvida de que o augusto texto se refere aos Verdurin! No fundo, as pessoas da sociedade, que podem ser abominadas mas que ainda assim são diferentes desse bando de velhacos, mostram sua profunda sabedoria ao se recusarem a conhecê-los, a neles sujar mesmo a ponta dos dedos! Que clarividência nesse *Noli me tangere** do Faubourg Saint-Germain!" Havia muito deixara as alamedas do Bois, quase chegara em casa e, ainda não desintoxicado da dor e da eloquência insincera, das quais as entonações mentirosas e a sonoridade artificial da própria voz irrigavam abundantemente e a cada instante sua intoxicação, ainda continuava a perorar em voz alta no silêncio da noite: "As pessoas da sociedade têm seus defeitos, que ninguém reconhece melhor que eu, mas mesmo assim são pessoas para as quais certas coisas são impossíveis. Uma mulher elegante que conheci estava longe de ser perfeita, mas ainda assim, afinal, havia nela uma delicadeza básica, uma lealdade no comportamento que a tornariam, quaisquer que fossem as circunstâncias, incapaz de uma felonia, e que são suficientes para colocar abismos entre ela e uma megera como a Verdurin. Verdurin! Que nome! Ah, se pode dizer que são perfeitos, belos espécimes do seu gênero! Graças a Deus, já era tempo de não condescender mais com a promiscuidade com esses infames, com esse lixo".

Mas, como as virtudes que ainda pouco antes atribuía aos Verdurin não teriam sido suficientes, mesmo se as tivessem de verdade, se não houvessem facilitado e protegido seu amor, para provocar em

---

* "Não me toques", versão em latim das palavras de Jesus ressuscitado a Maria Madalena, no Evangelho de João (xx,17).

Swann aquela intoxicação na qual se comovia com a generosidade deles, e que, mesmo propagada através de outras pessoas, só lhe poderia vir de Odette — do mesmo modo a imoralidade, ainda que real, que hoje via nos Verdurin teria sido impotente, se não tivessem convidado Odette a ir com Forcheville e sem ele, para desencadear sua indignação e fazê-lo vilipendiar "sua infâmia". E sem dúvida a voz de Swann era mais clarividente que ele próprio quando ela se recusava a proferir essas palavras cheias de asco pelo círculo dos Verdurin e de alegria por ter rompido com ele, a não ser num tom artificial e como se tivessem sido escolhidas mais para aplacar sua cólera e menos para expressar seu pensamento. Este último, com efeito, enquanto ele se entregava àquelas invectivas, estava provavelmente, sem que ele percebesse, ocupado com um assunto totalmente diferente, pois assim que chegou em casa, mal tendo fechado o portão de entrada das carruagens, bateu bruscamente na testa, reabriu-o, saiu de novo e exclamou, com uma voz natural dessa vez: "Acho que encontrei um jeito de ser convidado amanhã para o jantar em Chatou!". Mas o jeito devia ser ruim, pois Swann não foi convidado: o doutor Cottard que, chamado à província por um caso grave, não via os Verdurin fazia vários dias e não pudera ir a Chatou, disse, no dia seguinte a esse jantar, ao sentar-se à mesa na casa deles:

"Então não veremos o senhor Swann esta noite? Ele é com certeza o que chamaríamos de um amigo pessoal do...

— Espero que não!, exclamou madame Verdurin, Deus nos proteja, ele é chato, tolo e mal-educado."

A essas palavras, Cottard manifestou simultaneamente seu espanto e submissão, como se diante de uma verdade oposta a tudo que acreditara até ali, mas irresistivelmente óbvia; e descendo o nariz emocionada e medrosamente para dentro do prato, contentou-se em responder: "Ah! ah! ah! ah! ah!" em marcha a ré, numa retirada forçada e bem-ordenada até o fundo de si mesmo, percorrendo ao longo de uma escala descendente todos os registros da sua voz. E nunca mais se falou de Swann nos Verdurin.

Aquele salão que reunira Swann e Odette tornou-se então um obstáculo a seus encontros. Ela não lhe dizia mais, como nos primeiros tempos do seu amor: "Em todo caso nos veremos amanhã à noite, há um jantar nos Verdurin", mas: "Não poderemos nos ver amanhã à noite, há um jantar nos Verdurin". Ou então os Verdurin deveriam levá-la ao Opéra Comique para ver *Uma noite de Cleópatra* e Swann lia nos olhos de Odette o receio de que lhe pedisse para não ir, que outrora ele não se reprimiria em beijar de passagem no rosto de sua amante, e que agora o exasperava. "Não é cólera, porém, ele se dizia, que sinto ao ver sua vontade de ir ciscar naquela música excrementícia. É pena, com certeza não por mim, mas por ela, pena de ver que, depois de viver mais de seis meses em contato diário comigo, não tenha conseguido mudar o suficiente para cancelar espontaneamente Victor Massé! Sobretudo por não ter chegado a compreender que há noites nas quais uma pessoa de sensibilidade um pouco delicada deve saber renunciar a um prazer quando lhe pedem. Devia saber dizer 'não irei', nem que por inteligência, já que é por sua resposta que se avaliarão de uma vez por todas os predicados da sua alma." E, tendo se persuadido de que era de fato apenas para ter uma opinião mais favorável acerca do valor espiritual de Odette que queria que ela ficasse naquela noite com ele em vez de ir ao Opéra Comique, fazia-lhe o mesmo raciocínio, com o mesmo grau de insinceridade que a si mesmo, e mesmo com um grau a mais, pois agora obedecia também ao desejo de retê-la por meio do amor-próprio dela.

"Eu juro que", dizia-lhe alguns momentos antes que ela partisse para o teatro, "ao pedir para não sair, todos os meus votos, se fosse egoísta, seriam para que se recusasse, pois tenho mil coisas para fazer nesta noite, cairei na minha própria armadilha e ficarei chateado se, contra toda expectativa, me responder que não sairá. Mas minhas ocupações, meus prazeres, não são tudo, tenho que pensar em você. Pode chegar o dia em que, ao ver-me separado de você para sempre, terá o direito de me recriminar por não tê-la advertido, nos minutos decisivos em que faria a seu respeito um desses julgamentos severos aos quais o amor não resiste por muito tempo. Veja, *Uma noite de Cleópatra* (que título!) não é nada nessas circunstâncias. O que é preciso saber é se você é mesmo essa pessoa no grau mais baixo do pensamento, e mesmo do encanto, a pessoa desprezível que é incapaz de renunciar a um prazer. Então, se é isso, como seria possível amá-la, já que não é propriamente uma pessoa, uma criatura definida, imperfeita, mas ao menos aperfeiçoável? Você é água informe que corre conforme o declive que lhe é oferecido, um peixe sem memória e raciocínio que enquanto viver no seu aquário se chocará cem vezes por dia contra o vidro e continuará a achar que é água. Você entende que a sua resposta, não digo que terá o efeito de me fazer parar imediatamente de amá-la, claro, mas a fará menos sedutora a meus olhos quando eu entender que não é uma pessoa, que está abaixo de todas as coisas e não sei como colocá-la acima de nenhuma? Evidentemente, preferia pedir, como uma coisa sem importância, que renunciasse a *Uma noite de Cleópatra* (pois você me obriga a sujar os lábios com esse título abjeto), na esperança de que fosse mesmo assim. Mas, decidido a passar tudo a limpo, a tirar todas as consequências da sua resposta, achei mais leal preveni-la."

Fazia alguns instantes que Odette dava sinais de emoção e incerteza. Embora não entendesse o sentido daquele discurso, compreendia que podia caber no gênero comum dos "sermões" e das cenas de recriminações ou de súplicas, e a familiaridade que tinha com os homens lhe permitia, sem se ater aos detalhes das palavras, concluir que não as diriam se não estivessem apaixonados, e como estavam apaixonados era inútil obedecer a eles, pois se apaixonariam ainda mais em breve. Assim, teria ouvido Swann com a maior paciência se não tivesse visto que a hora passava e, pelo mínimo que ainda falasse por algum tempo, ela iria, como lhe disse com um sorriso terno, obstinado e confuso, "acabar perdendo a Abertura!".

Em outras ocasiões lhe dizia que, mais que tudo, a coisa que o faria deixar de amá-la era ela não querer desistir de mentir. "Mesmo do simples ponto de vista da sedução, dizia-lhe, não compreende o quanto perde do encanto ao se rebaixar e mentir? Com uma confissão, quantas faltas não te seriam perdoadas! Realmente, você é bem menos inteligente do que eu pensava!" Mas era em vão que Swann lhe expunha assim todos os motivos que tinha para não mentir; eles poderiam ter arruinado um sistema geral das mentiras de Odette; mas Odette não tinha nenhum; contentava-se apenas, quando queria que Swann ignorasse alguma coisa que ela havia feito, em não lhe dizer. Assim, a mentira era para ela um expediente de ordem particular; e a única coisa que podia decidir se devia servir-se dela ou contar a verdade era um motivo de ordem particular também, a possibilidade maior ou menor de que Swann pudesse descobrir que não dissera a verdade.

Fisicamente, ela atravessava uma fase ruim: engordava; e o encanto expressivo e dolente, os olhares atônitos e sonhadores de antigamente pareciam ter desaparecido com a sua primeira juventude. De modo que se tornara tão querida de Swann bem no momento em que, por assim dizer, ele a considerava menos bonita. Olhava-a longamente para tentar recuperar seu encanto, e não o encontrava. Mas saber que sob aquela nova crisálida era sempre Odette que vivia, sempre a mesma vontade fugaz, evanescente e dissimulada, bastava a Swann para que continuasse a tentar captá-la com a mesma paixão. Então olhava as fotografias de dois anos antes, recordava como fora deliciosa. E isso o consolava um pouco de sofrer tanto por ela.

Quando os Verdurin a levavam a Saint-Germain, a Chatou, a Meulan, frequentemente, se era na estação de tempo bom, propunham lá mesmo que dormissem e só voltassem no dia seguinte. Madame Verdurin tentava abrandar os escrúpulos do pianista, cuja tia ficara em Paris.

"Ela ficará encantada de se livrar de você por um dia. E por que haveria de se afligir, ela sabe que está conosco; aliás assumo toda a responsabilidade."

Mas se não conseguia, o senhor Verdurin saía a campo, achava um posto de telégrafo ou um mensageiro e indagava quais fiéis tinham alguém que precisavam prevenir. Mas Odette lhe agradecia e dizia que não precisava mandar mensagem a ninguém, pois dissera taxativamente a Swann que, se lhe enviasse uma diante de todos, ficaria exposta. Às vezes era por vários dias que se ausentava, os Verdurin a levavam para ver os túmulos de Dreux, ou a Compiègne para admirar, a conselho do pintor, os poentes na floresta, e prosseguiam até o castelo de Pierrefonds.*

"E pensar que ela poderia visitar monumentos de verdade comigo, que estudei arquitetura durante dez anos e sempre me suplicam para levar a Beauvais ou a Saint-Loup-de-Naud pessoas da mais alta distinção, e só o faria por ela, e em vez disso ela vai com os piores grosseirões se extasiar sucessivamente diante dos dejetos de Luís Filipe e de Viollet-le-Duc! Não me parece que seja preciso ser artista

---

* A capela real de Dreux abriga os túmulos dos príncipes de Orléans. Construído por Luís Filipe de Orléans no século xv, o castelo de Pierrefonds foi restaurado pelo arquiteto Viollet-le-Duc, contratado em 1857 por Napoleão III.

para isso e que, mesmo sem um olfato particularmente fino, não se vai veranear em latrinas para melhor aspirar excrementos."

Mas quando ela partia para Dreux ou para Pierrefonds — infelizmente, sem lhe permitir que fosse lá como que por acaso, pois "isso teria um efeito deplorável", dizia ela —, ele mergulhava no mais intoxicante dos romances de amor, o guia de horários das ferrovias, que lhe ensinava os meios de alcançá-la à tarde, à noite, naquela manhã mesmo! Com que meios? Quase com mais que os meios: a autorização. Porque, afinal, os guias e mesmo os trens não foram feitos para cães. Se o público era informado, por meio de impressos, que às oito horas da manhã partia um trem que chegaria a Pierrefonds às dez horas, então ir a Pierrefonds era um ato lícito, para o qual a permissão de Odette era supérflua; era também um ato que podia ter qualquer outro motivo além do desejo de encontrar Odette, pois as pessoas que não a conheciam o efetuavam todos os dias, num número grande o suficiente para que valesse a pena aquecer as locomotivas.

Em suma, ela nem sequer poderia o impedir de ir a Pierrefonds se ele tivesse vontade! Ora, justamente, sentia que tinha vontade e que, se não tivesse conhecido Odette, certamente iria lá. Fazia muito tempo que queria formar uma ideia mais precisa dos trabalhos de restauração de Viollet-le-Duc. E, com o tempo que fazia, experimentava o desejo imperioso de um passeio pela floresta de Compiègne.

Era mesmo pouca sorte que ela lhe interditasse o único lugar que o tentava hoje. Hoje! Se fosse lá, malgrado sua interdição, poderia vê-la *hoje* mesmo! Mas se encontrasse em Pierrefonds alguém que lhe fosse indiferente, ela lhe diria alegremente: "Oh, você por aqui!", e lhe teria pedido que fosse vê-la no hotel onde se hospedara com os Verdurin, enquanto, ao contrário, se encontrasse a ele, Swann, ficaria ofendida, diria a si mesma que era perseguida, o amaria menos, talvez se desviasse dele com ódio ao notá-lo. "Então não tenho mais direito de viajar!", ela lhe diria na volta, enquanto era ele que não tinha mais direito de viajar!

Entreteve por um momento a ideia, para poder ir a Compiègne e a Pierrefonds sem parecer que fosse para encontrar Odette, de se fazer convidar por um dos seus amigos, o marquês de Forestelle, que tinha um castelo na vizinhança. Este, a quem falara de seu projeto sem lhe dizer o motivo, não cabia em si de alegria e se maravilhava de que Swann, pela primeira vez em quinze anos, enfim consentisse em vir ver sua propriedade e, embora ele não quisesse se hospedar lá, como lhe dissera, ao menos lhe prometeu que fariam juntos passeios e excursões durante vários dias. Swann já se imaginava lá com o senhor de Forestelle. Mesmo antes de ver Odette ali, mesmo se não conseguisse vê-la, que felicidade seria pisar naquela terra onde, não sabendo o lugar exato da sua presença a cada instante, sentiria pulsar em toda parte a possibilidade da brusca aparição dela: no pátio do castelo, que agora lhe parecia belo porque devido a ela fora vê-lo; em todas as ruas da cidade, que lhe pareciam romanescas; em cada estrada na floresta, rosada por um poente profundo e suave — asilos inumeráveis e alternativos aonde vinha simultaneamente se refugiar, na incerta ubiquidade das suas esperanças, o seu coração feliz, vagabundo e multiplicado. "Sobretudo, diria ele ao senhor de Forestelle, vamos tomar cuidado para não trombar com Odette e os Verdurin; acabo de saber que estão justamente hoje em Pierrefonds. Temos tempo de sobra para nos vermos em Paris, não valeria a pena deixá-la para não podermos dar um passo sem toparmos uns com os outros." E seu amigo não compreenderia por que, uma vez lá, mudaria vinte vezes de planos, inspecionaria as salas de jantar de todos os hotéis de Compiègne sem se decidir a sentar-se em nenhuma delas onde no entanto não se vira traço dos Verdurin, parecendo procurar aquilo de que dizia querer fugir e então fugindo assim que o achou porque, se tivesse encontrado o pequeno grupo, teria se afastado dele com afetação, contente de ter visto Odette e de que ela o tivesse visto, principalmente que o tivesse visto quando não se preocupava com ela. Mas não, ela adivinharia que era por sua causa que estava lá. E quando o senhor de Forestelle viesse procurá-lo para partirem, ele lhe diria: "Infelizmente, não, não posso ir hoje a Pierrefonds, Odette está justamente lá". E Swann estava feliz a despeito de tudo por sentir que, se era o único de todos os mortais a não ter naquele dia o direito de ir a Pierrefonds, era porque de fato era para Odette alguém diferente dos outros, seu amante, e que essa restrição que lhe era aplicada ao direito universal de ir e vir não passava de uma das formas daquela escravidão, daquele amor que lhe era tão caro. Decididamente, era melhor não se arriscar a brigar com ela, ter paciência, esperar o seu retorno. Passava seus dias debruçado sobre um mapa da floresta de Compiègne como se fosse o mapa do Amor, se cercava de fotografias do castelo de Pierrefonds. Assim que chegava o dia em que era possível que ela retornasse, reabria o guia com os horários, calculava qual trem ela deveria tomar e, caso se atrasasse, os que lhe restariam ainda. Não saía por medo de perder um telegrama, não se deitava para o caso de, ao retornar no último trem, ela querer lhe fazer a surpresa de vir vê-lo no meio da noite. Com efeito, escutava o toque no portão das carruagens, parecia que demoravam a abri-lo, queria acordar o porteiro, se punha à janela para chamar Odette caso fosse ela, já que, apesar das recomendações que descera mais de dez vezes para fazer pessoalmente, era capaz de lhe dizerem que ele não estava lá. Era um empregado que voltava. Notava o fluxo incessante das carruagens que passavam, no qual nunca prestara atenção antes. Escutava cada uma vir de longe, aproximar-se, ultrapassar o seu portão sem parar e levar para bem longe uma mensagem que não era para ele. Esperava a noite toda bem inutilmente porque, como os Verdurin anteciparam seu retorno, Odette estava em Paris desde o meio-dia; não pensou em preveni-lo; sem saber o que fazer, passara a noite sozinha no teatro, voltara para casa havia muito tempo para se deitar e agora dormia.

É que nem sequer pensara nele. E as ocasiões em que se esquecia até da existência de Swann eram mais úteis a Odette, serviam melhor para ligar Swann a ela do que toda a sua faceirice. Porque assim Swann vivia naquela agitação dolorosa que já fora forte o suficiente para fazer brotar o seu amor, quando não encontrara Odette nos Verdurin e a procurara a noite toda. E ele não tinha, como eu tive em Combray na minha infância, dias felizes durante os quais se esquece dos sofrimentos que renascerão à noite. Os dias, Swann os passava sem Odette; e por instantes se dizia que deixar uma mulher bonita assim sair sozinha em Paris era tão imprudente quanto deixar uma caixa cheia de joias no meio da rua. Então se indignava com todos os passantes como se fossem ladrões. Mas como o seu rosto coletivo e informe escapava à sua imaginação, ele não alimentava o seu ciúme. Swann se fatigava de tanto pensar e, passando a mão nos olhos, se exclamava: "Seja o que Deus quiser", como aqueles que, depois de se esfalfarem para entender o problema da realidade do mundo exterior ou da imortalidade da alma, concedem o alívio de um ato de fé a seu cérebro exausto. Mas o pensamento na ausente estava sempre indissoluvelmente mesclado aos atos mais simples da vida de Swann — almoçar, pegar a correspondência, sair, se deitar — até pela tristeza que sentia ao realizá-los sem ela, como as iniciais de Philibert, o Belo, na igreja de Brou que, devido à saudade que tinha dele, Margarida da Áustria entrelaçou por toda parte com as suas. Certos dias, em vez de ficar em casa, ia almoçar num restaurante bem próximo, cuja boa comida apreciara outrora e agora só ia por um desses motivos simultaneamente místicos e extravagantes a que se dá o nome de românticos; é que esse restaurante (que ainda existe) tinha o mesmo nome da rua onde Odette morava: *Lapérouse*. Algumas vezes, quando ela fazia uma viagem curta, era só depois de vários dias que cogitava avisá-lo de que voltara a Paris. Sem pensar, como anteriormente, em se proteger com um fiapo de verdade para alguma eventualidade, simplesmente lhe dizia que acabara de chegar, no trem da manhã. Tais palavras eram mentirosas; ao menos para Odette eram mentirosas, inconsistentes, não tendo, se fossem verdadeiras, ponto de apoio na lembrança de sua chegada à estação; mesmo ela estava impedida de imaginá-las no momento em que as dizia, devido à imagem contraditória do que fizera de totalmente diferente no momento em que pretendia ter descido do trem. Mas no espírito de Swann, ao contrário, essas palavras que não encontravam obstáculo algum vinham se incrustar e adquiriam a imobilidade de uma verdade tão indubitável que, se um amigo lhe dissesse ter vindo naquele trem e não ter visto Odette, ele se persuadia de que era o amigo que se enganava no dia ou na hora, pois o que dizia não se coadunava com as palavras de Odette. Estas só lhe teriam parecido mentirosas se no começo tivesse desconfiado que o fossem. Para que acreditasse que ela mentia, uma suspeita prévia era condição necessária. De fato, era também uma condição suficiente. Então tudo que Odette dizia lhe parecia suspeito. Se a escutava citar um nome, era certamente o de um de seus amantes; uma vez admitida a suposição, passava semanas desolado; até contratou certa vez uma agência de investigação para descobrir o endereço e a rotina do desconhecido que só lhe permitiria respirar quando viajava, e por fim descobriu que era um tio de Odette falecido vinte anos antes.

Embora ela não lhe permitisse encontrá-la em lugares públicos, dizendo que isso daria o que falar, às vezes num evento para o qual ambos foram convidados — na casa de Forcheville, na do pintor, ou num baile de caridade num ministério — acontecia de se deparar com ela. Ele a via, mas não ousava ficar, com receio de irritá-la por parecer espionar os prazeres que tinha com outros e que — enquanto ele retornava solitário e ia se deitar ansioso, como eu mesmo alguns anos mais tarde, nas noites em que ele viria jantar em casa, em Combray — lhe pareciam sem limite porque não lhes vira o fim. E uma ou duas vezes conheceu nessas noites aquilo que seria tentador chamar de, se não fossem tão violentamente afetadas pelo choque da angústia bruscamente estancada, alegrias calmas, porque consistem num apaziguamento: fora dar uma passada numa festa na casa do pintor e se preparava para sair; deixava ali Odette, transformada numa fulgurante desconhecida, no meio de homens a quem os seus olhares e sua alegria, que não eram para ele, pareciam falar de alguma volúpia que seria gozada ali ou alhures (talvez no "Baile dos Incoerentes",* aonde tremia ao pensar que ela iria em seguida) e que causava até mais ciúme em Swann que a união carnal, porque a imaginava com maior dificuldade; já estava prestes a atravessar a porta do ateliê quando ouviu que o chamavam com estas palavras (que, retirando da festa aquele final que o apavorava, a deixavam inocente em retrospecto, faziam do regresso de Odette algo não mais inconcebível e terrível, mas suave e familiar, que ficaria, um pouco semelhante à sua vida de todos os dias, a seu lado na carruagem, e despojavam a própria Odette da sua aparência demasiado brilhante e alegre, mostravam que era só um disfarce que ela vestira por um instante, em benefício próprio, tendo em vista não prazeres misteriosos, dos quais ela já cansara), com estas palavras que Odette lhe lançava, como se ele já tivesse atravessado a soleira da porta: "Poderia me esperar cinco minutos, estou saindo, iríamos juntos e me levaria para casa".

É verdade que um dia Forcheville pediu ao mesmo tempo que o levassem, mas como, ao chegar à porta de Odette, pediu permissão para entrar também, Odette lhe respondera, apontando para Swann: "Ah, isso depende desse senhor, pergunte a ele. Enfim, entre um instante se quiser, mas não muito tempo, pois o previno de que ele gosta de conversar tranquilamente comigo, e não lhe agra-

---

* Os Incoerentes eram artistas plásticos que ridicularizavam os salões de exposições oficiais, e a partir de 1892 passaram a organizar suas próprias mostras com grande sucesso; elas eram inauguradas com um baile a fantasia.

da muito que tenha visitas quando aparece. Ah, se você conhecesse essa criatura como eu a conheço; não é verdade, *my love*, que só eu te conheço bem?".

E Swann se sentia talvez ainda mais tocado ao vê-la se dirigir a ele dessa maneira na frente de Forcheville, não só com essas palavras de ternura e predileção, mas também com certas críticas como: "Tenho certeza de que ainda não respondeu a seus amigos sobre o seu jantar no domingo. Não vá se não quiser, mas ao menos seja bem-educado", ou: "Pelo menos deixou aqui o seu ensaio sobre Vermeer para poder adiantá-lo um pouco amanhã? Que preguiçoso! Hei de fazê-lo trabalhar, você vai ver!", que provavam que Odette se mantinha informada de seus convites sociais e de seus estudos artísticos, que de fato tinham uma vida a dois. E ao dizer isso ela lhe dirigia um sorriso no fundo do qual ele a sentia inteiramente sua.

E então, nesses momentos, enquanto ela lhes preparava um suco de laranja, de repente, como quando um refletor mal regulado primeiro passeia em torno de um objeto, lançando sobre a parede sombras enormes e fantásticas que vêm em seguida incidir e se anular nele, todas as ideias terríveis e movediças que fazia de Odette se esvaneciam, se juntavam ao corpo encantador que Swann tinha diante de si. Tinha a brusca suspeita de que aquela hora passada na casa de Odette, à luz do candeeiro, não era talvez uma hora artificial, inventada para o seu uso (destinada a mascarar aquela coisa assustadora e deliciosa em que pensava sem parar e sem poder imaginá-la direito: uma hora da vida de verdade de Odette, da vida de Odette quando ele não estava), com objetos de um cenário de teatro e frutas artificiais, mas era talvez uma hora real da vida de Odette; que se não estivesse ali, ela teria oferecido a Forcheville a mesma poltrona e lhe teria servido não uma bebida desconhecida, mas precisamente aquele suco de laranja; que o mundo habitado por Odette não era esse outro mundo aterrador e sobrenatural onde ele passava o tempo a situá-la e que talvez só existisse na sua imaginação, mas o universo real que, sem irradiar nenhuma tristeza especial, comportava aquela mesa onde poderia escrever e aquela bebida que lhe seria permitido experimentar; todos aqueles objetos, que contemplava tanto com curiosidade e admiração como com gratidão, pois se ao absorver os seus sonhos eles o tinham libertado, em contrapartida estes se enriqueceram, lhe mostravam sua realização palpável, interessavam o seu espírito, ganhavam relevo ante seus olhos, e ao mesmo tempo tranquilizavam seu coração. Ah, se o destino permitisse que tivesse uma habitação comum com Odette, e que a casa dela fosse a sua, ao indagar ao criado o que havia para o almoço, fosse o cardápio de Odette que obtivesse como resposta, se quando Odette quisesse passear pela manhã na avenida do Bois de Boulogne, seu dever de bom marido o houvesse obrigado, mesmo não tendo vontade de sair, a acompanhá-la, carregando o seu casaco quando ela tivesse muito calor, e à noite, depois do jantar, se ela tivesse vontade de ficar em casa à vontade, se visse forçado a ficar ali, fazendo o que ela quisesse; então todas essas nulidades da vida de Swann que lhe pareciam tão tristes, assumiriam, bem pelo contrário, pois fariam ao mesmo tempo parte da vida de Odette, mesmo as mais familiares — como aquele candeeiro, aquele suco de laranja, aquela poltrona, que continham tantos sonhos, que materializavam tantos desejos —, assumiriam uma espécie de doçura superabundante e de densidade misteriosa.

No entanto duvidava muito que aquilo que assim lamentava fosse uma calma, uma paz, uma atmosfera que favoreceria seu amor. Quando Odette cessasse de ser para ele uma criatura sempre ausente, desejada, imaginária; quando o sentimento que tinha por ela não fosse mais aquela perturbação misteriosa que lhe provocava a frase da sonata, mas afeto, reconhecimento; quando se estabelecessem entre eles relações normais que pusessem fim à sua loucura e à sua tristeza, então sem dúvida os atos da vida de Odette lhe pareceriam pouco interessantes em si mesmos — como já várias vezes suspeitara que fossem, por exemplo no dia em que lera através do envelope a carta dirigida a Forcheville. Considerando o seu mal com a sagacidade de quem o tivesse inoculado para estudá-lo, ele se dizia que, quando se curasse, o que Odette pudesse fazer lhe seria indiferente. Mas, do fundo de seu estado mórbido, para dizer a verdade, ele tinha tanto medo dessa cura quanto da morte, que seria com efeito a morte de tudo que ele era atualmente.

Depois dessas noites tranquilas, as suspeitas de Swann se acalmavam; abençoava Odette e no dia seguinte, logo pela manhã, enviava-lhe as joias mais belas porque as suas atenções da véspera haviam excitado a sua gratidão, ou seu desejo de que se repetissem, ou um paroxismo de amor que precisava se expandir.

Mas em outros momentos sua dor o retomava, ele imaginava que Odette era amante de Forcheville e quando os dois o viram, do fundo do landau dos Verdurin, no Bois, na véspera da festa em Chatou para a qual não fora convidado, suplicar a ela em vão, com aquele ar de desespero que até seu cocheiro notara, para voltar com ele, e depois retornando sozinho e vencido, ela devia tê-lo apontado a Forcheville e dito: "Veja como está furioso!", com o mesmo olhar rútilo, malicioso, baixo e hipócrita do dia em que este expulsara Saniette da casa dos Verdurin.

Então Swann a detestava. "Mas também sou muito idiota, dizia-se ele, pago com meu dinheiro o prazer dos outros. Mesmo assim ela deve prestar atenção e não esticar demais a corda, pois eu poderia muito bem não lhe dar mais nada. Em todo caso, renunciemos provisoriamente às gentilezas suplementares! E pensar que ainda ontem, como ela dissesse ter vontade de assistir à temporada de Bayreuth, cometi a bobagem de lhe propor alugar para nós um dos belos castelos do rei da Baviera nas vizinhanças. Aliás ela não pareceu muito encantada, ainda não disse nem sim nem não; tomara que recuse, meu bom Deus! Ouvir Wagner durante quinze dias com ela, que liga tanto para isso quanto um peixe liga para maçã, seria divertido!" E como seu ódio, assim como o seu amor, tinha necessidade de se manifestar e agir, ele se deleitava em levar cada vez mais longe suas fantasias malévolas porque, graças às perfídias que atribuía a Odette, vinha a detestá-la ainda mais, e poderia — o que tentava imaginar —, caso fossem verdadeiras, ter a oportunidade de castigá-la e saciar sua raiva crescente. Assim, chegava a supor que receberia uma carta na qual ela lhe pediria dinheiro para alugar aquele castelo perto de Bayreuth, mas prevenindo-o de que ele não poderia ir, porque prometera aos Verdurin e a Forcheville que iria convidá-los. Ah! Como gostaria que ela pudesse ter tal audácia! Que alegria teria em recusar, em redigir a resposta vingativa cujos termos se deleitava em escolher, em enunciá-los bem alto, como se tivesse recebido a carta realmente!

Ora, foi o que ocorreu bem no dia seguinte. Ela lhe escreveu que os Verdurin e seus amigos tinham manifestado o desejo de assistir àquelas representações de Wagner, e, se quisesse lhe fazer o favor de enviar o dinheiro, ela teria enfim, depois de ser recebida tantas vezes na casa deles, o prazer de convidá-los por sua vez. Dele, ela não dizia uma palavra, ficando subentendido que a presença deles excluía a sua.

Então aquela terrível resposta que redigira, palavra por palavra, na véspera, sem jamais esperar que um dia lhe pudesse ser útil, teria a alegria de mandá-la entregar. Infelizmente, sentia que com o dinheiro que ela possuía, ou que arrumaria facilmente, até poderia alugar algo em Bayreuth, já que tinha vontade, ela que não era capaz de distinguir Bach de Clapisson. Mas, apesar disso, ela viveria mais modestamente. Não teria meio de, como se ele lhe tivesse enviado algumas notas de mil francos, organizar todas as noites, num castelo, aquelas ceias refinadas depois que passasse a fantasia — sendo possível que ainda não tivesse ocorrido a ela — de cair nos braços de Forcheville. E também aquela viagem detestada, ao menos não seria ele, Swann, que a pagaria! — Ah, se pudesse impedi-la! Se ela torcesse o pé antes de partir, se o cocheiro da carruagem que a levaria à estação concordasse, a não importa que preço, em levar a um lugar onde pudesse ficar sequestrada por um tempo aquela mulher pérfida, de olhos enfeitados por um sorriso de cumplicidade dirigido a Forcheville, na qual Odette se transformara para Swann havia quarenta e oito horas.

Mas ela nunca permanecia dessa maneira por muito tempo; ao cabo de alguns dias o olhar brilhante e falso perdia algo do seu lustro e duplicidade, a imagem dessa Odette execrada que dizia a Forcheville: "Veja como está furioso!" começava a empalidecer, a se esvanecer. Então, reaparecia progressivamente e se erguia, brilhando suavemente, o rosto da outra Odette, daquela que também dirigia um sorriso a Forcheville, mas um sorriso em que havia para Swann apenas ternura, quando dizia: "Não fique muito tempo, pois esse senhor não gosta muito que haja visitas quando quer ficar comigo. Ah, se conhecesse essa criatura como eu a conheço!", o mesmo sorriso que tinha ao agradecer a Swann algum signo da cortesia que ela tanto prezava, algum conselho que lhe pedira numa dessas circunstâncias graves em que só confiava nele.

Então, ele se perguntava como pudera escrever a essa Odette a carta ultrajante, de que sem dúvida até então ela não o acreditava capaz, e que deveria tê-lo feito cair do degrau elevado, único, que pela bondade e lealdade ele conquistara na estima dela. Ele se tornaria então menos querido, pois era devido a essas qualidades, que não encontrava nem em Forcheville nem em nenhum outro, que ela o amava. Era com elas que Odette muitas vezes lhe demonstrava uma gentileza, para a qual ele não ligava a mínima quando estava com ciúme porque não era um sinal de desejo, e talvez fosse mais prova de afeto que de amor, mas cuja importância ele recomeçava a sentir na medida do relaxamento espontâneo de suas suspeitas, relaxamento muitas vezes acentuado pela distração que lhe trazia uma leitura sobre arte ou a conversa de um amigo, que tornava sua paixão menos exigente de reciprocidades.

Agora que, depois dessa oscilação, Odette voltara naturalmente ao lugar de onde o ciúme de Swann a afastara por um momento, ao ângulo onde a achava charmosa, ele a imaginava cheia de ternura, com um olhar de aprovação, tão bonita, que não podia se impedir de avançar os lábios na sua direção, como se ela estivesse ali e pudesse beijá-la; e sentia-se grato por aquele olhar encantador e bom como se ela realmente acabasse de dirigi-lo a ele, e não fosse somente a sua imaginação que acabava de pintá-lo para satisfazer seu próprio desejo.

Como devia tê-la magoado! Claro que achava motivos válidos para seu ressentimento com ela, mas não teriam sido suficientes para provocá-lo se não a amasse tanto. Não tivera ele queixas igualmente graves de outras mulheres, às quais contudo hoje prestaria favores de boa vontade, não lhes tendo ódio porque não as amava mais? Se algum dia viesse a se achar no mesmo grau de indiferença para com Odette, compreenderia que foi unicamente o seu ciúme que o fez achar algo de atroz, de imperdoável, nesse desejo, no fundo natural, proveniente de um pouco de infantilismo e também de certa delicadeza do espírito, de poder por sua vez, pois que uma ocasião se apresentava, retribuir as gentilezas dos Verdurin, de fazer o papel de dona de casa.

Voltava a esse ponto de vista — oposto ao do seu amor e do seu ciúme, e no qual por vezes se punha devido a uma espécie de equidade intelectual e para levar em conta várias probabilidades — a partir do qual tentava julgar Odette como se não a tivesse amado, como se fosse para ele uma mulher como as outras, como se a vida de Odette não tivesse sido, assim que ele não estava presente, diferente, tramada às escondidas dele, urdida contra ele.

Por que acreditaria que ela gozaria lá, com Forcheville ou outros homens, de inebriantes prazeres que nunca tivera com ele, e que o seu ciúme fabricava sozinho a partir de zero? Em Bayreuth como em Paris, se acontecesse de Forcheville pensar nele, só poderia ser como numa pessoa que contava muito na vida de Odette, a quem era obrigado a ceder o lugar quando se encontravam na casa dela. Se Forcheville e ela se tornavam vencedores por estarem lá contra a sua vontade, era ele próprio o culpado por tentar inutilmente impedi-los de ir, ao passo que se tivesse aprovado o projeto, aliás defensável, ela pareceria ter ido para lá por acatar o seu conselho, se sentiria enviada, alojada por ele, e o prazer que sentiria ao receber aquelas pessoas que a haviam recebido tantas vezes, era a Swann que deveria agradecer.

E — em vez de partir brigada com ele, sem tê-lo revisto — se lhe enviasse aquele dinheiro, se a encorajasse a fazer aquela viagem e agisse para torná-la agradável, ela viria a ele, feliz, agradecida, e ele teria aquela alegria de vê-la que não experimentava fazia quase uma semana e que nada podia substituir. Porque assim que Swann podia imaginá-la sem horror, que revia a bondade do seu sorriso, e o desejo de tirá-la do alcance de todos os outros homens não era mais acrescentado pelo ciúme ao seu amor, esse amor voltava a se tornar sobretudo um gosto pelas sensações provocadas pela pessoa de Odette, pelo prazer que tinha em admirar como um espetáculo, ou questionar como um fenômeno, o erguer-se de um dos seus olhares, a formação de um de seus sorrisos, a emissão de uma entonação da sua voz. E esse prazer diferente de todos os outros acabara por lhe criar uma necessidade por ela, e que somente ela podia satisfazer com sua presença ou suas cartas, quase tão desinteressada, quase tão artística e tão perversa quanto outra necessidade que caracterizava aquele novo período da vida de Swann, no qual a secura, a depressão dos anos anteriores, fora sucedida por uma espécie de superabundância espiritual, sem que soubesse o motivo desse enriquecimento inesperado de sua vida interior mais do que uma pessoa de saúde delicada que a partir de uma certa hora se fortalece, engorda e durante certo tempo parece se encaminhar para uma cura completa: essa outra necessidade, que se desenvolvia também fora do mundo real, era a de ouvir, de saber música.

Assim, pela própria química do seu mal, depois de ter produzido ciúme com o seu amor, ele agora recomeçava a fabricar ternura, piedade por Odette. Ela voltava a ser a Odette encantadora e boa. Ele tinha remorsos por ter sido severo com ela. Queria que Odette viesse a ele e, antes, queria lhe proporcionar algum prazer, para ver a gratidão dar forma a seu rosto e moldar seu sorriso.

E assim Odette, segura de o ver retornar depois de alguns dias e lhe pedir uma reconciliação, terno e submisso como antes, adquiriu o hábito de não ter mais medo de desagradá-lo e mesmo de irritá-lo, e recusava, quando lhe convinha, os favores que ele valorizava mais.

Talvez ela não soubesse o quanto fora sincero durante a briga, quando lhe disse que não mandaria mais dinheiro e tentaria lhe fazer mal. Talvez também não soubesse o quão sincero era, se não com ela, ao menos consigo mesmo, em outros casos nos quais, no interesse do futuro do seu relacionamento, para mostrar a Odette que era capaz de passar sem ela, que uma ruptura restava sempre possível, decidia ficar algum tempo sem ir à casa dela.

Às vezes isso ocorria depois de alguns dias em que ela não lhe causara nenhum aborrecimento novo; e como das suas visitas seguintes sabia que não teria como extrair nenhuma grande alegria, e sim alguma aflição que provavelmente poria fim à calma em que se achava, escrevia-lhe que, estando muito ocupado, não poderia vê-la em nenhum dos dias que tinha dito. Então uma carta dela, se cruzando com a sua, lhe pedia precisamente que mudasse a data de um encontro. Ele se perguntava por quê; suas suspeitas e sua dor o reconquistavam. Não podia manter, no novo estado de agitação em que se encontrava, o compromisso que assumira no estado anterior de relativa calma, corria à casa dela e exigia vê-la em todos os dias seguintes. E mesmo se não lhe tivesse escrito primeiro, se somente respondesse, era o suficiente para que não pudesse mais ficar sem vê-la. Pois, contrariamente ao cálculo de Swann, o consentimento de Odette mudara tudo dentro dele. Como todos os que possuem uma coisa, ele tirara essa coisa do seu espírito para saber o que aconteceria se parasse por um momento de possuí-la, deixando todo o resto no mesmo estado de quando ela estava lá. Ora, a ausência de uma coisa não é só isso, não é uma simples falta parcial, é uma agitação de todo o resto, é um estado novo que não se pode prever no antigo.

Mas noutras vezes, ao contrário — Odette estava prestes a partir em viagem —, era depois de alguma pequena querela, cujo pretexto ele escolhera, que resolvia não escrever-lhe nem vê-la antes do seu retorno, dando assim a aparência, e aguardando a recompensa, de uma grande discórdia, que talvez ela supusesse definitiva, de uma separação cuja parte mais longa era inevitável devido à própria viagem, e que ele apenas fazia começar um pouco mais cedo. Já imaginava Odette inquieta, aflita por não ter recebido nem visita nem carta, e essa imagem, acalmando seu ciúme, tornava mais fácil romper o hábito de vê-la. É claro que por alguns momentos, nos confins do seu espírito, para onde a sua decisão a afastou devido à duração interposta de três semanas da separação que aceitara antes, era com prazer que considerava a ideia de que reveria Odette no seu retorno; mas era também com pouca impaciência que começava a se indagar se não duplicaria de bom grado a duração de uma abstinência tão fácil. Ela ainda não datava de três dias, tempo muito menos longo do que a frequência com que passara sem ver Odette, e sem tê-la premeditado como agora. E contudo eis que uma leve contrariedade ou um mal-estar físico — incitando-o a considerar o momento presente como excepcional, fora das regras, no qual até mesmo a prudência admitiria acolher o apaziguamento trazido por um prazer, e daria uma trégua à sua vontade, até a retomada útil do esforço — suspendia a ação desta última, que parava de exercer sua pressão; ou, menos que isso, a lembrança de uma informação que se esquecera de perguntar a Odette, se ela decidira a cor com a qual queria repintar sua carruagem, ou, quanto a determinado investimento na Bolsa, se eram ações ordinárias ou preferenciais que desejava adquirir (era ótimo lhe mostrar que podia ficar sem vê-la, mas se depois disso a pintura tivesse que ser refeita, ou se as ações não rendessem dividendo, de nada lhe teria adiantado), eis que como um elástico esticado que se solta ou o ar numa máquina pneumática que se abre, a ideia de revê-la, da distância onde ela era mantida, voltava de um salto ao campo do presente e das possibilidades imediatas.

Ela voltava sem encontrar maiores resistências, na verdade de maneira tão irresistível que Swann tinha menos dificuldade em sentir se aproximarem, um a um, os quinze dias que deveria ficar separado de Odette do que em aguardar os dez minutos que seu cocheiro levava para atrelar a carruagem que o levaria à casa dela, e que ele atravessava com surtos de impaciência e de alegria, nos quais retomava mil vezes com ternura a ideia de reencontrá-la, que, com uma reviravolta tão brusca, no instante em que a acreditava tão distante, estava de novo a seu lado, na sua consciência mais próxima. É que não tinha mais como obstáculo o desejo premente de lhe resistir, que já não existia em Swann desde que, tendo provado a si mesmo — pelo menos era no que acreditava — que isso lhe era fácil, não via mais nenhum inconveniente em adiar a tentativa de separação que agora tinha certeza de que poderia pôr em prática quando bem entendesse. E, também, essa ideia de revê-la retornava a ele com uma novidade, uma sedução, dotada de uma virulência que o hábito desgastara, mas que se haviam retemperado com aquela privação não de três, mas de quinze dias (pois a duração de uma renúncia deve ser calculada por antecipação, segundo o seu término predeterminado), e aquilo que até então fora um prazer aguardado, e que sacrificamos com facilidade, se convertera numa felicidade inesperada, a qual não temos forças para afrontar. E enfim porque a ideia lhe retornava embelezada pela ignorância de Swann acerca do que ela poderia ter pensado, talvez feito, ao ver que ele não dera sinal de vida, de modo que agora iria encontrar uma revelação apaixonante de uma Odette quase desconhecida.

Mas ela, assim como achara que a sua negação de dinheiro não passava de uma simulação, via apenas um pretexto na informação que Swann lhe vinha pedir sobre a carruagem a ser pintada ou a coisa a comprar. Pois ela não reconstituía as diversas fases das crises que ele atravessava e, na ideia que fazia delas, descuidava-se em compreender o seu mecanismo, acreditando apenas no que sabia de antemão: o fatal, infalível e sempre idêntico desenlace. Uma ideia incompleta — e mais profunda talvez — se julgada do ponto de vista de Swann, que sem dúvida teria achado que era mal interpretado por Odette, como um morfinômano ou um tuberculoso, que pensam terem sido paralisados, um, por um acontecimento exterior bem no instante em que ia se livrar do seu hábito inveterado, e o outro, por uma indisposição acidental no instante mesmo em que ia enfim se restabelecer, se sentem mal interpretados pelo médico que não dá a mesma importância que eles a essas pretensas contingências, meros disfarces, segundo ele, assumidos para se tornarem novamente sensíveis aos doentes, pelo vício ou pelo estado mórbido que, na verdade, não deixaram de lhes pesar incuravelmente enquanto eles acalentavam sonhos de bom comportamento e recuperação. E de fato o amor de Swann chegara a esse estágio em que o médico e, em certas afecções, o cirurgião mais ousado se indagam se privar um doente do seu vício ou livrá-lo do seu mal será ainda cabível ou mesmo possível.

Com certeza Swann não tinha uma consciência direta da extensão desse amor. Quando tentava medi-lo, às vezes lhe parecia ter diminuído, quase se reduzido a nada; por exemplo, o pouco prazer, o quase desprazer que lhe inspiraram, antes de amar Odette, seus traços expressivos, sua tez sem frescor, lhe voltavam em certos dias. "De fato, estou fazendo progressos", dizia ele no dia seguinte. "Considerando bem as coisas, não tive quase nenhum prazer em estar ontem na cama com ela; é curioso, até a achava feia." Decerto ele era sincero, mas seu amor se estendia bem além dos domínios do desejo físico. A própria pessoa de Odette não ocupava nele grande lugar. Quando dava com os olhos na fotografia de Odette em cima de sua mesa, ou quando ela vinha vê-lo, penava para identificar a figura de carne ou de papel com a perturbação dolorosa e constante que o habitava. Ele se dizia quase com espanto: "É ela", como se de surpresa mostrassem, exteriorizada na nossa frente, uma das nossas doenças e não a achássemos parecida com a que sofremos. "Ela" — ele tentava se perguntar o que seria; pois há uma semelhança entre o amor e a morte maior do que aquelas, tão vagas, que se repetem sempre, que é a que nos leva a questionar de modo mais profundo, de medo de que a sua realidade se nos escape, o mistério da personalidade. E essa doença que era o amor de Swann se multiplicara de tal modo, estava tão estreitamente ligada a todos os seus hábitos, a todas as suas ações, ao seu pensamento, à sua saúde, ao seu sono, à sua vida, mesmo ao que desejava para depois da morte, estava de tal modo imbricada nele que não lhe poderia ser extirpada sem o destruir quase que por completo: como se diz em cirurgia, o seu amor não era mais operável.

Por esse amor Swann se desligara de tal maneira de todos os interesses que, quando por acaso voltava à sociedade, dizendo a si mesmo que seus contatos, como um instrumento elegante que ela aliás não saberia estimar com exatidão, poderiam lhe render algum ganho aos olhos de Odette (o que talvez pudesse ser de fato verdade se não tivesse sido aviltado por aquele mesmo amor, que por Odette depreciava todas as coisas que ele tocava porque parecia proclamar que eram menos preciosas), experimentava, junto com a aflição de estar naqueles lugares e em meio a gente que ela não conhecia, o prazer desinteressado que teria num romance ou num quadro em que são pintados os divertimentos de uma classe ociosa; como, na sua casa, se comprazia em contemplar o funcionamento da sua vida doméstica, a elegância do seu guarda-roupa e da criadagem, o bom investimento de seu dinheiro, da mesma maneira que lia em Saint-Simon, que era um de seus autores favoritos, a mecânica dos dias, o menu das refeições de madame de Maintenon, ou a avareza bem ponderada e o fausto de Lulli. E na frágil medida em que esse desinteresse não era absoluto, a razão desse prazer novo que Swann sentia era a de poder emigrar por um momento para as raras partes de si mesmo que permaneciam estranhas ao seu amor, à sua tristeza. Nesse aspecto, a personalidade que minha tia-avó lhe atribuía, de "Swann filho", distinta da sua personalidade mais individual de Charles Swann, era a que agora lhe agradava mais. Um dia em que, para o aniversário da princesa de Parma (e porque ela podia muitas vezes ser indiretamente agradável a Odette, arrumando-lhe lugares para espetáculos de gala e solenidades), quis lhe mandar umas frutas, sem saber muito bem como encomendá-las, encarregou uma prima da sua mãe que, deslumbrada por lhe prestar um serviço, escreveu-lhe para prestar contas de que não havia adquirido todas as frutas no mesmo local, mas as uvas no Crapote, por ser a sua especialidade, as peras no Chevet, onde eram mais bonitas etc., "cada fruta vista e examinada uma a uma por mim mesma". Com efeito, pelos agradecimentos da princesa, pudera avaliar o perfume dos morangos e a maciez das peras. Mas sobretudo o "cada fruta vista e examinada uma a uma por mim mesma" fora um alívio para o seu sofrimento, transportando sua consciência a uma região aonde raramente ia, embora lhe pertencesse por ser herdeiro de uma família de rica e boa burguesia onde se preservaram hereditariamente, prontos a serem postos a seu serviço assim que o desejasse, o conhecimento dos "bons endereços" e a arte de bem desempenhar uma tarefa.

De fato, esquecera havia muito tempo que era o "Swann filho" para não sentir, quando voltava a sê-lo por um instante, um prazer mais vivo do que os que pudera experimentar o resto do tempo e aos quais se tornara indiferente; e se a amabilidade dos burgueses, para os quais ele continuava a ser sobretudo isso, era menos viva que a da aristocracia (mas aliás mais lisonjeira, pois ao menos não se separa nunca da consideração), a carta de uma alteza, quaisquer que fossem os divertimentos principescos que ela lhe propunha, não lhe poderia ser tão agradável quanto a que lhe pedia para testemunhar ou somente para assistir a um casamento na família de velhos amigos de seus pais, alguns dos quais continuaram a vê-lo — como meu avô que, no ano precedente, o convidara para o casamento de minha mãe — e outros que mal o conheciam pessoalmente, mas consideravam que tinham deveres de cortesia para com o filho, para com o digno sucessor do falecido senhor Swann.

Mas, pela intimidade já antiga que tinha com elas, as pessoas da alta sociedade em certa medida também faziam parte de sua casa, de seu ambiente doméstico e de sua família. Sentia, ao considerar suas amizades brilhantes, o mesmo amparo exterior, o mesmo conforto que ao contemplar as terras belas, a bela prataria, os belos jogos de mesa que lhe vinham dos seus. E o pensamento de que, se desabasse em casa vítima de um ataque, seria naturalmente ao duque de Chartres, ao príncipe de Reuss, ao duque de Luxemburgo, ao barão de Charlus que seu criado recorreria, lhe proporcionava a mesma consolação que à nossa velha Françoise o fato de saber que seria sepultada nos seus lençóis finos, marcados e não cerzidos (ou de maneira tão hábil que davam uma ideia ainda mais elevada do capricho da costureira), mortalha da imagem frequente da qual ela tirava certa satisfação, se não de bem-estar, ao menos de amor-próprio. Mas mais importante, como em cada uma das suas ações e pensamentos que se referiam a Odette, Swann era constantemente dominado e orientado pelo inconfessável sentimento de que era para ela talvez não menos caro, mas menos agradável de ver que qualquer um, que o mais tedioso dos fiéis dos Verdurin — quando retornava a um mundo para o qual era o homem distinto por excelência, que faziam tudo para atrair, que se desolavam por não ver, ele recomeçava a crer na existência de uma vida mais feliz, quase a sentir apetite por ela, como acontece com um doente de cama durante meses, de dieta, e que vê num jornal o cardápio de um almoço oficial ou o anúncio de um cruzeiro na Sicília.

Se era obrigado a pedir desculpas às pessoas da sociedade por não visitá-las, era por fazer-lhe visitas que devia se desculpar com Odette. E ainda por cima pagava por elas (perguntando-se no fim do mês, ao supor que abusara da sua paciência e tivesse ido vê-la com frequência, se era suficiente enviar-lhe quatro mil francos), e para cada uma encontrava um pretexto, um presente para lhe levar, uma informação de que ela precisasse, o senhor de Charlus, com quem se encontrara quando ia à casa dela e exigia que o acompanhasse. E, na falta de um, pedia ao senhor de Charlus que corresse à casa dela e lhe dissesse, como que espontaneamente, durante a conversa, que se lembrara de ter algo a dizer a Swann, de modo que ela lhe faria um favor se mandasse lhe dizer que passasse agora na casa dela; mas na maioria das vezes Swann esperava em vão e o senhor de Charlus dizia-lhe à noite que seu plano não dera certo. De forma que se agora estava com frequência ausente, mesmo em Paris ela o via pouco quando ficava, ela que, quando o amava, lhe dizia: "Estou sempre livre" e "Que me importa a opinião dos outros?", agora, toda vez que queria vê-la, ela invocava conveniências sociais ou pretextava ter compromissos. Quando ele falava em ir a uma festa de caridade, a um vernissage, a uma estreia onde ela estaria, esta lhe dizia que ele queria escancarar a ligação deles, que a tratava como a uma à toa. A tal ponto que, para não ser privado de encontrá-la em todos os lugares, Swann, que sabia que ela conhecia e estimava muito meu tio-avô Adolphe, de quem ele mesmo fora amigo, foi um dia vê-lo no seu pequeno apartamento da rua de Bellechasse a fim de lhe pedir que usasse sua influência junto a Odette. Como ela sempre adotava, quando falava a Swann de meu tio, ares poéticos, dizendo: "Ah, ele não é como você, é uma coisa tão bela, tão imensa, tão bonita, a sua amizade comigo! Não seria ele que me acharia tão irrisória a ponto de querer se exibir comigo em todos os lugares públicos", que Swann ficou embaraçado e sem saber que tom deveria usar para falar dela a meu tio. Ele de início postulou a excelência a priori de Odette, o axioma da sua supra-humanidade seráfica, a revelação de suas virtudes indemonstráveis e cuja demonstração não poderia ser derivada da experiência. "Preciso lhe falar. O senhor sabe que mulher acima de todas as mulheres, que criatura adorável, que anjo é Odette. Mas sabe o que é a vida em Paris. Nem todo mundo conhece Odette sob a luz que a conhecemos, o senhor e eu. Então há pessoas que acham que faço um papel um tanto ridículo; ela nem sequer admite que a encontre fora, no teatro. O senhor, em quem ela tem tanta confiança, não poderia lhe dizer algumas palavras em meu favor, assegurar-lhe que ela exagera o prejuízo que um cumprimento meu lhe causa?"

Meu tio aconselhou Swann a ficar um pouco sem ver Odette, que com isso só o amaria mais, e Odette a deixar Swann encontrá-la onde bem entendesse. Alguns dias depois, Odette disse a Swann que acabara de ter a decepção de ver que meu tio era igual a todos os homens: acabara de tentar possuí-la à força. Ela acalmou Swann, que num primeiro momento queria desafiar meu tio, e se recusou a apertar sua mão quando o reencontrou. Lamentou ainda mais essa discórdia com meu tio Adolphe porque esperara, se o revisse algumas vezes e pudesse conversar com ele em confiança, tentar esclarecer certos rumores relativos à vida que Odette levara outrora em Nice. Porque meu tio Adolphe passava lá o inverno. E Swann achava que talvez até fosse ali que conhecera Odette. O pouco que escapara de alguém na sua presença, em relação a um homem que teria sido amante de Odette, transtornara Swann. Mas as coisas que teria achado, antes de conhecê-las, mais horríveis de saber e mais impossíveis de acreditar, tão logo as sabia eram incorporadas para todo o sempre à sua tristeza, ele as admitia, não poderia mais entender que não houvessem acontecido. E cada uma delas produzia na imagem que fazia da sua amante um retoque definitivo. Julgou até mesmo ter entendido, uma vez, que aquela leviandade dos costumes de Odette, de que não suspeitara, era bastante conhecida, e que em Baden e Nice, quando ela antigamente passava lá vários meses, tinha uma espécie de notoriedade amorosa. Ele buscou, para interrogá-los, se aproximar de alguns devassos; mas estes sabiam que conhecia Odette; e também ele tinha medo de levá-los a pensar de novo nela, de colocá-los na sua pista. Mas ele, a quem até então quase nada teria parecido mais enfadonho do que tudo que se referia à vida cosmopolita de Baden ou de Nice, ao saber que Odette tivesse antigamente talvez feito a festa nessas cidades de prazeres, sem que nunca pudesse vir a saber se fora somente para satisfazer necessidades de dinheiro, que graças a ele não tinha mais, ou caprichos que poderiam renascer, agora ele se debruçava com uma angústia impotente, cega e vertiginosa sobre o abismo sem fundo que abocanharam os anos de início do septenato,* durante os quais se passava o inverno

---

* Septenato era o mandato de sete anos do presidente. Proust parece se referir ao de Mac-Mahon, iniciado em 1873 e interrompido pela demissão do presidente, em 1879.

na Promenade des Anglais, o verão sob as tílias de Baden, e lhes achava uma profundidade dolorosa, mas magnífica, como a que lhe teria atribuído um poeta; e teria posto na reconstituição dos pequenos fatos da crônica da Côte d'Azur de então, se ela pudesse ajudá-lo a compreender alguma coisa do sorriso ou dos olhares — contudo tão honestos e simples — de Odette, mais paixão que o esteta que interroga os documentos subsistentes da Florença do século xv para tentar entrar mais fundo na alma da Primavera, da Bela Vanna ou da Vênus de Botticelli.* Muitas vezes, sem lhe dizer nada, olhava-a, fantasiava; ela lhe dizia: "Como você está triste!". Não fazia muito tempo que, da ideia de que ela era uma criatura boa, comparável às melhores que conhecera, ele passara à ideia de que era uma mulher paga; inversamente, acontecera-lhe depois retornar da Odette de Crécy talvez conhecida demais dos farristas, dos mulherengos, àquele rosto de uma expressão às vezes tão doce, àquela natureza tão humana. Ele se dizia: "Que importa que em Nice todo mundo saiba quem é Odette de Crécy? Essas reputações, mesmo verdadeiras, são feitas com as ideias dos outros"; pensava que tal lenda — fosse ela autêntica — era externa a Odette, não estava dentro dela como uma personalidade irredutível e maligna; que a criatura que poderia ter sido levada a agir mal era uma mulher de olhar gentil, um coração cheio de piedade para com o sofrimento, um corpo dócil que segurara, que apertara nos seus braços e acomodara, uma mulher que poderia um dia possuir por inteiro, se conseguisse se tornar indispensável a ela. Ali estava ela, tantas vezes cansada, o rosto vazio por um instante da preocupação febril e alegre pelas coisas desconhecidas que faziam Swann sofrer; ela afastava os cabelos com as mãos; sua testa e seu rosto pareciam mais largos; então, de repente, um pensamento humano simples, um bom sentimento como os que existem em todas as criaturas quando num momento de repouso ou de recolhimento estão entregues a si mesmas, brotava nos seus olhos como um raio dourado. E logo todo o seu rosto se aclarava como um campo cinza e coberto de nuvens que de súbito se abrem, para sua transfiguração, no momento do sol poente. A vida que havia em

---

*   Dos três quadros de Botticelli, *A Primavera* e *O nascimento de Vênus* estão na Galeria dos Uffizi, em Florença; a "bela Vanna" aparece em *Giovanna Tornabuoni e as três Graças*, no Louvre, em Paris.

Odette naquele momento, mesmo o futuro que ela parecia olhar sonhadoramente, Swann teria podido partilhar com ela; nenhuma agitação má parecia lhe ter deixado resíduo. Por raros que se tornassem, esses momentos não foram inúteis. Por meio da memória Swann ligava esses fragmentos, eliminava os intervalos, fundia como em ouro uma Odette de bondade e de calma pela qual fez mais tarde (como se verá na segunda parte desta obra) sacrifícios que a outra Odette não teria obtido. Mas esses momentos eram raros, e agora ele a via tão pouco! Mesmo para o seu encontro à noite, ela só lhe dizia no último minuto se poderia recebê-lo porque, contando que ele estaria sempre livre, queria primeiro ter certeza de que nenhuma outra pessoa proporia visitá-la. Alegava que era obrigada a esperar uma resposta da maior importância para ela e mesmo se, depois de ter chamado Swann, amigos pediam a Odette, já no começo da noite, que se juntasse a eles no teatro ou no jantar, ela dava um salto de alegria e se arrumava às pressas. À medida que avançava na sua toalete, cada movimento que fazia aproximava Swann do momento em que teria de deixá-la, em que ela fugiria com um ímpeto irresistível; e quando, por fim pronta, mergulhando uma última vez no espelho seus olhares tensos e iluminados pela atenção, passava mais um pouco de batom nos lábios, fixava uma mecha na testa e pedia seu casaco de noite azul-celeste com franjas douradas, Swann parecia tão triste que ela não podia reprimir um gesto de impaciência e dizia: "É assim que me agradece por ter te deixado ficar até o último minuto? E eu que achava ter sido gentil. É bom saber para a próxima vez!". Às vezes, com o risco de irritá-la, prometia a si mesmo tentar saber aonde ela fora, imaginava uma aliança com Forcheville, que talvez pudesse lhe dar informações. Além do quê, quando sabia com quem ela saíra à noite, era bem difícil que não pudesse descobrir entre as suas relações alguém que conhecesse, mesmo indiretamente, o homem que a acompanhara e poderia facilmente obter a seu respeito essa ou aquela informação. E, enquanto escrevia a um de seus amigos para pedir que tentasse esclarecer esse ou aquele ponto, experimentava o repouso de parar de se fazer essas perguntas sem respostas e de transferir para outro a fadiga do interrogatório. Na verdade, Swann não ficava melhor ao obter certas informações. Saber nem sempre permite impedir, mas ao menos as coisas que sabemos, nós as temos, se não entre nossas mãos, ao menos no nosso pensamento, onde dispomos delas à vontade, o que nos dá a ilusão de uma espécie de poder sobre elas. Ficava feliz todas as vezes que o senhor de Charlus estava com Odette. Entre o senhor de Charlus e ela, Swann sabia que nada podia se passar, que quando o senhor de Charlus saía com ela era por amizade a ele e não relutaria em lhe contar o que ela fizera. Algumas vezes ela declarara de modo tão categórico que era impossível vê-lo em determinada noite, parecia tão empenhada numa saída, que Swann achava de suma importância que o senhor de Charlus estivesse livre para acompanhá-la. No dia seguinte, embora não ousasse fazer muitas perguntas ao senhor de Charlus, ele o compelia, fingindo não compreender bem suas primeiras respostas, a fornecer-lhe outras novidades, sentindo-se após cada uma delas mais aliviado porque logo ficava sabendo que Odette ocupara sua noite nos prazeres mais inocentes. "Mas como, meu querido Mémé, não entendi direito... não foi ao sair da casa dela que foram ao Museu Grévin? Foram a outro lugar antes. Não? Oh, que engraçado! Você não sabe como me diverte, meu querido Mémé. Mas que ideia engraçada a dela, de ir em seguida ao Chat Noir, é bem uma ideia dela... Não, sua? É curioso. Afinal, não é má ideia, ela devia conhecer lá muita gente? Não? Não falou com ninguém? É extraordinário. Então ficaram lá os dois sozinhos? Já vejo a cena. Você é gentil, meu querido Mémé, gosto muito de você." Swann se sentia aliviado. Para ele, a quem ocorrera, ao conversar com indiferentes que mal escutava, ouvir às vezes certas frases (esta, por exemplo: "Vi ontem madame de Crécy, ela estava com um senhor que não conheço"), frases que assim que entravam no coração de Swann passavam para o estado sólido, endureciam como uma incrustação, o dilaceravam, não se mexiam mais dali, como em contrapartida eram doces estas palavras: "Ela não conhecia ninguém, não falou com ninguém!", como circulavam suavemente dentro dele, como eram fluidas, fáceis, respiráveis! E contudo ao cabo de um instante ele se dizia que Odette devia achá-lo bem aborrecido para que aqueles fossem os prazeres que preferia à sua companhia. E a insignificância deles, se o confortava, ainda assim o mortificava como uma traição.

Mesmo quando não podia saber aonde ela fora, isso bastaria para acalmar a angústia que então sentia, e contra a qual a presença de Odette, a doçura de estar perto dela era a única coisa específica (uma coisa específica que no longo prazo agrava o mal como tantos remédios, mas ao menos acalmava momentaneamente o sofrimento), lhe seria suficiente, se Odette tivesse simplesmente permitido ficar na sua casa enquanto ela não estivesse, esperá-la até a hora do regresso, do apaziguamento no qual viriam se fundir as horas em que a ilusão e a desilusão o fariam acreditar serem diferentes de todas as outras. Mas ela não queria; ele voltava para casa; se forçava no caminho a imaginar diversos planos, parava de pensar em Odette; chegava até, ao se despir, a entreter ideias bem alegres; e era com o coração leve e cheio de esperança de ir no dia seguinte ver alguma obra-prima que deitava na cama e apagava a luz; mas logo que, ao se preparar para dormir, deixava de exercer sobre si mesmo um controle do qual nem tinha consciência, de tanto que se tornara habitual, imediatamente um frisson gelado o percorria no sentido inverso e ele se punha a soluçar. Não queria nem saber por quê, enxugava os olhos e se dizia, rindo: "Que bonito, estou virando um neurótico". Então não podia pensar sem um imenso cansaço que no dia seguinte seria preciso recomeçar a procurar saber o que Odette fizera, a pôr em jogo sua influência para tentar vê-la. Essa necessidade de uma atividade sem trégua, sem variação, sem resultados, lhe era tão cruel que um dia, percebendo um inchaço no abdômen, sentiu uma verdadeira alegria ao pensar que talvez tivesse um tumor mortal, que não iria mais se ocupar de nada, que a doença é que iria governá-lo, fazer dele um joguete, até o fim próximo. E com efeito, se nessa época lhe aconteceu, sem admitir a si mesmo, desejar a morte, era menos para escapar à agudez dos seus sofrimentos do que à monotonia do seu esforço.

    E contudo gostaria de viver até a época em que não a amaria mais, em que ela não teria nenhum motivo para lhe mentir e em que poderia finalmente saber dela se no dia em que foi vê-la à tarde estava ou não na cama com Forcheville. Às vezes, por vários dias a suspeita de que ela amava algum outro o afastava de se colocar essa pergunta sobre Forcheville, fazia disso algo quase indiferente, como essas formas novas de um mesmo estado doentio que parecem ter nos livrado das precedentes. Havia mesmo dias em que não era atormentado por nenhuma suspeita. Acreditava que se curara. Mas na manhã seguinte, ao despertar, sentia no mesmo lugar a mesma dor, cuja sensação, ao longo do dia anterior, como que se diluíra numa torrente de impressões diferentes. Mas ela não mudara de lugar. E na verdade fora a pontada dessa dor que acordara Swann.

Como Odette não lhe dava nenhuma informação sobre essas coisas tão importantes que a ocupavam todos os dias (embora tivesse vivido o bastante para saber que nunca há outras a não ser os prazeres), não podia tentar imaginá-las por muito tempo seguido, seu cérebro funcionava no vazio; então passava o dedo sobre suas pálpebras fatigadas como se tivesse enxugado a lente de seu pincenê, e cessava inteiramente de pensar. Flutuavam naquele ponto desconhecido contudo ocupações que reapareciam de tempos em tempos, vagamente conectadas a alguma obrigação para com parentes distantes ou amigos de outrora que, por serem os únicos que ela mencionava regularmente como obstáculos para vê-lo, a Swann pareciam formar a moldura estável e necessária da vida de Odette. Devido ao tom em que ela lhe dizia de tempos em tempos "o dia em que vou com minha amiga ao Hipódromo", se, sentindo-se doente e tendo pensado "talvez Odette quisesse passar aqui em casa", ele lembrava bruscamente que era justamente aquele dia e se dizia: "Ah, não vale a pena pedir-lhe que venha, deveria ter pensado nisso mais cedo, é o dia em que ela vai com sua amiga ao Hipódromo. Vamos nos guardar para o que é possível; é inútil se desgastar lhe propondo coisas inaceitáveis e recusadas de antemão". E o dever que Odette se atribuía de ir ao Hipódromo, e diante do qual Swann assim se inclinava, não lhe parecia somente inelutável; mas a marca de necessidade que o revestia parecia tornar plausível e legítimo tudo que de perto ou de longe se relacionasse a ele. Se Odette, tendo recebido na rua o cumprimento de um passante, o que despertara o seu ciúme, respondia às suas perguntas relacionando a existência do desconhecido a um dos dois ou três grandes deveres dos quais lhe falava; se ela lhe dizia, por exemplo: "É um senhor que estava no camarote da amiga com quem vou ao Hipódromo", essa explicação acalmava as suspeitas de Swann, que com efeito achava inevitável que a amiga tivesse outros convidados além de Odette no seu camarote no Hipódromo, mas nunca tentara ou conseguira imaginá-los. Ah! Como gostaria de conhecê-la, a amiga que ia ao Hipódromo, e como teria gostado de que o levasse lá com Odette. Como teria trocado todas as suas conexões pela de qualquer pessoa que tivesse o costume de ver Odette, fosse ela uma manicure ou uma balconista de loja! Faria mais por elas do que para rainhas. Não lhe teriam fornecido, pelo que conheciam da vida de Odette, o único calmante eficaz para os seus sofrimentos? Como teria corrido todo alegre para passar o dia na casa de uma dessas pessoas humildes com as quais Odette tinha relações, fosse por interesse, fosse por sua simplicidade autêntica! Com que boa vontade não fixaria residência para sempre no quinto andar de uma casa sórdida e cobiçada aonde Odette não o levava e onde, se morasse com a costureirinha aposentada, de quem de bom grado fingiria ser amante, receberia quase todos os dias a sua visita! Nesses bairros quase populares, que existência modesta, abjeta, mas doce, alimentada de calma e de felicidade, teria aceitado viver indefinidamente!

Também acontecia às vezes que, tendo encontrado Swann, ela via se aproximar alguém que ele não conhecia, e podia notar no rosto de Odette aquela tristeza que ela mostrara no dia em que viera vê-la enquanto Forcheville estava lá. Mas era raro; pois nos dias em que, malgrado tudo que tinha para fazer e o receio do que as pessoas pensariam, ela chegava a ver Swann, o que dominava agora sua atitude era a autoconfiança: um grande contraste, talvez revanche inconsciente ou reação natural à emoção temerosa de que, nos primeiros tempos em que o conhecera, sentia perto dele, e mesmo longe, quando começava uma carta com estas palavras: "Meu amigo, minha mão treme tão forte que mal posso escrever" (era pelo menos o que proclamava, e um pouco dessa emoção devia ser sincera para que desejasse simulá-la ainda mais). Swann a agradava então. Nunca se treme senão por si mesmo, senão por aqueles a quem se ama. Quando nossa felicidade não está mais nas mãos deles, que paz, que calma, que coragem fruímos junto dela! Ao lhe falar, ao lhe escrever, ela não tinha mais aquelas palavras pelas quais buscava dar a ilusão de que ele lhe pertencia, criando as ocasiões para dizer "meu" quando se tratava dele: "Você é o meu bem, é o perfume da nossa amizade, eu o conservo", de lhe falar do futuro, e até mesmo da morte, como uma coisa única para eles dois. Naquele tempo, a tudo que ele dizia ela respondia com admiração: "Não, você não será nunca como todo mundo"; ela olhava sua cabeça alongada e um pouco calva, a respeito da qual as pessoas que conheciam os sucessos de Swann pensavam: "Ele não é objetivamente bonito, se quiserem, mas é chique: aquele topete, aquele monóculo, aquele sorriso!", e mais curiosa talvez de saber quem era ele do que com desejo de ser sua amante, dizia: "Se eu pudesse saber o que se passa dentro dessa cabeça!".

Agora, a todas as palavras de Swann ela respondia num tom às vezes irritado, às vezes indulgente: "Ah! Você não será nunca como todo mundo!". Ela olhava aquela cabeça que envelhecera só um pouco devido às preocupações (mas a respeito da qual agora todos pensavam, em virtude da mesma aptidão que permite descobrir as intenções de uma peça sinfônica quando se leu o seu programa, e as semelhanças de uma criança quando conhecemos seus parentes: "Ele não é objetivamente feio, se quiserem, mas é ridículo; aquele monóculo, aquele topete, aquele sorriso!", criando na sua imaginação sugestionada a demarcação imaterial que separa, graças a alguns meses de distância, a cabeça de um amante terno da cabeça de um corno), ela dizia: "Ah, se eu pudesse mudar, tornar razoável o que se passa dentro dessa cabeça". Sempre pronto a acreditar no que desejava, por pouco que os modos de Odette lhe dessem margem a isso, ele se jogava avidamente sobre suas palavras: "Você pode se quiser", lhe dizia ele.

E tentava mostrar a ela que tranquilizá-lo, orientá-lo, fazê-lo trabalhar seria uma tarefa nobre à qual outras mulheres, salvo ela, clamavam por se dedicar, mas em cujas mãos é forçoso acrescentar que a nobre tarefa lhe parecia apenas uma indiscreta e insuportável usurpação da sua liberdade. "Se não me amasse um pouco, ele se dizia, ela não iria querer me transformar. Para me transformar, é preciso que ela me veja mais." E assim encontrava na censura que ela lhe fazia uma espécie de prova de interesse, de amor talvez; e com efeito eram tão poucas as que agora ela lhe dava que era obrigado a considerar como tais as proibições que ela lhe fazia de uma coisa ou outra. Um dia, declarou-lhe que não gostava do seu cocheiro, que ele estaria talvez o instigando contra ela, e que em todo caso não mostrava para com ele a pontualidade e a deferência que ela queria. Ela sentia que Swann queria ouvi-la dizer: "Não o use para vir à minha casa", como teria desejado um beijo. Como estava de bom humor, ela o disse; ele ficou enternecido. À noite, conversando com o senhor de Charlus, com quem tinha a paz de poder falar dela abertamente (pois as menores coisas que dizia, mesmo às pessoas que não a conheciam, diziam respeito de alguma forma a ela), ele lhe disse: "Acredito contudo que ela me ama; ela é tão gentil comigo, aquilo que faço não lhe é com certeza indiferente". E se, na hora de ir à casa dela, subindo no carro com um amigo que deveria deixar no caminho, o outro lhe dizia: "Então, por que não é Lorédan na boleia?", com alegria melancólica Swann respondia: "Oh! Por Deus, não! Cá entre nós, não posso pegar Lorédan quando vou à rua La Pérouse. Odette não quer que pegue Lorédan, não acha que esteja à minha altura; enfim, o que fazer, as mulheres, sabe como é! Sei que isso a irritaria muito. Pois então, basta que eu use Rémi! Senão seria toda uma história!".

Essas novas atitudes indiferentes, distraídas e irritadiças, que eram agora as de Odette para com ele, certamente faziam Swann sofrer; mas ele não conhecia o seu sofrimento; como fora gradualmente, dia a dia, que Odette esfriara em relação a ele, era unicamente comparando o que existia agora com o que havia sido no começo que poderia sondar a profundidade da mudança que ocorrera. Ora, essa mudança era a ferida profunda e secreta que o fazia sofrer dia e noite, e assim que sentia seus pensamentos se aproximarem demais dela, ele os guiava rapidamente para outro lado por medo de sofrer demais. Bem que dizia a si mesmo de um modo abstrato: "Houve um tempo em que Odette me amava mais", mas nunca recordava esse tempo. Assim como havia no seu escritório uma cômoda que ele dava um jeito de não olhar, fazendo um desvio para evitá-la ao entrar e sair, porque numa gaveta estavam trancados os crisântemos que ela lhe dera na primeira noite em que a levara, as cartas em que dizia: "Se tivesse esquecido também seu coração, não deixaria que o pegasse de volta" e "A qualquer hora do dia ou da noite que precisar de mim, faça um sinal e disponha da minha vida", da mesma forma havia nele um lugar do qual não deixava nunca seu espírito se aproximar, obrigando-o a fazer, se fosse preciso, o desvio de um longo raciocínio para não passar na sua frente: o lugar onde vivia a lembrança de dias felizes.

Mas sua prudência tão cautelosa foi frustrada numa noite em que saiu para um encontro social.

Foi na casa da marquesa de Saint-Euverte, na última das noites daquele ano, em que ela fazia ouvir os artistas que em seguida usava nos seus concertos beneficentes. Swann, que planejara ir a cada uma das noites precedentes e não conseguira se resolver a sair, recebeu enquanto se vestia para ir àquela última a visita do barão de Charlus, que vinha lhe propor irem juntos à casa da marquesa, se a sua companhia pudesse ajudá-lo a se aborrecer um pouco menos lá, a ficar menos triste. Mas Swann lhe respondeu:

"Não tenha dúvida do prazer que teria em ir com você. Mas o maior prazer que poderia me dar seria, em vez disso, ir ver Odette. Bem sabe a excelente influência que tem sobre ela. Acredito que ela não sairá esta noite antes de ir à casa da sua velha costureira, e tenho certeza de que ficará contente de que você a acompanhe. Em todo caso, você a encontrará em casa antes disso. Procure distraí-la e chamá-la à razão. Se puder arranjar alguma coisa para amanhã que a agrade e possamos fazer os três juntos... Tente também ajeitar algo para o verão, veja se ela tem vontade de algo, de um cruzeiro que faríamos nós três, que sei eu. Quanto a esta noite, não conto vê-la; agora, se ela quiser ou você achar um jeito, basta me mandar um recado na casa de madame de Saint-Euverte até meia-noite, e depois na minha. Obrigado por tudo que tem feito por mim, bem sabe o quanto o estimo."

O barão lhe prometeu fazer a visita que ele queria depois de deixá-lo na porta da mansão Saint-Euverte, onde Swann chegou tranquilizado pela ideia de que o senhor de Charlus passaria a noite na rua La Pérouse, mas num estado de melancólica indiferença por todas as coisas que não se referissem a Odette, e em particular pelas coisas mundanas, cujo encanto, não sendo mais conferido pelo nosso desejo, pareciam reduzidas a si mesmas. Assim que desceu do carro, no primeiro plano desse resumo fictício da vida doméstica que as anfitriãs pretendem oferecer a seus convidados nos dias de cerimônia e nos quais procuram respeitar a precisão dos trajes e da decoração, Swann sentiu prazer em ver os herdeiros dos "tigres" de Balzac, os grooms,* que habitualmente acompanhavam os patrões nas saídas diárias e agora ficavam, de chapéu e botas, na frente da mansão, na avenida ou em frente às cavalariças, como jardineiros alinhados na entrada dos seus canteiros. A tendência particular que sempre tivera em buscar analogias entre os seres vivos e os retratos de museus ainda estava ativa, mas de um modo mais constante e geral; era a vida mundana como um todo, agora que se separara dela, que se apresentava a ele como uma sequência de quadros. No vestíbulo onde outrora, quando era um mundano, entrava envolto na sua sobrecasaca para dela sair de fraque, mas sem saber o que se passara porque, nos breves instantes em que ali ficava, os seus

---

* "Tigres" e "grooms", em inglês e francês, os criados de uma casa.

pensamentos estavam ainda na festa da qual acabara de sair, ou já na festa em que o fariam entrar, notou pela primeira vez, alertado pela chegada inopinada de um convidado tão atrasado quanto ele, a matilha esparsa, magnífica e ociosa dos criados de libré que dormitavam aqui e ali sobre tamboretes e bancos e que, erguendo seus perfis nobres e agudos de galgos, formaram juntos um círculo ao seu redor.

Um deles, de aspecto particularmente feroz e muito parecido ao carrasco em certos quadros da Renascença que mostram torturas, avançou para ele com um ar implacável a fim de pegar-lhe os pertences. Mas a dureza do seu olhar de aço era compensada pela suavidade das suas luvas de algodão, de modo que ao se aproximar de Swann parecia mostrar desprezo por sua pessoa e consideração por seu chapéu. Pegou-o com um cuidado ao qual a exatidão do seu gesto conferia algo de meticuloso e com uma delicadeza que tornava quase tocante a evidência de sua força. Passou-o então a um dos seus assistentes, novo e tímido, que exprimia seu pavor revirando os olhos aterrorizados em todos os sentidos e mostrando a agitação de um animal cativo nas primeiras horas do seu adestramento.

A alguns passos, um enorme sujeito de libré devaneava, imóvel, escultural, como um guerreiro puramente decorativo que se vê nos quadros mais tumultuosos de Mantegna, sonhando, apoiado no seu escudo, enquanto outros se precipitam e se degolam ao seu lado; afastado do grupo de companheiros que se acotovelavam ao redor de Swann, ele também parecia se desinteressar daquela cena, que seguia vagamente com seus olhos glaucos e cruéis, como se fosse o Massacre dos Inocentes ou o Martírio de São Tiago. Parecia de fato pertencer a essa raça desaparecida — ou que talvez nunca tenha existido exceto no retábulo de São Zeno ou nos afrescos dos Eremitani, onde Swann a encontrara e onde ela sonha ainda — proveniente da fecundação de uma estátua antiga por algum modelo paduano do Mestre ou algum saxão de Albrecht Dürer. E as mechas de seus cabelos ruivos encrespados pela natureza, mas colados pela brilhantina, eram amplamente tratadas como na escultura grega que o mestre de Mântua estudava sem parar e que, se de toda a criação representa apenas o homem, sabe ao menos tirar de suas simples formas riquezas tão variadas e como que emprestadas de toda a natureza viva, de modo que uma cabeleira, no enrolamento liso e nas pontas agudas de seus cachos, ou na superposição do triplo e florescente diadema de suas tranças, parece ao mesmo tempo um monte de algas, uma ninhada de pombos, uma guirlanda de jacintos e um entrançado de serpentes.

Outros ainda, também colossais, postavam-se nos degraus de uma escada monumental que sua presença decorativa e sua imobilidade marmórea teriam podido designar como a do Palácio Ducal: "Escadaria dos Gigantes", e que Swann começou a galgar com tristeza ao pensar que Odette nunca a subira. Ah, com que alegria, ao contrário, ele teria galgado os andares negros, malcheirosos e escorregadios da costureirinha aposentada, em cujo "quinto" teria sido tão feliz em pagar bem mais que por um camarote quinzenal no Opéra pelo direito de passar a noitada quando Odette ia lá, e até nos outros dias, para poder falar dela, viver com pessoas que ela costumava ver quando ele não estava e que por isso lhe pareciam reter, da vida de sua amante, algo de mais natural, de mais inacessível e misterioso. Enquanto naquela escada pestilenta e cobiçada da antiga costureira, como não havia uma escada de serviço, via-se à noite diante de cada porta uma vasilha de leite vazia e suja disposta no capacho, na escada magnífica e desprezada que Swann subia naquele instante, de um lado a outro, a alturas diferentes, em frente a cada cavidade formada na parede pela janela da portaria ou pela entrada de uma dependência, representando o serviço interior que dirigiam e homenageando os convidados, um porteiro, um mordomo, um despenseiro (boas pessoas que viviam o resto da semana um pouco independentemente nos seus domínios, onde jantavam em casa como pequenos lojistas e amanhã talvez estivessem a serviço burguês de um médico ou um industrial), atentos para não infringir as recomendações que lhes foram feitas antes de vestirem a fulgurante libré que envergavam a intervalos largos e raros, e na qual não se sentiam muito à vontade, mantinham-se sob a arcada de seu pórtico com um brilho pomposo e temperado de bonomia popular, como os santos no seu nicho; e um guarda suíço enorme, vestido como se estivesse na igreja, batia na lajota com seu bastão à passagem de cada recém-chegado. Ao chegar ao alto da escada ao longo da qual um criado de rosto lívido, com um rabicho de cabelo amarrado com uma fita atrás da cabeça, como um sacristão de Goya ou um escrivão tarimbado, Swann passou na frente de uma escrivaninha onde valetes, sentados como tabeliães diante de livros de registro, se ergueram e inscreveram seu nome. Atravessou então um pequeno vestíbulo que — como certas salas arrumadas pelo proprietário a fim de servir de cenário para uma única obra de arte, da qual derivam seu nome e, com uma nudez intencional, não têm nada mais — exibia na sua entrada, como uma preciosa efígie de Benvenuto Cellini representando uma sentinela, um jovem criado de libré, ligeiramente inclinado para a frente, erguendo acima de sua alta gola vermelha uma face ainda mais vermelha da qual escapavam torrentes de fogo, de timidez e de zelo e que, atravessando com seu olhar impetuoso, vigilante e exaltado as tapeçarias de Aubusson penduradas na entrada do salão onde se escutava música, parecia, com uma impassibilidade militar ou uma fé sobrenatural — alegoria do alarme, encarnação da expectativa, comemoração da prontidão —, vigiar, anjo ou sentinela, de uma torre de castelo ou de catedral, a aparição do inimigo ou a hora do Juízo Final. Só restava a Swann penetrar na sala do concerto cuja porta um lacaio carregado de correntes lhe abriu, inclinando-se como se lhe entregasse as chaves da cidade. Mas ele pensava na casa onde poderia estar naquele preciso instante, se Odette lhe tivesse permitido, e a lembrança de uma vasilha de leite vazia sobre um capacho lhe apertou o coração.

Swann recuperou rapidamente a percepção da feiura masculina quando, para além da tapeçaria, o espetáculo dos empregados foi sucedido pelo dos convidados. Mas a própria feiura dos rostos, que contudo conhecia tão bem, lhe parecia nova desde que os seus traços — em vez de serem para ele sinais práticos e úteis para identificar uma determinada pessoa que até então lhe representara um núcleo de prazeres a buscar, de aborrecimentos a evitar, ou de gentilezas a perpetrar — agora repousavam, coordenados apenas por relações estéticas, na autonomia de suas linhas. E esses homens, no meio dos quais Swann se achou encerrado, mesmo os monóculos que muitos usavam (e que, antigamente, quando muito, teriam permitido a Swann dizer que usavam um monóculo), liberados agora de significar um hábito, o mesmo para todos, cada um lhe aparecia com uma espécie de individualidade. Talvez porque apenas tenha olhado o general de Froberville e o marquês de Bréauté, que conversavam na entrada como duas figuras de um quadro, enquanto por muito tempo foram amigos úteis que o tinham apresentado no Jockey e o assessoraram em duelos, o monóculo do general, fincado entre suas pálpebras como um estilhaço de obus no seu rosto vulgar, sulcado e triunfal, no meio da testa em que luzia o olho único como o de um ciclope, apareceu a Swann como uma ferida monstruosa que ele podia se sentir glorioso de ter recebido mas que era indecente exibir; enquanto o que o senhor de Bréauté acrescentava, em sinal de festa, às luvas cinza-pérola, à cartola, à gravata branca, e substituía o pincenê habitual (como Swann também fazia) para frequentar a alta sociedade, trazia, colado no verso, como um espécime de história natural sob um microscópio, um olhar infinitesimal e fervilhante de amabilidade, que não cessava de sorrir para a altura dos pés-direitos, a beleza da festa, o interesse dos programas e para a qualidade do que era servido.

"Pois então, eis você aqui, faz uma eternidade que não o vemos", disse a Swann o general que, notando sua fisionomia abatida e concluindo que era talvez uma doença grave que o distanciava do mundo, acrescentou: "Você está com uma cara excelente", enquanto o senhor de Bréauté perguntava: "E você, meu caro, que veio fazer aqui?" a um romancista mundano que acabava de pôr no canto do olho um monóculo, seu único órgão de investigação psicológica e de análise implacável, e respondeu com um ar importante e misterioso, carregando no *r*:

"Eu observo."

O monóculo do marquês de Forestelle era minúsculo, não tinha aro e, obrigando-o a uma crispação incessante e dolorosa do olho onde se incrustava como uma cartilagem supérflua cuja presença é inexplicável e a matéria preciosa, dava ao rosto do marquês uma delicadeza melancólica, fazendo com que as mulheres o julgassem capaz de grandes tristezas no amor. Mas o do senhor de Saint-Candé, cercado por um gigantesco anel, como Saturno, era o centro de gravidade de um rosto que se regulava a todo momento em relação a ele, cujo nariz trêmulo e vermelho e a boca carnuda e sarcástica tentavam com seus trejeitos estar à altura das veemências do espírito que faiscavam do disco de vidro, e se via o preferido, em detrimento dos mais belos olhares do mundo, pelas jovens esnobes e depravadas a quem ele inspirava sonhos com charmes artificiais e requintes de volúpia; e entretanto, atrás do seu, o senhor de Palancy, que com sua cabeçona de carpa com olhos redondos se deslocava lentamente em meio à festa, entreabrindo de tempos em tempos suas mandíbulas como que para se orientar, parecia transportar consigo um fragmento acidental, e talvez puramente simbólico, do vidro do seu aquário, uma parte destinada a representar o todo, que lembrava a Swann, grande admirador dos *Vícios* e das *Virtudes* de Giotto em Pádua, aquele Injusto ao lado do qual um ramo frondoso evoca as florestas onde se oculta o seu covil.

Swann avançara, por insistência de madame de Saint-Euverte, e, para ouvir uma ária de *Orfeu** executada por um flautista, se pôs num canto onde infelizmente só tinha como perspectiva duas damas já maduras sentadas uma ao lado da outra, a marquesa de Cambremer e a viscondessa de Franquetot, as quais, por serem primas, passavam o tempo nas festas carregando suas bolsas e seguidas pelas filhas, procurando uma à outra como numa estação de trem, e só ficavam tranquilas quando guardavam, com um leque ou um lenço, dois lugares vizinhos: madame de Cambremer, como tinha bem poucas relações, ficava mais feliz por ter uma companheira, madame de Franquetot, que ao contrário era bastante relacionada, achava algo de elegante, de original, mostrar a todas as suas velhas conhecidas que preferia a elas uma dama obscura com quem tinha em comum lembranças da juventude. Cheio de uma melancolia irônica, Swann as observava escutar o interlúdio de piano (*São Francisco falando aos pássaros*, de Liszt) que se seguiu à ária de flauta, e acompanhar a interpretação vertiginosa do virtuose, madame de Franquetot ansiosamente, os olhos perdidos como se as teclas sobre as quais ele corria com agilidade fossem uma série de trapézios de onde poderia cair de uma altura de oitenta metros, e não sem lançar à sua vizinha olhares atônitos, negativas que significavam: "Não é crível, jamais pensei que um homem pudesse fazer isso", madame de Cambremer, sendo uma mulher que recebeu uma boa educação musical, marcando o tempo com a cabeça transformada em pêndulo de metrônomo cuja amplitude e rapidez das oscilações de um ombro a outro tornaram-se tamanhas (com aquela espécie de desvario e abandono do olhar característicos das dores desconhecidas que nem se procura mais dominar, e dizem: "O que se há de fazer") que a todo momento enganchava seus anéis solitários nas presilhas do corpete e era obrigada a

---

* A ária com o solo de flauta ocorre no segundo ato de *Orfeu e Eurídice*, de Gluck (1762).

endireitar o arranjo de uvas negras que tinha nos cabelos, sem cessar de acelerar o movimento. Do outro lado de madame de Franquetot, mas um pouco à frente, estava a marquesa de Gallardon, ocupada no seu pensamento favorito, a aliança que tinha com os Guermantes e da qual extraía para a sociedade e para si mesma muita glória e um tanto de vergonha, os mais brilhantes dentre eles a mantendo um pouco de lado, talvez porque fosse aborrecida, ou porque fosse má, ou porque fosse de um ramo inferior, ou talvez sem nenhuma razão. Quando se achava ao lado de alguém a quem não conhecia, como naquele momento ao lado de madame de Franquetot, ela sofria porque a consciência que tinha do seu parentesco com os Guermantes não podia se manifestar externamente em caracteres visíveis como os que, nos mosaicos das igrejas bizantinas, postos uns acima dos outros, inscrevem numa coluna vertical, ao lado de um personagem santo, as palavras que se supõe ter dito. Ela pensava naquele momento que jamais recebera um convite nem uma visita da sua jovem prima, a princesa des Laumes, nos seis anos em que estava casada. Esse pensamento a enchia de cólera, mas também de orgulho; porque de tanto dizer às pessoas que se espantavam por não vê-la na casa de madame des Laumes, que isso acontecia porque se arriscaria a lá se encontrar com a princesa Mathilde — o que sua família ultralegitimista jamais lhe perdoaria* —, acabou por acreditar que era de fato por essa razão que ela não ia à casa de sua jovem prima. Ainda assim, lembrava-se de ter perguntado diversas vezes à madame des Laumes como deveria fazer para encontrá-la, mas lembrava-se apenas confusamente, e também neutralizava essa recordação um pouco humilhante murmurando: "De todo modo não cabe a mim dar os primeiros passos, tenho vinte anos mais que ela". Graças à virtude dessas palavras interiores, lançava altivamente os ombros para trás, destacando-os do busto, e sobre os quais sua cabeça em posição quase horizontal fazia pensar na cabeça "restaurada" de um orgulhoso faisão que é servido à mesa com todas as suas penas. Não que ela não fosse por natureza atarracada, máscula e robusta; mas

---

* Filha de Jerônimo, irmão do imperador Napoleão Bonaparte, a princesa Mathilde (1820-1904) mantinha um salão literário em Paris; a família de madame de Franquetot, adepta da hereditariedade tradicional, "legitimista", não reconhecia a dinastia Bonaparte.

as humilhações a haviam aprumado como essas árvores que, nascidas em má posição à beira de um precipício, são forçadas a crescer para trás de modo a manter o equilíbrio. Obrigada, para se consolar por não ser nem um pouco parecida com outros Guermantes, a dizer constantemente a si mesma que era por intransigência nos princípios e orgulho que os via pouco, esse pensamento havia acabado por modelar seu corpo e lhe infundir uma espécie de imponência que passava aos olhos dos burgueses um sinal da raça e às vezes perturbava com um desejo fugidio o olhar cansado dos homens do grupo. Se a conversação de madame de Gallardon fosse submetida a essas análises que, ao registrar a maior ou menor frequência de cada termo, permitem descobrir a chave de uma linguagem cifrada, se descobriria que nenhuma expressão, mesmo a mais usual, se repetiria com tanta frequência quanto "na casa dos meus primos de Guermantes", "na casa de minha tia de Guermantes", "a saúde de Elzéar de Guermantes", "o camarote da minha prima de Guermantes". Quando lhe falavam de um personagem ilustre, ela respondia que, sem o conhecer pessoalmente, o havia encontrado mil vezes na casa de sua tia de Guermantes, mas respondia num tom tão glacial e com uma voz tão surda que ficava claro que se não o conhecia pessoalmente era em virtude de todos os princípios inextirpáveis e teimosos que empinavam seus ombros para trás, como essas escadas sobre as quais os professores de ginástica nos estendem para desenvolver o tórax.

Ora, a princesa des Laumes, que ninguém esperaria ver na casa de madame de Saint-Euverte, acabava precisamente de chegar. Para mostrar que não buscava fazer notar, num salão aonde só ia por condescendência, a superioridade da sua estirpe, ela entrara encolhendo os ombros onde não havia nenhuma multidão a atravessar e nenhuma pessoa a deixar passar, ficando deliberadamente no fundo, com o ar de estar no seu devido lugar, como um rei que entra na fila de um teatro enquanto as autoridades não são prevenidas de que está ali; e, simplesmente restringindo o seu olhar — para não parecer assinalar sua presença e reclamar atenções — à observação do desenho do tapete ou da sua própria saia, ela se mantinha de pé no lugar que lhe pareceu mais modesto (e de onde bem sabia que uma exclamação de madame de Saint-Euverte iria retirá-la assim que esta a percebesse), ao lado de madame de Cambremer, a quem não conhecia. Ela observava a mímica da sua vizinha melômana, mas não a imitava. Não era que, por vir passar cinco minutos na casa de madame de Saint-Euverte, a princesa des Laumes não desejasse, para que a cortesia que lhe demonstrava contasse em dobro, mostrar-se o mais amável possível. Mas, por natureza, tinha horror ao que chamava de "exageros" e se empenhava em mostrar que ela "não tinha" que se entregar a manifestações que não condiziam com o "estilo" do meio em que vivia mas que por outro lado não deixavam de impressioná-la, em virtude desse espírito de imitação vizinho da timidez que se desenvolve, nas pessoas mais seguras de si mesmas, devido à atmosfera de um ambiente novo, ainda que inferior. Começava a se perguntar se aquela gesticulação não se fazia necessária pelo trecho da música interpretada e que não entrava talvez no escopo da música que ouvira até aquele dia, se abster-se não era dar prova de incompreensão da obra e de inconveniência em relação à dona da casa: de modo que para exprimir por meio de uma "média aproximada" seus sentimentos contraditórios, ora se contentava em arrumar as alças do vestido no ombro ou firmar em seus cabelos loiros as bolinhas de coral ou de esmalte rosa, salpicadas de diamante, que compunham um penteado simples e encantador, examinando com uma curiosidade fria sua fogosa vizinha, ora marcava o compasso com o leque por um instante, mas, para não abdicar de sua independência, fora do tempo. Tendo o pianista terminado o trecho de Liszt e começado um prelúdio de Chopin, madame de Cambremer lançou a madame de Franquetot um sorriso enternecido de satisfação competente e de alusão ao passado. Ela aprendera na juventude a acariciar as frases de porte longo, sinuoso e desmedido de Chopin, tão livres, tão táteis, que principiavam por buscar e explorar o seu lugar fora e bem longe da direção de onde partiram, bem longe do ponto onde se supunha que podiam chegar, e que só se lançam na fantasia desse desvio a fim de retornar com um desígnio maior — um retorno mais premeditado, com maior precisão, como um cristal que ressoasse até provocar um grito — para nos tocar o coração.

Vivendo numa família provinciana que tinha poucas relações, quase não indo a nenhum baile, ela se embriagava na solidão do seu solar fazendo acelerar ou retardando a dança de todos aqueles pares imaginários, espalhando-os como flores, deixando por um momento o baile para escutar o vento soprar nos pinheiros, à beira do lago, e de repente vendo chegar, diferente de tudo que jamais se imaginou serem os amantes da terra, um jovem esguio de voz um tanto maviosa, estranha e falsa, e de luvas brancas. Mas hoje a beleza fora de moda daquela música parecia murcha. Privada fazia anos da estima dos bem informados, perdera sua distinção e encanto, e mesmo os de mau gosto só viam nela um prazer inconfesso e medíocre. Madame de Cambremer lançou um olhar furtivo para trás. Sabia que a sua jovem nora (cheia de respeito pela nova família, salvo no tocante às coisas do espírito, sobre as quais, sabendo até harmonia e grego, tinha luzes especiais) desprezava Chopin e sofria quando o ouvia tocarem. Mas longe da vigilância dessa wagneriana que estava longe, com um grupo de pessoas da sua idade, madame de Cambremer se deixava levar por impressões deliciosas. A princesa des Laumes as sentia também. Sem ser naturalmente dotada para a música, recebera quinze anos antes lições de música que uma professora de piano do Faubourg Saint-Germain, mulher de gênio que no fim da vida ficara na miséria, tinha recomeçado a dar, aos setenta anos, às filhas e netas de suas antigas alunas. Agora estava morta. Mas o seu método, o seu som maravilhoso, renasciam às vezes sob os dedos de suas alunas, mesmo daquelas que por fim se tornaram pessoas medíocres, tinham abandonado a música e não abriam quase nunca um piano. Assim, madame des Laumes pôde balançar a cabeça, com pleno conhecimento de causa, com uma apreciação justa da maneira como o pianista tocava aquele prelúdio que ela sabia de cor. Cantou o fim da frase iniciada, para si mesma, movendo os lábios. E murmurou: "É sempre um *ch*arme", com um duplo *ch* no começo da palavra que era uma marca de delicadeza e com a qual sentia seus lábios tão romanescamente franzidos, como uma linda flor, que instintivamente os pôs em consonância com seus olhos, dando-lhes naquele momento uma espécie de sentimentalismo e de imprecisão. Entretanto madame de Gallardon se dizia que era lamentável que só muito raramente tivesse ocasião de encontrar a princesa des Laumes, pois queria lhe dar uma lição ao não responder ao seu cumprimento. Não sabia que sua prima estava ali. Um movimento de cabeça de madame de Franquetot a revelou. Imediatamente se precipitou na sua direção, perturbando todo mundo; mas querendo manter uma aparência altiva e glacial que lembrasse a todos que não queria ter relações com uma pessoa em cuja casa se poderia dar de cara com a princesa Mathilde, e que não cabia a ela ir ao seu encontro porque não era "sua contemporânea", quis entretanto compensar essa aparência de altivez e de reserva por algum propósito que justificasse o seu gesto e forçasse a princesa a entabular uma conversa; assim, ao chegar junto à prima, madame de Gallardon, com uma expressão dura, uma das mãos estendida como com um cartão de visita entregue à força, lhe disse: "Como vai seu marido?", com a voz preocupada como se o príncipe estivesse gravemente doente. A princesa, com a risada que lhe era peculiar e que se destinava a mostrar aos outros que zombava de alguém, e também para parecer mais bonita, concentrando os traços do rosto em torno da boca animada e do olhar brilhante, respondeu:

"Nunca esteve tão bem!"

E riu outra vez. No entanto, se endireitando e esfriando a expressão, ainda preocupada com o estado do príncipe, madame de Gallardon disse à prima:

"Oriane (e aqui madame des Laumes olhou com um ar surpreso e risonho para uma terceira pessoa invisível que parecia querer que atestasse que nunca autorizara madame de Gallardon a chamá-la pelo prenome), gostaria muito que venha à minha casa um instante amanhã à noite para ouvir um quinteto com clarinete de Mozart. Gostaria de ter sua opinião."

Não parecia fazer um convite, mas pedir um favor, e precisar da opinião sobre o quinteto de Mozart como se fosse um prato preparado por uma nova cozinheira a respeito de cujos talentos lhe seria precioso recolher a opinião de um gourmet.

"Mas conheço esse quinteto, posso dizer imediatamente... que gosto dele!

— Sabe, meu marido não está bem, seu fígado... teria grande prazer em vê-la", retomou madame de Gallardon, pondo agora a princesa na caridosa obrigação de comparecer à sua recepção.

A princesa não gostava de dizer às pessoas que não queria ir à casa delas. Todos os dias ela escrevia lamentando ter sido privada — por uma visita inesperada de sua sogra, por um convite do cunhado, pela Ópera, por uma excursão ao campo — de uma recepção à qual jamais sonhara ir. Dava assim a muita gente a alegria de acreditarem que faziam parte das suas relações, que teria ido de bom grado às suas casas, que fora impedida de fazê-lo por seus contratempos principescos, que se lisonjeavam de ver entrar em competição com a sua recepção. Depois, fazendo parte desse círculo espiritual dos Guermantes onde sobrevivia algo do espírito alerta, despojado de lugares-comuns e de sentimentos convencionais, que descende de Mérimée — e achou sua última expressão no teatro de Meilhac e Halévy —, ela o adaptava às relações sociais, o transpunha até a cortesia, que se esforçava para que fosse positiva, precisa, para que se aproximasse da humilde verdade. Ela não desenvolvia longamente a uma dona de casa a expressão do desejo de ir à sua recepção; achava mais gentil lhe expor alguns pequenos fatos dos quais dependeria que lhe fosse possível ou não ir a ela.

"Escute, vou lhe dizer, ela falava a madame de Gallardon, preciso ir amanhã à noite à casa de uma amiga com a qual me comprometi há muito tempo. Se ela nos levar ao teatro, por maior que seja a minha boa vontade, não haverá possibilidade de que eu vá à sua casa; mas se ficarmos na casa dela, como sei que estaremos sós, poderei deixá-la.

— Olha, já viu seu amigo, o senhor Swann?

— Não, esse amado Charles, não sabia que estava aqui, vou tentar fazer com que me veja.

— É esquisito que ele venha à casa da tia Saint-Euverte, disse madame de Gallardon. Oh, sei que ele é inteligente, acrescentou, querendo com isso dizer intrigante, mas ainda assim, um judeu na casa da irmã e cunhada de dois arcebispos!

— Confesso, para minha vergonha, que não fico chocada, disse a princesa des Laumes.

— Sei que ele é convertido, e seus pais e avós já o eram. Mas dizem que os convertidos continuam mais ligados à sua religião que os outros, que é tudo fingimento, não é verdade?

— Não tenho luzes sobre esse assunto."

O pianista, que tinha que tocar duas peças de Chopin, depois de haver terminado o prelúdio atacou imediatamente uma *polonaise*. Mas desde que madame de Gallardon assinalara à sua prima a presença de Swann, Chopin ressuscitado poderia ter vindo pessoalmente tocar todas as suas obras sem que madame des Laumes lhe prestasse atenção. Ela fazia parte de uma das metades da humanidade na qual a curiosidade que a outra metade tem pelas pessoas que não conhece é substituída pelo interesse pelas pessoas que conhece. Como muitas das mulheres do Faubourg Saint-Germain, a presença num lugar onde se encontrava de alguém do seu círculo, e a quem não tinha nada de particular a dizer, monopolizava exclusivamente a sua atenção, a expensas de todo o resto. A partir desse momento, na esperança de que Swann a notasse, a princesa, como um rato-branco aprisionado ao qual se oferece e do qual depois se tira um torrão de açúcar, não fez mais que virar o rosto, cheio de mil sinais de cumplicidade desprovidos de relação com a emoção da *polonaise* de Chopin, na direção em que Swann estava e, se este mudava de lugar, ela deslocava em paralelo seu sorriso magnético.

"Oriane, não fique aborrecida", retornou madame de Gallardon, que não podia jamais deixar de sacrificar suas maiores esperanças sociais, e de um dia deslumbrar o mundo, ao prazer obscuro, imediato e privado de dizer alguma coisa desagradável, "há pessoas que acham que esse senhor Swann é alguém que não se deve receber em casa, é verdade?

— Mas... você deve saber muito bem se é verdade, respondeu a princesa des Laumes, já que o convidou cinquenta vezes e ele não foi nunca."

E deixando sua prima mortificada, caiu de novo numa gargalhada que escandalizou as pessoas que escutavam a música, mas chamou a atenção de madame de Saint-Euverte, que permanecera por cortesia perto do piano e somente então percebeu a princesa. Madame de Saint-Euverte ficou tão mais encantada por ver madame des Laumes porque acreditava que ela estava ainda em Guermantes, tratando de seu sogro doente.

"Mas como, princesa, a senhora está aqui?
— Sim, fiquei num cantinho, ouvi coisas lindas.
— Mas então está aqui há um bom tempo!
— Sim, um tempo longo que me pareceu bem curto, longo apenas porque não a via."

Madame de Saint-Euverte quis oferecer sua poltrona à princesa, que respondeu:

"Mas de jeito nenhum! Por quê? Estou bem em qualquer lugar!"

E apontando de caso pensado, para melhor exibir sua simplicidade de grande dama, um pequeno assento sem encosto:

"Pronto, esse pufe é tudo que preciso. Ele me fará sentar reta. Oh, meu Deus, ainda estou fazendo barulho, vou levar uma bronca."

Enquanto isso o pianista, redobrando a velocidade, levava a emoção musical ao auge, um empregado passava refrescos numa bandeja e fazia tilintar as colheres e, como todas as semanas, madame de Saint-Euverte lhe fazia, sem que ele visse, sinais para que fosse embora. Uma recém-casada, a quem haviam ensinado que uma jovem não deve ter um ar blasé, sorria de prazer, e procurava com os olhos a dona da casa para lhe testemunhar com o olhar sua gratidão por ter "pensado nela" para tamanha delícia. No entanto, ainda que com mais calma que madame de Franquetot, não era sem inquietação que ela acompanhava a peça musical; mas a sua atenção tinha por objeto, em vez do pianista, o piano sobre o qual uma vela, estremecendo a cada fortíssimo, ameaçava, se não pôr fogo no abajur, ao menos manchar a madeira de jacarandá. Por fim ela não se conteve mais e, galgando os dois degraus do estrado onde fora posto o piano, se precipitou para retirar o castiçal. Mas mal as suas mãos iam tocá-lo e, num último acorde, a peça terminou e o pianista se levantou. Não obstante, a iniciativa audaz dessa jovem, a curta promiscuidade que resultou entre ela e o instrumentista produziu uma impressão em geral favorável.

"Reparou no que essa pessoa fez, princesa?", disse o general de Froberville à princesa des Laumes, a quem viera cumprimentar e que madame de Saint-Euverte deixara por um instante. "É curioso. Será uma artista?

— Não, é alguma pequena madame de Cambremer", respondeu irrefletidamente a princesa, e acrescentou vivamente: "Repito-lhe o que ouvi dizer, não tenho a mínima noção de quem seja, disseram atrás de mim que eram vizinhos de madame de Saint-Euverte no campo, mas não creio que alguém os conheça. Deve ser 'gente da roça'. De resto, não sei se o senhor é íntimo da brilhante sociedade que se encontra aqui, mas não tenho ideia do nome de todas essas pessoas espantosas. O que acha que fazem da vida fora das recepções de madame de Saint-Euverte? Deve tê-las feito vir com os músicos, as cadeiras e os refrescos. Confesse que esses 'convidados da Belloir'* são magníficos. Será que ela tem realmente coragem de alugar esses figurantes todas as semanas? Não é possível!

— Ah, mas Cambremer é um nome autêntico e antigo, disse o general.

---

* A Casa Belloir, em Paris, alugava artigos para bailes e recepções.

— Não vejo nenhum mal em que seja antigo, respondeu secamente a princesa, mas em todo caso não é *eufônico*", acrescentou ela, destacando a palavra "eufônico" como se estivesse entre aspas, uma pequena afetação na fala própria do círculo dos Guermantes.
"Acha? Ela é bonita de dar água na boca, disse o general, que não perdia madame de Cambremer de vista. Não lhe parece, princesa?

— Ela se exibe demais, e acho que isso numa mulher tão jovem não é agradável, pois não acredito que seja minha contemporânea", respondeu madame des Laumes (essa expressão era comum aos Gallardon e aos Guermantes).

Mas a princesa, vendo que o senhor de Froberville continuava a olhar madame de Cambremer, acrescentou, meio por maldade para com ela e meio por amabilidade com o general: "Não é agradável... para o seu marido! Lamento não conhecê-la, já que ela o interessa tanto; eu a teria apresentado", disse a princesa, que provavelmente nada teria feito se conhecesse a jovem. "Vou ter que lhe dizer boa-noite porque hoje é aniversário de uma amiga a quem devo dar parabéns", disse ela num tom modesto e verdadeiro, reduzindo uma reunião mundana a que ia à simplicidade de uma cerimônia enfadonha, mas à qual era obrigatório e tocante comparecer. "Além do quê, devo encontrar-me lá com Basin que, enquanto eu estava aqui, foi ver uns amigos que o senhor conhece, acho, que têm um nome de ponte, os Iéna.

— Foi antes um nome de vitória, princesa, disse o general. O que espera, para um velho soldado como eu?", acrescentou ele tirando o monóculo para limpá-lo como quem troca um curativo, enquanto a princesa desviava instintivamente os olhos, "essa nobreza do Império é outra coisa, claro, mas pelo que é, enfim, é bem bonita no seu gênero, são pessoas que em suma se bateram como heróis.

— Mas tenho o maior respeito pelos heróis, disse a princesa num tom ligeiramente irônico: se não vou com Basin à casa dessa princesa de Iéna não é por isso, é simplesmente porque não os conheço. Basin os conhece, gosta deles. Oh, não! Não é o que o senhor pode estar pensando, não é um flerte, não tenho por que me opor a isso! De resto, de que adiantaria me opor!", acrescentou ela com uma voz melancólica, pois todo mundo sabia que, desde o dia seguinte ao que o príncipe des Laumes casara com sua deslumbrante prima, não cessara de traí-la. "Mas, enfim, não é o caso, são pessoas que conheceu antigamente, com as quais faz a festa, acho isso ótimo. Mas posso dizer o que ele me contou a respeito da casa deles... Imagine que todos os seus móveis são no estilo Império!

— Mas, princesa, porque naturalmente é o mobiliário dos seus avós.

— Não digo que não, mas não é menos feio por isso. Entendo muito bem que não seja possível ter coisas belas, mas que pelo menos não se tenham coisas ridículas. Que quer? Não conheço nada de mais pretensioso, de mais burguês que esse estilo horrível, suas cômodas com cabeças de cisne que lembram banheiras.

— Mas acho que eles até têm coisas belas, devem ter a famosa mesa de mosaicos na qual foi assinado o Tratado de...

— Ah, que tenham coisas interessantes do ponto de vista histórico, não discuto. Mas essas coisas não podem ser bonitas... porque são horríveis! Também tenho coisas assim, que Basin herdou dos Montesquiou. Só que estão nos sótãos de Guermantes, onde ninguém vê. Enfim, realmente não é essa a questão, eu me precipitaria à casa deles com Basin, iria vê-los mesmo no meio das suas esfinges e do seu cobre se os conhecesse, mas... não os conheço! A mim, sempre me disseram quando era pequena que não é educado ir à casa de quem não se conhece, disse ela adotando um tom pueril. Então, faço o que me ensinaram. Imagine se essas boas pessoas vissem entrar uma pessoa que não conhecem? Talvez me recebessem muito mal!", disse a princesa.

E por coquetismo embelezou o sorriso que essa suposição lhe provocava, dando a seu olhar azul, fixo no general, uma expressão sonhadora e suave.

"Ah, princesa! Bem sabe que não caberiam em si de contentes...

— Mas por quê?", ela lhe perguntou com extrema vivacidade, seja para parecer que não sabia que era considerada uma das grandes damas da França, seja para ter o prazer de ouvir o general dizê-lo. "Por quê? O que mais o senhor sabe? Isso lhes seria talvez o que há de mais desagradável. De minha parte, não sei, mas julgo por mim, já que me aborrece tanto ver gente que conheço, creio que se precisasse ver pessoas que não conheço, 'mesmo heroicas', ficaria louca. Além do quê, veja, salvo quando se trata de velhos amigos como o senhor, que se conhecem sem ser por isso, não sei se o heroísmo seria um formato que leva alguém longe na sociedade. Já me aborreço muitas vezes em dar jantares, mas se fosse preciso oferecer o braço a Espártaco para levá-lo à mesa... Não, realmente nunca chamaria Vercingetórix para completar catorze pessoas à mesa. Acho que o reservaria para grandes festas. E como não as dou...

— Ah, princesa, a senhora não é uma Guermantes por acaso. Tem na medida certa o espírito dos Guermantes!

— Mas se diz sempre o espírito *dos* Guermantes, nunca pude entender por quê. O senhor então conhece *outros* que o tenham", acrescentou ela com uma risada borbulhante e contente, as linhas do seu rosto concentradas, reunidas na trama da sua animação, os olhos faiscantes, inflamados por um ensolarado radiante de alegria que, por si sós, tinham a força de fazer com que as frases brilhassem, ainda que ditas pela própria princesa, em louvor da sua presença de espírito ou da sua beleza. "Olhe, eis Swann, que parece cumprimentar a sua Cambremer; ali... ao lado da tia Saint-Euverte, não o vê? Peça a ele para apresentar-se. Mas rápido, ele quer ir embora!

— Reparou que está com uma cara horrível?, disse o general.

— Meu querido Charles! Ah, até que enfim ele vem vindo, começava a achar que não queria me ver!"

Swann gostava muito da princesa des Laumes, pois vê-la lhe recordava Guermantes, terra vizinha a Combray, toda aquela região que amava tanto e à qual não retornava para não se afastar de Odette. Empregando formas meio artísticas, meio galantes com as quais sabia que agradava a princesa e que reencontrava com naturalidade assim que se envolvia por um instante no seu antigo ambiente — e querendo por outro lado expressar sua saudade do campo:

"Ah!", disse ele genericamente, para ser ouvido tanto por madame de Saint-Euverte, com quem falava, como pela princesa de Laumes, a quem falava, "eis a charmosa princesa! Vejam, ela veio diretamente de Guermantes para ouvir o *São Francisco de Assis* de Liszt e mal teve tempo, como um lindo passarinho, de colher umas ameixinhas e frutinhas de espinheiro-branco para pôr na cabeça; ainda tem umas gotinhas de orvalho, um pouco de geada que deve fazer a duquesa sofrer. É muito lindo, minha querida princesa.

— Como, a princesa veio direto de Guermantes? Mas é demais! Não sabia, fiquei confusa", exclamou ingenuamente madame de Saint-Euverte, pouco habituada à finura de Swann. E examinando o penteado da princesa: "Mas é verdade, isso imita... como direi, não as castanhas, não, oh, que ideia deslumbrante! Mas como a princesa podia saber o programa! Os músicos não o contaram nem a mim."

Swann, habituado, quando estava com uma mulher com quem conservava hábitos galantes de linguagem, a dizer coisas delicadas que muitas pessoas da alta sociedade não entendiam, não se dignou a explicar à madame de Saint-Euverte que falara de maneira metafórica. Quanto à princesa, caiu na risada porque a finura de Swann era extremamente apreciada na sua roda, e também porque não podia escutar um cumprimento dirigido a ela sem lhe achar as graças mais finas e uma irresistível hilaridade.

"Pois bem! Fico encantada, Charles, que minhas frutinhas de espinheiro-branco o agradem. Por que cumprimenta essa Cambremer, é também sua vizinha no campo?"

Madame de Saint-Euverte, vendo que a princesa parecia contente de conversar com Swann, se afastara.

"Mas a senhora também é, princesa.

— Eu? Mas então eles têm campos por toda parte, essa gente! Como gostaria de estar no lugar deles!

— Não são os Cambremer, eram os parentes dela; ela é uma senhorita Legrandin que vinha a Combray. Não sei se sabe que a senhora é condessa de Combray e o capítulo deve lhe dar uma renda.

— Não sei o que o capítulo me deve, mas sei que sou aliviada em cem francos todos os anos pelo cura, algo que dispensaria. Enfim, esses Cambremer têm um nome bem espantoso.* Ele acaba bem a tempo, mas acaba mal!, disse ela rindo.

— Não começa melhor, respondeu Swann.

— De fato, essa dupla abreviatura!...

— Alguém muito bravo e muito correto não se atreveu a terminar a primeira palavra.

— Mas já que não podia deixar de começar a segunda, seria melhor terminar a primeira para acabá-la de uma vez. Estamos fazendo piadas de bom gosto, meu querido Charles, mas como é chato nunca o ver, acrescentou ela num tom carinhoso, gosto tanto de conversar

---

* "Cambremer" alude a Cambronne, nome do general que exclamou "merda!" quando intimado pelos ingleses a se render na Batalha de Waterloo. A expressão "palavra de Cambronne" é um eufemismo de "merda", cuja primeira sílaba, por sua vez, é a última de "Cambremer".

com você. Imagine se poderia fazer esse Froberville idiota entender que o nome Cambremer é espantoso. Admita que a vida é uma coisa horrível. Só quando o vejo é que deixo de me aborrecer."

E sem dúvida isso não era verdade. Mas Swann e a princesa tinham a mesma maneira de julgar as pequenas coisas da vida, cujo efeito — a não ser que fosse a causa — era uma enorme semelhança na maneira de se expressarem e até na pronúncia. Essa semelhança não chamava atenção porque não havia nada mais diferente do que as suas vozes. Mas se, por meio da imaginação, se conseguisse tirar das orações de Swann a sonoridade que as envolvia, os bigodes de onde elas saíam, se perceberia que eram as mesmas frases, as mesmas inflexões, os volteios do meio Guermantes. Quanto às coisas importantes, Swann e a princesa não tinham as mesmas ideias a respeito de nada. Mas desde que Swann ficara tão triste, sentindo sempre essa espécie de frêmito que precede o momento em que se vai chorar, ele tinha a mesma necessidade de falar da sua dor que um assassino tem de falar do seu crime. Ao ouvir a princesa dizer que a vida era uma coisa horrível, sentiu-se confortado como se tivesse falado de Odette.

"Oh, sim, a vida é uma coisa horrível. É preciso que nos vejamos, minha querida amiga. O que há de amável na senhora é não ser alegre. Poderíamos passar uma noitada juntos.

— Mas claro, por que não vem a Guermantes, minha sogra ficaria louca de alegria. Aquele lugar é considerado bem feio, mas te digo que não me desagrada, tenho horror a regiões 'pitorescas'.

— Mas claro, é admirável, respondeu Swann, é quase bonito demais, vivo demais para mim neste momento; é um lugar para ser feliz. Talvez porque vivi lá, mas ali as coisas me falam de tal maneira! Logo que se levanta uma brisa, que os trigais começam a se agitar, me parece que alguém vai chegar, que vou receber uma notícia; e as casinhas à beira da água... eu me sentiria muito infeliz!

— Oh, meu querido Charles, tome cuidado, a horrível Rampillon me viu, me esconda, lembre-me o que aconteceu com ela, estou confusa, ela casou a filha ou seu amante, já não sei mais; talvez os dois... e um com o outro!... Ah, não, lembrei, ela foi dispensada por seu príncipe... finja que está falando comigo, para que essa Berenice não venha me convidar para jantar. De todo modo, vou fugir. Escute, meu querido Charles, agora que enfim o vi, não quer se deixar raptar e que eu o leve à casa da princesa de Parma, que ficaria tão contente, e Basin também, que deverá ir lá me encontrar? Se a gente não tivesse notícias suas através de Mémé... Pense que não o vejo nunca!"

Swann recusou; tendo prevenido o senhor de Charlus de que, ao sair da casa de madame de Saint-Euverte, voltaria diretamente para casa, não queria se arriscar indo à casa da princesa de Parma e perder um bilhete que aguardara o tempo todo que um empregado lhe entregasse durante a recepção, e que talvez encontrasse com o seu porteiro. "Esse pobre Swann, disse naquela noite madame des Laumes a seu marido, é sempre gentil, mas parece bem infeliz. Você verá, pois prometeu vir jantar um desses dias. Acho no fundo ridículo que um homem da sua inteligência sofra por uma pessoa daquele tipo e que nem mesmo é interessante, já que dizem ser idiota", acrescentou ela com a sabedoria das pessoas que não estão apaixonadas, e acham que um homem inteligente só deveria ficar infeliz por uma pessoa que valesse a pena; é mais ou menos como se espantar de que alguém se digne a sofrer devido a um ser tão pequeno quanto um bacilo.

Swann queria partir, mas, no momento em que por fim ia escapar, o general de Froberville lhe pediu para ser apresentado a madame de Cambremer e foi obrigado a voltar com ele ao salão para procurá-la.

"Diga então, Swann, preferia ser o marido dessa mulher a ser massacrado por selvagens, que me diz?"

As palavras "massacrado por selvagens" feriram dolorosamente o coração de Swann; e sentiu na hora necessidade de continuar a conversa com o general:

"Ah, lhe disse ele, houve muitas e belas vidas que acabaram desse modo... Como sabe... aquele navegador cujas cinzas Dumont d'Urville trouxe, La Pérouse... (E Swann já se sentia feliz como se ele falasse de Odette.) É um belo personagem, La Pérouse, e me interessa muito, acrescentou com um ar melancólico.

— Ah, perfeitamente, La Pérouse, disse o general. É um nome conhecido. Ele tem sua rua.

— Conhece alguém da rua La Pérouse?, perguntou Swann com um ar agitado.

— Só conheço madame de Chanlivault, a irmã daquele bravo Chaussepierre. Ela nos exibiu uma boa comédia noutro dia. É um salão que será um dia muito elegante, você verá!

— Ah, ela mora na rua La Pérouse. É simpática, é uma rua bonita, tão triste.

— Não, não, é porque você não vai lá faz algum tempo; não é mais triste, começa-se a construir em toda aquela vizinhança."

Quando por fim Swann apresentou o senhor de Froberville à jovem madame de Cambremer, como era a primeira vez que ouvia o nome do general, ela esboçou um sorriso de alegria e de surpresa que teria adotado como se não houvessem falado diante dela outro nome mas aquele, pois, não conhecendo os amigos da sua nova família, acreditava que era um deles e, pensando dar provas de tato ao parecer ter ouvido falar tanto dele desde que se casara, estendia a mão com um ar hesitante, destinado a provar a reserva adquirida que tinha de superar e a simpatia espontânea que conseguia triunfar sobre aquela. Assim também os seus sogros, que ela ainda acreditava serem as pessoas mais brilhantes da França; ainda mais que eles preferiam parecer, ao casar seu filho com ela, ter cedido mais às suas qualidades do que à sua enorme fortuna.

"Vê-se que a senhora tem a música na alma, madame", disse-lhe o general fazendo inconscientemente uma alusão ao incidente do castiçal.

Mas o concerto recomeçou e Swann compreendeu que não poderia ir embora antes do fim do novo número do programa. Sofria por ficar fechado no meio daquelas pessoas cuja tolice e ridículo o abalavam ainda mais dolorosamente porque, ignorando o seu amor, incapazes, se o conhecessem, de se interessar por ele e de fazer outra coisa senão sorrir como de uma infantilidade ou deplorá-lo como uma loucura, elas lhe faziam aparecer com o aspecto de um estado subjetivo que só existia para ele, de que nada exterior lhe confirmava a realidade; sofria sobretudo, a ponto de até o som dos instrumentos lhe dar vontade de gritar, por prolongar seu exílio naquele lugar onde Odette não viria nunca, onde ninguém, onde nada a conhecia, de onde ela estava inteiramente ausente.

Mas de súbito foi como se ela tivesse entrado, e essa aparição lhe foi tão dilacerante que teve que levar a mão ao coração. É que o violino subira a notas altas onde permanecia como que à espera, uma espera que se prolongava sem que cessasse de sustê-las, na exaltação de já perceber o objeto da sua espera que se aproximava, e com um esforço desesperado para tentar perdurar até a sua chegada, acolhê-lo antes de expirar, manter um momento ainda com todas as suas derradeiras forças o caminho aberto para que pudesse passar, como se segura uma porta que sem isso fecharia. E antes que Swann houvesse tido tempo de compreender, e de se dizer: "É a pequena frase da sonata de Vinteuil, não a escutemos!", todas as lembranças do tempo em que Odette estava caída por ele, e que conseguira até então manter invisíveis nas profundezas do seu ser, enganadas por aquele brusco raio do tempo do amor que julgaram estar de volta, tinham despertado, subido em revoada e cantavam perdidamente, sem compaixão para com seu infortúnio atual, os refrões esquecidos da felicidade.

No lugar das expressões abstratas "tempo em que era feliz", "tempo em que era amado", que usara muitas vezes até então sem sofrer muito, pois sua inteligência só guardara do passado pretensos extratos que nada conservam dele, reencontrou tudo aquilo que fixara para sempre a essência específica e volátil da felicidade perdida; reviu tudo, as pétalas nevadas e crespas do crisântemo que ela lhe jogara na sua carruagem, que ele segurou contra os lábios — o endereço em relevo da Maison Dorée na carta em que lera: "Minha mão treme tanto ao te escrever" —, a aproximação das sobrancelhas quando ela lhe dissera com um ar súplice: "Não levará muito tempo até me fazer um sinal?"; sentiu a fragrância do ferro do cabeleireiro que realçava a "escovinha" do seu cabelo enquanto Lorédan ia buscar a pequena operária, as chuvas tempestuosas que caíram com tanta frequência naquela primavera, o retorno glacial na sua carruagem ao luar, todas as malhas dos hábitos mentais, de impressões sazonais, de reações na pele, que haviam estendido por uma sucessão de semanas uma rede uniforme em que seu corpo se achava capturado. Naquele tempo, satisfazia uma curiosidade voluptuosa ao conhecer os prazeres das pessoas que vivem para o amor. Acreditara que poderia parar por ali, que não seria obrigado a conhecer-lhe as dores; como o encanto de Odette representava pouco agora para ele diante daquele formidável terror que se prolongava como um halo perturbador, daquela imensa angústia de não saber o que ela havia feito a cada instante, de não possuí-la em toda parte e sempre! Hélas! Lembrou o tom em que ela exclamara: "Mas poderei te ver sempre, estou sempre livre!", ela que nunca estava! O interesse, a curiosidade, que ela tivera pela vida dele, o desejo apaixonado de que lhe fizesse o favor — que, ao contrário, ele considerava naquele tempo uma causa de transtornos maçantes — de a deixar entrar na sua vida; como fora obrigada a rogar que a acompanhasse à casa dos Verdurin; e, quando a fazia vir uma vez por mês, como foi necessário, antes que ele consentisse, que ela lhe repetisse a delícia que seria o hábito de se verem todos os dias, como então ela sonhava, e que ele considerava um incômodo enfadonho, e do qual ela criou aversão e rompeu definitivamente, ao passo que se tornou para ele uma insuperável e dolorosa necessidade! Não sabia o quanto dizia a verdade quando, na terceira vez em que a vira, como ela lhe repetisse: "Mas por que não me deixa vir com maior frequência?", ele lhe dissera rindo, com um galanteio: "Por medo de sofrer". Agora, hélas!, ela ainda lhe escrevia às vezes de um restaurante ou de um hotel num papel que trazia impresso o nome do local; mas eram como letras de fogo que o queimavam. "Foi escrito do hotel Vouillemont? O que ela pode ter ido fazer lá? Com quem? O que se passou?" Lembrou-se dos bicos de gás que eram apagados no bulevar des Italiens quando a encontrou, contra toda esperança, entre as sombras errantes daquela noite que lhe parecera quase sobrenatural e que de fato — noite de um tempo em que ele nem tinha de se perguntar se não a contrariaria por procurá-la e achá-la, tal a sua certeza de que ela não tinha alegria maior do que vê-lo e regressar com ele — pertencia verdadeiramente a um mundo misterioso ao qual não se pode voltar nunca depois que as portas se fecharam. E Swann percebeu, imóvel diante daquela felicidade revivida, um infeliz que lhe deu pena porque não o reconheceu de imediato, e teve que baixar os olhos para que não vissem que estavam cheios de lágrimas. Era ele mesmo.

Quando entendeu isso, sua piedade cessou, mas teve ciúme do outro eu que ela amara, teve ciúme daqueles dos quais se dissera várias vezes sem sofrer muito: "ela talvez os ame", agora que trocara a ideia vaga de amar, na qual não há amor, pelas pétalas do crisântemo e pelo papel timbrado da Maison d'Or, que estavam repletos dele. Depois, como seu sofrimento se tornasse demasiado vivo, passou a mão na testa, deixou cair o monóculo, limpou-lhe a lente. E com certeza, se visse a si mesmo naquele momento, o teria adicionado à coleção daqueles que assinalara, cujo monóculo era afastado como um pensamento inoportuno, e sob cuja superfície embaçada, com um lenço, tentava apagar as preocupações.

Há no violino — se, não se vendo o instrumento, não podemos relacionar o que se escuta à sua imagem, a qual modifica a sonoridade — acentos tão similares a certas vozes de contralto que se tem a ilusão de que uma cantora se juntou ao concerto. Erguemos os olhos, só vemos os corpos dos instrumentos, preciosos como caixas chinesas, mas, por um instante, somos ainda enganados pelo chamado ilusório da sereia; às vezes também cremos ouvir um gênio cativo que se debate no fundo da caixa sábia, enfeitiçada e trêmula, como um diabo numa pia de água benta; às vezes, por fim, é no ar que passa como um ser sobrenatural e puro, desenrolando sua mensagem invisível.

Como se os instrumentistas tocassem muito menos a pequena frase do que executassem os ritos por ela exigidos para que aparecesse, e procedessem às encantações necessárias para obter e prolongar alguns instantes o prodígio da sua invocação, Swann, que não podia mais vê-la, como se ela pertencesse a um mundo ultravioleta, e saboreava como que o frescor de uma metamorfose na cegueira momentânea que o atingia ao se aproximar dela, Swann a sentia presente, como uma deusa protetora e confidente do seu amor e que, para poder chegar até ele em meio à multidão e afastá-lo de lado para lhe falar, assumira o disfarce daquela figura sonora. E enquanto ela passava, leve, sedativa e murmurada como um perfume, dizendo-lhe o que tinha a dizer e da qual ele analisava todas as palavras, lamentando vê-las esvoaçarem tão rápido, fazia involuntariamente com os lábios o movimento de beijar à passagem de seu corpo harmonioso e fugidio. Não se sentia mais exilado e solitário porque ela se endereçava a ele, lhe falava a meia-voz de Odette. Já não tinha como outrora a impressão de que Odette e ele não eram conhecidos pela pequena frase. É que ela fora tantas vezes testemunha das suas alegrias! É verdade que muitas vezes ela também o advertira da sua fragilidade. E de fato, enquanto naquele tempo ele adivinhasse o sofrimento no seu sorriso, na sua entonação límpida e desencantada, hoje encontrava nela mais a graça de uma resignação quase alegre. Dessas tristezas que ela lhe falava outrora, e que ele a via, sem que fosse atingido por elas, arrastar sorrindo no seu curso sinuoso e rápido, dessas tristezas que agora tinham se tornado suas, sem que tivesse esperança de jamais se livrar delas, ela lhe parecia dizer como outrora da sua felicidade: "Que é isso? Tudo isso não é nada". E o pensamento de Swann se dirigiu pela primeira vez, num impulso de piedade e ternura, para aquele Vinteuil, para aquele irmão desconhecido e sublime que, também ele, deveria ter sofrido tanto; como teria sido a sua vida? Das profundezas de quais dores pudera extrair aquela força de Deus, aquele poder ilimitado de criar? Quando era a pequena frase que lhe falava da vaidade dos seus sofrimentos, Swann encontrava doçura naquela mesma sabedoria que pouco antes, porém, lhe parecera intolerável, quando a julgava ler nas faces dos indiferentes que consideravam seu amor um devaneio sem importância. É que, ao contrário, a pequena frase, qualquer que fosse a opinião que se pudesse ter sobre a breve duração desses estados da alma, via algo neles, não como faziam aquelas pessoas, de menos sério que a vida positiva, mas pelo contrário de tão superior a ela que só isso valia a pena ser exprimido. Esses encantos de uma tristeza íntima, era a eles que ela tentava imitar e recriar, e até a sua essência, que todavia é a de serem incomunicáveis e parecerem frívolos a todos, exceto aqueles que os experimentam, a pequena frase a captara, tornara visível. Ela fazia confessar de tal maneira o seu valor e a sua doçura divina a todos aqueles mesmos assistentes — bastando que fossem um pouco musicais — que em seguida eles os desconheceriam na vida, em cada amor particular que vissem brotar perto deles. Sem dúvida a forma como os codificara não poderia ser resolvida com argumentos. Mas depois de mais de um ano que o amor pela música nascera nele por algum tempo, lhe revelando muitas das riquezas de sua alma, Swann considerava os motivos musicais como verdadeiras ideias, de outro mundo, de outra ordem, ideias veladas de trevas, desconhecidas, impenetráveis à inteligência, mas que nem por isso eram menos perfeitamente distintas umas das outras, desiguais entre si no valor e significado. Quando, depois da noite nos Verdurin, mandara tocar de novo a pequena frase, tentou destrinchar como ocorria isso; à maneira de um perfume, de uma carícia, ela o cativava, o envolvia, ele percebera que eram a leve separação entre as cinco notas que a compunham e a constante repetição de duas delas que davam aquela impressão de doçura retraída e frígida; mas na verdade sabia que raciocinava assim não sobre a própria frase, mas sobre valores simples, substituídos para a conveniência da sua inteligência pela entidade que notara, antes de conhecer os Verdurin, naquela noite em que escutara pela primeira vez a sonata. Sabia que mesmo a recordação do piano falsificava ainda mais o plano em que via os elementos da música, que o campo aberto ao músico não era um mesquinho teclado de sete notas, mas um teclado incomensurável, quase que ainda totalmente desconhecido, no qual aqui e ali, separados por espessas trevas inexploradas, algumas dos milhões de teclas de ternura, de paixão, de coragem, de serenidade que o compõem, cada uma diversa das outras como um universo de outro universo, foram descobertas por alguns grandes artistas que nos prestam o serviço, despertando em nós algo correspondente ao tema que encontraram, de nos mostrar quanta riqueza, quanta variedade esconde, sem sabermos, essa grande noite impenetrável e desencorajadora da nossa alma que tomamos por vazio e por nada. Vinteuil foi um desses músicos. Em sua pequena frase, embora apresentasse à razão uma superfície obscura, sentia-se um conteúdo tão consistente, tão explícito, ao qual ela dava uma força tão nova, tão original, que aqueles que a tivessem escutado a conservavam dentro de si no mesmo plano que as ideias da inteligência. Swann se reportava a ela como a uma concepção do amor e da felicidade cuja particularidade ele conhecia tão bem quanto a da *Princesa de Clèves*, ou de *René*, quando seus títulos lhe vinham à memória. Mesmo quando não pensava na pequena frase, ela existia latente no seu espírito na mesma condição que outras condições sem equivalente, como as noções de luz, de som, de relevo, de volúpia física, que são ricas possessões que diversificam e enfeitam nossa vida interior. Talvez as percamos, talvez se apaguem, se retornamos ao nada. Mas, enquanto vivermos, não podemos mais agir como se não as tivéssemos conhecido, assim como não o podemos em relação a um objeto real, como não podemos, por exemplo, duvidar da luz da lâmpada que ilumina os objetos metamorfoseados do nosso quarto, do qual se esvaneceu até a memória da obscuridade. Por isso a frase de Vinteuil tinha, como um tema de *Tristão*, por exemplo, que representa para nós uma certa aquisição sentimental, se casado com nossa condição mortal, adquirido algo de humano que era muito tocante. Seu destino estava ligado ao futuro, à realidade de nossa alma, da qual ela era um dos ornamentos mais particulares, mais diferenciados. Pode ser que o nada seja o verdadeiro, e que todo o nosso sonho seja inexistente, mas então sentimos que essas frases musicais, essas noções que existem em relação a esse sonho, também não são nada. Nós pereceremos, mas temos como reféns essas prisioneiras divinas que compartilharão nosso destino. E a morte com elas tem algo de menos amargo, de menos inglório, talvez de menos provável.

Swann então não se enganava em acreditar que a frase da sonata existia realmente. Claro que, humana desse ponto de vista, ela contudo pertencia a uma ordem de criaturas sobrenaturais que jamais vimos mas que apesar disso reconhecemos com deslumbre quando algum explorador do invisível consegue captar uma, trazê-la do mundo divino a que tem acesso para brilhar alguns instantes sobre o nosso. Fora o que Vinteuil fizera com a pequena frase. Swann sentia que o compositor se contentara, com seus instrumentos de música, em revelá-la, em torná-la visível, em segui-la e respeitar-lhe o desenho com uma mão tão terna, tão prudente, tão delicada e tão segura que o som se alterava a todo momento, atenuando-se para indicar uma sombra, revivificando-se quando precisava seguir a pista de um contorno mais ousado. E uma prova de que Vinteuil não se enganava quando acreditava na existência dessa frase é que todo amador com um pouco de discernimento perceberia de imediato a impostura se Vinteuil, tendo menos capacidade para ver e reproduzir suas formas, tivesse tentado dissimular, acrescentando aqui e ali traços de sua lavra, as lacunas da sua visão e as falhas de sua mão.

Ela desaparecera. Swann sabia que ela reapareceria no fim do último movimento, depois de todo um longo trecho que o pianista de madame Verdurin saltava sempre. Havia ali ideias admiráveis que Swann não distinguira na primeira audição e que agora percebia, como se elas tivessem, no vestiário da sua memória, se despido do disfarce uniforme de novidade. Swann escutava todos os temas esparsos que entrariam na composição da frase, como as premissas da conclusão necessária, assistia à sua gênese. "Ó audácia, tão genial talvez, se dizia ele, quanto a de um Lavoisier, de um Ampère, a audácia de um Vinteuil experimentando, descobrindo as leis secretas de uma força desconhecida, conduzindo através do inexplorado, até o único fim possível, o engate impossível no qual confia e que não verá jamais!" O lindo diálogo que Swann ouviu entre o piano e o violino no começo do último trecho! A supressão das palavras humanas, longe de ali deixar reinar a fantasia, como se poderia crer, a eliminara; nunca a linguagem falada foi uma necessidade tão inflexível, nunca conheceu a tal ponto a pertinência das perguntas, a evidência das respostas. Primeiro o piano solitário se queixou, como um pássaro abandonado por sua companheira; o violino o escutou, respondeu-lhe de uma árvore vizinha. Era como no começo do mundo, como se ainda não houvesse senão os dois na terra, ou melhor, naquele mundo fechado a todo o resto, construído pela lógica de um criador e onde seriam para sempre só os dois: essa sonata. É um pássaro, é a alma ainda incompleta da pequena frase, é uma fada, invisível e lamurienta, cujo piano em seguida repetia com ternura sua queixa? Seus gemidos eram tão repentinos que o violinista tinha que se precipitar sobre o seu arco para recolhê-los. Pássaro maravilhoso! O violinista parecia querer encantá-lo, aprisioná-lo, captá-lo. Ela já passara para a sua alma, a pequena frase evocada já agitava como ao de um médium o corpo de fato possuído do violinista. Swann sabia que ela falaria uma vez ainda. E ele se duplicara tão bem que a espera do instante iminente em que se encontraria em face dela o sacudiu com um desses soluços que um belo verso ou uma notícia triste provocam em nós, não quando estamos sós, mas se os transmitimos a amigos nos quais podemos ver a nós mesmos como outra pessoa, cuja emoção provável os enternece. Ela reapareceu, mas dessa vez para se suspender no ar e soar por um instante apenas, como que imóvel, e para expirar em seguida. E assim Swann não perdeu nada do curto tempo pelo qual ela se prolongou. Estava ainda lá como uma bolha irisada que se mantém por si só. Tal como um arco-íris cujo brilho se enfraquece, diminui, depois aumenta e, antes de se apagar, se exalta um momento como ainda não o fizera: às duas cores que até então deixara aparecer, acrescentou outras cordas matizadas, todas as do prisma, e as fez cantar. Swann não ousava se mexer e queria também manter quietas as outras pessoas, como se o menor movimento pudesse comprometer a auréola sobrenatural, deliciosa e frágil que estava tão prestes a se esvair. Ninguém, para dizer a verdade, nem sonhava em falar. A palavra inefável de um único ausente, talvez de um morto (Swann não sabia se Vinteuil ainda estava vivo), respirando por sobre os ritos daqueles oficiantes, bastava para manter a atenção de trezentas pessoas, e fazia daquele estrado, onde uma alma fora assim evocada, um dos mais nobres altares em que se pode realizar uma cerimônia sobrenatural. De modo que quando a frase por fim se desfez, flutuando em farrapos nos motivos seguintes que tomaram o seu lugar, se Swann a princípio se irritou ao ver a condessa de Monteriender, célebre por suas tiradas ingênuas, inclinar-se para lhe confiar suas impressões antes mesmo que a sonata terminasse, não pôde deixar de sorrir, e talvez de encontrar também um sentido profundo naquilo que ela não via, com as palavras que empregou. Maravilhada com o virtuosismo dos instrumentistas, a condessa exclamou, se dirigindo a Swann: "É prodigioso, nunca vi nada tão impressionante...". Mas um escrúpulo de exatidão fazendo com que corrigisse a primeira assertiva, ela acrescentou esta reserva: "nada tão impressionante... desde as mesas giratórias!".

A partir dessa noite, Swann compreendeu que o sentimento que Odette tivera por ele não renasceria nunca, que suas esperanças de felicidade já não se realizariam. E nos dias em que por acaso ela ainda havia sido gentil e terna com ele, se tivera alguma atenção, ele notava esses sinais aparentes e mentirosos de um ligeiro regresso a ele com uma solicitude enternecida e cética, com a alegria desesperada dos que, cuidando de um amigo nos últimos dias de uma doença incurável, relatam como se fossem fatos preciosos: "Ontem, ele mesmo fez as contas e descobriu um erro na soma que havíamos feito; comeu um ovo com prazer, se o digerir bem tentaremos amanhã uma costeleta", embora saibam que não têm sentido na véspera de uma morte inevitável. Sem dúvida Swann tinha certeza de que, se vivesse agora longe de Odette, ela acabaria por lhe ser indiferente, de modo que ficaria contente se ela abandonasse Paris para sempre; ele teria tido coragem de permanecer; mas não de partir.

Muitas vezes pensara nisso. Agora que retomara seu estudo sobre Vermeer precisaria voltar ao menos alguns dias a Haia, a Dresden, a Brunswick. Estava convencido de que uma *Toalete de Diana* que fora comprada pelo Mauritshuis no leilão Goldschmidt como um Nicolaes Maes era na verdade de Vermeer. E gostaria de poder estudar o quadro no local para sustentar sua opinião. Mas deixar Paris enquanto Odette estava ali, e até quando estava ausente — pois em lugares novos onde as sensações não são amortecidas pelo hábito, retempera-se, reanima-se uma dor —, era para ele um projeto tão cruel que se sentia capaz de pensar nele sem cessar porque sabia que estava resolvido a não executá-lo nunca. Mas lhe acontecia de, ao dormir, a intenção de viajar renascer nele — sem que se lembrasse de que aquela viagem era impossível — e ela se realizava. Um dia sonhou que partia por um ano; debruçado na portinhola do vagão para um jovem que na plataforma lhe dizia adeus chorando, Swann tentava convencê-lo a partir com ele. Quando o trem se movimentou, a ansiedade o despertou, lembrou-se de que não partia, que veria Odette naquela noite, no dia seguinte e quase todo dia. Então, ainda todo emocionado por seu sonho, abençoou as circunstâncias particulares que o tornavam independente, graças às quais podia ficar perto de Odette, e assim conseguir que lhe permitisse vê-la algumas vezes; e, recapitulando todas essas vantagens: sua situação — sua fortuna, da qual ela muitas vezes necessitava tanto que não deixaria de recuar diante de uma ruptura (tendo até mesmo, dizia-se, o cálculo de levá-lo a se casar com ela) —, a amizade com o senhor de Charlus, que para dizer a verdade nunca o fizera obter grande coisa de Odette, mas lhe dava a doçura de sentir que ela ouvia falar dele de uma maneira elogiosa por esse amigo comum pelo qual ela sentia tão grande estima — e por fim até a sua inteligência, que empregava inteiramente em combinar todos os dias uma nova intriga que tornava a sua presença, se não agradável, ao menos necessária a Odette —, pensou no que seria dele se tudo isso lhe tivesse faltado, pensou que se fosse, como tantos outros, pobre, humilde, sem meios, obrigado a aceitar qualquer trabalho, ou ligado aos pais, a uma esposa, poderia ter sido obrigado a deixar Odette, que esse sonho, cujo horror ainda estava tão próximo, poderia ser verdadeiro, ele disse a si mesmo: "Não conhecemos nossa felicidade. Nunca se é tão infeliz quanto se crê". Mas considerou que essa existência durava já vários anos, que tudo que podia esperar era que durasse para sempre, que sacrificaria seus trabalhos, seus prazeres, finalmente toda a sua vida à espera cotidiana de um encontro que não lhe poderia trazer nada de feliz, e se perguntou se não se enganava, se o que favorecera sua ligação e havia impedido a ruptura não desservira o seu destino, se o acontecimento desejável não fora aquele que, para seu deleite, só ocorrera em sonho: sua partida; disse a si mesmo que não conhecemos nossa infelicidade, que não se é nunca tão feliz quanto se crê.

Algumas vezes esperava que ela morresse sem sofrer num acidente, ela que estava fora, nas ruas, nas estradas, da manhã à noite. E como ela retornasse sã e salva, admirava-se de que o corpo humano fosse tão flexível e tão forte, que pudesse continuamente manter em suspenso, frustrar todos os perigos que o rodeiam (e que Swann achava inumeráveis desde que seu secreto desejo os computara), e permitisse assim às pessoas se entregarem todos os dias e quase impunemente à sua obra de mentira, à procura do prazer. E Swann sentia bem próximo de seu coração aquele Maomé II cujo retrato de Bellini tanto amava e que, tendo sentido que se apaixonara loucamente por uma de suas mulheres, a esfaqueara a fim de, disse ingenuamente seu biógrafo veneziano, reencontrar sua liberdade de espírito. Depois se indignava de só pensar em si mesmo, e os sofrimentos que sentira não lhe pareciam merecer piedade alguma porque ele próprio não dava tanta importância à vida de Odette.

Não podendo se separar dela irremediavelmente, se ao menos pudesse vê-la sem separações, sua dor acabaria por ser aplacada e seu amor talvez por se extinguir. E como ela não queria deixar Paris para sempre, desejou que ela não a deixasse nunca. Como ao menos sabia que a única ausência prolongada que ela fazia todos os anos era a de agosto e setembro, tinha a oportunidade de lhe dissolver diversos meses antes o pensamento amargo em todo o Tempo vindouro que trazia em si por antecipação e que, composto de dias idênticos aos do presente, circulava transparente e frio no seu espírito onde alimentava a tristeza, mas sem lhe causar sofrimentos demasiado vivos. Mas esse futuro interior, esse rio incolor e livre, eis que era atingido por uma única palavra de Odette, e chegava a Swann como um pedaço de gelo, imobilizava, endurecia sua fluidez, congelava-o inteiramente; e Swann sentia-se de súbito repleto de uma massa enorme e inquebrável que pesava sobre as paredes interiores de seu ser até o fazer trincar: é que Odette lhe disse, observando-o com olhar sorridente e dissimulado: "Forcheville fará uma bela viagem, em Pentecostes. Irá ao Egito", e Swann logo compreendeu que isso significava: "Vou ao Egito em Pentecostes com Forcheville". Com efeito, se alguns dias depois lhe dizia: "Então, sobre essa viagem que você disse que faria com Forcheville", ela respondia distraidamente: "Sim, meu querido, partimos no dia 19, mandaremos um cartão-postal das Pirâmides". Ele gostaria então de saber se era amante de Forcheville, gostaria de lhe perguntar diretamente. Sabia que, supersticiosa como era, havia certos perjúrios que não cometeria, e depois o medo, que o retivera até então, de irritar Odette ao interrogá-la, levando-a a detestá-lo, já não existia, agora que perdera toda esperança de que ela um dia o amasse.

Um dia recebeu uma carta anônima que dizia que Odette fora amante de inúmeros homens (dos quais mencionava alguns, entre os quais Forcheville, o senhor de Bréauté e o pintor), de mulheres, e que frequentava casas de tolerância. Atormentou-se ao pensar que havia entre seus amigos alguém capaz de lhe ter mandado aquela carta (pois através de certos pormenores ela revelava que quem a escrevera tinha um conhecimento familiar da vida de Swann). Procurou saber quem poderia ser. Mas nunca suspeitara das ações desconhecidas das pessoas, das ações que não têm ligações visíveis com o que dizem. E quando tentou saber se era sob o caráter aparente do senhor de Charlus, do senhor des Laumes, do senhor d'Orsan, que devia situar a região desconhecida onde esse ato ignóbil deveria ter sido concebido, como nenhum desses homens jamais aprovara na sua frente cartas anônimas, e tudo que lhe disseram implicava que as reprovavam, não viu razão para ligar aquela infâmia à natureza de um ou de outro. A do senhor de Charlus era um tanto esquisita, mas basicamente boa e amável; a do senhor de Laumes era um pouco seca, mas sã e reta. Quanto ao senhor d'Orsan, Swann jamais encontrara uma pessoa que mesmo nas circunstâncias mais tristes se aproximasse dele com uma palavra mais sensível, um gesto mais discreto e apropriado. A tal ponto que não podia compreender o papel indelicado que se atribuía ao senhor d'Orsan no relacionamento que tinha com uma mulher rica, e toda vez que Swann pensava nele era obrigado a deixar de lado essa má reputação, totalmente inconciliável com tantas provas evidentes da sua delicadeza. Swann sentiu por um instante que seu espírito se obscurecia, e pensou noutra coisa para recobrar um pouco de luz. Depois teve coragem de voltar a essas reflexões. Mas então, depois de não conseguir suspeitar de ninguém, teve que suspeitar de todo mundo. Afinal, o senhor de Charlus gostava dele, tinha bom coração. Mas era um neurótico, talvez amanhã chorasse ao saber que Swann estava doente, e hoje, por ciúme, por raiva, devido a alguma ideia súbita que se apoderasse dele, teria desejado fazer-lhe mal. No fundo, essa espécie de homem é a pior de todas. Com certeza, o príncipe des Laumes estava bem longe de gostar de Swann tanto quanto o senhor de Charlus. Mas, por isso mesmo, não tinha para com ele as mesmas suscetibilidades; e depois era sem dúvida uma natureza fria, mas era também incapaz de vilanias tanto quanto de grandes ações; Swann se arrependia de ter apenas se ligado, na vida, a tais pessoas. Depois, especulou que o que impede os homens de fazer o mal ao próximo é a bondade, que no fundo só podia responder pelas naturezas análogas à sua, como era, no tocante ao coração, a do senhor de Charlus. Só de pensar em provocar essa dor em Swann o teria revoltado. Mas com um homem insensível, de outro tipo de humanidade, como era o caso do príncipe de Laumes, como prever a que ações o poderiam levar motivos de essência diferente? Ter coração é tudo, e o senhor de Charlus o tinha. O senhor d'Orsan também o tinha, e suas relações cordiais mas pouco íntimas com Swann, nascidas da satisfação que tinham, por pensarem da mesma maneira, em conversar um com o outro, eram mais tranquilas que a afeição exaltada do senhor de Charlus, capaz de cometer atos apaixonados, bons ou maus. Se havia alguém por quem Swann sempre se sentira compreendido e delicadamente amado era o senhor d'Orsan. Sim, mas e aquela vida pouco honrosa que ele levava? Swann lamentava não a ter levado em conta, ter confessado com frequência, gracejando, jamais ter experimentado tão vivamente sentimentos de simpatia e de estima como no convívio com gentalha. Não é por acaso, se dizia agora, que quando os homens julgam os seus próximos, é por seus atos. Só isso significa alguma coisa, e não aquilo que dizemos, ou que pensamos. Charlus e Des Laumes podem ter tais ou quais defeitos, mas são gente honesta. Orsan talvez não os tenha, mas não é um homem honesto. Pode ter agido mal outra vez. Depois Swann suspeitou de Rémi, que na verdade apenas poderia ter inspirado a carta, mas essa pista lhe pareceu por um instante boa. Primeiro Lorédan tinha razões para querer mal a Odette. E depois, como não supor que nossos empregados, vivendo numa situação inferior à nossa, acrescentando à nossa fortuna e aos nossos defeitos riquezas e vícios imaginários, pelos quais nos invejam e desprezam, seriam fatalmente levados a agir de modo muito diferente das pessoas da nossa sociedade? Suspeitou também do meu avô. Toda vez que Swann lhe pedira um favor, não havia sempre recusado? Além do quê, com suas ideias burguesas, poderia ter achado que agia para o bem de Swann. Suspeitou ainda de Bergotte, do pintor, dos Verdurin, admirou de passagem mais uma vez a sabedoria das pessoas da alta sociedade por não quererem se misturar com esses meios artísticos, onde tais coisas são possíveis, talvez até mesmo confessadas sob o nome de boas zombarias; mas se lembrou dos sinais de retidão desses boêmios, e os contrastou com a vida de expedientes, quase de crapulice, em que a falta de dinheiro, a necessidade de luxo, a corrupção dos prazeres muitas vezes conduzem a aristocracia. Em suma, essa carta anônima provou que conhecia um indivíduo capaz de perfídia, mas não via razão para que essa perfídia estivesse escondida no âmago — inexplorado pelos outros — do caráter do homem afetuoso ou do homem frio, do artista ou do burguês, do grande senhor ou do lacaio. Qual critério adotar para julgar os homens? No fundo, não havia uma única pessoa entre as que conhecia que não pudesse ser capaz de uma infâmia. Seria preciso deixar de ver todas? Seu espírito se turvou; passou duas ou três vezes as mãos pela testa, limpou a lente de seu monóculo com o lenço e pensando que, afinal, pessoas como ele frequentavam o senhor de Charlus, o príncipe des Laumes e os outros, disse a si mesmo que isso significava, se não que fossem incapazes de infâmia, pelo menos que fosse uma necessidade da vida à qual cada um se submete, a de frequentar pessoas que não são incapazes de tais atitudes. E continuou a apertar a mão de todos esses amigos dos quais desconfiara, com essa reticência puramente formal de que tinham tentado levá-lo ao desespero. Quanto à substância da carta, não se inquietou, pois nenhuma das acusações formuladas contra Odette tinha sequer sombra de verossimilhança. Como muita gente, Swann tinha o espírito indolente e falta de imaginação. Sabia muito bem como uma verdade geral que a vida das pessoas é cheia de contrastes, mas, para cada pessoa em particular, imaginava toda a parte da sua vida que não conhecia como idêntica à parte que conhecia. Imaginava o que não lhe diziam com a ajuda do que lhe diziam. Nas ocasiões em que Odette estava com ele, se conversassem de uma ação indelicada cometida, ou de um sentimento indelicado sofrido por alguém, ela os reprovava com base nos mesmos princípios que Swann sempre escutara seus pais professarem, e aos quais permanecera fiel; e, depois, arrumava suas flores, bebia uma xícara de chá, preocupava-se com os trabalhos de Swann. Então, Swann estendia esses hábitos ao resto da vida de Odette, repetia esses gestos quando queria figurar os momentos em que ela estava longe dele. Se a houvessem retratado como ela era, ou antes, como fora tanto tempo com ele, mas com outro homem, ele teria sofrido, já que essa imagem não lhe teria parecido verossímil. Mas que ela fosse à casa de alcoviteiras, se entregasse a orgias com mulheres, que levasse a vida crapulosa de criaturas abjetas — que divagação insensata, para cuja realização, graças a Deus, os crisântemos imaginados, os chás sucessivos, as indignações virtuosas não davam espaço. Somente de tempos em tempos deixava Odette saber que, por maldade, contavam-lhe tudo que ela fazia; e, se servindo de um detalhe insignificante mas verdadeiro, que descobrira por acaso, como se fosse o fragmento único que deixava escapar sem querer, entre tantos outros, de uma reconstituição completa da vida de Odette que escondia dentro de si, a levava a supor que estava informado a respeito de coisas que em realidade não sabia e das quais nem mesmo suspeitava, pois se com frequência intimava Odette a não alterar a verdade, era apenas, quer se desse conta quer não, para que ela lhe dissesse tudo que fazia. Sem dúvida, como dizia a Odette, amava a sinceridade, mas amava-a como se fosse uma proxeneta que o pudesse manter informado da vida da sua amante. Assim, o seu amor pela sinceridade, não sendo desinteressado, não o tornara melhor. A verdade que ele estimava era a que Odette lhe diria; mas ele próprio, para obter essa verdade, não temia recorrer à mentira, a mentira que não cessava de retratar a Odette como levando à degradação toda criatura humana. Em suma, mentia tanto quanto Odette porque, mais infeliz que ela, não era menos egoísta. E ela, escutando Swann lhe contar coisas que ela havia feito, o olhava com um ar desconfiado e, ocasionalmente, irritado, para não parecer se humilhar e enrubescer devido a seus atos.

Um dia, no mais longo período de calma que ainda podia atravessar sem ser tomado por um acesso de ciúme, aceitou ir à noite ao teatro com a princesa des Laumes. Tendo aberto o jornal para procurar o que se encenava, a vista do título: *As moças de mármore*, de Théodore Barrière, o atingiu tão cruelmente que teve um movimento de recuo e desviou a cabeça. Iluminada como pelas luzes da ribalta, no novo lugar onde aparecia, essa palavra, "mármore", que perdera a faculdade de distinguir de tanto que tinha o hábito frequente de vê-la diante dos olhos, se tornou de súbito novamente visível e logo o fez lembrar-se de uma história que Odette havia tempos lhe contara, de uma visita que fizera ao Salão do Palácio da Indústria com madame Verdurin, na qual esta lhe dissera: "Cuidado, sei como derretê-la, você não é de mármore". Odette lhe disse que era apenas um gracejo, e ele não lhe deu importância. Mas tinha então mais confiança nela do que hoje. E a carta anônima falava justamente de amores desse gênero. Sem ousar erguer os olhos para o jornal, o desdobrou, virou uma página para não ver aquelas palavras, "moças de mármore", e começou a ler maquinalmente notícias das províncias. Houvera uma tempestade na Mancha, foram assinalados estragos em Dieppe, Cabourg e Beuzeval. Fez de imediato um novo movimento de recuo.

O nome Beuzeval o levou a pensar no de outra localidade daquela região, Beuzeville, que traz unido a ele por um hífen outro nome, o de Bréauté, o qual vira com frequência em mapas mas que pela primeira vez notava ser o mesmo do seu amigo, o senhor de Bréauté, que a carta anônima dizia ter sido amante de Odette. Afinal, quanto ao senhor de Bréauté, a acusação não era inverossímil; mas no que concernia a madame Verdurin, era impossível. Do fato que Odette algumas vezes mentia não se podia concluir que não dissesse nunca a verdade e, nas frases que trocara com madame Verdurin e que ela própria havia contado a Swann, reconhecera esses gracejos inúteis e perigosos que, por inexperiência da vida e ignorância da depravação, as mulheres fazem e cuja inocência revelam, e que — como Odette, por exemplo — estão mais longe do que quaisquer outras de sentir uma ternura exaltada por outra mulher. Enquanto, ao contrário, a indignação com que ela rechaçara as suspeitas que involuntariamente despertara nele por um momento com seu relato, correspondia a tudo que ele sabia dos gostos e do temperamento da sua amante. Mas naquele momento, por uma dessas inspirações de ciumentos, análogas à que leva ao poeta ou ao sábio, que por enquanto só têm uma rima ou uma observação, a ideia ou a lei que lhes dará toda a sua força, Swann recordou pela primeira vez uma frase que Odette lhe dissera, havia já dois anos: "Ah, madame Verdurin! Neste momento só tem olhos para mim, sou um amor, ela me beija, quer que faça compras com ela, quer que a trate por 'você'". Longe de ver então naquela frase uma relação qualquer com as proposições absurdas destinadas a simular a depravação que lhe foram contadas por Odette, ele as recebera como prova de uma calorosa amizade. Eis que agora a lembrança da ternura de madame Verdurin vinha bruscamente se juntar à lembrança da sua conversa de mau gosto. Não podia mais as separar na sua mente e as viu se misturarem também na realidade, a ternura dando algo de sério e de importante àqueles gracejos que, em troca, faziam a ternura perder sua inocência. Foi à casa de Odette. Ela sentou-se longe dele. Não ousava beijá-la, sem saber se, nela ou nele, seria o afeto ou o ódio que um beijo revelaria. Calava-se, via morrer o amor deles. De repente tomou uma decisão.

"Odette, disse-lhe, minha querida, bem sei que estou sendo odioso, mas preciso perguntar algumas coisas. Lembra-se da ideia que tive a propósito de você e madame Verdurin? Diga-me se é verdade, com ela ou com outra."

Ela sacudiu a cabeça franzindo a boca, sinal frequentemente usado pelas pessoas que não irão responder, que aquilo as aborrece, a alguém que lhes perguntou: "Virá ver passar a parada, irá ao teatro?". Mas esse gesto com a cabeça é comumente ligado a um acontecimento futuro, e por isso colore com alguma incerteza a negação de um acontecimento passado. Além do quê, evoca razões mais de conveniência pessoal do que a reprovação, do que uma impossibilidade moral. Vendo Odette lhe fazer esse sinal de que era mentira, Swann compreendeu que talvez fosse verdadeiro.

"Já disse, você sabe bastante bem, acrescentou ela com um ar irritado e infeliz.

— Sim, eu sei, mas tem certeza? Não me diga: 'Você sabe bastante bem', diga: 'Nunca fiz esse tipo de coisa com nenhuma mulher.'"

Ela repetiu como uma lição, num tom irônico, como se quisesse se livrar dele:

"Nunca fiz esse tipo de coisa com nenhuma mulher.

— Pode jurar sobre a tua medalha de Nossa Senhora de Laghet?"

Swann sabia que Odette não juraria em falso sobre aquela medalha.

"Ah, você me deixa infeliz", exclamou ela, esquivando-se com um sobressalto do aperto da pergunta. "Já terminou? O que você tem hoje? Decidiu que preciso que te deteste, odeie? Eis aí, queria recomeçar com você os bons tempos de antigamente e eis como agradece!"

Mas, sem soltá-la, como um cirurgião que espera o fim de um espasmo que interrompe sua intervenção mas não faz com que renuncie a ela:

"Você se engana muito ao imaginar que a quereria mal por isso, Odette, disse-lhe com uma doçura persuasiva e mentirosa. Falo a você só o que sei, e sempre sei bem mais do que digo. Mas só você pode suavizar, através da confissão, o que me faz odiá-la tanto por ter sido denunciado a mim por outros. Minha cólera contra você não vem das suas ações, perdoo tudo porque a amo, mas da falsidade absurda que a faz insistir em negar coisas que sei. Como quer que eu possa continuar a amá-la quando a vejo insistir, jurar uma coisa que sei ser falsa. Odette, não prolongue este momento que é uma tortura para nós dois. Se quiser, isso acaba num segundo e ficará livre para sempre. Jure sobre a medalha se, sim ou não, nunca fez essas coisas.

— Mas não tenho ideia, exclamou ela colérica, talvez há muito tempo, sem me dar conta do que fazia, talvez duas ou três vezes."

Swann pensara em todas as possibilidades. A realidade no entanto é algo que não tem relação alguma com as possibilidades, não mais que uma facada que levamos tem a ver com os movimentos leves das nuvens acima de nossa cabeça, pois essas palavras, "duas ou três vezes", cravaram uma espécie de cruz no seu coração. Coisa estranha que essas palavras, "duas ou três vezes", nada mais que palavras, palavras ditas no ar, à distância, possam dilacerar assim o coração como se o tocassem de verdade, possam deixar doente como um veneno a quem o ingere. Involuntariamente Swann pensou na frase que escutara na casa de madame de Saint-Euverte: "Nunca vi nada tão impressionante desde as mesas giratórias". O sofrimento que sentia não se assemelhava a nada que imaginara. Não apenas porque nas horas de maior desconfiança raramente imaginara tal extremidade do mal, mas porque mesmo quando imaginava isso, ela permanecia vaga, incerta, despida daquele horror particular que se soltara das palavras "talvez duas ou três vezes", despida daquela crueldade específica tão diferente de tudo que conhecera, como uma doença que se contrai pela primeira vez. E no entanto aquela Odette de quem vinha todo o mal não lhe era menos querida, bem ao contrário, mais preciosa, como se à medida que aumentava o sofrimento, aumentava ao mesmo tempo o preço do calmante, do antídoto que unicamente aquela mulher possuía. Queria lhe prestar mais cuidados, como a um doente cujo estado de súbito se descobre que é mais grave. Queria que a coisa horrível que ela lhe dissera ter feito "duas ou três vezes" não pudesse se repetir. Tinha para tanto que vigiar Odette. Diz-se com frequência que, ao denunciar a um amigo os pecados da sua amante, o que se consegue é aproximá-lo dela, pois ele não lhes dá crédito, e se aproxima ainda mais se lhes dá crédito! Mas, dizia-se Swann, como conseguir protegê-la? Poderia talvez preservá-la de determinada mulher, mas havia centenas de outras, e compreendeu que a loucura se apossara dele na noite em que, ao não encontrá-la na casa dos Verdurin, começara a desejar a posse, sempre impossível, de outra pessoa. Felizmente para Swann, sob os novos sofrimentos que acabavam de entrar na sua alma como uma horda de invasores, existia um substrato de natureza mais antigo, mais suave e silenciosamente laborioso, como as células de um órgão ferido que logo se põem em condições de refazer os tecidos lesionados, como os músculos de um membro paralisado que tendem a recuperar seus antigos movimentos. Esses habitantes mais antigos, mais autóctones, da sua alma empregaram por um momento todas as forças de Swann nesse trabalho obscuramente reparador que dá a ilusão do repouso a um convalescente, a um operado. Dessa vez foi menos no cérebro de Swann, como de hábito, que se produziu esse relaxamento induzido pelo esgotamento, porém mais no coração. Mas todas as coisas da vida que uma vez existiram, tendem a se recriar e, como um animal agonizante que de novo se agita no sobressalto de uma convulsão que parecia terminada, no coração por um instante poupado de Swann, o mesmo sofrimento veio retraçar a mesma cruz. Recordou aquelas noites de luar em que, reclinado na sua carruagem que o levava à rua La Pérouse, cultivava voluptuosamente dentro de si as emoções do homem apaixonado, sem saber o fruto envenenado que elas produziriam necessariamente. Mas todos esses pensamentos duraram apenas o espaço de um segundo, o tempo de levar a mão ao coração, retomar o fôlego e conseguir dar um sorriso para dissimular sua tortura. E já começava a fazer perguntas. Porque o seu ciúme, que se dera ao trabalho a que um inimigo não se teria dado para lhe assestar um golpe, para lhe dar a conhecer a dor mais cruel que jamais conhecera, seu ciúme não achava que sofrera o bastante e tentava causar-lhe uma ferida mais profunda ainda. Assim, como uma divindade maligna, seu ciúme inspirava Swann e o conduzia à perdição. Não foi sua culpa, mas apenas de Odette, se a princípio o seu suplício não se agravou.

"Minha querida, disse-lhe, está acabado; foi com uma pessoa que conheço?

— Mas não, juro que não foi; acho aliás que exagerei, nunca cheguei a esse ponto."

Ele sorriu e recomeçou:

"O que você quer? Isso não tem importância, mas é triste que não possa me dizer o nome. Se pudesse imaginar a pessoa, isso me impediria para sempre de pensar nela. Falo isso por você, porque não a aborreceria mais. É tão tranquilizador imaginar coisas! As horrorosas são as que não se podem imaginar. Mas você já foi tão gentil, não quero cansá-la. Agradeço de coração todo o bem que me fez. Está acabado. Somente isto: 'Há quanto tempo?'.

— Oh, Charles, não vê que está me matando? É tudo tão antigo. Nunca mais voltei a pensar nisso, até parece que me quer pôr na cabeça novamente essas ideias. Irá ganhar muito com isso", disse ela com inépcia inconsciente e maldade deliberada.

"Oh! Só queria saber se foi desde que nos conhecemos. Seria tão natural, foi aqui? Não pode dizer em qual noite, para que pense no que fazia na ocasião; entende que é impossível que não lembre com quem foi, Odette, meu amor?

— Mas não sei, mesmo, acho que foi no Bois, numa noite em que veio nos encontrar na ilha. Você tinha jantado na casa da princesa des Laumes", disse ela, feliz em fornecer um detalhe preciso que atestava sua veracidade. Na mesa vizinha havia uma mulher que eu não via fazia muito tempo. Ela me disse: 'Venha atrás do rochedo para ver o efeito do luar na água'. Primeiro bocejei e respondi: 'Não, estou cansada e muito bem aqui'. Ela garantiu que jamais houvera um luar como aquele. Eu lhe disse: 'Que piada!'; sabia muito bem aonde ela queria chegar."

Odette contava aquilo quase rindo, ou porque lhe parecia muito natural, ou porque acreditava assim lhe atenuar a importância, ou para não parecer humilhada. Ao ver a fisionomia de Swann, mudou de tom:

"Você é um miserável, tem prazer em me torturar, em me fazer contar mentiras para que me deixe tranquila."

Esse segundo golpe dado em Swann era mais atroz ainda que o primeiro. Jamais supusera que fosse uma coisa tão recente, oculta dos seus olhos, os quais não souberam descobri-la, não num passado que não conhecera, mas em noites que lembrava tão bem, que vivera com Odette, que julgava conhecer tão bem e que agora ganhavam retrospectivamente algo de hipócrita e atroz; no meio delas de súbito se cavava aquele largo desvão, aquele momento na ilha do Bois.

Sem ser inteligente, Odette tinha o encanto da naturalidade. Contara, descrevera aquela cena com tanta simplicidade que o ofegante Swann via tudo: o bocejo de Odette, o pequeno rochedo. Ouvi-a responder — alegremente, ai: "Que piada!". Sentia que ela não lhe diria nada mais naquela noite, que não havia nenhuma revelação nova a esperar naquele momento. Disse a ela: "Minha pobre querida, perdoe-me, sinto que a magoo, acabou, não penso mais nisso".

Mas ela viu que os olhos dele continuavam fixados nas coisas que não sabia e no passado do seu amor, monótono e suave na memória dele porque era vago, e que rompia como uma ferida naquele minuto na ilha do Bois, ao luar, depois do jantar na casa da princesa des Laumes. Mas estava de tal modo habituado a achar a vida interessante — a admirar as coisas curiosas que nela se podem fazer — que sofrendo a ponto de crer que não poderia suportar por muito tempo uma dor assim, ele se dizia: "A vida é verdadeiramente espantosa e reserva belas surpresas; em suma, a imoralidade é algo mais comum do que se crê. Eis uma mulher em quem tinha confiança, que parece tão simples, tão honesta, em todo caso, ainda que fosse leviana, parecia bem normal e sadia nos seus gostos: diante de uma denúncia inverossímil, interrogo-a e o pouco que ela confessa revela bem mais do que se poderia suspeitar". Ele não podia se restringir a essas observações desinteressadas. Tentava estimar o valor exato do que ela lhe contara, a fim de saber se deveria concluir que fizera muitas vezes aquelas coisas, que elas se repetiriam. Repetia as frases que ela havia dito: "Sabia muito bem aonde ela queria chegar", "Duas ou três vezes", "Que piada!", mas elas não reapareciam desarmadas na memória de Swann, cada uma delas tinha seu punhal e lhe desferia um novo golpe. Durante muito tempo, como um doente que não pode se impedir de tentar a todo minuto fazer um movimento que lhe é doloroso, ele se dizia de novo essas frases: "Estou muito bem aqui", "Que piada!", mas o sofrimento era tão forte que ele era obrigado a parar. Maravilhava-se de que atos que sempre julgara tão levianamente, tão divertidamente, agora fossem para ele graves como uma doença da qual se pode morrer. Conhecia muitas mulheres a quem poderia pedir que vigiassem Odette. Mas como esperar que elas adotassem o mesmo ponto de vista dele agora, e não permanecessem com o que durante tanto tempo fora o seu, e sempre guiara sua vida amorosa, e não lhe dissessem rindo: "Ciumento malvado, quer privar os outros de um prazer?". Através de qual alçapão subitamente aberto (ele que outrora só tivera prazeres delicados no seu amor por Odette) fora bruscamente precipitado naquele novo círculo do inferno do qual não via como poderia um dia sair. Pobre Odette, não lhe queria mal por isso! Era apenas meio culpada. Não diziam que fora a própria mãe que a entregara, quase criança, em Nice, a um inglês rico? Mas que verdade dolorosa assumiam para ele aquelas linhas do *Diário de um poeta*, de Alfred de Vigny, que lera com indiferença outrora: "Quando nos sentimos apaixonados por uma mulher, deveríamos nos dizer: Quem a cerca? Qual foi sua vida? Toda felicidade da vida se baseia nisso". Swann se espantava de que simples frases soletradas por seu pensamento, como: "Que piada!", "Sabia muito bem aonde ela queria chegar", pudessem lhe fazer tanto mal. Mas compreendia que aquilo que acreditava serem simples frases eram peças da moldura onde ficava, podendo lhe ser reenviado, o sofrimento que experimentara durante o relato de Odette. Pois era exatamente aquele sofrimento que sentia de novo. Por mais que agora soubesse — e até por mais que, com o passar do tempo, tivesse esquecido um pouco e perdoado —, no instante em que ele se repetia essas palavras, o antigo sofrimento o recompunha tal como era antes de Odette lhe falar: ignorante, confiante; seu ciúme cruel o repunha novamente, para que fosse golpeado pela confissão de Odette, na posição de alguém que ainda não sabe, e após vários meses aquela velha história sempre o perturbava como uma revelação. Admirava a terrível potência recriadora de sua memória. Era só com o enfraquecimento dessa gênese, cuja fecundidade diminui com a idade, que poderia esperar um apaziguamento do seu tormento. Mas assim que o poder que tinha uma das palavras ditas por Odette de fazê-lo sofrer parecia um pouco esgotado, então uma delas em que o espírito de Swann menos se detivera até ali, uma palavra quase nova, vinha substituir as outras, e o feria com um vigor intato. A memória da noite em que jantara na casa da princesa des Laumes lhe era dolorosa, mas não passava do centro de seu mal. Este se irradiava confusamente ao redor de todos os dias vizinhos. E qualquer que fosse o ponto dela que quisesse tocar com suas lembranças, era a estação inteira na qual os Verdurin tanto jantaram na ilha do Bois que lhe fazia mal. Fazia tanto mal que pouco a pouco as curiosidades que lhe excitavam o ciúme foram neutralizadas por medo das novas torturas que ele se infligiria ao satisfazê-las. Dava-se conta de que todo o período da vida de Odette transcorrido antes que ela o encontrasse, período que jamais procurara imaginar, não era a extensão abstrata que via vagamente, mas fora feito de anos específicos, cada qual preenchido por incidentes concretos. Mas, ao tomar conhecimento deles, temia que esse passado incolor, fluido e suportável pudesse assumir um corpo tangível e imundo, um rosto individual e diabólico. E continuava a não tentar imaginá-lo, não mais por preguiça de pensar, mas por medo de sofrer. Esperava que um dia acabasse por poder escutar o nome da ilha do Bois, da princesa des Laumes, sem sentir o antigo dilaceramento, mas achava imprudente incitar Odette a lhe fornecer novas observações, o nome de lugares, diferentes circunstâncias que, com sua dor ainda pouco atenuada, a fariam renascer sob outra forma.

Mas muitas vezes as coisas que não sabia, que agora receava saber, era a própria Odette que lhe revelava espontaneamente, e sem se dar conta disso; com efeito, a distância que a depravação punha entre a vida real de Odette e a vida relativamente inocente em que Swann acreditara, e muitas vezes ainda acreditava ser a da sua amante, dessa distância, Odette ignorava a extensão: uma pessoa depravada, sempre afetando a mesma virtude diante das pessoas que não quer que suspeitem da sua depravação, não tem controle para se dar conta de como esta última, cujo crescimento lhe é por si mesmo imperceptível, a leva pouco a pouco para longe das maneiras normais de viver. Na sua coabitação, no íntimo da mente de Odette, com a lembrança das ações que ela escondia de Swann, outras recebiam pouco a pouco o seu reflexo, eram contagiadas por elas sem que ela lhes achasse nada de estranho, sem que destoassem do meio especial em que as fazia viver dentro dela; mas se as contava a Swann, ele se espantava pela revelação do ambiente que revelavam. Um dia ele tentava, sem ferir Odette, lhe perguntar se nunca frequentara a casa de alcoviteiras. Na verdade, estava convencido que não; a leitura da carta anônima lhe havia introduzido a suposição no cérebro, mas mecanicamente; não lhe achara nada de crível, mas ela de fato permanecera ali, e Swann, para se livrar da presença puramente material e contudo incômoda da suspeita, queria que Odette a extirpasse. "Ah, não! E não é que não seja perseguida para isso", acrescentou ela, revelando com um sorriso uma vaidade satisfeita que já não notava que não poderia parecer legítima a Swann. "Ainda ontem uma ficou duas horas à minha espera, ofereceu o quanto eu quisesse. Parece que um embaixador lhe disse: 'Eu me mato se você não a trouxer'. Disseram-lhe que eu saíra, mas acabei indo eu mesma lhe falar, para que fosse embora. Gostaria que visse como a recebi; minha empregada me ouvia do quarto ao lado e me disse que eu gritava alto: 'Mas eu disse que não quero! É uma ideia que não me agrada. Penso que sou livre para fazer o que quero, ora! Se precisasse do dinheiro, compreendo...'. O porteiro tem ordem de não deixá-la mais entrar, dirá que estou no campo. Ah, queria que você estivesse escondido em algum lugar. Acho que teria ficado contente, meu querido. Veria que ela tem coisas boas, a tua pequena Odette, embora alguns a achem tão detestável."

De resto, suas confissões, quando as fazia, de faltas que supunha que ele havia descoberto, serviam mais a Swann de ponto de partida para novas dúvidas do que punham termo às antigas. Pois aquelas não eram nunca exatamente proporcionais a estas. Embora Odette subtraísse da sua confissão o essencial, restava no acessório algo que Swann jamais imaginara que o acabrunharia pela novidade e lhe permitiria mudar os termos do seu ciúme. E essas confissões ele não podia mais esquecer. Sua alma as carregava, rejeitava-as, acalentava-as como a cadáveres. E era por elas envenenada.

Uma vez ela lhe falou de uma visita que Forcheville lhe fizera no dia da festa de Paris-Múrcia. "Então você já o conhecia? Ah, sim, é verdade", disse ele, corrigindo-se para não parecer que não sabia. E de súbito tremeu com o pensamento de que no dia da festa de Paris-Múrcia, no qual recebera dela a carta que guardou preciosamente, ela talvez almoçara com Forcheville na Maison d'Or. Ela jurou que não. "Contudo a Maison d'Or me faz lembrar algo que soube na época não ser verdade", disse ele para atemorizá-la. "Sim, que não fui lá na noite em que te disse que saía de lá quando você me procurou no Prévost", respondeu ela (julgando, por sua expressão, que ele sabia disso), com uma decisão em que havia bem mais que cinismo, mas timidez e receio de contrariar Swann, e que por amor-próprio ela queria esconder, e também o desejo de lhe mostrar que podia ser franca. Assim, golpeou-o com a precisão e o vigor de um carrasco, embora isentos de crueldade, pois Odette não tinha consciência do mal que fazia a Swann; e até se pôs a rir, talvez, é verdade, sobretudo para não parecer humilhada, confusa. "É verdade que não estive na Maison Dorée, que saía da casa de Forcheville. Estivera de fato no Prévost, não era mentira, ele me encontrou lá e me pediu para ir ver suas gravuras. Mas chegou alguém para vê-lo. Eu disse que chegava da Maison d'Or porque tive receio de que aquilo te aborrecesse. Veja bem, foi uma gentileza minha. Digamos que tenha errado, mas ao menos digo isso abertamente. Qual interesse teria em não te dizer que almocei com ele no dia da festa de Paris-Múrcia, se foi verdade? Tanto mais que àquela altura ainda não nos conhecíamos bem, não é, querido?" Ele lhe sorriu com a covardia súbita da pessoa sem forças na qual aquelas palavras acabrunhantes o haviam transformado. Assim, mesmo nos meses nos quais não ousara pensar, porque foram tão felizes, nos meses em que ela o amara, ela já lhe mentia! Como naquela ocasião (a primeira noite na qual "fizeram catleia") em que ela lhe dissera que saía da Maison Dorée, outras houvera que também encobriam uma mentira de que Swann não suspeitara. Lembrou-se de que ela lhe dissera um dia: "Basta dizer a madame Verdurin que meu vestido não ficou pronto, que minha carruagem chegou atrasada. Há sempre uma maneira de dar um jeito". Também a ele, provavelmente, muitas vezes em que lhe murmurara essas palavras que explicam um atraso, justificam a mudança da hora de um encontro, deveriam ter ocultado, sem que desconfiasse então, algo que Odette tinha a fazer com outro, a quem dissera: "Só tenho de dizer a Swann que meu vestido não ficou pronto, que minha carruagem chegou atrasada, há sempre uma maneira de dar um jeito". E sob todas as lembranças mais doces de Swann, sob as palavras mais simples que Odette lhe dissera outrora, nas quais acreditara como nas palavras do evangelho, sob as ações cotidianas que ela lhe contara, sob os lugares mais costumeiros, a casa da costureira, a avenida do Bois, o Hipódromo, ele sentia, dissimulada nesse excedente de tempo que mesmo nos dias mais detalhados ainda deixa espaço e folga, e pode servir de esconderijo para certos atos, ele sentia se insinuar a presença possível e subterrânea de mentiras que tornavam ignóbil tudo que lhe restara de mais caro, as melhores noites, a própria rua La Pérouse, a qual Odette tivera de deixar em horas diferentes daquelas que lhe dissera, fazendo circular por toda parte o tenebroso horror que ele sentira ao escutar a confissão relativa à Maison Dorée e, como as bestas imundas na Desolação de Nínive, abalando pedra por pedra todo o seu passado. Se agora toda vez que sua memória lhe dizia o nome cruel da Maison Dorée, não era mais, como ainda recentemente na festa de madame de Saint-Euverte, porque ela lhe recordasse uma felicidade que perdera havia muito tempo, mas uma infelicidade que acabava de descobrir. Aconteceu então com o nome da Maison Dorée o mesmo que com o da ilha do Bois: ele pouco a pouco parou de machucar Swann. Pois aquilo que acreditamos ser o nosso amor, o nosso ciúme, não é uma paixão contínua, indivisível. Eles se compõem de uma infinidade de amores sucessivos, de ciúmes diferentes e efêmeros, mas cuja multidão ininterrupta dá a impressão de continuidade, a ilusão de unidade. A vida do amor de Swann, a fidelidade do seu ciúme, eram formadas pela morte, pela infidelidade, por inumeráveis desejos, por inumeráveis dúvidas, que tinham todos Odette por objeto. Se ficasse muito tempo sem vê-la, aqueles que morriam não podiam ser substituídos por outros. Mas a presença de Odette continuava a semear o coração de Swann com ternuras e suspeitas alternadas.

Certas noites, ela de súbito era tomada por uma afeição para com ele, e o avisava duramente de que devia se aproveitar daquilo de imediato, sob pena de não vê-la se repetir durante anos; era preciso ir imediatamente à casa dela "fazer catleia", e esse desejo que pretendia ter por ele era tão súbito, tão inexplicável, tão imperioso, as carícias que em seguida lhe prodigalizava eram tão demonstrativas e tão insólitas, que aquela ternura brutal e inverossímil causava tanta infelicidade a Swann quanto uma mentira ou uma maldade. Numa noite em que estava assim na casa dela, sob suas ordens, em que ela entremeava beijos de palavras apaixonadas que contrastavam com sua secura habitual, achou de súbito que ouvia um barulho; levantou-se, procurou por toda parte, não achou ninguém, mas não teve coragem de retomar seu lugar junto a ela, que então, no auge da raiva, quebrou um vaso e disse a Swann: "Nunca se pode fazer nada direito com você!". E ele ficou sem saber se ela escondera alguém a quem quisesse causar ciúme ou inflamar os sentidos.

Algumas vezes ia a bordéis, esperando saber algo a respeito dela, contudo sem ousar dizer-lhe o nome. "Tenho uma pequena que irá agradá-lo", dizia a cafetina. Ele ficava uma hora conversando tristemente com alguma pobre moça, atônita de que não fizesse nada mais. Uma que era bem jovem e bonita lhe disse um dia: "O que eu queria era encontrar um amigo, ele poderia então ter certeza que eu não iria nunca mais com ninguém. — É mesmo, acha possível que uma mulher seja tocada por um homem que a ame e não o engane nunca?, perguntou-lhe Swann ansiosamente. — Com certeza! Depende do caráter!". Swann não podia deixar de dizer àquelas jovens as mesmas coisas que teriam agradado à princesa des Laumes. Àquela que buscava um amigo, disse sorrindo: "Que graça, você tem olhos azuis da cor do seu cinto. — Você também, com seus punhos azuis. — Que linda conversa estamos tendo, para um lugar deste tipo! Não estou te aborrecendo? Talvez tenha mais o que fazer? — Não, tenho tempo de sobra. Se me aborrecesse teria dito. Ao contrário, gosto muito de ouvi-lo falar. — Sinto-me muito lisonjeado. Não é verdade que estamos conversando amavelmente?, disse ele à cafetina que acabava de entrar. — Mas claro, é justamente o que eu me dizia. Que bem-comportados! Veja só, agora vêm conversar na minha casa. O príncipe dizia, outro dia, que é melhor aqui que na casa da sua mulher. Parece que agora, na alta sociedade, as mulheres adotam certos ares, é um escândalo! Vou indo, sou discreta". E ela deixou Swann com a jovem de olhos azuis. Mas logo ele se levantou e lhe disse adeus; ela lhe era indiferente, não conhecia Odette.

 Como o pintor estava doente, o doutor Cottard lhe aconselhou uma viagem marítima; diversos fiéis falaram de ir com ele; os Verdurin não puderam se conformar em ficar sozinhos, alugaram um iate que depois compraram, e assim Odette fez frequentes cruzeiros. Toda vez que ela partia por um tempo Swann sentia que começava a se desatar dela, mas como se essa distância moral fosse proporcional à distância material, assim que sabia que Odette estava de volta, não podia ficar sem vê-la. Uma vez, tendo partido para somente um mês, acreditavam eles, fosse porque foram tentados durante a viagem, fosse porque o senhor Verdurin havia astuciosamente arranjado as coisas previamente para agradar sua mulher e só avisou os fiéis aos poucos, de Argel foram a Túnis, depois à Itália, depois à Grécia, a Constantinopla, à Ásia Menor. A viagem durava perto de um ano. Swann se sentia absolutamente tranquilo, quase feliz. Ainda que madame Verdurin tivesse tentado convencer o pianista e o doutor Cottard de que a tia de um e os pacientes do outro não tinham nenhuma necessidade deles, e que em todo caso era imprudente deixar madame Cottard retornar a Paris, que o senhor Verdurin assegurava estar no meio de uma revolução, ela foi obrigada a lhes conceder a liberdade em Constantinopla. E o pintor partiu com eles. Um dia, pouco depois do regresso desses três viajantes, Swann, vendo passar um ônibus para o Luxembourg, onde tinha um compromisso, subiu nele e se viu sentado diante de madame Cottard, que fazia sua ronda de "dias de visita" com um grande aparato, plumas no chapéu, vestido de seda, regalo, sombrinha, carteira e luvas brancas impecáveis. Revestida dessas insígnias, quando o tempo estava bom ia a pé de uma casa a outra no mesmo bairro, mas para passar em seguida a um bairro diferente usava um ônibus com baldeação. Durante os primeiros instantes, antes que a gentileza inata da mulher pudesse romper a casca da pequeno-burguesa, e também incerta se deveria falar dos Verdurin a Swann, expressou com toda a naturalidade, na sua voz lenta, desajeitada e doce, que por momentos o ônibus abafava totalmente com seu estrondo, frases que ela ouvira e repetira nas vinte e cinco casas cujos andares galgava num dia:

"Nem pergunto ao senhor, um homem tão atualizado, se viu no Mirlitons o retrato de Machard* que atrai Paris inteira. E então, que me diz dele? Está no campo dos que o aprovam ou dos que o censuram? Em todos os salões só se fala do retrato de Machard; ninguém é chique, ou fino, ou está por dentro, se não der sua opinião sobre o retrato de Machard."

Tendo Swann respondido que não vira esse retrato, madame Cottard teve receio de tê-lo magoado ao obrigá-lo a admitir isso.

"Ah, muito bem, pelo menos o confessa francamente, não se sente rebaixado por não ter visto o retrato de Machard. Acho isso muito bonito da sua parte. Pois bem, eu o vi; as opiniões estão divididas, há os que o consideram enfeitado demais, tem muito chantili, mas de minha parte acho-o ideal. Claro que ela não se parece com as mulheres azuis e amarelas do nosso amigo Biche. Mas devo confessar com franqueza, embora não vá me considerar muito fim de século, mas falo o que penso, e não compreendo. Meu Deus, reconheço as qualidades no retrato do meu marido, é menos estranho do que ele faz habitualmente, mas teve que pôr nele uns bigodes azuis. Ao passo que Machard! Veja que ainda agora o marido da amiga a cuja

---

* Jules-Louis Machard (1839-1900), pintor francês de retratos que esteve em evidência a partir de 1865.

casa estou indo neste momento (o que me proporciona o enorme prazer de fazer o caminho com o senhor), prometeu a ela, se for nomeado para a Academia (é um dos colegas do doutor), que mandará Machard fazer o seu retrato. Evidentemente, é um sonho! Tenho outra amiga que diz gostar mais de Leloir. Não passo de uma leiga, e Leloir talvez seja superior tecnicamente. Mas acho que a primeira qualidade de um retrato, principalmente quando custa dez mil francos, é que deve ter semelhança, e uma semelhança agradável."

Tendo feito esses comentários inspirados pela altura da sua pluma no chapéu, pelo monograma na sua carteira, pelo numerozinho desenhado com tinta nas luvas pelo tintureiro, e pelo embaraço de falar a Swann dos Verdurin, madame Cottard, vendo que estavam ainda longe da esquina da rua Bonaparte, onde o condutor devia deixá-la desembarcar, ouviu seu coração, que lhe aconselhava outras palavras.

"As orelhas do senhor devem ter ardido, disse ela, durante a viagem que fizemos com madame Verdurin. Só se falava do senhor."

Swann ficou bem surpreso, pois supunha que seu nome nunca era dito diante dos Verdurin.

"Aliás, acrescentou madame Cottard, madame de Crécy estava lá, e isso diz tudo. Onde quer que esteja, ela nunca fica muito tempo sem falar do senhor. E não pense que fala mal. Como, o senhor duvida?", disse, vendo o gesto cético de Swann.

E arrebatada pela sinceridade da sua convicção, não pondo nenhum sentido desfavorável na palavra que usava apenas no sentido empregado para falar da afeição entre amigos:

"Mas ela o adora! Ah, tenho certeza que não se poderia dizer nada contra o senhor na frente dela! Estaríamos bem arrumados! A propósito de tudo, se víamos um quadro, por exemplo, ela dizia: 'Ah, se ele estivesse aqui saberia nos dizer se é autêntico ou não. Não há ninguém como ele para isso'. E a todo instante perguntava: 'O que ele estará fazendo neste momento? Se ao menos trabalhasse um pouco! É uma pena que um rapaz tão dotado seja tão preguiçoso'. (O senhor me perdoe, pois não?) 'Posso vê-lo bem agora, ele pensa em nós, pergunta-se onde estamos'. Ela até fez um comentário que achei lindo; o senhor Verdurin lhe disse: 'Mas como pode ver o que ele faz neste instante se está a oitocentas léguas?'. E então Odette lhe respondeu: 'Nada é impossível ao olhar de uma amiga'. Não, eu juro, não estou dizendo isso para agradá-lo, o senhor tem uma amiga de verdade, como não há muitas. De resto, se não sabe disso, é o único. Madame Verdurin ainda me dizia no último dia (como sabe, na véspera da partida conversa-se melhor): 'Não digo que Odette não goste de nós, mas tudo que lhe falamos pesa menos do que lhe diria o senhor Swann'. Ó meu Deus, o condutor está parando para mim, que ao conversar com o senhor ia deixando passar a rua Bonaparte... Poderia por obséquio dizer se minha pluma está direita?"

E madame Cottard tirou do regalo e estendeu a Swann sua mão enluvada de branco, da qual escapou, junto do bilhete de transporte, uma imagem da alta sociedade que preencheu o ônibus, mesclada ao odor da tinturaria. E Swann se sentiu transbordar de ternura por ela, tanto quanto por madame Verdurin (e quase tanto quanto por Odette, porque o sentimento que tinha por esta última, como não estava mais mesclado à dor, já não era mais o amor), enquanto a seguia, com os olhos enternecidos, do ônibus, a enfrentar corajosamente a rua Bonaparte, com a pluma alta, uma das mãos levantando a saia, a outra segurando a sombrinha e a carteira cujo monograma deixava ver, deixando dançar à sua frente o regalo.

Para competir com os sentimentos doentios que Swann tinha por Odette, madame Cottard, melhor terapeuta que seu marido, enxertara ao lado deles outros sentimentos, estes normais, de gratidão, de amizade, sentimentos que no espírito de Swann tornavam Odette mais humana (mais parecida com as outras mulheres, porque outras mulheres poderiam também os inspirar), apressariam sua transformação definitiva naquela Odette amada com uma afeição tranquila, que o levara numa noite, depois de uma festa na casa do pintor, a beber um suco de laranja com Forcheville, e junto da qual entrevira a possibilidade de ser feliz.

Como outrora pensara várias vezes com terror que um dia deixaria de estar apaixonado por Odette, prometera a si mesmo ficar vigilante, e logo que sentisse que seu amor começava a abandoná-lo, iria agarrar-se a ele, retê-lo. Mas eis que o enfraquecimento do seu amor correspondia simultaneamente ao enfraquecimento do seu desejo de permanecer apaixonado. Porque não se pode mudar, ou seja, tornar-se outra pessoa, e continuar a obedecer aos sentimentos da pessoa que não se é mais. Às vezes, o nome num jornal de um dos homens que supunha poder ter sido amante de Odette lhe causava de novo ciúme. Mas este era bem leve e como que provava que ele ainda não saíra completamente do tempo em que tanto sofrera — mas no qual também conhecera uma maneira de sentir tão voluptuosa — e os acasos do caminho talvez ainda lhe permitissem perceber as suas belezas furtivamente e de longe, esse ciúme lhe provocava uma excitação agradável, como a do parisiense sombrio que deixa Veneza para retornar à França e um último mosquito prova que a Itália e o verão ainda não estão muito longe. Mas na maior parte daquele tempo tão particular da vida do qual saía, quando fazia um esforço para, se não desse mesmo para nele permanecer, ao menos para ter uma visão clara dele enquanto ainda podia, percebia que isso já lhe era impossível; gostaria de observar, como se fosse uma paisagem que desapareceria, aquele amor que acabava de deixar para trás; mas é tão difícil se autoduplicar e conceder a si mesmo o espetáculo verídico de um sentimento que se deixou de ter, que, com a obscuridade tomando o seu cérebro, em breve não via nada, desistia de enxergar, tirava o pincenê, limpava as lentes; e se dizia que era melhor descansar um pouco, que ainda haveria tempo mais tarde, e se recolhia na incuriosidade, no torpor do viajante sonolento que baixa o chapéu sobre os olhos para dormir no vagão que sente levá-lo cada vez mais depressa para longe do lugar onde viveu tanto tempo, e que prometera não deixar escapar sem lhe dar um último adeus. Assim como esse viajante se ele acorda somente na França, quando Swann teve por acaso nas mãos a prova de que Odette fora amante de Forcheville, percebeu que não sentia nenhuma dor, que o amor agora estava longe, e lamentou não ter sido alertado no momento em que ele o deixava para sempre. E assim como antes de beijar Odette pela primeira vez tentou imprimir na memória o rosto que ela tivera por tanto tempo para ele e que iria transformar a lembrança daquele beijo, ele quis, ao menos em pensamento, ter podido dar adeus, enquanto ela existia ainda, àquela Odette que lhe inspirava amor, ciúme, àquela Odette que lhe causava sofrimentos e que não reveria jamais. Ele se enganava. Devia revê-la ainda uma vez, algumas semanas mais tarde. Foi dormindo, no crepúsculo de um sonho. Ele passeava com madame Verdurin, o doutor Cottard, um jovem com um fez que não conseguia identificar, o pintor, Odette, Napoleão III e meu avô, num caminho junto ao mar que o acompanhava de cima, às vezes de muito alto e às vezes de apenas alguns metros, de modo que se subia e se descia constantemente; os que desciam já não eram visíveis para os que ainda subiam, o pouco de luz que restava enfraquecia e parecia então que uma noite negra cairia imediatamente. Por momentos as ondas saltavam até a borda, e Swann sentia no rosto respingos gelados. Odette lhe dizia para enxugá-los, ele não podia e ficava embaraçado diante dela, e também por estar de camisola de dormir. Esperava que devido à escuridão ninguém o notasse, e entretanto madame Verdurin o fitou com um olhar espantado por um longo momento, durante o qual ele viu o rosto dela se desfigurar, seu nariz se encompridar, e que tinha enormes bigodes. Virou-se para olhar Odette, suas faces estavam pálidas, com pequenas pintas vermelhas, seus traços estavam cansados, pisados, mas ela o olhava com olhos cheios de ternura, prestes a se soltarem como lágrimas para cair sobre ele, e ele sentia que a amava tanto que queria levá-la imediatamente. De repente, Odette virou o pulso, olhou seu reloginho e disse: "Preciso ir embora", despediu-se de todo mundo da mesma maneira, sem tomar Swann à parte, sem lhe dizer onde ela o veria de novo à noite ou noutro dia. Não ousou lhe perguntar, queria tê-la seguido e era obrigado, sem se virar na sua direção, a responder sorrindo a uma pergunta de madame Verdurin, mas seu coração batia horrivelmente, sentia ódio de Odette, queria ter furado seus olhos que momentos antes amara tanto, esmagar suas faces sem frescor. Continuava a subir com madame Verdurin, ou seja, a afastar-se a cada passo de Odette, que descia no sentido inverso. Depois de um segundo, fazia horas que partira. O pintor observou a Swann que Napoleão III havia se eclipsado um instante depois dela. "Certamente combinaram isso entre eles, acrescentou ele, devem ter se reencontrado ao pé da encosta, mas não quiseram se despedir ao mesmo tempo devido às conveniências. Ela é sua amante." O jovem desconhecido começou a chorar. Swann tentou consolá-lo. "Afinal, ela tem razão", disse a ele enxugando-lhe os olhos e tirando seu fez para que ficasse mais à vontade. "Eu a aconselhei a fazer isso dez vezes. Por que ficar triste? Esse era justamente o homem que poderia entendê-la." Assim Swann falava a si mesmo, pois o jovem que antes não pudera identificar era também ele; como certos romancistas, Swann distribuía sua personalidade a dois personagens, o que sonhava, e o que via diante dele com um fez.

Quanto a Napoleão III, era a Forcheville que alguma vaga associação de ideias, depois certa modificação na fisionomia habitual do barão, e enfim o grande cordão da Legião de Honra no peito o tinham induzido a dar esse nome; mas em realidade, e por tudo que esse personagem presente no sonho lhe representava e lembrava, era mesmo Forcheville. Porque de imagens incompletas e cambiantes o Swann adormecido tirava deduções falsas, que tinham também no momento tal poder criativo que se reproduziam por mera divisão, como certos organismos inferiores; com o calor que sentia na própria palma modelava a concavidade de uma mão alheia que julgava apertar, e de sentimentos e impressões das quais ainda não tinha consciência, fazia nascer peripécias de um tipo que, por seu encadeamento lógico, produziriam num determinado ponto do sono de Swann o personagem necessário para receber seu amor ou levá-lo a acordar. Fez-se de repente uma noite negra, um alarme soou, moradores passaram correndo, escapando de casas em chamas; Swann ouvia o som de ondas que saltavam e o seu coração, com a mesma violência, batia de ansiedade no seu peito. De repente as palpitações do coração redobraram de velocidade, sentiu um sofrimento e uma náusea inexplicáveis; um camponês coberto de queimaduras lhe jogou ao passar: "Venha perguntar a Swann onde Odette foi terminar a noite com seu companheiro, ele ficava com ela antigamente e lhe diz tudo. Foram eles que atearam o fogo". Era o seu criado de quarto que vinha acordá-lo e lhe dizia:

"Senhor, são oito horas e o cabeleireiro está aí, disse a ele para voltar em uma hora."

Mas essas palavras, penetrando as ondas do sono em que Swann estava mergulhado, só chegaram à sua consciência por meio desse desvio que faz com que um clarão no fundo da água pareça um sol, assim como um momento antes o ruído da campainha que ganhara no fundo desses abismos a sonoridade de um sino, gerara o episódio do incêndio. Entretanto o cenário que tinha diante dos olhos virou pó; abriu os olhos. Ouviu uma última vez o barulho de uma das ondas do mar que se afastava. Tocou seu rosto. Estava seco. E contudo ele se lembrava da sensação de água fria e do gosto do sal. Levantou-se, vestiu-se. Mandara o cabeleireiro vir cedo porque escrevera na véspera ao meu avô que iria à tarde a Combray, pois soubera que madame de Cambremer — a senhorita Legrandin — deveria passar ali alguns dias. Associando na sua memória o encanto do rosto jovem ao campo aonde não ia havia tanto tempo, a junção de ambos lhe oferecia um atrativo que o decidira enfim a deixar Paris por alguns dias. Como os diferentes acasos que nos põem em presença de certas pessoas não coincidem com o tempo em que as amamos, mas, indo além dele, podem ocorrer antes que ele comece e se repetir depois que terminou, as primeiras aparições na nossa vida de uma pessoa destinada mais tarde a nos agradar adquirem retrospectivamente a nossos olhos o significado de um alerta, de um presságio. Era dessa maneira que Swann frequentemente se lembrava da imagem de Odette reencontrada no teatro, naquela primeira noite em que não sonhava que iria revê-la — como se lembrava agora da festa de madame de Saint--Euverte em que apresentara o general de Froberville a madame de Cambremer. Os interesses de nossa vida são tão múltiplos que não é raro que numa mesma situação as marcas de uma felicidade que não existe ainda sejam postas lado a lado com o agravamento de uma aflição que estamos sofrendo. E sem dúvida isso poderia ocorrer noutro lugar, distinto da casa de madame de Saint-Euverte. Quem sabe até, caso naquela noite ele se encontrasse noutro lugar, quais outras alegrias, outros sofrimentos, não lhe teriam acontecido, e que posteriormente lhe teriam parecido inevitáveis? Mas o que lhe parecia inevitável era o que acontecera, e ele não estava longe de ver algo de providencial no fato de que decidira ir à festa de madame de Saint--Euverte, pois o seu espírito, querendo admirar a riqueza da invenção da vida e incapaz de se demorar por muito tempo numa questão difícil, como a de saber o que teria sido mais desejável, acreditava haver nos sofrimentos que tivera naquela noite e nos prazeres insuspeitados que já germinavam — e entre os quais era difícil chegar a um equilíbrio — uma espécie de encadeamento necessário.

    Mas enquanto, uma hora depois de acordar, dava instruções ao cabeleireiro para que seu penteado não se desarrumasse no trem, voltou a pensar no seu sonho; reviu, como as sentira bem perto de si, a tez pálida de Odette, as faces magras demais, os traços cansados, os olhos pisados, tudo que — no decurso das ternuras sucessivas que haviam feito do seu amor duradouro por Odette um longo esquecimento da primeira imagem que tivera dela — deixara de notar desde os primeiros tempos da sua relação, nos quais sem dúvida, enquanto dormia, sua memória tentou buscar a sensação exata. E com a grosseria intermitente que reaparecia nele assim que deixava de sofrer, e ao mesmo tempo baixava o nível da sua moral, exclamou para si mesmo: "E dizer que gastei anos da minha vida, que quis morrer, que tive o meu maior amor, por uma mulher que não me agradava, que não fazia o meu gênero!".

TERCEIRA PARTE

Nomes de lugares: o nome

Entre os quartos cujas imagens evocava com maior frequência nas minhas noites de insônia, nenhum se parecia menos com os quartos de Combray, polvilhados de uma atmosfera granulosa, polinizada, comestível e devota, que o do Grande Hotel da Praia, em Balbec, cujas paredes esmaltadas continham, como os lados polidos de uma piscina em que a água fica azul, um ar puro, anil e salino. O decorador bávaro que fora encarregado de mobiliar aquele hotel tinha variado a decoração dos quartos, e em três lados fez correr ao longo das paredes, naquele em que me hospedava, estantes baixas envidraçadas nas quais, segundo o lugar que ocupavam, e por um efeito que ele não previra, tal ou qual imagem do mar em movimento se refletia, desenrolando um friso de paisagens marinhas claras que era interrompido apenas pelas peças de mogno. De modo que toda a peça tinha o aspecto de um desses modelos de dormitórios mostrados nas exposições "modern style" de mobiliário, onde são enfeitados com obras de arte supostamente capazes de agradar os olhos de quem dormirá ali, e com temas relacionados ao gênero do lugar onde o quarto se encontrará.

 Mas também nada parecia menos com essa Balbec real que aquela com que tantas vezes sonhara em dias de tempestade, quando o vento era tão forte que Françoise ao me levar aos Champs-Élysées recomendava que não andasse muito perto das paredes porque telhas poderiam cair na minha cabeça, e falava gemendo de grandes acidentes e naufrágios anunciados nos jornais. Eu não tinha desejo maior que o de ver uma tempestade no mar, menos como um belo espetáculo e mais como um momento desvendado da vida real da natureza; ou melhor, não havia para mim espetáculos bonitos senão aqueles que sabia não terem sido combinados artificialmente para o meu prazer, e sim os que eram necessários, imutáveis — as belezas das paisagens ou da grande arte. Só ficava curioso, só ficava ávido por conhecer aquilo que achava mais real que eu mesmo, aquilo que tinha para mim o valor de me mostrar um pouco do pensamento de um grande gênio, ou a força ou a graça da natureza ao se manifestar quando entregue a si mesma, sem a intervenção dos homens. Assim como o belo som da sua voz, reproduzido isoladamente pelo fonógrafo, não nos consolaria de termos perdido nossa mãe, também uma tempestade mecanicamente imitada teria me deixado tão indiferente quanto às fontes luminosas da Exposição.* Também queria, para que a tempestade fosse absolutamente natural, que a própria costa fosse natural, e não um dique recentemente construído por uma prefeitura. Além do quê, a natureza, por todos os sentimentos que despertava em mim, me parecia ser o que há de mais oposto às produções mecânicas dos homens. Quanto menos tivesse a marca deles, maior o espaço que ela oferecia à expansão do meu coração. Ora, eu fixara o nome Balbec, que Legrandin nos dissera, como de uma praia bem próxima "daquelas costas fúnebres, famosas por tantos naufrágios, envoltas durante seis meses do ano por uma mortalha de brumas e pela espuma das ondas".

"Sentimos ali sob os passos, dizia ele, bem mais que no próprio Finisterra (e apesar dos hotéis que lá se sobrepõem, mas sem poder modificar a mais antiga ossatura da terra), sentimos o verdadeiro fim da terra francesa, europeia, do Mundo Antigo. E é o derradeiro acampamento de pescadores, iguais a todos os pescadores que lá viveram desde o começo do mundo, em frente ao reino eterno do nevoeiro do mar e das sombras." Um dia em Combray, quando falei dessa praia de Balbec diante do senhor Swann a fim de saber dele se aquele era o melhor lugar para ver as tempestades mais fortes, ele me respondeu: "Acho que conheço Balbec! A igreja de Balbec, dos séculos XII e XIII, ainda meio românica, é talvez o exemplo mais

---

* As fontes luminosas foram instaladas no Champ-de-Mars para a Exposição de 1889, no centenário da Revolução.

curioso do gótico normando, e tão singular! Poderia se dizer que é arte persa". E esses lugares que até então me haviam parecido ser de natureza imemorial, ainda contemporâneos de grandes fenômenos geológicos — e tão fora da história quanto o Oceano ou a Ursa Maior, com seus pescadores selvagens para os quais, tanto como para as baleias, não houve Idade Média —, foi um grande encanto para mim vê-los de súbito entrar na sequência dos séculos, tendo conhecido a época românica, e saber que o travo gótico viera também dar nervura àqueles rochedos selvagens na devida hora, como essas plantas frágeis mas vivazes que, quando é primavera, salpicam aqui e ali a neve dos polos. E se o gótico trazia para aqueles lugares e aqueles homens uma definição que faltava, eles também lhe retribuíam, como numa troca. Tentava imaginar como aqueles pescadores tinham vivido, a tímida e insuspeita tentativa de relações sociais que arriscaram ali, na Idade Média, agrupados num ponto das costas do Inferno, ao pé das falésias da morte; e o gótico me pareceu mais vivo agora que, apartado de cidades onde sempre o imaginara, podia ver como, num caso particular, sobre rochedos selvagens, ele germinara e desabrochara num fino campanário. Levaram-me para ver reproduções das estátuas mais célebres de Balbec — os apóstolos de cabelos crespos e nariz achatado, a Virgem do pórtico, e minha respiração parou no meu peito de pura alegria ao pensar que poderia vê-los modelados em relevo no nevoeiro eterno e salino. Então, nas noites tempestuosas e suaves de fevereiro — o vento, soprando no meu coração, não me agitava menos que a lareira do meu quarto — o projeto de uma viagem a Balbec misturava em mim o desejo pela arquitetura gótica com o de uma tempestade no mar.

Queria tomar logo no dia seguinte o bonito e generoso trem da uma e vinte e dois, cuja hora de partida não podia nunca ler sem que meu coração palpitasse, nas propagandas das companhias ferroviárias, nos anúncios de viagens circulares: parecia-me que ele abria num ponto preciso da tarde um entalhe saboroso, uma marca a partir da qual as horas desviadas, ainda que continuassem conduzindo à noite, à manhã do dia seguinte, mas nos veríamos, em vez de Paris, numa das cidades por onde o trem passa e entre as quais podíamos escolher uma; pois ele parava em Bayeux, em Coutances, em Vitré, em Questambert, em Pontorson, em Balbec, em Lannion, em Lamballe, em Benodet, em Pont-Aven, em Quimperlé, e prosseguia magnificamente sobrecarregado dos nomes que me oferecia, e entre os quais eu não sabia qual teria preferido, devido à impossibilidade de sacrificar algum. Mas sem mesmo esperar, poderia me vestir às pressas e partir já à noite, se meus pais permitissem, e chegar a Balbec quando a manhãzinha surgisse sobre o mar furioso, de cujas espumas agitadas iria me refugiar na igreja em estilo persa. Mas com a aproximação dos feriados da Páscoa, quando uma vez meus pais me prometeram passá-los no norte da Itália, eis que esses sonhos de tempestades que me tomavam por inteiro, só querendo ver ondas acorrendo de todo lado, sempre mais altas, na costa mais selvagem, perto de igrejas escarpadas e ásperas como falésias e de cujas torres gritariam aves marinhas, eis que de repente ao apagá-los, tirando-lhes todo o encanto, excluindo-os porque lhe eram opostos e só podiam enfraquecê-lo, se substituía em mim o sonho contrário da primavera mais nuançada, não a primavera de Combray que ainda nos picava rudemente com todas as agulhas da geada, mas aquela que já cobria de lírios e anêmonas os campos de Fiesole e maravilhava Florença com toques de ouro parecidos com os de Fra Angelico. Desde então apenas os raios, os perfumes, as cores me pareciam ter valor; pois a alternância de imagens produzira em mim uma mudança frontal do desejo e — tão brusca quanto as que às vezes há na música — uma mudança completa de tom na minha sensibilidade. Depois aconteceu que uma simples variação atmosférica bastasse para provocar em mim essa modulação sem que precisasse aguardar o retorno de uma estação. Porque às vezes numa delas encontramos um dia desorientado de outra, que nos faz vivê-lo, e logo a evoca, faz com que desejemos seus prazeres particulares e interrompe os sonhos que estávamos tendo ao colocar no seu lugar, mais cedo ou mais tarde que a sua hora, essa folha solta de outro capítulo no calendário intercalado da Felicidade. Mas logo, como esses fenômenos naturais dos quais nosso conforto ou nossa saúde só podem extrair um benefício acidental e bem pequeno até o dia em que a ciência se apodera deles e, produzindo-os à vontade, põe em nossas mãos a possibilidade da sua aparição, subtraída da tutela e dispensada da concordância do acaso, assim também a produção desses sonhos com o Atlântico e a Itália parou de ser submetida unicamente às mudanças das estações e do tempo. Precisava apenas, para fazê-las renascer, pronunciar estes nomes: Balbec, Veneza, Florença, no interior dos quais acabara por se depositar o desejo que me haviam inspirado os lugares que eles designavam. Mesmo na primavera, achar num livro o nome Balbec era suficiente para despertar em mim o desejo de tempestades e do gótico normando; mesmo num dia de tempestade o nome Florença ou Veneza me dava o desejo de sol, de lírios, do palácio dos Doges e de Santa Maria das Flores.*

Mas se esses nomes absorveram para sempre a imagem que tinha dessas cidades, foi somente ao transformá-la, submetendo a sua reaparição em mim às suas próprias leis; e assim tiveram como consequência torná-la mais bela, mas também mais diferente do que essas cidades da Normandia e da Toscana poderiam ser na realidade e, ao aumentar as alegrias arbitrárias da minha imaginação, agravar a futura decepção das minhas viagens. Exaltaram a ideia que eu fazia de certos lugares da terra, tornando-os mais particulares, e consequentemente mais reais. Eu então não imaginava as cidades, as paisagens, os monumentos, como quadros mais ou menos agradáveis, recortados aqui e ali de uma mesma matéria, mas cada um deles como um desconhecido, essencialmente diferente dos outros, do qual minha alma tinha sede e que lucraria em conhecer. Assumiram algo de mais individual ainda ao serem designados por nomes, nomes só deles, nomes como os de pessoas. As palavras nos apresentam das coisas uma pequena imagem clara e familiar como as que se penduram nas paredes das escolas para dar às crianças o exemplo do que é um banco, um pássaro, um formigueiro, coisas concebidas como iguais a todas da mesma espécie. Mas os nomes apresentam uma imagem confusa das pessoas — e das cidades que eles nos habituam a considerar individuais, únicas como as pessoas — que deriva, da sonoridade brilhante ou sombria delas, a cor com que se pinta uniformemente, como um desses cartazes inteiramente azuis ou vermelhos nos quais, devido aos limites do procedimento empregado ou por um capricho do decorador, são azuis ou vermelhos não apenas o céu e o mar, mas os barcos, a igreja, os passantes. Porque o nome Parma, uma das cidades aonde eu mais queria ir desde que lera *A Cartuxa*, me surgia compacto, liso, malva e suave; se me falavam de uma casa qualquer de Parma na qual ficaria, dava-me prazer pensar que moraria numa casa lisa, compacta, malva e suave, que não tinha relação com as ca-

---

*   Santa Maria del Fiore, a catedral de Florença.

sas de nenhuma cidade da Itália, pois só a imaginava com a ajuda dessa sílaba pesada do nome Parma, onde nenhum ar circula, e de tudo que eu fizera para que absorvesse a suavidade stendhaliana e o reflexo das violetas. E quando pensava em Florença, era numa cidade miraculosamente perfumada e parecida com uma corola, porque era chamada Cidade dos Lírios e sua catedral, Santa Maria das Flores. Quanto a Balbec, era um desses nomes em que, como numa velha cerâmica normanda que conserva a cor da terra de onde foi tirada, ainda se vê pintada a representação de algum costume abolido, de algum direito feudal, do aspecto antigo de um lugar, de um hábito abandonado de pronunciar que formara suas sílabas heteróclitas e que não tinha dúvida de encontrar até no estalajadeiro que me serviria café com leite na minha chegada, levando-me para ver o mar enfurecido diante da igreja e a quem eu atribuía o aspecto querelante e solene de um personagem de um conto medieval.

Se minha saúde se firmasse e meus pais permitissem, se não ficar em Balbec, pelo menos tomar uma vez, para conhecer a arquitetura e as paisagens da Normandia e da Bretanha, aquele trem da uma e vinte e dois no qual embarcara tantas vezes na imaginação, teria desejado parar de preferência nas cidades mais belas; mas por mais que as comparasse, como escolher entre seres individuais, que não são intercambiáveis, entre Bayeux, tão alta no seu nobre rendilhado rubro e cujo pico era iluminado pelo ouro velho da sua última sílaba; Vitré, cujo acento agudo cortava em losangos a madeira negra da vidraça antiga; a suave Lamballe cujo branco vai do amarelo-ovo ao cinza-pérola; Coutances, catedral normanda, que o ditongo final, gorduroso e amarelado, coroa com uma torre de manteiga; Lannion com o rumor, no seu silêncio de vilarejo, da carruagem acompanhada pela mosca; Questambert, Pontorson, ridículas e ingênuas, plumas brancas e bicos amarelos espalhados na estrada desses lugares fluviais e poéticos; Benodet, nome mal atracado que o rio parece querer arrastar no meio das suas algas; Pont-Aven, esvoaçar branco e rosa da asa de uma touca leve e trêmula se reflete numa água esverdeada de canal; Quimperlé, este melhor atracado e, desde a Idade Média, entre os riachos nos quais sussurra e se cobre de uma grisalha de pérolas parecida com a que desenham, através das teias de aranha de um vitral, os raios de sol transformados em pontos desbotados de prata polida?

Essas imagens eram falsas por outro motivo ainda; eram forçosamente muito simplificadas; sem dúvida aquilo que minha imaginação aspirava, e que meus sentidos só percebiam de modo incompleto e sem prazer imediato, eu trancara no abrigo dos nomes; sem dúvida porque ali acumulara sonhos, eles magnetizavam agora meus desejos; mas os nomes não são muito amplos; quando muito poderia fazer entrar neles duas ou três das principais "curiosidades" da cidade, e elas iriam se justapor ali sem que algo as ligasse; no nome Balbec, como no vidro de aumento dos porta-canetas que se compra em balneários, eu via ondas revoltas ao redor de uma igreja de estilo persa. Talvez até mesmo o simplismo dessas imagens fosse uma das causas da autoridade que adquiriam sobre mim. Quando meu pai decidiu, num ano, que passaríamos os feriados da Páscoa em Florença e Veneza, não havendo lugar suficiente para fazer entrar no nome Florença os elementos que compõem habitualmente as cidades, fui forçado a produzir uma cidade sobrenatural da fecundação, por certas fragrâncias primaveris, daquilo que achava ser, na sua essência, o gênio de Giotto. Quando muito — e porque não se pode pôr num nome muito mais tempo que espaço — como certos quadros do próprio Giotto que mostram dois momentos diferentes da ação de um mesmo personagem, aqui deitado na sua cama, ali se preparando para montar a cavalo, o nome Florença estava dividido em dois compartimentos. Num, sob um dossel arquitetônico, contemplava um afresco ao qual se sobrepunha parcialmente uma cortina de sol matinal, empoeirada, oblíqua e se desdobrando gradualmente; noutro (pois não pensando nos nomes como num ideal inacessível, mas como num ambiente real em que iria mergulhar, a vida não vivida ainda, a vida intata e pura que neles eu prendia, dava aos prazeres mais materiais, às cenas mais simples, esse atrativo que têm as obras dos primitivos), eu atravessava rapidamente — para alcançar mais depressa o almoço com frutas e vinho Chianti que me aguardava — a Ponte Vecchio repleta de junquilhos, de narcisos e de anêmonas. Eis aí (se bem que estivesse em Paris) o que via, e não o que estava ao meu redor. Mesmo de um simples ponto de vista realista, as terras que desejamos têm a cada momento muito mais lugar na nossa vida verdadeira do que o lugar onde nos encontramos efetivamente. Sem dúvida se então tivesse prestado mais atenção no que havia no meu pensamento quando dizia as palavras "ir a Florença, a Parma, a Pisa, a Veneza", teria percebido que aquilo que via não era de maneira alguma uma cidade, mas algo de tão diferente de tudo que conhecia, de tão delicioso, que poderia ser para uma humanidade cuja vida se passasse sempre em fins de tarde do inverno, esta maravilha desconhecida: uma manhã de primavera. Aquelas imagens irreais, fixas, sempre iguais, preenchendo minhas noites e meus dias, diferenciaram essa época da minha vida das que a tinham precedido (e que poderiam ter se confundido com ela aos olhos de um observador que só vê as coisas de fora, ou seja, que não vê nada), como numa ópera um motivo melódico introduz uma novidade que não poderíamos suspeitar se apenas tivéssemos lido o libreto, e menos ainda se ficássemos fora do teatro contando os quartos de hora que passam. E ainda mais, mesmo desse ponto de vista da mera quantidade, na nossa vida os dias não são iguais. Para percorrer os dias, temperamentos um pouco nervosos, como era o meu, dispõem, como os automóveis, de "velocidades" diferentes. Há dias montanhosos e árduos que se leva um tempo infinito para escalar e dias em declive que se deixam descer a toda, cantando. Durante esse mês — em que repeti como uma melodia, sem poder me saciar, essas imagens de Florença, de Veneza e de Pisa, das quais o desejo que excitavam em mim retinha algo de profundamente individual, como se fosse um amor, um amor por uma pessoa — não deixava de crer que elas correspondiam a uma realidade independente de mim e me fizeram conhecer uma esperança tão bela como a que poderia alimentar um cristão dos primeiros tempos na véspera de entrar no paraíso. Assim, sem me preocupar com a contradição de querer olhar e tocar com os órgãos dos sentidos o que fora elaborado pela fantasia sem ser percebido por eles — e tanto mais tentador para eles quanto mais diferente fosse do que conheciam —, o que me recordava a realidade dessas imagens era o que mais inflamava meu desejo, pois era como uma promessa que seria satisfeita. E ainda que minha exaltação tivesse por motivo um desejo de deleites artísticos, os guias a satisfaziam mais que os livros de estética, e mais que os guias, os horários das ferrovias. O que me emocionava era pensar que a Florença que via perto de mim mas inalcançável na minha imaginação, se o trajeto que a separava de mim, dentro de mim, não era viável, poderia chegar a ela por um atalho, por um desvio, pegando um "caminho terrestre". Com certeza, quando repetia a mim mesmo, dando assim muito valor ao que iria ver, que Veneza era "a escola de Giorgione, a casa de Ticiano, o mais completo museu da arquitetura doméstica da Idade Média", sentia-me feliz. Contudo era mais feliz quando, ao sair para um passeio, andando depressa por causa do tempo que, depois de alguns dias de primavera precoce, voltara a ser um tempo de inverno (como o que costumávamos encontrar em Combray na Semana Santa) — vendo nos bulevares os castanheiros que, mergulhados num ar glacial e líquido como a água, não deixavam de começar, convidados pontuais, já com roupas formais, e que não se deixaram desencorajar, a arredondar e a esculpir, nos seus blocos congelados, o irresistível verdor do crescimento progressivo que a potência abortiva do frio contrariava mas não conseguia refrear —, eu pensava que a Ponte Vecchio estaria profusamente juncada de jacintos e de anêmonas, e que o sol da primavera já tingia as ondas do Grande Canal de um anil tão escuro e de esmeraldas tão nobres que, quando vinham se quebrar ao pé das pinturas de Ticiano, podiam rivalizar com elas na riqueza das cores. Não pude mais conter minha alegria quando meu pai, mesmo consultando o barômetro e deplorando o frio, começou a procurar quais seriam os melhores trens, e quando compreendi que ao penetrar depois do almoço no laboratório enegrecido, na câmara mágica que se encarregava de operar a transmutação completa ao seu redor, poderíamos acordar na manhã seguinte na cidade de mármore e de ouro "avolumada de jaspe e pavimentada de esmeraldas".* Assim, ela e a Cidade dos Lírios não eram apenas quadros fictícios que se podiam colocar à vontade na imaginação, mas existiam a certa distância de Paris que era absolutamente necessário transpor se quiséssemos vê-las, num lugar determinado da terra, e em nenhum outro, numa palavra, eram bem reais. Tornaram-se ainda mais para mim quando meu pai, dizendo: "Em suma, você poderá ficar em Veneza do dia 20 ao 29 de abril e chegar a Florença na manhã de Páscoa", fez as duas saírem não somente do Espaço abstrato, mas desse Tempo imaginário onde situamos não uma única viagem de cada vez, mas outras, simultâneas, e sem muita emoção pois são apenas possíveis — esse Tempo que se refaz tão bem que podemos

---

* Citação ligeiramente modificada de *As pedras de Veneza*, do crítico inglês John Ruskin (1819-1900).

passá-lo numa cidade depois de passá-lo em outra —, e lhes consagrou alguns desses dias particulares que são o atestado de autenticidade dos objetos nos quais são empregados, pois esses dias únicos são consumidos pelo uso, não voltam, não se pode vivê-los aqui quando foram vividos ali; senti que era rumo à semana que começava na segunda-feira, quando a lavadeira deveria trazer o colete branco que eu cobrira de tinta, que se dirigiam, para lá se absorverem ao emergir do tempo ideal onde ainda não existiam, essas duas Cidades Rainhas cujas torres e domos eu logo iria, por meio da mais emocionante das geometrias, inscrever no mapa da minha própria vida. Mas ainda estava apenas a caminho da última etapa da alegria; finalmente a atingi (pois só então me veio a revelação de que nas ruas batidas pelas ondas, avermelhadas pelo reflexo dos afrescos de Giorgione, não havia, malgrado tantas advertências, como eu continuara a imaginar, homens "majestosos e terríveis como o mar, portando suas armaduras com reflexos de bronze sob as dobras de suas capas sangrentas"* que andariam em Veneza na próxima semana, na véspera da Páscoa, e sim que poderia ser eu, o personagem minúsculo que, numa grande fotografia de São Marcos que me haviam emprestado, o ilustrador representara, com chapéu-coco, diante dos pórticos), quando escutei meu pai me dizer: "Ainda deve fazer frio no Grande Canal, você faria bem se pusesse na mala teu sobretudo de inverno e teu casaco pesado". Ao ouvir essas palavras, elevei-me numa espécie de êxtase; aquilo que até então achara impossível, senti que entrava de verdade entre os "rochedos de ametista iguais a um recife do mar das Índias";** por meio de uma ginástica extrema e além das minhas forças, despindo-me do ar do quarto que me cercava como de uma carapaça inútil, troquei-o por partes iguais de ar veneziano, aquela atmosfera marinha indescritível e especial como a dos sonhos que minha imaginação enclausurara no nome Veneza, senti se operar em mim uma milagrosa desencarnação; e imediatamente ela foi acompanhada pela vaga vontade de vomitar quando se sente uma forte dor de garganta, e tiveram que me pôr de cama com uma febre tão tenaz que o médico declarou que era necessário no momento não apenas desistir de partir para Florença e Veneza

---

* Citação de *As pedras de Veneza*, de John Ruskin.
** *As pedras de Veneza*, novamente.

mas, mesmo quando me restabelecesse totalmente, me evitar, por ao menos um ano, todo projeto de viagem e toda causa de agitação.

E, hélas, também proibiu absolutamente que me deixassem ir ao teatro ouvir a Berma; a artista sublime, que Bergotte achava genial, poderia ter me introduzido em algo que era talvez tão importante e tão belo que teria me consolado de não ir a Florença e a Veneza, de não ir a Balbec. Teriam de se contentar em me mandar todos os dias aos Champs-Élysées, sob a vigilância de uma pessoa que evitaria que me cansasse e que seria Françoise, a qual ficara a nosso serviço depois da morte da minha tia Léonie. Ir aos Champs-Élysées me foi insuportável. Se ao menos Bergotte os tivesse descrito num dos seus livros, sem dúvida eu teria desejado conhecê-los, como a todas as coisas cujo "duplo" começara a entrar na minha imaginação. Ela as aquecia, lhes dava vida, conferia-lhes uma personalidade, e eu queria encontrá-las na vida real; mas, naquele jardim público, nada se ligava aos meus sonhos.

Um dia, como me aborrecesse no nosso lugar de costume, ao lado dos cavalinhos de pau, Françoise me levou numa excursão — para além da fronteira guardada a intervalos iguais por pequenos bastiões de vendedoras de balas de cevada — pelas regiões vizinhas mas estrangeiras, onde os rostos são desconhecidos, onde passa a charrete de cabras; depois ela voltou para pegar suas coisas na cadeira encostada num maciço de loureiros; enquanto a esperava eu pisava o grande gramado combalido e raso, amarelado pelo sol, no fim do qual o lago é dominado por uma estátua, quando, se dirigindo da alameda a uma menina de cabelos ruivos que jogava peteca na frente da fonte, outra, pondo o casaco e segurando a raquete, gritou para ela com uma voz aguda: "Tchau, Gilberte, vou para casa, não esqueça que vamos à sua casa depois do jantar". O nome Gilberte passou perto de mim, evocando ainda mais a existência daquela que ele designava não apenas por nomeá-la como a uma ausente de quem se fala, mas por interpelá-la; passou assim perto de mim, por assim dizer em ação, com uma força aumentada pela curva do seu jato e pela aproximação do seu alvo — transportando consigo, eu o sentia, o conhecimento, as noções que tinha daquela a quem era dirigido, não a mim, mas à amiga que a chamava, tudo aquilo que, enquanto o pronunciava, ela revia, ou ao menos retinha na memória, da sua intimidade cotidiana, das visitas que faziam uma à casa da outra, de todo aquele desconhecido, ainda mais inacessível e mais doloroso para mim por ser, ao contrário, tão familiar e maleável para aquela menina feliz que me roçava esse nome sem que eu pudesse penetrá-lo, e o atirava no ar com um grito —, já deixando flutuar no ar a emanação deliciosa que fizera se desprender, tocando-os com precisão, de alguns pontos invisíveis da vida da senhorita Swann, da noite que viria, tal como seria, depois do jantar, na casa dela — formando, na sua celestial passagem no meio das crianças e das babás, uma pequena nuvem de uma cor preciosa, parecida com aquela que, abaulada sobre um belo jardim de Poussin, reflete minuciosamente como uma nuvem de ópera, cheia de cavalos e carruagens, alguma aparição da vida dos deuses —, lançando enfim, sobre aquela relva gasta, no lugar onde ela estava, no lugar que era ao mesmo tempo um pedaço do gramado corroído e um momento da tarde da jogadora loira de peteca (que só cessou de lançá-la e de pegá-la quando uma preceptora de pluma azul a chamou), uma pequena faixa maravilhosa e cor de heliotrópio, impalpável como um reflexo e estendida como um tapete sobre o qual não pude deixar de passar com meus passos demorados, nostálgicos e profanadores, enquanto Françoise me gritava: "Rápido, abotoa o casaco e vamos nos mandar", e notei pela primeira vez com irritação que ela usava uma linguagem vulgar e, ai, não tinha uma pluma azul no chapéu.

Voltaria ela aos Champs-Élysées? No dia seguinte não estava lá; mas a vi nos dias seguintes; eu rondava o tempo todo em torno do lugar onde ela jogava com suas amigas, de modo que, numa vez em que não eram em número suficiente para sua partida de barra-manteiga, ela me perguntou se não queria completar seu time, e a partir de então eu jogava todas as vezes em que ela estava lá. Mas não era todos os dias; havia aqueles nos quais ela era impedida de vir por suas aulas, pelo catecismo, por um chá, por toda aquela vida separada da minha que por duas vezes, condensada no nome Gilberte, sentira passar tão dolorosamente perto de mim, na ladeira de Combray e no gramado dos Champs-Élysées. Nesses dias, ela anunciava de antemão que não a veríamos; se era por causa de seus estudos, dizia: "Que chato, não poderei vir amanhã; vocês todos vão se divertir sem mim", com um ar pesaroso que me consolava um pouco; mas em contrapartida, quando era convidada para uma matinê e eu, sem saber, lhe perguntava se viria jogar, ela respondia: "Espero muito que não! Espero muito que mamãe me deixe ir à casa da minha amiga". Ao menos sabia que naqueles dias não a veria, enquanto noutras vezes era de imprevisto que sua mãe a levava às compras, e no dia seguinte ela dizia: "Ah, sim, saí com mamãe", como uma coisa natural, que não tivesse sido para alguém a maior desgraça possível. Havia também os dias de mau tempo em que sua preceptora, que temia a chuva, não queria levá-la aos Champs-Élysées.

Assim, se o céu estava incerto, desde cedo eu não parava de questioná-lo, levando em conta todos os presságios. Se visse a senhora que morava em frente perto da janela pondo o chapéu, dizia-me: "Essa senhora vai sair; logo, faz um tempo no qual se pode sair: por que Gilberte não faria como essa senhora?". Mas o tempo se encobria, minha mãe dizia que podia se abrir ainda, que para tanto bastava um raio de sol, mas que provavelmente choveria; e se chovesse para que ir aos Champs-Élysées? Assim, desde o almoço meus olhares ansiosos não desgrudavam mais do céu incerto e nublado. Ele permanecia sombrio. Na frente da janela, o terraço estava cinzento. Subitamente, sobre sua pedra sóbria eu não via uma cor menos baça, mas sentia como que um esforço em direção a uma cor menos baça, o pulsar de um raio hesitante que queria liberar sua luz. No momento seguinte, o balcão estava pálido e espelhado como a água matinal, e mil reflexos dos ferros das suas grades vinham pousar ali. Um sopro de vento os dispersava, a pedra estava de novo sombria, mas, como domesticados, eles retornavam; e a pedra recomeçava imperceptivelmente a embranquecer e, por um desses crescendos contínuos como os que, na música, no fim de uma Abertura, levam uma única nota até o fortíssimo supremo, fazendo-a passar rapidamente por todos os graus intermediários, eu a via atingir esse ouro inalterável e fixo dos dias lindos, contra o qual a sombra recortada do elaborado suporte da balaustrada se destacava em negro como uma vegetação caprichosa, com uma delicadeza no delineamento dos menores detalhes que parecia trair uma consciência esforçada, uma satisfação de artista e, com tal relevo, tal veludo no repouso de suas massas sombrias e felizes, que na verdade aqueles reflexos largos e frondosos que repousavam naquele lago de sol pareciam saber que eram garantias de calma e de felicidade.

Hera instantânea, flora fugitiva no muro! A mais incolor, a mais triste, na opinião de muitos, das que podem subir num muro ou decorar a janela; para mim, de todas a mais querida desde o dia em que aparecera no nosso terraço, como a própria sombra da presença de Gilberte, que talvez já estivesse nos Champs-Élysées, e assim que eu chegasse me diria: "Vamos começar já a jogar barra-manteiga, você fica no meu time"; frágil, levada por uma brisa, mas também em harmonia não com a estação, mas com a hora; uma promessa de felicidade imediata que o dia recusará ou cumprirá, e portanto da felicidade imediata por excelência, a felicidade do amor; mais suave e cálida sobre a pedra que o próprio musgo; vivaz, porque lhe basta um raio de sol para nascer e fazer brotar a alegria, mesmo no coração do inverno.

E até naqueles dias em que toda outra vegetação desaparecera, nos quais o belo couro verde que envolve o tronco das velhas árvores está escondido sob a neve, quando esta parou de cair, mas o tempo continuava muito fechado para ter esperança de que Gilberte saísse, e então, de repente, fazendo minha mãe dizer: "Puxa, o tempo está bom, você poderia talvez tentar ir aos Champs-Élysées", sobre o manto de neve que cobria a varanda, o sol, que aparecera, entrelaçava fios de ouro e bordava reflexos negros. Nesse dia não encontramos ninguém, ou uma única menina que me assegurava que Gilberte não viria. As cadeiras, desertadas pela assembleia imponente mas gélida das instrutoras, estavam vazias. Sozinha, perto do gramado, estava sentada uma senhora de certa idade que vinha com qualquer tempo, sempre armada com uma roupa idêntica, magnífica e sombria, e a quem, para travarmos conhecimento, eu teria na época sacrificado, se a troca me tivesse sido permitida, todas as grandes vantagens futuras da minha vida. Porque todos os dias Gilberte ia cumprimentá-la; ela pedia a Gilberte notícias de "seu amor de mamãe"; e me parecia que, se a conhecesse, seria alguém muito diferente para Gilberte, alguém que conhecia os amigos de seus pais. Enquanto seus netos brincavam mais longe, ela sempre lia o *Débats*, que chamava de "meu velho *Débats*" e, fazendo o gênero aristocrático, ao falar do guarda municipal ou da mulher que alugava cadeiras, dizia: "Meu velho amigo guarda municipal", "a locadora de cadeiras e eu somos velhas amigas".

Françoise sentia frio demais para ficar parada, fomos até a ponte da Concorde ver o Sena congelado, do qual todos, incluindo as crianças, se aproximavam sem medo, como de uma imensa baleia enca-

lhada, indefesa, e que se iria esquartejar. Voltávamos aos Champs-
-Élysées; eu esmorecia de desgosto entre os cavalinhos de pau imóveis
e o gramado branco aprisionado na rede negra das aleias das quais
haviam retirado a neve, e sobre o qual a estátua tinha na mão como
apêndice um jato de gelo que parecia a explicação do seu gesto. Até a
velha senhora, tendo dobrado seu *Débats*, perguntou as horas a uma
babá que passava e lhe agradeceu, dizendo: "Como você é amável!",
e depois de pedir ao zelador que dissesse a seus netos para voltarem,
pois tinha frio, acrescentou: "O senhor é infinitamente bom. Bem sabe que estou confusa!". De surpresa, a atmosfera se abriu: entre o
teatro de marionetes e o circo, no horizonte embelezado, no céu entreaberto, acabava de notar, como um sinal fabuloso, a pluma azul da
preceptora. E logo Gilberte corria a toda a velocidade na minha direção, cintilante e rubra sob um gorro de pele quadrado, animada pelo
frio, pelo atraso e pela vontade de brincar; um pouco antes de chegar
junto a mim, deixou-se deslizar no gelo e, ou para melhor manter o
equilíbrio, ou porque achava mais gracioso, ou para fingir a afetação
de uma patinadora, era com os braços bem abertos que ela avançava
a sorrir, como se neles quisesse me receber. "Bravo! Bravo! Muito
bem, diria que é muito chique, que é extraordinário, se eu não fosse
de outro tempo, do tempo do Antigo Regime", exclamou a velha senhora tomando a palavra em nome dos Champs-Élysées silenciosos
para agradecer a Gilberte por ter vindo sem se deixar intimidar pelo
tempo. "Você é como eu, fiel ao nosso velho Champs-Élysées apesar de tudo; somos duas intrépidas. Confesso que gosto deles mesmo
assim. Essa neve, você vai rir de mim, me lembra os arminhos!" E a
velha senhora se pôs a rir.

    O primeiro desses dias — aos quais a neve, imagem das potências
que poderiam me privar de ver Gilberte, conferia a tristeza de um dia
de separação e até o aspecto de um dia de partida, porque mudava a
aparência e quase impedia o uso do lugar habitual de nossos encontros, agora modificado, todo envolto em capas —, esse dia contudo
fez meu amor progredir, pois foi como uma primeira tristeza que
ela tivesse compartilhado comigo. Só havia nós dois da nossa turma,
e ser o único com ela não era apenas um começo de intimidade,
mas também da parte dela — como se tivesse vindo só por minha
causa num tempo daqueles — aquilo me parecia tão tocante como,
se num dos dias em que fosse convidada para uma matinê, tivesse

renunciado a ela para vir me encontrar nos Champs-Élysées; eu ganhava maior confiança na vitalidade e no futuro da nossa amizade, que permanecia vivaz no meio do entorpecimento, da solidão e da ruína das coisas ao nosso redor; e enquanto ela me punha bolas de neve no pescoço, eu sorria enternecido ao que me parecia, ao mesmo tempo, a preferência que demonstrava ao me tolerar como um companheiro de viagem naquele lugar novo e invernal, e também uma espécie de fidelidade com que ela me distinguia em meio ao infortúnio. Logo, uma depois da outra, como pardais hesitantes, suas amigas chegaram, todas de negro contra a neve. Começamos a jogar, e como aquele dia que começou tão tristemente devia terminar em alegria, quando me aproximei, antes de jogar, a amiga de voz aguda que escutara no primeiro dia gritar o nome Gilberte, me disse: "Não, não, sabemos bem que você prefere ficar no time de Gilberte, aliás olhe, ela está te fazendo um sinal". Ela de fato me chamava para que fosse para o seu time no gramado de neve, o qual o sol, ao lhe dar reflexos róseos, a superfície metálica de brocados antigos, transformava num Campo do Lençol Dourado.*

O dia que eu tanto temera foi, ao contrário, um dos únicos em que não fui muito infeliz.

Porque, embora só pensasse em jamais ficar um dia sem ver Gilberte (a ponto de, uma vez em que minha avó não voltou na hora do jantar, não pude deixar de logo me dizer que, se ela tivesse sido esmagada por uma carruagem, não poderia ir por algum tempo aos Champs-Élysées; não se ama mais ninguém quando se ama), aqueles momentos em que estava junto dela e que desde a véspera tinha aguardado com tanta impaciência, pelos quais vibrara, pelos quais teria sacrificado todo o resto, não eram porém nem um pouco felizes; e eu bem o sabia, pois eram os únicos momentos da minha vida nos quais concentrava uma atenção meticulosa, obstinada, e essa atenção não achava neles um átomo de prazer.

Todo o tempo em que estava longe de Gilberte, precisava vê-la porque, tentando sem cessar formar a sua imagem por minha conta, acabava por não conseguir, e não sabia mais exatamente a que correspondia o meu amor. Além disso, ela ainda não dissera que

---

* Alusão ao acampamento faustoso que Francisco I construiu, em 1520, para receber Henrique VIII, da Inglaterra, com quem queria se aliar.

me amava. Bem ao contrário, afirmara com frequência que tinha amigos que preferia a mim, que eu era um bom companheiro com quem brincava de bom grado, ainda que muito distraído, pouco atento ao jogo; enfim, ela me dera com frequência sinais aparentes de frieza que poderiam abalar minha crença de que eu era para ela alguém diferente dos outros, se a fonte dessa crença fosse o amor que Gilberte tinha por mim e não, como era o caso, do amor que eu tinha por ela, o que a tornava muito mais resistente, pois isso a fazia depender da própria maneira como eu era obrigado, por uma necessidade interior, a pensar em Gilberte. Mas os sentimentos que tinha por ela, eu próprio ainda não os havia declarado. Decerto, em todas as páginas de meus cadernos, escrevia indefinidamente seu nome e seu endereço, mas ao ver essas linhas vagas que traçava sem que ela pensasse em mim, que a faziam ganhar a meu redor tanto espaço aparente sem que ela se mesclasse mais à minha vida, sentia-me desencorajado porque elas não me falavam de Gilberte, que nem mesmo as veria, mas do meu próprio desejo, que pareciam mostrar-me como algo puramente pessoal, irreal, tedioso e impotente. O mais urgente era que nos víssemos, Gilberte e eu, e que pudéssemos fazer a confissão recíproca do nosso amor, que até então, por assim dizer, não começara. Sem dúvida as diversas razões que me deixavam tão impaciente por vê-la teriam sido menos imperiosas para um homem maduro. Mais tarde, ficando mais hábeis no cultivo dos nossos prazeres, nos contentamos com aqueles que temos ao pensar numa mulher, como eu pensava em Gilberte, sem nos inquietarmos para saber se essa imagem corresponde à realidade, e também em amá-la sem precisar ter certeza de que ela nos ama; ou renunciamos ao prazer de confessar a nossa inclinação por ela, a fim de manter mais viva a inclinação que tem por nós, imitando esses jardineiros japoneses que, para obter uma flor mais bela, sacrificam várias outras. Mas, na época em que amava Gilberte, ainda acreditava que o Amor existia realmente fora de nós; que, ao permitir no máximo que afastássemos os obstáculos, ele oferecia suas alegrias numa ordem que não éramos livres para mudar; parecia-me que se houvesse, por minha iniciativa, substituído a doçura da confissão pela simulação de indiferença, não teria apenas me privado de uma das alegrias com a qual mais havia sonhado, mas que teria construído por vontade própria um amor artificial e sem valor, sem comunicação com o verdadeiro, que teria desistido de seguir os seus caminhos misteriosos e preexistentes.

Mas quando chegava aos Champs-Élysées — e podia confrontar de imediato o meu amor, para sujeitá-lo às necessárias retificações, à sua causa viva, independente de mim —, assim que estava em presença daquela Gilberte Swann com quem contara para refrescar as imagens que minha memória fatigada já não recapturava, daquela Gilberte Swann com quem brincara ontem, e a quem agora me via a saudar e reconhecer devido a um instinto cego como o que, ao andar, nos faz pôr um pé à frente do outro sem que tenhamos tempo de pensar, logo se passava como se ela e a menina que era o objeto de meus sonhos fossem dois seres diferentes. Por exemplo, se desde a véspera eu tivesse na memória dois olhos de fogo nas faces cheias e brilhantes, o rosto de Gilberte me apresentava agora com insistência algo de que não me lembrava com precisão, certo estreitamento agudo do nariz que, ao se ligar instantaneamente a outros traços, adquiria a importância das características que na história natural definem uma espécie, e a transmutava numa menina do tipo que tem o nariz pontudo. Enquanto me preparava para aproveitar aquele instante tão desejado para submeter a imagem de Gilberte que eu preparara antes de vir e não encontrava mais na minha mente, e que me permitiria, nas longas horas em que estivesse só, ter certeza de que era bem dela que me lembrava, que era bem meu amor por ela que crescia pouco a pouco como uma obra que compomos, ela me passava uma bola; e como o filósofo idealista cujo corpo leva em conta o mundo exterior em cuja realidade sua inteligência não acredita, o mesmo eu que me fizera saudá-la antes que a tivesse identificado, se apressava em agarrar a bola que ela me passava (como se fosse uma companheira com quem viera brincar e não uma alma gêmea a quem viera me unir), me obrigava a fazer, por conveniência, até a hora em que ela ia embora, mil frases amáveis e insignificantes, e me impedia assim de manter o silêncio durante o qual poderia enfim pôr a mão na imagem urgente e perdida, ou lhe dizer as palavras que poderiam trazer progressos decisivos ao nosso amor, as quais todas as vezes me via obrigado a adiar para a tarde seguinte. Houve contudo algum progresso. Um dia, fomos com Gilberte até a barraca da nossa vendedora, que era particularmente amável conosco — pois era dela que o senhor Swann mandava comprar o pão com especiarias que, por motivo de saúde, consumia bastante, já que padecia de um eczema étnico e da constipação dos Profetas —, Gilberte me mostrou rindo dois menininhos que eram como o pequeno artista e o pequeno naturalista dos livros infantis. Pois um não queria um pirulito de cevada vermelho porque preferia o roxo, e o outro, com lágrimas nos olhos, recusava uma ameixa que sua babá queria comprar porque, acabou por dizer com uma voz emocionada: "Prefiro a outra porque tem um verme!". Comprei duas bolas de gude de um tostão. Contemplava-as com admiração, luminosas e cativas numa vasilha isolada, as bolas de ágata me pareciam preciosas porque eram sorridentes e claras como meninas e porque custavam cinquenta centavos. Gilberte, a quem davam muito mais dinheiro que a mim, me perguntou qual eu achava mais bonita. Elas tinham a transparência e a miscelânea da vida. Não queria que ela tivesse que sacrificar uma delas. Gostaria que pudesse comprar, liberar todas. Contudo apontei uma que tinha a cor dos seus olhos. Gilberte pegou-a, procurou seu raio dourado, acariciou-a, pagou o seu resgate, mas imediatamente me entregou sua cativa, dizendo-me: "Tome, é sua, dou para você, guarde de lembrança".

Noutra vez, sempre preocupado com o desejo de ouvir a Berma numa peça clássica, perguntei-lhe se não tinha a brochura em que Bergotte falava de Racine, e que estava esgotada. Ela me pediu que a lembrasse do título exato, e à noite lhe mandei um pequeno telegrama, escrevendo no envelope o nome Gilberte Swann, que tantas vezes traçara nos meus cadernos. No dia seguinte ela trouxe, num pacote amarrado com fitas malva e selado com lacre branco, a brochura que mandara alguém procurar. "Note que é a que você pediu", disse-me ela, tirando do regalo o telegrama que lhe enviara. Mas no endereço desse pneumático* — que ainda ontem não era nada, apenas um bilhete em papel azul que eu escrevera e, desde que um telegrafista o entregara ao porteiro de Gilberte, e que um criado o levara até o seu quarto, tornara-se essa coisa sem preço, um dos bilhetes azuis que ela recebera naquele dia — mal pude reconhecer as linhas insignificantes e solitárias da minha caligrafia sob os círculos impressos colocados pelo correio, sob as inscrições acrescentadas a

---

* Pneumático: bilhete expresso enviado por meio de um sistema de tubos de borracha interligados, que ia das casas até o correio, e dali para o destinatário.

lápis por um dos carteiros, sinais de realização efetiva, carimbos do mundo exterior, roxos anéis simbólicos da vida, que pela primeira vez vinham esposar, manter, realçar, alegrar meu sonho.

E também houve um dia em que ela me disse: "Sabe, você pode me chamar de Gilberte, de todo modo vou chamá-lo pelo primeiro nome. Do outro jeito é muito incômodo". Contudo se contentou por um tempo em continuar a me tratar de maneira formal, e como lhe chamasse a atenção, ela sorriu e, compondo e construindo uma frase como as que nas gramáticas de línguas estrangeiras só têm como objetivo nos obrigar a usar uma palavra nova, terminou-a com o meu prenome. Ao recordar mais tarde o que sentira então, discerni a impressão de ter estado por um momento na sua boca, eu mesmo, nu, sem mais nenhuma das convenções sociais que pertenciam também, seja a suas outras amigas, seja, quando dizia meu primeiro nome, a meus pais, e de que os seus lábios — no esforço que fazia, um pouco como seu pai, para articular as palavras que queria enfatizar — pareciam despojar-me, despir-me, como quem tira a casca de uma fruta da qual só se pode engolir a polpa, enquanto o seu olhar, adotando o mesmo nível de intimidade adquirido por suas palavras, atingia-me também mais diretamente, não sem testemunhar a consciência, o prazer e até a gratidão que sentia, fazendo-se acompanhar por um sorriso.

Mas, no próprio momento em que isso ocorreu, não podia apreciar o valor desses prazeres novos. Eles não eram dados pela menina que eu amava, ao eu que a amava, mas pela outra, por aquela com quem brincava, a esse outro eu que não possuía nem a lembrança da verdadeira Gilberte nem o coração indisponível que, apenas ele, poderia saber o valor de tal felicidade, pois era o único que a tinha desejado. Mesmo depois de voltar para casa eu não os saboreava, pois todos os dias a necessidade me fazia aguardar que no dia seguinte teria a contemplação exata, calma e feliz de Gilberte, que ela enfim me confessaria o seu amor, explicando as razões de ocultá-lo até então, essa mesma necessidade me forçava a achar o passado um nada, a nunca olhar senão em frente, a considerar as pequenas vantagens que ela me dera não em si mesmas e como se bastassem, mas como novos degraus onde pôr o pé, que me permitiriam dar um passo a mais para a frente e atingir finalmente a felicidade que ainda não encontrara.

Se às vezes ela me dava esses sinais de amizade, também me magoava parecendo não ter prazer em me ver, e isso acontecia com frequência nos próprios dias nos quais mais contara concretizar minhas esperanças. Tinha certeza de que Gilberte viria aos Champs-Élysées e sentia uma alegria que me parecia apenas uma antecipação da enorme felicidade quando — ao entrar logo de manhã para beijar mamãe já pronta, com a torre de cabelos negros inteiramente construída, e suas belas mãos brancas e roliças ainda cheirando a sabonete — percebera, ao ver uma coluna de pó mantendo-se por si só sobre o piano, e ao ouvir um realejo tocando *Ao voltar da parada*, que o inverno receberia até a noite a visita inesperada e radiante de um dia de primavera. Enquanto almoçávamos, ao abrir sua janela a senhora que morava em frente afugentara num piscar de olhos, de junto da minha cadeira — riscando num único salto toda a extensão de nossa sala de jantar —, um raio de sol que ali iniciara sua sesta e já viera continuá-la um momento após. Na escola, na aula da uma hora, o sol me fazia entorpecer de impaciência e de tédio ao deixar passar um clarão dourado até minha carteira, como um convite para a festa à qual não poderia chegar antes das três da tarde, até o momento em que Françoise vinha me buscar na saída e nos encaminhávamos para os Champs-Élysées pelas ruas decoradas de luz, tomadas pela multidão, e onde os balcões, devassados pelo sol e vaporosos, flutuavam diante das casas como nuvens de ouro. Ai de mim, nos Champs-Élysées não encontrava Gilberte, ela ainda não chegara. Imóvel sobre o gramado nutrido pelo sol invisível que aqui e ali acendia a ponta de um ramo da relva, e onde os pombos que estavam pousados tinham o ar de esculturas antigas que a enxada do jardineiro trouxera de volta à superfície de um solo augusto, eu ficava com os olhos fixos no horizonte, esperava a todo momento ver surgir a imagem de Gilberte seguindo sua instrutora atrás da estátua que parecia oferecer a criança que carregava, banhada de raios de luz, para a bênção do sol. A velha leitora dos *Débats* estava sentada na sua cadeira, sempre no mesmo lugar, interpelava um guarda, a quem fazia um gesto amigável com a mão, exclamando: "Que tempo bonito!". E quando a guardadora se aproximava para efetuar a cobrança, ela fazia mil trejeitos ao colocar na abertura da luva o bilhete de dez centavos, como se fosse um buquê e, por amabilidade para com o doador, buscasse o lugar mais lisonjeiro possível.

Quando o encontrava, realizava uma evolução circular com o pescoço, endireitava seu boá, e lançava à mulher das cadeiras, ao mostrar uma ponta do papel amarelo que ultrapassava seu punho, o belo sorriso com que uma mulher, apontando seu colo a um jovem, lhe diz: "Está reconhecendo suas rosas?".

Eu levava Françoise até o Arco do Triunfo, não a encontrávamos, e retornava ao gramado convencido de que ela não viria mais, quando, diante dos cavalinhos de pau, a menina de voz aguda se precipitava sobre mim: "Rápido, rápido, já faz quinze minutos que Gilberte chegou. Ela vai embora logo. Estamos te esperando para disputar uma partida de barra". Enquanto eu subia a avenida dos Champs-Élysées, Gilberte viera pela rua Boissy-d'Anglas, pois sua preceptora aproveitara o tempo bom para fazer umas compras para ela; e o senhor Swann viria buscar sua filha. Portanto, a culpa era minha; não deveria ter me afastado do gramado; pois não se sabia nunca com certeza de que lado ela viria, se seria mais cedo ou tarde, e essa espera acabava por me tornar mais emocionantes não apenas os Champs-Élysées inteiros e toda a duração da tarde, como uma imensa extensão do espaço e do tempo em cada um dos pontos e em cada um dos momentos em que era possível que surgisse a imagem de Gilberte, mas ainda essa própria imagem, porque atrás dela eu sentia se esconder a razão pela qual ela me fora desfechada em pleno peito às quatro horas em vez de às duas e meia, encimada por um chapéu de visitas em vez de uma boina para jogar, na frente do Ambassadeurs em vez de entre os dois teatros de fantoches, eu adivinhava algumas daquelas ocupações em que não podia seguir Gilberte e que a forçavam a sair ou a ficar em casa, ficava em contato com o mistério da sua vida desconhecida. Era esse mistério que também me perturbava quando, correndo sob as ordens da menina de voz aguda para começar imediatamente nossa partida de barra, eu via Gilberte, tão viva e brusca conosco, fazendo uma reverência à senhora do *Débats* (que lhe dizia: "Que lindo sol, parece fogo"), falando a ela com um sorriso tímido, com um ar comedido que me evocava a moça diferente que Gilberte deveria ser na casa de seus pais, com os amigos de seus pais, nas visitas, em toda a sua outra existência que me escapava. Mas dessa existência ninguém me dava a impressão como o senhor Swann, que vinha um pouco depois para buscar sua filha. É que ele e madame Swann — porque sua filha morava com eles, porque os seus estudos, seus jogos, suas amizades dependiam deles — continham para mim, como Gilberte, talvez mesmo mais que Gilberte, como convinha a esses deuses todo-poderosos a seu respeito, dos quais tivera origem, um desconhecido inacessível, um encanto doloroso. Tudo que lhes concernia era de minha parte objeto de uma preocupação tão constante que nos dias, como aqueles, em que o senhor Swann (a quem vira tantas vezes sem que ele excitasse minha curiosidade, quando se relacionava com meus pais) vinha buscar Gilberte nos Champs-Élysées, uma vez acalmadas as batidas do coração que me haviam excitado à aparição do seu chapéu cinza e de sua pelerine, seu aspecto me impressionava ainda como o de um personagem histórico acerca do qual acabamos de ler uma série de obras e cujas menores particularidades nos apaixonam. Suas relações com o conde de Paris que, quando ouvia falar delas em Combray me pareciam indiferentes, adquiriam agora para mim algo de maravilhoso, como se ninguém mais tivesse conhecido os Orléans; elas o faziam se destacar tão vivamente do fundo vulgar dos transeuntes de diferentes classes que ocupavam aquela alameda dos Champs-Élysées, e em meio aos quais eu admirava que consentisse em aparecer sem lhes demandar olhares especiais, que aliás nenhum deles sonhava em lhe dirigir, tão profundo era o desconhecimento que o envolvia.

Ele respondia polidamente aos cumprimentos dos companheiros de Gilberte, mesmo aos meus, embora estivesse estremecido com minha família, mas sem parecer me conhecer. (Isso me recordou que contudo ele me vira com frequência no campo; lembrança que eu preservara, mas na sombra porque, desde que revi Gilberte, para mim Swann era sobretudo seu pai, e não mais o Swann de Combray; como as ideias que agora ligava a seu nome eram diferentes das ideias que antigamente formavam a rede na qual ele estava incluído e que eu nunca mais usava quando tinha que pensar nele, tornara-se um personagem novo; contudo eu o ligava por meio de uma linha artificial, secundária e transversal ao nosso convidado de antigamente; e como nada tinha valor para mim senão na medida em que meu amor pudesse lucrar, foi com um movimento de vergonha e lamentando não poder apagá-los que reencontrei os anos em que, aos olhos daquele mesmo Swann que estava naquele momento diante de mim nos Champs-Élysées, e a quem felizmente Gilberte não tinha talvez dito meu nome, eu tantas vezes me ridicularizei à noite mandando pedir a mamãe que subisse a meu quarto para me dizer boa-noite, enquanto ela tomava o café com ele, meu pai e meus avós na mesa do jardim.) Ele dizia a Gilberte que a deixava jogar uma partida, que podia esperar quinze minutos e, sentando-se como todo mundo numa cadeira de ferro, pagava seu bilhete com aquela mão que Filipe VII tantas vezes retivera na sua, enquanto começávamos a jogar no gramado, fazendo voar os pombos, cujos belos corpos irisados que têm forma de coração e são como os lilases do reino dos pássaros vinham se refugiar nos seus lugares de asilo, um no grande vaso de pedra no qual seu bico desaparecia, fazendo o gesto de assinalar o propósito de oferecer em abundância os frutos ou os grãos que parecia ciscar, o outro na fronte da estátua que parecia coroar com um desses objetos de esmalte cuja policromia faz variar em certas obras antigas a monotonia da pedra, e com um atributo que, quando a deusa o porta, lhe vale um epíteto particular e a faz, como com uma mulher mortal de prenome diferente, uma divindade nova.

Num daqueles dias de sol em que não havia realizado minhas esperanças, não tive coragem de esconder minha decepção de Gilberte.

"Tinha tantas coisas para te perguntar, lhe disse. Achava que este dia contaria muito na nossa amizade. E mal você chegou, já vai embora! Venha amanhã bem cedo para que possa enfim te falar."

Seu rosto resplandeceu e foi pulando de alegria que ela me respondeu:

"Amanhã, pode esperar, meu querido amigo, mas não virei! Tenho um grande chá; depois de amanhã também não, vou à casa de uma amiga para ver da janela a chegada do rei Teodósio, será súper, e no dia seguinte irei ao *Miguel Strogoff* e depois disso logo será Natal e os feriados de Ano-Novo. Talvez me levem ao Midi. Seria chique! embora isso me faça perder uma árvore de Natal; em todo caso, se ficar em Paris não virei aqui porque farei visitas com mamãe. Adeus, papai está me chamando."

Voltei para casa com Françoise pelas ruas que ainda estavam enfeitadas pelo sol, como na tarde de uma festa que acabou. Mal podia arrastar as pernas.

"Não é espantoso, disse Françoise, o tempo está fora da estação, faz calor demais. Ai, meu Deus, deve ter gente doente por todo canto, parece que também no céu está tudo bagunçado."

Eu me repetia, sufocando os soluços, as palavras com que Gilberte explodira de alegria por não vir por muito tempo aos Champs-Élysées. Mas logo o encanto do qual, por seu mero funcionamento, o meu espírito se enchia assim que pensava nela, a posição particular, única — ainda que aflitiva — em que inevitavelmente me colocava em relação a Gilberte, a pressão interna de um hábito mental, havia começado a acrescentar, mesmo àquela prova de indiferença, qualquer coisa de romanesco, e em meio a minhas lágrimas se formava um sorriso que nada mais era que o esboço tímido de um beijo. E quando chegou a hora do correio eu disse a mim mesmo naquela noite, como em todas: "Vou receber uma carta de Gilberte, ela finalmente irá me dizer que jamais deixou de me amar, e explicará a razão misteriosa que a forçou a esconder isso de mim até agora, a fingir que pode ser feliz sem me ver, a razão por que adotou a aparência de uma Gilberte mera companheira".

Todas as noites eu me deliciava em imaginar aquela carta, achava que a lia, recitava para mim cada frase dela. De repente parava, assustado. Compreendia que, se devesse receber uma carta de Gilberte, em todo caso não poderia ser aquela, pois era eu que a acabava de redigir. E a partir daí me esforçava para desviar meu pensamento das palavras que gostaria que ela me escrevesse, por medo de, ao articulá-las, excluir justamente aquelas — as mais queridas, as mais desejadas — do campo das realizações possíveis. Mesmo se por uma coincidência inverossímil fosse justamente a carta que eu inventara que Gilberte, por seu turno, me remetesse, ao reconhecer nela minha obra não teria a impressão de receber algo que não vinha de mim, algo de real, de novo, uma felicidade exterior ao meu espírito, independente da minha vontade, verdadeiramente enviada por amor.

Ao esperar, eu relia uma página que Gilberte não me escrevera mas que ao menos vinha dela, aquela página de Bergotte sobre a beleza dos velhos mitos nos quais se inspirara Racine e que, junto da bola de gude, mantinha sempre perto de mim. Estava enternecido pela bondade da minha amiga, que a mandara procurar para mim; e como cada um precisa ter motivos para a sua paixão, até ficar feliz por reconhecer na pessoa que ama as qualidades que a literatura ou a conversação lhe ensinaram ser aquelas que são dignas de excitar o amor, até assimilá-las por imitação e fazer delas novos motivos para o seu amor, ainda que essas qualidades fossem as mais opostas àquelas que esse amor buscara quando era espontâneo — como Swann outrora quanto ao caráter estético da beleza de Odette —, eu, que de início amara Gilberte, desde Combray, devido ao desconhecido total da sua vida, na qual quis precipitar-me, encarnar-me, abandonando a minha que não era mais nada, pensava agora como se fosse uma vantagem inestimável, que da minha vida conhecida em demasia, desprezada, Gilberte poderia se tornar um dia a serva humilde, a cômoda e confortável colaboradora que, à noite, ao me ajudar nos meus trabalhos, recolheria para mim os cadernos. Quanto a Bergotte, esse velho infinitamente sábio e quase divino devido ao qual eu no início amara Gilberte, antes mesmo de vê-la, agora era sobretudo devido a Gilberte que o amava. Com o mesmo prazer que as páginas que ele escrevera sobre Racine, olhava o papel fechado com grandes lacres de cera branca e amarrado com uma onda de fitas cor de malva no qual ela o trouxera. Beijava a bola de gude de ágata que era a melhor parte do coração da minha amiga, a parte que não era frívola, mas fiel, e ainda que enfeitada pelo encanto misterioso da vida de Gilberte, permanecia perto de mim, morava no meu quarto, dormia na minha cama. Mas a beleza dessa pedra, e também a beleza das páginas de Bergotte, que eu ficava feliz em associar à ideia do meu amor por Gilberte, como se, nos instantes em que esse amor me parecia um nada, elas lhe dessem uma espécie de consistência, percebia que elas eram anteriores a esse amor, que não se pareciam com ele, que seus elementos haviam sido fixados pelo talento ou pelas leis mineralógicas antes que Gilberte tivesse me conhecido, que nada no livro nem na pedra teria sido diferente se Gilberte não me amasse, e que em consequência nada me autorizava a ler neles uma mensagem de felicidade. E enquanto o meu amor, esperando sem cessar a confissão do amor de Gilberte, anulava, desfazia toda noite o trabalho malfeito do dia, na sombra de mim mesmo uma operária desconhecida não abandonava os fios arrancados, e os dispunha, sem se preocupar em me agradar e em trabalhar pela minha felicidade, numa ordem diferente que ela dava a todas as suas obras. Não tendo nenhum interesse particular no meu amor, não começando por decidir que eu era amado, ela recolhia as ações de Gilberte que haviam me parecido inexplicáveis, e suas faltas que eu desculpara. Então, umas e outras adquiriam sentido. Ela parecia dizer, essa nova ordem, que quando via Gilberte, em vez de vir aos Champs-Élysées, ir a uma recepção, fazer compras com sua instrutora e se preparar para sua ausência nos feriados de fim de ano, eu errava em pensar: "É que ela é frívola ou submissa". Porque ela deixaria de ser uma ou outra se me amasse e, se tivesse sido forçada a obedecer, seria com o mesmo desespero que eu sentia nos dias em que não a via. Ela dizia ainda, essa ordem nova, que contudo eu devia saber o que era amar, pois amava Gilberte; ela me fazia notar a preocupação perpétua que eu tinha em me valorizar a seus olhos, e devido a ela tentava convencer minha mãe a comprar para Françoise uma capa de borracha e um chapéu com pluma azul, ou então não me mandar mais aos Champs-Élysées com aquela criada que me envergonhava (ao que minha mãe respondia que eu era injusto com Françoise, que era uma mulher boa e dedicada a nós), e também essa necessidade exclusiva de ver Gilberte que fazia com que com meses de antecedência só pensasse em tentar saber em qual época do ano ela sairia de Paris e aonde iria, considerando a região mais agradável um lugar de exílio se ela não estivesse lá, e querendo apenas ficar sempre em Paris desde que a pudesse ver nos Champs-Élysées; e não tinha dificuldade em me mostrar que essa preocupação, nem essa necessidade, eu as encontraria nas ações de Gilberte. Ela, ao contrário, apreciava a sua instrutora, sem se inquietar com o que eu pensava dela. Achava natural não vir aos Champs-Élysées, se era para fazer compras com sua preceptora, agradável se era para sair com sua mãe. E, supondo que me permitisse passar os feriados no mesmo lugar que ela, ao menos para escolher esse lugar ela levava em consideração o desejo dos seus pais, os mil divertimentos dos quais lhe falaram, e de modo algum que fosse o lugar aonde minha família tinha a intenção de me enviar. Quando ela às vezes me assegurava que gostava menos de mim que de um de seus amigos, menos do que gostava de mim na véspera, pois eu lhe fizera perder uma partida por negligência, eu lhe pedia perdão, perguntava-lhe o que deveria fazer para que voltasse a gostar de mim da mesma maneira, para que gostasse mais de mim que dos outros; queria que ela dissesse que isso já ocorrera, eu lhe suplicava como se ela pudesse mudar sua afeição por mim a seu bel-prazer, a meu bel-prazer, para me agradar, só por meio das palavras que me diria, seguindo o meu bom ou mau comportamento. Não sabia eu então que aquilo que sentia por ela não dependia nem das minhas ações nem da minha vontade?

Ela dizia enfim, a nova ordem concebida pela operária invisível, que se podemos desejar que as ações de uma pessoa que até agora nos fizeram sofrer não tenham sido sinceras, há na sua sequência uma clareza contra a qual nosso desejo não pode nada, e é à pessoa, e não a ele, que devemos perguntar quais serão as suas ações amanhã.

Essas novas palavras, meu amor as ouvia; elas o convenciam de que o amanhã não seria diferente do que haviam sido todos os outros dias; que o sentimento de Gilberte por mim, demasiado antigo para poder mudar, era de indiferença; que na minha amizade com Gilberte era apenas eu quem amava. "É verdade, respondia o meu amor, não há mais nada a fazer com essa amizade, ela não mudará." Então, já no dia seguinte (ou aguardando uma festa se houvesse uma próxima, um aniversário, o Ano-Novo talvez, um desses dias que não são iguais aos outros, nos quais o tempo recomeça em novas bases ao rejeitar a herança do passado, não aceitando o legado das suas tristezas), eu pedia a Gilberte que renunciasse à nossa amizade antiga e lançasse os alicerces de uma nova amizade.

Tinha sempre ao alcance da mão um mapa de Paris que, por se poder assinalar a rua onde moravam o senhor e a senhora Swann, parecia-me que continha um tesouro. E por prazer, e também por uma espécie de fidelidade cavalheiresca, a propósito de tudo e nada eu dizia o nome dessa rua, de tal modo que meu pai perguntava, por não estar, como minha mãe e minha avó, informado do meu amor:

"Mas por que você fala dessa rua o tempo todo? Ela não tem nada de extraordinário, é bem agradável para morar porque fica a dois passos do Bois, mas há dez outras na mesma situação."

Sempre arranjava um jeito de, a qualquer pretexto, fazer meus pais falarem o nome Swann; claro que o repetia mentalmente para mim sem cessar; mas precisava também escutar sua sonoridade deliciosa e que me tocassem essa música cuja leitura muda não me era suficiente. Aquele nome Swann, que conhecia havia tanto tempo, também era agora para mim, como acontece com certos afásicos em relação às palavras mais comuns, um nome novo. Estava sempre presente na minha mente, e contudo ela não podia se acostumar a ele. Eu o decompunha, o soletrava, sua ortografia era para mim uma surpresa. E ao mesmo tempo que deixara de ser familiar, ele cessara de me parecer inocente. As alegrias que sentia ao escutá-lo, julgava-as tão culpadas que me parecia que os outros adivinhavam meu pensamento e mudavam a conversa se eu tentasse levá-los a ele. Insistia nos assuntos que ainda diziam respeito a Gilberte, recitava sem fim as mesmas palavras, e embora soubesse que eram apenas palavras — palavras ditas longe dela, ela não as ouvia, palavras sem virtude que repetiam o existente, mas não podiam modificá-lo —, no entanto me parecia que de tanto manuseá-las, de assim remexer tudo que se aproximava de Gilberte, faria talvez surgir algo de feliz. Redizia a meus pais que Gilberte gostava muito da sua preceptora, como se essa proposição enunciada pela centésima vez fosse enfim provocar a consequência de fazer Gilberte entrar bruscamente, vindo viver para todo o sempre conosco. Retomava o elogio da velha senhora que lia o *Débats* (insinuara a meus pais que era uma embaixatriz ou talvez uma alteza) e continuava a celebrar sua beleza, sua magnificência, sua nobreza, até o dia em que disse que, segundo o nome que Gilberte falara, ela devia se chamar madame Blatin.

"Oh, já sei quem é!, exclamou minha mãe, e senti-me corar de vergonha. Em guarda! Em guarda! como teria dito teu pobre avô. E é ela que você acha bonita! Mas é horrível, sempre foi. É a viúva de um porteiro. Você não se lembra, quando era pequeno, das manobras que eu fazia para evitar na aula de ginástica quando, sem me conhecer, ela queria falar comigo a pretexto de me dizer que você era 'bonito demais para um menino'. Ela teve sempre a mania de conhecer pessoas, e deve ser meio doida, como sempre achei, se realmente conhece madame Swann. Pois se vem de um ambiente bastante comum, nunca houve nada a se dizer contra ela, pelo menos que eu saiba. Mas sempre tinha necessidade de travar relações. Ela é horrível, terrivelmente vulgar, e portanto causadora de embaraços."

Quanto a Swann, para tentar me parecer com ele, passava todo o tempo à mesa puxando o nariz e esfregando os olhos. Meu pai dizia: "Esse menino é tonto, vai ficar horrível". Queria sobretudo ser tão calvo quanto Swann. Ele me parecia uma criatura tão extraordinária que achava maravilhoso que pessoas que eu frequentava o conhecessem também, e que nos acasos de um dia qualquer se pudesse encontrá-lo. E uma vez, minha mãe, ao nos contar, como fazia todas as noites no jantar, as andanças que fizera à tarde, disse do nada: "A propósito, adivinhem quem encontrei no Trois Quartiers, na seção de guarda-chuvas: Swann", fazendo desabrochar no meio do seu relato, para mim bastante árido, uma flor misteriosa. Que volúpia melancólica saber, perfilando em meio à multidão sua forma sobrenatural, que Swann tinha ido comprar um guarda-chuva. No meio de acontecimentos enormes e mínimos, igualmente desimportantes, este despertava em mim as vibrações especiais com que meu amor por Gilberte era perpetuamente agitado. Meu pai dizia que eu não me interessava por nada porque não escutava quando se falava das possíveis consequências políticas da visita do rei Teodósio, hóspede da França naquele momento e, pelo que se dizia, seu aliado. Mas, em contrapartida, como eu queria saber se Swann estava com sua pelerine!

"E vocês se cumprimentaram?, perguntei.

— Naturalmente", respondeu minha mãe, que sempre parecia recear que, se confessasse que estávamos estremecidos com Swann, tentariam uma reconciliação maior do que desejava, por causa de madame Swann, que ela não queria conhecer. "Foi ele que veio me cumprimentar, eu não o vira.

— Mas não estavam brigados?

— Brigados? Mas por que estaríamos brigados", respondeu ela vivamente, como se eu tivesse atentado contra a ficção de suas boas relações com Swann e tentasse uma "reconciliação".

"Ele poderia estar sentido por nunca mais ter sido convidado.

— Não somos obrigados a convidar todo mundo; ele me convida? Não conheço sua mulher.

— Mas em Combray ele vinha.

— Pois bem, sim! Em Combray ele vinha, e agora em Paris ele tem mais o que fazer e eu também. Mas asseguro que não parecíamos de modo algum duas pessoas brigadas. Ficamos um instante juntos porque não lhe traziam seu pacote. Ele me pediu notícias suas, disse que você brincava com sua filha", acrescentou minha mãe, encantando-me com o prodígio de que eu existisse na mente de Swann, e mais, de uma maneira tão completa que, quando eu tremia de amor diante dele nos Champs-Élysées, ele sabia o meu nome, quem era minha mãe, e podia amalgamar em torno da minha qualidade de companheiro da sua filha informações sobre os meus avós, a família deles, o lugar onde morávamos, certas particularidades da nossa vida de outrora, talvez até desconhecidas por mim. Mas minha mãe não parecia ter achado um encanto especial na seção do Trois Quartiers onde representara para Swann, no momento em que a viu, uma pessoa definida, com a qual tinha lembranças comuns que motivaram o impulso de se aproximar dela, o gesto de cumprimentá-la.

Nem ela nem meu pai pareciam achar, ao falar dos avós de Swann e do título de corretor de câmbio honorário, um prazer que ultrapassasse todos os outros. Minha imaginação isolara e santificara na Paris social uma família específica como o fizera, na Paris de pedra, com uma casa específica cujo portão das carruagens esculpira e enfeitara as janelas. Mas esses ornamentos, eu era o único a vê-los. Assim como meu pai e minha mãe achavam a casa em que Swann morava igual a outras construídas na mesma época no bairro do Bois, também a família de Swann lhes parecia do mesmo tipo que muitas outras famílias de corretores de câmbio. Eles a julgavam mais ou menos favoravelmente dependendo do grau em que ela compartilhava os méritos comuns ao resto do universo e não viam nela nada de singular. Ao contrário, o que apreciavam nela encontravam também num nível igual, ou superior, noutros lugares. Assim, depois de ter achado a casa bem localizada, falavam de outra que era melhor situada mas que não tinha nada a ver com Gilberte, ou de financistas de um nível superior ao do seu avô; e se por um momento pareciam ser da mesma opinião que eu, era devido a um mal-entendido que não tardava a se dissipar. É que, para perceber em tudo que circundava Gilberte uma qualidade desconhecida, análoga no mundo das emoções ao que pode ser o infravermelho no das cores, meus pais estavam desprovidos desse sentido suplementar e momentâneo de que o amor me havia dotado.

Nos dias em que Gilberte me avisara que não deveria vir aos Champs-Élysées, procurava dar passeios que me aproximassem um pouco dela. Às vezes levava Françoise em peregrinação à frente da casa onde moravam os Swann. Fazia-a repetir interminavelmente aquilo que soubera, pela instrutora, a respeito de madame Swann. "Parece que acredita muito em medalhas. Ela nunca viajará se tiver ouvido uma coruja piar, ou o tique-taque de um relógio de parede, ou se vir um gato à meia-noite, ou se a madeira de um móvel estalar. Ah, é uma pessoa muito crédula!" Estava tão apaixonado por Gilberte que, se no caminho via o seu velho mordomo levando o cachorro para andar, lançava às suas suíças brancas olhares cheios de paixão. Françoise me dizia:

"O que você tem?"

Depois, continuávamos até o portão das carruagens, onde um porteiro diferente de todos os porteiros, e possuído até os galões da libré pelo mesmo encanto doloroso que eu sentira com o nome Gilberte, parecia saber que eu era uma das pessoas a quem uma indignidade original para sempre interditaria a entrada na vida misteriosa que ele estava encarregado de guardar, e a respeito da qual as janelas do entressolo pareciam conscientes de estar fechadas, assemelhando-se bem menos, entre a nobre queda das suas cortinas de musselina, a quaisquer outras janelas do que aos olhares de Gilberte. Outras vezes íamos aos bulevares e eu me postava na entrada da rua Duphot; tinham me dito que com frequência se podia ver passar ali Swann indo a seu dentista; e minha imaginação diferenciava tanto o pai de Gilberte do resto da humanidade, sua presença em meio ao mundo real introduzia nele tantas maravilhas que, antes mesmo de chegar à Madeleine, me emocionava em pensar na aproximação de uma rua onde se poderia produzir inopinadamente a aparição sobrenatural.

Mas com mais frequência — quando não devia ver Gilberte —, como soubera que madame Swann passeava quase todos os dias na alameda "das Acácias", ao redor do Grande Lago, e na alameda da "Rainha Margarida", eu conduzia Françoise para o lado do Bois de Boulogne. Ele era para mim como esses zoológicos onde se veem agrupadas floras diferentes e paisagens opostas; onde depois de uma colina se descobre uma gruta, um prado, rochedos, um rio, um fosso, uma colina, um pântano, mas se sabe que estão ali para fornecer aos passatempos do hipopótamo, das zebras, dos crocodilos, dos coelhos albinos, dos ursos e da garça-real um ambiente apropriado ou um quadro pitoresco; ele, o Bois, igualmente complexo, reunindo pequenos mundos diversos e fechados — fazendo suceder a alguma fazenda plantada com árvores vermelhas, carvalhos da América, como num estabelecimento agrícola na Virgínia, uma plantação de pinheiros na beira do lago, ou uma mata de onde surge de surpresa no seu macio agasalho de peles, com seus belos olhos de um animal, uma transeunte veloz —, era o Jardim das Mulheres; e — como a alameda dos Mirtos na *Eneida* — plantada para elas com uma única espécie, a alameda das Acácias era frequentada pelas Beldades célebres. Assim como, de longe, do alto do rochedo de onde a fêmea do leão-marinho se joga na água, arrebatando de alegria as crianças que sabem que irão vê-la bem antes de chegarem à alameda das Acácias, o seu perfume que, se irradiando ao redor, levava a sentir de longe a aproximação e a singularidade de uma poderosa e branda individualidade vegetal; depois, quando me aproximava, o entrevisto topo da sua folhagem leve e delicada, de uma elegância fácil, de um corte sedutor e de uma textura fina, sobre a qual centenas de flores tinham se abatido como colônias aladas e tremulantes de parasitas preciosos; enfim, até o seu nome feminino, indolente e doce, fazia meu coração bater, mas com um desejo mundano, como as valsas que só nos evocam o nome das belas convidadas que o porteiro anuncia à entrada de um baile. Haviam me contado que veria na alameda algumas elegantes que, embora nem todas fossem casadas, costumavam ser citadas junto com madame Swann, mas frequentemente pelo seu nome de guerra; o seu novo nome, quando havia um, era uma espécie de incógnito que aqueles que queriam falar delas tinham o cuidado de remover para se fazerem entender. Pensando que o Belo — na ordem das elegâncias femininas — era regido por leis ocultas em cujo conhecimento elas tinham sido iniciadas, e que tinham o poder de concretizar, eu aceitava previamente como uma revelação o aparecimento das suas roupas, de suas carruagens, dos mil detalhes no interior dos quais punha minhas crenças como uma alma interior que dava a coesão de uma obra-prima a esse conjunto efêmero e móvel. Mas era madame Swann que eu queria ver, e esperava que passasse, emocionado como se ela fosse Gilberte, cujos pais, impregnados, como tudo que a cercava, do seu encanto, excitavam em mim tanto amor quanto ela, e até uma perturbação mais dolorosa (pois o ponto de contato deles com ela era aquela parte doméstica da sua vida que me era proibida), e enfim (pois logo soube, como se verá, que eles não gostavam que brincasse com ela) esse sentimento de veneração que sempre devotamos aos que exercem sem freio o poder de nos fazer mal.

Atribuía o primeiro lugar à simplicidade, na ordem dos méritos estéticos e das grandezas mundanas, quando via madame Swann a pé, usando uma polonesa de pano, tendo na cabeça um pequeno chapéu enfeitado com uma asa de faisão, um buquê de violetas no corpete, atravessando apressada a alameda das Acácias como se fosse apenas o caminho mais curto para voltar à sua casa, e respondendo com uma piscada aos senhores que, reconhecendo de longe sua silhueta, a cumprimentavam e se diziam que não havia pessoa mais chique. Mas, no lugar da simplicidade, era o fausto que eu punha no nível mais alto se, depois de ter forçado Françoise, que não aguentava mais e dizia que suas pernas "se dobravam para dentro", ao andar para cima e para baixo por uma hora, eu finalmente via, desembocando da alameda que vem da Porta Dauphine — imagem para mim de uma dignidade régia, de uma chegada soberana de que nenhuma rainha de verdade pôde depois me dar a impressão, porque minha noção de seu porte era menos vaga e mais experimental —, transportada pelo voo de dois cavalos ardentes, esguios e delineados como são vistos nos desenhos de Constantin Guys, levando na boleia um enorme cocheiro envolto em peles como um cossaco, ao lado de um pequeno lacaio que lembrava o "tigre" do "falecido Baudenord",* eu via — ou melhor, sentia que imprimia sua forma no meu coração com uma ferida nítida e extenuante — uma incomparável vitória, intencionalmente um pouco alta e deixando passar através do seu luxo de "último grito da moda" alusões a formas antigas, no fundo da qual repousava languidamente madame Swann, com seus cabelos agora loiros com uma única mecha cinza, presos por uma estreita grinalda de flores, a maioria violetas, da qual pendiam longos véus, tendo à mão uma sombrinha malva, nos lábios um sorriso ambíguo em que eu só via a benevolência de uma majestade onde havia sobretudo a provocação da cocote, e que ela inclinava com doçura para as pessoas que a cumprimentavam. Esse sorriso na verdade dizia a uns: "Lembro-me muito bem, foi delicioso!"; a outros: "Como eu gostaria! Foi má sorte!"; e a outros: "Se você quiser! Vou prosseguir na fila mais um pouco e assim que puder vou embora". Quando passavam desconhecidos, ela entretanto deixava pairar nos lábios um sorriso indolente, como que voltado para a expectativa ou a memória de um amigo, e que fazia as pessoas dizerem: "Como ela é bela!". E só para certos homens tinha um sorriso amargo, constrangido e frio, e que significava: "Sim, patife, sei que você tem uma língua de víbora, que não pode deixar de fa-

---

* O "tigre" e o "falecido Baudenord" são personagens da *Comédia humana*, de Balzac. Despedido por um lorde inglês devido à sua beleza afeminada, o lacaio é contratado pelo duque de Baudenord.

lar! Mas pensa que ligo para você?". Discursando, Coquelin* passava no meio de amigos que o escutavam e fazia com a mão, às pessoas nas carruagens, uma larga saudação teatral. Mas eu pensava só em madame Swann e fingia não tê-la visto, pois sabia que ao chegar à altura do Tiro aos Pombos ela diria a seu cocheiro para sair da fila e parar para que pudesse descer e ir a pé. E nos dias em que me sentia com coragem de passar ao lado dela, arrastava Françoise naquela direção. Em certo momento, de fato, na alameda dos pedestres, andando na nossa direção, avistei madame Swann deixando atrás dela a longa cauda do seu vestido malva, vestida, como o povo imagina as rainhas, com tecidos e ricos enfeites que as outras mulheres não usavam, baixando às vezes o olhar para o cabo da sombrinha, dando pouca atenção às pessoas que passavam, como se seu grande interesse e objetivo fosse fazer exercício, sem pensar que era vista e que todas as cabeças se voltavam para ela. No entanto, às vezes, quando se virava para chamar seu galgo, lançava imperceptivelmente um olhar circular a seu redor.

Mesmo os que não a conheciam eram advertidos por algo de singular e de excessivo — ou talvez por uma radiação telepática como aquelas que desencadeiam aplausos na multidão ignorante quando a Berma era sublime — de que devia ser alguma pessoa conhecida. Eles se perguntavam: "Quem é?", interrogavam às vezes um passante, ou prometiam a si mesmos lembrarem-se da sua roupa como uma referência para os amigos mais instruídos, que logo os esclareceriam. Outros transeuntes, quase parando, diziam:

"Sabe quem é? Madame Swann! Isso não lhe diz nada? Odette de Crécy?

— Odette de Crécy? Bem que eu imaginava, esses olhos tristes... Mas saiba que ela não deve estar mais na primeira juventude! Lembro-me de que dormi com ela no dia da demissão de Mac-Mahon.**

— Acho que fará bem em não lembrá-la disso. Ela agora é madame Swann, a mulher de um senhor do Jockey, amigo do príncipe de Gales. De resto, continua magnífica.

— Sim, mas se você a tivesse conhecido naquela época, como

---

* Coquelin (1841-1909), célebre ator da Comédie-Française.
** Patrice de Mac-Mahon (1808-93), marechal e conde, renunciou à presidência da França em 30 de janeiro de 1879.

era bonita! Ela morava numa casinha estranha, com bricabraques chineses. Lembro-me de que ficamos aborrecidos com os gritos dos vendedores de jornal, e ela acabou por me mandar levantar."

Sem escutar as reflexões, notava em torno dela o ruído indistinto da celebridade. Meu coração batia de impaciência ao pensar que ainda se passaria um momento antes que toda aquela gente, no meio da qual percebia com desolação que não estava um banqueiro mulato por quem me sentia desprezado, visse o jovem desconhecido em que não prestavam atenção cumprimentar (sem a conhecer, é verdade, mas me julgava autorizado a isso porque meus pais conheciam o seu marido e eu era companheiro da sua filha) aquela mulher cuja reputação de beleza, despudor e elegância era universal. Mas logo estava bem perto de madame Swann, e então levantava o meu chapéu com um gesto tão largo, tão extenso e tão prolongado que ela não podia deixar de sorrir. As pessoas riam. Quanto a ela, jamais me vira com Gilberte, não sabia o meu nome, mas era para ela — como um dos guardas do Bois, ou o barqueiro, ou os patos do lago aos quais atirava pão — um dos personagens secundários, familiares, anônimos, tão desprovidos de características quanto um "figurante de teatro", de seus passeios no Bois. Em certos dias, quando não a via na alameda das Acácias, acontecia encontrá-la na alameda da Rainha Margarida, aonde vão as mulheres que querem estar sós, ou simular que querem; não ficava sozinha muito tempo, logo um amigo ia encontrá-la, muitas vezes com uma cartola cinza, o qual eu não conhecia e que conversava longamente com ela enquanto suas carruagens prosseguiam.

Essa complexidade do Bois de Boulogne que faz dele um lugar fictício e, no sentido zoológico ou mitológico da palavra, um Jardim, eu a reencontrei neste ano ao atravessá-lo para ir ao Trianon numa das primeiras manhãs de novembro quando, em Paris, nas casas, a proximidade e a privação do espetáculo do outono, que acaba tão depressa para que possamos assistir a ele, dão uma saudade, uma verdadeira febre por folhas mortas que pode até chegar a tirar o sono. No meu quarto fechado, elas se interpunham havia um mês, evocadas pelo meu desejo de vê-las, entre meu pensamento e não importa qual objeto a que me dedicasse, e rodopiavam como essas manchas amarelas que às vezes, seja para onde for que olhemos, dançam diante dos nossos olhos. E naquela manhã, não escutando mais a chuva cair como nos dias precedentes, vendo o tempo bom sorrir nos cantos das cortinas fechadas como os cantos de uma boca cerrada traem o segredo da sua felicidade, senti que poderia olhar aquelas folhas amarelas atravessadas pela luz, na sua suprema beleza; e não podendo evitar ir ver as árvores, como antigamente queria ir à beira do mar quando o vento soprava com muita força na minha lareira, saí para ir ao Trianon, passando pelo Bois de Boulogne. Era a hora e era a estação em que o Bois parece talvez mais multifacetado, não apenas porque está mais subdividido, mas porque se subdivide de outro modo. Mesmo nas partes descobertas que abarcam um vasto espaço aqui e ali, diante das massas sombrias e distantes de árvores sem folhas, ou que tinham ainda as folhas do verão, uma fila dupla de castanheiros alaranjados parecia, como num quadro mal começado, ser a única coisa pintada até então pelo decorador, que não colorira o resto, e estendia sua alameda cheia de luz ao passeio episódico de personagens que seriam acrescentados mais tarde.

Mais além, onde todas as folhas verdes ainda cobriam as árvores, uma única, pequena, atarracada, podada e teimosa, sacudia ao vento uma sinistra cabeleira rubra. Mais além ainda, era o primeiro despertar daquele mês de maio das folhas, e as de uma ampelopsis maravilhosa e sorridente como um espinheiro rosa do inverno, que desde a manhã estava toda em flor. E o Bois tinha o aspecto provisório e artificial de um viveiro ou um parque onde, ou por interesse botânico ou devido à preparação de uma festa, tinham acabado de colocar, entre as árvores de tipo comum que ainda não haviam sido transplantadas, duas ou três espécies preciosas, de folhagem fantástica, que pareciam reservar um espaço vazio, arejar, criar um claro. Era, assim, a estação em que o Bois de Boulogne revela as fragrâncias mais diferentes e justapõe as partes mais dessemelhantes num agrupamento compósito. Era também a hora. Os lugares onde as árvores ainda mantinham suas folhas pareciam sofrer uma alteração na sua matéria a partir do ponto em que elas eram tocadas pela luz do sol quase horizontal na manhã, assim como seria novamente poucas horas mais tarde quando, no início do crepúsculo, ela se acende como uma lâmpada, projeta à distância sobre a folhagem um reflexo artificial e quente, e incendeia as folhas mais altas de uma árvore que continua a ser um candelabro incombustível e baço com um cume incendiado. Aqui, tornava espessas como tijolos as folhas dos castanheiros e, como uma construção persa amarela com desenhos azuis, as cimentava grosseiramente contra o céu; ali, ao contrário, destacava-as do céu, para o qual elas crispavam seus dedos de ouro. À meia altura de uma vinha virgem, enxertava e fazia desabrochar, impossível discernir nitidamente no deslumbre, um imenso buquê como que de flores vermelhas, talvez uma variedade do cravo. As diferentes partes do Bois, mais emaranhadas na espessura e na monotonia do verão, se achavam agora apartadas. Espaços mais claros permitiam ver a entrada de quase todas, ou então uma folhagem suntuosa as designava como uma bandeira. Distinguia-se, como num mapa colorido, Armenonville, o Pré Catelan, Madri, a pista de corridas, as margens do lago. Por momentos aparecia alguma construção inútil, uma gruta falsa, ou um moinho em que as árvores se separavam para ceder lugar ou que um relvado apresentava na sua plataforma maleável. Sentia-se que o Bois não era um mero bosque, que respondia a um propósito estranho à vida das árvores, a exaltação que eu sentia não era causada apenas pela admiração do outono, mas por um desejo. Fonte enorme de uma alegria que a alma sente primeiro sem reconhecer sua causa, sem entender que nada exterior a motiva. E então olhava as árvores com uma ternura insatisfeita que as ultrapassava e prosseguia sem que eu soubesse seu rumo até a obra-prima das lindas mulheres que passeavam, emolduradas por elas todos os dias por várias horas. Eu ia para a alameda das Acácias. Atravessava arvoredos onde a luz da manhã impunha novas divisões, podava as árvores, casava os caules diferentes e compunha ramalhetes. Ela atraía habilmente para si duas árvores; servindo-se da poderosa tesoura de um raio de luz e de uma sombra, cortava metade do seu tronco e de seus galhos e, entrelaçando as duas metades que restavam, fazia delas um único pilar de sombra que delimitava o sol circundante, ou um único fantasma de claridade cujo trêmulo contorno artificial era envolto por uma rede de sombra negra. Quando um raio de sol dourava os galhos mais altos, banhados de uma umidade faiscante, eles pareciam emergir sozinhos da atmosfera líquida e cor de esmeralda em que a mata inteira estava mergulhada, como que no fundo do mar. Pois as árvores continuavam a viver sua própria vida, e quando não tinham mais folhas essa vida brilhava melhor na bainha de veludo verde que envolvia os seus troncos, ou no esmalte branco das esferas de visco semeadas no alto dos álamos, redondas como o sol e a lua em *A Criação*, de Michelangelo. Mas, forçadas havia tantos anos por uma espécie de enxerto a conviver com mulheres, elas me evocavam a dríade, a mundana veloz e colorida que, à sua passagem, elas cobrem com seus ramos e obrigam a sentir como elas o poder da estação; recordavam-me o tempo feliz da minha crédula juventude, quando vinha avidamente aos lugares onde obras-primas da elegância feminina se materializavam por alguns instantes em meio à folhagem inconsciente e cúmplice. Mas a beleza que os pinheiros e acácias me faziam desejar, árvores nisso mais perturbadoras que os castanheiros e lilases que eu ia ver no Trianon, não era fixada nas lembranças de uma época histórica, nas obras de arte, num pequeno templo ao Amor ao pé do qual se amontoavam folhas douradas de palmeira. Cheguei às margens do lago, fui até o Tiro aos Pombos. A ideia de perfeição que trazia em mim, eu a atribuía então ao porte de uma vitória, à magreza daqueles cavalos furiosos e ligeiros como vespas, de olhos injetados de sangue como os cruéis cavalos de Diomedes* e que agora, tomado por um desejo de rever o que amara, tão ardente quanto o que me conduzira tantos anos antes àqueles mesmos caminhos, eu queria ter de novo diante dos olhos, no momento em que o enorme cocheiro de madame Swann, vigiado por um pequeno cavalariço roliço como um punho e tão infantil quanto são Jorge, tentava controlar suas asas de aço que se debatiam enfurecidas e palpitantes. Hélas! agora havia apenas mecânicos bigodudos, ladeados por lacaios enormes. Queria ter diante de meus olhos corpóreos, para saber se eram tão encantadores quanto os que viam os olhos da minha memória, pequenos chapéus de mulher tão baixos quanto uma coroa simples. Todos agora eram imensos, cobertos de frutas e de flores e de pássaros variados. Em lugar dos belos vestidos nos quais madame Swann parecia uma rainha, túnicas greco-saxãs realçavam com pregas de Tânagra,** e às vezes no estilo Diretório, chiffons Liberty salpicados de flores como papel de pare-

---

* Diomedes, rei mitológico da Trácia, alimentava seus cavalos com carne humana.
** Estatuetas de terracota de figuras femininas feitas na Grécia a partir do século v a.C. Muitas delas foram encontradas em Tânagra, ao norte de Atenas.

de. Sobre a cabeça dos senhores que teriam podido passear com madame Swann na alameda da Rainha Margarida já não encontrava o chapéu cinzento de antigamente, nem nenhum outro. Saíam sem nada na cabeça. E eu não tinha mais nenhuma crença a introduzir nessas novas partes do espetáculo para lhes conferir consistência, unidade, existência; elas passavam esparsas diante de mim, ao acaso, sem verdade, sem conter em si nenhuma beleza que meus olhos pudessem como outrora tentar compor. Eram mulheres quaisquer, em cuja elegância eu não tinha fé e cujas roupas me pareciam sem importância. Mas quando uma crença desaparece, sobrevive-lhe — e cada vez mais vivaz, para mascarar a falta do poder que perdemos para dar realidade a coisas novas — um apego fetichista às coisas antigas que ela havia animado, como se fosse nelas e não em nós que o divino residisse, e nossa descrença atual tivesse uma causa contingente, a morte dos Deuses.

Que horror!, eu me dizia: como é possível achar esses automóveis tão elegantes quanto as carruagens de antigamente? Já estou com certeza bem velho — mas não fui feito para um mundo onde as mulheres se arrastam em vestidos que nem mesmo são de tecido. Para que vir sob essas árvores se não há mais nada do que havia sob essa folhagem avermelhada, se a vulgaridade e a loucura substituíram o que elas emolduravam de aprazível? Que horror! Meu consolo é pensar nas mulheres que conheci, hoje que não há mais elegância. Como as pessoas que contemplam essas criaturas horríveis, com seus chapéus cobertos por uma gaiola de pássaros ou uma horta, poderiam sequer notar o que havia de encantador em ver madame Swann com uma simples touca malva ou um chapeuzinho com uma flor de íris bem reta? Poderia fazê-las compreender a emoção que sentia ao encontrar madame Swann a pé, com um casaco de lontra, com um simples gorro espetado por duas lâminas de perdiz, mas em torno da qual o calor artificial de seu apartamento era evocado tão somente pelo buquê de violetas apertado ao seio, e cuja florescência viva e azul contra o céu cinza, o ar gélido, as árvores de galhos nus, tinha o mesmo encanto de aceitar a estação e o tempo como um cenário, e de viver numa atmosfera humana, na atmosfera daquela mulher, que tinham nos vasos e jardineiras do seu salão, perto da lareira acesa, diante do sofá de seda, as flores que olhavam pela janela fechada a neve cair? Aliás não teria me bastado que as roupas fossem as mesmas daqueles anos. Devido à solidariedade que têm entre si as diferentes partes de uma recordação, e que nossa memória mantém equilibradas num conjunto em que não nos é permitido abstrair nada nem recusar, eu gostaria de poder ir terminar o dia na casa de uma daquelas mulheres, diante de uma xícara de chá, num apartamento pintado com cores sombrias, como era ainda o de madame Swann (no ano seguinte em que termina a primeira parte deste relato) e onde brilhariam os fogos alaranjados, a rubra combustão, a chama rosa e branca dos crisântemos no crepúsculo de novembro durante momentos semelhantes àqueles em que (como se verá mais tarde) eu não pudera descobrir os prazeres que desejava. Mas agora, mesmo que não me tivessem levado a nada, aqueles momentos me pareciam ter encanto suficiente em si mesmos. Queria reencontrá-los tal como os lembrava. Hélas! Já não havia mais nada senão apartamentos Luís XVI inteiramente brancos, esmaltados de hortênsias azuis. Além do quê, só se regressava a Paris bem mais tarde. Madame Swann teria me respondido de um castelo que só retornaria em fevereiro, bem depois da época dos crisântemos, se eu lhe tivesse pedido para me reconstituir os elementos dessa recordação que sentia estar ligada a um ano longínquo, a uma safra à qual não me era permitido remontar, os elementos desse desejo, ele próprio tornado inacessível como o prazer que outrora procurara em vão. E também seria necessário que fossem as mesmas mulheres, aquelas cujas roupas me interessavam porque, no tempo em que eu ainda acreditava, minha imaginação as individualizara e as dotara de uma lenda. Hélas! Na avenida das Acácias — a alameda dos Mirtos — voltei a ver algumas delas, velhas, e que eram apenas sombras terríveis do que haviam sido, errando, procurando desesperadamente não se sabe o quê nos bosques virgilianos. Elas tinham fugido havia muito tempo e eu ainda estava interrogando em vão os caminhos desertos. O sol se escondera. A natureza recomeçava a reinar sobre o Bois de onde se esvanecera a ideia de que ele era o Jardim Elísio da Mulher; sobre o moinho artificial, o céu verdadeiro era cinza; o vento enrugava o Grande Lago com pequenas vagas, como a um lago verdadeiro; grandes pássaros percorriam rapidamente o Bois, como a um bosque verdadeiro, e soltando gritos agudos pousavam um depois do outro sobre os grandes carvalhos que sob a sua coroa druídica e com uma majestade dodônica* pareciam proclamar o vazio inumano da floresta desocupada, e me ajudavam a melhor compreender a contradição que existe em procurar a realidade nos quadros da memória, aos quais faltará sempre o encanto que lhes advém da própria memória, e de não serem percebidos pelos sentidos. A realidade que eu conhecera não existia mais. Bastava que madame Swann não chegasse exatamente igual e no mesmo momento para que a avenida fosse outra. Os lugares que conhecemos tampouco pertencem ao mundo do espaço onde os situamos para nossa maior conveniência. Não eram mais que uma fatia delgada no meio de impressões contíguas que formavam nossa vida de então; a lembrança de certa imagem não é senão a saudade de certo instante; e as casas, as estradas, as avenidas, são fugitivas, hélas, como os anos.

---

* Em Dodona, na Grécia, sacerdotes do templo de Zeus faziam profecias com base nos ruídos do vento que soprava nos carvalhos sagrados.

INDICAÇÕES DE LEITURA

ALBARET, Céleste. *Senhor Proust*. Trad. Cordélia Magalhães. São Paulo: Novo Século, 2008.
BECKETT, Samuel. *Proust*. Trad. Arthur Nestrovski. Porto Alegre: L&PM, 1986.
BENJAMIN, Walter. *Sur Proust*. Trad. Robert Kahn. Caen: Nous, 2010.
DELEUZE, Gilles. *Proust e os signos*. Trad. Roberto Machado. São Paulo: Ed. 34, 2022.
MILLY, Jean. *La Phrase de Proust*. Paris: Champion, 1983.
PROUST, Marcel. *Jean Santeuil*. Trad. Fernando Py. Rio de Janeiro: Nova Fronteira, 1982.
_____. *Os prazeres e os dias*. Trad. Solange Pinheiro e Carlos Felipe Moisés. São Paulo: Códex, 2004.
SAUTHIER, Etienne. *Proust sous les Tropiques*. Lille: Septentrion, 2021.
TADIÉ, Jean-Yves. *Marcel Proust*. v. I-II. Paris: Gallimard, 1996.

SOBRE O AUTOR

Marcel Proust nasceu no bairro parisiense de Auteuil, em 1871. Filho de pai médico e de mãe herdeira de casas de câmbio, frequenta os salões da alta sociedade francesa da época, experiência que influencia sua produção literária. Em 1890, quando volta do serviço militar, publica artigos e contos em revistas, e trabalha no romance *Jean Sauteil*, que permanece inacabado. Com a saúde debilitada e cada vez mais recluso, Proust dedica-se integralmente à sua obra-prima, *À procura do tempo perdido*, cujo lançamento se dá entre 1913 e 1927 em sete volumes — os três últimos postumamente. Pelo tomo *À sombra das moças em flor*, ganha o Goncourt em 1919. Morreu em Paris, em 1922, aos 51 anos.

ESTA OBRA FOI COMPOSTA POR ACOMTE EM LE MONDE JOURNAL E IMPRESSA
EM OFSETE PELA IPSIS GRÁFICA SOBRE PAPEL PÓLEN SOFT DA SUZANO S.A.
PARA A EDITORA SCHWARCZ EM NOVEMBRO DE 2022

A marca FSC® é a garantia de que a madeira utilizada na fabricação do papel deste livro provém de florestas que foram gerenciadas de maneira ambientalmente correta, socialmente justa e economicamente viável, além de outras fontes de origem controlada.